文史哲研究丛刊

唐前博物类小说研究

张乡里 著

上海古籍出版社

前　　言

一、研究现状

现阶段,古代小说研究空前繁荣,出现了大量的相关研究成果,在小说史研究,小说类型研究,小说的叙事方式、文体特征及原型母题的研究等方面,均取得了可喜的成绩。但小说作为小道,在古代文人的眼中是难登大雅之堂的,所以,相对于诗歌、散文的研究来说,小说研究比较滞后,还存在诸多问题,甚至今天对于小说一词的确切所指都有争议,小说的概念及分类这两个基本问题,都没有得到解决。造成这种困境的原因有二:一是小说研究起步晚,二是在研究小说时往往会受西方文学理论的影响。所以,在对古代小说进行分析和研究过程之中,有时会有隔靴搔痒之感。小说概念的模糊不清及小说分类的含混,使得古代小说研究中有一些比较难以厘清的问题。比如在小说作品及其归属问题的判定方面,有时就会出现一些尴尬情况:有的在古代目录学著作中明言为小说的作品,今人很难再认同其为小说;小说分类从古至今非常繁乱,很难有一个被普遍接受且科学的分类标准。其中,博物类小说的研究就非常鲜明地体现出这种困境。

很多学者都非常关注博物类小说的研究。杨义先生、侯忠义先生、李剑国先生、陈文新先生等著名学者,在他们的小说史著作中,对博物小说都有相关论述。近年来的学位论文及期刊论文,也有不少是专门研究博物类小说的。在这些研究成果中,学者们对博物小说都有较为具体的界定,并系统地对具体作品进行了分析,有的学者还尝试着总结博物类小说的文体特征,梳理它产生、发展的脉络,探讨它对后世小说的影响,等等。这些成果,给博物小说研究的深入开展打下了良好的基础。

当前的博物小说研究,整体呈现出两种倾向:一是从小说是叙事文体这种观念出发,将一部分博物小说排除在研究视野之外,即便关注到这些作品,也只是简单概括几句,并且对它们的评价不高;二是从博物小说隶属于志怪小说出发,强调博物小说的怪异色彩,而这导致了对一部分作品的忽视,甚至是对具体作品的菲薄。这两种倾向,均是由于小说概念不清晰及类型划分的含混所造成的。

“小说”一词所涵盖的内容,从古至今发生了较大、较多的变化。众多杂乱的关于小说的界定姑且不说,即使是比较权威的目录学著作,如《汉书·艺文志》《隋书·经籍志》《四库全书总目提要》等,对小说的界定以及小说作品的著录也各不相同。而这是由于小说作品的推陈出新、史书阵营内部的清理等因素所引起的小说观念的变化。从最初作为明理的子部,逐渐变为叙事的“史余”,小说观念在唐代有一个质的变化,完全打破了传统目录学中的子、史界限,成为一种兼容并包的文体。而随着唐传奇、宋元话本小说的勃兴,尤其是学者非常重视的章回小说的发展,小说明显偏离了说理的轨道,而偏重于叙事了。

同时,外国小说观念也影响了我们对中国古代小说的认识。在《文言小说审美发展史》中,陈文新先生将学者研究汉代小说时的心态划分为三种:“一是既借鉴西方的小说观念,又尊重中国传统的小说观,折中于二者之间;二是尊重中国传统的小说理念,并依据其历史形成的规范来看待它,评价它;三是用西方的小说观念作标准来衡估中国古代作品并建构小说史模型。鲁迅、程毅中等是第一种类型的代表,余嘉锡、王瑶等是第二种类型的代表,胡适、胡怀琛等是第三种类型的代表。"①这三种心态可以囊括整个古代小说研究领域中的倾向,从中我们可以看到西方小说观念对古代小说研究的巨大影响。而西方小说观念的核心内容,就是认定小说的本质是叙事的、虚构的。如果用这样的心态和立场来研究唐传奇、宋元话本或者是明清的章回小说,这都是没有任何问题的。从西方已有的小说理论中,我们可以借鉴新的观点、找到新的角度或者是有更新的方法或思路,来对小说进行研究,这些都意味着更广阔的发展空间。但如果用西方理论来分析唐前的小说作品时,往往会出很多问题。如鲁迅先生在《中国小说史略》中就质疑《青史子》一书的小说性,而现在的很多学者在讨论先唐小说时,也经常会将一部分古人所认定的小说作品直接排除出小说的阵营。之所以会出现这种情况,是因为唐以前的小说观念与我们后世的小说观念有本质区别。

　　博物类小说正是这样一类没有故事情节、不注重故事性的小说作品。虽则古人对于其小说性质不存在疑问,但今人在研究时,往往对其简单的说明和介绍性质的文字不感兴趣,认为它们与小说差距较大,还不能算作成熟的小说。

　　在文言小说的分类方面,今人一般都是将其划分为志怪、志人(轶事)、唐传奇三类,在唐前就只有志怪和志人两类。而博物类小说一般是作为志怪小说的一个分支,与记怪和神仙,或者与杂史、杂传、杂记等一起,作为志怪小说的一个类别。而志怪小说一般是被视为记录怪异故事的作品,故学者在研究时,多注重讨论其虚构、夸张的艺术手法,及其内容方面的不同寻常。既然认定博物小说是志怪作品,那么在研究的时候,学者们不免就会对那些怪异

---

① 陈文新:《文言小说审美发展史》,武汉大学出版社 2002 年版,第3—4页。

神奇的内容感兴趣,于是在选取和分析作品的时候,往往都比较注重其怪异色彩。但那些不具备志怪色彩的作品势必就难以进入研究者的视域。进入视线的作品,也往往很难被从整体上进行客观地审视,学者们更多是以怪异作为标准来衡量和评价它们的,所以这些作品很难受到重视,也很难得到充分而客观的解读与分析。

因此,在当前的博物小说研究中,有两方面工作要做。一是要厘清小说观念的演变,明确小说类型的划分。这是博物小说研究最重要的环节,只有把这些问题解决了,才可能客观地研究博物类小说。二是对于博物类小说要作具体的、合乎实际的研究。这是当前古代小说研究的一个重要组成部分,只有把博物小说的源流变迁、内容及特征等方面分析透彻了,才能够在整体上对古代小说有一个更为真实和准确的把握。

二、研究对象

本书的题目是"唐前博物类小说研究",所以研究对象就是唐前这一时间段内的博物类小说。

1. 关于"唐前"

之所以选取唐前这一时段,是因为对于古代小说的发展以及小说研究来说,唐代是一个非常重要的时期。后人概念中的小说作品这时候出现了大发展,而且此期间小说概念也发生了巨大的变化。

唐传奇的出现,对后世文言小说的发展产生了深远影响,引起了学者们的高度关注。很多学者视唐传奇为中国小说的开端,或者是中国小说文体独立的标志。虽然唐传奇与传统目录学对小说的判定是存在本质区别的,但后来它却成了小说的典范。学者们在研究小说时,多赞赏唐传奇的成就,有的学者认为真正文学性的小说是以唐传奇为其产生的标志的。所以，在当前古代小说研究中，唐传奇对古代小说观念造成了很大的冲击的。

与此同时，唐代还出现了一本对小说观念发展影响深远的著作——《史通》。刘知幾以一个严谨的史学家的立场，对史书中那些记事不实、言涉荒诞的内容大加批判，将一部分史书视为"偏记小说"，并将它们扫地出门。这一部分作品，从史部的杂史、杂传、地理类，转为子部的小说类了。如果说唐传奇对小说观念的冲击，是后世才发生的，那么刘知幾的这些观念在当时就起到了立竿见影的效果，在后来的《新唐书·艺文志》中，大量的史部作品被纳入了小说之中。后世称小说为"稗官野史"、"史之余"，或者评论作者在创作时的"补史"心态等，都是受《史通》的影响。刘知幾在清理史书门户的同时，也将传统目录学的史部和子部之间的界限打破了。因为众多以叙事为宗的史书被放到小说的队伍之中了，所以，以明理为主的子部小说家，至此开始承担了史部叙事的职责。在小说观念的发展历程中，这是一个具有重大意义的转折点，小说的重心发生了由明理到叙事的转变。

所以，唐传奇与《史通》的出现，对今天的古代小说研究来说，都具有重大意义。但是对于传统的小说观念来说，却是一个被改造的过程。甚至可以说，在唐代，小说观念发生了一次质的变化，用流行术语说就是小说被史书"异化"了，成了一个面目全非的另类。故唐代可以被视作古代小说发展的一个分水岭，这不仅仅是因为唐传奇的出现，以及后世白话小说的繁盛，更重要的是这时的小说观念已经发生了本质的变化。

而这种变化造成了在唐前小说研究中的诸多误解与困惑，如郭箴一先生在《中国小说史》中说："汉魏六朝实无小说；只有一些零碎的笔记，可以勉强算作小说。"[①]侯忠义先生在《汉魏六朝小说

---

① 郭箴一：《中国小说史》，上海书店1984年版，第39页。

简史》的《绪言》中也说:"唐以前的小说……还不能算作成熟的小说,更不能用今天的小说标准去衡量、评价它们。"①用唐以后尤其是今天的小说概念去看待唐前小说的话,确实会产生唐前没有小说或者是没有成熟的小说这样的观点。

但是,早在先秦,就已经有关于小说的论述了。在《汉书·艺文志》、《隋书·经籍志》等著作中,对唐前这一时段的小说不仅有界定,而且还有具体作品的著录。所以,我们无法回避唐前已有小说这一事实,只是它们与后世小说存在本质区别。本文以唐前为限,就是要对这一时段的小说作一接近其事实本身的认定与研究。

2. 关于"博物类小说"

由于小说概念的变迁,尤其是受西方小说观念的影响,小说研究者们往往特别强调小说的叙事性。在研究中,叙事成分常常成为判别小说的一个重要标准。而博物类小说在这种情况下就比较受冷落,因为它没有故事情节,也少有人物,用今天的观念去研究它们,只能得出它们成就不高的结论。

很多学者都注意到了博物小说与其他小说的不同,如侯忠义在《中国文言小说史稿》一书中说:"博物类志怪小说,与《列异传》、《搜神记》、《搜神后记》等不同,它并不是单纯的'记怪',而是兼有'博物'(即对事物的博闻多识)的特点。这种体例,在志怪小说中,独树一帜,自成流派,后继者不乏其书,构成志怪书的一种固定类型。因其内容上又多有山川地理等神怪故事,明显受《山海经》的影响,故这类故事又称山川地理博物类。"②李剑国先生在《唐前志怪小说史》中也说:"地理博物体志怪小说,指的是专门记载山川动植、远国异民传说的小说,如《山海经》、《神异经》、《十洲记》、《洞冥记》等等。其文体与上述三体(杂史体、杂传体和杂记体)有所不

---

① 侯忠义:《汉魏六朝小说简史》,山西人民出版社 2005 年版,第 3 页。

② 侯忠义:《中国文言小说史稿》,北京大学出版社 1990 年版,第 77 页。

同,通常很少记述人物事件,缺乏时间和事件的叙事因素,它主要是状物,描述奇境异物的非常表征;即便也有叙事因素(如《洞冥记》),中心仍不在情节上而在事物上。因此它是一种特殊的叙事文体。"①陈文新在《中国文言小说流派研究》和《文言小说审美发展史》中都论及了博物体志怪小说的特征:从创作目的看,博物体小说的创作是为了满足读者对无限空间的神往之情;从体例看,博物体小说的创作是以方位的转移为依托的;从写法看,博物类小说是从地理书发展而来的,重在说明远方珍异的形状、性质、特征、成因、关系、功用等,所以生动的描写较之曲折的叙事更为重要。

　　这些观点都非常准确地概括了博物类小说的特性。学者们从其特性出发来审视、研究这一部分作品,也得出了较为中肯的结论。但是受学界将唐前小说划分为志怪、志人两类的影响,各家一般都是将博物类小说视为志怪小说的一个分支,在研究时,不免会用志怪小说的标准来衡量、评价它们。而这也造成了对博物小说的一些误解。而且因为博物小说与《山海经》等地理书的密切关系,在研究时,往往会凸显地理知识的重要性,将这一类小说称为"山川地理博物类志怪小说"或"地理博物类志怪小说",并强调地理知识在内容及结构上的重要性。而这对于博物类小说来说,无疑会使其范围缩小。

　　所以,应该将博物类小说从志怪小说的束缚下解放出来,将其视为独立的一个类别,对其做实事求是的分析研究。在理清唐前小说观念的情况下,从具体文本出发,来考镜源流,梳理博物小说发展的脉络,划分好其内部类别,从整体上分析其内容及创作特点,并通过对博物类小说的研究,来探究古代小说被忽视的一些特性。

---

① 李剑国:《唐前志怪小说史》(修订本),天津教育出版社2005年版,第23页。

三、研究思路

在《中国文言小说总目提要》一书中，宁稼雨先生将大量的博物类小说放在杂俎类中，并且说："从中国小说的起源来看，这些杂俎小说大概最符合中国最早的小说概念。"[①]我们可据此推论：博物小说大概也是最符合中国最早的小说概念的。而且前文也论及了小说概念由说理向叙事的转变，以及博物类小说的缺乏故事性重视说理的特征，所以这一推论应该是比较合乎事实的。

故本书开始就重点论述古代小说观念的演变情况。在简要概括当下的研究之后，首先从语义学层面探究"说"的意义，并由此探讨以"说"为名的作品的说理性质以及"小说"的解释、说明之特征。通过这一系列的溯源，得出小说为说理性质的文体，是小道，即物质生活层面上的具体知识的载体。其次从诸子对于小说的论述出发，来逐一分析其所指：庄子、子夏、荀子等先秦诸子在说"小说"、"小道"时，指的是自己所信奉的学说之外的其他各家学说。到了汉代，思想界有一统的需求，加上统治者对儒学的提倡，所以在这一时期，儒学就成为正统，其他各家思想、学派就都成了小说。这些是小说原初的意义，虽然与后世的小说观念相去甚远，但其所隐藏的鄙夷的态度对小说的发展影响深远。而小说观念的变化，更多地体现在史学家的论述中。从《汉志》到《隋志》，再到《史通》，小说观念经历了一个范围缩小再到扩大的过程。班固将小说家从除儒家之外的诸子百家限定为十家当中的一家，而《史通》则将大量叙事作品放进小说范围，又将其由明理扩大到明理、叙事兼而有之了。

本书的第二章意在厘清与博物类小说相关的一些问题。其

---

① 宁稼雨：《中国文言小说总目提要》，齐鲁书社1996年版，第7页。

中,小说的分类也就是博物小说的类别划分问题是最重要的,因为这直接影响到我们对具体作品的阅读与评价。所以第一节在论述了古人及今人对于小说分类的意见之后,提出博物类小说与志怪小说存在较大差异,不应该将博物小说放在志怪小说之内,并具体论证了此提法的依据。第二节从纵向的角度,分析博物小说从孕育到产生的情况:先秦时期博物知识是附着在地理书中的,所以诸如《山海经》之类的地理书虽可以算作博物之祖,但还不是真正的博物小说,只是博物小说的孕育期;两汉时期博物知识得到了较好的发展,同时也出现了分化的倾向:一方面是学者们的注重知识确定性的博物,一方面是方士们出于欺骗的荒诞之言。前者主要集中在小学著作和《风俗通义》等子书中,后者则主要表现为《海内十洲记》、《汉武帝别国洞冥记》等书中。尤其是后者,对于后世博物类小说的发展、甚至对现代小说观念都有不可忽视的影响。到了魏晋六朝,随着《博物志》等书的出现,博物类小说才真正形成。第三节主要是理清博物类小说与地理书、草木状、竹谱以及一些农家著作的关系。这几者之间有重合的情况,哪些是博物小说,哪些不是,在此处进行了辨析。

　　所以前两章都有"名实之辨"的性质,重在讨论博物小说是什么的问题。而后三章则是"源流之变"的研究,是对于博物小说的孕育、形成,以及内部分化作细致的分析。

　　第三章主要介绍先秦阶段作为博物小说源头的《山海经》,提出了《山海经》为带有博物性质的地理书,并细致地分析了其中所记载的博物知识,如关于地理、矿物、植物、动物、远国异人的知识,及其对后世博物小说的影响。

　　第四章是写博物小说萌芽的汉代,这一时期的博物知识在地理书中仍有较多记载,但是与《山海经》相比已经发生了较大的变化。而小学著作中的名物学知识则代表着博物知识发展的另一个倾向,也为后世博物小说中注重实际的辨析色彩打下了基础。这一时期的《洞冥记》在传统目录学分类中属于史部,它以史书的方式记叙博物知识,与现代的小说观念比较贴近。因为这些作品或为地理书如《河图括地象》、《遁甲开山图》、《括地图》、《玄黄经》、《神异经》、《十洲记》,或为小学著作如《尔雅》、《说文解字》、《释名》等,或为史书如《洞冥记》,所以博物知识都是依附于这些作品的,还没有完全独立出来。故对于博物小说的发展来说,汉代还处于萌芽期。

　　第五章主要是讨论博物小说的形成期——魏晋六朝。《博物志》的出现,可以视作博物小说形成的标志,因为《博物志》就是博物知识的载体,而不再是地理书、史书或小学著作。虽然它本身带有地理书、小学著作、史书的色彩,但已经是以“博物”为目的、以记载博物知识为宗旨的小说作品了。在《博物志》中,张华构建了属于中国的博物学体系,记载了大量带有神话色彩的博物知识,以及巫术、方术、医学方面的知识,甚至还将一些事件作为博物知识记述下来。《感应类从志》一书是从《博物志》一书中辑录出来的一部分,文中也对它们之间的关系作了辨析。这一时期不仅仅有《博物志》这样的集大成之作,还有其他众多的博物小说。根据其源头和创作方式的不同,我们可以将它们划分为地理体博物小说、名物体博物小说及杂传体博物小说。其中《玄中记》、《拾遗记》卷十、《述异记》等属于第一类,它们是从前代的地理书发展而来,所以在内容及形式方面都受到地理书的影响。《古今注》、《南方草木状》、《竹谱》、《铜剑赞》、《古今刀剑录》等书属于第二类,它们继承了小学著作的特色,以“辨其名物”为主要内容,形式也多是“物名＋外形＋特性＋功用”的结构,为文求实的倾向十分明显,有非常独特的个性。《拾遗记》和《续齐谐记》则属于杂传体博物小说,它们上承《洞冥记》的余绪,以物为中心,以人物为线索来写物。这部分作品中有人物,有完整的事件,而且文辞优美,无论在内容、形式,还是在风格上,都已经与后来的唐传奇很接近了。

目　录

第一章 名实之辨

——古代小说观念的演变情况

鲁迅先生在《中国小说史略》序言中说："中国之小说自来无史;有之,则先见于外国人所作之中国文学史中,而后中国人所作者中亦有之,然其量皆不及全书之什一,故于小说仍不详。"①他这段话概括了中国小说研究的三个特点:一是起步晚,相对具体的小说作品来说,小说研究是落后的,除了在史志中有对小说作品的著录和论述,以及一些零星的小说评点外,小说的专门研究几乎是"自来无史"的空白状态;二是中国的小说研究首先出现在外国人所作的文学史中,它从一开始就是在国外理论及观念的影响下产生的,受制于国外的小说理论,对中国小说自身的状况研究还不够;三是小说研究没有受到充分重视,只是文学史中被关注较少的一个对象,和诗歌、散文的研究不可同日而语。这些就使得中国古代小说因为受到忽视而长期处在研究视线之外,虽然有很多小说作品,但并没有人给它一个严谨的界定,关于小说是什么一直争论不休。而随着国外小说理论的引入,又使得小说一词的所指发生改变,一些古人认定是小说的作品,被排斥出小说的领域之外或不能得到应有的重视;而一些非小说作品,却成了小说的经典,被分析研究。这种情况一直持续至今。目前在古代小说研究领域中,

---

① 鲁迅:《中国小说史略》,中华书局 2010 年版,第 1 页。

有一些含混甚至是错误的观念、不当的研究方法,其出现的原因正基于此。所以,胡怀琛先生在《中国小说研究》中认为,古人"对于'小说'二字的界说,是没有的;虽然也把小说分过类,但是分得都不对"。① 林辰先生在《古代小说概论》引言中也指出,小说"至今还被两个若云若雾的怪现象缠绕着,这就是:'小说'一词,概念不清;作品虽多,没有科学的分类"。② 而这些问题却是研究小说的基础。

陈平原先生在《小说史:理论与实践》中说:"'小说'概念本身没有相对确定的内涵,进一步的分类和类型研究就难以展开。"③这就指出了小说概念研究的重要性——它是小说研究的根基。我们无法想象,在没有明确研究对象究竟是什么的时候,就能够客观而科学地开展研究工作;也无法想象,在没有清晰的分类的情况下,可以对研究对象进行系统而深入的分析。所以在进行具体的博物类小说研究之前,有必要对小说观念、小说分类情况等做一番梳理与考察。

第一节　以今律古与文化原我
——古代小说观念的研究现状

杨义先生在《中国古典小说史论》中,曾着重强调小说观念界定的重要性,他说:"中国小说研究必须进行自身的本体认定,才有可能形成切切实实属于它的博大精深的学术体系。"④那么,中国小说到底是什么? 对这一众说纷纭的词语,我们到底应该怎样认

---

① 胡怀琛:《中国小说研究》,中国书籍出版社 2006 年版,第 11 页。
② 林辰:《古小说概论》,春风文艺出版社 2006 年版,第 1 页。
③ 陈平原:《小说史:理论与实践》,北京大学出版社 2010 年版,第 150 页。
④ 杨义:《中国古典小说史论》,中国社会科学出版社 2004 年版,第 2 页。

识它？

目前学界关于古代小说的研究，主要表现为两种倾向：以今律古与文化原我。以今律古就是"以现当代的小说观去研究中国古代小说作品"，①是用现在的小说概念去界定、判断和分析小说。而文化原我，则是杨义先生在《中国古典小说史论》中所提倡的："旨在自觉深入地推究我们所在的文化本原，'溯原于本始，致用于当今'（明徐师曾《文体明辨·原》），因而是一种开放性和自主性并重的文化理性姿态的体现。"②也就是要回到原点，从我们自己的文化中去发掘和认识小说。

"小说"一词，现在所指的是与诗歌、散文、戏剧并列的文学四种门类之一。一般把它看作是一种叙事文学，要求作品有故事情节、人物、环境以及完整的结构。这种小说观，是在唐代小说由单纯说理扩大到叙事领域、宋代白话小说出现之后，逐渐形成的。后来林纾等人又以"小说"一词格西方所谓的"fiction"或"novel"等作品。而这些作品，如《巴黎茶花女遗事》、《鲁滨孙漂流记》、《黑奴吁天录》等，在被翻译并被命名为小说的过程中，也导致了我国传统小说观念的一次质的改变，以致于现在我们一提到小说，想到的肯定是那些虚构的、新奇的，而且富有传奇性的故事，而这和我们先秦的小说观，甚至是清代学者在编《四库全书》时所持的小说观都相去甚远，因为我们的古代小说尤其是唐前小说是不重视故事性的。

从现代小说观念出发，在界定小说作品尤其是唐前这一时段的作品时，往往会出现将古人明确判定是小说的作品看做是非小说的情形，如郭箴一先生在《中国小说史》中说："汉魏六朝实无小说；只有一些零碎的笔记，可以勉强算作小说。"③这种无视小说发

---

① 林辰：《古小说概论》，第15页。
② 杨义：《中国古典小说史论》，第1页。
③ 郭箴一：《中国小说史》，第39页。

生的现实、否认汉魏时存在众多小说的事实之现象,在古代小说的研究领域中屡见不鲜。而这正是小说观念的演变给小说研究带来的困难。如苗壮在《笔记小说史》中提出:"小说最基本的要素是故事。"①谭帆先生在《稗戏相异论》中说:"首先,从小说的外部形态而言,古代小说是'以故事为本位'的,而所谓'以故事为本位'是指小说以'故事'为其本质属性,抽去了'故事'这一内涵,小说也便丧失了它的本体特性。"②李剑国先生在《小说的起源与小说独立文体的形成》一文中也提出,"因此从叙事意义上说小说起源于故事"。③ 赵兴勤先生在《古代小说与传统伦理》中说:"小说,作为一种表现社会生活的方式,从根本上说,它是古老叙事文学传统的一种延续,是以语言为媒介,通过对人物行为举止的链接,人与人之间关系的描绘,来讲述一个相对完整的故事,反映某一特定时代的社会生活。"④这些说法有一点是共通的,那就是都认为小说在本质上是叙事文学,没有故事就没有小说。这些说法对于唐以后的大部分小说作品来说,都是没问题的。从唐传奇、宋元话本到明清章回小说,作为叙事性的文体,它们是符合今天的小说概念的。但如果从这一观点出发,去判定唐前小说,那么汉魏南北朝时期的很多小说不可避免地就会被驱逐出小说的阵营,因为它们没有故事。所以很多学者都将唐代视为中国小说的发端。石昌渝先生在《中国小说源流论》中说:"本书所论述的小说是作为散文体叙事文学的小说,与传统目录学的概念划清界限。唐前的志怪志人小说,只是小说的孕育形态,唐代传奇小说是小说文体的发端,唐以后凡追随班固所谓的小说学的后尘,以实录为己任的丛残小语、尺寸短

---

① 苗壮:《笔记小说史》,浙江古籍出版社 1998 年版,第 30 页。

② 谭帆:《中国雅俗文学思想论集》,中华书局 2006 年版,第 29 页。

③ 李剑国:《小说的起源与小说独立文体的形成》,《锦州师范学院学报》2001 年第 3 期,第 1 页。

④ 赵兴勤:《古代小说与传统伦理》,山西人民出版社 2005 年版,第 5 页。

书,均不在本书论述之列。"①如果用现代小说概念去界定和分析
唐前小说,就可能会产生很多问题。但这种小说观和我们传统目
录学的小说观是完全不同的。如纪昀在编《四库全书》时,都没有
将唐传奇视作小说,可在现代它却成为小说的开端或典型代表,就
因为它们有故事,有完整的情节,有人物形象。持这种观点的学者
很多,如董乃斌在《中国古典小说的文体独立》一书中就根据"小说
是一种以叙事为主的文学样式",②认为:"唐传奇的创作成就,标
志着小说文体已获得独立。换句话也就是说,唐传奇作品堪为取
得文体独立地位的小说之最初范本。"③曹聚仁在《中国平民文学
概论》中也提出:"愚以为唐以前,仅有类似小说之作品,未可目之
为小说。其略具小说之规模,盖自唐代之传奇文始。"④

　　之所以将叙事性作为小说的本质属性,一方面是受传统史学
领域内部清理时将一部分作品划归小说的影响,这在后文会有详
细论述。另一方面是受到国外小说理论尤其是爱德华·摩根·福
斯特《小说面面观》的影响。这部被誉为"二十世纪分析小说艺术
的经典之作",在给小说下定义时就说:"小说是用散文写成的具有
某种长度的虚构故事。"⑤并提出:"故事是小说的基本面,没有故
事就不成为小说了。可见故事是一切小说不可或缺的最高要
素。"⑥该书在分析小说时,也是从故事、人物、情节、幻想、预言、图
式与节奏等方面进行研究的。很多研究中国古代小说的学者也往
往借用其理论,对中国小说进行研究,如杜贵辰先生在《先秦"小

---

　　① 石昌渝:《中国小说源流论》,三联书店 1994 年版,第 12 页。
　　② 董乃斌:《中国古典小说的文体独立》,中国社会科学出版社 1994 年版,第 54 页。
　　③ 同上书,第 169 页。
　　④ 曹聚仁:《中国平民文学概论》下编,上海新文化书社 1935 年版,第 1 页。
　　⑤ 〔英〕爱德华·摩根·福斯特著,苏炳文译:《小说面面观》,花城出版社 1984 年
版,第 3 页。
　　⑥ 同上书,第 23 页。

说"释义》一文中就说:"近世关于小说的定义可能千差万别,但正如福斯特《小说面面观》说'小说的基本方面是讲故事'一点,确实一般都能够认同的。"①

曹文轩在《小说门》中论及当代的小说理论与批评时说:"我们无法看到荒漠上的奇迹,无法看到洼地里的绝对高度。我只能尽力而为。我不无悲哀地说:'我只能站在西方同仁的肩上而不是站在我的同胞的肩上。而西方同仁却有可能只会使我看到他们眼中的景色。'"②用这句话来形容中国古代小说的研究也非常贴切。因为古人对小说的忽视或者说鄙视,导致在小说的理论研究方面,除了具体而零星的作品点评外,其他著作几乎为零,更不可能产生像《文心雕龙》或《诗品》那样影响深远的经典著作。没有路标,没有引导,小说研究只能在荒漠上摸索着前进,只能在洼地里尽量踮起脚尖向外窥视。这是一个要经受各种磨难且前景很渺茫的事业。面对西方的小说研究,我们会欢欣鼓舞,认为找到了向导或者垫脚石,有时候可能会不假思索和分析就把那些理论搬过来用了。运用这种方法,我们是站到了巨人的肩膀上,但结果却是,我们可能有了别人的高度,却也因袭了别人立场和视角,于是乎,我们看到的是"他们眼中的景色",但它们与中国的实际风马牛不相及,甚至有时候"阅读,变成了对若干主义的寻找与印证"。③ 在"小说是叙事"的这一思想影响之下,在分析中国小说的时候,难免会强调小说的叙事性。当然,这种观念在研究唐传奇、宋元话本、明清小说时,都很合适。但在研究唐前小说作品及后世的笔记小说时,就会产生诸多问题,会依据叙事这一原则把很多小说作品排挤出小

---

① 杜贵辰:《先秦"小说"释义》,见《传统文化与古典小说》,河北大学出版社 2001年版,第 98 页。原文载《泰安师专学报》2000 年第 1 期。
② 曹文轩:《小说门》,作家出版社 2003 年版,第 13 页。
③ 同上书,第 6 页。

说阵营,认为它们不是小说,或最多只能算是小说的萌芽状态。

应该说这种认识是不切合实际的,它没有看到西方小说的观念和理论所针对的对象与我们的小说有天壤之别。米兰·昆德拉在《被背叛的遗嘱》中说:"为了给我所谈的艺术精确地划定界限,我把它称之为欧洲小说。我并非由此想说,在欧洲由欧洲人创造的小说,而是说,属于开始于欧洲现代社会初期的历史的小说。别的小说当然也存在于世:中国小说、日本小说、古代希腊的小说。但是那些小说同随着拉伯雷和塞万提斯诞生的历史事业的联系,没有任何延续性可言。"①他明确地给小说划定了界限,在阐发自己的小说理论时,明言其对象并不是普世的,并不是放之四海而皆准的,而是有着十分明确的范围,那就是欧洲小说。而对于中国小说,米兰·昆德拉也十分明确地认为,它和自己所说的小说"没有任何延续性可言"。确实,他所论述的小说是有着自己的传统和承袭的:"在小说的不同发展阶段,不同的民族像接力赛跑那样轮流做出创举:先是伟大先驱意大利的薄伽丘;然后是法国的拉伯雷;然后是西班牙的塞万提斯和流浪汉小说;十八世纪有伟大的英国小说,到世纪末,歌德带来德意志的贡献;十九世纪整个地属于法国,到最后三十年,有俄罗斯小说的进入,随之,出现斯堪的纳维亚小说。然后,在二十世纪里,有中欧的贡献:卡夫卡、穆齐尔、布洛赫、贡布罗维奇……"②而这些和我们的古代小说没有任何互动或影响。如果我们愿意实事求是地面对这种现实,那么我们就会看到不管是作者、创作方法,创作目的,还是传播方式、艺术手法、形式等方面,它们之间都是截然不同的。

很多学者都看到了现代小说观念与古人小说观念的不同,如

①［捷克］米兰·昆德拉著,余中先译:《被背叛的遗嘱》,上海译文出版社2003年版,第29页。

②同上书,第29—30页。

谭正璧先生在《中国小说发达史》中,列举了古人对小说的论述后,说:"总之,中国前此对于'小说'这一观念,几于人各不同,所以它的界限也模糊不清。如绳以现代所谓小说,那么几乎无一与之适合。"①但限于中国小说研究没有自己的理论系统,并且在开始研究之初,便深受西方影响,所以学者们在进行小说研究时,为了使研究对象适应相关理论,不得不忍痛割爱,将很多古人所认定的小说作品舍弃掉,或者在研究时,只能将其视为小说的萌芽状态,或对其评价不高。

　　同时很多学者也都注意到了用今天的小说理论来分析古代小说时的隔阂,并从我们的实际出发,对古代小说做返回其本身的研究。相对来说,这样一种文化原我的研究立场和方法就显得较为客观和科学。从具体的作品出发,从我们自身的文化思想观念出发,去认识和研究小说,就不会被国外的小说理论所迷惑、限制,从而能够打破一些不切实际的看法。如韩云波在《唐代小说观念与小说兴起研究》的前言中说:"但在研究中,人们却又常常以'世界化'与'现代化'了的小说观念去反观古代小说,这就往往导致在研究中的小说理论观念与古代人们对小说的理解、运用并不完全吻合。"②在指出小说研究中以今律古而导致的理论与事实不合的同时,作者还指出学界在研究唐代小说时的不同立场:有的是站在研究者所处的时代立场上,偏重古小说与现代小说观念的统一性;有的则强调古人所处的思想、文献氛围,凸显小说的历史性,于是形成了分歧和矛盾。而韩先生则努力调和两者矛盾,尽量将两种观念结合起来,寻找其中的共同点,以弥补它们各自的不足。再如罗宁在《汉唐小说观念论稿》绪论中说:"本书最主要的研究目的,

---

　　① 谭正璧:《中国小说发达史》,上海光明书局1935年版,第5页。
　　② 韩云波:《唐代小说观念与小说兴起研究》,四川民族出版社2002年版,第5页。

就是力图接近和还原汉唐小说观念的本来面貌,也就是想弄清楚,汉唐时期所谓的小说到底是指什么? 在某种意义上,我所关注的与其说是古人如何看待那些为今人认可的具有文学性的小说,不如说是想看看古人是怎样运用和看待小说这个词语的。"① 这种接近和还原,是从古人对小说的看法、说法和运用出发,来进行追根溯源的探究的。该书根据典籍中关于小说的记载、论述,对小说一词的概念进行了辨析;从《殷芸小说》等具体作品中探寻小说观念和特点;并结合诸子分析了小说的地位,做到了"回归和贴近到古人的小说观念"。② 在《中国古典小说史论》中,杨先生也从语义学的角度对小说进行了分析和界定,他认为"小说"的"小"是属于文化品位层面的,指它所蕴含的是小道;而从文体形式来看,它又是丛残小语。而"说",则有叙事、解说而使之趋于通俗、娱乐性等方面的含义。③ 这是从词语本身的含义来探寻小说一词的含义以及小说观念。

在《中国叙事学》中,杨义先生还系统地介绍了这种回归和还原的意义及方法,他说:"要建立中国的学术体系,是不能把立足点建立在一些外国流行的空泛观念之上的,也不能从古希腊罗马去寻找自己的血脉,切实的办法是返回中国历史文化的原点去。返回原点并非轻易的事情,因为其中的每一个事物已经蒙上了许多历史的烟尘。但这又是必须想方设法去做的事情,因为一个历史现象或当前现象往往隐含着原点的基因,这种基因对于解读历史现象或当前现象的文化密码又往往具有某种程度的关键价值。还原是一项刨根究底、实事求是的工作,有效的途径大体有三:一是深刻地把握《易经》、《尚书》、《道德经》,甚至《山海经》一类儒家、道

① 罗宁:《汉唐小说观念论稿》,巴蜀书社 2009 年版,第 9—10 页。
② 罗宁:《汉唐小说观念论稿·提纲》,第 1 页。
③ 杨义:《中国古典小说史论》,第 4—6 页。

家经典和先秦诸子书的深层文化内涵,以期洞察古老的中国文化心理结构;二是广泛掌握从甲骨文、金文、先秦经籍以来的丰富的历史文献,对后来的一些现象和观念进行探源溯流的梳理;三是从语源学或语义学入手,揭开中国文字以象形、会意为最初的出发点而渐次具有的含义。当然这三种途径并非互相孤立的,倘能把经典、文献和语义三者结合求解,则可以得出更有说服力的结论。"①本章就是在这一思路的启发下,试图从"小说"一词的语义出发,结合子书中对小说的论述、史学家对小说的界定和具体作品的划分、具体的小说作品等,来讨论小说的观念及其特性。

第二节　语义学层面上的小说观

关于"小说"一词的意义,历来众说纷纭。但从语义学角度来看,对其中"小"的含义一般争议不大:或认为是小道,或认为是形式短小的"丛残小语",都是和其微小的意义相符的。但是,关于"说"的所指,则分歧较大。那么"说"所指为何?"小说"所指又为何呢?我们可以从"说"的语义、由"说"命名的作品、具体的小说作品等出发,来探讨"小说"一词的真正意义及其特征。

一、"说"的语义分析

许慎在《说文解字》中云:"说,释也。从言兑声。一曰谈说。"②可见,在东汉许慎的时代,"说"主要指的是解释、解说的意思。而且在其《说文解字》的书名中,"说"字也是解释、说明的意思。

从现存的古籍中,我们可以发现,古人在使用"说"这个词的时

---

① 杨义:《中国叙事学》,人民出版社 2009 年版,第 30—31 页。
② (清)段玉裁:《说文解字注》,中州古籍出版社 2006 年版,第 93 页。

候,一般所指的都是解释、解说的意义。如扬雄在《法言》中说:"一閧之市,不胜异意焉;一卷之书,不胜异说焉。"①此处的"说",就是说解、阐释之意。"一卷之书,不胜异说焉",说的是人们在注释和解释已有的典籍时,由于立场或思维方式的不同,往往会出现很多不同的看法。在《论衡·书解篇》中,有"著作者为文儒,说经者为世儒"的说法,②王充将"说"与"作"相对而言,将儒生分为从事创作活动的"文儒"和解说经义的"世儒"。此处的"说"字,与创作相对而言,仍然是解释、阐释、说明的意思。王充的《论衡·正说篇》中,还有"说五经"、"说《尚书》"、"说《春秋》"、"说《易》"、"说《论语》"等词语,③在这些地方,"说"字同样指的是解说或说明之意。班固在《汉书·艺文志》中有"说五经之文,至于二三万言",《儒林传》赞中有"一经说至百余万言",④这些"说",指的都是对经书的解说、解释。

在《隋书·经籍志》中,我们也可以看到很多类似的用法,如"(汉儒)言五经者,皆凭谶为说","自孔子没而微言绝,七十子丧而大义乖,学者离群索居,各为异说",⑤这些"说",指的是对五经及儒家微言大义的解说等,都是解说、注释之意。

当然,"说"并不专指说经,或只是说儒家作品,其他诸子亦有说。班固在《汉书·刘歆传》中还记汉哀帝命刘歆与五经博士讲论经义,但博士们不肯置对之事:"歆因移书太常博士,责让之曰:'……天下众书往往颇出,皆诸子传说,犹广立于学官,为置博士。……'"⑥此处"传说",不是我们今天所谓的民间传说,而是诸

---

① 汪荣宝:《法言义疏·义疏一》,中国书店 1991 年版,第 14 页。
② (汉)王充:《论衡》,上海人民出版社 1974 年版,第 432 页。
③ 同上书,第 425—431 页。
④ (汉)班固:《汉书》,中华书局 1962 年版,第 1723,3620 页。
⑤ (唐)魏徵等:《隋书》,中华书局 1973 年版,第 947 页。
⑥ (汉)班固:《汉书》,第 1967—1969 页。

子学说,是阐释自己思想和学说的书籍,而不是故事性的作品。不仅诸子有说,庸人亦有说,《汉书·东方朔传》赞云:"刘向言少时数问长老贤人通于事及朔时者,皆曰朔口谐倡辩,不能持论,喜为庸人诵说,故今后世多传闻者。"①此处,将"持论"与"颂说"相对而言,"论"的是道理、学说,"不能持论",就是没有建立自己的学说体系,或没有自成一家的思想;"说"是解释、说明,"喜为庸人颂说",就是可以给一般的平民百姓解释一些问题,说明一些现象。

欧阳修《六一笔记》一书所记均以"某某说"为题,如"老氏说"、"富贵贫贱说"、"钟莛说"、"驷不及舌说"、"学书静中至乐说"等,这些"说"也都是解说、说明的意思。

"说"的解释、说明的含义,可以通过与"语"的词义的比较,看得更为清晰。《说文解字》云:"语,论也。"段玉裁注:"语者,御也。如毛说,一人辩是论非谓之语;如郑说,与人相答问辩难谓之语。"②可见,与"说"的解释的意义不同,"语"重议论,而"说"重解释。它们在具体的文献中的不同所指,可以帮助我们更加明晰其意义的不同。《后汉书·冯豹传》记:"乡里为之语曰:道德彬彬冯仲文。"《后汉书·雷义传》记:"乡里为之语曰:胶漆自谓坚,不如雷与陈。"③《三国志·吕布传》注引《曹瞒传》云:"时人语曰:'人中有吕布,马中有赤兔。'"④这些"语",都是在乡间或民间流传的对人物的品评和议论,是根据某人的事迹、德行、学识等方面的表现,给予一个概括。在《风俗通义》中,我们还看到很多"俚语",如"狐欲渡河,无奈尾何","妇死腹悲,唯身知之"等,⑤这些俚语有些类似于我们现在所说的谚语,是对某一类现象的概括和总结。《抱朴

---

① (汉) 班固:《汉书》,第 2873 页。
② (清) 段玉裁:《说文解字注》,第 89 页。
③ (南朝) 范晔著,李贤等注:《后汉书》,中华书局 1965 年版,第 1004、2688 页。
④ (晋) 陈寿著,裴松之注:《三国志》,中华书局 1964 年版,第 220 页。
⑤ 王利器:《风俗通义校注》,中华书局 1981 年版,第 124、142 页。

子·外篇·审举》记："故时人语曰：举秀才，不知书；察孝廉，父别居。寒清素白浊如泥，高第良将怯如鸡。"①也是对当时察举制弊端的讽刺性概括。

而"说"字则偏重于解释说明，和"语"的议论和概括不同，在具体语境中也呈现出和"语"截然不同的意义和风格。比如，同样是在《风俗通义》中，有非常多的"俗说"，而它们多是说理性质的内容，不是像"语"那样的概括和议论，而是对某一现象、某一问题进行解释和说明。如："俗说：鸡鸣将旦，为人起居；门亦昏闭晨开，扦难守固；礼贵报功，故门户用鸡也。"②它其实是解释了辟邪禳灾巫术中的一种：杀鸡著门户以辟邪。古人以为雄鸡报晓，则百鬼伏匿，不能再出来为害。而人在听到鸡叫之后，就起床开始一天的劳作，故鸡的功劳很大。而这则俗说，就是解释会出现这样的习俗背后的原因。再如："俗说：狗别宾主，善守御，故著四门，以辟盗贼也。"③这一俗说解释了民间"磔狗邑四门"的习俗。古人在十二月及六月，会以"磔"的方式杀狗：将狗放血致死后，将其腹部剖开，掏出内脏，然后用竹弓将腹腔撑开，将这样处理过的狗，悬挂于四方城门之上，用以防御寒暑疫气。《风俗通义》的这段记载，就说明了用狗来承担驱邪避恶的功能这种风俗产生的认识根源：狗能够分别出自己的主人和外人，可以防止不认识的人进入家里，擅长看家。由此出发，古人还认为狗能够阻止各种可能会给人带来疾病和灾祸的恶气或鬼怪之类侵袭人类的住所，于是人们不仅养狗来看家辟邪，还用狗的尸体甚至是狗血来辟邪禳灾。可见，这些在本质上非常接近小说的"俗说"，并不是像我们所曾经以为的那样是用来说故事的，它更多的是说理，是解释，或者说是一种承载知

---

① 杨明照：《抱朴子外篇校笺》，中华书局1991年版，第393页。
② 王利器：《风俗通义校注》，第374页。
③ 同上书，第377页。

识的载体,而不是用来娱乐的叙事。

二、以"说"命名的作品及其文体分析

古人的很多作品,都是以"说"为名的,而且这些作品也都是以说理为主的。如在《韩非子》一书中,就有很多以"说"名篇的,如《说难》、《说林》、《内储说》、《外储说》、《说疑》、《八说》等。其中《说难》讲对人主进说的困难,"说"指的是游说,当然以说理为主;《说疑》则是解说五种应该被明主所怀疑的臣子;《八说》是说明"不弃"、"仁人"、"君子"、"得民"等世俗观念违背了法家所提倡的功利主义原则,辨析这八种观念将导致个人的私誉及国家的危乱,也重在解说道理。但是在《说林》、《内储说》和《外储说》中,说理的色彩就不是那么明显,因为其中有大量的故事,以致有人认为"说林"就是故事之林、小说之林。如《史记·老子韩非列传》"索隐"就说:"《说林》者,广说诸事,其多若林,故曰'说林'也。"①但是,如果仔细考察一下,我们就会发现,这些故事虽在《说林》篇中独立存在,但是在《韩非子》一书中,其存在的价值并不是独立的。也就是说,这些故事是韩非子为自己游说或说理所准备的论据,是作为说理的一个附属物而存在的,并不是为了说故事而存在的。这些故事的价值,是为了使人们可以更深刻、细致地明白某一道理。所以,这些故事的叙写,并不是纯粹为了叙事,而是为了表达对这些事件的理性思考,其中所蕴含、传达出来的思想和认识,才是这些故事的意义所在。这种倾向在《内储说》和《外储说》中,就表现得比较明显了。《储说》各篇都先是"经",提出观点和主张;后面是"说",以众多故事来解说这些"经"。章太炎说:"《韩非·内外储》首冠

① (汉)司马迁:《史记》,中华书局1959年版,第2148页。

'经'名，其意殆如后之目录。"并提出"以绳贯穿，故谓经"。① 用"经"的思想来统领和驾驭各类故事，而这些按照作者的观点分门别类罗列的小故事，只是经绳所贯穿起来的珠子，是从属于"经"所说之理的需要的。它们只是论据，是为了使说理的过程更生动形象，更能为君主所喜闻乐见。

再如刘向的《说苑》，也是以"说"为名的，该书也是以韩非子在《储说》中的方式来结构文章的。该书分别以"君道"、"臣术"、"建本"、"立节"等中心词语来统帅众多故事，先阐明自己的主张，然后用大量的历史事实加以论证，并不时羼入作者自己的议论，发挥儒家政治思想和道德观念。其实这些故事，也是作为论说某种观点的论据出现的，是服务于说理的，或者说是用来解释、说明自己的道理的。所以《说苑》并不是故事的汇集，而是理论、学说的汇集，而故事均是这些理论的论据。

在《汉书·艺文志》所著录的作品中，《诗》有《鲁说》、《韩说》，《礼》有《中庸说》、《明堂阴阳说》，《论语》有《齐说》、《鲁夏侯说》、《鲁安昌侯说》、《鲁王骏说》、《燕传说》，《孝经》有《长孙氏说》、《江氏说》等等，这些以"说"为名的著作均为解经之作，其中的"说"也都是解说之意。在《宋史·艺文志》中也有大量以"说"为名的作品，如《了斋易说》、《易说》、《书说》、《诗说》、《毛诗说》、《毛诗前说》、《中庸说》、《周礼说》、《大学说》、《左传约说》、《左氏说》、《古文孝经说》、《论语说》等，也都是解说经书的作品。

曾常红在《汉语论辩体语篇研究》一书的绪论中说："汉以后以'说'命名的篇章论著，一般乃是表示说明或申说事理的意思。故吴讷《文章辩体》称：'按说者，释也，述也，解释义理而以己意述之也。'这个解释是适合秦汉以后大多数以'说'命名的文字的。那么，我们用今天的话说，古文中的所谓'论'，是指理论文；

---

① 章太炎：《国学述闻》，陕西师范大学出版社2008年版，第98页。

'说',是指说明文。'论'着重于论理,'说'着重于说明、申释。……至唐、宋古文家,已对'论'与'说'加以区别。唐宋以后以'说'名篇的理论性的文章偏重于说明性、解说性,带有某些杂文、杂感的性质。"①可见,"说"本身所蕴含的"解释"的含义,对以其命名的文字或文体是一个限定,其特征就是以说明、解说为主的。

　　以"说"为名的作品,其特征经过不断地积累,逐渐形成了一种文体。关于作为文体的"说",前人已有很多的论述。如陆机《文赋》云:"诗缘情而绮靡,赋体物而浏亮。碑披文以相质,诔缠绵而凄怆。铭博约而温润,箴顿挫而清壮。颂优游以彬蔚,论精微而朗畅。奏平彻以闲雅,说炜晔而谲诳。"②这段话论述了各种文体的不同特性,其中的"说",是作为和诗、赋、碑、诔等并列的一种文体出现在作者的视野中的。但这里所讨论的"说",不是"小说",而是游说别人之说。因为它是为了劝说人、打动人的,所以要注意辞采,有时候甚至有欺骗色彩。在《文心雕龙·论说》中,刘勰则专门辨析了"论"与"说"的不同。他认为"论"就是讲道理:"原夫论之为体,所以辨正然否;穷于有数,追于无形,迹坚求通,钩深取极;乃百虑之筌蹄,万事之权衡也。故其义贵圆通,辞忌枝碎;必使心与理合,弥缝莫见其隙;辞共心密,敌人不知所乘:斯其要也。"③刘勰认为"论"要明辨是非,对具体事物进行穷尽的研究,对抽象问题也要去探究。要把难点钻研通透,将深度拓展到极限;是表达思考的工具,可以通过它对万事万物进行衡量。所以"论"的思想要全面通达,为文忌讳支离破碎;要做到思想和道理的统一、文辞和思想的统一,以使文章严密,让论敌无懈可击。而"说"则不同:"说者,悦

---

①　曾常红:《汉语论辩体语篇研究》,湖南师范大学出版社 2007 年版,第 2 页。
②　张少康:《文赋集释》,上海古籍出版社 1984 年版,第 71 页。
③　范文澜:《文心雕龙注》,人民文学出版社 1958 年版,第 328 页。

也;兑为口舌,故言咨悦怿。……凡说之枢要,必使时利而义贞,进有契于成务,退无阻于荣身。自非谲敌,则惟忠与信,披肝胆以献主,飞文敏以济辞,此说之本也。"①刘勰从《周易》兑卦象征口舌出发,认为说应该让人喜悦。而"说"的关键,在于有利于当时,而且是正义的;进可以促成事件的进展,退也不会妨碍自身的荣华富贵。它不是为了欺骗敌人,而是要表达忠信。用敏锐的文辞来表达对主上的忠心,才是"说"的根本。但陆机和刘勰所论及的"说",都是纵横家之说。故范文澜先生说:"士衡盖指战国策士而言。"②可见,人们所关注的"说",更多的是战国策士们的游说之辞。

而在小说研究方面,也有不少学者论及游说之辞对小说的影响。如王恒展先生在研究小说的发展时说:"这些论述,都说明'说'是一种劝说、游说别人的文体。因此,必须注重辞采,说得天花乱坠,才能令人心悦诚服。""先秦典籍中那些游说诸侯、绚烂耸听的文辞,都属于'说'的范畴。"③而饶宗颐先生在给《中国小说史学史长编》作序时,则提出:"余又言小说起于游说文学,陆机云'说炜晔而谲诳',举凡寓言,谐隐之科,胥由此起,未知君以为何如?"④认为寓言、谐隐等文类都是从游说文学产生的。那么游说与小说到底是一种怎样的关系呢?

进一步分析,就可以发现,"说"主要有三种形式:游士之说、学者之说和乌荛狂夫之说。《淮南子·修务训》云:"世俗之人,多尊古而贱今,故为道者,必托之于神农、黄帝而后能入说。乱世暗主,高远其所从来,因而贵之;为学者蔽于论而尊其所闻,相与危坐

---

① 范文澜:《文心雕龙注》,第 328—329 页。
② 同上书,第 357—358 页。
③ 王恒展:《中国小说发展史概论》,山东教育出版社 1996 年版,第 2 页。
④ 胡从经:《中国小说史学史长编》,上海文艺出版社 1998 年版,第 3 页。

而称之，正领而诵之：此见是非之分不明。"①这一段话就论及了两种"说"，一是针对人主的游士之说，一是针对为学者的学者之说。另一种就是后来班固所提出的"刍荛狂夫"之说。

　　先秦时期周旋于王侯将相之间的各家，都是希望凭借其口舌之利，来获取君王的赏识，从而推行自己的政治主张。如《史记·田敬仲完世家》记齐国的稷下学派云："宣王喜文学游说之士，自如邹衍、淳于髡、田骈、接予、慎到、环渊之徒七十六人，皆赐列第，为上大夫，不治而议论。"②《韩非子·外储说左上》云："今世之谈也，皆道辩说文辞之言，人主览其文而忘有用。墨子之说，传先王之道，论圣人之言以宣告人。若辩其辞，则恐人怀其文忘其直，以文害用也。"③在这些针对君王的游士之说中，以纵横家最为有名。他们的游说之辞，也是最受后人瞩目的。如《文心雕龙·论说》曰："暨战国争雄，辩士云涌；纵横参谋，长短角势；《转丸》骋其巧辞，《飞钳》伏其精术；一人之辩，重于九鼎之宝，三寸之舌，强于百万之师。"④这是说游说之风的盛行及纵横之士在当时所受到的尊重。《隋书·经籍志》云："纵横者，所以明辩说，善辞令，以通上下之志者也。"⑤并对纵横家辩说出现的时代、表现和价值等，都有具体的论述。但作为游士之说，它们有着自身的特殊性，首先是针对的对象是统治者，或为天子，或为诸侯，或为将相，都是当权者；其次是目的非常明确，就是要通过言辞来打动当权者，从而达到推行自己政治主张的目的；再次是说者的身份是游走于各国之间的游士，有点类似于今天的政客；第四，为说的地点多为庙堂之上；第五，其为说的语言大多是雄辩的，为了打动游说对象，在辩说时，铺陈状物，

①　何宁：《淮南子集释》，中华书局1998年版，第1355页。
②　（汉）司马迁：《史记》，第1895页。
③　（清）王先慎：《韩非子集解》，中华书局1998年版，第266页。
④　范文澜：《文心雕龙注》，第328—329页。
⑤　（唐）魏徵等：《隋书》，第1005页。

譬喻贴切,较有文学色彩。

扬雄在《法言》中,论及了"学者之说":"或曰:'学者之说可约邪?'曰:'可约解科。'"①针对汉儒在解读前人作品时的曲意附说,动辄以几万字解说一个字或词的弊病,提倡在解说时应当简约,但还要得其意旨。可见,学者之说,指的是由学者针对具体学问所作的阐释。如《隋书·经籍志》所言"以谶说五经者"及各种解经之作,都是学者之说。至于"俗儒为之,不顾其本,苟欲哗众,多设问难,便辞巧说,乱其大体,致令学者难晓,故曰'博而寡要'",所批判的俗儒对圣人之教的解说,也是学者之说的范畴。对《诗经》的解说、对《春秋》的解说、对《尚书》的解说、对楚辞的解说等等,都应该属于学者之说,我们今天所见的《毛诗》、《左氏春秋》,甚至像《孟子章句》、《楚辞章句》等著作都应该属于学者之说。作为学者之说,它们的特性是:第一,针对对象是学者,一般是自己的子弟、学生,或有这方面知识欲求的学者;第二,其目的是解说经典,并使自己的观点得到阐发和接受;第三,说者的身份是某一学术领域的专家;第四,为说地点多为家庭或学校;第五,语言相对来说严谨客观,求实的倾向大于劝说的欲望,故不太重视文学性。

刍荛狂夫之说,也就是"小说"。在传统文化中,它所受的歧视较多,如刘知幾在《史通》中多次称其为"刍荛鄙说"(见《采撰》、《暗惑》等篇)。但是作为一种"说"的形式,它一直是和游士之说、学者之说并存的。"刍荛"指的是打柴的樵夫,最早见于《诗经·大雅·板》:"我言维服,勿以为笑。先民有言,询于刍荛。"②"刍荛"谓采薪者。"狂夫"也最早见于《诗经》,在《齐风·东方未明》中,有"折

① 汪荣宝:《法言义疏·义疏十》,第 7 页。
② (宋)朱熹:《诗集传》,上海古籍出版社 1958 年版,第 201 页。

柳樊圃,狂夫瞿瞿。不能辰夜,不夙则莫"。① 狂夫,指的是无知狂野之人。刍荛狂夫与游士、学者相比较,在社会地位和思想等层面都是远远低于后两者的。但他们的"说",也都有其存在的价值,这就是子夏所说的"虽小道,必有可观者焉",②《史记·淮阴侯列传》中广武君所谓的"狂夫之言,圣人择焉"。③ 历来在阐发小说的存在价值时,都是从"观风俗、正得失"等方面着眼,认为这些源自民间的言论,有助于帝王了解民情,以改善其治国的方式、方法。但我认为这些刍荛狂夫之议,更多是承载的一些"小道",是苏轼所说的"古语有云'耕当问奴,织当问婢'"。④ 此处,奴、婢所了解的耕、织等知识均属于小道。所以,农事、蚕桑、动植物、各种新奇的趣闻,才是这些"小说"的内容。所以,作为刍荛狂夫之议的"小说",是下层民众所掌握的知识的传播媒体,其主要职责是要阐释道理,传播知识。而叙事只是其手段,是服务于说理的,而不是其终极目的或宗旨。刍荛狂夫之说,其特征有以下几点:一是其接受对象和说者,都是乡间鄙野之人,不具备太多的文化知识;二是为说的目的是为了表达自己的观点或认识,只是这种思想更多的是对一些生活常识的传述;三是为说的地点多是在街巷之间,大家平时遇见随口随心的立谈而已,没有游说之士的功利之心,也没有学者之说的求实态度;四是语言相对简单质朴。

　　游士之说、学者之说和刍荛狂夫之说,同样都是"说",所以它们有一些共性,都是要解释、说明,都是在传达对外界的思考和认识。但由于作者不同、接受对象不同、为说的目的不同等因素的影

---

　　① (宋)朱熹:《诗集传》,第60页。

　　② (宋)朱熹:《四书章句集注》,中华书局1983年版,第188页。

　　③ (汉)司马迁:《史记》,第2618页。

　　④ (宋)苏轼:《苏东坡全集》,珠海出版社1996年版,第1762页。

响,它们也呈现出不同的特性。虽然,其他两种"说"也对"小说"的发展演变产生了不可忽视的影响,但刍荛狂夫之说才是我们现在所谓"小说"的最初源头。

三、小说作品分析

以"说"为名的文字或文体,都是用来说理的,小说也不例外。这可以在具体的小说作品中找到证据。如《汉书·艺文志》中所著录的小说作品,从所能见到的佚文来看,它们多是说理的。如《青史子》记:"鸡者,东方之牲也,岁终更始,辨秩东作,万物触户而出,故以鸡祀祭也。"①介绍一种风俗,说明其起因。《青史子》现存佚文三条,或关于胎教,或言祭法。鲁迅先生在论及此书时说:"遗文今存三事,皆言礼,亦不知当时何以入小说。"②李剑国先生说它"毫无小说意味"。③ 但如果不局限于现代小说的叙事观念的话,这种以说理和介绍知识为宗旨的文体,正是"小说"的本质。再如《百家》现存的两条佚文:"公输班之水上,见蠡,谓之曰:'开汝匣,见汝形。'蠡适出头,般以足画图之,蠡引闭其户,终不可得开,般遂施之门户,欲使闭藏当如此周密也。""宋城门失火,因汲取池中水以沃灌之,池中空竭,鱼悉露见,但就取之,喻恶之滋,并中伤良谨也。"④或解释事物的缘起,或说明谚语的来历,也都是说理。

再如《伊尹说》,严可均、王利器、余嘉锡等人均认为《吕氏春

---

① 鲁迅:《古小说钩沉》,见《鲁迅全集》第八卷,人民文学出版社 1973 年版,第 125 页。

② 鲁迅:《中国小说史略》,第 13 页。

③ 李剑国:《唐前志怪小说史》,第 115 页。

④ 王利器:《风俗通义校注》,第 577、608 页。

秋·本味篇》就是《伊尹说》。①《本味篇》原文如下：

> 求之其本，经旬必得；求之其末，劳而无功。功名之立，由事之本也，得贤之化也。非贤其孰知乎事化？故曰其本在得贤。
>
> 有侁氏女子采桑，得婴儿于空桑之中，献之其君。其君令烰人养之。察其所以然，曰"其母居伊水之上，孕，梦有神告之曰：'白出水而东走，毋顾。'明日，视白出水，告其邻，东走十里，而顾其邑尽为水，身因化为空桑。"故命之曰伊尹。此伊尹生空桑之故也。长而贤。汤闻伊尹，使人请之有侁氏。有侁氏不可。伊尹亦欲归汤。汤于是请取妇为婚。有侁氏喜，以伊尹为媵送女。故贤主之求有道之士，无不以也；有道之士求贤主，无不行也；相得然后乐。不谋而亲，不约而信，相为殚智竭力，犯危行苦，志懽乐之，此功名所以大成也。固不独。士有孤而自恃，人主有奋而好独者，则名号必废熄，社稷必危殆。故黄帝立四面，尧、舜得伯阳、续耳然后成，凡贤人之德，有以知之也。
>
> 伯牙鼓琴，钟子期听之，方鼓琴而志在太山，钟子期曰："善哉乎鼓琴，巍巍乎若太山。"少选之间，而志在流水，钟子期又曰："善哉乎鼓琴！汤汤乎若流水。"钟子期死，伯牙破琴绝

---

① 严可均《全上古三代秦汉三国六朝文》云："此疑小说家《伊尹说》之一篇。"余嘉锡《余嘉锡论学杂著》（中华书局1963年版）第271页有："然谓《吕氏春秋·本味篇》，为出于小说家之伊尹说，则甚确。"王利器《古代小说拾遗》（见《王利器推荐古代文言小说》，广陵书社2004年版）第1页有："中国小说，远在先秦就已经出现，现在完完整整保存《吕氏春秋·孝行览》的《本味篇》，应当是《汉书·艺文志·诸子略》小说家著录的第一种《伊尹说》二十七篇中的一篇，这是中国小说现存最早的一篇，因之，本书即以之为选首，此亦'开宗明义'之意也。"鲁迅《古小说史略》第13页评《本味篇》云："说极详尽，然文丰赡而意浅薄，盖亦本《伊尹书》。"

弦,终身不复鼓琴,以为世无足复为鼓琴者。非独琴若此也,贤者亦然。虽有贤者,而无礼以接之,贤奚由尽忠?犹御之不善,骥不自千里也。

汤得伊尹,被之于庙,爝以爟火,衅以牺猳。明日,设朝而见之,说汤以至味,汤曰:"可对而为乎?"对曰:"君之国小,不足以具之,为天子然后可具。夫三群之虫,水居者腥,肉玃者臊,草食者膻,臭恶犹美,皆有所以。凡味之本,水最为始。五味三材,九沸九变,火为之纪。时疾时徐,灭腥去臊除膻,必以其胜,无失其理。调和之事,必以甘酸苦辛咸,先后多少,其齐甚微,皆有自起。鼎中之变,精妙微纤,口弗能言,志不能喻。若射御之微,阴阳之化,四时之数。故久而不弊,熟而不烂,甘而不哝,酸而不酷,咸而不减,辛而不烈,澹而不薄,肥而不腺。肉之美者:猩猩之唇,獾獾之炙,隽觾之翠,述荡之腕,旄象之约。流沙之西,丹山之南,有凤之丸,沃民所食。鱼之美者:洞庭之鱄,东海之鲕。醴水之鱼,名曰朱鳖,六足,有珠百碧。雚水之鱼,名曰鳐,其状若鲤而有翼,常从西海夜飞,游于东海。菜之美者:昆仑之蘋,寿木之花。指姑之东,中容之国,有赤木玄木之叶焉。馀瞀之南,南极之崖,有菜,其名曰嘉树,其色若碧。阳华之芸。云梦之芹。具区之菁。浸渊之草,名曰土英。和之美者:阳朴之姜,招摇之桂,越骆之菌,鳣鲔之醢,大夏之盐,宰揭之露,其色如玉,长泽之卵。饭之美者:玄山之禾,不周之粟,阳山之穄。南海之秬。水之美者:三危之露;昆仑之井;沮江之丘,名曰摇水;曰山之水;高泉之山,其上有涌泉焉,冀州之原。果之美者:沙棠之实;箕山之东,青鸟之所,有甘栌焉。江浦之橘。云梦之柚。汉上石耳。常山之北,投渊之上,有百果焉,群帝所食;箕山之东,青鸟之所,有甘栌焉;江浦之橘;云梦之柚。汉上石耳。所以致之,马之美者,青龙之匹,遗风之乘。非先为天子,不可得而具。天子不可强为,必先知道。道者止彼在己,己成而天子成,天子成则至味具。故审近所以知远也,成己所以成人也。圣人之道要矣,岂越越多业哉!"①

以前的小说史家往往对伊尹带有神秘色彩的出生感兴趣,着重论述这一段文字在小说方面的成就。但如果从小说是说理的这个角度出发来衡量的话,伊尹说汤以至味一段文字,才是真正的伊尹说,才是真正的小说。刘汝霖在《〈吕氏春秋〉之分析》中曾说:"《本味》小说家的书,现在不传,所以本书中何者为小说家的话,我们以为无可参照,不能知道。惟有本篇全引伊尹说汤以至味的事情,语近于琐屑,和《汉书·艺文志》所说小说家的情形相像;并且《汉志·小说家类》有《伊尹说》二十七篇,此篇当即采自《伊尹书》也。"②也提出说汤以至味一段才是接近于《汉志》所录小说家的《伊尹说》。而伊尹说汤以至味一段,并不是在叙述一个高明的厨师如何做饭、饭菜如何美味、国君吃后是如何反应等,其中没有细节描绘、没有情节叙述、没有主人公的活动,而只是像一篇说明文一样,介绍应该如何调和味道以及天下各处之美味。

后来的小说,也沿袭了这一说理的性质。如第一部以小说为名的作品——《殷芸小说》,其中就有很多说明性质的文字:"荥阳板诸津南原上有厄井,父老云:汉高祖曾避项羽于此井,为双鸠所救。故俗语云:'汉祖避时难,隐身厄井间,双鸠集其上,谁知下有人?'汉朝每正旦放双鸠,起于此。"③这里,俗语概括了一个事件,而作为小说,这一段文字的目的则是要解释厄井的来由,顺便还说

---

① 陈奇猷:《吕氏春秋新校释》,上海古籍出版社 2002 年版,第 745—746 页。
② 刘汝霖:《〈吕氏春秋〉之分析》,见罗根泽编《古史辨》第六册,上海古籍出版社 1982 年版,第 356 页。
③ (梁)殷芸撰,周楞伽辑注:《殷芸小说》,上海古籍出版社 1984 年版,第 3 页。

明了汉朝正旦放双鸠风俗的来历。再如:"秦世有谣云:'秦始皇,何强梁;开吾户,据吾床;饮吾浆,唾吾裳;餐吾饭,以为粮;张吾弓,射东墙;前至沙丘当灭亡。'始皇既焚书坑儒,乃发孔子墓,欲取经传。墓既启,遂见此谣文刊在冢壁,始皇甚恶之。乃东游,乃远沙丘而循别路,忽见群小儿攒沙为阜,问之:'何为?'答云:'此为沙丘也。'从此得病而亡。或云:'孔子将死,遗书曰:"不知何男子,自谓秦始皇,上我之堂,据我之床,颠倒我衣裳,至沙丘而亡。"'"①这一条小说也是对秦世谣言的说明。在《殷芸小说》中,大部分的文字都具有这样一种解说的性质,如该书的第一条和第二条:

> 齐隔城东有蒲台,秦始皇所顿处。时始皇在台下萦蒲系马,至今蒲生犹萦,俗谓之始皇蒲。
>
> 始皇作石桥,欲过海观日出处。时有神人能驱石下海,石去不速,神人辄鞭之,皆流血,至今悉赤。阳城十一山石尽起东倾,如相随状,至今犹尔。②

这两条都是关于事物的解说,第一则是解释为什么蒲草是卷曲的、它的这种特性以及其名字的来历,而不是秦始皇以蒲拴马这一事件。第二则小说是解释石头为什么是红色的,以及阳城山上的石头为什么会"尽起东倾,如相随状"。至于神人能驱石下海这一充满神秘与怪异色彩的故事,只不过是用来解释自然现象的,而不是这则小说的重点。再如:"介子推不出,晋文公焚林求之,终抱木而死。公抚木哀嗟,伐树制屐。每怀割股之恩,辄潸然流涕视屐曰:'悲乎足下!'足下之言,将起于此。"③这则小说也同样是说明"足

---

① (梁)殷芸撰,周楞伽辑注:《殷芸小说》,第51页。

② 同上书,第1页。

③ 同上书,第39页。

下"一词的来源的。

　　基于"说"的说理、阐释的意义,"小说"一词在一开始也应该就是说理的。这也就可以理解为什么小说一直隶属于子部,而在《隋书·经籍志》《旧唐书·经籍志》等书中将大批志怪小说放在史部杂传类,因为这些作品故事性太强;而叙事,在中国古代则是史书所承担的功能。这种对叙事性作品的排斥,其实正是源于小说是说理的观念。所以,学界的某些观点,如"'说'者,我们以为是指故事性的叙事文体",①"先秦的'小说'或者'说',乃是一种说故事的文体"。② 这些说法一方面是受了西方文论,尤其是《小说面面观》中把小说界定为讲故事的文体的影响;另一方面也是没有将中国古代小说观念的发展脉络梳理清楚,从而形成的对中国古代小说的一种误解。但这种误解可以说在我们的头脑里根深蒂固了,以至于有时候我们根本都没有意识到小说是说理的。

　　也有学者认识到了小说的说理性质,如王枝忠先生在《汉魏六朝小说史》中所归纳的汉人小说观念的特征,其中之一就是"写法是以事喻理,说理是其终极目的","内容十分芜杂,几乎无所不有,包括了各种各类知识"。③ 这就认为小说的目的是为了说理,小说是各种知识的载体。再如陈文新先生在《传统小说与小说传统》中论及史书和小说作品中的怪异故事时说:"史家志异,旨在表明社会生活处于异常状态;子部小说志异,却是为了传达关于怪异事物的知识。"④这也表明,小说是用来说理的,它是知识的载体,而不是叙事的工具。

① 陆林:《试论先秦小说观念》,《安徽大学学报》1996年第6期,第13页。
② 徐克谦:《论先秦"小说"》,《社会科学研究》1998年第5期,第112页。
③ 王枝忠:《汉魏六朝小说史》,浙江古籍出版社1997年版,第19页。
④ 陈文新:《传统小说与小说传统》,武汉大学出版社2007年版,第179页。

　　王汝梅、张羽在《中国小说理论史》中,不仅阐明了小说的说理性质,还将小说从说理向叙事的转变做了较为清晰的梳理。该书在讨论班固、桓谭对小说的论述后总结说:"一、《艺文志》将小说家列在'诸子略'中,而没有列在'六艺略'的'春秋'类中。在目录学中,'诸子略'相当于后世的'子部',而子部是以明理类著述为主,包括博物类等著述的。'六艺略'相当于后世的经部,后世的'史部'则是从春秋类分化出来的,而'春秋类'和'史部'是以记述历史事实的著述为主的。于此可见,《艺文志》中的'小说家'类与'儒家'等类一样,都是以明理为主的。"①这是从目录学分类的角度,来分析说明小说性质的:因为小说从属于明理类的子部,所以小说是明理的。他们还认为:"《艺文志》小说家类所著录的著作大都是明理的,而非叙事。"②在论及欧阳修写《新唐书·艺文志》时将《隋书·经籍志》和《旧唐书·经籍志》的史部杂传类二十二种著述列入小说家类一事时,说:"这样,在小说家类中,便包括了明理(及博物)和记事两类著述。"③"清代纪昀主持纂修《四库全书总目提要》是正统目录学的权威性、总结性的巨著,它对小说家类著述做了一次较大的调整,首先是全部剔除了明理性著述,又把记事类(包括一部分博物类)著述分为杂事、异闻、琐语三大类,所含作品基本上相当于今天所说的志人、志怪和杂记小说,特别是在存目中还有少量传奇小说。"④这就非常明晰地勾画出了小说性质发展演变的脉络,由最初的以明理为主,到宋代就变为明理和记事兼而有之,清代则注重其记事性,反而将说理性质的作品剔除了。

---

① 王汝梅、张羽:《中国小说理论史》,浙江古籍出版社 2001 年版,第 2 页。
② 同上书,第 3 页。
③ 同上书,第 4 页。
④ 同上。

第三节 诸子的"小说"观

在了解了小说最初是解说、阐释性质的作品后,我们会惊讶于它的变化,因为我们现在不论是在阅读小说还是在研究小说时,头脑中都会将它与故事、叙事联系起来。那么,它从说明到叙事的演变过程是怎样的呢? 要了解这一演变情况,我们有必要联系子书对其做一番梳理。因为,古代小说一直是被传统目录学家归入子部的,而我们现在所能看到的、最早提及"小说"一词的,也是庄子、荀子等诸子。可见,小说与子部著作的关系尤为密切。我们可以通过梳理诸子关于"小说"的论断,来分析小说观念的发展。

一、先秦诸子的小说观

历来研究古代小说或治小说史的学者,都会提到《庄子·外物篇》中那段关于小说的论述。也有许多学者指出,这里的"小说"指的是无关乎大道的言论或思想,是没有什么价值的琐屑言谈,不具有文体意义,也不能完全等同于今天的小说。这是正确的。但作为我们现在所能见到的最早的关于"小说"的论述,这段话对小说观念的影响是非常大的。在后来的小说观念中,都不可避免地会留有庄子所讨论的"小说"的印迹。深入探究庄子在论述小说时的心态,对我们理解小说会有极大的帮助。

在《庄子·外物》篇中,论及"小说"的内容如下:

> 任公子为大钩巨缁,五十犗以为饵,蹲乎会稽,投竿东海,旦旦而钓,期年不得鱼。已而大鱼食之,牵巨钩,铬没而下,鹜扬而奋鬐,白波若山,海水震荡,声侔鬼神,惮赫千里。任公子得若鱼,离而腊之,自制河以东,苍梧以北,莫不厌若鱼者。已

而后世轻才讽说之徒,皆惊而相告也。夫揭竿累,趣灌渎,守
鲵鲋,其于得大鱼难矣,饰小说以干县令,其于大达亦远矣,是
以未尝闻任氏之风俗,其不可与经于世亦远矣。①

在这段话中,庄子按照他的方式先给读者讲了一个任公子钓大鱼
的故事:任公子准备了巨大的鱼钩,用五十头牛做鱼饵,并且经过
了漫长的等待,终于钓到了一条大鱼。而从后面的文字——"夫揭
竿累,趣灌渎,守鲵鲋,其于得大鱼难矣"来看,那些拿着小鱼竿,到
小的沟渠里钓鱼,并且以鲵鲋为目标的人,是无法钓到任公子那样
的大鱼的。此处,任公子钓得的大鱼,是用来比喻大达、大道的;而
那些没有配置好装备、目标也不明确的人,就是"饰小说以干县令"
者,是与任公子相对而存在的。而此处的"小说",是指与庄子所言
的"大道"相对的"小道"。那么,这种相对的"小道"、"小说",具体
指的是什么呢?

《庄子》一书在先秦散文发展史上,处于从语录体向专题论文
过渡的阶段,其为文已经不同于《论语》、《道德经》中的各段之间完
全独立、上下文之间没有任何联系的情况。在一篇文章中,一般都
有相对统一的主旨,上下文之间有逻辑关系的承接。

在关于"小说"的论述之后,庄子在接下来的两段文字中,都是
将儒家视为"揭竿累,趣灌渎,守鲵鲋"者进行攻击和批判的:

> 儒以诗礼发冢。大儒胪传曰:"东方作矣,事之何若?"小
> 儒曰:"未解裙襦,口中有珠。《诗》固有之曰:'青青之麦,生于
> 陵陂。生不布施,死何含珠为!'接其鬓,压其顪,儒以金椎控
> 其颐,徐别其颊,无伤口中珠!"
>
> 老莱子之弟子出薪,遇仲尼,反以告,曰:"有人于彼,修上

---

① (清)郭庆藩撰,王孝鱼点校:《庄子集释》,中华书局1961年版,第925页。

而趋下,末偻而后耳,视若营四海,不知其谁氏之子。"老莱子曰:"是丘也。召而来。"仲尼至。曰:"丘!去汝躬矜与汝容知,斯为君子矣。"仲尼揖而退,蹵然改容而问曰:"业可得进乎?"老莱子曰:"夫不忍一世之伤而骜万世之患,抑固窭邪,亡其略弗及邪?惠以欢为骜,终身之丑,中民之行,进焉耳,相引以名,相结以隐。与其誉尧而非桀,不如两忘而闭其所誉。反无非伤也,动无非邪也。圣人踌躇以兴事,以每成功。奈何哉其载焉终矜尔!"①

　　这些都是对孔子学说的批判,将儒家学者比喻为盗墓贼,认为他们以残忍的方式对待古人,但是却将古人的言论视为至宝;而孔子所提倡的仁义等学说,在老莱子看来是因为孔子孤陋寡闻或者是才智不及,所以才会有这些会给他自身带来一生臭名的言论和观点。

　　在《庄子》一书中,我们可以发现类似对儒家的批判很多。甚至可以说,儒家是庄子的一个箭靶子,在阐发自己观点或辩驳别人观点时,庄子都喜欢拉上儒家。可见,从庄子的立场上来看,被他肆意批判的儒家是不合乎大道的,否则他也不会那么不客气。那么,包括儒家在内的这些不合乎庄子所提倡的大道的学派或学说,是不是可以划归庄子所谓的"小说"呢?我认为是可以的。首先,从庄子的原话看,"小说"是不合大道的言论。从其"是其所是"的角度出发,大道所指的就是庄子他们自己所说、所信奉的言论或思想,那么,在"非其所非"的心态下,所有其他家的言说就都是小说了。其次,庄子在表述了对"小说"的不屑后,下面紧接着的是对儒家的批判,可见,他确实是将儒家的学说看做"小说"的,其他家就更不用说了。

　　庄子所谓的"小说",是在诸子百家争鸣的文化背景下产生的。

———————————

　　① (清)郭庆藩撰,王孝鱼点校:《庄子集释》,第927—930页。

当时各家学派纷纷著书立说,宣传自己的学说和政治理想;同其他派别的学者互相辩难,有时甚至是相互攻击。而对自己的主张和学说,人们肯定都认为是最正确、最完美的;那么,那些与自己不同的声音,必然会被排斥,会被目为"小说"。这也可以证明,庄子在《外物》篇中所提到的小说,指的是除道家之外的所有学说。

我们所能看到的先秦时期与"小说"有关的论述,还有子夏和荀子的说法。在《论语·子张》中,子夏有这样一句话:"虽小道,必有可观者焉;致远恐泥,是以君子不为也。"①这句话,被班固误以为是孔子的话,并在《汉书·艺文志》关于小说的论述中加以引用。可见,子夏所论的"小道",就是班固所谓的"小说"。而子夏所谓的"小道"这种表述背后的鄙视态度,与庄子是相同的。那么子夏所说的"小道"是指什么呢?它与小说有怎样的关系呢?何晏注云:"小道谓异端。"②今天我们说"异端"时,一般指向的是异己的思想或言论。那么何晏所说的"异端"是不是这个意思呢?《论语·为政》说:"子曰:攻乎异端,斯害也已!"③旧注一般解"攻"为"攻击批判",而关于"异端"或解为杨墨佛老、离经邪说,或解为与儒殊途同归的学说,或解为事之两端。但大多是把"异端"解释为儒家以外的学说。可见,作为异端的小道,就是指儒家之外的其他各家。在后世,不仅是本土的诸子之说,甚至连佛教都在小道之列。郑注云:"小道,如今诸子书也。"④这就很明确地说明了:小道就是异端学说,是除了儒家之外的其他各家言论。可见,子夏所说的"小道",也是指和自己所信奉的儒家学说不同的其他言说。这和庄子将不符合道家思想的言论视为"小说"的言论,是如出一辙的。只是庄子

---

① (宋)朱熹:《四书章句集注》,第188页。

② 参见(清)刘宝楠《论语正义》,中华书局1990年版,第738页。

③ (宋)朱熹:《四书章句集注》,第57页。

④ (清)刘宝楠:《论语正义》,第739页。

的鄙视态度较强烈，批判的力度也较大；但子夏的态度就比较的宽容、平和，能兼容并包，承认与自己不同的学说也有存在的价值——"必有可观焉"。只是不能"致远"，不能经世致用，故君子不为。

在《荀子·正名》篇中，亦有类似于"小说"的"小家珍说"："故知者论道而已矣，小家珍说之所愿皆衰矣。"①此处虽没有明言"小说"，但"小家珍说"一直是被学者看作"小说"的。杨倞注云："知治乱者，论合道与不合道而已矣，不在于有欲无欲也。能知此者则宋墨之家自珍贵其说，愿人之去欲、寡欲者皆衰也。"②在这里，宋子和墨子等人的学说是被视为"小说"的。墨子我们很熟悉，是先秦诸子中的一家。而和墨子并列的宋子，章太炎认为即是宋荣子。庄子把他推为一家，而且荀子对他的批判也很多。据章氏说，宋荣子是主张非兵的，而且《汉志》小说家中的《宋子》就是他的作品。只是因为别人说的是高深的学理，只和门人研究；宋子逢人便说，陈义很浅，所以班固把他列入小说家。③可见，宋子也是先秦一个思想学术派别。而且庄子和荀子对他的批判非常多，可见他还是当时比较流行的一家。至于《汉志》是不是因为宋子逢人就阐述自己的思想，并且还说得很浅俗，才将其放入小说家的，这个我们已经无从考证了。但从将宋子、墨子等界定为"小家珍说"来看，荀子所谓的"小家珍说"，也指的是那些和自己的学说、主张不同的其他学派。罗宁先生在论及荀子的"小家珍说"时，还注意到了这样一个现象："《荀子》中还有一些地方论及'邪说'、'奸说'、'乱世奸人之说'等，这些说法似都与小说相关。值得注意的是，'邪说'、'奸说'之类都是与正道、王制、礼义等相对而称的。"④罗先生还列举

———————————

① （清）王先谦：《荀子集解》，中华书局 1988 年版，第 429 页。

② 同上书，第 429—430 页。

③ 参见章太炎《国学述闻》，第 31 页。

④ 罗宁：《汉唐小说观念论稿》，第 15 页。

了很多例子,并认为:"在荀子看来,凡不合正道、王制的百家之说,
一概可视为'邪说'、'奸说'。"①黄朴民先生也认为荀子的"邪辟之
说","指与儒家学说对立的其他学派的理论"。② 而正道、王制、礼
义正是荀子学说的主要内容,那么,不符合这些思想的"邪说"、"奸
说"等百家之说,和"小家珍说"一样,也都是小说。正如《荀子·正
名》所说的:"以正道而辨奸,犹引绳以持曲直,是故邪说不能乱,百
家无所窜。"③"邪"、"奸"、"异"等说法,是依据荀子的"正道"所做
出的判断,符合的就是正,否则就是"邪"、"奸"、"异"。而且荀子将
"邪说"与"百家"之言相提并论,也表明两者是等同的。

类似的说法在《孟子》一书中也有,如在《滕文公下》中,就有这
样的文字:"杨墨之道不息,孔子之道不著,是邪说诬民,充塞仁义
也。仁义充塞,则率兽食人,人将相食。吾为此惧,闲先圣之道,距
杨墨,放淫辞,邪说者不得作。""我亦欲正人心,息邪说,距诐行,放
淫辞,以承三圣者;岂好辩哉? 予不得已也。"④黄朴民先生也说此
处的邪说,为"儒家代表人物(孟子最为典型)将一切不合乎儒家基
本原则的学说理论斥为歪门邪说"。⑤ 而这些歪门邪说,说得客气
点就是"小家珍说"、"小说"。甚至在董仲舒的《天人三策》中,亦
说:"臣愚以为诸不在六艺之科孔子之术者,皆绝其道,勿使并进。
邪辟之说灭息,然后统纪可一而法度可明,民知所从矣。"⑥其中的
"邪辟之说",与荀子的"邪说"、"奸说"、"异说"等,都指的是儒家之
外的诸子学说。其"独尊儒术,罢黜百家"的建议,就是出于这样的

---

① 罗宁:《汉唐小说观念论稿》,第 16 页。
② 彭林、黄朴民:《中国思想史参考资料集》,清华大学出版社 2005 年版,第
171 页。
③ (清)王先谦:《荀子集解》,第 423 页。
④ (宋)朱熹:《四书章句集注》,第 272、273 页。
⑤ 彭林、黄朴民:《中国思想史参考资料集》,第 134 页。
⑥ (汉)班固:《汉书》,第 2523 页。

观念而提出的。他和庄子的"是其所是,非其所非"的排他性立场是一样的,唯我独尊,已经没有了子夏等儒家学者的那种宽容心态。

但庄子、子夏、荀子等人的论述中有一点是共通的,那就是从维护自身、批判对方的立场出发,贬低其他"小说"。从上述论述中可以知道,先秦时期的"小说",指的都是与自己所信奉的学说不同的其他家学说。

二、汉代诸子的小说观

各家在相互排斥、批判的同时,其实也在互相接纳和渗透,所以"学术思想在战国晚期出现了整合融汇的新气象"。① 如作为儒家的荀子,他的思想中有法家思想,道家则出现了融合诸子学说的黄老之学,法家思想中亦有儒家、墨家思想等等。作为杂家的《吕氏春秋》一书,就体现出了一种对诸家学说融会贯通的趋势,在《用众篇》中说:"物固莫不有长,莫不有短。人亦然。故善学者,假人之长以补其短。故假人者遂有天下。"②体现了一种兼容并包的倾向。在《吕氏春秋·不二篇》中说:"老耽贵柔,孔子贵仁,墨翟贵廉,关尹贵清,子列子贵虚,陈骈贵齐,阳生贵己,孙膑贵势,王廖贵先,兒良贵后。"③这就与孟子骂杨朱为禽兽截然不同,是一种熟悉对方的学说体系后的宽容甚至是赞赏。

到了汉代,仍有这一思想的遗留,如司马谈在《论六家要旨》中说:"《易大传》:'天下一致而百虑,同归而殊途。'夫阴阳、儒、墨、名、法、道德,此务为治者也,直所从言之异路,有省不省耳。"④《淮

① 彭林、黄朴民:《中国思想史参考资料集》,第140页。
② 陈奇猷:《吕氏春秋新校释》,第235页。
③ 同上书,第1134页。
④ (汉)司马迁:《史记》,第3288—3289页。

南子·氾论训》中亦有:"百川异源而皆归于海,百家殊业而皆务于治。"①在承认各家学说各有其特质的同时,都强调其出发点都是相同的,都是为了天下的治理。在《淮南子·齐俗训》中亦有:"故百家之言,指奏相反,其合道一体也。譬若丝竹金石之会乐同也。其曲家异而不失于体。"②也认为百家学说都是符合道的,虽具体说法各不相同,但都是合乎道体的。而小说逐渐地也就不再被目为"邪说"、"奸说",而是成了一种补偿,具有一定的借鉴意义。

但随着汉帝国政权大一统的出现,思想界也出现了统一的要求。汉武帝推崇儒家思想,"表章六经,独尊儒术"。于是以六经为代表的儒家思想就成了官方思想,也是被大多数人所接受和传承的主流思想。在那时,凡是不合乎六经与儒家思想的言说,就都成了小说了。

早在刘向校理群书的时候,就提出了以六经为宗的观念。他在《晏子叙录》中,评价《晏子》一书时说:"其书六篇,皆忠谏其君,文章可观,义理可法,皆合六经之义。"③认为《晏子》一书之所以"文章可观,义理可法",原因在于其"合六经之义"。可见刘向评价一部书的价值,或一家学说的意义,是以六经为准绳的。刘向还说:"又颇有不合经术,似非晏子之言,疑后世辩士所为言者,故亦不敢失,复以为一篇。"④可见,是否合于经传,不仅是在作价值判断时的一个标准,甚至成了判断真伪的标准了:不合经术的,就可能不是晏子的作品。在《列子叙录》中,刘向亦说列子"其学本于黄帝老子,号曰道家。道家者,秉要执本,清虚无为。及其治身接物,务崇不竞,合于六经"。⑤ 可见,在对《列子》一书进行评价时,也是

---

① 何宁:《淮南子集释》,第 922 页。

② 同上书,第 799—800 页。

③ 吴则虞:《晏子春秋集释》,中华书局 1962 年版,第 50 页。

④ 同上书,第 50 页。

⑤ 杨伯峻:《列子集释》,中华书局 1979 年版,第 278 页。

以是否合于六经作为标准的。对于那些不合之说，就认为"亦有可观者"，这与子夏所说的"虽小道，必有可观焉"是一脉相承的，即虽然认可其存在的价值，但还是目其为小道或小说的。据《汉书·张欧传》颜师古注所引刘向的《别录》有："申子学号曰刑名。刑名者，徇名以责实，其尊君卑臣，崇上抑下，合于《六经》。"①将形名家与儒家的六经联系起来，仍是以六经为宗的，但也认可其价值及意义，体现了"小道可观"的宽容、兼容的态度。

　　到了西汉末的扬雄，他也是以圣人和经书作为评判作品的标准的。在《法言·吾子》中，有这样一段对话："或曰：'人各是其所是而非其所非，将谁使正之？'曰：'万物纷错则悬诸天，众言淆乱则折诸圣。'或曰：'恶睹乎圣而折诸？'曰：'在则人，亡则书，其统一也。'"②扬雄在这里就说得很明确了：一切以圣人为标准；圣人不在了，就以圣人之书为标准。前面在论及庄子、子夏、荀子等人对小说的论述时，已经谈到当时在判断小说时，是学者站在"是其所是，而非其所非"的立场上，将和自己不同的学说都视为小说。而到了扬雄，他就明确提出这样会导致学术思想界的混乱，为了避免淆乱不清的情形发生，就必须以孔子和儒家的经典作为评判的标准。从这种立场出发，除儒家的圣人之言和典籍中的学说外，其他各家就都成了小说了。这种观点，在《法言》中有很多表现。如："好书而不要诸仲尼，书肆也；好说而不要诸仲尼，说铃也。"③在这段话中，也体现了一切以孔子作为标准的思想：即便是好书，如果不是以孔子思想为准绳的话，则只是书肆中那些繁杂的作品。书肆是适应民间教育事业普及和文化学术思想发展的产物，其中的书籍因为是针对民间且具有普及性质，故其学术价值不高。《后汉

①（汉）班固：《汉书》，第2204页。
② 汪荣宝：《法言义疏·义疏四》，第14页。
③ 同上书，第8页。

书·王充传》中记王充"家贫无书,常游洛阳市肆,阅所卖书,一见辄能诵忆,遂博通众流百家之言"。① 可见当时的书肆中,多是百家语。而百家语,在当时因其不是儒家的学说,不合经典,是被视为"小说"的。而李轨注《法言》"说铃"云:"铃以谕小声,犹小说不合大雅。"②汪荣宝注:"大者为铎,小者为铃,说铃与木铎相对也。"③《论语》中有"天将以夫子为木铎"语,朱熹注云:"木铎,金口木舌,施政教时所振,以警众者也。言乱极当治,天必将使夫子得位设教,不久失位也。"④认为木铎所喻为孔子所言关于治理天下之事理。所以,木铎为大道,木铃为小道,圣人之说为大雅之道,而除此以外其他诸子之学说均为"说铃"。也就是说,那些与作为天之木铎的孔子所发出的声音不同的学说,统统是"小说"。

据《汉书·扬雄传》记载,其撰写《法言》的缘由为:"雄见诸子各以其知舛驰,大氐诋訾圣人,即为怪迂,析辩诡辞,以挠世事,虽小辩,终破大道而或众,使溺于所闻而不自知其非也。及太史公记六国,历楚汉,讫麟止,不与圣人同,是非颇谬于经。"⑤作为一个以正统自居的学者,扬雄非常严谨地以圣人和经书作为其评判一切作品的标准。在他看来,与圣人和经书不同的诸子,是怪迂之作;由于司马迁将六经作为判断自己素材是否可信的标准没有得到很好的执行,所以他也遭到了扬雄的批判。因为《史记》有时候是取材于子书,甚至有很多是取材于民间传说,所以,扬雄批判司马迁在写《史记》时,"不与圣人同是非,颇谬于经",可见,评判史书也以孔子、经书为标准。而诸子之说,因为扬雄认为它们与圣人不同,"即为怪迂",即为"小辩",会损害大道,会迷惑人。所以,这不合

---

① (南朝)范晔:《后汉书》,第 1629 页。
② 汪荣宝:《法言义疏·义疏四》,第 8 页。
③ 同上书,第 9 页。
④ (宋)朱熹:《四书章句集注》,第 68 页。
⑤ (汉)班固:《汉书》,第 3580 页。

大道的"小辩",也就是诸子之说,即"小说"。

《汉书·东平思王传》记东平思王刘宇上疏求诸子及太史公书,大将军王凤曰:"诸子书或反经术,非圣人,或明鬼神,信怪物……不可予。不许之辞宜曰:'《五经》圣人所制,万事靡不毕载。王审乐道,傅相皆儒者,旦夕讲诵,足以正身虞意。夫小辩破义,小道不通,致远恐泥,皆不足以留意。诸益于经术者,不爱于王。'"①此处的"小辩"、"小道",均为对诸子书的批判性表述,而其"致远恐泥"的评价,则与子夏对"小说"的定位是相同的。这也是将诸子书视为"小说"的一个证据。

以上的说法,都是以一种相比较的思想来论述小说的:将其界定为与自己学说不同的小道和言说,故鄙之为小。而第一次从正面论述"小说"的,是东汉的桓谭。他在《新论》中说:"若其小说家,合丛残小语,近取譬论,以作短书,治身理家,有可观之辞。"②应该说这里对小说家及小说的界定,也是含有鄙薄的态度的。首先,小说,不是"作",不是"述",而是"合",是收集、整理,与庄子所说的"饰"相同,都不是原创,而是抄袭或加工。其次,仍然是"小"、"小语",带有和大道相对的卑微色彩。尽管桓谭对小说的评价有鄙夷之意,但毕竟第一次从正面论述了什么是小说:它的性质是合丛残小语,说理和论辩方式是近取譬论,形式是短书,功能是治身理家、有可观之辞。相对前人的论述,这些可以算是比较明确的界定了,此说对于小说概念的清晰化,有重要意义。而据《后汉书·桓谭传》言,桓谭"能文章,尤好古学,数从刘歆、扬雄辨析疑异",③可见,桓谭和当时著名学者的交往非常频繁,其观点应该可

---

① (汉)班固:《汉书》,第3324—3325页。

② 今本《新论》无此,佚文见《文选》卷三一,李善注江淹《拟李都尉从军诗》所引《新论》文字。见萧统撰、李善注《文选》,中华书局1977年版,第444页。

③ (南朝)范晔:《后汉书》,第955页。

以反映当时的主流看法。

那么在桓谭的心目中,哪些作品具有这些特点呢?和刘向、扬雄的观点一样:除六经和儒家著作之外的其他作品,都是小说。

据《新论》的另一条佚文:"通才著书以百数,惟太史公为广大,余皆丛残小语,不能比子云《法言》《太玄》也。"①桓谭在这里对当时的著书情况,作了一个分析,认为除了太史公的《史记》与扬雄的《法言》《太玄》外,其他均为"丛残小语",也就是他所说的小说创作的原始材料或小说的原初形态。司马迁的《史记》是史书,在传统的目录学中,属于史部,不在明理的子书范围内。而扬雄是当时以儒家正统自居的学者,他的《法言》等作品,正是为了维护儒家的正统思想而创作的。所以桓谭认为除了《法言》和《太玄》外,其他都是丛残小语,都是小说,其实就是将当时儒家之外的创作均视为小说。这种观点在王充《论衡》一书中,也可以得到印证。《论衡·书解篇》云:"或曰:'古今作书者非一,各穿凿失经之实传,违圣人质,故谓之丛残,比之玉屑。故曰:丛残满车,不成为道;玉屑满箧,不成为宝。前人近圣,犹为丛残,况远圣从后复重为者乎?其作必为妄,其言必不明,安可采用而施行?'"②此处,王充将那些与经书之言、圣人之说不同的著作均比为丛残、玉屑。这些小说家的"丛残小语"并非是用来娱乐或叙事的,而是可以施行的某种道理。但因为它们与圣人之说、经传之言不同,所以王充才批判它们虚妄,认为其不能被采用、被施行。

在《新论·本造》篇中,亦有相近的说法:"庄周寓言,乃云'尧问孔子',《淮南子》云'共工争帝地维绝',亦皆为妄作。故世人多云短书不可用。然论天地间,莫明于圣人,庄周等虽虚诞,故当采

① (宋)李昉等编,夏剑钦校点:《太平御览》,河北教育出版社1994年版,第861页。
② (汉)王充:《论衡》,第435页。

其善，何云尽弃邪！"①这段话表明：《庄子》、《淮南子》等书中有很多荒诞不经的说法，故在桓谭看来是妄作。而他以这两本书为例子来证明"短书不可用"，而"短书"正是前面他所说的"小说家合丛残小语"的作品，也就是小说。而且从其"故当采其善"等论述，与班固的"如或一言可采"一样，其实也是一种认为"小道可观"的态度。可见，后世被我们视为道家作品的《庄子》和杂家作品的《淮南子》，在桓谭的眼中，都是小说。这就验证了我们认为他视儒家及六经之外的其他作品为小说的看法。而且在这一段材料中，桓谭还提及了小说的另一特征"妄作"。"妄"是荒诞，是不合理的、不真实的，那么"妄作"就是荒诞无稽、不合乎事实的作品了。这就在原先将小说视为小道的鄙视态度基础之上，又添加了一条虚构或肆意乱说的判断标准。

稍后的王充，在《论衡》中也多次提到了"短书"，如《谢短篇》云："二尺四寸，圣人文语，朝夕讲习，义类所及，故可务知。汉事未载于经，名为尺籍短书，比与小道，其能知，非儒者之贵也。"②此处记载当时将汉代的史事也称为短书，并且也被比为小道，也体现出宗经、以儒家思想为本位的观念，与前述将诸子书与《史记》相提并论是一致的，比较符合汉人的小说观。而之所以会有这种看法，原因就在于它们"非儒者之贵也"，不是儒家所重视的。另外，《骨相》篇还有这样的记载："斯十二圣者，皆在帝王之位，或辅主忧世，世所共闻，儒所共说，在经传者较可信。若夫短书俗记、竹帛胤文，非儒者所见，众多非一。"③十二圣指古代传说中的黄帝、颛顼、帝喾、唐尧、虞舜、夏禹、皋陶、商汤、周文王、武王、周公、孔子，关于他们的传说，在王充看来，只有在儒家的经传中才是比较可信的。至

---

① （汉）桓谭：《新论》，上海人民出版社1977年版，第1页。
② （汉）王充：《论衡》，第196—197页。
③ 同上书，第36页。

于非儒者的说法就是"众多非一"了,如仓颉四目、重耳骈胁、苏秦骨鼻、项羽重瞳等,都偏离了儒家之说,不可信,故而是"短书俗记",是小说。那么这里仍然是强调儒者所见所说的才是真实可信的,可见,王充对小说的判定,也还是站在儒家的立场上"非其所非"的结果:一方面不是儒家的就是小说,另一方面强调这些小说的不可信。《书虚》篇云:"世信虚妄之书,以为载于竹帛上者,皆贤圣所传,无有然之事,故信而是之,讽而读之。睹真是之传与虚妄之书相违,则并谓短书,不可信用……夫世间传书诸子之语,多欲立奇造异,作惊目之论,以骇世俗之人;为谲诡之书,以著殊异之名。""短书小传,竟虚不可信也。"①在这里,王充提出了判断短书的另一个标准——虚妄,凡与事实不合的就是短书,而恰恰是那些好作怪异之论的诸子百家,语多虚妄,于是理所当然地成了小说。这种观点影响较为深远,直至刘勰的《文心雕龙》都有这种痕迹,在《诸子篇》中论及诸子的创作特点时,刘勰说:"然繁辞虽积,而本体易总,述道言治,枝条五经,其纯粹者入矩,踳驳者出规。《礼记·月令》,取乎吕氏之纪;三年问丧,写乎《荀子》之书:此纯粹之类也。若乃汤之问棘,云蚊睫有雷霆之声;惠施对梁王,云蜗角有伏尸之战;《列子》有移山跨海之谈,《淮南》有倾天折地之说,此踳驳之类也。是以世疾诸混同虚诞。按《归藏》之经,大明迂怪,乃称羿毙十日,嫦娥奔月。殷汤如兹,况诸子乎!"②认为子书是五经的支流,那些纯粹的,还中规中矩;而那些驳杂者,就出现了"混同虚诞"之辞,如《庄子》、《列子》书中的寓言,《淮南子》中的神话故事,都是被刘勰所批判的。

另外,关于短书、小说的产生,王充也有论及。在《龙虚篇》中

---

① (汉)王充:《论衡》,第55、63页。
② 范文澜:《文心雕龙注》,第308—309页。

有："彼短书之家，世俗之人也。"①这就提出了小说产生于民间的说法。《艺增》篇中还有"蜚流之言，百传之语，出小人之口，驰闾巷之间"，②这与"刍荛狂夫之议"、"道听途说"、"街谈巷语"已经很相近了。可见，王充已经有了将小说限定于民间的倾向了。在《风俗通义》序中，应劭亦云："至于俗间行语，众所共传，积非习贯，莫能原察。今王室大坏，九州幅裂，乱靡有定，生民无几。私惧后进，益以迷昧，聊以不才，举尔所知，方以类聚，凡一十卷，谓之《风俗通义》，言通于流俗之过谬，而事该之于义理也。"③这是应氏在讲自己作《风俗通义》的目的：纠正流传于民间、为大众所接受的俗说。其实这些俗说就是在民间普遍流传的妄语，和王充所说的那些流传在闾巷之间的"蜚流之言，百传之语"是相同的，也是班固在《汉书·艺文志》中所认定的小说。可见，在王充时小说观念有了下移的倾向，从先秦时可以指向各家学说，演变至此，慢慢成了专门指代那些荒诞的、传播于民间的流言蜚语了。

　　之所以出现这种变化，与思想界对儒家思想的重新认识有关。司马谈在《论六家要旨》中，对儒家论述为："儒者博而寡要，劳而少功，是以其事难尽从；然其序君臣父子之礼，列夫妇长幼之别，不可易也。"④对儒家尊崇的同时，也有反思和批判。在思想界，儒学的正统地位得到确立。在社会生活层面，人们却面临很多痛苦：汉武帝穷兵黩武给老百姓生活带来的苦难、社会各种矛盾的突出等等。到东汉中期，儒学就陷入了困境。各种矛盾引起了思想界的变动，许多学者由儒转道，有的重新开始对儒家思想进行反思，如王充在《论衡》中就有很多对儒家思想和六经的批判，《论衡·谢短

---

① （汉）王充：《论衡》，第95页。
② 同上书，第129页。
③ 王利器：《风俗通义校注》，应氏序第4页。
④ （汉）司马迁：《史记》，第3289页。

篇》批判儒生知今不知古的情况:"然则儒生,所谓盲瞽者也。"①将儒生批判为盲人,态度很极端。而这种批判多集中在其"虚妄"上。如《道虚篇》云:"儒书言:黄帝采首山铜,铸鼎于荆山下。鼎既成,有龙垂胡髯下迎黄帝,黄帝上骑龙,群臣、后宫从上七十余人,龙乃上去。余小臣不得上,乃悉持龙髯。龙髯拔,堕黄帝之弓,百姓仰望黄帝既上天,乃抱其弓与龙胡髯吁号。故后世因其处曰鼎湖,其弓曰乌号。《太史公记》诔五帝亦云:黄帝封禅已,仙去。群臣朝其衣冠,因埋葬之。曰:此虚言也。"②除了此处儒者言黄帝虚妄外,还有儒书言淮南王升天之事等,均被王充列为批判的对象。而之所以批评这些儒家著作,就是因为以虚妄作为评判标准,把儒家的很多著作或思想也视为不经之说。

在对儒家进行反思和批评的同时,对其他各家的学说,王充则抱着一种包容、接纳的态度,如《别通篇》云:"夫人含百家之言,犹海怀百川之流也,不谓之大者,是谓海小于百川也。""大才怀百家之言,故能治百族之乱。"《书解篇》有:"秦虽无道,不燔诸子。诸子尺书,文篇具在,可观读以正说,可采掇以示后人。……由此言之,书亦为本,经亦为末,末失事实,本得道质。折累二者,孰为玉屑?知屋漏者在宇下,知政失者在草野,知经误者在诸子。诸子尺书,文明实是。"③都是在强调诸子之书在个人修养、治国、纠正经书谬误等方面的重要作用。

至此,对于小道的认识,由以前的以儒家圣人及经书为准绳进行判断,演变为对其思想内容真实与否的衡量。于是,作为评判标准的荒诞,也就顺理成章地成了小说的另一个重要特征。

但总体来说,汉代诸子所说的"小道"、"小说",指的都是诸子

---

① (汉)王充:《论衡》,第196页。
② 同上书,第105页。
③ 同上书,第206、208、435页。

书,荒诞是后来附加的一个特征,对此,清代学者已经论及。如翟灏《通俗编》卷二云:"《新论》:'小说家合丛残小语,近取譬喻,以作短书。'按古凡杂说短记,不本经典者,概比小道,谓之小说。乃诸子杂家之流,非若今之秽诞言也。《辍耕录》言宋有诨词小说,乃始指今小说矣。"①明确指出,在桓谭的时代,是将诸子杂家之流、不本经典的作品都视为小道、小说的。而这种小说观,与宋代以后的小说观是截然不同的。刘宝楠在《论语正义》中,在考证诸多汉人所用小道一词的情况后,也指出:"据此,则小道为诸子书,本汉人旧义。"并引焦循《补疏》"圣人一贯,则其道大;异端执一,则其道小",②也认为汉人是将诸子书看作小道的。而尤为重要的是,刘宝楠所引的证据,就包括有班固在《汉志》中论及小说的那段话,可见,在汉代,小说、小道,均指的是儒家之外的诸子之书。

综上所述,先秦时期的"小说",都是诸子站在自己所信奉的学说的立场上,对其他各家学说的评判。在这种观念中,儒、墨、名、法等各家学说,都可以被视为小说。到了西汉,在"罢黜百家,独尊儒术"的思想氛围中,又是视儒家六经之外其他诸子百家为小说的。小说概念至此有了确定的所指,不再是相对的了,但同时其内涵也缩小了,因为将儒家划出其范围了。到了桓谭,他正面对小说进行了界定,在承袭前人视小说为小道、短书外,还给小说附加了另一个特征,那就是妄作、不可信。稍后的王充也是持相似的观点的。其实这是小说范围的另一次缩小,因为儒家之外的诸子之书并不全是荒诞之言,所以就产生了在诸子书中再进行细分的需要,以便将那些怪诞不实的作品再从其他家中划分出独特的小说来。于是,在王充、应劭的时代,小说从相对的微小,开始变得真正的卑弱。因为以前都是从一家学说的立场出发,视其他家为小说、不经

---

① (清)翟灏:《通俗编》,中华书局1985年版,第24页。
② (清)刘宝楠:《论语正义》,第739页。

之说，但这时，学界从内容的是否可信等标准出发，将那些流行于民间的传语判定为小说。而当时的民众在学术圈内是没有话语权的，于是作为掌握知识的文化精英们，就可以不会遭遇任何驳难和非议地鄙薄小说了。

当然，这些关于小说的论述，所针对的都不是作为文体意义上的小说。但如果认为这些论说与后世的小说观念毫无关系，也是不正确的，因为后来的小说并不是凭空生发出来的。就像水源，它在途中可能产生很多截然不同的支流，有大河，有小溪，甚至有瀑布；流水也有的湍急，有的平缓，有的清澈，有的浑浊，但任何一条支流中的水和其源头的水在本质上还是相似，或者可以说是相同的。同样，作为一个词语，"小说"所指向的内容是发生了很多且很大的改变，但在其中还是有一些基因被一直保留、继承下来了，如小道、妄诞、地位较低等等。所以，明晰子书中小说观念的演变，可以帮助我们对小说有更为客观和科学的了解。

第四节 史学家的小说观

余嘉锡在论述周、秦及汉初诸子之后说："自是以后，诸子百家，日以益衰。而儒家之徒，亦流而为章句记诵。其发而为文词，乃独出于沉思翰藻。而不复能为一家之言。"①这就指出了从西汉初年以后，诸子之学就日益衰亡了，故诸子关于小说的论述也渐趋式微了，代之而起的则是史学家对小说的关注与论述。他们在史志中，给我们留下了很多关于小说的论述，并著录了一些具体的小说作品。

史志，主要指正史当中的《艺文志》或《经籍志》，以《汉书·艺

① 余嘉锡：《古书通例》，附《目录学发微》书后，中国人民大学出版社2010年版，第230页。

文志》最早，其后有《隋书·经籍志》、《旧唐书·经籍志》、《新唐书·艺文志》、《宋史·艺文志》、《明史·艺文志》、《清史稿·艺文志》。很多正史没有艺文志，或有志而不全，后代学者曾为之"补志"，如《补后汉书艺文志》、《补晋书艺文志》等。这些史志是目录学性质的著述，对当时所能见到的典籍进行著录、分类及辨析。从中我们可以窥见小说观念以及具体作品划定的演变。

余嘉锡在《目录学发微》中提出："目录之书，既重在学术之源流，后人遂利用之考辨学术。"①在各种目录书中，余嘉锡先生特别重视史志，他说："自唐以前，目录书多亡，今存者汉、隋、唐之《经籍》、《艺文志》而已。宋以后私家目录，虽有存者，然所收仅一家之书，不足以概一代之全；仍非先考史志不可。盖一代之兴，必有访书之诏、求书之使。《通考》卷一百七十四《经籍考·总叙》载之甚详。天下之书既集，然后命官校雠，撰为目录。修史者据为要删，移写入志，故最为完备，非藏书家之书目所可同年而语。"②认为史志是保存最好也是最完备的目录学著作。故研究小说观念的变迁，这些史志可以给我们提供较丰富、可靠的资料。

其实，从司马迁开始，史书中就已经有一些关于小说的论述了，只是没有后来的史志那么明确、具体。章学诚曾指出，《汉志》对于学术源流的重视源自《史记》、《庄子·天下篇》以及荀子的《非十二子》。在《校雠通义·汉志六艺篇》中，章氏还说："《艺文》虽始于班固，而司马迁之列传，实讨论之。观其叙述，战国秦汉之间，著书诸人之列传，未尝不于学术渊源、文词流别，反复而论次焉。"③他认为司马迁在写人记事的同时，已经在做辨析学说源流、文章流别的工

---

① 余嘉锡：《目录学发微》，第 14 页。

② 余嘉锡：《古书通例》，附《目录学发微》书后，第 176 页。

③ （清）章学诚：《校雠通义》，见《文史通义》第四册，上海书店 1988 年版，第 81—82 页。

作了,只是这些观点是附属于历史人物或历史事件的,并不像《汉志》中的记载那样具有独立的价值。比如司马迁在论说自己选材时的标准时,也有一些对于小说的论述零星地散见于《史记》中,如在《史记·五帝本纪》中,司马迁说:"而百家言黄帝,其文不雅驯,荐绅先生难言之。孔子所传《宰予问五帝德》及《帝系姓》,儒者或不传。……《书》缺有间矣,其轶乃时时见于他说。非好学深思,心知其意,固难为浅见寡闻道也。余并论次,择其言尤雅者,故著为本纪书首。"①这里态度鲜明地说百家所言关于黄帝的传说,是不雅驯的;但由于孔子所言黄帝的种种事迹和世系,都没有被儒家很好地承传下来,所以在写作时,司马迁只好选择百家言中比较典雅者进行创作。而此处的"百家言黄帝"、"他说",应该就是儒家之外其他诸子的言说,这在《庄子》书中也可以找到证据。比如在《庄子》一书中,黄帝是个得道的高人,有的还说黄帝死后乘飞龙上天,成仙了。司马迁在记录历史时,参考了各家关于黄帝的说法,也听取了很多民间的传说,但是在取材时,他还是有取舍的:那些被他视为"不雅驯"、不可靠的资料,在写作时就被放弃了;他认为自己选取的是以《尚书》等儒家经典中佚失的部分,表现出的仍是一种宗经的态度。另外在《史记·伯夷列传》中,还出现了"说者"一词:"夫学者载籍极博,犹考信于六艺。《诗》、《书》虽缺,然虞夏之文可知也。尧将逊位,让于虞舜,舜禹之间,岳牧咸荐,乃试之于位,典职数十年,功用既兴,然后授政。示天下重器,王者大统,传天下若斯之难也。而说者曰尧让天下于许由,许由不受,耻之逃隐。及夏之时,有卞随、务光者。此何以称焉?"②司马迁的这段话说出了他在判断、取舍史料时的一个标准:要"考信于《六艺》",即使书读得再多,学识再丰厚,也不能从自己的认识出发去判断,更不能从其他各家书籍的记载来论证其可靠

---

① (汉)司马迁:《史记》,第46页。

② 同上书,第2121页。

性,而只能依据《六经》。即使《六经》如《诗经》和《尚书》是残缺不全的,我们仍然要信任和依靠它们。之所以会有这样有点偏执的观点,是受当时独尊儒术的思想影响所形成的。此处的"说者曰",讲的是尧要将天下禅让给许由之事,及夏代卞随、务光事。《索隐》云:"说者谓诸子杂记也。"①而在汉代以前的典籍中,《庄子》是讲许由故事最多的人。在《逍遥游》中,记"尧让天下于许由",但被许由以"鹪鹩巢于深林,不过一枝;偃鼠饮河,不过满腹。归休乎君,予无所用天下为"为由,拒绝了。在《徐无鬼》中记:"齧缺遇许由,曰:'子将奚之?'曰:'将逃尧。'"《让王》篇记:"尧以天下让许由,许由不受。"②据此,我们可以知道,司马迁所说的"说者",可能指的就是庄子。可见这个曾经将别人的学说都目为"小说"的庄子,到了汉代也毫无疑问地成了"说者"了。而且庄子的这些说法,在司马迁看来是不符合事实的:因为从《六经》的记载可以看到,古人在禅让时是非常慎重的,先是由大家推荐,然后授予官职对其进行考验,只有通过考验了,才会将王位传给他,所以是"传天下若斯之难也"的情形。而在《庄子》等书中记载的那个不愿接受王位,甚至以此为耻的许由,是不可能出现的,是"说者"所杜撰的。这种以经书和儒家说法为标准的史学家的是非观,直接导致了对诸子之说为虚构、荒诞的判断,也直接影响了后世对小说"虚构"特征的认定。

一、《汉书·艺文志》中的小说观

班固的《汉书·艺文志》,是据刘向父子的《七略》整理而成的。在小说史研究中,历来对《汉志》都非常重视,因为它第一次从目录学角度对小说进行了分析判定,并著录了具体的小说作品,这对我

---

① (汉) 司马迁:《史记》,第 2122 页。
② (清) 郭庆藩撰,王孝鱼点校:《庄子集释》,第 22—24、860—861、965 页。

们研究当时的小说观念及后世小说观念的演变都至关重要。

在《汉书·艺文志》中,小说家在"诸子略"之末。从顺序的安排上就体现了班固对小说的轻视,这和他在诸子略的序中所说的"诸子十家,其可观者九家而已"一样,①将小说看做不入流的一家。但如果从数量上来看的话,我们就会发现,其中小说 15 家有 1 380 篇,是诸子中篇数最多的一家。《汉志》所著录图书共 13 269 卷,小说家就占了 10%还多。诸子略共录书 4 324 篇,小说家占四分之一强。可见虽被视为不入流的一家,但它在当时还是比较流行的。这就显示出了当时小说的尴尬处境:数量多,但被轻视。

《汉志》对小说的论述如下:"小说家者流,盖出于稗官。街谈巷语,道听途说者之所造也。孔子曰:'虽小道,必有可观者焉,致远恐泥,是以君子弗为也。'然亦弗灭也。闾里小知者之所及,亦使缀而不忘。如或一言可采,此亦刍荛狂夫之议也。"②有的学者在分析班固对小说的界定时,往往会指责其将小说限定得太宽泛了。其实,和刘向、桓谭、王充等人相比,班固的说法,实际上是将小说的范围缩小了。前人和大约同时代的人均认为,小说就是儒家学说和六经之外的其他诸子之说。但班固将道、墨、法等八家也从小说家那里独立出来了。从他所著录的十五家小说的注来看,多是"浅薄"、"依托"之作。对于"依托",余嘉锡解释说:"不知家法之口耳相传而概斥之为依托。《汉志》之所谓依托,乃指学无家法者言之。"③可见,班固将小说家独立出来,是因为他将那些有明显思想传承、学术派别的言说都各自划分出来,甚至是那些思想内容繁多复杂,既有儒家思想,又有道家思想,甚至还杂有法家、阴阳家等思想的作品,也都被划到入流的杂家了,因为它们虽然杂,但有章法、有家法,还可以分析其思

① (汉)班固:《汉书》,第 1746 页。

② 同上书,第 1745 页。

③ 余嘉锡:《古书通例》,附《目录学发微》后,第 174 页。

想所属,不像小说家无迹可寻、无家可归。有人说古小说像一个收容站,将那些无法安置的作品都收容了进来。这确实是对的,因为班固在界定小说时就是这样,将那些没有办法划入九流、无法发现其思想渊源的作品,全部都放入小说中。这就使得小说成了诸子中最卑微、最低下的不入流的流派。班固所认定的"依托",也就是说不是某一个人物的正统学说,是"不知家法之作"。如《鬻子》一书,胡应麟曾说:"今子书传于世而最先者惟《鬻子》,其书概举修身治国之术,实杂家言也,与柱下、漆园宗旨迥异,而《汉志》列于道家,诸史《艺文》及诸家目录靡不因之,虽或以为疑而迄莫能定。余谓班氏义例咸规歆、向,不应谬误若斯。载读《汉志》小说家有《鬻子》一十九篇,乃释然悟曰:此今所传《鬻子》乎?"①胡应麟根据其所见《鬻子》与老庄思想不类,而将其断为小说家之《鬻子说》。其立场与方法,都是承袭班固的,其划分的标准仍然是以内容是否符合其他九家思想为标准的,符合则是某一家著作,不合则为小说。这是对班固"依托"说的直接承袭。班固还说小说是"道听途说,街谈巷语",是世俗之说、里巷之说,这和应劭等人所谓的"俗说"是一致的。但从《汉志》中著录的小说家作品来看,尤其是汉代之前的作品,都近于子书,如《伊尹说》、《鬻子说》、《周考》、《青史子》、《师旷》、《务成子》、《宋子》、《天乙》、《黄帝说》等,和《论语》、《孟子》、《庄子》等书从名字上来看是差不多的,正如鲁迅先生所说的"似子而浅薄"。

班固著录的小说作品有:《伊尹说》、《鬻子说》、《周考》、《青史子》、《师旷》、《务成子》、《宋子》、《天乙》、《黄帝说》、《封禅方说》、《待诏臣饶心术》、《待诏臣安成未央术》、《臣寿周纪》、《虞初周说》、《百家》。其中《周考》、《务成子》、《天乙》、《封禅方说》、《待诏臣饶心术》、《臣寿周纪》、《虞初周说》均已亡佚,其他书尚还有佚文。

---

① (明)胡应麟:《少室山房笔丛》,上海书店 2009 年版,第 280 页。

《伊尹说》前文已论及,《吕氏春秋·孝行览·本味篇》应该是其佚文。一般分析《本味篇》时,多注重伊尹出生的故事,认为其具有小说色彩。但从全篇文字来看,其重点却是伊尹论述水火之齐、鱼肉饭菜之美的部分。而且从《说文解字》及《史记·司马相如传》"索隐"中引用的《伊尹说》内容来看,也都是论及美味的这部分内容的。① 而这些与我们的诸子学说相比,只能说它是小道,只是闲聊时的小话题,无法将其归入哪一家学说的体系中去。《青史子》在《古小说钩沉》中有三条佚文,前文已著录,均为对风俗礼节的论述。卢文晖辑有《师旷》一书,但又云:"其中何为小说家《师旷》,何为史料记载,已莫能辨。"②故现在所见之《师旷》,与班固所录之书已经可能不是一本书了。《宋子》有玉函山房辑本,从《庄子·天下篇》中辑出;郭沫若《青铜时代·宋钘尹文遗著考》认为《管子》中的《心术》、《内业》和《吕氏春秋》中《去尤》、《去宥》为宋子遗文,而这些都是诸子之说。确信的属于小说类《黄帝说》的,有《风俗通义·祀典》中所引的"黄帝说",记荼与郁垒执鬼事,原文为:"谨按《黄帝书》:'上古之时,有荼与郁垒昆弟二人,性能执鬼,度朔山上立桃树下,简阅百鬼,无道理妄为人祸害,荼与郁垒缚以苇索,执以食虎。'于是县官常以腊除夕,饰桃人,垂苇茭,画虎于门,皆追效于前事,冀以卫凶也。"③这也是对一种习俗的解释说明。

---

① 参见(清)段玉裁《说文解字注》,第 254 页"栌"字下,许慎云:"伊尹曰:'果之美者,箕山之东,青凫之所,有甘栌焉,夏熟也。'"第 323 页有:"秏,稻属。从禾毛声。伊尹曰:饭之美者,玄山之禾,南海之秏。"段玉裁提出许慎所引为《汉志》中的《伊尹书》,且认为和《吕氏春秋·本味篇》不同。《本味篇》为:"饭之美者:玄山之禾,不周之粟,阳山之穄,南海之糜。"字句上是有所不同,但其整体意思并没有太大变动。另第 575 页"鲡"字下有:"一曰鱼之美者,东海之鲡。"段注谓见于《本味篇》,与前两例同为伊尹说。(汉)司马迁:《史记》第 3029 页"索隐"云:"应劭曰:'《伊尹书》:"果之美者,箕山之东,青鸟之所,有卢橘,夏孰。"'"与《说文》所记相同。
② 宁稼雨:《中国文言小说总目提要》,第 33 页。
③ 王利器:《风俗通义校注》,第 367 页。

　　所以,从《汉志》所著录的小说作品来看,小说的特征主要是小道和说理,是在儒、道、法等九家之外,找不到家法,理不出学术渊源的作品。

二、《隋书·经籍志》中的小说观

　　《隋书·经籍志》采用经、史、子、集四部分类法,共著录了3 127部36 708卷书,佚书1 064部12 759卷。其中子部类包括儒、道、法、名、墨、纵横、杂、农、小说、兵、天文、数、五行、医方十四家,录书852部6 437卷。《隋志》中著录的小说家相较《汉志》出现了一些变化。首先是排序,在子部的十四家中,小说家位于第九,地位有所上升。子部的序言也体现了对小说的重视:“《易》曰:‘天下同归而殊途,一致而百虑。’儒、道、小说,圣人之教也,而有所偏。兵及医方,圣人之政也,所施各异。世之治也,列在众职,下至衰乱,官失其守。或以其业游说诸侯,各崇所习,分镳并骛。若使总而不遗,折之中道,亦可以兴化致治者矣。”①将小说与儒、道二家并列,认为它们都是圣人教化的不同方式,其社会功用是相同的。这就将一个本来不入流的异类,拔高到一流的水准。对小说来说,这确实是一次难得的认同。但在《隋志》中,著录小说的数量却大幅下降,共有25部(加小注中的5种,共30种)155卷,较《汉志》的1 380篇少了很多,在《隋志》著录的全部书籍中,只占0.42%,占诸子的2.4%。

　　《隋志》仍延续了《汉志》在每家后面作小序的做法,其中对于小说的评价也沿袭了《汉志》将其视为“街谈巷语,道听途说”的观点,说:“小说者,街说巷语之说也。《传》载舆人之诵,《诗》美询于刍荛。古者圣人在上,史为书,瞽为诗,工诵箴谏,大夫规诲,士传

---

　　① (唐)魏徵等:《隋书》,第1051页。

言而庶人谤。孟春，徇木铎以求歌谣，巡省观人诗，以知风俗。过则正之，失则改之，道听途说，靡不毕纪。《周官》，诵训'掌道方志以诏观事，道方慝以诏辟忌，以知地俗'；而训方氏'掌道四方之政事，与其上下之志，诵四方之传道而观衣物'，是也。孔子曰：'虽小道，必有可观者焉，致远恐泥。'"①表面上看，这段论述和班固是一脉相承的，不论是"街说巷语"，或是"舆人"，抑或是"虽小道，必有可观者焉，致远恐泥"，都是和《汉志》近似的表述。但是《汉志》中的小说，是指那些广泛流行于民间、无法归入诸子九流之中的言说；而《隋志》则将小说与采诗联系起来，提出当时采风并不仅仅是采集歌谣，而是将所听到的只言片语，都全部记录下来，以使统治者了解民间风俗，知道自己政治的得失。这里着重强调的是其源自民间的属性，而《汉志》中所凸显的子书性质却被遗忘了。

《隋志》著录的小说作品有：《燕丹子》、《青史子》、《宋玉子》、《群英论》、《语林》、《杂语》、《郭子》、《杂对语》、《要用语对》、《文对》、《琐语》、《笑林》、《笑苑》、《解颐》、《世说》、《俗说》、《殷芸小说》、佚名《小说》、《迩说》、《辩林》、《琼林》、《古今艺术》、《杂书钞》、《座右方》、《座右法》、《鲁史欹器图》、《器准图》、《水饰》。

其中《燕丹子》、《世说新语》今存。《语林》、《郭子》、《俗说》、《小说》、《水饰》，在鲁迅的《古小说钩沉》中辑有佚文。我们能从这些作品中了解当时的小说面貌。还有很多书都亡佚了，但根据其书名如《小说》、《俗说》、《琐语》、《迩说》、《辩林》、《杂语》、《杂对语》、《要用语对》等，可以推知这部分内容大概是在民间比较流行的一些言说，但其具体内容则不得而知了，或许是像《燕丹子》那样的小故事，也可能是类似于《世说新语》那样记录当时名士言行或老百姓话语的。而《解颐》、《笑林》、《笑苑》等书，则是笑话，是流传于民间或上层社会的一些引人发笑的言辞。

① （唐）魏徵等：《隋书》，第1012页。

在《隋志》小说家类中,还出现了《古今艺术》、《座右方》、《座右法》、《水饰》等书。它们之所以被划归入小说类,是因为艺术、水饰等均是一些技艺性质的东西,属于小道。程毅中《古小说简目》中引唐张彦远《历代名画记》卷三《述古之秘画珍图》条言:"《古今艺术图》,五十卷,既画其形,又说其事。隋炀帝撰。"又引姚振宗《隋书经籍志考证》云:"案此殆即五十卷之但说其事而无其图者。"程先生认为这种说法"可备一说"。① 而在《荆楚岁时记》注中引《古今艺术图》:"秋千本北方山戎之戏,以习轻趫者。后中国女子学之,乃以彩绳悬木立架,士女炫服,坐立其上推引之,名曰秋千。楚俗亦谓之施钩。"从这段佚文可见,这部书的内容应该是解说图画的文字,和"说"字的解说之义还是一致的,是对秋千一物的说明。因为书已经亡佚了,我们无法知道它所著录的主要内容,但在《五朝小说大观》中,专门列有艺术家一类,下面著录的有《风后握奇经》、《相贝经》、《相手板经》、《相鹤经》、《禽经》、《梦书阙名》、《鼎录》、《尤射》、《儒棋格》等书,可推测其艺术大概就是我们通常所说的礼、乐、射、御、书、数六艺方面的内容。同样的,再如《器准图》,据《魏书》信都芳的本传,这是记撰次古来浑天地动欹器漏刻诸巧事,并图画为此书,可见是天文观察工具的说明书,也是解释说明性质的文字。《鲁史欹器图》应该和《器准图》内容相似。《座右方》、《座右法》,据姚振宗在《隋书经籍志考证》一书记载,在《日本国见在书目》中有《座右铭》一卷,并推测这或者就是《隋志》著录的崔瑗的《座右法》。但程毅中和宁稼雨均依据现存《文选》中崔瑗的《座右铭》,判断其非小说,从而认为姚振宗的说法不可信或根据不足。② 但据《酉阳杂俎·续集贬误》引《座右方》云:"白黑各六棋,依六博棋形,一云依大棋形。颇似枕状。又魏戏法,先立一棋于局中,余者闻一作阗。白

---

① 程毅中:《古小说简目》,中华书局 1981 年版,第 15 页。
② 见程毅中《古小说简目》,第 16 页;宁稼雨《中国文言小说总目提要》,第 38 页。

黑围绕之,十八筹成都。"①可见其内容也是具有解说性质的文字。其中《水饰》在《古小说钩沉》中有辑录的佚文:

> 神龟负八卦出河,授伏牺。
> 黄龙负图出河。
> 玄龟衔符出洛水
> 鲈鱼衔篆图,出翠妫之水,并授黄帝。……②

后面还有一段说明性文字:"总七十二势,皆刻木为之。或乘舟,或乘山,或乘平洲,或乘磐石,或乘宫殿。……宝时奉敕撰《水饰图经》,及检校良工,图画既成,奏进;敕遣共黄衮相知,于苑内造此水饰,故得委悉见之。"③可见《水饰》一书应该也是有图的,而且还可以据图做出各种模型来,而这些文字就是图的解说文字。

所以,《隋志》著录的小说,一方面是承袭《汉志》将小道视为小说的观点,所著录的作品多为具体物质层面上的知识,在古人看来是小道;另一方面也沿袭"说"为解释、解说的语义,将说明性的文字也著录在内了。当然这只是根据几条佚文所做的判断,或许有以偏概全之倾向,如果各书的内容和这些佚文并不是完全一致的话,那么还应该要考虑《隋书》的四部分类法给书籍分类带来的问题。书籍的产生是不断分化的,不是说前人有了分类,后人就在已有框架之下创作,于是文类就一成不变,而分类也不会有任何疑问。实际上,创作是为了满足现实需求的,于是作品也就呈现多样性,有时候用已有的分类方法,很难将当时的作品很妥当地划归各自的范畴。尤其是《隋志》是以经、史、子、集四部分类,余嘉锡在论

①（唐）段成式撰,方南生点校:《酉阳杂俎》,中华书局1981年版,第240页。
② 鲁迅:《古小说钩沉》,见《鲁迅全集》第八卷,第237页。
③ 同上书,第242—243页。

及四部分类时说："限之以四部,而强被以经史子集之名,经之与史,史之与子,已多互相出入。又于一切古无今有、无部可归之书,悉举而纳之子部。艺术入,而琴棋书画为子;谱录入,自农家分出。而草木鸟兽亦为子矣。类书《隋志》附之杂家,《唐志》自为一类。至《四库全书》而丛书亦附杂家矣。附存目谓之杂编,《明志》入之类书。名实相舛,莫此为甚。"①提出传统的四部分类法有很大的缺陷,其中之一就是四部并不能够涵括所有的书籍,那些非经、非史、非子、非集的四不像,往往就全部被放入子书中了,当然主要是放入杂家和小说家两类,因为这两类就是大杂烩,遇有错综复杂、含混不清的作品,就直接放入这两家即可。

在《隋志》中,我们还可以看到有些在今天被视为小说的经典作品,却出现在史部杂史、杂传、地理书和子部的杂家队伍之中。比如我们现在视为小说的《吴越春秋》、②《王子年拾遗记》,在《隋志》中是属于杂史的。而史部起居注的第一部书竟然是《穆天子传》,《汉武故事》在史部旧事类。在《隋志》的史部杂传类中,我们可以发现大量的小说作品,如《列女传》、《列仙传赞》、《神仙传》、《冥祥记》、《列异传》、《述异记》、《搜神记》、《搜神后记》、《志怪》、《齐谐记》、《续齐谐记》、《幽明录》、《汉武洞冥记》、《冤魂志》等。在史部的地理类,也有很多小说,如《山海经》、《十洲记》、《神异经》等书,其他如《南州异物志》、《异物志》、《交州异物志》、《方物志》等书,和张华的《博物志》似乎也应该相去不远;由僧人创作的《佛国记》、《外国传》、《历国传》、《世界记》等地理书,又使人不由得想起了《山海经》、《十洲记》等书中关于远方异国、奇风异俗

---

① 余嘉锡:《古书通例》,附《目录学发微》后,第161—162页。

② 参见四川大学中文系中国古代文学教研室编写的《中国文学·先秦卷》,四川人民出版社1999年版,第580页。该书将《吴越春秋》放在两汉小说部分,并认为它是"具有演义类雏形的历史小说"。

的记载。

之所以在《隋志》的史部中著录了这么多被后世认作是小说的作品，是因为它承袭了从先秦、汉代以来的小说观，认为小说是说理的，所以这些叙事成分较浓的作品，都被划归到以叙事为宗的史部了。

《隋志》对小说的界定是承袭《汉志》的，但它又将《汉志》中把无法划归诸子九流的作品放到小说家的立场模糊了，而代之以是否源自民间、是否为小道的标准。这样，《隋志》所著录的小说作品，很多都是广泛流传于民间的言论或故事，或是下层百姓的生活技能或手艺。而那些与今天的小说概念很相近的作品，多数是在史部，不过从《隋志》将其列入杂史、杂传类来看，它们是非主流或非正统的；在具体的论述中，作者也时时流露出对这一类史书的矛盾情绪：认为它们是史书，但却与正统的史书截然不同；承认它们写的是历史，但却也指出其中有太多荒诞的委巷之说。这就引起了后世史学家对这一问题的反思，间接导致了将这部分作品划归小说的观点。

《旧唐书·经籍志》仍延续四分法著录经、史、子、集四部，共著录作品 3 060 部，51 852 卷，其中子部十四家：儒、道、法、名、墨、纵横、杂、农、小说、兵法、天文、历数、五行、医方，作品共 753 部，15 637 卷。小说家在子部第九家，共著录小说家 13 部：《鬻子》、《燕丹子》、《笑林》、《博物志》、《郭子》、《世说》、《续世说》、《小说》两种、《释俗语》、《辩林》、《酒孝经》、《座右方》、《启颜录》，凡 90 卷。并无其他对小说或小说家的评语。从其著录的作品来看，《旧唐志》基本上沿袭了《隋志》对小说的认识。

三、《史通》中的小说观

《史通》是我国第一部系统性的史学理论著作，其内容主要是评论史书体例与编撰方法,论述史籍源流与前人修史的得失,对后世影响极大。作为史学家,刘知幾非常重视史料的真实性和史家的实录精神,并由此出发对前人的史书提出了批评,如《史通·采撰》批判史书记事不实云:"及其记事也,则有师旷将轩辕并世,公明与方朔同时;尧有八眉,夔唯一足;乌白马角,救燕丹而免祸;犬吠鸡鸣,逐刘安以高蹈。此之乖滥,往往有焉。故作者恶道听途说之违理,街谈巷议之损实。观夫子长之撰《史记》也,殷、周已往,采彼家人;安国之述《阳秋》也,梁、益旧事,访诸故老。夫以刍荛鄙说,刊为竹帛正言,而辄欲与《五经》方驾,《三志》竞爽,斯亦难矣。呜呼! 逝者不作,冥漠九泉;毁誉所加,远诬千载。异辞疑事,学者宜善思之。"①在这段话中,刘知幾对于史书中记载的很多事情,如尧有八条眉毛,夔只长了一只脚,燕太子丹从秦国逃归的传说,刘向飞仙的传说等,均作了批判,认为这些均是道听途说、街谈巷语,不合情理,不是事实。即便对于司马迁的《史记》、孔安国的《阳秋》,刘知幾也都给与了较为尖锐的批判,指出他们将刍荛狂夫之说写进了史书,所以其史学价值并不是很高。并且刘知幾还提出"异辞疑事,学者宜善思之",要求学者、史学家在写史、读史、研究史书的时候,要审慎地对待、辨析史料。刘知幾对于其他史书也是持这种批判态度,如《书事》篇云:"而王隐、何法盛之徒所撰晋史,乃专访州闾细事、委巷琐言,聚而编之,目为鬼神传录,其事非要,其言不经。异乎《三史》之所书、《五经》之所载也。"②将《晋史》视为鬼神传录,批判其记事记言非要、不经。在《外篇·杂说》中论及《晋史》多取材于《世说新语》时,刘知幾说:"而皇家撰《晋史》,多取此书。遂采康王之妄言,违孝标之正说。以此书事,奚其厚颜!"③

①（清）浦起龙:《史通通释》,上海古籍出版社 1978 年版,第 117—118 页。

② 同上书,第 230 页。

③ 同上书,第 482 页。

对《晋书》一再指责，甚至批评其作者"厚颜"，其原因都在于它取材
于《世说新语》之类的小说。《暗惑篇》亦云："夫乌聚鄙说，闾巷谰
言，凡如此书，通无击难。而裴引《语林》斯事，编入《魏史》注中，持
彼虚词，乱兹实录。"①裴松之仅仅因为在注《魏志》时引用了《语
林》中曹操令崔琰假扮自己的故事，就受到了批判，被认为是乱了
史书实录的家法。从以上三条论述，我们可以看到：刘知幾将史
书中那些不是实录的内容，均视为街谈巷语、道听途说，是乌聚狂
夫的细事和琐言。在他看来，史书中之所以出现这些虚诞的记载，
是因为史家在取材时态度不够严谨，致使很多流行于民间的小说
都进入了史书。换个说法就是，史书中凡不合《五经》、异乎《三
史》、不是实录的内容，都是小说。所以，在《史通》中，小说是作为
正史或可靠材料的对立面而存在的。刘知幾在评判史书的得失或
价值时，经常会把他视为违反史家实录原则的著作等同于小说。
这也可以帮助我们理解一部史学著作怎么会有那么多讨论小说的
内容，以致有研究小说的学者，将其视为"研究唐前小说观念的重
要材料"，②认为"《史通》对小说所进行的系统论述，就成为中国历
史上第一次对'小说'文类体系所进行的系统、全面、详细、专业化
的归纳整理"。③

刘知幾对小说的论述主要表现在以下两方面：

一、小说是小道、小辩，没有多大价值。如《史通·补注篇》
云："以峻之才识，足堪远大，而不能深赜彪、峤，网罗班、马，方复留
情于委巷小说，锐思于流俗短书。可谓劳而无功、费而无当者
矣。"④这是针对刘孝标注《世说新语》所发的感慨。我们今天对

---

① （清）浦起龙：《史通通释》，第 581 页。
② 罗宁：《汉唐小说观念论稿》，第 180 页。
③ 韩云波：《唐代小说观念与小说兴起研究》，第 31 页。
④ （清）浦起龙：《史通通释》，第 133 页。

《世说新语》和刘孝标的注,是给予很高评价的。但在刘知幾看来,
刘孝标注《世说》之举完全是大材小用,或者是白白浪费了他的天
才。因为在作为史学家的刘知幾眼中,一个有学识、才气的人是要
像司马迁、班固那样去写史书的,而刘孝标却对委巷小说感兴趣,
并花费精力对其作注,所以"劳而无功,费而无当"。之所以会有这
样的对刘孝标的否定,是因为小说不能与史书相提并论,它们没有
多少价值。《史通·采撰篇》说:"晋世杂书,谅非一族,若《语林》、
《世说》《幽明录》《搜神记》之徒,其所载或诙谐小辩,或神鬼怪
物。其事非圣,扬雄所不观;其言乱神,宣尼所不语。"①认为像《语
林》、《世说》等作品,均是小辩,其内容是为圣人所不语的怪力乱
神。《史通·书事篇》云:"又自魏、晋已降,著述多门,《语林》、《笑
林》、《世说》、《俗说》,皆喜载调谑小辩、嗤鄙异闻,虽为有识所讥,
颇为无知所说。"②这就明言这些小说不仅是不合圣人之道的,而
且略微有见识的人对它都是鄙视、嗤笑的,只有那些无知之人才对
此津津乐道。可见,在古代要求"载道"、"言志"的文用体系中,小
说不可能承担抒发"治国平天下"、"先天下之忧而忧"等志向的功
能,故在古代代传统文人眼中,其价值甚为卑微和渺小,只能供无知
的市井之民娱乐。

　　二、刘知幾打破了子史界限,将史书归入小说类,将小说范围
扩大了。早在司马迁写《史记》时,他就已经将诸子之说及民间委
巷之说写进史书了。后世也有这种风气,在唐初修史时,采用小说
中的材料也较为常见。如被刘知幾大肆批判的《晋史》,就是因为
采用小说过多而被贬低。再如《南史》和《北史》,也因为采用了小
说,而遭到了后世史学家的批评。郑樵《通志》卷一四三《侯景传》
按语,评李延寿史书记载诗谶等事的不实说:"此皆取于稗官小说

----

① (清)浦起龙:《史通通释》,第116页。
② 同上书,第231页。

不典之言，延寿之史似此为多，故知南北朝之行事当得识者裁正之尔。"①清赵翼《廿二史札记》卷一〇"南史增删梁书处"条，说《南史》"于正史所无者，凡琐言碎事、新奇可喜之迹，无不补缀入卷"。这种取材方式本身并无可非议，只要史家具备一定的史学素养，就能够淘沙捡金、去伪存真。但在一些诸如杂史、杂传类的史书中，我们可以看到很多记载都是荒诞不经的。可见很多史家并不具备这样的素质。刘知幾以实录为标准，将史部中那些有虚构、怪异色彩的著作，统统排斥在史书范围之外了。他还进一步将这些不实的、荒诞的内容与小说联系起来，将正史之外的史书统称为"偏记小说"。于是，小说与史书、与叙事至此发生了密切的关系。此前，小说属于子部，主要以说理为主，而史部则是以叙事为宗，两者的区别是泾渭分明的。而刘知幾将不实的史书贬为小说，就打通了它们之间的界限。刘知幾在《史通·杂述》中还说："又案子之将史，本为二说。然如《吕氏》、《淮南》、《玄晏》、《抱朴》，凡此诸子，多以叙事为宗，举而论之，抑亦史之杂也，但以名目有异，不复编于此科。"②子部与史部，本是不同的两类，但有些叙事成分较多的子书，也被刘知幾认为其实质是杂史。可见，刘知幾在对史书进行清理、对子书的叙事成分进行辨析的时候，将子部的杂家视为杂史类，亦将史部的杂史等视为子部的小说类，这就打破了两者之间的森严壁垒，也导致了小说观念的重大变革。

　　作为一个史学家，刘知幾的论述对小说观念的演变是至关重要的。在刘知幾之前，小说只是作为史书取材的一个渠道被史家或史学家所关注的。而到了刘知幾，小说却具有了和史书并列的地位。虽然还不是同等重要，但在非此即彼的评判体系中，小说在备受贬低和指责的同时，也享受了较之先前刍荛狂夫之议要高得

---

① （宋）郑樵：《通志》，中华书局 1987 年版，第 2267 页。
② （清）浦起龙：《史通通释》，第 276—277 页。

多的待遇。而且一部分史书因记事没有遵从实录的原则而被贬谪到小说的领地,于是,小说的叙事功能至此也就凸显出来了。在以前,隶属于子部的小说更多的是说理。不管是从语义学角度,还是从诸子对它的论断来看,小说都是和说理、解释、说明等息息相关的。而在《史通》中,刘知幾是在讨论史书记事时提到的小说,所以,其中所论及的小说,更偏重于其叙事的性质。这是小说观念的第二次变革,相对于班固第一次将小说缩小范围来说,这一次是将其涵盖的范围扩大了:把很多记事的史书划分到了小说的阵营之中。我们可以看到,在《史通》一书中,所论及的小说作品有《幽明录》、《异苑》、《西京杂记》、《汉武洞冥记》、《拾遗记》、《齐谐记》等,它们在《隋志》和《旧唐书》中均是史部。而在刘知幾以后,它们就都理所当然地被视为小说了。

《史通》中所表现出来的小说观念,有很多是承袭前人的,比如认为小说是小道,对小说持鄙视态度。这样的说法在《史通》中非常多见,如:"街谈巷议,时有可观,小说卮言,犹贤于己。故好事君子,无所弃诸,若刘义庆《世说》、裴荣期《语林》、孔思尚《语录》、阳玠松《谈薮》。此之谓琐言者也。""然则刍荛之言,明王必择;葑菲之体,诗人不弃。故学者有博闻旧事,多识其物,若不窥别录,不讨异书,专治周、孔之章句,直守迁、固之纪传,亦何能自致于此乎?且夫子有云:'多闻,择其善者而从之。''知之次也。'苟如是,则书有非圣,言多不经,学者博闻,盖在择之而已。"①前者是承袭子夏的"小道可观"之说,后者则是提倡对刍荛狂夫之言的"择善而从"。但《史通》中有关小说的论述影响较大的,是将小说与史、事联系起来考察,凸显了小说的叙事性;而且刘知幾将很大一部分史书划入了小说的阵营,这就造成了小说观念的变化,这种变化鲜明地体现在《新唐书·艺文志》对小说作品进行分类时的变化上。

---

① (清)浦起龙:《史通通释》,第274、277页。

　　北宋欧阳修等编的《新唐书·艺文志》，也是按经、史、子、集分类的，共著录书籍 2 438 家，3 277 种，52 094 卷。其中子部类十七家：儒、道、法、名、墨、纵横、杂、农、小说、天文、历算、兵书、五行、杂艺术、类书、明堂经脉、医术，共著录子部作品 967 部，17 152 卷。

　　《新唐志》中没有对小说的界定，但其对小说作品的著录明显发生了一些变化。在刘知幾的影响之下，《新唐书》对史部著作进行了一番清理，将一些被《隋志》著录为史部的作品分流了。一部分在以前被放在史部杂传类的作品，如《汉武帝传》、《列仙传》、《神仙传》、《洞仙传》、《汉武帝别国洞冥记》，以及史部地理类的《神异经》、《十洲记》等被放入了道家的神仙类；《名僧录》、《比丘尼传》、《高僧传》等史部杂传类作品，被放入道家类释氏。尤其值得注意的是，一部分史书被列入了小说，如《列异传》、《述异记》、《搜神记》、《妍神记》、《志怪》、《灵鬼志》、《鬼神列传》、《幽明录》、《齐谐记》、《续齐谐记》、《冥祥记》、《因果记》、《冤魂志》、《旌异记》等，这些作品在《隋志》和《旧唐书》中，或属于史部杂史类，或属于史部杂传类，或属于史部地理类，但在《新唐书》中，却被拉杂进入小说的体系。《新唐书·艺文志》的这种变化，体现了小说观念的转变，而这种转变则源于刘知幾对史书阵营的清理。

第二章　博物小说的类属及其形成

　　在当前的古小说分类研究中,①受鲁迅先生《中国小说史略》的影响,一般都将古小说分为志怪、志人(轶事)两类,博物小说一般被放入志怪小说类。于是,有很大一部分博物小说因为不具有志怪色彩而被研究者所忽视,甚至被排挤出了小说的阵营;也有一部分作品虽然受到重视,但受限于志怪小说的特征,而无法被客观地分析。那么,在小说类别的划分中,博物类小说到底应该如何划分其类属呢? 它的源流变迁是怎样的? 又具有怎样的特征呢? 这些问题就是本章所要重点讨论的内容。

第一节　博物类小说的类属

　　陈平原先生说:"不管是作家还是读者,他都必须事先对小说

---

　　① "古小说"一词,最早被鲁迅先生所使用,他的《古小说钩沉》一书所收都是唐前小说。后来,程毅中先生在《古小说简目》一书中,仍使用了"古小说"一词作为书名,并且在书中对"古小说"进行了界定,认为:"古小说相对于近古的通俗小说而言,或称为子部小说,或称为笔记小说,内容非常繁杂,很难概括其特性。""古小说相对于白话小说,不仅时代较早,而且文体较古。宋代以后白话小说逐渐发展,取得了小说史上的主导地位,而小说的概念却更为混乱。"见程毅中《古小说简目》,第8页。从程先生的论述,可以看出古小说主要指宋前以说理为目的的笔记体小说,唐传奇亦不在此范围之内。

类型有所了解或想象,然后才谈得上真正的阅读。阅读的误差,除
了个人感觉及生存情境差异外,很大程度上缘于对小说类型理解
的分歧。"①这段话指出了类型划分及研究对于小说的阅读及研究
的重要性:对小说研究来说,类型的判断最为重要,如果类型判断
出问题了,那么不仅有阅读的误差,更会有判断的错误,分析研究
可能就会南辕北辙,完全偏离其正确的轨道。但目前小说分类研
究却存在诸多问题,如林辰在《古代小说概论》引言中指出的小说
研究的两个问题:"'小说'一词,概念不清;作品虽多,没有科学的
分类。"②概念和分类,是学界在小说研究方面最混乱、也是最需要
厘清的两个问题。前一章主要梳理了小说概念的演变,下面我们
再来看看小说的分类问题。

一、古小说的分类情况

胡应麟在《少室山房笔丛·九流绪论下》中曾说:"小说,子书
流也,然谈说理道或近于经,又有类注疏者;纪述事迹或通于史,又
有类志传者。他如孟启《本事》、卢环《抒情》,例以诗话、文评,附见
集类,究其体制,实小说者流也。至于子类杂家,尤相出入。郑氏
谓古今书家所不能分有九,而不知最易混淆者小说也,必备见简
编,穷究底里,庶几得之,而冗碎迂诞,读者往往涉猎,优伶遇之,故
不能精。"③胡应麟看到了小说与经、史、子、集都有相近易混淆之
处,尤其是小说家与杂家作品,更是难以辨析;而文人对于小说的
态度是"优伶遇之",只是将其作为娱乐的一部分,所以对于小说不
可能搜罗遗逸、追根溯源地去阅读、考证,更不可能有关于小说的

---

① 陈平原:《小说史:理论与实践》,第137页。

② 林辰:《古小说概论》,第1页。

③ (明)胡应麟:《少室山房笔丛》,第283页。

专门学问。这就揭示了小说之所以没有科学分类的原因：小说观念的含糊和变革、史志中著录的小说作品的纷杂和变动、人们对小说的轻视。由于对小说的界定不清楚，所以会将其看作一个模糊混沌的类别，进而将子部中一些面目模糊、摸不清底细的作品，或者史部中被史学家所不满的作品，统统划归小说。这就使得小说的队伍极其庞大和复杂。而另一方面，在古代文人那里，小说一直是小道，是不登大雅之堂的作品。所以文人们对于小说，是抱着一种游戏的态度去阅读的，但是不屑于去研究，至于要将纷繁复杂的小说作品做细致的梳理，并将其划分类别，更少有人愿意做。

　　但毕竟还是有人在这片荒芜的草丛中，尝试着探索一条新的道路。他们出于不同的目的，开始了小说分类的工作。陈平原在《中国散文小说史》中说："除了鲁迅所提及的明人胡应麟、清人纪昀，如果再加上唐人刘知幾，基本上就能代表中国古代文人对于'小说'的见解。"①我们且来看看这几位代表人物对古代小说分类的看法。

　　1. 古人关于小说分类的论述

　　刘知幾的小说观，在第一章"史学家的小说观"一节中已经论及。他关于小说分类的观点，主要体现在《史通·杂述》篇中。他将正史之外的史书统称为"偏记小说"，并将其详细地分成十类：

　　　　在昔三坟、五典、春秋、梼杌，即上代帝王之书，中古诸侯之记。行诸历代，以为格言。其余外传，则神农尝药，厥有《本草》；夏禹敷土，实著《山经》；《世本》辨姓，著自周室；《家语》载言，传诸孔氏。是知偏记小说，自成一家。而能与正史参行，其所由来尚矣。

　　　　爰及近古，斯道渐烦。史氏流别，殊途并骛。榷而为论，

───────────

① 陈平原：《中国散文小说史》，上海人民出版社 2004 年版，第 219 页。

其流有十焉：一曰偏纪，二曰小录，三曰逸事，四曰琐言，五曰郡书，六曰家史，七曰别传，八曰杂记，九曰地理书，十曰都邑簿。夫皇王受命，有始有卒，作者著述，详略难均。有权记当时，不终一代，若陆贾《楚汉春秋》、乐资《山阳载记》、王韶《晋安帝纪》、姚最《梁昭后略》，此之谓偏纪者也。普天率土，人物弘多，求其行事，罕能周悉，则有独举所知，编为短部，若戴逵《竹林名士》、王粲《汉末英雄》、萧世诚《怀旧志》、卢子行《知己传》，此之谓小录者也。国史之任，记事记言，视听不该，必有遗逸。于是好奇之士，补其所亡，若和峤《汲冢纪年》、葛洪《西京杂记》、顾协《琐语》、谢绰《拾遗》。此之谓逸事者也。街谈巷议，时有可观，小说卮言，犹贤于己。故好事君子，无所弃诸，若刘义庆《世说》、裴荣期《语林》、孔思尚《语录》、阳玠松《谈薮》。此之谓琐言者也。汝、颍奇士，江、汉英灵，人物所生，载光郡国。故乡人学者，编而记之，若圈称《陈留耆旧》、周斐《汝南先贤》、陈寿《益部耆旧》、虞预《会稽典录》。此之谓郡书者也。高门华胄，奕世载德，才子承家，思显父母。由是纪其先烈，贻厥后来，若扬雄《家谍》、殷敬《世传》、《孙氏谱记》、《陆宗系历》。此之谓家史者也。贤士贞女，类聚区分，虽百行殊途，而同归于善。则有取其所好，各为之录，若刘向《列女》、梁鸿《逸民》、赵采《忠臣》、徐广《孝子》。此之谓别传者也。阴阳为炭，造化为工，流形赋象，于何不育。求其怪物，有广异闻，若祖台《志怪》、干宝《搜神》、刘义庆《幽明》、刘敬叔《异苑》。此之谓杂记者也。九州土宇，万国山川，物产殊宜，风化异俗，如各志其本国，足以明此一方，若盛弘之《荆州记》、常璩《华阳国志》、辛氏《三秦》、罗含《湘中》。此之谓地理书者也。帝王桑梓，列圣遗尘，经始之制，不恒厥所。苟能书其轨则，可以龟镜将来，若潘岳《关中》、陆机《洛阳》、《三辅黄图》、《建康宫殿》。此之谓都邑簿者也。

　　大抵偏纪小录之书，皆记即日当时之事，求诸国史，最为实录。然皆言多鄙朴，事罕圆备，终不能成其不刊，永播来叶，徒为后生作者削稿之资焉。逸事者，皆前史所遗，后人所记，求诸异说，为益实多。及妄者为之，则苟载传闻，而无铨择。由是真伪不别，是非相乱，如郭子横之《洞冥》、王子年之《拾遗》，全构虚辞，用惊愚俗。此其为弊之甚者也。琐言者，多载当时辨对，流俗嘲谑，俾夫枢机者藉为舌端，谈话者将为口实。及蔽者为之，则有诋讦相戏，施诸祖宗，亵狎鄙言，出自床第，莫不升之纪录，用为雅言，固以无益风规，有伤名教者矣。郡书者，矜其乡贤，美其邦族，施于本国，颇得流行，置于他方，罕闻爱异。其有如常璩之详审，刘昞之该博，而能传诸不朽，见美来裔者，盖无几焉。家史者，事惟三族，言止一门，正可行于室家，难以播于邦国。且篑衾不堕，则其录犹存；苟薪构已亡，则斯文亦丧者矣。别传者，不出胸臆，非由机杼，徒以博采前史，聚而成书。其有足以新言加之别说者，盖不过十一而已。如寡闻末学之流，则深所嘉尚；至于探幽索隐之士，则无所取材。杂记者，若论神仙之道，则服食炼气，可以益寿延年；语魑魅之途，则福善祸淫，可以惩恶劝善，斯则可矣。及谬者为之，则苟谈怪异，务述妖邪，求诸弘益，其义无取。地理书者，若朱赣所采，浃于九州；阚骃所书，殚于四国。斯则言皆雅正，事无偏党者矣。其有异于此者，则人自以为乐土，家自以为名都，竞美所居，谈过其实。又城池旧迹，山水得名，皆传诸委巷，用为故实，鄙哉！都邑簿者，如宫阙、陵庙、街廛、郭邑，辨其规模，明其制度，斯则可矣。及愚者为之，则烦而且滥，博而无限，论榱栋则尺寸皆书，记草木则根株必数，务求详审，持此为能。遂使学者观之，瞀乱而难纪也。于是考兹十品，征彼百家，则史之杂名，其流尽于此矣。至于其间得失纷糅，善恶相兼，既难为觳缕，故粗陈梗概。且同自邻,无足讥焉。①

严格地说,刘知幾这里并不是在给小说分类,而是针对正史之外的杂史、杂传、地理书等史书的分类。不过,在崇尚实录的史学家刘知幾看来,这些"言多鄙朴,事罕圆备"的作品,都不能算作合格的史书,所以将它们界定为"偏记小说"。这些偏记小说,与我们今天的小说观非常契合。而且从刘知幾对小说的论述,诸如"道听途说之违理,街谈巷议之损实"、"虚词"、"其事非要,其言不经"等言辞来看,这些别史毫无疑问具有小说的特质。如琐言类中的《世说新语》、《语林》等著作,在我们今天看来,就是小说;逸事类中的《汉武洞冥记》、《拾遗记》,因为"全构虚辞",所以作为史书肯定是不合格的,而作为小说来看就比较合适;再如杂记类作品中一些论神仙的作品,则专注于谈论鬼神怪异、妖邪异端之事,与关注人事的史官文化也是格格不入的;再如地理类书在记录山水城池时,往往会取材于民间委巷传闻来介绍该地的地名、风俗等,这些也都是小说。当然,这些内容在刘知幾看来,都是"为弊之甚者"、"鄙哉"之作,正是严谨的史学家所要极力排斥出史书阵营、放入小说体系内的作品。所以刘知幾将这部分作品划分为逸事类、琐言类、郡书类、别传类、杂记类、地理类等,这完全也可视为对古代小说进行分类的一种尝试。其中逸事、琐言、郡书、别传,相当于今天的志人小说,而杂记近于志怪小说,地理书则近于现在的博物类小说。

明代的胡应麟是第一个明确提出小说分类的人。在大量收集、阅读和整理小说作品的基础上,胡应麟对小说进行了较为系统的考证、分析和研究,为不入流的小说重新定位,澄清了小说观念,并对小说进行分类。在《少室山房笔丛·九流绪论下》中,他将小说划分为六类:

---

① (清)浦起龙:《史通通释》,第 273—276 页。

小说家一类又自分数种，一曰志怪，《搜神》、《述异》、《宣室》、《酉阳》之类是也；一曰传奇，《飞燕》、《太真》、《崔莺》、《霍玉》之类是也；一曰杂录，《世说》、《语林》、《琐言》、《因话》之类是也；一曰丛谈，《容斋》、《梦溪》、《东谷》、《道山》之类是也；一曰辨订，《鼠璞》、《鸡肋》、《资暇》、《辨疑》之类是也；一曰箴规，《家训》、《世范》、《劝善》、《省心》之类是也。谈丛、杂录二类最易相紊，又往往兼有四家，而四家类多独行，不可挽入二类者。至于志怪、传奇，尤易出入。或一书之中二事并载，一事之内两端俱存，姑举其重而已。①

可惜胡氏对每一类小说仅仅只是举出了代表作，没有像刘知幾那样对每一类作品都有具体的界定，不过从每一类的名称及列举的作品来看，我们可以知道其大概：志怪和传奇，与今天的观念差不多；杂录近于现在的轶事或志人小说；而丛谈、辨订和箴规类，或谈论一些细微之事，或考证一些词语、事物，或传达一些为人处世的道理等，都是在今天看来，小说性质不明显的作品，近于我们说的杂俎体。所以，胡氏的小说分类，相当于将小说分为志怪、传奇、轶事和杂俎四类。

纪昀在《四库全书总目》卷一四〇《子部·小说家类·序》中，将小说分为三类："迹其流别，凡有三派：其一叙述杂事，其一记录异闻，其一缀辑琐语也。"②像《西京杂记》、《燕丹子》、《飞燕外传》之类的作品，属于叙述杂事类，类似胡应麟所界定的杂录类，近于现在的轶事小说。而记录异闻的作品，则有《山海经》、《汉武故事》、《搜神记》等，这一部分主要是记怪录异的，相当于我们现在的志怪小说。而琐语类则包括《博物志》、《述异记》、《酉阳杂俎》等，

---

① （明）胡应麟：《少室山房笔丛》，第282—283页。
② （清）永瑢等：《四库全书总目》，中华书局1965年版，第1182页。

这些大多是内容较为驳杂,以博物为主要特点的作品。

2. 今人关于小说分类的论述

在关于小说分类的问题上,今人也存在很多分歧,很难取得共识。故程毅中先生在为大百科全书改写小说的条目时,就曾说"对于某些文言小说的定性,特别感到为难"。① 学者们在对古代小说进行分类时,一般是将其划分为文言和通俗两大类,如林辰将小说分为文言体系和通俗体系,文言体系下有笔记体和传奇体小说,通俗体系下有话本体和章回体小说。② 傅礼军将古代小说划分为文言小说和白话小说。③ 而白话小说或通俗小说是宋以后才兴盛起来的,在唐前,小说主要以文言为主。

今人对文言小说的分类,受鲁迅先生的影响,多是志怪、志人或轶事,外加传奇三类。当然,学界也有很多学者并不赞成三分法,如宁稼雨先生在《中国文言小说总目提要》中,将古代文言小说成了志怪、传奇、杂俎、志人、谐谑五类。④

在对唐前小说进行分类时,一般是分为志怪和志人两类的。如侯忠义先生在《中国文言小说史稿》前言中提出:"唐以前的小说从内容和体裁上可分志怪、轶事(志人)两类。所谓志怪,即记鬼神怪异之事;所谓轶事,即记人物言行、琐闻轶事。这两类体裁从汉代小说就已经具备,而且成为文言小说的传统体裁。"⑤刘叶秋先生在《古典小说笔记论丛》中说:"中国的古典小说,经历神话传说阶段到魏晋南北朝而进入了一个发展演变的新时期,承前启后,起着桥梁一样的作用。这时小说的数量,空前地增多,内容也空前地

---

① 程毅中:《漫谈笔记小说及古代小说的分类》,http://www.guoxue.com/gjzl/gj385/gj385_01.htm.

② 参见林辰《古代小说概论》,第159页。

③ 参见傅礼军《中国小说与历史重构·导论》,东方出版社2006年版,第3—4页。

④ 参见宁稼雨《中国文言小说总目提要·前言》,第4页。

⑤ 侯忠义:《中国文言小说史稿·前言》,第2页。

复杂。概括起来,作品可分两种:一种是记神仙鬼怪的志怪小说,如《博物志》、《搜神记》等,大量出现,广泛流传;另一种是记人物言行片段的轶事小说,如《语林》、《世说新语》之类。"①在《中国小说通史·先唐卷》中,李剑国先生等亦说:"对先唐古小说来说,没有传奇一类,一般分为志怪、志人。"②均认为应该将唐前小说划分为志怪、志人两类。

　　比较一下古人与今人的小说分类,我们会发现刘知幾和胡应麟的小说分类较细致,其容纳的作品也较现在为多,有很多类别和作品,在今人的分类中都没有;而纪昀除了没有将唐传奇列入小说家之外,其小说分类也比我们的志怪、志人要多出琐语一类。在今人的小说分类中,很难找到与琐语相对应的类别,只有宁稼雨先生五分法中的杂俎类与它比较接近。宁先生在论述将这一类作品独立出来的理由时,说这一类作品"是内容包罗万象的笔记杂书。说它包罗万象,有两个含义,一是指它既有小说因素,也有很多非小说因素。诸如朝政典章、天文地理、草木虫鱼、人间鬼域,无所不包。其中的确有很多小说故事,放弃它们,对于文言小说的整体来说,不啻是一个很大损失。二是指这类小说中的部分作品,全书的小说含量很大,但又很难将其归入特色鲜明的小说类别当中,因为这些书中几乎包括了文言小说的各种类别。如《酉阳杂俎》,其中既有志怪,也有传奇,还有志人、笑话,以及很多不属于小说的百科杂记。这种书不但自成系统,而且源源不断。完全有资格划出一类,与另几类并驾齐驱"。③而且宁先生还认为:"从中国小说的起源来看,这些杂俎小说大概最符合中国最早的小说概念。"④

---

① 刘叶秋:《古典小说笔记论丛》,南开大学出版社 1985 年版,第 1 页。
② 李剑国、孟昭连:《中国小说通史·先唐卷》,高等教育出版社 2007 年版,第 53 页。
③ 宁稼雨:《中国文言小说总目提要·前言》,第 6—7 页。
④ 同上书,第 7 页。

　　这一部分在宁先生看来"最符合中国最早的小说概念"的作品,多数都是博物类小说。而在志人、志怪、传奇的三分法框架下,它们或被纳入志怪的系统,或被清理出了小说体系。

　　我赞成宁先生的说法,认为应该将这一类作品从志怪小说中独立出来,成为单独的一类。在唐前这一阶段,可以将其视为古小说体系中与志人、志怪并列的博物类小说。之所以将其独立出来,是基于以下的考虑:一、这一类作品不太符合志怪小说的特征。如果将其放在志怪范围内的话,那么在研究这一类作品时,有时候不免就会以志怪类作品所共有的一些特征来审视它们,看它们是否有神奇怪诞的色彩,或是看它们有没有离奇荒诞的故事。而这些却是博物类作品所不具备,或者是相对来说比较淡薄的部分。所以可能会出现对这一类作品的误解或忽视,或直接认为博物类小说"尽管就每一种书而言,规模也尚可观,但就每则故事来看,却显得琐碎简短,基本上没有完整的故事;所记之事物,有其奇异性,却缺乏丰满的形象。作为文学作品,它的可读性还比较差,艺术水平不高"。① 对于具体作品如《博物志》、《酉阳杂俎》等作品也评价较低,认为其"没有多大价值",《博物志》"丛脞芜杂,鸡零狗碎,几乎成了一盘大杂烩"。② 而这些认识都源于对这一类作品分类的误区。二、从具体的作品来看,这一类小说可以代表最初的小说观念,也是早期小说的主要内容。这类作品与志人、志怪作品相比,有其自身的特色。它们不以人物、事件为中心,也不以搜奇猎异为目的,而是要传达关于物的各种知识。与现在的小说观念不同,它们是明理的子部著作,是用来解说知识的载体。而且其数量与志人、志怪相当,可以也应当作为单独的一类。

　　① 吴志达:《中国文言小说史》,齐鲁书社 1994 年版,第 91 页。
　　② 李剑国:《唐前志怪小说史》,第 265 页。

二、博物小说与志怪小说的区别

目前所能见到的小说研究作品,多是将博物小说放在志怪小说之内进行讨论的,所以,有必要对志怪小说与博物小说的关系作一番辨析。

首先来看看志怪小说。志怪小说最大的特点就是怪异,这种观念和《庄子》中的"志怪"一词意思还是一样的。《庄子·逍遥游》云:"齐谐者,志怪者也。谐之言曰:鹏之徙于南冥也,水击三千里,抟扶摇而上者九万里,去以六月息者也。"成玄英将"齐谐"释为人名,并认为"齐谐所著之书,多记怪异之事,庄子引以为证,明己说不虚"。《释文》亦说:"《志怪》志,记也。怪,异也。"①可见,"志怪"就是记载怪异的故事。

研究小说的学者一般都承袭这一观念,将志怪小说视为记录怪异故事的作品。如宁稼雨先生在《中国文言小说总目提要》中说:"相对而言,志怪小说的外在特征比较明显,它记载的是各种怪异故事。"②李剑国先生在《中国小说通史》中认为:"志怪小说的题材特征是虚幻性,主要记载神仙鬼怪及其他异事,如昔人所云'志怪者,为存人耳目所未经'。""比较妥当的定义应该是:志怪小说是一种以杂记怪异之事为主的小说丛集。"③苗壮在《笔记小说史》中将志怪小说界定为:"志怪,顾名思义,为记叙怪异的作品,鲁迅称之为'张皇鬼神,称道灵异','鬼神志怪之书'。其内容大多是神仙方术、佛法灵异、仙宫地府、梦境幻界、鬼魅精怪、离魂还魂、殊方异物、拟人寓言等。总的特点是奇异怪诞,非凡俗世界中的常事常

---

① 郭庆藩撰,王孝鱼点校:《庄子集释》,第5页。
② 宁稼雨:《中国文言小说总目提要·前言》,第5页。
③ 李剑国、孟昭连:《中国小说通史·先唐卷》,第55页。

情,而出于自觉或不自觉的虚构夸张,是现实生活在幻想中的曲折反映。"①刘勇强在《中国古代小说史叙论》中说:"志怪小说作为小说的一种类型,在小说史上是一个含义丰富的概念,它既包含了'志'即记录的创作活动,也包含了'怪'的特定内容,并由此与'志人小说'相对。在这个概念中,'怪'是一个核心,它指的是一切奇异之事,如鬼魂、精怪、神灵及其他超乎寻常的事。"②

在关于志怪小说的论述中,以李剑国先生的阐释较为详尽。在《唐前志怪小说史》一书中,李先生考证了"志怪"一词的发展演变过程,并提出:"非人之耳目所经见的非常之人、非常之物、非常之事,都是志怪反映的对象。具体说,乃神、仙、鬼、怪、妖、异之类是也。""志怪以神灵鬼怪为基本内容。"③

志怪小说有时候也被称为怪异小说,如王枝忠在《汉魏六朝小说史》中,将《搜神记》、《搜神后记》、《拾遗记》等均视为怪异小说,而且视《博物志》为地理博物类怪异小说。④ 林辰则将这一类小说名为神怪小说,并专门著有《神怪小说史》一书,但从其对神怪小说的界定来看,神怪也就是志怪,他说:"神怪小说,顾名思义,即演述神、仙、佛、妖、鬼、怪,及其神功、异能、仙法、妖术以折射社会生活的小说。唐前称'志怪',宋人称'烟粉灵怪,神仙妖术',近现代杂称'志怪'、'灵怪'、'神魔'、'神怪'。"⑤

综上所述,无论是志怪、怪异,或是神怪,它们的共同点就是以"怪"为中心,怪人、怪物、怪事以及不同寻常的灵异鬼神等,都是它们所表现的对象。

而博物类小说则不同,它们是以物为中心的,世间的各种事物

① 苗壮:《笔记小说史》,第10页。
② 刘勇强:《中国古代小说史叙论》,北京大学出版社2007年版,第74页。
③ 李剑国:《唐前志怪小说史》,第13、15页。
④ 王枝忠:《汉魏六朝小说史》,第105页。
⑤ 林辰:《神怪小说史》,浙江古籍出版社1997年版,第1页。

包括山川地理、远国异民、典章制度、动植物、人们日常生活中的各
种器物等,是其主要内容。所以志怪与博物有交叉之处,比如对于
异人、异物的记载,就既带有志怪的色彩,又带有博物的色彩。但
重合的内容毕竟只是两者的一部分,而不是全部,博物小说中还有
很多介绍平常事物的内容,所以不能以偏概全,将博物划分到志怪
的类别之下。

　　而且我们还可以看到这样一个有趣的现象。我们今天将博物
小说划归志怪类,但在古人的分类观念中,这些以神灵鬼怪为主要
内容的志怪类作品,却是被放在博物类中的,如《古今图书集成》有
博物类,神异只占其中一部分内容,另外还有动植物、风俗等内容。
所以志怪或神异并不能包括博物,博物类小说也不应该放在志怪
小说的框架之内。

　　即便是那些记录怪人、怪物、神仙灵异的博物类小说,它们虽
也有怪异的色彩,却不是以怪为主要特色的。如被称作"古今语怪
之祖"的《山海经》,所记的很多内容均是较为平实的,如《五藏山
经》部分,其中所记地理情况、矿产、植物等,都可以看作是据实描
写,而并不是抱着猎异、志怪的目的创作出来的。再如《博物志》一
书,其中有异人、异俗、异产、异兽等不为人所习见的人、物,但其大
部分内容却是平实可信的,如记山水地理、五方人民、物产等,虽也
间或杂有一些神异色彩的传说,但大多是可信的。而在《博物志》
一书中,还经常出现"验之有信"等字样,可见,这些并不是超乎寻
常的事物,最多只是发生概率较小的事件。再如书中还有人名考、
文籍考、地理考、典礼考、乐考、服饰考、器名考、物名考等内容,应
该说,这种考辨的态度和志怪是截然不同的——不是恍惚无端的
语怪,而是严谨、客观的考证。为学者们所乐道的"蜀山玃猴"、"八
月浮槎"及"玄石饮千日酒"等故事,只是从我们今天的小说观念出
发去审视、挑选出来的较为有小说意味的篇章,并不能代表全书的
主要创作倾向。而如果我们把这一类作品放在志怪的框架之下,

可能会在研究这部分作品时，以志怪小说的特色来要求它们，从而不能客观公正地对待它们。如李剑国在《唐前志怪小说史》中在论及《博物志》时就说："本来地理博物体志怪的小说特征就不及杂记体来得鲜明，再加上这一点，结果是博则博矣，但却大大削弱了它的小说性，丛脞芜杂，鸡零狗碎，几乎成了一盘大杂烩。……作为小说，不是优秀之作，只因它还记载了一些较好的传说，尚可差强人意。"①林辰在《神怪小说史》中认为《酉阳杂俎》为神怪小说，但亦说："尤其是从神怪小说的角度去看它在中国小说史上的地位，恐怕评价就不宜太高了。"②

　　也有些学者看到了博物类小说不同于志怪小说的特点，将这一类作品与其他志怪小说作了区分，如在《中国小说通史》中，李剑国先生等将志怪小说分为四类：杂史体、杂传体、杂记体、地理博物体，并认为："地理博物体志怪小说是以《山海经》为开端的专门记载山川动植、远国异民传说的志怪，如《神异经》、《十洲记》、《洞冥记》等等。从文体上看，与上述三体有所不同，在多数情况下很少记述人物事件，缺乏时间和事件的叙事因素，它主要是状物，描述奇境异物的非常表征；即便也有叙事因素（如《洞冥记》），中心仍不在情节上，而在事物上。因此它是一种特殊的叙事方式。"③李先生在这段论述中，明确指出博物类小说是不同于其他几类志怪作品的：其中心是物，其叙述方式是状物，而不是怪异或志怪。

　　侯忠义先生也认为："博物类志怪小说，与《列异传》、《搜神记》、《搜神后记》等不同，它并不是单纯的'记怪'，而是兼有'博物'（即对事物的博闻多识）的特点。这种体例，在志怪小说中，独树一帜，自成流派，后继者不乏其书，构成志怪书的一种固定类型。因

---

　　① 李剑国：《唐前志怪小说史》，第265页。
　　② 林辰：《神怪小说史》，第244—245页。
　　③ 李剑国、孟昭连：《中国小说通史·先唐卷》，第56—57页。

其内容上又多有山川地理等神怪故事,明显受《山海经》的影响,故这类作品又称山川地理博物类。晋张华《博物志》在先,梁任昉《述异记》、唐段成式《酉阳杂俎》、宋李石《续博物志》,明游潜《博物志补》等继其后,都是《博物志》的续书,可见影响之大。"①侯先生也看到了博物类志怪的不同,认为它们独树一帜,自成流派,因为它们有博物的特点,是以对事物的博闻多识为特征的。

苗壮先生在《笔记小说史》中也提到了"地理博物类志怪小说",他说:"魏晋以来,有关地理博物类著作甚多,州郡县邑、山川道里、寺观古迹、风俗特产、异邦方物等均有涉及。间或亦涉志怪,但总的趋势较为平实,注重记实,向科学性发展,并不属于小说。但如《博物志》诸书,则在地理博物的框架内,继承并发展《山海经》、《神异经》的传统,追奇逐异,热心于闳诞迂夸、恍惚俶傥之说,不重实录,而多传闻,幻想夸张,具有小说性质。此后,代有创作,形成一派。因其中一些作品不具备故事情节,而仅记叙奇珍异物,有研究者主张与志怪、志人并列为志物一类。但总的来看,此类作品数量不多,难与志怪、志人小说相抗衡。且从内容说,志物仅是其中一部分,并多杂志怪,志物亦显得奇特怪异,故仍宜将此类作品作为志怪小说的一个分支,称为地理博物类志怪小说。属于杂史、杂记类志怪与地理博物类志怪也有混杂现象,如《拾遗记》亦有博物与志人的内容。两者的区别在于,地理博物类志怪知识比重较大,不以史为脉络,而以故事作类分,往往以地理方位物类为序,比杂史、杂记类志怪更杂,小说韵味也弱,历代史志多将其列入地理类或杂家类。"②此处说有学者所提出的"志物"一词,可见学界早有对博物属于志怪的异议,但可惜未见其具体的论述。而苗先生以这一类作品数量较少为由,认为它们难与志怪、志人相抗衡,

---

① 侯忠义:《中国文言小说史稿》,第 77 页。
② 苗壮:《笔记小说史》,第 84—85 页。

仍将其视作志怪小说的一个分支。我们不妨从具体的作品来看看
情况是否如此。

三、博物小说独立为一类的理由

古代的典籍,因战乱、人为损坏、保护不当等原因,亡佚的较
多。而作为不入流的小说更因为不被重视,大多数都亡佚了。班
固在《汉书·艺文志》中著录的小说十五家,我们今天只能看到几
条零星的片段,后世史志著录的小说作品也有很多都失传了。但
从我们今天所能见到的古小说作品来看,其博物色彩都较为浓厚。
从先秦小说作品的佚文中,我们能非常明显地感受到这种博
物色彩。如《伊尹说》对各种美味的肉、鱼、菜、作料、饭、水、果,甚
至是马匹的罗列,就带有很明显的炫耀博识的色彩,故李剑国先生
说:"其中罗列天下至味,不厌其详,涉及许多山川动植,显然也属
于战国流行的地理博物传说,和《山海经》有相通之处。"①《师旷》
可信的佚文仅一条,《说文》卷四上《鸟部》释鹫字云:"《师旷》曰:
南方有鸟,名曰羌鹫,黄头赤目,五色皆备。"②这也是说明、介绍羌
鹫的文字。李剑国先生说:"师旷长于博物,《琐语》中有师旷辨翚、
摇之语,正与此相类。"③可见,《师旷》一书也应该是以博物、辨物
为主要内容的。
在《古小说钩沉》中,鲁迅先生所辑录的众多先唐小说作品,也
都有博物色彩,如《青史子》中对胎教的记述及对鸡的辨析,如果用
今天的分类法来判定,它们既不属于志人,也非志怪,甚至不符合
我们今天的小说观念,所以鲁迅先生发出"亦不知当时何以入小

---

① 李剑国:《唐前志怪小说史》,第117页。
② (清)段玉裁:《说文解字注》,第150页。
③ 李剑国:《唐前志怪小说史》,第118页。

说"的感慨,①李剑国先生亦说它"毫无小说意味"。② 但这恰好符合古小说以说理为宗旨的特征,而且因为它们是博闻广识的产物,故可以算作博物类小说。即便是那些在我们今天看来是志怪作品的小说,其中也有很多博物的内容,如《古异传》一书,从名字来看,当是志怪小说,《古小说钩沉》中辑有一条佚文:"斫木,本是雷公采药使,化为鸟。"③是有怪异色彩,但它是对啄木鸟的探讨,传达的是对啄木鸟这一事物的认识和了解,也体现了博物的特点,只不过它是一种不科学的认知。同样,在《述异记》中,有对庐山康王谷、南溪之大蟹、芦塘之鲛鱼等物的介绍和说明,也是一些有奇异色彩的博物知识。再如志怪小说《幽明录》,其中的很多记载也明显更偏重于博物知识,而其志怪色彩却不怎么突出,如:"庙方四丈,不作墉壁;道广五尺,夹树兰香。斋者煮以沐浴,然后亲祭,所谓'浴兰汤'。"④在鲁迅先生所辑录的前 34 条文字中,《幽明录》多是以介绍地理、器物、动物等方面知识为主的,只是少部分羼杂有怪异的色彩。

　　苗壮先生在《笔记小说史》中,提出因博物类小说作品数量较少,故不将其视作独立的一类。但因为古小说亡佚的较多,所以我们不能够根据今天所能见到的小说作品数量的多少,来判断某些作品是否可以独立为一类。倒是可以根据具体作品中的志人、志怪、博物的比例多少,来看博物类作品是否具有和志怪、志人相抗衡的地位。姑以《西京杂记》和《殷芸小说》为例,逐一分析三者的数量。

　　我们一般把《西京杂记》看作是"一部杂载西汉轶事传闻的笔

---

　　① 鲁迅:《中国小说史略》,第 13 页。
　　② 李剑国:《唐前志怪小说史》,第 115 页。
　　③ 鲁迅:《古小说钩沉》,见《鲁迅全集》第八卷,第 265 页。
　　④ 同上书,第 353 页。

记小说"，①是一部以事件为中心内容的作品，所以学者多认为它是志人小说。而在这部志人小说中，对物的关注是非常多的。如该书的前七条：

> 汉高帝七年，萧相国营未央宫。因龙首山制前殿，建北阙。未央宫周回二十二里九十五步五尺，街道周回七十里。台殿四十三，其三十二在外，其十一在后。宫池十三，山六，池一、山一亦在后。宫门闼凡九十五。
>
> 武帝作昆明池，欲伐昆吾夷，教习水战。因而于上游戏养鱼，鱼给诸陵庙祭祀，余付长安市卖之。池周回四十里。
>
> 汉制：宗庙八月饮酎，用九酝太牢，皇帝侍祠。以正月旦作酒，八月成，名曰酎，一曰九酝，一名醇酎。
>
> 京师大水，祭山川以止雨。丞相御史二千石祷祠，如求雨法。
>
> 天子笔管，以错宝为跗，毛皆以秋兔之毫，官师路扈为之。以杂宝为匣，厕以玉璧翠羽，皆直百金。
>
> 汉制天子玉几，冬则加绨锦其上，谓之绨几。以象牙为火笼，笼上皆散华文，后宫则五色绫文。以酒为书滴，取其不冰；以玉为砚，亦取其不冰。夏设羽扇，冬设缯扇。公侯皆以竹木为几。冬则以细罽为橐以凭之，不得加绨锦。
>
> 武帝时，西域献吉光裘，入水不濡。上时服此裘以听朝。②

这几条内容所记为未央宫、昆明池、汉代的礼制和习俗、天子的笔、几、衣服等事物，既非志人，亦非志怪，而是属于志物的范畴。综观

① （晋）葛洪：《西京杂记》，中华书局 1985 年版，《出版说明》第 1 页。
② 同上书，第 1—2 页。

全书,类似的记载有 67 条,有怪异色彩的内容有 13 条,以人物或事件为中心的内容有 58 条。可见,以博物为内容的小说条目较多,几乎占全书 138 条的一半;而对于人和事的叙写,所占比例相对来说较少。故明代孔天胤在《西京杂记序》中说:"乃若此书所存,言宫室苑囿、舆服典章、高文奇技、瑰行伟才以及幽鄙,而不涉淫怪,烂然如汉之所极观,实盛称长安之旧制矣。"①指出宫室苑囿、舆服典章、高文奇技等,才是《西京杂记》的主要内容。

《殷芸小说》是最早以小说名书的,②虽然这本书在后世也散佚了,但鲁迅、余嘉锡及其女儿余淑宜均做了辑录的工作,其中尤以余先生的辑本为善。从余先生所辑录的内容,也可以大致了解小说的构成。周楞伽先生辑注的《殷芸小说》以余先生的辑本为底本,共录 163 条,其中以博物为主要内容的有 36 条,有怪异色彩的内容 23 条,以人物或事件为中心的则有 104 条。由于受品评人物的风气以及《世说新语》等书的影响,《殷芸小说》中志人的内容占了绝大多数,但单就志怪和博物类小说这两类来说,博物类小说在数量上还是占优势的。这些博物内容的小说主要以介绍和说明各种事物为中心,如:

> 帝自代还,有良马九匹,皆天下之骏马也。一名浮云,一名赤电,一名绝群,一名逸骠,一名飞燕,一名绿螭,一名龙子,一名骟驹,一名绝尘,号为九逸。有来宣能御马,代王号为王良。俱还代邸。

> 武帝时,长安巧工丁缓者,为恒满灯,七龙五凤,杂以芙蓉

---

① (晋)葛洪:《西京杂记》,第 46 页。
② 参见殷芸《殷芸小说·前言》,第 4—5 页。周楞伽先生认为:"最早以小说名书的,当以《殷芸小说》为嚆矢。"

莲藕之奇。又作卧褥香炉,一名被中香炉,本出房风,其法后绝,至缓始更为之,机环运转四周,而炉体常平,可致之被褥,故以为名。又作九层博山香炉,镂为奇禽怪兽,穷诸灵异,皆能自然转动。又作七轮扇,轮大皆径尺,相连续,一人运之,则满堂皆寒战焉。

> 武帝为七宝床、杂宝案、厕宝屏风、列宝帐,设于桂官,时人谓之四宝官。
>
> 成帝设云帐、云幄、云幕于甘泉官紫殿,世谓之三云殿。
>
> 汉帝及侯王送死,皆用珠襦玉匣。①

它们不以人物或事件为中心,也根本不具有任何的神奇怪异色彩和叙事成分,而是一些说明性的文字:介绍马的名字,恒满灯的样子,卧褥香炉、九层博山香炉、七轮扇的特点,四宝官、三云殿名称的由来,汉代君主及诸侯死后的相关风俗等等。

所以,从《西京杂记》和《殷芸小说》的整体内容来看,博物小说在数量上并不占劣势,把它们单独视为一类更为合适。

而从古小说观念来看,诚如宁稼雨先生所言,博物类小说才是最符合古小说概念的一类作品。不管是诸子的论述,还是班固等人的界定,小说有一个非常重要的特性就是"小道"。它的内容是为知识分子所鄙夷的"小道"。那么何为"小道"呢?

扬雄在《法言》中有这样一段关于"小"的论述:"或问大人,曰'无事于小为大人'。请问小,曰:'事非礼义为小。'"②可见,扬雄对"小"的界定,就是凡与礼和义无关的均为小。这样的一种观念体现了中国文化中重视伦理道德的倾向,并进而导致了对于各种

---

① 殷芸:《殷芸小说》,第9、11、16、17、20页。
② 汪荣宝:《法言义疏·义疏十一》,第15页。

技术、科学等的轻视。在《利玛窦中国札记》中,我们可以看到利玛窦神父颇为惊奇地发现"中国所熟习的惟一较为高深的哲理科学就是道德哲学","在这里每个人都很清楚,凡有希望在哲学领域成名的(译者注:指通过科举考试做官),没有人会愿意费劲去钻研数学或医学。结果是几乎没有人献身于研究数学或医学,除非由于家务或才力平庸的阻挠而不能致力于那些被认为是更高级的研究。钻研数学和医学并不受人尊敬,因为它们不像哲学研究那样受到荣誉的鼓励,学生们因希望着随之而来的荣誉和报酬而被吸引。这一点从人们对学习道德哲学深感兴趣上,就可以很容易看到。在这一领域被提升到更高学位的人,都很自豪他实际上已达到了中国人幸福的顶峰"。① 而这正是对扬雄的话的印证:对于中国的知识分子来说,事关礼义的儒家伦理道德之说,才是大道,而与此相对的均是小道,如利玛窦神父所说的数学、医学,甚至包括农业、渔业、制造业等,都是小道。

这种小道观,在古人的论述中,较为常见。如王充《论衡·别通篇》云:"卜卦占射吉凶,皆文、武之道,昔有商瞿能占爻卦,末有东方朔、翼少君能达占射覆,道虽小,亦圣人之术也。"②将卦卜占射等视为小道。而三国时薛综注《西京赋》中"小说九百,本自虞初"句时说:"小说,巫医厌祝之术。"③将小说等同于小道,并将巫术、医术、方术等均视为小道、小说。

在《晋书·艺术传》中,亦有"详观众术,抑惟小道,弃之如或可惜,存之又恐不经"之说。④ 此处又将艺术视为小道。而据《后汉书·伏湛传》所记:"永和元年,诏无忌与议郎黄景校定中书《五经》、

_____

① [意大利]利玛窦、[比利时]金尼阁著,何高济、王遵仲、李申译:《利玛窦中国札记》,广西师范大学出版社 2001 年版,第 23、25 页。

② (汉)王充:《论衡》,第 209 页。

③ (梁)萧统:《文选》,第 45 页。

④ (唐)房玄龄等:《晋书》,中华书局 1974 年版,第 2467 页。

诸子百家、艺术。"其下注云："艺谓书、数、射、御,术谓医、方、卜、筮。"①可见,艺术所指即是射、御、书、数及医、农、卜、筮等技艺。

这种视各种技艺为小道的观点,在后世一直被承袭,如朱熹在《四书章句集注》中注释子夏所说的"虽小道,必有可观焉,致远恐泥,是以君子不为"时说："小道,如农圃医卜之属。"②同样的论述在《朱子语类》中,也可以看到："小道不是异端,小道亦是道理,只是小。如农圃、医卜、百工之类,却有道理在。"③也是视农、医、各种技艺为小道的,而且与子夏的小道可观之说是相同的。

相对于儒家的伦理道德学说,这些技艺性的知识更偏重于物质层面,它们的对象多是物质世界中各种具体的事物。所以关乎小道的小说,就毫无疑问地成了各种具体事物层面知识的载体。而博物,也就成了小说最重要的职能。

在《隋书·经籍志》中,除了承袭《汉志》的小道、街谈巷语等说法之外,还提到了诵训、训方氏等官职。而据《周礼》的记载,他们都是记录各地风俗、事物的官员。可见《隋志》对小说的认识,也强调小说的博物功能。鲁迅先生在《中国小说史略》中论及《博物志》时说："其书今存,乃类记异境奇物及古代琐闻杂事,皆刺取故书,殊乏新异,不能副其名,或由后人缀辑复成,非其原本欤? 今所存汉至隋小说,大抵此类。"④认为现在所能见到的汉代至隋代的小说,大多数都和《博物志》相似,这种判断除了其创作方式的抄录故书以外,应该还有内容方面的相似,也就是说这个时代的书大多数也都具有《博物志》的博物色彩。

而后人在收编小说集的时候,也明显地表现出以博物为宗的

① (南朝) 范晔:《后汉书》,第 898 页。
② (宋) 朱熹:《四书章句集注》,第 188 页。
③ (宋) 黎靖德编,王星贤点校:《朱子语类》,中华书局 1986 年版,第 1200 页。
④ 鲁迅:《中国小说史略》,第 23 页。

倾向。如曾慥在《类说》中所著录的作品,往往不是全篇著录,而多为摘录,并在每条前加一个小标题。而从这些摘录的内容及标题来看,曾慥表现出对写物的内容有更为浓厚的兴趣。如对《穆天子传》,曾慥并不是著录整本书,而是选择性地摘录了"八骏"、"金鹿银麤"、"策府"、"木禾"、"天子之弓"、"大木硕草"、"珠泽"、"悬圃"、"白鹤之血"等内容,都是动物、植物、玩物、地名等方面的内容。即便如《赵后外传》这样的志人小说,《类说》中摘录的也多是如"新兴髻"、"慵来妆"、"远条馆"、"温柔乡"、"唾袖"、"七香豆蔻汤"、"万年蛤不夜珠"、"二十六物"、"合宫之舟"、"留仙裙"等写物的内容,也是将一个故事分解成诸多关于物的知识或传说加以著录的,而不是关注故事本身。《西京杂记》所录有"绨几"、"常满灯"、"七夕穿针"、"九枝灯"、"珠襦"、"玉匣"、"菊酒"、"饮酎"、"连枝草"、"远方异果"、"紫泥玺室"、"宝跗金驱环"、"吉光裘"、"金屋贮阿娇"、"玉搔头"、"岁星不见十八年"、"吞文石"等,均是有博物色彩的内容。即便专门记人的小说,曾慥在著录时,也偏重其物的知识,如《列仙传》录有"金床玉几"、"玉女洗头盆"、"青鸟"、"五色烟"等,《神仙传》录"五色云母"、"碧藕白橘"、"飚车羽轮"、"修本草"等。卷三五竟将《尔雅》也录为小说,所摘录的有亚婿、牵牛、太白星、羊枣、天鸡等,也都是对事物的解说。而之所以将《尔雅》视为小说,是因为它是记载草木、鸟兽、虫鱼知识的载体,从小道这个角度来看,也可以算作小说。

在《说郛》中,我们也可以看到众多与今天小说观念格格不入的作品。而它们之所以被著录为小说,也是从小道、博物这一角度考虑的,如《画鉴》、《洛阳花木记》、《三器图义》、《山居草木记》等都是如此。再如其中著录的沈括的《忘怀录》,所记为器具的作用,尤其对做法有十分具体的论述,比如怎样做安车,其形状、大小、配套设施的情况等。可见,这些技术方面的知识,在古人观念中就是小说。小说,成了传统德性文化之外的智性文化层面知识的收容站。再如其中林洪的《山家清供》,所记为各种饭菜的名、状、性及做法,颇似菜谱。还有无名氏的《山家清事》记相鹤诀、种竹法、酒具、山轿、山备、梅花纸帐、火石、泉源等知识。可见,小道表现了文人的一部分生活情趣,是对治国平天下的君子人格的补充,更多关注物质层面的生活,因而主要以各种事物为主要内容。

从小道这一观念来看,小说成了关于各种技术、事物的知识载体。于是,博物知识成了小说的主要内容。基于此,我们不仅可以认为博物类小说与志怪小说不同,还可以说它是最符合小说本来面貌的作品。与志怪小说和志人小说不同,博物类小说是以物为中心,以介绍、说明物的形状、特性、功能等知识为主要内容的作品,大多数并不具备人物、事件等因素,而且文字比较质朴简洁。

第二节　博物类小说的形成

从人类开始认识外界的时候开始,博物知识就已经产生了。但从现在所能见到的文献来看,这一类知识最初是保存于《山海经》一类的地理书中的。所以,在博物知识附于地理书的先秦时期,我们姑且称之为博物小说的孕育期。到了汉代,博物知识出现了分化:随着人们认识的进步及解经的需要,一部分博物知识呈现出更为客观可信的特征;但受汉代神仙思想泛滥的影响,也出现了带有怪异色彩的方士之博物知识;还出现了以人物为线索的《汉武帝别国洞冥记》这样的作品。后世博物类小说的各种形态,均能在这一时期找到源头,故汉代为博物小说的萌芽期。魏晋时期出现了集大成的博物小说《博物志》,成为博物小说形成的标志。而地理体、名物体、杂传体博物小说的成熟,则形成了完整的博物小说体系。

一、先秦时期:博物小说的孕育期

对物的好奇、关注与探究,是人类在面对自然界时必然会产生的心理和行为。对原始先民来说,日常生活中的衣、食、住、行等方面,均依赖或受制于这些外部条件。于是,对自然界各种动植物的关注,成了他们的头等大事。作为一个群体,原始先民们可能都有过类似于神农尝百草的经历,他们尝试采摘或猎取自然界的动植物食用,用动物的皮毛制成衣服。刚开始可能会由于辨别不清,有时可能中毒,轻则可能引起腹泻等等。但他们在一次次的、经年累月的实践中,终于掌握了哪些植物是可以食用的、哪些是有药用价值的、哪些是有毒的等等方面的经验。而对于动物,哪些是性质平和的、哪些是剧毒的、哪些是温顺的、哪些是狂暴的等方面的经验,他们也同样积累了很多。与此同时,关于这些动植物生长的地点、寻找它们的路径等,也成了必不可少的知识。于是,出于生存的需要,这些知识就被一代代地传承下来。洞悉这些知识的上一代,可能会在采集或渔猎的过程中,或是在日常生活中,通过语言、图形和实物,把这些知识传授给下一代,而这些就是博物类小说的源头。

从已出土的大量的青铜器上所铸刻的图画来看,其图形大多是一些动植物。可见,在当时人们的观念中,这一类知识占有极为重要的地位,是他们关注的中心,所以才会有这么丰富的表现。而最为我们所熟知的,就是大禹铸九鼎的故事。《左传·宣公三年》记王孙满回答楚王问鼎之大小、轻重时云:"昔夏之方有德也,远方图物,贡金九牧,铸鼎象物,百物而为之备,使民知神奸。故民入川泽、山林,不逢不若。螭魅罔两,莫能逢之。"①与此大致相同的记载见于《论衡·儒增篇》,王充针对"周鼎不爨自沸;不投物,物自出"这样的世俗传言,提出:"周鼎之金,远方所贡,禹得铸以为鼎也。其为鼎也,有百物之象。"②这两个记载讲的都是大禹铸鼎之事,并说鼎上有百物之象。但我们更为熟悉的是关于黄帝铸鼎的

① 杨伯峻:《春秋左传注》,中华书局1990年版,第669—671页。
② (汉)王充:《论衡》,第127页。

故事,在后世的小说中也多有记载,说的都是黄帝在荆山铸鼎、鼎成仙去的神话故事,都较为荒诞不经。但此说流传甚广,甚至《史记·封禅书》中也有这样的记载。但后来,大禹铸鼎与黄帝铸鼎慢慢就混淆了,大禹所铸之鼎,也就带有了神奇色彩。如王充所记的传言,就将黄帝之鼎说成是大禹所铸的鼎了。而刘宋时期孙柔之的《瑞应图》记:"神鼎者,质文精也,知吉凶存亡。能轻能重,能息能行,不灼而沸,不汲自盈,中生五味。昔黄帝作鼎象太一,禹治水收天下美铜,以为九鼎象九州。王者兴则出,衰则去。"①则是将二者放在一起,将它们都看作是带有一定象征意义或使命的圣器,所以才会"王者兴则出,衰则去"。这也可以帮助我们理解为什么汉武帝听说某地出现宝鼎了,竟然把年号也改为了"元鼎"。

但从《左传》的记载来看,其实鼎上所铸的,只不过是"百物",即各地的动植物,或即我们今天所说的土特产。其目的是将自然界中所有的动植物都以图像的方式记录下来,教老百姓如何辨别它们的"神奸",也就是善恶,这样他们在山林川泽之中都不会害怕。当然,"不逢有若",只是一种理想。但是,在对各种动植物的外形、习性都有了一定了解之后,即便遇到了一些会危害人类的怪物,人们也知道该如何防备。可见,鼎上所铸之物,是人们关于自然界的各种知识的汇编。"铸鼎象物",是通过图像的形式,将各地方动植物的特征、功用及危害等表现出来,告示当时相对统一的部落或国家的全体人民。所以葛兆光先生说:"鼎上铸有各种神鬼怪异的形象,鼎就象征着认识世界的知识权利,天子拥有'九鼎'就象征着拥有'九州',谁能拥有九鼎,就等于拥有统治九州的天然合理性。"②

---

① 《辑孙柔之〈瑞应图〉记》,见叶德辉《观古堂所著书》,光绪乙亥春二月长沙叶氏郎园刊本,第10页。

② 葛兆光:《中国思想史:七世纪前中国知识、思想与信仰世界》,复旦大学出版社2001年版,第58页。

之所以鼎能象征九州,原因就在于它"象征着认识世界的知识权利",人们把对世界的认识(主要是关乎物的),通过图像的形式都铸刻在鼎上了。

　　而在《抱朴子·登涉篇》中,还出现了《九鼎记》一书。葛洪在论及辟山川庙堂百鬼之法时说:"其次则论百鬼录,知天下鬼之名字,及《白泽图》、《九鼎记》,则众鬼自却。"①那么此处的《九鼎记》,应该是鼎上图案的摹写,或是有图并附有说明性文字的书籍。其功用,就是教百姓辨物之神奸,并使他们知道避免灾难的办法,即这些书籍教人民了解天下众鬼的名字,使这些鬼自然退避。类似的教老百姓认物的书籍在当时应该有很多,上面葛洪所说的《白泽图》就是其中的一本。《隋书·经籍志》著录有《白泽图》一卷。《云笈七签》卷一〇〇《轩辕本纪》记黄帝"于海滨得白泽神兽,能言达于万物之情。因问天下鬼神之事,自古精气为物、游魂为变者,凡万一千五百二十种。白泽言之,帝令以图写之,以示天下"。②据此记载,则《白泽图》是根据白泽神兽所言的事物图画而成的。其功用,在葛洪《抱朴子·极言篇》中也说得极为清楚:"穷神奸则记白泽之辞,相地理则书青乌之说。"③可见,白泽之辞即《白泽图》,应该是和大禹鼎上百物图像的功用是相同的,都是辨别"神奸"。包括我们现在所见的《山海经》,在汉代人眼中,也主要是承担着这样一个辨物的功能。在刘秀《上〈山海经〉表》中有"禹别九州,任土作贡;而益等类物善恶,著《山海经》"之说,④这里益之所作《山海经》,是因为要"类物善恶",也就是要"辨物神奸",主要是一个认识事物或博物的需求。刘秀还举东方朔、刘向的事情作为佐证:"孝

---

① 王明:《抱朴子内篇校释》,中华书局1985年版,第308页。
② (宋)张君房辑,李永晟点校:《云笈七签》,中华书局2003年版,第2177页。
③ 王明:《抱朴子内篇校释》,第241页。
④ 袁珂:《山海经校注》,上海古籍出版社1980年版,第477页。

武皇帝时尝有献异鸟者,食之百物,所不肯食。东方朔见之,言其鸟名,又言其所当食,如朔言。问朔何以知之,即《山海经》所出也。孝宣帝时,击磻石于上郡,陷得石室,其中有反缚盗械人。时臣秀父向为谏议大夫,言此贰负之臣也。诏问何以知之,亦以《山海经》对。"①以东方朔、刘向通过读《山海经》而识别事物的例子,来证明《山海经》的博物功能。

这些辨别百物的知识,因为受限于先民的认识水平和表达水平,必然会呈现出荒诞的色彩。其时的博物知识虽是由经验而来,但有时可能是根据一次偶然经验,就妄下结论,所以可能会把并不具备因果关系的物和事,看做前因后果,并被当成真理。而且先民们限于物质条件,没有办法像我们今天一样利用各种仪器对自然界进行细致观察,如对易受惊吓且飞得很高的鸟、凶猛的野兽等,他们根本就没有办法进行近距离且持续的观察,于是对它们的外形、生活习性等,也就无法有科学的认识,很多时候,他们所表述出来的都只是想当然的臆断,或是根据只鳞片爪加工想象出来的样子。原始人的思维方式与我们不同,在他们眼中,茎叶光滑的植物,人吃后可以变得皮肤光滑;凶猛的野兽,人吃后可以变得英勇无畏。这在我们今天看来是有问题的,但他们却坚定地信仰这些知识。第四,受表达方式的限制较多。在人类早期,人们并没有类别或整体性概念,所以形容词较少,更多是用名词来形容事物,多用比喻手法,故容易造成误解。

随着物质生产的进步、社会成员的分化,一部分人成为部落首领或者巫师,他们将这些博物知识和巫术相联系,使这些实用性的知识变得充满巫术色彩。而这些巫师们则成了掌握、利用并垄断这些知识的人。同时,由于资源匮乏、自然灾害等原因,原始部落要向外扩张,于是单纯以物为关注核心的情况发生了变化,相关的地理知识出现了,并成为博物知识体系中重要的一部分。古人所

---

① 袁珂:《山海经校注》,第477—478页。

说《山海经》禹主治水、益主记物,就是将治水过程中了解的地理知识和博物知识结合起来的典型。这是随着生产的发展,人类逐步向外发展的情况的反映。他们面对的世界扩大了,地理知识产生了,地理与博物知识两者一同发展起来了。

再后来,随着国家的出现,当权者出于征收赋税的需要,对各地的动植物产等,也都十分关注。因为是处在国家的框架之下,其辨物神妍的职能渐渐转变为服务君主,如王谟的《汉唐地理书钞》收录了一篇他认为是殷代地志的《四方令》:

> 汤问伊尹曰:"诸侯来献,或无牛马之所生,而献远方之物,事实相反,不利。今吾欲因其地势所有献之,必易得而不贵。其为四方献令!"伊尹受命,于是为四方令曰:"臣请正东符娄、仇州、伊虑、沤深、九夷、十蛮、越、沤、鬋、文身,请令以鱼皮之鞞、□鲗之酱、鲛鰔利剑为献;正南瓯邓、桂国、损子、产里、百濮、九菌,请令以珠玑、玳瑁、象齿、文犀、翠羽、菌鹤、短狗为献;正西昆仑、狗国、鬼亲、枳巳、阇耳、贯胸、雕题、离丘、漆齿,请令以丹青、白旄、纰罽、江历、龙角、神龟为献;正北空同、大夏、莎车、姑他、旦略、貌胡、戎翟、匈奴、楼烦、月氏、孅犁、其龙、东胡,请令以橐驼、白玉、野马、驹騀、駃騠、良弓为献。"汤曰:"善!"①

此处伊尹对各地物产的论说,是为了使君王知道各个地方的特产,以便于因地制宜地征收贡赋。再如成书于战国中期的《禹贡》,②对九州的山川、土壤、植被、特产、贡赋、交通等都做了描述,而《禹

---

① (清)王谟:《汉唐地理书钞》,中华书局1961年版,第96页。
② 关于《禹贡》的成书时间有争议,此处取顾颉刚先生认为是成于战国中期的说法。

贡》的成书，显然是在国家征收贡赋需求下产生的。

由于这类知识在国家生活中占据重要地位，于是，在国家机构中就出现了专门掌管这一类知识的专职人员。如《周礼》中天官冢宰、地官司徒、春官宗伯、夏官司马、秋官司寇、冬官司空之下，都设有这些官职。

在统治者关心、需要这一类知识的同时，民间对这一类知识的兴趣也有增无减。尤其是在春秋末期以后，文化下移，士阶层的出现，给博物知识带来了一些新的变化。经过世代的知识积累，随着畜牧、养殖、农业等技术的发展，人们对日常生活中所习见的事物，已经失去了好奇心。于是他们便转而去关注那些不为人所常见的动植物，如《尸子》记"徐偃王好怪，没深水而得怪鱼，入深山而得怪兽，多列于庭"。[①] 这就不同于先民们在对周围充满恐惧和敬畏的心态下，对外界的探索所得出的经验；而是一种对自然界有了充分的自信心之后的寻根究底，是想要对外界的万事万物都探明究竟的好奇。徐偃王在深水、深山中搜寻怪物的举动，正体现了当时人们的这种心态。基于此，谈说那些不为人们所熟知的事物，就成了当时的风气，因为这样可以显示自己的博学，而且一个人也能通过这种言谈，来引起别人对自己的关注和崇敬。

孔子是"不语怪力乱神"的，但关于怪物，他却有着相当渊博的知识。如《孔子家语》[②]记载了这样一个故事："齐有一足之鸟，飞

---

① （战国）尸佼撰，汪继培辑：《尸子》，上海古籍出版社1989年版，第24页。

② 关于《孔子家语》的真伪问题，历来有很多争议。但随着一些出土文献的发现，学界已渐渐接受其并非伪书，认为其中保存了一些最原始、最可靠的资料，是研究孔子、孔子弟子及先秦两汉文化典籍的重要依据。如庞朴的《话说"五至三无"》（见《文史哲》2004年第1期），认为《孔子家语·礼记》"确系孟子以前的遗物，绝非后人伪造所成"；王承略的《论〈孔子家语〉的真伪及其文献价值》（见《烟台师范学院学报》2001年第3期）认为《孔子家语》大部分保持了刘向校本的原貌，保存了某些独一无二的材料；杨朝明《儒家文献与早期儒学研究》（齐鲁书社2002年版），认为《孔子家语》所记详于《论语》，更能展现孔子的人品与思想。

集于公朝,下止于殿前,舒翅而跳。齐侯大怪之,使使聘鲁,问孔子。孔子曰:'此鸟名曰商羊,水祥也。昔童儿有屈其一脚,振讯两肩而跳,且谣曰:"天将大雨,商羊鼓舞。"今齐有之,其应至矣。急告民趋治沟渠,修堤防,将有大水为灾!'顷之,大霖雨,水溢泛诸国,伤害民人。惟齐有备不败。景公曰:'圣人之言,信而有征矣。'"①关于商羊的知识在东汉还被认为是"信而有征"的,如王充在反驳"论灾异者"所鼓吹的人君的举动会使"天动气以应之"的观点,认为是"天气变于上,人物应于下",并举商羊为例证:"故天且雨,商羊起舞,使天雨也。商羊者,知雨之物也,天且雨,屈其一足起舞矣。"②将商羊起舞的现象与下雨前蚂蚁搬家、疼风等老病复发并列,认为均是"为天所动"。可见,孔子其实是语怪的,他不仅语怪,而且他还被认为是识别怪物的专家,以致于好谈怪异的齐地君主都要派使者向他请教,而且他所论及的怪异事物,往往会作为知识被后世的人们所接受。《史记》中也有孔子语怪的记录:

> 季桓子穿井得土缶,中若羊,问仲尼云"得狗"。仲尼曰:"以丘所闻,羊也。丘闻之,木石之怪夔、罔阆,水之怪龙、罔象,土之怪坟羊。"
>
> 吴伐越,堕会稽,得骨节专车。吴使使问仲尼:"骨何者最大?"仲尼曰:"禹致群神于会稽山,防风氏后至,禹杀而戮之,其节专车,此为大矣。"吴客曰:"谁为神?"仲尼曰:"山川之神足以纲纪天下,其守为神,社稷为公侯,皆属于王者。"客曰:"防风何守?"仲尼曰:"汪罔氏之君守封、禺之山,为厘姓。在虞、夏、商为汪罔,于周为长翟,今谓之大人。"客曰:"人长几何?"仲尼曰:"僬侥氏三尺,短之至也。长者不过十之,数之极

---

① (清)陈士珂辑:《孔子家语疏证》,上海书店1987年版,第91页。
② (汉)王充:《论衡》,第229页。

也。"于是吴客曰："善哉圣人！"①

可见，孔子语怪的范畴，不仅仅包括自然界的怪兽，还包括了《山海经》中记载的诸多异人，还包含有很多传说。所以，胡应麟认为孔子是"万代博识之宗"："累世不能穷其学，当年不能究其礼，仲尼之博也，而以防风、肃慎、商羊、萍实诸浅事当之，则仲尼索隐之宗而语怪之首也。"②伊藤清司亦在《〈山海经〉的鬼神世界》一书中，称"孔子是怪物通"。③ 这些对孔子的评价，都突出了孔子在怪物方面的博识。

这样的"怪物通"，在那个时代很多，管仲、子产、师旷、晏子等人都是。如《太平广记》卷二九一记：

> 齐桓公游于泽，管仲御。公见怪焉。管仲云："泽有委蛇，其大如毂，其长如辕，紫衣朱冠。见人则捧其首而立，见之者殆霸乎？"公曰："此寡人之所见也。"
>
> 桓公北征孤竹，来至卑耳之溪十里，见人长尺，而人形悉具。右祛衣，走马前。以问管仲，管仲曰："臣闻登山之神有余儿者，长尺而人物具焉。霸王之君兴，而登山之神见。走前导也，祛衣前有水也，右祛示从右涉也。"至如言。
>
> 晋平公至浍上，见人乘白骖八驷以来。有狸身而狐尾，去其车而随公之车。公问师旷，师旷曰："狸身而狐尾，其名曰首阳之神。饮酒于霍太山而归，其逢君于浍乎，君其有喜焉！"
>
> 齐景公伐宋，过泰山，梦见二人怒。公恐，谓泰山之神。

---

① （汉）司马迁：《史记》，第 1912—1913 页。
② （明）胡应麟：《少室山房笔丛》，第 382 页。
③ ［日］伊藤清司著，刘晓原译：《〈山海经〉中的鬼神世界》，中国民间文艺出版社 1990 年版，第 55 页。

晏子以宋祖汤与伊尹。为言其状：汤皙容，多髭须；伊尹黑而短。即所梦也。景公进军不听。军毂毁，公恐，乃散军不伐宋。①

《左传·昭公元年》记："晋侯闻子产之言，曰：'博物君子也。'"②诸如孔子、管仲、师旷、晏子等人，非圣即贤，却都有关于他们的语怪记载。在《管子》一书中，关于诸多怪物、怪人如比目鱼、比翼鸟、雕题、黑齿等，也都有论及，这也正好印证"圣人博闻多见，畜道以待物，物至而对，形曲均存矣"的说法。③

　　不仅这些圣人、贤者语怪，一般的学者也多沾染了这种习气。如在《庄子·逍遥游》中，庄子开篇就讲了一种大得让人惊异的"鲲"及它变化为"鹏"的故事。庄子的好朋友，也是他辩论的对象惠施，也是一个博物学家，《庄子·天下篇》记："南方有倚人焉曰黄缭，问天地所以不坠不陷、风雨雷霆之故。惠施不辞而应，不虑而对，遍为万物说，说而不休，多而无已，犹以为寡，益之以怪。以反人为实而欲以胜人为名，是以与众不适也。"④"不辞而应，不虑而对"，说明惠施对这些知识是了然于胸，会通博识的；而"益之以怪"，就体现了当时学者们为了强调自己学识的渊博，故意虚构了一些荒诞不稽的怪异之说。惠施在解释关于自然界的各种现象，如天高地卑却天不坠地不陷、刮风、下雨、打雷、闪电等情况时，自然而然地将话题牵扯到了万事万物上，由大及小，"遍为万物说"。而后来的邹衍，则反其道而行之，以各种小物来推衍他的大九州说，如《史记·孟子荀卿列传》记："其语宏大不经，必先验小物，推

---

① （宋）李昉等编：《太平广记》，中华书局1961年版，第2313、2314页。
② 杨伯峻：《春秋左传注》，第1221页。
③ 黎翔凤撰，梁运华整理：《管子校注》，中华书局2004年版，第214页。
④ （清）郭庆藩：《庄子集释》，第1112页。

而大之,至于无垠。先序今以上至黄帝,学者所共术。大并世盛衰,因载其禨祥度制,推而远之,至天地未生,窈冥不可考而原也。先列中国名山大川,通谷禽兽,水土所殖,物类所珍,因而推之,及海外人之所不能睹。称引天地剖判以来,五德转移,治各有宜,而符应若兹。以为儒者所谓中国者,于天下乃八十一分居其一分耳。中国名曰赤县神州。赤县神州内自有九州,禹之序九州是也,不得为州数。中国外如赤县神州者九,乃所谓九州也。于是有裨海环之,人民禽兽莫能相通者,如一区中者,乃为一州。如此者九,乃有大瀛海环其外,天地之际焉。其术皆此类也。"①可惜邹衍到底是如何论说的,我们今天已经看不到了。但是从司马迁的记载中,我们可以知道,他的逻辑就是由小推大、由今推古。在论述他的大九州观念时,为了使人们相信其所说的虚无缥缈的世界,他就从人们所熟知的中国的各种地理情况、物产等说起,推而广之,衍生出一个广阔而奇特的大世界。

但中国古代的思想家毕竟更关注社会人生,孔子虽曾语及怪力乱神,但他更关注人事如礼乐教化、人伦关系等,所以在《论语》中,我们几乎看不到这类记载。而其他诸子在这方面虽间或有所论及,但毕竟也只占他们著作的一小部分。只有《山海经》这本地理书,汇聚了那个时代关于物的知识,成了博物小说的源头,也是博物小说萌芽阶段的最初形态。

二、汉代:博物小说的萌芽期

到了汉代,思想界又出现了一股博学的风气。随着国家大一统政权的形成,思想界也出现了由争鸣渐趋于融合的趋势。这一趋势早在先秦就已经产生了,各家在相互论证和批判的过程中,其

---

① (汉)司马迁:《史记》,第2344页。

实也在相互认同,取长补短。秦初产生了以杂为特色的《吕氏春秋》。到了汉初,各家思想出现了明显的会通趋势,社会上出现了很多学兼各家的博学之士。如陆贾本为纵横之士,却在皇帝面前称说儒家的《诗》、《书》;张苍,《资治通鉴》说他"好书,博闻",①晁错则先"学申商刑名于轵张恢先所,与洛阳宋孟及刘礼同师。以文学为太常掌故。……太常遣错受《尚书》伏生所。还,因上便宜事,以《书》称说";②而贾谊则"颇通诸子百家之书",③其思想兼有儒、墨、法、纵横、阴阳、五行等层面,所以朱熹说他"不粹"。④ 相应地,朱熹在评价贾谊、司马迁时说:"贾谊司马迁皆驳杂。"⑤其实这些所谓的"不粹"和"驳杂",正是其知识广博的表现,也就是班固所说的:"自孔子后,缀文之士众矣,唯孟轲、孙况、董仲舒、司马迁、刘向、扬雄。此数公者,皆博物洽闻,通达古今,其言有补于世。"⑥但这些博杂主要是学识方面的,主要体现为对各家学说的兼容并包。

但这种博学在不断地发生变化。到了东汉前期,王充在《论衡·别通篇》中就提出了:"人不博览者,不闻古今,不见事类,不知然否,犹目盲、耳聋、鼻痈者也。"⑦认为人如果不具备这样的素质,就如同不能见青黄的盲人、不能听宫商的聋子、无法辨别香臭的痈者一般,属于残疾,只不过这是精神上的残缺不全,这就将博览、博闻作为评判一个人是否健全的标准了。而且王充所说的博,不仅仅是要"含百家之言",还要求"入山见木,长短无所不知;入野见

---

① (宋)司马光:《资治通鉴》,中华书局1956年版,第461页。
② (汉)司马迁:《史记》,第2745—2746页。
③ 同上书,第2491页。
④ 见黎靖德辑录《朱子语类》第3248页:"史以陆宣公比贾谊。谊才高似宣公,宣公谙练多,学便纯粹,大抵汉去战国近,故人才多不粹。"
⑤ (宋)黎靖德辑:《朱子语类》,第3227页。
⑥ (汉)班固:《汉书》,第1972页。
⑦ (汉)王充:《论衡》,第206页。

草,大小无所不识",并且还要能"伐木以作室屋,采草以和方药",①这就将主要偏重于诸子学说博学,扩大到世间万事万物上;而且还要求不能只博其学,还要通其用,于是众多技术层面的知识就被纳入了博学之士的学识范围。

　　一旦将博学作为个人所必备的素质加以提倡,那么在品评人物时,必然会将其作为一个评价标准:"而'博学'这个词用在褒扬人的才智上,则意味着社会对知识兴趣的增长,没有渊博知识的人似乎很难令人钦服而成为精神方面的领袖,于是,这就形成了当时社会上'耻一物之不知'的知识主义风气。"②在这种风气影响之下,人们对各方面的知识如礼乐制度、器物、动植物等都非常重视,产生了众多相关作品,如薛人叔孙通《汉礼器制度》,其中对于在不同场合中所用的各种礼器,如盛物的盘、罍、壶,乐器如雅、簜、柷,饰物如冕、布画等,都有较为详细的记载,对其材质、形状等都有细致的描述。刘歆有《钟律书》,记载与钟有关的知识,以阴阳五行观念对其进行解释,甚至还包含有对度量衡制度的详细记载。蔡邕有《琴操》和《独断》,前者论及了古代的五琴曲、十二操、九引、河间杂歌等用琴演奏的乐曲,并逐一列出其作者,其中有的还介绍了创作背景;后者则对典章制度、各种服饰、器物等都有详细的说明和考证。

　　这种追求博学的文化氛围,为博物小说的形成打下了良好的基础。而这一时期的博物知识则分布在小学著作、地理书及"史书"中。这些带有博物色彩的著作,都有大量的博物知识,可以说是博物小说的雏形。后世的博物小说不管是从内容,还是从表现方式上,均承袭了这些作品,所以这一阶段为博物小说的萌芽期。

　　汉代的博物知识,不再像先秦时期那样,由巫师、国家官员或

---

① （汉）王充:《论衡》,第 211 页。

② 葛兆光:《中国思想史:七世纪前中国知识、思想与信仰世界》,第 308 页。

者杰出人物如孔子、子产等圣贤之士所掌握,而是整个社会都呈现出对博物知识的浓厚兴趣。而且博物知识在这一时期呈现出两极化的倾向:一者重实,以解释、说明现实生活中或典籍中的事物为主要内容,强调知识的确定性;一者重虚,通过虚构、夸张等手段,创造不存在的、虚假的博物知识,带有神秘、怪诞的色彩。前者主要体现在学者们解经的著作和小学著作中,后者主要是方士们所鼓吹的带有巫术、神秘色彩的博物知识。

1. 学者的博物知识

自汉武帝提倡"罢黜百家,独尊儒术"后,汉代的思想渐趋于一统。而汉代意识形态的定型,"这却刺激了另一种以博闻强记为特征的知识主义风气。在一个思想没有变为资源与动力的时代,人们很容易把自己的思路引向拓宽见闻,在知识的陌生处寻找过去未曾涉足的领域,在更深更广处获取知识开掘的惊喜与乐趣,特别是在经典成为人们必须阅读的唯一文本时,借助经典注释而表示才华与见闻的方式就更加盛行,在诠释中,刺激了历史知识、文字知识、草木鸟兽虫鱼知识的增长,也凸显了知识的意义"。① 葛兆光先生分析了汉代之所以出现这种以博闻强记为特征的知识主义风气的思想背景,并提出对经典的注释与解读,刺激了历史知识、文字知识,甚至草木鸟兽虫鱼知识的增长,而这些文字知识、草木鸟兽知识等,都是博物方面的知识。

汉代对经书的重视,使得很多学者以注释、讲授经书为业。这必然要面对很多字词的释义问题。尤其是古文经学,不注重对微言大义作"无达诂"的臆断和阐发,而是强调对文本的正确理解,重视对具体的字词做训诂,对经书中包含的历史知识、典章制度、事物名实等作考证和解释,这就使汉代解经之作出现了比较浓厚的博物倾向。如伏胜的《尚书大传》,其中文字就带有博物色彩,如:

_____

① 葛兆光:《中国思想史:七世纪前中国知识、思想与信仰世界》,第306—307页。

"东方者何也？动方也，物之动也。何以谓之春？春，出也，物之出也。故曰东方春也。南方者何也？任方也。任方者，物之方任。何以谓之夏？夏，假也，吁荼万物而养之外也。故曰南方夏也。西方者何也？鲜方也，鲜，讯也。讯者，始人之貌。始人者何以谓之秋？秋者，愁也。愁者，物方愁而入也。故曰西方秋也。北方者何也？伏方也，万物之方伏，物之方伏则何以谓之冬？冬者，中也。中也者，万物方藏于中也。故曰北方冬也。"①在解说《尚书》时，将古人的地理方位观念结合阴阳思想进行解释。在后世的博物类小说中，对地理方位的阐发，多类于此。其中还有对前代刑罚的记载，如"唐虞象刑：犯墨者，幪帛；犯劓者，赭其衣；犯髌者，以墨幪其髌，象而画之；犯大辟者，布衣无领"。②这是对古代典章制度的记载，也是后来博物类小说的重要内容。如《酉阳杂俎》就记："《尚书大传》：虞舜象刑，犯墨者皂巾。"③就是据此而来。另外，《尚书大传》中还有对乐舞、乐声的记载，对祭祀、历法、风俗的说明等，可见伏胜在解经的同时，也传授了大量的博物知识。在各经的注解中，尤以《诗经》的解说更具有博物色彩。因为《诗经》中有大量的用来表示动植物的名词，而要解《诗》，势必要先将这些字词讲明白了才行。汉代学者虽以"美刺"来说《诗经》，但同时也有对其中动植物知识加以审慎、科学的解释，影响到后来，出现了陆玑的《毛诗草木鸟兽虫鱼疏》。

对经文中的名物详加考证和解说的风气，促进了汉代小学的发展。如《尔雅》一书，章太炎先生在《国学述闻》中论及《尔雅》时说："《尔雅》功用在解释经典，经典所无之字，《尔雅》自亦不具。"④

---

① （汉）伏胜：《尚书大传》，见《汉魏遗书钞》，嘉庆三年刻本，第2页。

② 同上书，第4页。

③ （唐）段成式：《酉阳杂俎》，第79页。

④ 章太炎：《国学述闻》，第70页。

认为《尔雅》的作用就是为了解经。但这种为解经而产生的书籍，却成了博物类著作，如郭璞在序言中就说："夫《尔雅》者，所以通训诂之旨归，叙诗人之兴咏，总绝代之离词，辨同实而殊号者也。诚九流之津涉、六艺之钤键、学览者之潭奥、擒翰者之华苑也。若乃可以博物不惑，多识于鸟兽草木之名者，莫近于《尔雅》。"①在强调《尔雅》解经的训诂学意义的同时，也将其博物作用提了出来：认为《尔雅》可以让人博学多识。从《尔雅》的内容构成来看，它将内容分为"释诂"、"释言"、"释训"、"释亲"、"释宫"、"释器"、"释乐"、"释天"、"释地"、"释丘"、"释山"、"释水"、"释草"、"释木"、"释虫"、"释鱼"、"释鸟"、"释兽"、"释畜"等类别，几乎是将所有的知识划分为这么几个条目，然后在这一大框架之下，对其进行阐释。从汉代犍为文学的《尔雅注》，以及清代臧镛堂所辑的《尔雅汉注》来看，当时人对这部有着博物色彩的著作是非常重视的，而且他们也以极大的热情对其进行注释，这也促进了博物知识的形成和传播。汉人注《尔雅》，与后世的博物类小说有很多相似之处，如《尔雅汉注》中有李巡注弓弭云："骨饰两头曰弓，不以骨饰两头曰弭。"孙注邛邛岠虚云："邛邛岠虚，状如马，前足鹿，后足兔，前高不得食而善走。蹶前足鼠，后足兔，善求食，走则倒，故啮甘草则仰食，邛邛岠虚负以走。"李巡注四海云："八蛮：一曰天竺，二曰咳首，三曰焦侥，四曰跂踵，五曰穿胸，六曰儋耳，七曰狗轵，八曰旁脊。六戎：一曰侥夷，二曰戎夷，三曰老白，四曰耆羌，五曰鼻息，六曰天刚。五狄：一曰月支，二曰秽貊，三曰匈奴，四曰单于，五曰白屋。四海远于四荒，晦冥无形，不可教诲，故曰四海也。海者，晦也，言其晦暗无知。"孙注"窃衣"云："似芹，江河间食之。实如麦，两两相合，有毛著人衣，其花著人衣，故曰窃衣。"李巡注《尔雅》"荷"条云："皆

---

① （晋）郭璞注，（宋）邢昺疏：《尔雅注疏》，李学勤主编：《十三经注疏》整理本，北京大学出版社 1999 年版，第 1—4 页。

分别莲花食茎叶之名。芙蕖其总名也，别名芙蓉，江东呼菡萏，莲花也。的，莲实也。薏，中心苦者也。"①这些文字绝似《博物志》及后来的博物小说。

随后又出现了《方言》、《说文解字》、《释名》等书，这些书就跳出了经典的束缚，单纯从字形、字义等方面来解说文字。但不管与经书有无关系，它们都体现出了博物的特征。如《方言》的作者扬雄，《汉书·扬雄传》评价他"博览无所不见"，②是个博物君子。宋代的朱质在《跋李刻方言》中说："汉儒训诂之学惟谨，而扬子云尤为洽闻。盖一物之不知，君子所耻，博学详说，将以反约。凡辨名物，析度数，研精覃思，毫厘必计。"③也提出《方言》对各种名物的辨说体现了博闻、博学的特点。再如《说文解字》的作者许慎，他的儿子许冲说他跟随贾逵受古学，是"博问通人，考知于逵，作《说文解字》。六艺群书之诂，皆训其意，而天地鬼神、山川草木、鸟兽昆虫、杂物奇怪、王制礼仪、世间人事，莫不毕载"。④ 可见《说文解字》也是一本充满博物色彩的字书。至于《释名》，其作者刘熙在序中说了其书的主要内容："故撰天地、阴阳、四时、邦国、都鄙、车服、丧纪，下及民庶应用之器，论叙指归，谓之释名。"⑤所以毕沅说这本书"以辨万物之称号"，并引述三国时吴志曜的话，认为其"物类众多，难得详究"。⑥ 该书对各种知识，如天地山川、饮食日用、宫室衣物、形体姿容等均有论述，分类比《尔雅》多，涵括的范围也比

---

① （清）臧镛堂撰，孙冯翼校订：《尔雅汉注》，中华书局 1985 年版，第 74、108、111、138、139 页。

② （汉）班固：《汉书》，第 3514 页。

③ 华学诚：《扬雄方言校释汇证》，中华书局 2006 年版，第 7 页。

④ 见（清）段玉裁《说文解字注》，第 786 页。

⑤ （汉）刘熙：《释名序》，见王先谦《释名疏证补》，上海古籍出版社 1983 年版，第 1 页。

⑥ （清）毕沅：《释名疏证毕序》，见王先谦《释名疏证补》，第 3 页。

《尔雅》大,体现出更博学的色彩。

　　这些著作,主要是对现实中及典籍中的各种事件、现象、器物及语言等作阐释,是一种带有学术性质的阐发,所以,其中所传达的博物知识比较重视其真实性、可信性。

　　2. 方士的博物知识

　　方士是中国古代社会中的一个特殊群体。他们是方术的信仰者和持有者。方术,指数术方技之学,李零先生将其涵盖的内容分为两个层面:"(1) 对大宇宙(macro-cosmos),即'天道'或'天地之道'的认识;(2) 对小宇宙(micro-cosmos),即'生命'、'性命'或'人道'的认识。"①在汉代,方术之学十分繁荣。《后汉书·方术列传》记:"汉自武帝颇好方术,天下怀协道艺之士,莫不负策抵掌,顺风而届焉。后王莽矫用符命,及光武尤信谶言,士赴趣时宜者,皆骋驰穿凿,争谈之也。"②其中记载的方士有郭宪、华佗、费长房、左慈、甘始等二十多人。虽然有很多方士因为骗局被拆穿而死于非命,但后来者仍义无反顾、前赴后继。可见当时方术之风行、方士之众多。至于当时的方术之学所包括的内容,我们从《汉书·艺文志》中可以窥见一斑。其中《数术略》著录相关作品共 109 家,分为天文、历谱、五行、蓍龟、杂占、形法六类。天文主要是天象方面的知识,是对日、月、星辰、云等的观察和占验。形法类中的相地形、相人、相六畜、相刀剑等,都是博物类小说中常见的主题,其中唯一留存下来的作品《山海经》,被认为是博物类小说的源头。而《方技略》则著录了 36 家,共有医经、经方、房中、神仙四类。其中医经主要为医学理论,包括一些实用性的知识,如治疗方法要"度箴石汤火所施,调百药齐合之所宜。至齐之得,犹慈石取铁,以物相

---

　　① 李零:《中国方术正考》,中华书局 2006 年版,第 15 页。
　　② (南朝)范晔:《后汉书》,第 2705 页。

使"。①　这也涉及博物方面的知识，是对箴石汤火、百药的了解和运用。经方，是记录药物产地及药性的著作，因为古代的药物主要以动植物及矿物为主，所以李零先生说这一部分知识"还带有博物性质"。②　神仙类则是关于成仙方法的记载，其中也有博物知识，如服食，就是通过服用特定的动植物、矿物及化学制剂，以求长生或成仙的方术，这就必然涉及物的相关知识，带有博物色彩。但这些书已经亡佚而不可见了，从葛洪的《抱朴子·内篇》中所记录的炼丹方法，服食的各种仙物如灵芝、菌子等内容来看，这些著作也可算作是一种博物学的著作，而且因为其中所言关乎成仙，带有很多的荒诞、虚构之成分，也比较符合今天的小说观念。

葛兆光先生认为，"方技数术知识虽然来自对天象历算、气象物候、地理博物等方面的经验"，③可见，方技就是一种博物知识，而这种知识，从《汉志》对它的著录来看，它在当时占有举足轻重的地位。《汉书·艺文志》所著录的作品，涵括了当时思想界的方方面面，可以说是对当时思想界全面而真实的反映，它将文献分为六艺、诸子、诗赋、兵家、数术、方技六大类，而我们所说的方术包括了数术和方技，占了三分之一，可见其重要。胡应麟《少室山房笔丛·华阳博物议下》云："两汉以迄六朝所称博洽之士，于术数、方技靡不淹通，如东方、中垒、平子、景纯、崔敏、崔浩、刘焯、刘炫之属，凡三辰七曜、四气五行、九章六律皆穷极奥妙，彼以为学问中一事也。"④可见汉至六朝的博洽之士均长于数术、方技。

根据史书的记载，汉代方士们所宣扬的多是长生不死、羽化升仙等信仰，并运用占卜、占梦、望气、服食等各种方法，来显示自己

---

① （汉）班固：《汉书》，第 1776 页。
② 李零：《中国方术正考》，第 17 页。
③ 葛兆光：《中国思想史：七世纪前中国知识、思想与信仰世界》，第 287 页。
④ （明）胡应麟：《少室山房笔丛》，第 394 页。

的灵异。所以汉代的方士们所留下来的作品,诸如《海内十洲记》、《汉武帝别国洞冥记》等,其中有各种各样关于物的知识,但是这些知识无一例外都是虚构出来的。这些书中所涉及的地理知识不再是现实世界中的某地,而是人类所无法抵达或只有某些方士才能到达的处所;而各种出乎人们想象的神异事物,也只能是虚构出来的。为了增加神秘性,方士们更是运用了大量的夸张手法,将一些平凡的事物写得神乎其神。如《洞冥记》中记细鸟:"元封五年,勒毕国贡细鸟,以方尺之玉笼盛数百头,形如大蝇,状似鹦鹉,声闻数里之间,如黄鹄之音也。国人常以此鸟候时,亦名曰候日虫。帝置之于宫内,旬日而飞尽,帝惜,求之不复得。明年,见细鸟集帷幕,或入衣袖,因名蝉。宫内嫔妃皆悦之,有鸟集其衣者,辄蒙爱幸。至武帝末,稍稍自死,人犹爱其皮。服其皮者,多为丈夫所媚。"①此处所写的蝉,不论其形、其声、其用,均与我们今天对蝉的认识相去甚远,可能与汉代对蝉的真实认识也不同。根据扬雄《方言》的记载:"蝉,楚谓之蜩,宋卫之间谓之螗蜩,陈郑之间谓之蜋蜩,秦晋之间谓之蝉,海岱之间谓之蜻。"②可见,在汉代蝉并不是什么稀罕的物件,各地都有,虽然名称不一,但蝉这个事物并不少见,所以人们也不以其为怪。但是在《洞冥记》中所写的细鸟,如果作者不说明它就是蝉,我们真的无法根据这些文字将它与蝉联系起来。尤其是其中写蝉的叫声"声闻数里之间",肯定是作者的夸大其词。

　　而《神异经》则完全出于虚构,其中所记的地方多是模糊的,只有大致方位;所写的异人异物明显是出于作者的想象,这一点后文会有具体阐述。而其中夸张手法的运用更是非常普遍,往往能将平常的事物写得非同寻常。如关于枣及栗的记载:"北方荒中有枣

　　① (汉) 郭宪撰,王根林点校:《汉武帝洞冥记》,见《汉魏六朝笔记小说大观》,上海古籍出版社 1999 年版,第 129 页。

　　② 华学诚:《扬雄方言校释汇证》,第 713 页。

林焉,其高五丈,敷张枝条数里余,疾风不能偃,雷电不能摧。其子长六七寸,围过其长,熟赤如朱,干之不缩,气味甘润,殊于常枣。食之,可以安躯,益于气力。""东北荒中有木,高四十丈,叶长五尺,广三尺,名曰栗。其实径三尺,其壳赤,其肉黄白,味甜。食之多,令人气短而渴。"①大枣和栗子也是我们生活中很常见的食品,但在这里,作者根据已有的事物进行加工、夸大,从而创造出了让我们惊异的事物。

虚构和夸张使得这些作品逐渐脱离了其传达知识的轨道,而走上了"自神其教"的道路,同时也使作品出现了很多今天的小说观所强调的特质。所以,方士们的作品是沟通古今小说的一个重要桥梁。

早就有学者注意到了方术对小说的影响,如王瑶先生在《小说与方术》一文中,就提出小说源于方术:"无论方士或者道士都是出身民间而以方术知名的人,他们为得到皇帝、贵族们的信心,为了干禄,自然就会不择手段地夸大自己的方术效异和价值。这些人是有较高的知识的,因此志向也就相对地提高了;于是利用了那些知识,借着时间空间的隔膜和一些固有的传说,援引荒漠之世,称道绝域之外,以吉凶休咎来感召人;而且把这些依托古人的名字写下来,算是获得的奇书秘籍,这便是小说家言。"②杨义先生亦说"六朝小说多方士气",③万晴川有《中国古代小说与方术文化》一书,专门讨论了方术与古代小说之间的关系。而学者们之所以如此强调方士们在小说史上的意义,其最重要的原因就是这个群体有说谎的习惯,而谎言中的虚构意识,正是我们现代小说所必须具备的。

---

① 王国良:《神异经研究》,文史哲出版社 1985 年版,第 98、103 页。

② 王瑶:《王瑶文选》,北京大学出版社 2010 年版,第 61 页。

③ 杨义:《中国古典小说史论》,第 206 页。

三、魏晋六朝：博物小说形成期

汉代的博学风气一直延续到魏晋六朝时期，在当时的学者中间，也崇尚博学，最为我们所熟悉的就是《博物志》的作者张华。《晋书·张华传》有众多关于他博学的记载，如："华学业优博，辞藻温丽，朗赡多通，图纬方伎之书莫不详览。""华强记默识，四海之内，若指诸掌。武帝尝问汉宫室制度及建章千门万户，华应对如流，听者忘倦，画地成图，左右属目。帝甚异之，时人比之子产。""惠帝中，人有得鸟毛长三丈，以示华。华见，惨然曰：'此谓海凫毛也，出则天下乱矣。'陆机尝饷华鲊，于时宾客满座，华发器，便曰：'此龙肉也。'众未之信，华曰：'试以苦酒濯之，必有异。'既而五色光起。机还问鲊主，果云：'园中茅积下得一白鱼，质状殊常，以作鲊，过美，故以相献。'武库封闭甚密，其中忽有雉雊。华曰：'此必蛇化为雉也。'开视，雉侧果有蛇蜕焉。吴郡临平岸崩，出一石鼓，槌之无声。帝以问华，华曰：'可取蜀中桐材，刻为鱼形，扣之则鸣矣。'于是如其言，果声闻数里。"①可见张华博学多识，对于图谶、方伎类的知识，没有不知晓的；而且对于四海之内的地理知识也了如指掌；对前代的宫室制度等可以应对如流；对于各种异物，如龙、不鸣的石鼓，均能识别其物性，所以时人将其比为子产。而子产前文已经论及，在古人的眼中，他不仅仅是一个杰出的政治家，还是一个"怪物通"，是个博物学家。《晋书·郭璞葛洪传》记"璞好经术，博学有高才"，"洪博闻深洽，江左绝伦"；②《南史》本传称陶弘景"读书万余卷，一事不知，以为深耻"，"尤明阴阳五行、风角星算、山川

---

① （唐）房玄龄等：《晋书》，第 1068、1070、1074—1075 页。
② 同上书，第 1899、1913 页。

地理、方圆产物、医术本草",①可见那个时代的学者,都有博学的特点。

魏晋六朝时,迷信思想也非常盛行。追求神仙不死,不仅是帝王的理想,也成了士人甚至普通百姓的理想。整个社会都笼罩在神秘的氛围之中,人们都热衷于语怪。这个时期的方术思想仍颇为浓厚,所以方士们的博物知识在小说中也随处可见。

与此同时,在学术界名物学之风盛行。胡应麟在《少室山房笔丛·华阳博议》下中,将汉至宋的学术演变情况概括为:"汉尚经术,故学问之士在经术;唐尚词章,故学问之士在词章。六朝兼斯二者而皆弗如也,而名物之学兴焉;两宋兼斯三者而皆弗屑也,而义理之学出焉。世之变也,亦足观矣。"②指出了从汉代到宋代中国学术的变迁:由经学到名物学,再到理学,而名物学则是六朝时的主流学术思潮。这些属于博物知识的名物学,大量地出现在博物小说之中。可以说名物类的博物小说,代表了那个时代文人精神世界的另一层面。

而当时闲谈的风气,也极大地促进了博物知识的发展,是《博物志》等博物小说形成的重要原因。我们一提起魏晋时期,马上便会想到那个时代的名士以及他们的谈玄。但那个时代的人们并不是终日都在谈高深的玄理,有时候也会谈一些与玄言无关的话题,如《抱朴子·外篇·疾谬》所记的"不闻清谈讲道之言,专以丑辞嘲弄为先"之类的闲谈。③ 而这其中也有一些博物之谈,正如陈平原先生所说:"'博物之学'与'玄远之言',似乎风马牛不相及,但作为知识体系,二者都无关治国安邦大计,因而退居边

①（唐）李延寿：《南史》,中华书局 1975 年版,第 1897、1898 页。
②（明）胡应麟：《少室山房笔丛》,第 394 页。
③ 杨明照：《抱朴子外篇校笺》,第 601 页。

缘,自我娱乐。在魏晋六朝,名士'博学'或学者'旷达',似乎是顺理成章。"①这不仅说明当时的知识界流行谈论博物之学和玄远之言,而且指出了当时的名士和学者之所以选择这种话题的原因:动荡的社会、不安的时局,使得他们无法再像西汉初期的文人那样对国家大事高谈阔论,而是退居到远离国家政权的话题,以全身远害。基于这样的原因,当时的名士不仅"三日不读《道德经》,便觉舌本间强"。② 他们还谈论佛理,注释佛经,也注重谈论世间的各种知识,如《抱朴子·外篇·应谬》记那些不才子们:"若之以《坟》、《索》之微言,鬼神之情状,万物之变化,殊方之奇怪,朝廷宗庙之大礼,郊祀禘祫之仪品,三正四始之原本,阴阳律历之道度,军国社稷之典式,古今因革之异同,则怳悸自失,喑呜俯仰,蒙蒙焉,莫莫焉,虽心觉面墙之困,而外护其短乏之病,不肯谲己,强张大谈,曰:'杂碎故事,盖是穷巷诸生章句之士,吟咏而向枯简,匍匐以守黄卷者所宜识,不足以问吾徒也。'"③从葛洪的这段话,我们可以知道那个时代的人们所津津乐道的不惟玄理,还有历史知识、鬼神怪异、万物变化、典章制度、军事祭祀等各方面知识。而对这些知识不能纵横论谈者,则被葛洪鄙夷为"不才子"。将这些博杂的知识纳入闲谈的范畴,就使得知识分子不管喜欢与否,都势必要广闻博记,将这些知识融入自己的知识体系,所以陈平原先生说:"不管信不信鬼神,游不游山川,做不做学问,这些都是名士所必须掌握的基本知识,也是起码的'谈资'。"④

这样,博物知识从汉代的品评人物的标准,至此又变为了名士和学者的谈资。既然是谈资,这些知识就不可避免地带有炫博和

① 陈平原:《中国散文小说史》,第 226 页。
② 徐震堮:《世说新语校笺》,中华书局 1984 年版,第 133 页。
③ 杨明照:《抱朴子外篇校笺》,第 635 页。
④ 陈平原:《中国散文小说史》,第 227 页。

游戏的色彩。所以,当时流行的应该是杂录各种说法以炫耀自己博学,而且是以一种游戏的,姑妄言之、姑妄听之的态度进行笑谈。于是对这些言辞不再抱有严肃的态度,不再有皓首穷经般的认真探究,也不会有郑重其事的实践证明,而是随意著录,这与汉代学者的博呈现出不同的倾向。

在汉代不论是小学著作中的博学知识,还是数术方技中对天象、草药、矿物等的研究,都注重其确定性,要深究某一物是什么,能做什么,其外形、特性、功能等都有具体且可靠的论述。对于在民间广为流传的一些知识,甚至要花费大量精力去考证、辨究,故学者的创作就带有很浓郁的考辨色彩。如王充的《论衡》,就是"疾虚妄之书",王充自己说他的创作目的为:"是故《论衡》之造也,起众书并失实,虚妄之言胜真美也。"①在书中,他对当时普遍流行的一些观念,如天人感应、面相、运势、占卜、祭祀、妖怪、祥瑞、风俗、经传等等,都要"论说辨然否",②并批判那些虚妄与增饰之言。而应劭的《风俗通义》也带有这种明辨是非的博学色彩,书中介绍了当时流行的风俗和俗语,但每一条下面往往有"谨按",对所记之言语、风俗、故事等进行辨析,也正是应劭自己在序言中所说的:"至于俗间行语,众所共传,积非习贯,莫能原察。今王室大坏,九州幅裂,乱靡有定,生民无几。私惧后进,益以迷昧,聊以不才,举尔所知,方以类聚,凡一十卷,谓之《风俗通义》,言通于流俗之过谬,而事该之于义理也。"③是以一种严谨的态度来辨析、纠谬的。而方士之说则一味地虚构和夸张。

但这两种博物倾向在魏晋六朝时就变得非常淡薄了。虽然在《博物志》中,也有考辨性质的内容,如有辨方士、人名考、文籍考、

---

① (汉)王充:《论衡》,第442页。

② 同上书,第451页。

③ 王利器:《风俗通义校注》,第4页。

地理考、典礼考、乐考、服饰考、器名考、物名考等内容，有些条目下面也有"已试，有验"、"此亦试之有验"的字样，①但这种实验本身的可靠性非常值得怀疑，比如其记"兔舔毫望月而孕，口中吐子，旧有此说，余自所见也"。② 对于张华这种言之凿凿为其所亲眼目睹的事情，我们今天只能报之以一笑，也许张华在炫夸自己博学的时候，或多或少会有些添油加醋、附会传闻的做法。而《博物志》中，还有非常多的两可之辞。如关于琥珀的由来，张华就录了《神仙传》的说法，认为是松柏脂所化，下面又有："或云烧蜂巢所作。未详此二说。"③其他如："取火法，如用珠取火，多有说者，此未试。"④其他如埋蜻蜓可以使其化为青珍珠，捣鳖合苋菜汁可以化为众多小鳖等等无稽之谈，应该都是作者取材于传闻，未加考证分析而著录下来的。

　　在《搜神记》的序言中，干宝说："虽考先志于载籍，收遗逸于当时，盖非一耳一目之所亲闻睹也，又安敢谓无失实者哉。卫朔失国，二传互其所闻；吕望事周，子长存其两说，若此比类，往往有焉。从此观之，闻见之难，由来尚矣。夫书赴告之定辞，据国史之方册，犹尚如此；况仰述千载之前，记殊俗之表，缀片言于残阙，访行事于故老，将使事不二迹，言无异途，然后为信者，固亦前史之所病。然而国家不废注记之官，学士不绝诵览之业，岂不以其所失者小，所存者大乎？ 今之所集，设有承于前载者，则非余之罪也。若使采访近世之事，苟有虚错，愿与先贤前儒分其讥谤。及其著述，亦足以发明神道之不诬也。群言百家，不可胜览；耳目所受，不可胜载。

　　① 范宁：《博物志校证》，中华书局 1980 年版，第 46—47 页。原文为："积艾草，三年后烧，津液下流成铅锡，已试，有验。""煎麻油，水气尽，无烟，不复沸则还冷，可内手搅之。得水则焰起，散卒而灭。此亦试之有验。"
　　② 同上书，第 45 页。
　　③ 同上书，第 48 页。
　　④ 同上书，第 50 页。

今粗取足以演八略之旨,成其微说而已。幸将来好事之士录其根体,有以游心寓目而无尤焉。"①在这段序言里,干宝把当时文人创作的心态作了很好的表述:首先,认为前代的典籍均有失实之处,甚至在以实录为宗旨的史书中,也有互相冲突、无法确定的各种说法;其次,史书不仅以国家档案为主,还著录有无法考证的远古之事、没有到过的殊域之俗,有时候还依赖于街头巷尾的传说故事,故而不可避免会有失实之处,但这并不影响其存在的价值;再次,自己这本书的内容,有些是前人已经著录的,有些是自己采访来的,故言"苟有虚错,愿与先贤前儒,分其讥谤",在看似为自己辩解开脱的言辞背后,其实是一种心知其虚妄而肆意著录的态度。究其原因,则不外乎是其创作目的较前人发生了改变,不再将考证知识的来源与可靠性、确定性作为著书立说的宗旨,而是将"游心寓目"放在了首位,是为了满足娱乐、消遣的需要。

正是在这种风气之下,才产生了真正的博物小说——《博物志》。它一方面承袭了汉代的博学之风,继承了注经的学者和说"天道"、"人道"的方士的博物知识,但又以一种游戏的态度将其不加考证地著录下来,使博物知识成了人们炫博夸宏的闲谈,由学问或知识变为了谈资,成了小说。在地理体、名物体、杂传体博物小说中,源自传闻的色彩也非常浓。

第三节 博物小说与地理书、草木状等书的关系

博物知识产生之初,是附属于《山海经》等地理书中的。随着它的发展,博物小说就出现了,并成为博物知识的专属载体。后来随着博物知识的发展,对载体又有了细分的需求,于是出现了大量的以某一领域的专门知识为表现对象的著作,如《南方草木状》、

---

① (晋)干宝撰,汪绍楹校注:《搜神记》,中华书局1979年版,第2页。

《钱谱》、《古今刀剑录》、《禽经》等书。那么,这些作品与博物小说是一种怎样的关系?地理书与博物小说的不同在哪里?我们今天研究博物小说时,对于那些以专门知识为对象的作品,往往忽略不提,那么,它们是否属于博物小说呢?本节重点梳理博物小说与这两者之间的关系。

一、博物类小说与地理书的关系

研究小说的学者,一般把博物小说称为地理博物类志怪小说。从这个称呼就可以看出,博物类小说与地理书有着千丝万缕的联系。

作为博物小说的源头,《山海经》在《隋书·经籍志》和《旧唐书·经籍志》中,均被视为地理书。李剑国先生在《唐前志怪小说史》中论及两汉志怪小说时说:"《山海经》直接影响的产物,是先后出现的一批地理博物体志怪,即《括地图》、《神异经》、《玄黄经》、《洞冥记》、《十洲记》。"①其实在前人的眼中,这些博物类小说多为地理书。如据《隋书·经籍志》的记载,六朝陆澄的《地理书》中就包括了《山海经》、《神异经》、《十洲记》等书。再如《括地图》,前代史志等目录学著作虽无著录,但王谟的《汉唐地理书钞》就将其视为地理书,并从前代典籍中抄出 34 条著录于其名下;《神异经》在《隋书·经籍志》和《旧唐书·经籍志》中,均被放在地理类中;《十洲记》在《隋书·经籍志》、《宋史·艺文志》中,均为地理类。李剑国先生将《博物志》、《玄中记》、《外国图》视为魏晋时期的博物类小说,而这三本书,除《玄中记》在《隋志》和《唐志》中没有著录外,在《隋志》、《唐志》、《崇文总目》等书中,都是著录在地理类;《外国图》在丁国均的《补晋书艺文志》中,也是被著录在地理类。

---

① 李剑国:《唐前志怪小说史》,第 135—136 页。

王谟在《汉唐地理书钞》的凡例中论述地理书源流时说："古今地理书称名不一。最初为《山海经》，后乃有东方朔《神异经》、桑钦《水经》、挚虞《畿服经》。次则《周官》司徒掌建九州之图，职方掌天下之图，后乃有《秦地图》、《汉舆地图》，而隋唐州郡图经因以起焉。又次则《周官》小史掌邦国之志，外史掌四方之志，《春秋》传有《周志》、《郑志》，自是班固《前汉书》立地理志，于后史书必立地志。而其外作者又有若阚骃《十三州志》、顾野王《舆地志》、常璩《华阳国志》……若记之为名，亦起于《史记》，然在战国时已有《燕记》、《赵记》，《前汉书》则有东方朔《十洲记》、《林邑记》、王褒《云阳记》，魏晋以后，作者弥众，凡州郡地理书皆称记，其称志者，盖无几焉。其兼人物风俗，言者则称传或称录，若习凿齿《襄阳耆旧传》……称疏者……称薄者……称状者，若嵇含《南方草木状》、徐衷《南方草物状》，称名者……虽各有取义，要当以志、记二者为通称，此亦古今地理书沿革大概也。"①可见，直到清代，《山海经》、《神异经》、《十洲记》等博物类小说，都还是被看作地理书的，甚至专门介绍草木知识的《南方草木状》等书，也被视为地理书，并且在地理书体系中都有其明确的源流关系。

那么博物类小说和地理书到底是一种怎样的关系呢？

笔者认为在晋代之前，博物知识和地理知识是难以分割的，博物知识是作为地理知识的一部分，被记录在地理书中的。到了魏晋六朝时期，地理书出现了分化，有的依然是沿袭汉代地理书，记录山川地理、异人异俗、各种动植物产等；而有的则开始确立了以地理知识为主且注重介绍客观实际的地理知识的写作原则，记录客观翔实，成了真正意义上的、也是被我们现在完全当作地理书看的作品，其中的博物色彩变淡，甚至消失了。

博物知识是古人认识外部世界的产物，而且这种认识是随地

①（清）王谟：《汉唐地理书钞》，第7页。

理知识的发展而发展的。一开始,原始人可能只关注自己部落领地的动植物、山川地形等,将这些作为他们采集食物和狩猎活动的必备知识。但随着部落人口的繁衍、生态环境的恶化,他们势必要开始向外扩张,于是他们的视野变得更加宽阔了,他们所面对的地形地貌、动植物等,也不再是以前熟悉的那些了。于是他们就以一种志怪语异的态度,将这些相对陌生的地理和博物知识记录下来。所以,博物知识和地理知识是同步发生和发展的。比如作为博物类小说源头的《山海经》,它的成书就是地理知识和博物知识的结合。刘秀在《上〈山海经〉表》中说:"《山海经》者,出于唐虞之际。昔洪水洋溢,漫衍中国,民人失据,敧阤崎岖于丘陵,巢于树木。鲧既无功,而帝尧使禹继之。禹乘四载,随山刊木,定高山大川。益与伯翳主驱禽兽,命山川,类草木,别水土。四岳佐之,以周四方,逮人迹之所希至,及舟舆之所罕到。内别五方之山,外分八方之海,纪其珍宝奇物,异方之所生,水土草木禽兽昆虫麟凤之所止,祯祥之所隐,及四海之外,绝域之国,殊类之人。禹别九州,任土作贡;而益等类物善恶,著《山海经》。皆圣贤之遗事,古文之著明者也。其事质明有信。"①王充在《论衡·谈天篇》中,批判邹衍的大九州之说:"禹之治洪水,以益为佐。禹主治水,益主记物。极天之广,穷地之长,辨四海之外,竟四山之表,三十五国之地,鸟兽草木、金石水土,莫不毕载,不言复有九州。"②从这两家对《山海经》成书的论述中,我们可以看到,《山海经》就是为了记载人们所新认识的地理知识和博物知识而创作的。"命山川","别水土","四岳佐之,以周四方,逮人迹所希至,及舟舆之所罕到。内别五方之山,外分八方之海","极天之广,穷地之长,辨四海之外,竟四山之表,三十五国之地",都是地理知识,按照汉代人的说法,是大禹治水时所经

---

① 袁珂:《山海经校注》,第 477 页。

② (汉)王充:《论衡》,第 167 页。

历的及新开发的地域情况；而"类草木"，"纪其珍宝奇物，异方之所生，水土草木禽兽昆虫麟凤之所止，祯祥之所隐，及四海之外，绝域之国，殊类之人"，"辨物善恶"，记"鸟兽草木、金石水土"等，则是博物知识，是将异域的、以前所不知道是各种事物都记录下来。这种带着惊奇而且一种还不熟悉的态度所进行的描述，不免显得很幼稚，也不可能科学、客观。所以司马迁说："至《禹本纪》、《山海经》所有怪物，余不敢言之也。"①王充也据此说："案太史公之言，《山经》、《禹纪》，虚妄之言。"②胡应麟亦称其为"古今语怪之祖"。③《四库全书总目》说："然道里山川，率难考据，案以耳目所及，百不一真。诸家并以为地理书之冠，亦为未允。核实定名，实则小说家之最古者也。"④这样，这部记录着人们对外界认识的地理书在后世就成为博物之祖，甚至是语怪之祖。

古代的地理书不只记载地理知识，还涉及物产、人民、风俗等各种内容，带有很强的博物色彩。在其后的很长一段时间内，地理书都是在沿袭《山海经》进行创作的。从《汉唐地理书钞》中辑录的汉代地理书来看，其中的大部分内容和《山海经》都是差不多的。如《河图括地象》，其内容及风格都近于《山海经》，如：

天不足西北，地不足东南。西北为天门，东南为地户。天门无上，地户无下。

八极之广，南北二亿三万三千五百里，东西二亿三万三千里。

地部之位起形高大者，为昆仑山，广万里，高万一千里，神

①（汉）司马迁：《史记》，第3179页。
②（汉）王充：《论衡》，第167页。
③（明）胡应麟：《少室山房笔丛》，第314页。
④（清）永瑢等：《四库全书总目》，第1205页。

物之所生,圣人之所集也。出五色云气、五色流水,其泉南流入中国,名曰河也。其山中应于天,居最中,八十城布绕之。中国东南隅,居其一分,是奸城也。

昆仑山为柱,气上通天。昆仑者,地之中也,地下有八柱,柱广十万里,有三千六百轴,互相牵制,名山大川,孔穴相通。

昆仑东南地方五千里名曰神州,中有五岳地图,帝王居之。

昆仑在西北,其高万一千里。

昆仑之山为地首,上为握契,满为四渎,横为地轴,上为天镇,立为八柱。

昆仑之墟西,有五城十二楼,河水出焉,四维多玉。

磻嵊山上为狼星,上有异花草,名骨容,食之无子。

从昆仑以北九万里,得龙伯国,身长三十丈,生万八千岁而死。从昆仑以东,得大秦,人长十丈,皆衣帛。从此以东十万里,得佻人国,长三十丈五尺。从此以东十万里,得中秦国,人长一丈。

西王母居昆仑之山。

少室山,其上有白玉膏,一服即仙。①

不仅文字内容绝似《山海经》,且对后来的博物小说也有较大影响,如上引第三条,就是王谟从《博物志》中辑出的。

王谟在《河图括地象》的序录中说:"谟按:欧阳公以河图洛书为怪妄,东坡云著于《易》,见于《论语》,不可诬也。……盖出谶纬家言,不可为典要。"②而《春秋命历序》则云:"《河图》,帝王之阶

---

① 见(清)王谟《汉唐地理书钞》,第35—36页。
② 同上书,第33页。

图，载江河、山川、州界之分野。"①后人和同时代人对《河图括地象》截然不同的评价，很鲜明地体现出了对这些地理书的不同态度：一种是言之凿凿，信以为真，认为这些记录是关于山川、河流、州界的地理知识；一种则认为怪妄，不是记录客观现实的地理书，不可为典要。而《河图括地象》的这种看似荒诞怪异的记录，却是汉代地理书的主流风格。我们所熟知的《神异经》、《十洲记》姑且不论，其他地理书也都大体呈现出这种风格。如荣氏的《遁甲开山图》记：

> 石鼓山，有石鼓于星为河鼓星，动则石鼓鸣，石鼓鸣则秦土有殃，鸣浅殃万物，鸣深则殃君王矣。

> 梧桐不生则九州异。
> 赤雀不见则国无贤，白雀不降则后无嗣。②

《括地图》记：

> 禹平天下，会于会稽之野，诛防风氏。夏后盛德，二神降之，禹使范氏御之以行，经南方，防风之臣见禹怒射之，有迅雷，二龙升去。神惧，以刃自贯其心而死。禹哀之，乃拔刃，疗以不死之草，皆生，是为贯胸国，去会稽万五千里。

> 贯丘之山，上有赤泉，饮之不老，神弓有英泉，饮之眠三百岁乃觉，不知死。

> 大人国，其民孕三十六年而生儿。生儿长大，能乘云，盖

① ［日］安居香山、中村璋八：《纬书集成》，河北人民出版社1994年版，第886页。
② 见(清) 王谟《汉唐地理书钞》，第49—50页。

龙类。去会稽四万六千里。

白民，白首，身披发。

细民，肝不朽，死八年复生，穴处衣皮。

羽民，有羽，飞不远。多鸾，有食其卵。去九疑四万一千里。

君子民，带剑，使两文虎，衣野丝。土方千里，多薰华之草。好让，故为君子国。薰华草，朝生夕死。

猩猩，人面豕身，知人名。

夏桀无道，汤放之鸣条，三年而死，其子獯粥妻桀之众妾，避居北野，随畜移徙，中国谓之匈奴。①

这里有关神话故事、地理、异人、异物等的记载，大多是抄袭《山海经》，或附会、发挥之，对后世的博物小说如《玄中记》、《博物志》等影响较大。

《汉唐地理书钞》中所辑录的汉代地理书，如上述的《河图括地象》、《遁甲开山图》、《括地图》等，都是带有博物色彩的地理书。而《十洲记》、《神异经》等作品，一方面以虚幻的地理知识为主，另一方面也记载了众多"仙药"等事物，也有较强的博物色彩。这些作品都可以视为博物类小说的萌芽状态。②

裴秀在《裴秀禹贡九州制地图论》中批评汉代的地图之作："今秘书既无古今之地图，又无萧何所得秦图书，唯有汉氏所画舆地及诸杂图，各不设分率，又不考正准望，亦不备载名山大川，其所载

① 见(清)王谟《汉唐地理书钞》，第50—52页。

② 如李剑国先生在《唐前志怪小说史》中，亦将《括地图》看作博物类志怪小说进行讨论。

列,虽有粗形,皆不精审,不可依据。或称外荒迂诞之言,不合事实,于义无取。"①其实这也是汉代地理书整体的风貌:或平实,但太粗略,不精确;或充满荒诞之言,有类稗官小说,不合事实。但以上所论只是汉代地理书的一种形态,那时还有一些相对来说比较平实的作品,如《扬雄十二州箴》、《尚书地说》、《诗谱》等,这些书记地形地貌、地理方位、变迁历史等,并无荒诞色彩,只是显得特别粗略。这一类地理书中,尤以班固《汉书·地理志》的记载比较科学、精确,它记录了全国的郡县区域划分、历代沿革、山川河流、矿藏物产、人民风俗等方面的知识,对后世的影响很大。

到了晋代,地理书中那种在我们后人看来博杂、"怪妄"之作仍不断出现;另一方面,在班固《汉书·地理志》的影响下,也有人开始对地理书提出了精确性、严谨性的要求。

这一时期的地理书,大多数仍带有博物性质,如晋代挚虞的《畿服经》,据《隋志》云:"其州郡及县分野封略事业、国邑山陵水泉、乡亭城道里土田、民物风俗、先贤旧好,靡不具悉。"②可见除了地理知识以外,民物风俗亦是其主要内容,而这些博物知识亦是该书的组成部分。但该书已佚,《汉唐地理书钞》只辑录了三条,无从知道其原貌了。

再如被王谟认为是晋代王肃伪托的《山书》,其内容较为粗略,但也呈现出博物的色彩,如:"地东西为纬,南北为经。山为积德,川为积刑。高者为生,下者为死。丘陵为牡(王谟书写作"牝",参考《孔子家语》改),溪谷为牝。蚌蛤龟珠,与日月而盛虚。是故坚土之人刚,弱土之人柔,墟土之人大,沙土之人细,息土之人美,秏土之人丑。食水者善游而耐寒,食土者无心而不息,食木者多力而不治,食草者善走而愚,食桑者有绪而蛾,食肉者勇毅而悍,食气者

①(清)王谟:《汉唐地理书钞》,第89页。
②同上书,第105页。

神明而寿,食谷者智慧而巧,不食者不死而神。故曰羽虫三百有六十,而凤为之长;毛虫三百有六十,而麟为之长;甲虫三百有六十,而龟为之长;鳞虫三百有六十,而龙为之长;倮虫三百有六十,而人为之长。此乾坤之美也。"①其文与《山海经》和《博物志》相似。

六朝时梁《地镜图》记:

> 欲知宝所在地,以大镜夜照,见影若光在镜中,得物在下也。

> 视山川多露无霜,其下有美玉。

> 入名山,必先斋五十日,牵白犬,抱白鸡,以白盐一胜。山神大喜,芝草、异药、宝玉为出。未到山百步,呼曰林林央央,此山王名,知之却百邪。

> 人望百家宅法:中有赤气者,家有赀财;白气人家,有财不保;黑气,有玉,其伏在宅下;青气者,有银,地宝也。

> 金百斤以上至三百斤者,精如羊。
> 黄金之见为火及白鼠。
> 金宝化为青蛇。

> 铜器之精见为马。②

前三条的记载,非常符合班固在《汉志》中所定义的形法类:"形法者,大举九州之势以立城郭室舍形,人及六畜骨法之度数、器物之

---

① (清)王谟:《汉唐地理书钞》,第58页。
② 同上书,第53—54页。

形容以求其声气贵贱吉凶。"①而形法类唯一保存下来的书，就是《山海经》。第四条记载，像葛洪在《抱朴子·内篇》中的一些论述，是当时神仙鬼怪之风炽盛时求仙思想在作品中的反映。而后三条的记载，则与张华在《博物志》中对物性的记载十分相似，也像是矿物学方面的专门知识。既博杂，又有无稽之说，与现在所谓的博物小说都很接近。

　　与此同时，对地理书的态度也发生了一些变化。在《裴秀禹贡九州制地图论》中，裴秀不仅提出了对前代地理书的批判，还提出了地理书特别是地图的创作要遵守的六条准则："今置地图之体有六：一曰分率，所以辨广轮之道也；二曰准望，所以正彼此之体也；三曰道里，所以定所由之数也；四曰高下；五曰方邪；六曰迂直。此六者各因地而制形，所以校夷险之故也。有图象而无分率，则无以审远近之差。有分率而无准望，虽得之于一隅，必失之于他方。虽有准望而无道里，则施于山海绝隔之地，不能以相通。有道里而无高下、方邪、迂直之校，则径路之数，必与远近之实相违，失准望之正。故必以此六者，参而考之，然后远近之实，定于分率；彼此之实，定于准望；径路之实，定于道里；度数之实，定于高下、方邪、迂直之算。故虽有峻山巨海之隔，绝域殊方之迥，登降诡曲之因，皆可得举而定者。准望之法既正，则曲直远近无所隐其形也。"②在这段序言中，裴秀指出汉代地理书的弊病：对名山大川没有全部著录；画图时，没有比例，也不辨订方位；有荒诞之言，不合事实等。批判汉代的地理书不具有科学性、精确性，甚至连其可靠性都存在问题。另外裴秀还提出了新的创作方法，有破有立，将地理书的写作引向更为确定的地理知识的记录。

　　到了隋唐，地理书逐渐朝着科学、精审的方向发展，故王谟在

　　① （汉）班固：《汉书》，第 1775 页。

　　② （清）王谟：《汉唐地理书钞》，第 89 页。

《汉唐地理书钞》凡例中说："唐宋地理书存者,《元和郡国志》、《太平寰宇记》,外有王存《元丰九域志》、欧阳忞《舆地广记》,其书体要在详序历代州郡沿革、离合,与其疆域广袤、四至八到之数,而于山川古迹、人物故事,绝少征引,无可采录。"①由于这些著作对前代地理书绝少征引,以致于王谟在辑录汉唐地理书时,竟然"无可采录",可见,与前代的地理书相比,其风格、内容已经发生了较大变化。以《元和郡县图志》为例,其作者李吉甫在论及地理书时说:"况古今言地理者凡数十家,尚古远者或搜古而略今,采谣俗者多传疑而失实,饰州邦而叙人物,因丘墓而征鬼神,流于异端,莫切根要。至于丘壤山川,攻守利害,本于地理者,皆略而不书,将何以佐明王扼天下之吭,制群生之命,收地保势胜之利,示形束壤制之端,此微臣之所以精研,圣后之所宜周览也。"②对前代及当代的地理书,李吉甫是持批评态度的,并视它们为异端,其原因也很明显:这些书,有的详细记载了古代的地理情况,却忽略了现实中的地理情况,实用价值不大;有的是从民间收集的一些传闻,没有经过考证分析,可信度较低;有的是写自己的州郡,不免有饰美之辞;写故乡的杰出人物,难免会故意增饰;而有的还有一些鬼神怪异之说。在李吉甫看来,这些或者是"流于异端",成了小道、小说;或者"莫切根要",不具备实用价值,丧失了地理书最重要的意义:记"丘壤山川",明"攻守利害"。基于这种不满,在创作时,李吉甫就刻意避免征引前代的地理著作,反而多是从《左传》、《史记》、《汉书》、《尔雅》、《说文》,甚至是前人的奏折中,引用资料,其中对地理书主要是引用了比较平实的《禹贡》。而且《元和郡县图志》的记录偏重于当时的实际地理情况:以十道为纲领,按当时四十七镇的行政划

---

① （清）王谟：《汉唐地理书钞》,第6—7页。

② （唐）李吉甫撰,贺次君点校：《元和郡县图志·序》,中华书局1983年版,第2页。

分,一镇一图一志,介绍其州县划分及等级、户乡的数目、道路交通、贡赋、山川、盐铁、军事力量等。且非常注重对当时情况作具体、客观、准确的实录,故贺次君在点校《元和郡县图志》时说其"州县的建置与隶属,很多和《旧》、《新唐书·地理志》不同,我们通过查证,认为此志最可依据"。① 比正史还准确,可见其精确、详审。

当然,这样的精审需要一个渐变的过程。不过这一时期的地理书已经和博物类小说分道扬镳了,首先是博物知识在地理书中的比重下降,其次是两类作品呈现出了截然不同的创作倾向及风格。从晋代裴秀提出创作地图的六种法则开始,地理书已慢慢倾向于精确、真实地记载地理知识。故后代的地理书虽还具有博物色彩,但其真实性较之前代的地理书已经有了很大的进步。如《隋志》记:"隋大业中,普诏天下诸郡,条其风俗物产地图,上于尚书。故隋代有《诸郡物产土俗记》一百五十一卷,《区宇图志》一百二十九卷,《诸州图经集》一百卷。其余记注甚重。"② 这些主要以记风俗、物产等为主要内容的地理书,都具有博物性质。唐代的《魏王泰括地志》书成,诏曰:"博采方志,得于旧闻,旁求故老,考于传信,中殚九服,外极八荒,简而能周,博而尤要。"③ 可见其书的创作还是沿袭前代地理书的,有旧闻,有传言,有极远之绝域等,还具有博杂的特征,所以书中还有对火浣布、僬侥国等的荒诞记载,④ 但是大部分内容都较为平实、真实了,如云:"昆仑,在肃州酒泉县南八十里。"⑤ 这和以前的地理书,尤其是博物类小说中对昆仑那种带

① (唐)李吉甫撰,贺次君点校:《元和郡县图志·前言》,第3页。
② (唐)魏徵等:《隋书》,第988页。
③ (清)王谟:《汉唐地理书钞》,第224页。
④ 见(清)王谟《汉唐地理书钞》,第263页。原文如下:"火山国在扶风南东大湖海中,其国中山皆火然。火中有白鼠,皮及树皮织为火浣布。""小人国在大秦南,人才三尺。耕稼之时,惧鹤所食,大秦卫助之。即僬侥国。其人穴居也。"
⑤ (清)王谟:《汉唐地理书钞》,第263页。

有神异色彩的记录,已经截然不同了,它不再是天柱,上面也不再有不死药、各种奇珍异宝,下面也不再有四通八达的地道了。再如《元和郡县图志》其实也有一些关于物产的记录,但受其实用目的的影响,实录的色彩就更浓厚了,如:"煮盐泽,在县南十五里。泽多咸卤。苻坚于此煮盐。周回二十里。"这是具体而真实的记录,没有附会,也没用荒诞。再如:"岐山,亦名天柱山,在县东北十里。"①这和博物类小说的关注点也是完全不同的,博物类小说是为了炫博而产生的,其中多不加考证的荒诞之语,但这里对这些知识完全不感兴趣,没有像博物类小说解说昆仑为天柱时的那种神异色彩,而只是将其作为一个别名如实地记录下来而已。

二、博物类小说与草木状、竹谱、禽经等作品的关系

除地理书外,还有一类以特定的动植物、器物或事物为主要内容的作品,如《南方草木状》、《竹谱》、《菊谱》、《禽经》、《茶经》、《蟹谱》等书。它们与博物小说的关系也比较难以厘清。这些作品或论某一物种的品类,或述其形状,或言其物用,或讲其种植养殖之法。其论述的对象,多在博物类作品中出现过,如各种鱼、竹、草木、禽兽等,而且它们都是博物类小说的主要内容。而在一些小说作品集,如明代的《五朝小说大观》中,也收录了这一类作品。今天的学者也多将这一类作品视为小说,如袁行霈、侯忠义编《中国文言小说总目》中,就著录了梁江淹《铜剑赞》、陶弘景《古今刀剑录》、顾烜《钱谱》(佚)、唐封演的《续钱谱》(佚)、陆羽《茶经》、张又新《煎茶水记》、李德裕《平泉草木记》、房千里《南方异物志》(佚)、温庭筠《采茶录》、陆龟蒙《小名录》、佚名氏《异鱼图》(佚),五代朱遵度《漆经》(佚)、邱光庭《名贤姓字相同录》(佚)、邱光庭《海潮论》和《海潮

---

① 以上两条引文,见李吉甫《元和郡县图志》,第 27、41 页。

录》(均亡佚)。宁稼雨先生的《中国文言小说总目提要》中著录的这一类著作,大体和前书相同,多出了师旷的《禽经》、嵇含的《南方草木状》等作品。针对这些作品,宁先生还做了辨订工作。对有些作品如陆羽的《茶经》,宁先生认为全书除第七类论述与茶有关的事之外,"其余各类多距小说较远,难称小说"。① 而有些作品,宁先生却认为应该将它们视为博物类小说,如在唐代《异鱼图》条下云:"原书已佚,未见引文。观书名似为《博物志》一类博物志怪故事。"②对陆龟蒙的《小名录》,也认为应为博物类小说。③ 程毅中《古小说简目》则只著录了唐代封演的《续钱谱》、陆羽的《茶经》和张又新的《煎茶水记》,其他作品则未见著录。那么这一类作品是否是小说呢? 如果是,是否可以算作是博物类小说呢?

　　《隋书·经籍志》并未收录此类作品,只是在医方类中,著录有《本草经略》、《本草经类用》、《本草经音义》、《灵秀本草图》、《芝草图》、《入林采药法》、《太常采药时月》、《诸药异名》、《种植药法》等书,这些书的内容主要是关于各种入药的植物的知识,对于药物的种植、采集、药性、作用、形状、名称、音义等方面均有所涉及。但从《隋志》的著录可以看出来,那个时代对于自然界的动物、植物、器物等等并不是很关注,其时可能没有相关的专业著作,即便有,可能也没有进入编者的视野。《隋志》著录的这些都是植物方面的知识,而且主要是偏重于其药用价值。

　　《旧唐书·经籍志》中著录了一些专门以介绍动植物或器物等为内容的作品,如《钱谱》、《相鹤经》、《鹰经》、《相牛经》、《养鱼经》、《竹谱》、《蚕经》等书,均被著录在农家类。在《新唐书·艺文志》中,上述各书大多仍归于农家类,但欧阳修等又将陆羽的《茶经》、

---

① 宁稼雨:《中国文言小说总目提要》,第 105 页。
② 同上书,第 71 页。
③ 同上。

张又新的《煎茶水记》、封演的《续钱谱》著录为小说家类。《宋史·
艺文志》著录的小说家类的作品中，又出现了师旷《禽经》、陶弘景
《古今刀剑录》、江淹《铜剑赞》、顾协《钱谱》、陈致雍《晋安海物异名
记》、《异鱼图》、《花木录》、僧仲林《花品》、蔡襄《荔枝谱》、张君房
《潮说》等书。而在明人所编的《五朝小说》中，《诗品》、《书品》、《禽
经》、《画谱》、《古画品录》等均被收录在内。

　　这一类书，如果从今天的小说观念出发去看的话，与小说相差
甚远。但如果从小说是"小道"的观念来看，说它们是小说倒也无
可非议。朱熹曾说："小道不是异端，小道亦是道理，只是小。如农
圃、医卜、百工之类，却有道理在。"①朱熹视农圃、医卜、百工方面
的知识经验为小道，这并不是凭空产生的，而是有着悠久的文化传
统。从孔子开始可能就已经有了忽视这一类实用知识的倾向，虽
则夫子也提倡要"多识于鸟兽草木虫鱼之名"，但他本人亦曾被讥
讽为"四体不勤，五谷不分"，可见，他对于植物等方面的知识实在
是太少了，即便是人们日常生活中必不可少的五谷，他都分辨不
清。当然这可能是批评者的夸张，但至少可以说明孔子在这方面
知识的欠缺。到了汉代，情况也不乐观，虽然汉代知识分子崇尚博
学，如张衡明言"耻一物之不知"，但其尚博的风气，并不表示对所
有的知识是同等喜好，如薛综在注张衡《西京赋》时亦说："小说，医
巫厌祝之术。"②这些医巫厌祝之术，也是因其关乎小道而被视为
小说的。

　　这一类在正史中曾经属于农家、医方等类的作品，甚至是器物
鉴赏等方面的知识，也是道理，只不过因无关经国大业，故被看作
小道。葛兆光先生在论及《艺文类聚》的分类时说："至于全书最后
收录的自然世界中的各种具体知识，虽然古代中国传统中本来也

　　① （宋）黎靖德编：《朱子语类》，第1200页。
　　② （梁）萧统：《文选》，第45页。

有'多识草木虫鱼鸟兽之名'的说法,对这些知识有相当宽容和理解,但在七世纪,显然这些知识越来越被当作枝梢末节的粗鄙之事,《艺文类聚》把这些知识放在最后面,显示了这类知识在人们观念中的地位沉浮。……从后来中国的情况看来,这种对知识与技术的轻蔑与放逐,多少影响了古代中国的技术性知识的进展,也使得古代中国的人文知识与思想承担了过于沉重的社会责任,往往成为全部的知识而垄断了绝大部分文化人的教育时间与内容。"①其实对这一类实用性、技术性强的知识的轻视,是中国知识分子的一贯传统,这也造成了后世学者将承载这些知识的著作视为小说的事实。

但纪昀在编《四库全书》时,将这部分说理性质的作品清理出了小说体系,目前学界对这部分作品也都不太关注。而究其原因,可能是因为这部分书籍虽则是小道的载体,但它却没有满足道听途说的条件。从班固《汉书·艺文志》开始,就将这一传播途径或产生背景作为认定小说的一个重要依据。而我们所讨论的这一部分作品,显然并不具备这一特质。在这些作品中所记的内容,大多是博物知识向更细致、更深入、更科学的方向发展的产物,而且多数是作者通过自己的观察,甚至亲身实践所得出来的知识,有的还是对这些事物极其热爱的爱好者所创作的,所以这些作品,多是科学、严谨的记录和分析。这就与小说的"道听途说"不同,没有那种带有疑问甚至只是视为谈资的态度。如王观在他的《扬州芍药谱》中说:"余自熙宁八年季冬,守官江都,所见与夫所闻,莫不详熟,又得八品焉,非平日三十一品之比,皆世之所难得。"②可见王观作《扬州芍药谱》并不是根据传闻,而是自己亲见亲为得出的结论。

---

① 葛兆光:《中国思想史:七世纪前中国的知识、思想与信仰世界》,第457—458页。
② (宋)王观:《扬州芍药谱》,见《扬州芍药谱(及其他六种)》,中华书局1985年版,第2页。

刘蒙在《菊谱》的叙中说及自己的创作缘由时也说:"刘元孙伯邵者,隐居伊水之瀍,萃诸菊而植之,朝夕啸咏乎其侧,盖有意谱之而未暇也。崇宁中甲申九月,余得为龙门之游,得至君居,坐于舒啸堂上,顾玩而乐之,于是相与订论,访其居之未尝有,因次第焉。"①这是作者自己赏菊之余与种菊者详加考订之后创作出来的,所以文中还专设说疑条,将世人分辨不清应为菊还是苦艾的植物加以辨析,并注明:"与其他妄滥而窃菊名者,皆所不取云。"②对于那些自己所不曾著录的菊花,作者说:"君子之于文,亦阙其不知者,斯可矣。"③这是一种非常严谨、审慎的态度,与小说家那种杂录各种言辞不加考证辨析的态度是完全不同的。再如范成大在《梅谱》的序言中说:"余于石湖玉雪坡,既有梅数百本,比年又于舍南买王氏僦舍七十楹,尽拆除之,治为范村,以其地三分之一与梅。"④可见范成大亦是爱梅、养梅之人。

正因为这些作者在写作时,较少取材于传闻,而是记录自己亲见甚至亲自种植培养的经验,所以这些作品体现出了实录色彩,且较多细节描绘。如刘蒙在《菊谱》中对一种菊花的描述:"新罗,一名玉梅,一名倭菊。或云,出于海外国中。开以九月末。千叶纯白,长短相次,而花叶尖薄,鲜明莹彻,若琼瑶然。花始开时,中有青黄细叶,如花蕊之状;盛开之后,细叶舒展,乃始见其蕊焉。枝正紫色,叶青,支股而小。凡菊类多尖阙,而此花之蕊,分为五出,如人之有支股也。与花相映,标韵高雅,似非寻常之比也。然余观诸菊开,头枝叶有多少繁简之失,如桃花菊则恨叶多;如毬子菊则恨花繁。此菊一枝多开一花,虽有旁枝,亦少双头并开者,正素独立

---

① (宋) 刘蒙:《菊谱》,见《扬州芍药谱(及其他六种)》,第1页。

② 同上书,第2页。

③ 同上书,第12页。

④ (宋) 范成大:《梅谱》,见《扬州芍药谱(及其他六种)》,第1页。

之意,故详纪焉。"①花的名称、产地、花瓣、枝叶、花蕊、每枝开一朵花以及花开放不同阶段的不同状态都有详细而具体的描写,使人读后就会对这种菊花有非常生动而形象的感知。如果不是对菊花特别喜欢,如果不是经过自己的认真观察甚至躬自养育,是很难有这样贴切而实际的描写的。再如范成大描写梅花:"江梅,遗核野生,不经栽接者,又名直脚梅,或谓之野梅。凡山间水滨,荒寒清绝之趣,皆此本也。花稍小而疏瘦有韵,香最清,实小而硬。"②此处对梅花的描写用了"荒寒清绝之趣"、"稍小"、"疏瘦"、"有韵"、"香最清"、"小而硬"等词,这与"道听途说"之小说(除唐传奇外)作品中的用词也不同。一般来说,小说用词质朴简单,所以其描述较简略,很少有这种充满情感且细致而准确的描写。

由于这些作品不是源于传闻,而是自己的亲身经历,记录也客观科学,所以后世多不将其视为小说。这些作者在创作时,也是将自己的作品和小说分开的,如周必大在《玉蕊辨证》一书中有"附诸家小说"的内容,③可见他认为自己的作品不是小说,只是在创作中选取了一些小说作品作为补充。

在《五朝笔记小说大观》中还辑录了《诗品》、《书品》、《书评》、《古画品录》等作品,可见编者也是将其视为小说的,但这些多是作者对字、书、画、文学作品的品评和感发,是作者自己阅读文学作品、品鉴书画时的意见和感受,与街谈巷语的小说相去较远。亦因为它们是小事,关乎小道,所以被著录于小说作品集中。

当然这一类书中,也有一部分作品是取之于传闻的,但其态度相对来说也较为严谨和认真,开后世《梅谱》、《菊谱》、《芍药谱》等

---

① (宋)刘蒙:《菊谱》,第3—4页。

② (宋)范成大:《梅谱》,第1页。

③ (宋)周必大:《玉蕊辨证》,见《扬州芍药谱(及其他六种)》,第16页。

先河。如嵇含的《南方草木状》，作者明言自己的创作是因"中州之人，或昧其状，乃以所闻诠叙，有裨子弟云尔"。① 对创作取材于传闻是不讳言的，但在创作过程中，作者肯定是经过精心筛选的，对于那些不经之说几乎没有著录，而主要侧重于对草木外形的记录，所以这些传闻并不会影响其作品的真实性。因其创作目的就是为了要介绍这些草木的形状，以帮助中土之人认识它们，所以作者选择著录的也都是较为客观和科学的说法，如："朱槿花，茎叶皆如桑，叶光而厚，树高止四五尺，而枝叶婆娑。自二月开花，至中冬即歇，其花深红色，五出，大如蜀葵，有蕊一条，长于花叶，上缀金屑，日光所烁，疑若焰生，一丛之上，日开数百朵，朝开暮落，插枝即活，出高凉郡，一名赤槿，一名日及。"②这就不是关于其产生的带有神异色彩的传说，也不是关于其是否可以食之不死或延寿如何的记载，而是平实地记录其茎、叶、花的状貌。

不过在这一类书中，也有两极分化的倾向，刚刚论及的这些记录较为详审、客观的作品只是其中一种，而且多是关于植物的记载。还有一部分书，其记载仍然有荒诞不经的色彩，特别是那些记录动物知识的作品，尤为明显。如《蠕范》中对兔子的记载："舐雄毫而孕，五月生子，从口中出，其子谓之娩。或无雄，则望月而孕……"③类似的关于兔子怀孕、生子的记载也出现在《博物志》、《酉阳杂俎》等书中。李元不加考证就将这些似是而非的传闻录在书中，其态度是不严谨的。类似的例子在他的书中还有很多，如记豺的习性："见虎睡则绕足而溺之，虎不起则噬之，以狗为舅，见狗辄跪，季秋取兽四面陈之祝其先。"④这些只是民间的以讹传讹。

---

① （晋）嵇含：《南方草木状》，见《南方草木状（及其他三种）》，中华书局 1985 年版，第 1 页。

② 同上书，第 8 页。

③ （清）李元：《蠕范》，中华书局 1985 年版，第 22 页。

④ 同上书，第 93 页。

豺狼食虎，只可能是群起而攻之，单个的豺，即便是虎睡着了，可能也不敢跑过去撒尿在老虎身上，然后再吃它。尤其言豺以狗为舅，见到狗就下跪，这只能是人们看到豺长得很像狗而臆想出来的舅甥关系，在现实生活中，哪个见过豺狼给狗下跪呢？作者不加辨别地将这些传闻记录下来，确乎有点小说作者的风格，是"饰小说"，是"合丛残小语"，只是将听到的传闻忠实地或有所损益地记录下来，并没有太多的考证和辨析。

　　类似的例子非常多，如杨慎的《异鱼图赞》记比目鱼："东海比目，不比不行。两片得立，合体相生。状如鞋履，鲽实其名。"①记横公鱼云："北荒石湖，有横公鱼。化而为人，刺之不殊，煮之不死，游镬育育。乌梅廿七，煮之乃熟。"②记何罗鱼："何罗之鱼，一身十首。化而为鸟，其名曰休旧。窃糈于春，伤陨在曰。夜飞曳音，闻春疾走。"③这些奇异的鱼在《山海经》、《神异经》等书中已经出现了，而《异鱼图赞》之所以会延续这种荒诞的说法，其原因就在于作者对这些动物没有办法像今天这样近距离、持续地观察，所以不可能会得出科学的、近于事实的结论。甚至对于有些动物，作者本人从来都没有见过，只是听闻过。如杨慎在写鲕鱼时说："鱼之美者，东海之鲕。伊尹说汤，水群首兹。徒闻其名，而形未窥。"④只是曾经听过，根本就没有见过，而且其源头还在《伊尹说》这样的小说作品中，甚至还不是同时代人的传闻。

　　这些记录专门知识的著作，很多都和《异鱼图赞》一样，辑录了前代众多的博物类小说。如胡世安的《异鱼图赞补》，其中引用了《酉阳杂俎》、《拾遗记》、《续博物志》诸书，卷中的每一条下，

---

①（明）杨慎：《异鱼图赞》，见《异鱼图赞（及其他三种）》，中华书局1985年版，第1页。

②同上书，第10页。

③同上书，第12页。

④同上书，第13页。

大都引用了《山海经》的描写，如茈鱼条："泚水茈鱼，一首十身。臭越虋芜，失气以踆。《东山经》：'东始山，泚水出焉。中多茈鱼，状如鲋，一首而十身，其臭如虋芜。食之不糜。'郭注：'止失气也。'按朔法师混作鲞鱼非。"①赤鱬条："即翼赤鱬，是医疗瘃。人面乌音，茜质漾渌。比之陵鱼，而无手足。篇海作鮢鱬。《南山经》：'青丘山，英水出焉，南注即翼之泽。中多赤鱬，其状如鱼而人面，音如鸳鸯，食之不疥。'《海内北经》：'陵鱼人面，手足鱼身，在海中。'"②可见对这些异鱼的描述，多是根据《山海经》而来的。

对于这些内容主要来自传闻或小说的作品，我们必须将其看作小说。这一类作品或研究蟹，或研究鱼，或研究鹰，或研究花，或研究草，或研究竹，当然也有《蠕范》这样涉及禽、兽、鳞、虫、倮等各种动物的著作，都是限于某一领域的专门知识。而博物类小说则涉及天文、地理、异人、异俗、各种动植物及器物、事物等，无所不包。所以这一类偏重于某一领域知识的作品，是博物知识细化的结果，故可以视为博物小说的一个分支。

根据侯忠义、袁行霈及宁稼雨等先生的说法，在唐前这一阶段，这类著作有江淹《铜剑赞》、陶弘景《古今刀剑录》、顾烜《钱谱》（佚）、师旷《禽经》、嵇含《南方草木状》等作品。这部分作品一方面是小道的载体，另一方面也满足其源于民间的"道听途说"的要求，且所论都是与物有关的知识，所以都可以视为博物小说。

---

① （清）胡世安：《异鱼图赞补》，见《异鱼图赞（及其他三种）》，第15页。
② 同上书，第16页。

第三章 博物小说的孕育期——先秦

先秦是博物知识萌芽并蓬勃发展的时期,既有铸鼎象物的认识方式,也有国家政权体系对博物知识的重视,故孔子、子产、庄子等人都是可以"语怪"的博物君子,可见那个时代的博物之风是很盛行的。但这些博物知识只是零星地散见于诸子的作品中,并没有哪一家是专门以博物为其主要学说的,所以对博物小说的发展来说,这些都只是在思想层面的影响。

从先秦小说的佚文来看,《青史子》、《伊尹说》、《师旷》等作品都是对习俗、食物、动物等的说明,具有博物小说的特征。但由于这些作品除少数几条佚文可见外,大部分早已亡佚了,所以也无法分析它们与后世博物小说的关系,难以考证其对博物小说的影响。只有《山海经》一书,其中有大量的博物知识,可以说是那个时期博物知识的汇总,也是博物小说的源头。

第一节 博物之祖——《山海经》

古人在评价《山海经》时,多强调其语怪的特征,如司马迁在《史记·大宛列传》中说:"至《禹本纪》、《山海经》所有怪物,余不敢言之也。"①胡应麟在《少室山房笔丛》中称其为"古今语

---

① （汉）司马迁:《史记》,第3179页。

怪之祖"。①《四库全书》说它"耳目所及,百不一真"。崔述在《崔
东壁遗书·夏考信录》中批评《山海经》云:"书中所载,其事荒唐无
稽,其文浅弱不振,盖搜辑诸子小说之言以成书者……甚矣,学者
之好奇而不察真伪也!"②都偏重于对《山海经》怪异与荒诞的
批判。

　　当今诸多研究小说的学者,也多偏重于对《山海经》的神话传
说、各种奇形怪状的动植物等的描写的探讨,往往忽视了其中近于
实际的平实描述。鲁迅先生认为它"盖古之巫书也",③亦是因为
其中所记有巫术色彩。李剑国先生说:"《山海经》今存,记录了许
多奇异事物和神话片段,荒诞幻诞,'怪'味十足。"④并将其视为志
怪小说的发端之一。陈文新也说:"《山海经》旨在传授关于各种
'怪物'的知识,故辅以图画,以利读者把握。其著述方式是服从于
传达知识的需要的。"⑤都强调其语怪的特征。

　　但如果考虑到那个时代的思维水平和表达水平的话,我们应
该承认,《山海经》只是一部想要如实传达关于各地物产知识的地
理著作,因而是一部带有博物性质的地理书。对于那些我们已经
无从考证、难以判定的记载,不能简单地从我们所看到的情况出
发,就认定其是"伪"、"荒唐",因为这些是那个时代的人们对外界
的认识,并不存在有意为之的虚构。

　　所以,在和《山海经》关系比较密切的学者那里,是另一番与
"志怪"完全不同的看法,如刘秀在《上〈山海经〉表》中说《山海经》

---

① (明)胡应麟:《少室山房笔丛》,第314页。
② (清)崔述撰,顾颉刚编订:《崔东壁遗书》,上海古籍出版社1983年版,第
110页。
③ 鲁迅:《中国小说史略》,第8页。
④ 李剑国:《唐前志怪小说史》,第17页。
⑤ 陈文新:《传统小说与小说传统》,第176页。

是禹益所作,内容"皆圣贤之遗事,古文之著明者也。其事质明有信"。①　认为《山海经》是对禹益等人在治水过程中"驱禽兽,命山川,类草木,别水土"等事件的记载,是将圣人之事迹载于史籍,故是真实可信的。

郭璞在《注〈山海经〉叙》中,指出了当时人们对《山海经》的主流看法:怪异。但同时他又对这种观念进行了批判,对《山海经》写实的性质给予辩护:"世之览《山海经》者,皆以其闳诞迂夸,多奇怪俶傥之言,莫不疑焉。尝试论之曰,庄生有云:'人之所知,莫若其所不知。'吾于《山海经》见之矣。夫以宇宙之寥廓,群生之纷纭,阴阳之煦蒸,万殊之区分,精气浑淆,自相渍薄,游魂灵怪,触象而构,流形于山川,丽状于木石者,恶可胜言乎?然则总其所以乖,鼓之于一响;成其所以变,混之于一象。世之所谓异,未知其所以异;世之所谓不异,未知其所以不异。何者?物不自异,待我而后异,异果在我,非物异也。故胡人见布而疑黂,越人见罽而骇毳。夫玩所习见而奇所希闻,此人情之常蔽也。"②认为奇异之说是源自人们的无知,故批评那些视《山海经》为怪异的人是少见多怪。

在郝懿行《山海经笺疏》前面的几篇序言里,也都对视《山海经》为语怪的说法提出了辨析:蔡尔康的《校刊〈山海经笺疏〉序》云:"凡人足迹之所未到,耳目之所未经,则阙疑而不敢信伊。古舆地家言,多详域内而略域外,故皆右《禹贡》而左《山海经》,甚者目为荒诞,等诸《齐谐》、郢说。余以为是昔人之固陋,非《山海经》之荒诞也。"并说清朝"复仿《周官》大行人之职,分赴诸国,足迹所到,耳目所经,援古证今,往往吻合"。③　这是承袭郭璞的说法,认为视

---

① 引自袁珂《山海经校注》,第477页。
② 同上书,第478页。
③ (清)蔡尔康:《校刊〈山海经笺疏〉序》,见郝懿行《山海经笺疏》,巴蜀书社1985年版,第1页。

《山海经》为怪异是后人浅薄无知的表现,并以当时所了解的外国情况来证明其真实性。宦懋庸的序也说:"昔无而今则有之,安知今所未见者,非即昔人日用常觌之品乎?""闲尝以谓古者人与神近,后世人神道殊,重黎绝地天通已来,仅仅留此一经,为不食之硕果。"①认为书中所记即便今天没有,也不能说明往昔亦无,要考查绝地天通之前的情况,只有依赖《山海经》。阮元《刻〈山海经笺疏〉序》说《山海经》:"然则是经为山川舆地、有功世道之古书,非语怪也。""然上古地天尚通,人神相杂,山泽未烈,非此书未由知已。"②郝懿行则认为《山海经》虽有后人羼入的内容,但其"真为禹书无疑矣",并说:"禹功明德远矣,自非神圣,孰能修之? 而后之读者,类以夷坚所志,方诸《齐谐》,不亦悲乎?"③这些学者均认为《山海经》不是荒诞志怪之作,而是真实记录那个时代的各种知识的作品,而且是后人了解古时情况的仅有资料;而后人的经验也可以验证《山海经》的真实性。

从刘秀、郭璞到清代学者们不遗余力的辩护中,我们看到了另外一种与"语怪"完全不同的看法:将《山海经》看作是那个时代各方面知识的载体,认为它记录了关于山川、地理、草木、鸟兽、虫鱼、异人、风俗等方面的知识,带有博物色彩。故刘秀在《上山海经表》中说:"朝士由是多奇《山海经》者,文学大儒皆读学,以为奇可以考祯祥变怪之物,见远国异人之谣俗。故《易》曰:'言天下之至赜而不可乱也。'博物之君子,其可不惑焉。"④刘秀举东方朔识异鸟、刘向识贰负之臣的事情,来说明《山海经》记录了各种动植物的变异及征兆、远国异民的风俗谣谚等,是博物君子据以学习的参考资

---

① (清)宦懋庸:《校刊〈山海经笺疏〉序》,见郝懿行《山海经笺疏》,第1—2页。
② (清)阮元:《刻〈山海经笺疏〉序》,见郝懿行《山海经笺疏》,第1页。
③ (清)郝懿行:《山海经笺疏叙》,见郝懿行《山海经笺疏》,第2页。
④ 见袁珂《山海经校注》,第478页。

料。而郭璞在《山海经叙》中亦说:"达观博物之客,其鉴之哉。"①认为博物之士应该借鉴《山海经》。

　　《山海经》之所以有如此重要的博物作用,是因为其写作时对各地物产的特性、功能作了详细的介绍。后世由这一特点,推衍出了视《山海经》为九鼎之图的解释文字的观点。明杨升庵在《山海经后序》中说:"《左传》曰:'昔夏氏之方有德也,远方图物,贡金九牧,铸鼎象物,物物而为之备,使民知神奸,入山林不逢不若,魑魅魍魉,莫能逢之。'此《山海经》之所由始也。……鼎之象则取远方之图,山之奇,水之奇,草之奇,木之奇,兽之奇,说其形,著其生,别其性……九鼎之图,其传固出于终古孔甲之流也,谓之曰《山海图》,其文则谓之《山海经》。"②将《山海经》与铸鼎象物联系起来,认为《山海经》是解释九鼎上图画的文字。阮元在《刻〈山海经笺疏〉序》中也说:"《左传》称禹铸鼎象物,使民知神奸。禹鼎不可见,今《山海经》或其遗象欤?"③这段话虽然还是一种不太肯定的疑问语气,但也是倾向于将《山海经》视为解释鼎上图像的文字的。郝懿行也认为《山海经》为解释鼎上图像的文字,他在《山海经笺疏叙》中说:"《周官》大司徒以天下土地之图,周知九州之地域广轮之数。士训掌道地图、道地慝。夏官职方亦掌天下地图。山师、川师掌山林川泽,致其珍异。邍师辨其丘陵坟衍邍隰之名物,秋官复有冥氏、庶氏、穴氏、翨氏、柞氏、薙氏之属,掌攻夭鸟猛兽虫豸草木之怪蠥。《左传》称禹铸鼎象物而为之备,使民知神奸,民入山林川泽,禁御不若,螭魅蝄蜽,莫能逢旃。《周官》、《左氏》所述,即与此经义合。禹作司空,洒沈澹灾,烧不暇撌,濡不给挖,身执虆垂,以为民先。爰有《禹贡》,复著此经。寻山脉川,周览无垠,中述怪变,

---

① 见袁珂《山海经校注》,第 480 页。

② (明)杨慎:《升庵全集》卷二《山海经后序》,商务印书馆 1935 年版,第 17 页。

③ (清)阮元:《刻山海经笺疏序》,见郝懿行《山海经笺疏》,第 1 页。

俾民不眩。美哉禹功,明德远矣!"①郝懿行认为《山海经》的内容
与《周礼》所记载的关于士训、职方、山师、川师等官员所负责的职
责相合,所掌为地理、山川、奇花异草、珍禽异兽等知识,而这些知
识的记载,正是《左传》所载铸鼎之目的——使民知神奸,即让百姓
具备可能遇到的各种动植物的知识,了解它们的习性和功用。余
嘉锡在《四库提要辩证》中,批评四库馆臣将《山海经》录入小说家,
说他们"不知《山海经》本因《九鼎图》而作",②也认为《山海经》就
是解释九鼎上面图像的文字,是由图像而衍生出来的。关于鼎的
博物性质,前面已经论及,而后人之所以将《山海经》和大禹铸鼎之
事联系起来,将其视为解释九鼎图像的文字,就是因为该书也同样
具备辨物的功能,充满了博物色彩。

　　实际上,《山海经》一书在传统目录学中,历来是著录于史部地
理类的(除《汉志》外),只是到了清代的《四库全书总目提要》中,才
认为它"体杂小说",从而将其改入小说家类。但此书不管是从其
名称、作用,还是从内容等方面来看,均应该是一本古代的地理
书,③而且是一部带有博物色彩的地理书。

　　既然《山海经》是一本带有博物性质的地理书,那么又该如何
看待其中的"志怪"内容呢?

　　笔者认为其中有怪异色彩的内容,是当时博物知识的组成部
分,是人们对外部世界认识的真实反馈,不能根据这些内容,就认

---

　　① (清)郝懿行:《山海经笺疏叙》,见《山海经笺疏》,第 2 页。
　　② 余嘉锡:《四库提要辩证》,中华书局 1980 年版,第 1121 页。
　　③ 从名称来看,《山海经》之"经",其意义当为"经界"、"经历",正是各地山川经界
之记录,或者如郝懿行所释:"经,言禹所经过也。"《山海经》一书,即为记录禹所经历的
山川经界情况之书。袁珂先生在《山海经校注·海经新释》卷一中有较详细的分析,可
参见《山海经校注》,第 181—183 页。从其用途来看,《山海经》也是作为地理资料被使
用的,如《后汉书·王景传》,记明帝赐给王景《山海经》、《河渠书》以治理黄河。而其内
容,虽有些比较怪异的记述,尤其是《海经》部分,但总体上说,还是比较平实的,偏重于
实际的地理知识。

为《山海经》是志怪作品。对于那些有怪异色彩或记录不实的成分，我们应该客观地看待。

首先，对一些与实际情况不同的地理知识的记载，不能据实际而断定其为不实。古人曾以此为据，批评《山海经》的不实，如《四库全书总目》评价《山海经》云："然道里山川，率难考据，案以耳目所及，百不一真，诸家并以为地理书之冠，亦为未允。"①这是认为地理知识的记载与当时所见不符，于是认定《山海经》所写内容非实。

古今地名有很大变化，很多古时的地名，我们今天已不知其具体所指；而且地理情况变化之大，也远超出我们的想象。所以，在古代的地理书中，我们可以看到很多这种指责前人说法不实的言辞。如在宋代程大昌的《禹贡山川地理图》中，有很多地方都指出前人所说的不合理，如："则谓王莽时枯竭亦妄。""《水经》所叙，明误矣。""孔安国言：'江至彭蠡分为三，入于震泽。'……自古三江绝无可以流入震泽之理。"②程大昌根据宋时所见的情况，断言前人所说的济水在王莽时曾枯竭、《水经》所说济水入河之处、孔安国所言三江入震泽之事，或为妄，或为误，或为绝无可能。所以在该书中，有很多辨别的内容，如《济伏流辨》、《杜佑说后世不当有济辨》、《水经成皋济渎辨》、《东女弱水辨》、《小勃律弱水辨》等等，都是辩证前人说法不实的。可见在宋代，其河道、山川与汉代甚至南北朝时期都有了很大的不同。

不仅是山川河道的变化，甚至水流也发生很大的变化，如黄河，我们一直认定它是黄色的，而黄河水三千年一清的说法只是在小说中才出现。但是在古书中，我们可以看到黄河是白色的记载，如《左传》记晋公子重耳之亡，其中有重耳所说的"所不与舅氏同心

---

① （清）永瑢等：《四库全书总目》，第 1205 页。

② （宋）程大昌：《禹贡山川地理图》，中华书局 1985 年版，第 48—49、59、78—79 页。

者,有如白水",①此处的白水指的就是黄河。《尔雅》也说河水色白。我们后世所说的泾渭分明,其中泾水、渭水的清浊也发生了变化。

所以,对于《山海经》中那些在后人看来"百不一真"的地理知识,我们要抱着审慎的态度去看,虽则它们与我们今天的实际情况不同,但作者在创作时,并不是在语怪,而是对当时地理状况的如实记载,只是因为后来地理情况发生了变化,所以这些记录与我们现在所见的不同罢了。

其次,对于那些怪异的植物、动物和人的记载,是受制于当时的认识水平和表达水平的。针对这部分内容,后文会有详细论述,兹不赘述。

再次,《山海经》中关于"神"的众多记载,与后世志怪小说中的鬼怪故事也不同。后世的志怪小说,往往带有叙事色彩,讲的是神鬼故事,而《山海经》不注重事件,而是介绍关于这些鬼神的知识。

在那个时代,鬼神是人们生活的一部分,也是人们日常知识的一部分。阮元在《刻〈山海经笺疏〉序》中论及《山海经》中关于神怪的记录出现之原因说:"然上古天地尚通,人神相杂,山泽未烈,非此书未由知已。"宦懋庸的序也说:"尝以谓古者人与神近,后世人神道殊,重黎绝地天通已来,仅留此一书,为不食之硕果。"都指出了那时神人不殊、共处世间的情形。

在人类早期观念中,万事万物都具有神性。人类和这些神灵及各种动植物和谐地居住在同一世界。但是后来,神慢慢淡出了这个世俗的世界,如古希腊诸神住在了奥林匹斯山,而中国也发生了重黎绝地天通的事情,在《书·吕刑》中记有:"……乃命重、黎绝地天通,罔有降格。"②《国语·楚语下》中记载:"昭王问于观射父

---

① 杨伯峻:《春秋左传注》,第413页。

② (清)孙星衍撰,陈抗、盛冬铃点校:《尚书今古文注疏》,中华书局1986年版,第523页。

曰:'《周书》所谓重、黎实使天地不通者何也? 若无然,民将能登天乎?'对曰:'非此之谓也。古者民神不杂。民之精爽不携贰者,而又能齐肃衷正,其智能上下比义,其圣能光远宣朗,其明能光照之,其聪能听彻之,如是则明神降之,在男曰觋,在女曰巫。是使制神之处位次主,而为之牲器时服,而后使先圣之后之有光烈,而能知山川之号、高祖之主、宗庙之事、昭穆之世、齐敬之勤、礼节之宜、威仪之则、容貌之崇、忠信之质、禋洁之服,而敬恭明神者,以为之祝。使名姓之后,能知四时之生、牺牲之物、玉帛之类、采服之宜、彝器之量、次主之度、屏摄之位、坛场之所、上下之神祇、氏姓之所出,而心率旧典者为之宗。于是乎有天地神民类物之官,是谓五官,各司其序,不相乱也。民是以能有忠信,神是以能有明德,民神异业,敬而不渎,故神降之嘉生,民以物享,祸灾不至,求用不匮。及少暤之衰也,九黎乱德,民神杂糅,不可方物。夫人作享,家为巫史,无有要质。民匮于祀,而不知其福。烝享无度,民神同位。民渎齐盟,无有严威。神狎民则,不蠲其为。嘉生不降,无物以享。祸灾荐臻,莫尽其气。颛顼受之,乃命南正重司天以属神,命火正黎司地以属民,使复旧常,无相侵渎,是谓绝地天通。'"[1]《山海经·大荒西经》记:"颛顼生老童,老童生重及黎,帝令重献上天,令黎邛下地,下地是生噎,处于西极,以行日月星辰之行次。"[2]郭璞注云:"古者人神杂扰无别……"袁珂先生亦认为绝地天通是人类社会发展的一个阶段:"此社会发展,第一次阶级大划分在神话上之反映也。'古者民神不杂',历史家之饰词也;'民神杂糅、不可方物',原始时代人类群居之真实写照也;故昭王乃有'民能登天'之问。龚自珍《壬癸之际胎观第一》(见《龚自珍全集》)云:'人之初,天下通,

---

① 徐元诰撰,王树民、沉长云点校:《国语集解》,中华书局 2002 年版,第 512—515 页。

② 袁珂:《山海经校注》,第 402 页。

人上通,旦上天,夕上天,天与人,旦有语,夕有语。'斯可以解答昭王之问矣。"①在各书所记载的绝地天通这一事件中,天代表神界,地代表人间,绝地天通,就是阻断了天人联系的渠道,使得神人"无相侵渎",不再是一种可以随时随地进行交流与沟通的状态了。而在此之前,却是人神杂糅的状态,也就是神人共处于同一世界,相互往来交通。李零先生在《中国方术正考》的新版前言中,提到他最想写的三本书,其中之一就是《绝地天通》,他认为绝地天通所反映的是这样一种情形:"天地神人的交流,从前很容易,老百姓是通过民间的巫史,直接和神交流。后来,有了复杂的职官系统,则把这种关系断绝开来,神归神,人归人,世俗的事,由世俗官员管理,宗教的事,有宗教官员管理。任何人,都得通过这些神职人员,才能与神交流。"②这和袁珂先生的说法一脉相承,均认为绝地天通是人类进入阶级社会,有了国家机构之后,由政府或统治者垄断了沟通神人的职能。其实,在后世,民间巫师是较为常见的,甚至在今天一些边远农村,还有很多巫师在当地掌握着巨大的权力。"绝地天通"其实意味着专职巫师的出现,他们专职负责沟通神人,而在此之前,每个老百姓自己就是巫师,自己就可以通神,可以不借助他人的力量就可以与神交通。

在绝地天通之前,神只是自然界的一种存在,并不具有保佑人生、福佑人类的责任,他们只是俗世间的另一种存在,而且人们可以在日常生活中见到他们的出没;而绝地天通之后,神成了高高在上的存在,人们没有机会再遇见他们,只能通过巫师来了解他们的情况。但是巫师们为了强化自己的影响力,就将神灵神秘化,于是,神具备了众多福佑或惩罚的功能。但是,不管是在这一变革之前还是之后,对于神的想象或传说,是被人们信以为真的,人们惧

① 袁轲:《山海经校注》,第403页。
② 李零:《中国方术正考》,第4—5页。

怕、崇敬、信奉、祭祀神，并不是"祭神如神在"，而是神在才信神、祭神。与后世仅仅注重仪式不同，他们更注重精神层面的信仰。神灵是他们日常生活的一部分，而且是密切相关的那一部分，并不是非常之事、非常之物。

《山海经》中有较多关于神的记载。如《山经》部分，每一经下都有关于某一地区神灵的外貌、祭祀仪式等的描述。在《海经》和《大荒经》部分，对各种各样、奇形怪状的神灵的记载也很多。其中所反映的，既有绝地天通之前人们对于神的观念，也有绝地天通之后的宗教信仰情况。

在相对平实的《山经》中，我们可以看到，很多山川都是神的居所。如《西山经》记长留之山："其神白帝少昊居之。""实惟员神磈氏之宫。是神也，主司反景。"騩山："神耆童居之，其音常如钟磬。"天山："有神焉，其状如黄囊，赤如丹水，六足四翼，浑敦无面目，是识歌舞，实为帝江也。"泑山："神蓐收居之。"《中山经》记岐山："神涉蠱处之，其状人身而方面三足。"①这些记载和关于动植物或人的记载一样，均为描述某一地特有的东西。他们并不是像后世的神仙一样，居住于天上，偶尔肩负特殊使命下降到人间，而是居住于凡间某一地的神灵，可以说是在绝地天通之前，与凡夫俗子杂糅居于俗世的体现。郝懿行也注意到了这众多居于人间的神灵们，在注《西山经》符惕之山"神江疑居之"时说："《祭法》云：'山林、川谷、丘陵能出云，为风雨，见怪物，皆曰神。'即斯类也。"②可见那时人们所谓的神，与今天有很大的不同，每一座山川、每一条河流都有自己的神。在人类的日常生活中，那些人们所无法解释和控制的现象，如云的出现、刮风下雨、一些不寻常事件的发生，都是神。这也正是神话思维的表现，人们用这些带有超凡色彩的神，来思考、

① 袁珂：《山海经校注》，第51、52、55、56、153页。
② （清）郝懿行：《山海经笺疏·西山经》，第26页。

探索、解释、面对甚至控制那些他们感觉陌生、恐惧或不确定的现象。

所以，《山海经》中所记载的神，不用显灵就可以出现，而且往往是固定地居住于某座山上或某条河里，并且常有各种各样的活动，人们也会经常看到他们，如《中山经》记骄山："神蛊围处之，其状如人面，羊角虎爪，恒游于睢漳之渊，出入有光。"光山："神计蒙处之，其状人身而龙首，恒游于漳渊，出入必有飘风暴雨。"熊山："有穴焉，熊之穴，恒出神人。"丰山："神耕父处之，常游清泠之渊，出入有光，见则其国为败。"夫夫之山："神于儿居之，其状人身而身操两蛇，常游于江渊，出入有光。"①从这些记载中，我们看到这些神"恒""常"出来游走，而且他们的出现往往会引发一些自然现象，如有的有光，有的会带来狂风暴雨等等。可见，这一时期的神，与人类的距离远没有后世那么远，神不是高不可攀的，他们与人类、动物、植物、自然现象等一样，是这个世界的组成部分。人神杂糅即此之谓。

这一时期神的职能，也体现出了原始社会人们对于外部世界的敬畏和恐惧。这些神并不像后世的神灵创造我们、保护我们，有公正的是非判断，能惩恶扬善，而是一群担任着一些坏使命的凶神。如《西山经》槐江之山记天帝的玄圃云："有天神焉，其状如牛，而八足二首马尾，其音如勃皇，见则其邑有兵。"西王母"司天之厉及五残"，郭注："主知灾厉五刑残杀之气也。"《东山经》东次三经："其神状皆人身而羊角。……是神也，见则风雨水为败。"②这些神，有的掌管灾厉与残杀，有的出现会引发人间的战争，有的出现则会导致大风雨水、损害庄稼。所以，这些神，是人类探索外部世界的一个手段，是他们解释那些自己所不能理解的灾难时的一种答案。神与人们的生活息息相关，甚至可以说，它们就是我们生活的这个世界。于是，世界的各种现象都通过神话来解释。在《海外

① 袁珂：《山海经校注》，第 151—152、153、159、165、176 页。
② 同上书，第 45、50、51、113 页。

北经》中,有这样一段记载:"钟山之神,名曰烛阴,视为昼,瞑为夜,吹为冬,呼为夏,不饮,不食,不息,息为风,身长千里。"①钟山之神烛阴,其实就是我们这个世界的重要组成部分,我们所有的白天、黑夜、冬夏、风等自然现象的变化,都是缘于他。所以袁珂先生认为烛阴为原始的开辟神,而"盘古盖后来传说之开辟神也"。②

所以,《山海经》中所描写的神,有一部分是当时人们观念中与他们相似的一种存在。在日常生活中,人们可以时刻感觉到神的存在,而且这些神并不肩负着福佑他们的责任。

但《山海经》的成书时间跨度非常大,所记载的神灵也出现了变化,尤其是天帝的出现,已经有了绝地天通的趋势。如《西山经》记槐江之山:"实惟帝之平圃,神英招司之,其状马身而人面,虎文而鸟翼,徇于四海,其音如榴。"记昆仑之丘:"是实惟帝之下都,神陆吾司之。其神状虎身而九尾,人面而虎爪;是神也,司天之九部及帝之囿时。"③这些地方均提到了"帝"。帝,指的是天帝。在人类社会早期,人们在仰望星空时,会感受自己的渺小;观察雷电云雨时,会感触天的威力;看到日食、月食、彩虹、流星时,会惊讶于天的神秘。于是人们在仰望天空时,不免会感受到现实人生的卑微与无助,进而会充满恐惧和敬畏之情。从这种情感出发,就生成了对天的向往与崇敬。在中国人心目中,天或者老天爷,就是这样一个高高在上的、充满威力的至高神,甚至在孔子心中,也是如此。④但天帝的出现,却使得神人疏远了。天总是高高在上,对人的喜怒哀乐经常表现冷漠;而人类在面对天时,会觉得自己是那么的微不足道,天对于他永远是难以企及的。于是,神人之间就出现了难以

---

① 袁珂:《山海经校注》,第230页。
② 同上书,第231页。
③ 同上书,第45、47页。
④ 参见拙文《孔子的天命观探析》,《求索》2011年第12期。

逾越的鸿沟：神倨傲地处于天界，人卑微地栖居地上。即便天帝在人间还有类似于行宫的住所，甚至菜园都在人世间，但天帝和他的臣神们，已经与凡人断绝了关系。所以神话中出现了天柱、天梯，那些神性未泯的凡人，可以由这些高耸入云的山峰，到达神界，与神交通。《海内西经》记："海内昆仑之虚，在西北，帝之下都。昆仑之虚，方八百里，高万仞。上有木禾，长五寻，大五围。面有九井，以玉为槛。面有九门，门有开明兽守之，百神之所在。在八隅之岩，赤水之际，非仁羿莫能上冈之岩。"①作为天帝在人间的住所，昆仑虚是众神所在之处，但是这个地方"非仁羿莫能上冈之岩"，也就是说只有仁人或者像后羿这样能力出众者，才可以享有登上山与神交流的特权。于是，人类就进入了"绝地天通"的时代。

在《山海经》中，除了昆仑山，还有很多其他山峰也是被视为在神人断绝之后，用来沟通天人的天梯，天帝和其他神往往都住在这些山上。《西山经》有"华山冢也"的说法，郭璞注云："冢者，神鬼之所舍也。"②冢，其本义指特别高的山。正因为其高峻，近于天，所以华山成了神的居所。据叶舒宪先生的考证，《山海经》中的山有四等，普通的山、冢、神山、帝山，不同级别的神，所居之山的高度不同，神的地位越高，其所居山就越高，距离人世越远。③所以对于那些远离人世的神，人类与他们的联系，就只能靠圣人或者像后羿那样杰出的人才能维系。如《海外西经》记："在登葆山，群巫所从上下也。"《大荒西经》记灵山："巫咸、巫即、巫盼、巫彭、巫姑、巫真、巫礼、巫抵、巫谢、巫罗十巫，从此升降，百药爰在。"记互人："是能上下于天。"《海内经》记肇山："有人名曰柏高，柏高上下于此，至于天。"④郭

---

① 袁珂：《山海经校注》，第294页。

② 同上书，第32、33页。

③ 参见叶舒宪《中国神话哲学》，中国社会科学出版社1992年版，第833页。

④ 袁珂：《山海经校注》，第219、396、415、444页。

璞在作注时,认为这些"上下"于山的人,或是采药者,或是飞升的仙人。这其实是一种误解。袁柯先生说:"然细究之,'采药'只是群巫所作次要工作,其主要者,厥为下宣神旨,上达民情。"①指出了其沟通神人的职能。故这些上下于山的巫师,如互人和柏高,既不是神,也不是为了采药,而是像后羿那样的人,因为他们的智力和才能出众,成了俗世的巫师,也成了沟通天人的桥梁。

所以,《山海经》是一本带有博物性质的地理书,而非志怪作品。它在描述各地的事物时,的确有一些内容在今天看来有怪异的色彩,但我们必须联系其产生的时代及当时人们的思维、表达水平来分析这一现象,要认识到这些怪诞的知识就是那个时代人们对于外界的认知。只是其中有的是通过经验获得的,有的是通过想象创造出来的。所以,确切地说,《山海经》应该是博物之祖,而非志怪之祖。

《山海经》中的博物知识,涉及山川地理、动植物及远国异民等方方面面,这些均是后世博物小说所津津乐道的主要内容,而且其叙述方式也影响到后世的博物类小说。下面就从它的内容和创作方法等方面来逐一分析《山海经》的博物特色和它对后世博物小说的影响。

第二节　《山海经》中的地理知识

一、各地地理知识

《四库全书总目》史部地理类序云:"古之地志,载方域、山川、风俗、物产而已。"②这也是《山海经》的主要内容。作为一本地理

---

① 袁柯:《山海经校注》,第219页。
② (清)永瑢等:《四库全书总目》,第594页。

书,《山海经》是围绕着山川地界为中心进行写作的,众多的物产、风俗等知识,是作为地理知识的组成部分而存在的。这和我们今天的地理知识也还是比较相近的。现在一般提起某地时,想到的不仅仅是其地理位置、大概的地形地貌,还有其特产、风俗等,这些特征汇聚在一起,才构成对一个地方的完整认知。在这个内容系统中,一个地方的地理位置、地形地貌等,是地理知识的核心。

在《山海经》的《山经》部分,作者一般是先确定某一座山,然后以其为一个参照点,向外扩展。在介绍各山时,一般先说明其位置,然后着重介绍该地的矿产及具有地方特色的动植物。如《南山经》鹊山、堂庭之山:

> 南山经之首曰鹊山。其首曰招摇之山,临于西海之上,多桂,多金玉。有草焉,其状如韭而青华,其名曰祝余,食之不饥。有木焉,其状如榖而黑理,其华四照,其名曰迷榖,佩之不迷。有兽焉,其状如禺而白耳,伏行人走,其名曰狌狌,食之善走。丽麂之水出焉,而西流注于海,其中多育沛,佩之无瘕疾。
> 又东三百里,曰堂庭之山,多棪木,多白猿,多水玉,多黄金。①

先确定鹊山的位置是位于西海边上,然后再依次往东介绍其他山,对每座山的地理位置、相互之间的距离远近、各自的特产等,都有详细而具体的说明。在有的记述中,甚至对一座山的名称由来、地质情况等都有介绍,如《南山经》记箕尾之山:"又东三百五十里,曰箕尾之山,其尾踆于东海,多沙石。汸水出焉,而南流注于淯,其中多白玉。"②先告诉读者箕尾之山位于青丘之山东面三百五十里;

---

① 袁珂:《山海经校注》,第1—2页。
② 同上书,第7页。

其名称是源于山临于东海之上，山的尾部看起来像是蹲在东海上一样；山上多沙石，泲水从这里发源，并向南流，注入滑水；且水中产白玉。

而《海经》和《大荒经》由于所记多是不大熟悉或者仅仅只是源自传闻的地区，所以没有详细的数字信息，而仅仅只给出一个大致方位，对其物产等也没有具体介绍，而且有些记载还含糊不清，反倒是对这些地区的人民及传说记载得较多。如《海外南经》中的一段文字：

> 三苗国在赤水东，其为人相随。一曰三毛国。
> 载国在其东，其为人黄，能操弓射蛇。一曰载国在三毛东。
> 贯匈国在其东，其为人匈有窍。一曰在载国东。
> 交胫国在其东，其为人交胫。一曰在穿匈国东。
> 不死民在其东，其为人黑色，寿，不死。一曰在穿匈国东。
> 歧舌国在其东。一曰在不死民东。
> 昆仑虚在其东，虚四方。一曰在歧舌东，为虚四方。
> 羿与凿齿战于寿华之野，羿射杀之。在昆仑虚东。羿持弓矢，凿齿持盾。一曰戈。①

这众多的"一曰"反映出作者在写下这些文字时，并不是像在创作《山经》时那样，是经过实地考察的。故《山经》部分论述具体而真实，而这些只不过是根据传闻而记下来的，所以有时候会因为说法太多而只能存疑。② 叶舒宪先生曾说《山海经》是"民间地理学"或

---

① 袁珂：《山海经校注》，第 193—198 页。
② 毕沅在注《海外南经》南山条中的"一曰南山在结胸东南"时说："凡'一曰'云云者，是刘秀校此经时附著所见他本异文也。旧乱入经文，当由郭注此经时升为大字。"但并没有令人信服的论证。《海经》和《大荒经》中，"一曰"一词出现的次数很多，可能是作者根据传闻和图画而作，是由于对真实情况的不了解所造成的。

是"传说地理学",①确实是有一定道理的。

这种以地理知识为核心来统领博物知识的方法,在汉代的地理书中被继承了下来,如《河图括地象》、《遁甲开山图》、《括地图》等书,也是将各地的物产、风俗、人民等情况,放在地理的框架下来写,完全是承袭《山海经》的。《海内十洲记》也是在每一洲下面介绍当地的奇珍异宝,同样是《山海经》的模式。尤其是《神异经》,完全是沿袭《山海经》的这种创作方法,按东、东南、南、西南、西、西北、北、东北的顺序,逐一介绍各方的地理、物产、异人等情况。这样的写法,也被后世的博物类小说所借鉴,如任昉的《述异记》,在开头总是用诸如"南海中盘古国"、"灌浥之间"、"淮水中"、"洞庭湖中有钓洲"等表述地理知识的字眼,②这其实就是因袭《山海经》的创作方法:将各种博物知识放在地理知识的框架之下进行讲述。当然,在后世的创作中,地理知识慢慢地变得不那么重要了,它逐渐由核心内容,慢慢地演变成了为文的线索,成了作者结构文章的手段,而不再是目的。如鲁迅先生曾说《神异经》"略于山川道里而详于异物",③就概括出了地理书主要内容的转变:博物知识取代地理知识变成其主体内容和为文的宗旨了。

二、四方观念

作为先民地理知识的书面记载,《山海经》代表了我们祖先对世界的认识,其中对世界的整体把握、对世界中心的认识等方面的内容,都成了中华民族文化的一部分,在民间广为流传,同样也在

---

① 叶舒宪、萧兵、郑在书:《山海经的文化寻踪——"想象地理学"与东西文化碰撞》,湖北人民出版社 2004 年版,第 555 页。

② 分别见于(梁)任昉《述异记》,中华书局 1985 年版,第 1、4、5、6 页。

③ 鲁迅:《中国小说史略》,第 15 页。

作为民间街谈巷语的小说中被不断地重复着。

葛兆光先生曾说:"古代中国关于天地宇宙的最形象直观的器物,最早是玉琮,然后是明堂、灵台、式盘等等。"①不管是玉琮,还是明堂、灵台、式盘,所体现的都是天圆地方的观念。在古人的认识中,天圆地方是最直观、也是最合理的对宇宙的理解。既然地是方的,为了指称的需要,于是就生发了东、南、西、北四方的概念。当然,四方观念的起源是相当早的,如著名的甲骨学家胡厚宣先生就在甲骨文中发现了四方风名的记载,②而《山海经》也是按照这样一种方向顺序来认识世界,并表述他们对世界的认识的。在这样的认识过程中,因为受限于四方的观念,于是就产生了四极与中心的观念。

在古人的观念中,我们的大地有四边,也就是所谓的四极。《淮南子·览冥训》记载的女娲补天故事,其中就说"往古之时,四极废,九州裂",女娲"断鳌足以立四极"。③ 在《尔雅·释地》中,有对四极的详细说明:"东至于泰远,西至于邠国,南至于濮铅,北至于祝栗,谓之四极。"④郭璞注曰:"皆四方极远之国。"这四个极远之国,就是古人所认定的整个世界的边界了。《山海经》虽然没有对四极的具体论述,但是却有四极或四边的意识。如《中山经》的结尾说:

> 禹曰:天下名山,经五千三百七十山,六万四千五十六里,居地也。言其五臧,盖其余小山甚众,不足记云。天地之东西二万八千里,南北二万六千里,出水之山者八千里,受水

---

① 葛兆光:《中国思想史:七世纪前中国的知识、思想与信仰世界》,第146页。
② 参见彭林、黄朴民《中国思想史参考资料集·先秦至魏晋南北朝卷》,第1页。
③ 何宁:《淮南子集释》,第479页。
④ (晋)郭璞注,(宋)邢昺疏:《尔雅注疏》,第221页。

者八千里,出铜之山四百六十七,出铁之山三千六百九十。①

《海外东经》又有:

> 帝命竖亥步,自东极至于西极,五亿十选九千八百步。竖亥右手把算,左手指青丘北。一曰禹令竖亥。一曰五亿十万九千八百步。②

这两种不同的记载,袁珂先生认为"亦神话传说传闻不同而异辞耳,非'海外'、'谷土'之谓也"。③ 这种说法是非常正确的,因为在古人观念中,四极就是我们所赖以生存的大地的边缘,没有几个四极,更没有比某一个四极更大的四极。《中山经》所说的"天地之东西二万八千里,南北二万六千里",其中"天地"二字就把范围表述得很明确——就是这个世界,是天之所覆、地之所载的范围内,东西距离就是二万八千里,南北就是二万六千里。而《海外东经》的记载,其东极和西极指的也是东边和西边的尽头,其数字虽然和《中山经》所记相差甚远,但只能视作是不同的传说体系带来的差异,而非有不同的四极。这种对世界的认知,在今天看来当然是可笑和荒谬的,但却是那个时代的人们尝试对外部世界进行认识的结果,他们通过这样一种较为宏大的空间的构建,来确立自己在世界上的位置和意义。而且那个时候人们对其他地区的了解,远远超出我们的想象,如朝鲜、日本、月氏、天竺、大秦等国家,在《山海经》中都有记载。而后世的博物小说,甚至是史书所记的地理范围,都在这个大的地理结构之中,再没有更多的新大陆的发现。

---

① 袁珂:《山海经校注》,第179—180页。
② 同上书,第258页。
③ 同上书,第258页注释三。

　　从四极观念又衍生出了四海的观念。在四极之内我们所熟悉的世界之外，还有四海。《山海经》中，有《海外南经》、《海外西经》、《海外北经》、《海外东经》，相应的，还有《海内南经》、《海内西经》、《海内北经》、《海内东经》。从名称来看，是在四极之内，相对自己所处的地方来说，四面有海，而海外还有其他的国家或地域。那么四海到底又是一个什么样的存在呢？《尔雅》谓："九夷、八狄、七戎、六蛮，谓之四海。"①据此可知以前周边的东夷、北狄、西戎、南蛮，就是古人所说的四海。而汉代的李巡在作注时说："八蛮：一曰天竺，二曰咳首，三曰焦侥，四曰跂踵，五曰穿胸，六曰儋耳，七曰狗轵，八曰旁脊。六戎：一曰侥夷，二曰戎夷，三曰老白，四曰耆羌，五曰鼻息，六曰天刚。五狄：一曰月支，二曰秽貊，三曰匈奴，四曰单于，五曰白屋。四海远于四荒，晦冥无形，不可教诲，故曰四海也。海者，晦也，言其晦暗无知。"②不仅把各个少数民族的名称罗列出来了，还指出了之所以将他们命名为四海的原因：不是因为真的有大海，而是指其晦暗无知，是以一种相对发达的文化立场，对周边的评价和描述。

三、中心观念

　　和四极、四海相对的，是中心观念。后世常说的"中原"、"中国"等词，无不体现了一种以自我为中心、唯我独尊的优越感。利玛窦曾记："我听说之所以叫这个名称是因为中国人认为天圆地方，而中国则位于这块平原的中央。由于有这个看法，所以当他们第一次看到我们的地图时，发现他们的帝国并不在地图的中央而

---

① （晋）郭璞注，（宋）邢昺疏：《尔雅注疏》，第 221 页。
② （清）臧镛堂：《尔雅汉注》，第 111 页。

在最东的边缘,不禁有点迷惑不解。"①

那么关于世界的中心,中国人到底是怎么看的呢?白寿彝先生在《中国交通史》中说:"《禹贡》最先提到的,是冀州。冀州约当现在的山西全省和河北省底西北部,东西南三面都临着黄河。境内有汾水,有衡漳,有卫水,或西南流,或东南流,都入于河。冀州是京师所在,为其他八州贡赋输入的总汇,可以说是《禹贡》中的交通中心。"②这是从交通便利性的角度出发,提出了冀州为《禹贡》所载的地理中心的说法。但李吉甫却在《元和郡县图志》中说:"《禹贡》豫州之域,在天地之中,故三代皆为都邑。"③同样是根据《禹贡》,却认为豫州也就是今天的河南,才是世界的中心,故夏、商、周三代都曾在此地建都。那么,哪一种说法更可靠呢?其实两种说法都有道理,它们体现了不同时期的世界中心观念。古人关于世界中心的看法,经历了一个由西向东变迁的过程,而在博物类小说中,也可以看到这种变化的痕迹。

《山海经》中对世界中心的认识,应该说和后世的认识是相近的,其《中山经》所记为今天的陕西、山西、河南等中原地区。对昆仑山的记载,集中在《西山经》、《海内西经》、《大荒西经》部分,从其所属的范围就可以很明显地看出,昆仑是在西方的,这和《穆天子传》记昆仑在西北部相同。在《海内东经》也说:"昆仑山在西胡西,皆在西北。"④虽然昆仑山是在西方,不处于世界的中心,但其重要性却不可低估。鲁迅先生在《中国小说史略》中说,《山海经》"其最为世间所知,常引为故实者,有昆仑山与西王母"。⑤ 后人也不厌

---

① [意大利]利玛窦、[比利时]金尼阁:《利玛窦中国札记》,第 6 页。

② 白寿彝:《中国交通史》,上海书店 1984 年版(据商务印书馆 1937 年版复印),第 49 页。

③ (唐)李吉甫:《元和郡县图志》,第 129 页。

④ 袁珂:《山海经校注》,第 328—329 页。

⑤ 鲁迅:《中国小说史略》,第 8 页。

其烦地对其进行考证,相关研究成果有《昆仑辨》、《昆仑河源考》、《昆仑说》、《昆仑释》、《昆仑记》、《昆仑虚异同考》、《论释氏之昆仑说》等,都可以见出人们对昆仑的关注,而这种热情的源头则是《山海经》。在《西山经》中,第一次出现昆仑是:"西南四百里,曰昆仑之丘,是实惟帝之下都,神陆吾司之。其神状虎身而九尾,人面而虎爪;是神也,司天之九部及帝之囿时。有兽焉,其状如羊而四角,名曰土蝼,是食人。有鸟焉,其状如蜂,大如鸳鸯,名曰钦原,蠚鸟兽则死,蠚木则枯。有鸟焉,其名曰鹑鸟,是司帝之百服。有木焉,其状如棠,黄华赤实,其味如李而无核,名曰沙棠,可以御水,食之使人不溺。有草焉,名曰𧅦草,其状如葵,其味如葱,食之已劳。河水出焉,而南流东注于无达。赤水出焉,而东南流注于氾天之水。洋水出焉,而西南流注于丑涂之水。黑水出焉,而西流于大杆。是多怪鸟兽。"①从这段记载中,我们可以知道昆仑山的地理位置是相当重要的。首先,它是天帝在人间的都邑。在人神杂糅的时代,这一点就使它显得非常神秘,值得景仰,所以昆仑有那么多神秘的神、神兽、异鸟、奇草等。其次,从真实的地理环境来看,昆仑还是黄河、赤水、洋水和黑水的发源地,在它的南边、东南边、西南及西边,都有重要的河流。

　　《海内西经》所记的昆仑山与《西山经》稍有不同,但其地理方位和作为天帝的地上都邑的职能,都没有发生变化:"海内昆仑之虚,在西北,帝之下都。昆仑之虚,方八百里,高万仞。上有木禾,长五寻,大五围。面有九井,以玉为槛。面有九门,门有开明兽守之,百神之所在。在八隅之岩,赤水之际,非仁羿莫能上冈之岩。"②但此处郭璞所作的注却值得关注,他说:"皆谓其虚基广轮之高卑耳。自此以上二千五百余里,上有醴泉华池,去嵩高五万

---

① 袁珂:《山海经校注》,第47—48页。
② 同上书,第294页。

里,盖天地之中也。见《禹本纪》。"①从《史记·大宛列传》中所引的《禹本纪》来看,其文只有:"河出昆仑。昆仑其高二千五百余里,日月所相避隐为光明也,其上有醴泉、瑶池。"②与郭璞所说基本相符,只是少了"盖天地之中也"的说法。在《山海经图赞》中,郭璞亦说:"昆仑月精,水之灵府,唯帝下都,西老之宇,嵘然中峙,号曰天柱。"③可见,与《山海经》所记不同的是,郭璞将昆仑视为中心的观点是很明确的。

在汉代地理书中,主流的观点也是昆仑为世界中心的说法。如《扩地象》记昆仑"其山中应于天,居最中",明言"昆仑者,地之中也",④《禹受地记》亦言:"昆仑去嵩高五万里,盖天地之中也。"⑤《海内十洲记》言昆仑"上通璇玑,元气流布,五常玉衡。理九天而调阴阳,品物群生,希奇特出,皆在于此。天人济济,不可具记。此乃天地之根纽、万度之纲柄矣。是以太上名山鼎于五方,镇地理也;号天柱于珉城,象纲辅也"。⑥这些都是视昆仑为世界中心的。

在后世的博物类小说中,我们所处的神州,是作为九大洲的一洲,处于整个世界的东南部的,世界的中心依然是昆仑山。如《博物志》引《河图括地象》云:"地南北三亿三万五千五百里。地部之位起形高大者有昆仑山,广万里,高万一千里,神物之所生,圣人仙人之所集也。出五色云气,五色流水,其泉南流入中国,名曰河也。其山中应于天,最居中,八十城布绕之,中国东南隅,居其一分,是奸城也。"⑦甚至在《搜神记》中,都记有:"昆仑之墟,地首也。是惟

---

① 袁珂:《山海经校注》,第 295 页。
② (汉)司马迁:《史记》,第 3179 页。
③ (晋)郭璞:《山海经图赞》,见郝懿行《山海经笺疏》,第 6 页。
④ (清)王谟:《汉唐地理书钞》,第 35 页。
⑤ 同上书,第 88 页。
⑥ 《海内十洲记》,见王根林点校《汉魏六朝笔记小说大观》,第 70 页。
⑦ 范宁:《博物志校证》,第 7 页。

帝之下都,故其外绝以弱水之深,又环以炎火之山。"①前面已经说过,作为刍荛狂夫之议的小说,它们是民间思想、知识体系的载体。而这些底层的观念,相对官方的或精英的思想体系来说,更为保守,不会因为政治的变动、王朝的变更、制度的变化而改变,而是以一种略显保守、僵化的方式,以一种不需要任何解释和理由的固执态度,一代又一代地传承下去。如《酉阳杂俎》所记瓜田不能有香味条,在现在的淮北等地还有这样的禁忌,甚至用香皂洗了手后,都不准进瓜地,究其原因,仍与唐代的说法一致。而如果用今天的科学观念去解释,这完全是没有道理的。那么我们或许可以据此推测,诸如《山海经》、《穆天子传》、《禹贡》等书中的世界中心说,属于官方意识形态,是在有了相对统一的国家政权之后,由经济、政治中心所衍化出来的世界中心说,而后世博物类小说中所记载的昆仑为世界中心说的观点,才是最原始的世界中心说。

其实在《山海经》中,也存在这种以西方或昆仑为世界中心说的痕迹,只是比较淡而已。如《海内经》有"西南黑水之间,有都广之野,后稷葬焉。爰有膏菽、膏稻、膏黍、膏稷,百谷自生,冬夏播琴。鸾鸟自歌,凤鸟自舞,灵寿实花,草木所聚。爰有百兽,相群爰处。此草也,冬夏不死。"郭璞注云:"其城方三百里,盖天地之中,素女所出也。"②郝懿行据王逸注《九叹》时曾引此句,判断它应该是早于郭璞的,可能是经文而误入郭注。可见,《山海经》中也还是在不经意间流露出了另一种世界中心说。据袁珂先生考证,此处的"都广",即广都,就是现在的成都双流。此处的都广虽不是昆仑山,但相对中原地区来说却是处于西方的。据后稷葬于是处,可以推测周民族的发源地应该就在西方。在《淮南子·地形训》中,也有类似的记载:"昆仑之丘,或上倍之,是谓凉风之山,登之而不死。

---

① (晋) 干宝:《搜神记》,第 165 页。
② 袁珂:《山海经校注》,第 445 页。

或上倍之,是谓悬圃,登之乃灵,能使风雨。或上倍之,乃维上天,登之乃神,是谓太帝之居。……建木在都广,众帝所自上下,日中无景,呼而无响,盖天地之中也。"①将双流的建木、昆仑都看作天梯及世界的中心,也体现以西方为世界中心的思想。而在《山海经》中,我们还可以看到,夏后启与西方也有很密切的关系,如《海外西经》记夏后启于西方的大乐之野舞九代,《大荒西经》记夏后开于此始歌《九招》。在《大荒西经》中,我们还看到了关于女娲之肠的带有神话色彩的记载。可见,我们神话中的始祖女娲、周民族的始祖后稷、夏王朝的开创者启,都和西方存在着密切关系。但因为《山海经》并没有详细的记事,更没有明确的迁徙过程的介绍,只给了我们一些断断续续的片段,我们只能根据这些零星的材料推测:我们的祖先曾经都是从西方,比如四川甚至更远的昆仑迁徙而来的。以昆仑为世界中心的说法,是我们远祖对过去生活的一种追忆。因为在很多民族当中,都把自己所生活的地方视为世界中心。原始人是以自己生活的范围为中心,向外扩张的,其中心势必都是自己世代居住的领域。而且在人类的思维中,都有乐园情节。"在每一种文明里,我们都能发现关于'失去的乐园'的神话,在乐园或天堂,人类曾经与诸神处于日常的亲密接触状态。他们都不会死,彼此和睦同居,与动物和大自然融为一体。在世界的正中,往往生长着一棵大树,坐落着一座山峰,或者矗立着一根柱子,将天空与大地相连,人们能轻而易举地爬上爬下,出入诸神的领域。紧接着一定会发现一场大灾难:圣山崩塌、神树倒伐等等,人类再也无法接近乐园。这类'黄金时代'的故事属于很早期的、具有宇宙普遍性的神话,它从来就没有试图被当作历史"。② 中国也有这样的乐

---

① 何宁:《淮南子集释》,第328—329页。
② [英]凯伦·阿姆斯特朗著,胡亚豳译:《神话简史》,重庆出版社2005年版,第16—17页。

园，只是我们自己选择了绝地天通。昆仑作为世界的中心、天柱，一直仁立在那里，只是我们丧失了和诸神沟通的能力；而同时，乐园作为人们对过去的回忆，也被视为真实存在的理想世界。在《山海经》中也有类似的乐园的记载，而所记的乐园，也都在西方。如《海外西经》有："此诸夭之野，鸾鸟自歌，凤鸟自舞；凤凰卵，民食之；甘露，民饮之，所欲自从也。百兽相与群居。"①《大荒西经》记："沃之野，凤凰之卵是食，甘露是饮。凡其所欲，其味尽存。爰有甘花、甘柤、白柳、视肉、三骓、璇瑰、瑶碧、白木、琅玕、白丹、青丹、多银铁。鸾凤自歌，凤鸟自舞，爰有百兽，相群是处，是谓沃之野。"②这充满了和谐、欢快、满足的世界，就是我们的乐土。与之相应的，还有作为世界中心的天柱的昆仑，这些共同构成了既虚幻又实在，看似遥远却又仿佛近在身边的乐园。

《山海经》的叙述中所不经意流露出来的这些信息，和神话一样蕴藏着人类过去的历史。尤其是对西方乐园的描绘，对女娲、夏启、后稷等人和西方关系的讲述，无一不暗示了华夏民族和西方有着很深的渊源关系。在后世的博物类小说中，我们可以看到对昆仑及西域充满激情的关注、不厌其烦的描写，甚至昆仑还成了与东方的蓬莱等相对应的西方仙境，这与《山海经》都是有一定关系的。后来，人们将对昆仑的关注，发展为对整个西方的关注，如《海内十洲记》所记的十洲：东方的有祖洲、瀛洲、生洲，北方有玄洲、元洲，南方有炎洲、长洲，西方有流洲、凤麟州、聚窟洲。东西各有3洲，但南北各有2洲，相对来说对东西方的关注要超过南北方。而据吴从祥的统计："书中叙述十洲共用2 380字，分布如下：祖洲199字，瀛洲76字，玄洲83字，炎洲214字，长洲88字，元洲51字，流洲53字，生洲74字，凤鳞洲423字，聚窟洲1 119字。从这些数据

① 袁珂：《山海经校注》，第222页。
② 同上书，第397页

可以看出,聚窟洲字数最多,几达十洲总字数的一半。此外,祖洲、炎洲和凤鳞洲字数也较多,而瀛洲、玄洲、长洲、元洲、流洲、生洲等都不足一百字。"①西方三洲的字数相加为 1 595,超过十洲总字数的 67%。而且十洲之外,还专有一节论述昆仑,有 536 字,而东方的蓬莱山却只有 76 字。从这些数字,可以非常鲜明地看出对西方及昆仑异乎寻常的关注。后世小说中的吉光裘、返魂香、续弦胶、火浣布、切玉刀、汗血马等珍异之物,也都是源于西域的。从《十洲记》到《汉武帝洞冥记》,再到《博物志》,再到唐代的博物小说如《杜阳杂编》、《酉阳杂俎》等,其中所记载的奇珍异宝有很多都是出自西域的。

第三节　《山海经》中关于矿物和植物的知识

在《山海经校注》的出版说明中,编者说:"全书虽说只有三万一千多字,却包含着关于我国古代地理、历史、神话、民族、动物、植物、矿产、医药、宗教等多方面的内容,保存着丰富的资料,是研究上古社会的重要文献。"②其中,由于古今地理的变化,有很多地理知识已经不可考了;历史和神话,也多是只鳞片爪,不成系统,难以窥其全貌;但其中关于矿产、动物、植物的记载,却以其怪异的色彩而引起后世的关注。虽则司马迁在《史记》中感叹"至《禹本纪》、《山海经》所有怪物,余不敢言之也",但《山海经》中所记载的那些怪异的动植物,却是后世小说所津津乐道的话题。

其实《山海经》对这些动植物或矿物等的记载,虽然有些在后

---

　　① 吴从祥:《〈海内十洲记〉成书新探》,见《广西社会科学》2009 年第 10 期,第 94 页。

　　② 袁珂:《山海经校注》,第 1 页。

人看来充满了荒诞色彩，但其中更多的是趋实的记录。尤其是在《山经》部分，几乎没有什么神话色彩，完全是根据各地的物产情况进行著录的。在其中，有关于金、银、铜、铁、玉、石、青雘、雄黄等矿产的记载，有对梓、荆、杞、枏、橿、檀、楮、榛、楛、竹、松、柏、芍药等植物的记载，也有对牛、羊、犀、象、兕、虎、豹、蛙、蛇、雉、翟、鹓雏、麋鹿、人鱼、蠃母、文贝等动物的记载。而且这些记载都是以一种罗列的方式进行介绍的，如：

> 东五百里，曰祷过之山，其上多金玉，其下多犀、兕，多象。
> 又西百八十里，曰大时之山，上多谷柞，下多杻橿，阴多银，阳多白玉。涔水出焉，北流注于渭。清水出焉，南流注于汉水。
> 又西三百二十里，曰嶓冢之山，汉水出焉，而东南流注于沔；嚣水出焉，北流注于汤水。其上多桃枝钩端，兽多犀兕熊罴，鸟多白翰赤鷩。
> 又东五百里，曰会稽之山，四方，其上多金玉，其下多砆石。勺水出焉，而南流注于湨。
> 又北百一十里，曰边春之山，多葱、葵、韭、桃、李。杠水出焉，而西流注于泑泽。
> 又南四百里，曰姑儿之山，其上多漆，其下多桑柘。姑儿之水出焉，北流注于海，其中多鳣鱼。[①]

类似的例子在《山海经》中俯拾皆是，但历来对其关注不多，尤其是在小说研究领域中，学者们对这些更是少有论及。但如果忽视这一部分论述，就无法客观理解那些为我们所重视的新奇的事物。

在《山海经》中，以上述直接陈述名称的方式来介绍动植物的情形非常多，远远超过对那些带有神异色彩的"怪物"的描绘，尤其

---

① 袁珂：《山海经校注》，第 15、28、28、12、72、103 页。

是《中山经》部分几乎都是这类平实的记载，而很少有奇形怪状的动植物。据此，我们可以判断，《山海经》并不是以"语怪"为其目的的。对矿物、一部分动植物，作者仅仅写出了其名称，对其形状、特性、功用等等没有任何论述，虽然还不是无视其存在，但至少说明对这些事物已经丧失了兴趣，或者可能是觉得大家都已经很熟悉，没有必要再介绍了。所以后人在阅读时，也会受到这种影响，往往对其视而不见，却过多地去关注那些作者花费较多笔墨描绘的动植物。但不管是平实的记录，还是那些相对来说显得怪异的记载，都是古人对外部世界认知的一个组成部分。人们不仅要知道一座山坐落在什么地方，周围有哪些山川河流，有多高多大，还必须要了解它盛产哪些矿物、生长哪些植物、养育哪些动物，所以，这些关于矿产、动植物的知识，也是地理知识的一部分。

在《山海经》中，对矿物、植物及动物知识的记载，分别呈现出不同的特色。关于矿产的记载，多只是仅仅列出金、银、铜、铁、玉、石等名称，细致点儿的也就是黄金、封石、瑶碧等，没有详尽的描述，但也是完全真实的记载。只有一条关于泥土流赭的记载稍微详细一点，说其"以涂牛马无病"，带有一些巫术色彩。但对于动植物的记载则不同，对那些在生活中比较熟悉的，就简单罗列名称；而对那些不熟悉的，就作详细介绍。所以，对植物的记载平实的有，荒诞不经的也有，但平实的内容要占多数。而那些重点描述的动物，却大部分都带有荒诞不经的色彩。

首先，来看一下《山海经》中对植物的记录。《南山经》记鹊山：

> 有草焉，其状如韭而青华，其名曰祝余，食之不饥。有木焉，其状如榖而黑理，其华四照，其名曰迷榖，佩之不迷。

《西山经》记符禺之山：

其上有木焉，名曰文茎，其实如枣，可以已聋。其草多条，其状如葵，而赤花黄实，如婴儿舌，食之使人不惑。

竹山：

有草焉，其名曰黄藿，其状如樗，其叶如麻，白华而赤实，其状如赭，浴之已疥，又可以已胕。

浮山：

多盼木，枳叶而无伤，木虫居之。有草焉，名曰薰草，麻叶而方茎，赤华而黑实，臭如蘼芜，佩之可以已疠。

《东山经》记北号之山：

有木焉，其状如杨，赤花，其实如枣而无核，其味酸甘，食之不疟。①

从上述文字我们可以看出，这些可能属于某地特产的植物并没有什么神秘色彩，不管是叶子、花、果实及其功用，并没有特别怪异的地方。如祝余草，长得像韭菜，开着青色的花，吃了可以充饥；盼木，叶子像枳树的叶子，但是没有刺，树中心生有很多虫子。这完全就是教给人们辨别植物的方法，并告知人们这种植物的特性，均为实录，或者说是作者尽可能如实地记录。当然，其中也有一些内容在今天看来是有些荒谬的，如迷榖，带上它就可以不迷路；文茎的果实可以治耳聋；一种叫做条的草的果实，吃了可以不迷惑；用

---

① 见袁珂《山海经校注》，第1、23、25、26、113页。

黄蘖烧水洗澡,可以治疗疮和全身浮肿;带着薰草,可以预防瘟疫等。正是这些描述,使得《山海经》中对植物的记录带有了"辨物之神奸"的功用:对那些百姓还不是很熟悉的事物,不仅要讲解其外形,还要逐一细致地辨别其作用。

　　在《山海经》中,对植物外形的描述,一般都不会有怪异的说法。倒是这些植物的作用,有的读来觉得还靠谱,有些就显得较为离奇了。全书所记的植物之功用非常多,有比较实际的,如祝余、白菩和丹木,可以"食之不饥";①如嘉果可以"食之不劳";②薰草,"食之已劳";③櫰木,"食之多力",④这些内容记的都是植物被用作食物以充饥,或补充体力。还有的植物具有其他的实用价值,如夙条,"可以为砺",⑤可以用来做箭杆;杜衡"可以走马",⑥马吃了之后,会跑的很快;无条,"可以毒鼠";⑦芒草和莽草,"可以毒鱼"。⑧另外,有些植物还有药用价值,有的可以治疗皮肤病,如一种像韭菜的条草,可以"食之已疥";⑨前面的黄蘖,是"浴之已疥";杜衡,"食之已瘿"。⑩ 有的可以治其他疾病,如萆荔"食之已心痛";⑪器酸,"食之已疠"。⑫ 有的可以增加个人体质和个人能力,如蓟柏,"服者不寒",⑬人吃了之后会增强对严寒的抵抗能力,以至于都不

---

① 上引各条分别见袁珂《山海经校注》,第 1、41 页。
② 同上书,第 40 页。
③ 同上书,第 47 页。
④ 同上书,第 63 页。
⑤ 同上书,第 141 页。
⑥ 同上书,第 29 页。
⑦ 同上书,第 30 页。
⑧ 同上书,第 123、164 页。
⑨ 同上书,第 24 页。
⑩ 同上书,第 29 页。
⑪ 同上书,第 23 页。
⑫ 同上书,第 87 页。
⑬ 同上书,第 149 页。

觉得寒冷；菔草，"服之不夭，可以为腹病"，①增强体质，不会早夭；沙棠木，"可以御水，食之使人不溺"，②人吃了沙棠木之后，就不会溺水。有的可以治疗心理疾病，有点能够改变情绪和智力状况，如帝休，"服者不怒"；③栯木，"服者不妒"；④蓇草，"服之不昧"，⑤能改善人的睡眠状况，不致于梦魇；蓈草，"食之不愚"。⑥有的还具有避孕的作用，如菁蓉，"食之使人无子"；⑦黄棘，"服之不字"。⑧而有的还具备美容的功能，如荀草，"服之美人色"，⑨让人的容颜变得美丽，甚至荳草，还可以"服之媚于人"，⑩应该也是美容或用以增加个人魅力的巫术道具。具有这些巫术效应的植物也很多，如芑草，"可以服马"，郭璞注云："以汁涂之，则马调良。"⑪亢木，"食之不蛊"。⑫

从上面的例子可以看出，《山海经》对各种植物功用的记载是极其丰富的，有的可以用来喂马，有的可以用来充饥，有的可以制成弓箭，有的可以用来药老鼠和鱼，有的可以用来增强免疫力，有的用来治病，有的可以用来增加个人魅力，有的可以避孕，有的还具有巫术价值。这和人类学家在一些相对落后的土著居民中所看到的情况是一致的。如Ｅ·史密斯·宝温曾这样描述一个非洲部

---

① 袁珂：《山海经校注》，第 150 页。
② 同上书，第 47 页。
③ 同上书，第 146 页。
④ 同上书，第 147 页。
⑤ 同上书，第 147 页。
⑥ 同上书，第 148 页。
⑦ 同上书，第 28 页。
⑧ 同上书，第 143 页。
⑨ 同上书，第 125 页。
⑩ 同上书，第 142 页。
⑪ 同上书，第 114 页。
⑫ 同上书，第 148 页。

落:"这些人都是农民,对他们来说植物的重要性和亲切性不亚于人。"①敏锐的感官,加上生活所需,再加上人类与生俱来的好奇心,人们开始了对外界不懈的观察、探究:"尼格利托矮人完全是其环境中的固有部分,而且更重要的是,他们始终不断地研究着自己周围的环境。我曾多次看见一个尼格利托人,当他不能确认一种特殊的植物时,就品尝其果实,嗅其叶子,折断并观察其枝茎,并捉摸它的产地。只是在做过这一切之后,他才说出自己是否知道这种植物。"②这样做的结果,就使得他们对自然界的植物有着非常丰富的知识,甚至是在我们今天看来都觉得惊奇、迷惑不解和难以相信的。如福克思说:"几乎所有的尼格利托人都可以不费力地列举出至少450种植物……马纳纳姆巴尔,即巫医和巫医婆,在治病行医时经常使用各种植物,他们的植物学知识确实令人惊奇。"③而这些对植物的认识,包含着诸如食用、医药等各方面的知识。如在康克林所记的一次和土著居民的行程中,我们就可以看到土著居民在植物学方面的知识:在路上那个叫兰格巴的土著教他用树皮来驱除水蛭;兰格巴还拔了一棵名为塔瓦库古姆布拉德拉德的小草,据说这种草可以作为诱饵使野猪坠入有伏击矛的陷阱;还有一棵名为里亚姆里亚姆的兰花,它可以用于土著人杀死庄稼害虫的巫术中;一路上,他们咀嚼名为土布米奴马的甘蔗以解渴,采食一种类似樱桃的果实来充饥。④ 这和《山海经》所记录的对植物的认识是非常相似的。所以,我们可以说《山海经》对各种植物功能的记录,从总体上来说是实录的,记录的都是一些比较实际的情况,是当时人们所坚信不疑并在现实生活中加以应用的知识。所

① [法]列维·斯特劳斯著,李幼蒸译:《野性的思维》,中国人民大学出版社2006年版,第8页。
② 同上书,第5页。
③ 同上书,第6页。
④ 同上书,第9—10页。

以,《山海经》在介绍地理知识的同时,也将在各地广泛流传并被普遍接受的知识记录下来,仅此而已。

　　当然《山海经》所介绍的一些植物的功用,在今天看来,有的可能已经不那么好理解了,如吃某种植物能改变人的脾气,使人不再暴躁易怒;或者是可以使人由愚笨变得聪明。这种说法是基于什么样的思维,因为材料的缺乏,我们已经难以考证了。但有些记载所体现出来的巫术思想,现在还可以理解,而且在人类学家所收集的资料中也能见到。如《山海经》中记苟草说,人们吃了它可以变得皮肤好、漂亮;瑶草可以使人变得妩媚,让别人喜欢自己;这些都是一种带有原始色彩的巫术思想。在马林诺夫斯基的《野蛮人的性生活》中,记怀孕的孕妇要穿特殊的服装,在制作这种孕妇装时,还有一种仪式:"他们在地上铺一张席子,把两件孕妇穿的衣服放在席子上。妇女们随身带来了一种奶油色叶子的根部,它们摘自含有雪白汁液的百合类植物。把这些叶根切成碎片撒到长袍上。"然后念咒语,"这种咒语表达了一种希望改善穿长袍之人容貌的愿望,特别是与增白她皮肤的愿望紧紧相连"。① 含有雪白汁液的植物叶子的根,可以使人的皮肤变白,这和苟草的"美人色",是相似的。虽然这种改变皮肤和容貌的巫术,是基于一种隐藏魅力的需要,但其思维方式与《山海经》是相同的。在叶舒宪的《诗经的文化阐释》中,曾引了一首名为《凯卡卡雅》的符咒,也是利用植物来增加个人美的:

> 污秽的树叶和洗涤的树叶,
> 污秽的树叶和洗涤的树叶,
> 光滑像 reyava 树皮。
> 我的脸上焕发着美丽的光彩;

---

① 〔英〕马林诺夫斯基撰,高鹏、金爽编译:《野蛮人的性生活》,团结出版社 2005年版,第123—124页。

　　我用树叶来洗它；我的脸，我用树叶来洗它；
　　我的眉毛，我用树叶来洗它们。
　　……
　　我的脸将保持美，
　　我的脸将保持容光，
　　我的脸将保持开朗！
　　这不再是我的脸，
　　我的脸像满月，
　　不再是我的脸，
　　我的脸像圆月。

　　我穿透，就像槟榔叶的嫩芽，
　　我出来，
　　就像洁白的百合花蓓蕾。①

用植物的叶子进行洗涤，不仅可以改变个人的容貌，还可以增加个人魅力，使得对方喜欢上自己。这也是在很多民族伴随着爱情咒进行的巫术活动中的一项。

　　再如关于沙棠木的记载，《山海经》说它"可以御水，食之使人不溺"。乍一读，会使人觉得似乎有些不可思议，但从郭璞的注中，我们就可以找到一种巫术思维的痕迹。郭璞云："言体浮轻也；沙棠为木，不可得沉。"②从这个注解我们知道，沙棠木比较轻，放在水中都不会沉下去，所以人们可以凭借它御水；而吃了它之后，人就可以具有它的神奇力量，也可以漂浮在水上。

---

① 转引自叶舒宪《诗经的文化阐释》，陕西人民出版社2005年版，第74—75页。
② 袁珂：《山海经校注》，第49页。

第四节　《山海经》中关于动物的知识

相对于对植物的记载来说,《山海经》中对动物的记载更详细,也更怪异。

在对动植物外形的描述上,就非常明显地体现了这一特点。

在《山海经》中,对植物的介绍,很多是直接陈述其名称,对其外形、功用等很少论及,如对桃、梓、荆、杞、檀、榛、松、柏、芍药等植物,仅仅是说某地有某物,除此之外,再没有其他的内容。即便是对一些相对不是很熟悉的植物的介绍,也是比较简略的,如记小华之山云:"其草有䓘荔,状如乌韭,而生于石上,亦缘木而生,食之已心痛。"放皋之山:"有木焉,其叶如槐,黄花而不实,其名曰蒙木,服之不惑。"半石之山:"其上有草焉,生而秀,其高丈余,赤叶赤花,花而不实,其名曰嘉荣,服之者不霆。"①对这些植物的说明,只是描述了其大致的形状,如䓘荔,它和一种叫乌韭的草很相似,一般是长在石头上,或者攀援树木而生长,吃了可以治疗心痛;蒙的叶子很像槐树的叶子,开黄花但是不结果,吃了可以不迷惑;嘉荣在初生的时候,先结穗,然后才长叶子,其花、叶均为红色,也是花而不实,并且人吃了它可以不怕打雷。这些记载相对来说比较简略,而且非常平实,没有什么怪异的色彩。

而对动物的描述,则不同。如记杻阳之山的鹿蜀云:

> 有兽焉,其状如马而白首,其文如虎而赤尾,其音如谣,其名曰鹿蜀,佩之宜子孙。

皋途之山的獀如和数斯:

---

① 袁珂:《山海经校注》,第23、144、145页。

有兽焉，其状如鹿而白尾，马脚人手而四角，名曰罴如。有鸟焉，其状如鸱而人足，名曰数斯，食之已瘿。

带山的儵鱼：

其中多儵鱼，其状如鸡而赤毛，三尾、六足、四首，其音如鹊，食之可以已忧。

丹熏之山的耳鼠：

有兽焉，其状如鼠，而菟首麋身，其音如獆犬，以其尾飞，名曰耳鼠，食之不睬，又可以御百毒。

余峨之山的狙狘：

有兽焉，其状如菟而鸟喙，鸱目蛇尾，见人则眠，名狙狘，其鸣自訆，见则螽蝗为败。

橐山的修辟之鱼：

其中多修辟之鱼，状如黾而白喙，其音如鸱，食之已白癣。

复州之山的跂踵：

有鸟焉，其状如鸮，而一足彘尾，其名曰跂踵，见则其国大疫。①

---

① 袁珂：《山海经校注》，第 3、30、68、71、107、139、162 页。

从这些例子我们可以看出，《山海经》对动物的介绍，不仅关注其外部的大致形状，还注意到了其花纹、毛、头、尾、足、角、嘴、目、声音等各方面的情状，相对于植物的外部形态来说，要细致一些；而且从《山海经》所描述的动植物的形状来看，植物的外形一般都比较正常；但动物的样子就充满奇异的色彩，甚至有的是由诸多动物拼装组合而成的四不像。后世为《山海经》所绘的插图多偏爱这些离奇的动物，也是因为它们的荒诞色彩。而且动物的功用虽然也有和植物一样的食用、治病等作用，但更多的却是如"食人"、"见则天下大旱"、"见则有兵"、"见则有恐"等令人恐惧的效果。

之所以《山海经》对动物的记载，相较于植物来说出现细致、荒诞的色彩，主要是因为受到以下几方面因素的影响：

首先，相对于植物来说，动物的构造更为复杂。对植物外部形状的认识，所需要了解的无非是它们的叶子，茎、花、果等组成部分。而动物则有头，头上有眼、耳、口、鼻、舌、角；还有四肢，四肢则包括前后腿，还有手掌、脚掌、指爪；还有有无尾巴、翅膀等。所以，要将一种动物如实地描述出来，势必要花费比描述植物多得多的言辞才行。

其次，对于植物的一些"混搭"现象，我们不以为怪，比如同样是树的枝干，有的开粉色的桃花，有的开白色的杏花，有的开红色的石榴花，有的开黄色的腊梅花；有的开微小的桂花，有的开硕大的玉兰；而且花期也不同。对于这些不同，我们习以为常。但是我们很难想象同是一种躯体，却长着不同形状的头颅，如果同样是狗的身体，有的长着猪头，有的长着虎头，有的长着鸟头，甚至有的长着鱼头，这在我们看来绝对就是怪物。

再次，《山海经》在描述动植物形态时，不是用形容词，而多用名词，并通过比喻的方式来进行说明，多用"其状如"的表达方式，用名词来描述形状或特性，而不是用形容词或数字直接告诉我们是圆、是方，或多大、多高、多宽、多长。如记柢山：

有鱼焉,其状如牛,陵居,蛇尾有翼,其羽在魼下,其音如留牛,其名曰鯥,冬死而复生,食之无肿疾。

擅爰之山:

有兽焉,其状如狸而有髦,其名曰类,自为牝牡,食者不妒。

嶓冢之山:

有草焉,其叶如蕙,其本如桔梗,黑华而不实,名曰蓇蓉,食之使人无子。

天帝之山:

有兽焉,其状如狗,名曰溪边,席其皮者不蛊。有鸟焉,其状如鹑,黑文而赤翁,名曰栎,食之已痔。有草焉,其状如葵,其臭如蘼芜,名曰杜衡,可以走马,食之已瘿。

英鞮之山:

是多冉遗之鱼,鱼身蛇首六足,其目如马耳,食之使人不眯,可以御凶。

北号之山:

有木焉,其状如杨,赤华,其实如枣而无核,其味酸甘,食之不疟。食水出焉,而东北流注于海。有兽焉,其状如狼,赤首鼠目,其音如豚,名曰狢狙,是食人。有鸟焉,其状如鸡而白首,鼠足而虎爪,其名曰鸮雀,亦食人。①

在《山海经》中,几乎所有被描述的植物和动物,都是以这样一种比喻的方式,借助比较熟悉的花草树木和鸟兽虫鱼来进行说明的。植物的混搭不会引起惊异,而动物则不然。所以我们看到一个由很多种植物所描绘出来的草或者树时,觉得可以接受,而对于由很多动物表述出来的鸟或者鱼,就会觉得不可思议。

　　这种借助于比喻的描述方式,带来了叙述的模糊性,往往会导致描述与理解之间出现较大的误差。杨义先生针对这种情况曾说:"但是用语言来描绘某物是不可能绝对妥帖的,必须捉住其间一些特征进行比喻、渲染,并有人的主观印象的介入,尤其是初民的观察和语言都非常粗简,一经比喻,再经口耳相传,由惊诧而夸张,势必发生愈来愈大的变形。"②这就涉及语言"词不达意"的情况,而且注意到了初民观察得不细致及语言的不发达对这种描述的影响。葛兆光先生也说:"越是早期的思维,越具体而细致,一方面'几乎没有符合一般概念的属名',一方面'表示人或物的专门用语又非常丰富',文字作为语言的记录符号也是如此,早期文明时代的文字符号表明,古代中国人也不习惯于抽象而习惯于具象,中国绵延几千年的、以象形为基础的汉字更强化和巩固这种思维的特征。"③这种具体而细致的早期思维,因为缺乏抽象的类属概念,只能通过一些专门用语来表述一个事物,所以一个名字就是一个事物,而要想对它进行具体的描述,也只能借助于具体的他物,而不是抽象的概念。比如在说一个东西是圆的时,绝对不会像我们

① 袁珂:《山海经校注》,第 4、5、28、29、62、113 页。
② 杨义:《中国古典小说史论》,中国社会科学出版社 2004 年版,第 58 页。
③ 葛兆光:《中国思想史:七世纪前中国的知识、思想与信仰世界》,第 41 页。

今天使用"圆"这一抽象的形容词,而是会说它像太阳、磨盘或者西瓜、饼子等。《山海经》就非常典型地表现出了早期思维和语言的这种特性。

使用名词且运用比喻来说明事物的情形,在原始民族中非常常见,如:"塔斯马尼亚人(Tasmanians)没有表现抽象概念的词;他们虽然对每种灌木,橡胶树都有专门的称呼,但他们没有'树'这个词。他们不能抽象地表现硬的、软的、热的、冷的、圆的、长的、短的等等性质。为了表示'硬的',他们说:象石头一样;表示'长的'就说大腿;'圆的'就说象月亮,象球一样,如此等等。"俾士麦群岛,"没有名称来表示颜色。颜色永远是按下面的方式来指出的:把谈到的这个东西与另一个东西比较,这另一个东西的颜色被看成是一种标准。例如,他们说:这东西看起来象乌鸦,或者有乌鸦的颜色。久而久之,名词就单独作形容词用……黑的用具有黑色的各种东西来表示,不然就直接说出个黑色的东西"。基于此,列维·布留尔提出了原始思维的表达方式:"一切都是以'心象-概念'的形式呈现出来,亦即以某种画出了最细微特点的画面呈现出来,——这不仅在整个生物界的自然种方面是如此,而且在一切客体、不论什么客体方面,在由语言所表现的一切运动或动作、一切状态或性质方面也是如此。因此,这些'原始'语言拥有大量的为我们的语言所没有的词汇。"这就造成了盖捷特所说的:"我们力求准确清楚地说;印第安人则力求如画般地说;我们分类,他们则个别化。"①《山海经》中所体现出来的思维和表达方式,明显比塔斯马尼亚人、俾士麦群岛的土著及印第安人要进步很多,其中已经有了类属的总称,如鸟、鱼、木、草等,而且也出现了众多形容词,如表示颜色的白、红、青、碧,表示形状的大、小、方等。但是其偏爱用名

---

① [法]列维·布留尔著,丁由译:《原始思维》,商务印书馆1981年版,第164、165、161页。

词,热衷于通过比较、比喻的方式来传达意思的表达方式,仍旧体现了人类在特定时期内的思维和表达的局限。

而比喻传达的只是一种相似性,而且这种相似性应该是特定时期、一定的地域内约定俗成的,或者是对于某一事物来说是最为突出的特点。但是每一个事物所蕴含的意义、它最为人们注意的特征,对于不同时代、不同地域的人来说,可能会有很大的不同。如乌鸦,在汉代因其"反哺"的行为,被认为是孝的表现,于是成了吉兆,被视为"孝鸟",而现在我们都觉得乌鸦叫意味着厄运,视那些讲不吉利话的人为"乌鸦嘴"。白色,在现在一些地区意味着不吉利,一般人死后家人的孝服均为白色,而在《山海经》和汉代,很多带有祥瑞性质的物品,却都是白色。我们今天视红色为喜庆,但在《山海经》中红色的动物往往意味着凶残、灾祸。再如《说文解字》说:"鱼尾与燕尾相似。"①但在今天看来,鱼尾和燕尾实在没有多少相似性。所以,通过比喻来传达的相似性,有可能因为时代的变化而产生隔膜,给后人的理解带来困惑。而且《山海经》对这种相似性,并没有进行界定,多是不确定的,比如说一个动物似猪,那么就可能有多种理解:一是和猪差不多大小,二是和猪一样胖,三是长有猪一样的皮毛,四是具体的部位,如耳朵、鼻子、尾巴等的相似等等。所以各本《山海经》的插图对一些动物的描绘,有的完全取其所似之物的外形,有的则取其突出的特征。如《北次三经》之首记驿"其状如羚羊而四角,马尾而有距",②在蒋本图中就是纯据相似动物的外部形态特征画的,而后面的鮯父之鱼,"状如鲋鱼,鱼首而彘身",③在汪本图中,则取彘身的浑圆、肥的特征。因为作者对自己很清晰的相似性没有加以说明,而读者又是根据自己的主

①（清）段玉裁:《说文解字注》,第575页。
②袁珂:《山海经校注》,第85页。
③同上书,第88页。

观经验加以想象，所以《山海经》中对动植物的描写，在后世的解读中就带有不确定性。而这种不确定性，往往导致了对本来很明晰的特性的误解。对这种描述方式可能会造成的偏差，前人就已经注意到了，《吕氏春秋·察传篇》云："夫得言不可以不察，数传而白为黑，黑为白。故狗似玃，玃似母猴，母猴似人，人之与狗则远矣。"①狗和大猴子有相似性，大猴子很像母猴，母猴像人，但狗和人之间则几乎没有相似性。

但这种描述方式对后世影响很大，在后世小说中也很常见。陈文新先生在《传统小说与小说传统》中论及《神异经》时说："其中'状似虎'、'状如人身'、'其状如鸡'一类表述，突出的无疑是对象能够画出的特征；《十洲记》中，'有鸟如乌状'、'形似偃盆'的句型以及对色彩、距离的强调，用意亦同。"②可见，这种特殊的表达方式已经引起了陈先生的注意，但陈先生根据《山海经》是配有图画的、是对图画的解释出发，认为这种句式是为了描述图画而产生的。其实，这种描述方式与中国人喜欢形象思维是密切相关的。在后世的《酉阳杂俎》中，仍有这种句式，而且很多见，尤其是在《酉阳杂俎·木篇》中描述树木多用"如"、"似"，如记汉帝杏，"大如梨，色黄如橘"；侯骚，"子如鸡卵"；蠡荠，"子如弹丸"；酒杯藤，"大如臂"；白柰，"大如兔头"；比闾，"其花若羽"等。③ 在《酉阳杂俎》中，有的比喻还是和《山海经》中的一样比较模糊，有的却已经加以限定，比较确定了。模糊的如描写葡萄，引用庾信和陈昭、徐君房等人的对话，一说葡萄"有类软枣"，一说"似生荔枝"。④ 我们都知道葡萄、软枣和荔枝，所以能够找到它们之间的相似性，觉得还是可

① 陈奇猷：《吕氏春秋新校释》，上海古籍出版社2002年版，第1526页。
② 陈文新：《传统小说与小说传统》，第39页。
③ （唐）段成式：《酉阳杂俎》，第174、176页。
④ 同上书，第175页。

以理解的。但如果我们不知道葡萄为何物,从来没有见过,那么我们再根据这种比喻去联想葡萄时可能会出问题,是像软枣的软,还是像生荔枝的硬?是像软枣的红,还是像生荔枝的青?是像软枣的长圆,还是像生荔枝的圆?是像软枣表皮的折皱,还是像生荔枝表面的凹凸不平?是像软枣的香甜,还是像生荔枝的涩?这些都会因为读者人生经历和对具体事物的体验不同而千差万别,而且可能会产生与说话人所指相去甚远的理解。当然,用名词描述如果加以限定的话,就相对比较好理解,如说"青石,大如鸡卵",①婆那娑树的果实"大如冬瓜"、"核大如枣",波斯枣"状似干枣"等,②明确了借以比喻的喻体和本体间的相似性,是大小还是颜色、形状等,这样就不会造成误解了。

　　这样的表述方式,不仅在小说中,甚至在学者们注释典籍的著作以及小学著作当中,都是较为常见的。如郭璞在注《山海经》中,也较多地用这种方式。如在注《南山经》中祷过之山时说:"犀,似水牛,猪头庳脚,脚似象,有三蹄,大腹,黑色,三角,一在顶上,一在额上,一在鼻上。在鼻上者,小而不堕,食角也。好嚼棘,口中常洒血沫。""兕,亦似水牛,青色一角,重三千斤。"③在小学类著作中也有很多类似的表述,如《尔雅》云:"犹,如麂,善登木。……貆,似貍。兕,似牛。"④甚至在后世的很多地理书中,都用这种方法来说明事物,如《兴义府志》描述无花果云:"叶似枇杷……形似地瓜而甘美过之。大者如碗,小者如杯。"⑤

　　第四,《山海经》中的动物不仅在外形上更为怪异,而且人们对

---

　　① （唐）段成式:《酉阳杂俎》,第135页。

　　② 同上书,第178页。

　　③ （清）郝懿行:《山海经笺疏》,《南山经》,第10页。

　　④ （晋）郭璞注,（宋）邢昺疏:《尔雅注疏》,第366页。

　　⑤ （清）张锳纂修,贵州省安龙县办公室校注:《兴义府志》,贵州人民出版社2009年版,第659页。

它们的态度也不同。其中,在介绍功用时,动物往往具有和植物同样的食用价值、药用价值及巫术价值;但和对植物所表现出来的了解和运用的态度不同,对动物的表述往往还带有一种害怕的心态。

在《山海经》中,有些动物是非常可怕的。如青丘之山的一种"其状如狐而九尾"的野兽,"能食人"。① 同样吃人的还有猰、蛊雕、土蝼、徼徊、穷奇、猰貐、诸怀、蠪蛭、狍鸮、狙诽等。食人的野兽或怪兽,应该是人们对一些真实存在的、具有食人习性的猛兽的认识。

而动物之所以让人恐惧,不仅仅是因为它们的食人习性,还有些是因为它们的出现往往意味着灾难或不幸。如记柜山:"有兽焉,其状如豚,有距,其音如狗吠,其名曰狸力,见则其县多土功。"②狸力的出现,会给人们带来麻烦,使得他们不得不去服劳役,参加治水、筑城、建造宫殿等工程。而有的动物则会给人们带来战争,如凫徯、朱厌、大鹗、鲑鱼等,"见则其邑有兵"。有的动物会给国家带来覆亡的危险,如鸾鸟、鹤鸟,"所经国亡"。③ 有的动物则会给人们带来疾病,如絮钩,"见则其国多疫";蜚,"行水则竭,行草则死,见则天下大疫"。④ 有的动物则会给人类带来各种自然灾害,如毕方,"见则其邑有讹火",⑤只要毕方鸟一出现,那么这个地方就会无缘无故地发生很怪异的火灾;犰狳,"其鸣自訆,见则螽蝗为败",⑥犰狳的出现,则会带来蝗虫,毁坏庄稼;山𪊽,"其行如风,见则天下大风"。⑦《山海经》所记的由动物所引发的灾害中,

---

① 袁珂:《山海经校注》,第6页。
② 同上书,第9页。
③ 同上书,第217页。
④ 同上书,第110、116页。
⑤ 同上书,第52页。
⑥ 同上书,第107页。
⑦ 同上书,第77页。

尤其以旱涝灾害为多，如长石、蛮蛮、肥遗、骏鸟、胜遇、羸鱼、輪輪等，可以带来大水；鱄鱼、颙、一种像鸮而人面的鸟、一种红头白身的蛇、蜚鼠、獑獑等，均能带来大旱。

这些动物一般都是"见则有恐"，他们的出现，总是给人们带来这样那样的危害，所以人们在想象或面对这些动物时，总是处于一种恐惧的心理。而植物更多是"利于人"的，[1]人们可以吃它们、用它们，或利用它们进行巫术活动以实现一些积极的愿望。

《山海经》在描写动物时，所表现的那种恐惧心理，是人们在对自然还不十分了解的情况下，对不熟悉而且难以接近的事物的想象，是对外界尤其是陌生事物的恐惧的体现。

相对于动物来说，植物是稳定地生长在特定的地方的。所以人们总是可以在同一个地方，积年累月地看到同一种或几种植物，人们可以近距离地观察它们，用手触摸它们，用鼻子闻它们，甚至用嘴巴品尝它们。于是，人们对它们就比较熟悉和亲切，认为它们是处于特定的秩序之内的，也是处于自己的知识系统之内的。所以对于植物，人们觉得可控，充满自信。而动物就不是这样，它们会跑、会跳、会飞、会游，而且如果不是食人的猛兽，它们会出于本能地躲开人类，而不是像豢养的家禽一样喜欢围着人转，所以人们看到它们的时候，往往是由于很偶然的机会，而且这个时间也不会很长，转瞬即逝，动物们可能根本还没等人回过神来，就已经逃跑了、躲开了。人类很难看清它们，更不可能对它们进行细致的观察。于是，对于那些不常见的动物的描述，也就不可避免地带有一种想象的色彩，人们根据自己惊鸿一瞥而留下的印象，加以丰富的联想，创造出了一个新奇的形象。

在比较原始的思维当中，像陌生的动物这样偶然出现的事物

---

[1] 袁珂：《山海经校注》，第 165 页。

或事件,往往都会给人们带来不安和恐惧。人们习惯在熟悉的环境中,过着一成不变的生活,一旦生活中出现某种不同寻常的变化,随之而来的就是担忧和害怕。列维·布留尔在《原始思维》中,引用了这样的几段资料,可以和《山海经》中对动物的恐惧性记载对照来看:"在郎丹,有一次旱灾被归咎于传教士们在祈祷仪式中戴上了一种特别的帽子:土人们说这妨碍了下雨,他们大声喊叫,要求传教士们离开他们的国家……""天主教传教士们登陆后,那里缺雨,庄稼开始受旱。居民们硬要把旱灾归咎于传教士,特别是他们的长袍,土人们从来没有看见过这种衣服。新近那里又有一匹白马卸到岸上,使一切交易一时陷于停顿,并引起了许多麻烦的交涉。一个承包商人用一根外来树作的笔直的桅杆替换了用当地树木作的一根升着旗帜的弯曲木杆,因而引起了许多麻烦。发亮的胶皮雨衣、奇怪的帽子、安乐摇椅、没见过的工具,都能引起土人们忧虑重重的猜疑。所有的岸边居民在看到有新缆索的帆船或者烟囱比别的船上多的轮船时都可能惶惶不安。如果出了什么祸事,他们则是在不平常的现象中见到它的原因。""任何奇怪的东西都使土人们害怕。"[1]人们对事物的认识和接受,需要一个过程。在没有了解和熟悉之前,肯定会抱以一种怀疑、恐惧的心态,尤其是在对外部世界认识还比较少的时期。《山海经》中所记载的那些奇形怪状又极其可怕的动物,应该就是当时人们还不太熟悉、不太了解的动物。其中有的动物,《山海经》说它们是什么样子,并没有提到它们的名字。这可能不是作者的疏忽,而很可能是人们还没有给这些动物命名。这些动物连个名字都没有,可以想见它们在那时的生活中,根本不具有什么重要的作用,而且由于太少见,以致于人们懒得给它们取个名字。

---

① [法]列维·布留尔:《原始思维》,第 64、64—65、67 页。

第五节　《山海经》中关于远国异民的知识

对矿物、植物、动物的介绍与描写，主要集中在《山经》部分。因为所写的是比较熟悉的地区，故其内容相对较为平实；而《海经》和《大荒经》中的地理知识，则是关于四边上的殊方异域的。这些对远国地理知识的记录，因为空间距离较远，所以并没有类似《山经》中对地形、地貌、矿产、动植、祭祀仪式等的关注和描写，而更多的是对异域人民的刻画：对他们离奇的形体、特性和习俗等，充满好奇地进行描述。记录当地产物的也有，如《海内经》记"流沙之西，有鸟山者，三水出焉。爰有黄金、璿瑰、丹货、银铁、皆流于此中。又有淮山，好水出焉"。① 这段记载和《山经》部分非常相似。但这一类内容较少，更多的是这样一些记录：

《大荒南经》：

> 有宋山者，有赤蛇，名曰育蛇。有木生山上，名曰枫木。枫木，蚩尤所弃其桎梏，是为枫木。

《大荒北经》：

> 东北海之外，大荒之中，河水之间，附禺之山，帝颛顼与九嫔葬焉。爰有鸱久、文贝、离俞、鸾鸟、皇鸟、大物、小物。有青鸟、琅鸟、玄鸟、黄鸟、虎、豹、熊、罴、黄蛇、视肉、璿、瑰、瑶、碧，皆出卫于山。丘方员三百里，丘南帝俊竹林在焉，大可为舟。竹南有赤泽水，名曰封渊。有三桑无枝。丘西有沈渊，颛顼所浴。②

---

① 袁珂：《山海经校注》，第442页。
② 同上书，第373、419页。

相对《山经》的平实来说,这些记载或多或少都带有神话传说的影子,如对枫木的记载,不是描摹其形状和功用,而是讲了一个神话故事来说明其来源;后一段所记的颛顼葬所、帝俊竹等,都带有神话色彩,而不是实际生活中的事物。而且蚩尤、颛顼和帝俊,都是神话人物,在《山海经》中也有很多关于他们的神话片段。

《海经》和《大荒经》中远国地理知识,和《山经》中的记载是不同的。首先是这些记录没有了表示距离的确切数字,没有了诸如"东五百里"、"西百八十里"、"北五十里"、"东南三十五里"等具体的表述,更多的是"南山在其东南"、"贯胸国在其东"、"青丘国在其北"等这样一个大致方位的介绍,甚至有时候还有"一曰",来记载不同的说法,可见对这些地方的地理方位并不是很有把握,表现出陌生感和疏离感;其次是《山经》中的地理知识相对来说较为平实,如对各地的矿产、动植等,均有详细介绍,可见对其十分了解,而且其中关于各地人民的记载,没有关于外貌或形体的描述,只有关于这些人的习俗的介绍,如:

> 其神状皆鸟身而龙首,其祠之礼:毛用一璋玉瘗,糈用稌米,一璧,稻米、白菅为席。

> 华山冢也,其祠之礼:太牢。羭山神也,祠之用烛,斋百日以百牺,瘗用百瑜,汤其酒百樽,婴以百珪百璧。其余十七山之属,皆毛牷用一羊祠之。烛者百草之未灰,白蓆采等纯之。

> 历儿,冢也,其祠礼:毛,太牢之具;县以吉玉。其余十三山者,毛用一羊,县婴用桑封,瘗而不糈。

> 升山冢也,其祠礼:太牢,婴用吉玉。首山魋也,其祠用

稌、黑牺、太牢之具、蘗酿；干舞，置鼓；婴用一璧。尸水，合天也，肥牲祠之，用一黑犬于上，用一雌鸡于下，刮一牝羊，献血。婴用吉玉，采之，飨之。

　　其神状皆马身而龙首。其祠：毛用一雄鸡瘗，糈用稌。文山、勾欘、风雨、騩之山，是皆冢也，其祠之：羞酒，少牢具，婴毛一吉玉。熊山，席也，其祠：羞酒，太牢具，婴毛一璧。干舞，用兵以禳；祈，璆冕舞。①

对各地区人们所信仰的神灵、祭祀的地点、祭祀所用的祭品，甚至是献祭的方式都有详细的记载。尤其是《中山经》部分记录得特别详细，甚至对所用牺牲的毛色和肥瘦、处理祭品的方法、祭品所放的位置，以及献祭时候的舞蹈方式都有明确介绍。以致于后人认为这些可能是出自注释而乱入经文者，如毕沅认为《中山经》鼓镫之山中的"桑封者，桑主也，方其下而锐其上，而中穿之加金"十九字，是周秦人释语乱入经文者，连袁珂先生亦认为毕沅的这种说法"或当是也"。② 造成这种认识的原因就在于这些描述过于细致和准确了。而《海经》和《大荒经》则少有关于物产的记录，更多的是关于异人的记录，而且对这些异人不再是记录那些不同的祭祀活动，而是其光怪陆离的外形。

　　这些对异人的奇形怪状的描写，非常引人注目。有很多学者

---

　　① 分别见袁珂《山海经校注》，第 8、32、121、135、160—161 页。鲁迅先生在《中国小说史略》中，曾根据《山海经》的这些记载，作出"所载祠神之物多用糈（精米），与巫术合，盖古之巫书也"的判断。应该说这些记载可能与巫术密切相关，或者是某种神话仪式，但并不能据此就认定《山海经》为巫书。这些记载是对当地真实情况的记录，而且是对某一种仪式或风俗的介绍说明，所记是那个时代特定地区的人们根据自己的信仰所定期举行的祭祀仪式，但并不能据此视其为巫书，正如有些人类学著作中有巫术、咒语、仪式等等，我们也不能说它们是巫书。

　　② 同上书，第 121—122 页。

都对其进行了积极的探讨。如杨义先生在《中国古典小说史论》中，针对这种很多异类合体的形体说："应该看到，怪诞也是一种力量，一种震慑人心的神秘力量。夸大缩小形体，不及合体或缺肢来得怪诞，因而那种神奇的或神秘的心理力量往往也不及后者（也许除个别例外）。""相互组接的异类形体相差很远，组接于一体产生极大的反差，这就在怪诞中散发着野性的趣味以及对大善大恶的崇拜和恐惧。由此可知，中国初民的神话思维是崇尚一种怪诞的、野性的、神秘的生命的，这和儒家温柔敦厚的诗教不相干，与古希腊雕刻从健美的人体比例中呼唤出的神性，更是迥异其趣。他们是在打破人体的正常比例和正常结构中，追求一种怪异的，杂糅着人、神、兽形体本性的野性美、犷悍美，其审美趣味带有浓郁的非文明的原始气息，甚至在神经细腻的文明人眼中是一种审'丑'趣味。"①

这样一种充满原始审美趣味的形体，在《山海经》中主要表现为以下几方面：

第一，形体的大小和现实生活中的人比例不同：过大或者是过小。形体较大的，如博父国，"其为人大"；跂踵国，"其为人大，两足亦大"；大人国，"为人大"。② 另外还有长股或长脚之民、长胫之国，则是身体某一部位比较大，郭璞注长股之国云："长臂人身如中人而臂长二丈，以类推之，则此人脚过三丈矣。"注长胫之国曰："脚长三丈。"③形体较小的，有为我们所非常熟悉的周饶国，《山海经》记"其为人短小，冠带"，另外还有小人国、菌人等。④

第二，器官或肢体残缺或多余。在《山海经》中有众多的这一

---

① 杨义：《中国古典小说史论》，第 60、61 页。
② 袁珂：《山海经校注》，第 240、242、252 页。
③ 同上书，第 227、392 页。
④ 同上书，第 200、342、384 页。

类形象,残缺的如一臂国,"一臂一目一鼻孔",人体似乎只是正常人的一半,甚至这个国家连动物亦如此,"有黄马虎纹,一目而一手"。鬼国,"人面而一目"。甚至有的直接用这种特征作为国名,如一目国,其国人就是一只眼睛;无肠国,"其为人长而无肠"。①多余的则有三首国,"其为人一身而三首";三身国,"一首而三身"。② 有的则是残缺和多余的结合,如奇肱国,"一臂三目";大荒之野有人"三面一臂"。③

第三,身体形态的异常。与正常人不同,这些人或"白身披发",或"人身生毛",有的甚至"皆生毛羽";有的"为人结胸",或者"胸有窍";有的则是"为人一手一足,反膝,曲足居上……人足反折"。④

第四,人兽组合而成的异形。如氐人,"其为人人面而鱼身,无足"。郭璞注云:"尽胸以上人,胸以下鱼也。"这个形状和我们童话中的人鱼公主一样。戎,"其为人人首三角"。盐长之国,"有人焉鸟首,名曰鸟氏"。黑人,"虎首鸟足"。⑤

这样一些异乎寻常的形状,给读者带来了强烈的视觉冲击,使人在通过联想、拼接后,塑造出了一系列难以置信却又充满震撼力的形象,成为人们所热衷于谈论和探究的内容。胡应麟曾说:"近世坊间戏取《山海经》怪物为图,意古先有斯图,撰者因而纪之,故其文义应尔。"其实,刻书者为《山海经》配图,是源于这种怪异形状所带来的审美愉悦和想象力纵横驰骋的自由,而不一定是为了复古,不是因为古已有之,现在才做。而近现代学者在研究《山海经》时,也对这些异人给予了较多的关注。有的对其形象进行分析,有

---

① 袁珂:《山海经校注》,第 212、311、232、236 页。
② 同上书,第 199、211 页。
③ 同上书,第 212、413 页。
④ 同上书,第 225、264、368、185、194、232 页。
⑤ 同上书,第 280、315、447、455 页。

的对其实际有无进行考证,有的对其塑造人物的方法感兴趣,甚至有的据此提出了《山海经》的"神异叙事"。那么,作为一部地理书,《山海经》中为什么会出现这些奇形怪状的异人呢? 是想象力特别发达? 或是为了追求新奇? 它们真的是"神异叙事"吗?

我认为,这些异形人是那个时代的人们对外界认知的真实反映。而它们之所以会显得怪异,是由于以下五方面原因造成的:

第一,看图说话造成的误解。

关于《山海经》的成书,一种比较有代表性的观点,就是认为《山海经》是用来说明图画的文字。前面各家所说的《山海经》是由九鼎而来,是解释鼎上图案的文字,就是这样的认识。从郭璞注《山海经》时的言辞,也可以知道当时应该是有图的,如在注解讙头国时,郭璞说:"画亦似仙人也。"①而陶渊明亦有"流观山海图"的诗句。朱熹亦说:"《山海经》记诸异物飞走之类,多云东向,或云东首,疑本依图画而述之。古有此学,如《九歌》、《天问》皆其类。"②研究小说的学者一般都赞成此说,如李剑国、陈文新等均认为《山海经》是依据图画而作。

从出土文物如画像砖、帛画,以及一些原始壁画,我们可以知道在人类社会早期,人们的绘画水平并不是很高。画面并不能准确地传达所绘事物的外部形态,尤其是侧面像,呈现给人的多半都是一目、一手、一足的人物形象。《山海经》中那些一目、一手、一足的怪异形象,可能就是根据侧面像所作的描述。作者在向人们讲解这幅图画的过程时,没有注意它是否是侧面,而是信以为真,把部分当做整体,造成了那些肢体残缺的形象。如其中的一臂国:"一臂一目一鼻孔。有黄马虎纹,一目而一手。"③不仅仅是人,甚

---

① 袁珂:《山海经校注》,第 190 页。

② 转引自(明)胡应麟《少室山房笔丛》,第 315 页。

③ 袁珂:《山海经校注》,第 212 页。

至动物都是一目一手的情况，可见应该是据一幅侧面图而作的描述。

一些形体怪异的形象也应该是由对图画的描述所造成的误会。如记柔利国："为人一手一足，反膝，曲足居上。一云留利之国，人足反折。"①柔利国人的一手一足可能就是侧面像，而其"反膝"、"曲足居上"、"人足反折"，怎么看都不可能是现实中哪个人种的常态。但如果画图的人只是通过一些动作的描绘，来体现这一群体的一些突出特点的话，那么这个名为柔利的部落极有可能是热爱运动、擅长于瑜伽之类运动的人群。如果真是这样的话，那么柔利国人就是那些擅长做瑜伽的人罢了，形体和我们没有什么区别。画图者是对某一动作进行描绘以突出其某一方面的特征，却被解说者认为是形体的一般特征进行描述，于是就造成了读者的迷惑不解。

第二，当时认识水平不够而导致的误解。

在《山海经》中，对有些国家的认识还是比较真实的，没有那么多荒诞的色彩，如白民国的白身披发，应该就是对白种人的描述。如盈民之国，"於姓，黍食。又有人方食木叶"。深目国，"有人方食鱼，名曰深目之国民，盼姓，食鱼"。② 这些"方"字，很明确地表示是对一个动作的描写，但这个动作代表了这个民族的习性，如"方食木叶"，可能是这个部落还处于采集野果和树叶充饥的阶段；而"方食鱼"，说的是画面上的形态，而"盼姓，食鱼"，则和白民国，"白民销姓，黍食"，毛民国"依姓，食黍"一样，③是对其生活习性的介绍。

而那些有荒诞色彩的描写，往往是由于当时的人们对这些远

---

① 袁珂：《山海经校注》，第232页。
② 同上书，第370、434页。
③ 同上书，第347、424页。

方国家不太熟悉,于是在根据传闻所作的描写中,就出现了很多不经的说法。如记卵民国"其民皆卵生",①这样的说法在我们今天看来是荒谬可笑的,但在神话思维中,却是很正常的。很多民族在解释人类起源的时候,根据日常生活中常见的动物如鸟、蛇、鱼、龟等都是卵生的,从而判断人类最开始也是由卵生出来的。如在黎族神话中,黎族就是雷公放在山上的一颗蛋所生出来的。所以这样一种卵生的说法,应该是对该地真实生活不太了解而据当地的神话传说进行附会的结果。

再如对印度的介绍:"天毒,其人水居,偎人爱之。"②从这段记载来看,《山海经》对远国的记载有些还是比较准确的,说印度人慈善仁爱,确实能概括其不杀生、宽爱人的性情。但"其人水居"的说法,却又会给人造成误解,会使人误以为印度人应该如人鱼,或中国古代小说中经常出现的鲛人一般,是居住在水中的。但到了汉代,对印度的认识明显就变得更为具体了:《河图括地象》记"天毒国,最大暑热,夏草木皆干死。民善没水,以避日入时暑,常入寒泉之下"。③相对于"其民水居"的描述,这里就给了一个更为具体和可信的说法:当地太热了,夏天时草木都会被晒干死,当地人们避暑的方式就是躲到水中,所以该地的老百姓都比较擅长没水,而且夏天多在寒泉之中。由"水居"变为"善没水",这是对印度的认识不断深入发展的结果。

再如《山海经》中有两处对载民国的记载,一者为:"巫载民盼姓,食谷,不绩不经,服也;不稼不穑,食也。爰有歌舞之鸟,鸾鸟自歌,凤鸟自舞。爰有百兽,相群爰处。百谷所聚。"④从这个记载来

---

① 袁珂:《山海经校注》,第368页。
② 同上书,第441页。
③ [日]安居香山、中村璋八:《纬书集成》,第1103页。
④ 袁珂:《山海经校注》,第371—372页。

看,戴民国完全是一派歌舞升平的气象,如同仙境一般,人们似乎可以不劳而获,坐享其成。而另一处所记的戴国则不同:"其为人黄,能操弓射蛇。"①可见,戴民并不是与周围的野兽和谐相处,也不是不劳而获。操弓射蛇,意味着他们已经开始了对自然的控制与改造,也说明他们技术比较高明,可能是以狩猎为生的部族。对同一个部族的描述,前后有矛盾冲突之处,之所以会出现这种情况,很大程度上就是因为对这个部族不了解。

因为不了解而作随意的描述,给人们的理解带来了很大的困难。但限于当时的交通条件、认识能力等,这也是在所难免的。即便在后世的地理书中,这样的情形也相当多,如《永昌郡传》记:"獠民,喜食人,以为至珍美。不自食其种类也,怨仇乃相害食耳。能中潜数十里,能水底持刀刺捕取鱼。其人以口嚼食,并鼻饮水。死人有棺,其葬取棺埋之。"②食人风俗在一些原始部落确实是有,但以鼻饮水就没有见过,可能就是从其擅长潜水的能力上推测的,这也是一种因不了解而导致的主观臆断。

第三,原始思维的表现。

对思维还比较落后的人们来说,他们认知世界的方式、解释各种现象的方法,往往与我们有很大的不同。他们更偏向于从具体形象或器官的不同找原因。如《海外南经》有对岐舌国的记载,郭璞注云:"其人舌皆岐,或云支舌也。"③这样一种舌头分叉的情形,在现在的人类身上已经找不到任何痕迹了。那么这样的异人又是怎样想出来的呢? 我们可以从另一处记载中找到这样说的原因。《西山经》记黄山"有鸟焉,其状如鸮,青羽赤喙,人舌能言,名曰鹦鹉。"郭璞注:"鹦鹉舌似小儿舌。"④因为鹦鹉能够说话,于是就附会其有人舌,

---

① 袁珂:《山海经校注》,第194页。
② (清)王谟:《汉唐地理书钞》,第376页。
③ 袁珂:《山海经校注》,第197页。
④ (清)郝懿行:《山海经笺疏》,《西山经》,第9页。

但由于鹦鹉太小了，所以其舌头也小，只是像个孩子的舌头。据此我们就可以推测，其实岐舌国并不一定就是舌头和我们不一样，有分支，而更可能是发音与我们不同。而那个时代还不能认识到发音方式等对语音的影响，只能将发音的不同归结为舌头的异样。

《山海经》中众多人兽结合的形体，也是原始思维的体现。《山海经》中人兽合体的形象，因其怪异荒诞而引人注目。有人曾问过梁启超这个问题，梁先生则说："汉世武梁祠堂所画古帝王，多人首蛇身，人面兽身；盖古来相传，实有证据也。《山海经》言，绝非荒谬。"①刘师培也曾撰《〈山海经〉不可疑》一文，认为"《山海经》所言皆有确据，即西人动物演为人类之说也"，"西国古书多禁人兽相交，而中国古书亦多言人禽之界"。② 两人均认为《山海经》中的这种形体是真实的。伏尔泰在《风俗论》中也提到了西方这种人兽合体的情形："差不多所有古代作家都提到过类似萨提罗斯（注云：希腊神话中长着卷发、尖耳、两小角和公羊腿的妖怪，性极贪淫）的怪物，我不认为这种怪物不可能存在。在［意大利］卡拉布里亚，人们今天还把女人生下的怪物掐死。在热带国家，猴子强奸女孩也不是不可能的事情。希罗多德在所著《历史》第二卷中说，他游历埃及时，孟代斯省有一妇女公然与山羊交媾，他说埃及人都可以证明此事。《圣经·利未记》第 18 章有禁止与牡山羊或牝山羊交媾之说，可见这种行为过去或许是很普遍的。在没有进一步弄清以前，可以设想，有些怪物就是这种丑恶的性行为的产物。但即使这种怪物曾经存在，也不会对人类有什么影响。正如骡子不能生殖，怪物也不能改变其他人种的特性。"③可见，伏尔泰也认为这种人

---

① 钟敬文：《晚清改良派学者的民间文学见解》，见尹达等主编《纪念顾颉刚学术论文集》，巴蜀书社 1990 年版，第 876 页。
② 刘师培：《刘申叔遗书》，江苏古籍出版社 1997 年影印本，第 1950 页。
③ ［法］伏尔泰著，梁守锵译：《风俗论》，商务印书馆 1994 年版，第 20 页。

兽同体的状况是现实中实有的。联系到在我们国家动物园中所创造出来的狮虎兽等,这种推测也不是绝无可能的。

当然,在我们今天看来,这种行为不管是从情理还是从道德层面来说,都是荒谬和难以接受的。但在《山海经》中,却很多这类的事情,如对犬戎国的描述:"黄帝生苗龙,苗龙生融吾,融吾生弄明,弄明生白犬,白犬有牝牡,是为犬戎,肉食。""黄帝生骆明,骆明生白马,白马是为鲧。"①袁珂认为,此处的白马"亦当生物之白马,而非人姓名也"。②可见,在古代的传说中,人生狗或生马之类的情况也是有的。其实大禹的父亲鲧,如果从他的名字来看,又何尝不是一条鱼呢?这样的观念在民间故事或民间信仰中,经常能见到。民间故事中的田螺、天鹅等动物化为女性与人类通婚之说,正是这一原始风俗的遗留。在古代小说中这类故事也很多,那些花精、树精、狐狸精等是我们心中所艳羡和喜欢的对象,尤其是《聊斋志异》中的那些精灵狐怪,甚至成了比人还美好的形象。而在今天的现实生活中,还有人对此深信不疑,如山东作家张炜在接受《南方周末》采访时说:"《聊斋志异》里那些故事严格说来是民间文学,在外地人看来往往藏有很深刻的寓意,实际上在半岛人看来都是再平常不过的实事。半岛东部这个地方是动物飞鸟那样一个蓬蓬勃勃的喧闹世界,这里的人就生活在这样的环境里,各种各样的动物和人发生的诸多过节,从古至今都不稀奇。人们就是这样过来的,所以《聊斋志异》这本书出在半岛地区一点都不奇怪,人人都相信蒲松龄他老人家记下的那些故事都是真实发生的。"③而且在山东半岛,至今仍有很多人相信人鸟、人兽通婚的事情。

在一些原始民族中,这种观念也比较流行,形成了我们所熟知

---

① 袁珂:《山海经校注》,第434、465页。
② 同上书,第465页。
③《南方周末》2011年5月5日,第22版。

的图腾崇拜。图腾,是北美印第安语 totem 的音译,意为"他的祖先"、"他的标记",而且这些图腾多是动物,或者是半人半兽的形象。列维·布留尔曾对人与兽之间由血缘关系发展为图腾崇拜这一过程作了描述:"……不发达民族中间的一个十分普遍的信仰,即相信人和动物之间,或者更准确地说,一定集团的人们和某些特定的动物之间存在着密切的亲族关系。这些信仰常常在神话中表现出来。"这些神话,"描写人怎样起源于各种形态的非人生物的朴拙意图;这些生物中的一些是动物,另一些是植物,但是,在一切场合中,我们必须把它们看成是从动物或植物祖先到冠上了这个作为其图腾的祖先的名字的人的个体化转化中的一些中间阶段"。①而在人类家所收集到的资料中,我们可以看到很多类似的思维,如列维·斯特劳斯在《嫉妒的制陶女》中特别关注的南美洲,也都持有这样的认识。他们"喜欢给外族起一些动物的名字,赋予它们某种体貌、某种性格和某种相关的行为。他们说,蛤蟆族的人是长腿、大肚子;吼猴族的人长着长胡须……加勒比族自身的成员们,也就是那些维维人——以后我们还将提到他们,认为动物种类之间的差异、动物与人类之间的差异、部族之间的差异,都是由于物种的不同组合和配比所造成的。最初,一小撮注定将变为动物的物种相互结合在一起,或是与将变为人类的物种结合在一起。此时所有这些物种还都几乎是浑然一体,难分彼此。潜在的动物之间的结合,或者就是潜在的人本身之间的相互结合,使得一些略显不同的物种诞生,长此以往,直至形成迥然不同的物种"。所以在南美洲的很多部落中,"每个部落都相信自己是某种动物的后代,至今仍保持着这种动物的某些特点"。"过去的创造物同出一源,同属一种,无动物和植物之分,无人类与动物之分"。② 了解了原

---

① 〔法〕列维·布留尔:《原始思维》,第 87 页。
② 〔法〕列维·斯特劳斯著,刘汉全译:《嫉妒的制陶女》,中国人民大学出版社 2006 年版,第 4、5、113 页。

始民族的这种观念，我们就更容易接受庄子所说的"一以己为牛，一以己为马"，也更能理解他的"一万物"之说，因为这些都是原始思维中万物同源、万物齐一思想的体现。而这种信仰在中国古代是根深蒂固的，我们众多少数民族的名称，其偏旁都是动物，而有时候人们会明言自己是动物种。如《北史·党项传》："党项羌者，三苗之后也。其种有宕昌、白狼，皆自称猕猴种。"①即此类。

《山海经》中那些人兽或人鸟合体的情况，所体现的应该是人类社会发展到比较高级的阶段之后所抽象出来的图腾，是图腾观念的产物。如轩辕之国就是这样的一个例子，其国人"人面蛇身，尾交首上"，这应该也是对一个画面的描绘。尾交首上，不可能是一种永恒的状态，所以可能是当地的图腾。我们所非常熟悉的伏羲、女娲就是这种样子，袁珂先生在作注时说："古天神多人面蛇身，举其著者，如伏羲、女娲、共工、相柳、窫窳、贰负等是矣；或龙身人头，如雷神、烛龙、鼓等是矣，亦人面蛇身之同型也。此言轩辕国人人面蛇身，固是神子之态，推而言之，古传黄帝或亦当作此形貌也。"②这种人面蛇身是我们图腾的一种。而东部地区主要是鸟图腾，所以《山海经》中那些人身鸟首的形象可能是这部分民族的图腾。

第四，对周边民族的歧视所造成的丑化。

叶舒宪先生在《山海经的文化寻踪——"想象地理学"与东西文化碰撞》一书中说："想象地理学最大的特点是把自己国土外的地方的那种情形加以怪化甚至丑化，尽力加强自我和非我（或文化他者）的差异或区别。一般说，这种差异跟距离成正比：距离越远，了解越少，自然'差别'越大，'怪异'越多。"③"从这种党同伐异

---

① （唐）李延寿：《北史》，中华书局 1974 年版，第 3192 页。

② 袁珂：《山海经校注》，第 221 页。

③ 叶舒宪、萧兵、郑在书：《山海经的文化寻踪——"想象地理学"与东西文化碰撞》，第 554 页。

的天性上看，人类种族之间的彼此敌视和歧视也就顺理成章的了。人们在接受相似性的同时，必然会排拒相异性。于是，丑化、兽化、妖魔化异族之人的现象自古屡见不鲜。人类学家报告说，从某些未开化民族的古代文献和绘画艺术中，可以找到种族歧视的许多实例。"①而《山海经》一书对远国异民的描写，有相当一部分都体现了这种从唯我独尊的立场出发，对周边人民进行丑化的心态。

　　《山海经》在描绘众多边远之民时，对他们的称呼其偏旁往往是兽、虫或者是鸟，如狄、貊、犬封国（郭璞注为"狗国"②）、蜮、蟜等。而我们后世对一些少数民族的称呼诸如猃狁、鸠民、獠民、猡猡等，也都是如此。而根据汉字的造字方式，这些形旁往往代表了其属性。在《说文解字》中："虫部曰南蛮、曰东南闽越，犬部曰东方夷，羊部曰西方羌，豸部曰北方貉。"（段玉裁注）③而这种从某，往往就意味着这一部族与这种动物的血缘关系，如"狄，北狄也。本犬种"。④　而闽、蜀、蛮这些从"虫"的字，段玉裁认为："说从虫之所由，以其蛇种也。"⑤都明确指出他们与作为偏旁的动物之间的血缘关系。将其他民族视为禽虫野兽，正是一种出于党同伐异的狭隘而对他人的丑化、兽化。利玛窦曾说："中国人把所有的外国人都看做没有知识的野蛮人，并且就用这样的词句来称呼他们。……如果他们偶尔在他们的著述中有提到外国人的地方，他们也会把他们当做好像毋庸置疑地和森林与原野里的野兽差不多。甚至他们表示外国人这个词的书面语汇也和用于野兽的一样，他们难得给

----

① 叶舒宪、萧兵、郑在书：《山海经的文化寻踪——"想象地理学"与东西文化碰撞》，第4页。
② 袁珂：《山海经校注》，第147页。
③ （清）段玉裁：《说文解字注》，第476页。
④ 同上。
⑤ 同上书，第673页。

外国人一个比他们加之于野兽的更尊贵的名称。"①可见,祖先们对周边民族的歧视后世就演变为对周边国家的歧视了。

在《山海经》具体的描述中,我们可以看到这种由于距离较远,语言、服饰、饮食等文化的不同所带来的陌生、疏离,甚至是丑化。如记蟜云:"其为人虎文,胫有腎。在穷奇东。一曰,状如人。"郝懿行注云:"《说文》(十三)云:'蟜,虫也。'非此。《广韵》'蟜'字注引此经云:'野人身有兽文。'与今本小异。"②蟜本义是一种虫,但《山海经》以虫的名字来称呼一种人,而且对这些人的描述是"其状如人",可见其态度就是不把他们当人看的,只是把他们看作形状与人很相似的动物。虎文应该是纹身,但由于不了解,而认为这些花纹是人身体上自生的。在后世对少数民族地区的记载中,还有认为纹身是人自身生长的说法,如《乐资九州要记》云:"文夷寓之西夷,人身青而有文,如龙鳞,生于臂胫之间。将婚,会于路,歌谣相感,合以为夫妇焉。"③对刺青的描述纯属主观臆断,认为这种像龙鳞一样的纹身,是生于臂胫之间的,这和《山海经》中对蟜的记载——"为人虎文"是一样的。

《山海经》中还有袜、鬼国。我们常说死生异路,这就意味着鬼魅和人是异类。但《山海经》中,却用这些词来指称某一些人,十分鲜明地表现出了这种排斥异己的态度。如袜,"其为物人身黑首纵目",郭璞注云:"袜即魅也。"郝懿行据汉碑也考证出,袜即鬼魅。④此处言袜"人身",明言其是人形,但却说他们"其为物"如何,表明他们是与人不同的物,与对一些异人的介绍,言"其为人"是截然不同的态度,视其为异类的心态非常明显。在《海内北经》中还有对

①[意大利]利玛窦、[比利时]金尼阁:《利玛窦中国札记》,第 66 页。
②袁珂:《山海经校注》,第 313 页。
③(清)王谟:《汉唐地理书钞》,第 139 页。
④袁珂:《山海经校注》,第 314 页。

鬼国的记载:"鬼国在贰负之尸北,为物人面而一目。一曰贰负神在其东,为物人面蛇身。"袁珂据《伊尹四方令》"正西鬼亲"、《魏志·东夷传》"女王国北有鬼国"等,提出"则传说中此国之所在非一也"。① 可见,《山海经》等书中有很多鬼国,而根据记载,这些鬼国有的是眼睛与我们不同,有的是纵目,有的是一目;有的则是形体不同——人面蛇身。

　　但在后世的文献资料中,我们看到鬼国的神秘色彩在逐渐淡化。如《乐资九州要记》云:"又有穿鼻、儋耳种。瘴气有声,着人人死,着木木折。号曰鬼巢。"②对鬼巢的称呼,与袜、鬼国等相似。但这里的"鬼"不再包含对人的非议,更多的是因为该地有瘴气,非常危险,故称其地为"鬼巢"。而在《顾野王舆地志》中,我们还可以看到这样的记载:"虔州上洛山,多木客,乃鬼类也。形似人,语亦如人。遥见分明,近则藏隐,能斫杉枋,聚于高峻之上。与人交市,以木易人刀斧。交关者,前置木枋下,却走避之。木客寻来取物,下枋与人。随物多少,甚信直而不欺。有死者,亦哭泣殡葬。尝有山人行遇其葬日,出酒食以设人。山中有石墨可书。"③此处的木客明明是人,有人形、人语,并与人交易,有自己的风俗,但却被视为鬼类。此处将木客视为"鬼类",也是对不了解的陌生人的丑化,表现出对异己的鄙视和排斥,但已经没有《山海经》中的那样神秘了。

　　而最为后世所熟悉的是"鬼方",这个词与鬼国等词一样,指的是某一原始部落或国家。在张锳纂修的《兴义府志》中有:"殷高宗三十二祀,伐鬼方,三年克之。"注云:"按:郡地于殷时为鬼方国,高宗武丁于三十二年伐鬼方,克之。"④现在的兴义地区就是殷代

<hr />

① 袁珂:《山海经校注》,第 311 页。
② 见(清)王谟《汉唐地理书钞》,第 139 页。
③ 同上书,第 191 页。
④ (清)张锳纂修,贵州省安龙县史志办公室校注:《兴义府志》,第 67 页。

的鬼方,也可能是《山海经》中众多鬼国之一。可见,先民视为鬼类的人,和我们今天并没有多大的区别。《山海经》中称其为鬼国,与我们今天称外国人为"洋鬼子"一样,都是出于一种对文化异己的排斥、鄙视和丑化。

再如为我们非常熟悉的西王母,在《山海经》中有多处对她的描述,如记玉山:"是西王母所居也。西王母其状如人,豹尾虎齿而善啸,蓬发戴胜,是司天之厉及五残。""西王母梯几而戴胜杖,其南有三青鸟,为西王母取食。"昆仑之丘,"有人,戴胜,虎齿,有豹尾,穴处,名曰西王母"。① 在这三条相对比较详细的记载中,西王母是一个人形、兽形、神性的混合体:她是人形的,"其状如人",且像人一样戴首饰,凭几而坐或站的形象也是人的样子;而豹尾、虎齿、善啸,就完全是一个凶猛的野兽了;"司天之厉及五残",则说明她负责一定的神职。而西王母实际上应该是现实生活中的一个处于母权社会的部落。在《竹书纪年》中有多条关于西王母的记录:舜"九年,西王母来朝"。周穆王"十七年,王西征,至昆仑丘,见西王母。其年,西王母来朝,宾于昭宫"。② 从舜到周穆王,在这么长的时间中,西王母曾与中国发生了两次比较亲密的接触,一是来朝,一是互访,可见西王母应该是臣服于中原王朝的西边部族或国家,而不是某一个人,而且应该是位于西方、处于母权社会、以女性为王的国家。而后世之所以对这个地方感兴趣,就是因为他们与我们的领导者不同。这种不同引起了我们极大的兴趣,以致于有越来越多的传说与附会,都加到了西王母的头上。但这种不同也导致了对这个民族的丑化,于是西王母就有了那种充满野性美的兽类的外形。

对与自己不同的异族人的丑化,在后世依然存在,如《永昌郡

---

① 袁珂:《山海经校注》,第50、306、407页。

② (南朝)沈约注,洪颐煊校:《竹书纪年》,中华书局1985年版,第6、45页。

传》云："夷，分布山谷间，食肉衣皮，虽有人形，禽兽其心。言语服饰，不与中华同。""兴古郡……九县之人皆号曰鸠民，言语嗜欲，不与人同。鸠民咸以三尺布角割作两襜，不复加针缕之功也。广头着前，狭头覆后，不盖其形，与裸身无异。"①虽然没有了《山海经》中那种对其外形的丑化或异化，但却将排斥的心情表达得更明确了，认为这些边远民族，"虽有人形，禽兽其心"。而这种禽兽其心的判断，可能仅仅因为"言语服饰，不与中华同"，或"言语嗜欲，不与人同"，是出于对相异性的排斥而产生的。尤其是对鸠民的服饰大为不满，认为其"与裸身无异"，更是以一种保守的心态对不同事物的不满和抗拒。

第五，后人的附会。

《山海经》中的远国异民，是后世小说取材的宝库。从《神异经》、《博物志》、《酉阳杂俎》，到《西游记》、《红楼梦》、《镜花缘》等书，都有对这些异人的描述。但是很多在《山海经》中记录较为平实的远方人民，随着越来越多的传说的加入，而变得越来越扑朔迷离，充满怪异色彩。

如《海外北经》记聂耳国云："聂耳之国在无肠国东，使两文虎，为人两手聂其耳。县居海水中，及水所出入奇物。两虎在其东。"②从字面上来看，聂耳国的人是用两只手捏着自己的耳朵，这可能是某一动作在图画上的表现，而这一行为本身，并没有什么奇异色彩。但在插图中我们看到，聂耳国人的形状是比较怪异的：一人身有虎纹，耳垂至胸，以两手抱之，耳朵大得比较夸张。而这种认识，应该是从后人的注解而来的。郭璞在注解这段文字时说："言耳长，行则以手摄持之也。"袁珂引李冗《独异志》云："《山海经》

---

① （清）王谟：《汉唐地理书钞》，第376页。
② 袁珂：《山海经校注》，第237页。

有大耳国,其人寝,常以一耳为席,一耳为衾。"①从聂耳,到耳长,
以致行走时要以手摄持,再到大得能当席作被,越说越离谱。这些
不断增多的附会,造成了我们在阅读《山海经》时的惊异。

　　后人对聂耳国的注解,只是对其形体的夸大,而有时候后人的
注解竟使得其中的人变了怪兽。如对于凿齿的记载,《海外南经》
记:"羿与凿齿战于寿华之野,羿射杀之。在昆仑虚东。羿持弓矢,
凿齿持盾,一曰戈。"郭璞注云:"凿齿亦人也,齿如凿,长五六尺,因
以名云。"《大荒南经》也记:"有人曰凿齿,羿杀之。"②可见,在《山
海经》中,凿齿是作为人名出现的,而且没有对这个人作太多的介
绍,只说他拿着盾或者是戈,被后羿所杀。并没有什么比较突出的
外部特征。而郭璞的注则认为他长有像凿子那样的牙齿,而且有
五六尺那么长。这可能是从字面上所生发出来的对凿齿的想象,
认为其牙齿就像凿子,长而且突出。其实在高诱注《淮南子》时,对
于凿齿的理解就已经有了分化了。《淮南子》中有凿齿民,高诱将
其注解为野兽,如注《淮南子·本经训》云:"凿齿,兽名,齿长三尺,
其状如凿,下彻颔下,而持戈盾。"③在这里,凿齿就由人转变为兽
类了,只是牙齿还没有郭璞所说的那么长。李善注扬雄《长杨赋》
引服虔语:"凿齿,齿长五尺,似凿,亦食人。"也是视凿齿为食人的
野兽。但根据一些民俗资料来看,此处的"凿齿",其中的"凿"应该
是动词,整个词所指称的应该是有敲掉牙齿习俗的国家。如《博物
志·异俗篇》就记载荆州与蜀地交界处的"獠子",说他们"既长,皆
拔去上齿牙各一,以为身饰"。④ 在《说郛》卷五有宋代朱辅的《溪
蛮丛笑》,其中记当地的少数民族"妻女年十五六,敲去右边上一

---

① 袁珂:《山海经校注》,第237页。
② 同上书,第198、199、372页。
③ 何宁:《淮南子集释》,第574页。
④ 范宁:《博物志校证》,第24页。

齿,以竹围五寸,长三寸,裹锡穿之两耳,名曰筒环"。① 卷三六有
元代李京《云南志略》亦记:"土獠蛮,叙州南乌蒙北皆是。男子及
十四五则左右击去两齿,然后婚娶。"②孙致中先生也曾根据方志、
笔记小说及出土的人骨标本等,提出《山海经》中的凿齿,是一些具
有拔牙或者凿牙习俗的民族。③

　　再如《海外西经》记丈夫国云:"丈夫国在维鸟北,其为人衣冠
带剑。"④这一段关于丈夫国的记载很平实,仅仅只是介绍该国的
地理位置,人们习惯戴帽子、佩剑,没有任何奇异色彩。但在后人
的注解中,丈夫国就开始发生了变化,被添加了很多内容。如郭璞
注云:"殷帝太戊使王孟采药,从西王母至此,绝粮,不能进,食木
实,衣木皮,终身无妻,而生二子,从形中出,其父即死,是为丈夫
民。"⑤这段带有追溯民族本源性质的文字,给丈夫国添加了神话
色彩:像"鲧腹生禹"的神话传说一样,这个国家的人民是从自己
父亲的身体中生出来的。而且因其始祖终身无妻,他们的出生与
女性无关,所以这个国家是和女儿国对立的另一形态——纯男无
女,故称其为丈夫国。《玄中记》记载与此近似:"丈夫民:殷帝太
戊,使王英采药于西王母。至此绝粮,不能进,乃食木实,衣以木
皮。终身无妻,产子二人,从背肋间出,其父则死。是为丈夫民,去
玉门二万里。"⑥

　　同样的还有女子国,后世的《西游记》、《镜花缘》都有这一国

---

　　① (明)陶宗仪:《说郛》卷五,中国书店1986年版(据涵芬楼1927年版影印),第
13页。

　　② (明)陶宗仪:《说郛》卷三六,第27页。

　　③ 孙致中:《凿齿·中容·雕题·贯胸——〈山海经〉"远国异人"考之三》,见《河
北大学学报》(哲学社会科学版)1989年第1期,第7—9页。

　　④ 袁珂:《山海经校注》,第217页。

　　⑤ 同上。

　　⑥ 鲁迅:《古小说钩沉》,见《鲁迅全集》第八卷,第486页。

度,而其源头也在《山海经》中。《海外西经》记:"女子国在巫咸北,
两女子居,水周之。一曰居一门中。"①同页注引《三国志·魏志·
东夷传》云:"耆老言:有一国亦在海中,纯男无女。"《后汉书·东
夷传》云:"或传其国有神井,窥之辄生子。"郭璞注曰:"有黄池,妇
人入浴,出即怀孕矣。若生男子,三岁辄死。周犹绕也。《离骚》曰
水周于堂下。"袁珂先生注云:"《御览》三九五引《外国图》云:'方丘
之上,暑湿生男子,三年而死。有黄水,妇人入浴,出则乳矣。去九
嶷二万四千里。'盖本郭注为说也。"后人的注解,甚至后世的史书
都给我们勾画出了一个在我们今天看来根本就不可能存在的国
度——女子国,纯女无男,女性只要看看神井,或者到某一处沐浴,
即可生子。

在《西域传说中的特殊国度》一文中,王青先生认为女儿国是
基于母权社会而产生的,女儿国只是由女性掌权,还是有男性存在
的。针对"纯女无男"之说,王先生提出:"就现代人类学的调查而
言,并不存在所谓纯女无夫型国家,那么类似传说是如何产生的
呢? 我们看看东女国史实的演变即可知道。我们上文说过,在可
信的史料中,无论是西部东女国,还是东部东女国,都是有男有女,
只不过是由女性执政而已,但这一史实在小说家手中,就发生了重
要的演变……可见绝大部分纯女无夫型国家,都是将母权国家的
风俗制度曲解、夸大与渲染后形成的。"②认为纯女无男的女子国
是后世小说家的附会。那么这种附会是从何产生的呢?

人类学家的著作中所记的一些比较原始的部落,还有与我们
的女子国相类似的情形。在《野蛮人的性生活》中,马林诺夫斯基
说到特罗布里恩德人时,其中所提到的很多资料可以和女子国的

---

① 袁珂:《山海经校注》,第 220 页。
② 王青:《西域传说中的特殊国度》,见《西域研究》2008 年第 3 期,第 105—
106 页。

传说对照来看："在远离北部地区的当代传说中,我们发现,在凯塔卢基这块奇异的土地上,独住着一群性狂热的妇女,她们粗野放荡,致使每一个偶尔过往她们海岸的男人在她们无节制的纵欲中累死。甚至她们自己的男孩也从来没有等到发育成熟,就被迫从事性行为致死。"①在这个传说中,他们也有一个纯女无男的女子国,只是她们有自己的男孩,但这些男孩在还没有成年时就被性生活累死,而那些外地偶尔经过的男子也不能幸免。

这与《博物志》中的记载颇为相似："日南有野女,群行见丈夫,状晶目,裸袒无衣裤。"②据范宁先生考证,此处的"见",应为"觅";"状晶目",应为"状晶白",认为这则材料记载的是野女求夫之事。并录《齐东野语》卷七云:"邕宜以西南丹诸蛮皆居穷崖绝谷间,有兽名曰埜婆,黄发椎髻,跣足裸形,俨然一媪也。……其群皆雌,无匹偶,每遇男子,必负去求合。"③在这些记载中都出现了一些出于性需求而四处寻觅男子的女性,而她们的行为很容易让人产生出他们国家没有男子的推测。《神异经》亦记:"西方深山有兽焉,面目、手足毛色如猴,体大如驴,善缘高木,皆雌无雄,名曰绸。须人三合而有子。要路强牵男人,将上绝冢之上,取果并窃五谷食;更合,三毕而定,十月乃生子。"④也是对有这一习俗的群体的记载,但出于道德上的偏见,将这些人视为野兽。

但女性到自己部落之外求偶,并不意味着她们所属的群体没有男性。马林诺夫斯基所记载的特罗布里恩德的少女们,就有一个名为"卡图约西"的探险活动,实际上就是一个村子的少女们集体去另一个村舍去寻找合适的小伙子。但是她们部落有男性,甚

---

① ［英］马林诺夫斯基:《野蛮人的性生活》,第 114 页。
② 范宁:《博物志校证》,第 24 页。
③ 同上书,第 31—32 页。
④ 王国良:《神异经研究》,第 112 页。

至很多少女有自己的情人,所以在她们回村时,总是会有很多麻烦:"如果整个群体半路遭到伏截并被捉获,那么,在当时当地就要和她们算账。"①可见,民间传说中野女求夫的故事是有其原型的,而人们据以推测其国家纯女无男,也是没有根据的。

　　而对于女子国窥井而孕或洗浴而孕的说法,在马林诺夫斯基的调查中也有,如特罗布里恩德人就认为怀孕生子与男性没有任何关系——婴儿是灵魂的复生,其复生的途径是通过水:"据说婴儿前身能够按照自己的愿望向特罗布里恩德漂来。他停留在那里,可能与他的伙伴们一起在海岛岸边漂游,等待机会进入来洗澡的妇女身体内。这种灵魂孩儿是想象出来的,就像在图马周围那样,附着在浮木、浮垢、树叶及树枝或海底小石头上。不论何时,女孩们因为怕怀孕而不愿下水。还有一例,在北部海岸的村庄中保留一种习俗,即从海水里取水装满水桶,然后放在想怀胎儿的妇女屋中过夜,一个灵魂孩儿或许在这样的机遇中已被抓进桶里,到夜间自己移到这个妇女的体内。"②这和《后汉书·东夷传》、《外国图》所记内容及郭璞的注解,非常相似,只是更为详细,将窥井而孕或浴水而孕的原因解释得很清楚:孩子是祖先灵魂的复生,他们从灵魂的居住地图马顺着水流漂到特罗布里恩德,在女孩子们下水洗澡时,进入女孩的身体,使其怀孕;甚至是从海里取来的一桶水,也具有让女性怀孕的功能,其原因也在于这些水中可能有某一个灵魂,而灵魂才是让女性怀孕的原因。把马林诺夫斯基的这些资料结合起来,我们就可以推知中国版女子国的原型:一群享有极大性自由、对于人类的生育没有科学认知的女性。不过,她们并不是一个独立的群体,而是从属于一个有男有女的社会,只是在她们的生活中,男性的作用、影响或者说对她们的约束较少。

---

① ［英］马林诺夫斯基:《野蛮人的性生活》,第168页。
② 同上书,第104页。

其实在《山海经》中，关于女子国的记载并没有什么神秘色彩："女子国在巫咸北，两女子居，水周之。一曰在一门中。"其中"在巫咸北"，是对其地理方位的描述；"水周之"，说明它是一个周边环水的小岛；"一曰在一门中"，意即还有其他的传说，认为她们是在一个门里面的。这样的记载，其实没有任何的纯女无男或浴水而孕的信息。《海外西经》的一段记载很相似："女祭女戚在其北，居两水间，戚操鱼鲳，祭操俎。"[①]这个地方，也是两个女子居住在两水之间，只不过画面更为具体，连两个女子手中的东西也描绘出来了。所以，如果将女子国的"两女子"理解为掌握一定神职的巫师或者为巫师服务的人的话，那么，她们和对女祭、女戚的记载就是类似的或者可以说是一样的。在一些原始部落，拥有神职的人，往往是要被隔离的，此处或许就是对这一习俗的记载。

但从其名字为"女子国"来看，似乎不应该是与神性相关，而是和女性密切相关的。所以，此处的"两女子"也许不是如女祭、女戚那样的巫师，而是怀孕的女子。我们以前称孕妇为"重身"，重即意味两个，因为肚子里还有一个孩子，所以，一个怀了孕的女子，可能被称为两女子。而对于这些处于月经期或怀孕、分娩期的女性，原始人认为她们是不洁的，故她们往往都要被隔离。如弗雷泽在《金枝》一书中专门有一节介绍妇女月经和分娩期间的禁忌的，在其中我们看到一些民族对处于月经期中的妇女、孕妇尤其是分娩以后的妇女，都加以严格的限制，因为她们是不洁的，会带来厄运甚至是死亡。于是在有的地方临产的孕妇都要被隔离："在阿拉斯加附近的卡地亚克岛上，临产的妇女无论什么季节，都得住进芦苇搭起的简陋茅舍，在那里养下孩子住满 20 天。在此期间，她被认为是最不洁净，谁也不接近她，她吃的食物都是用棍子挑着送给她的。布赖布赖印第安人认为妇女分娩的污染亵渎比月经来潮更为严

---

① 袁珂:《山海经校注》,第 216 页。

重。妇女感觉快要临盆时,便告诉自己的丈夫,丈夫赶忙在偏僻无人的地方为她搭起一所小屋,让她一人独自居住,除了她母亲和另外一位妇人外,不得同任何人说话。"①

在中国,也有类似的习俗。詹鄞鑫先生在《心智的误区:巫术与中国巫术文化》一书中曾说:"古人忌讳在家中生产,要在户外为产妇作'产庐'。"②并列举了《医心方》所引《产经》中所介绍的关于如何按照月份选择产庐方位的知识。在应劭的《风俗通义》中记载了两个小故事,其中都提到了"乳舍",它可能是官方所建立的"产庐":"颍川有富室,兄弟同居,两妇皆怀任,数月,长妇胎伤,因闭匿之;产期至,同到乳舍,弟妇生男、夜因盗取之,争讼三年,州郡不能决。丞相黄霸出坐殿前,令卒抱儿,去两妇各十余步,叱妇曰:'自往取之。'长妇抱持甚急,儿大啼叫;弟妇恐伤害之,因乃放与,而心甚自凄怆,长妇甚喜。霸曰:'此弟妇子也。'责问大妇,乃伏。""汝南周霸,字翁仲,为太尉掾,妇于乳舍生女,自毒无男,时屠妇比卧得男,因相与私货易,裨钱数万。"③应劭所记的"乳舍",应该就是汉代妇女专门生孩子的地方,从这两个故事可以知道,在汉代妇女即将生产时就会到乳舍去,而且是不分贫富贵贱都到这样一个专门的地方去生孩子,而不是在家中。从关于"产庐"和"乳舍"的记载来看,在中国古代,孕妇尤其是临产的孕妇,是被隔离出来居住在特定的地方的。也许,"乳舍"就是女子国的原型。

① [英]弗雷泽著,徐育新、汪培基、张泽石译:《金枝》,新世界出版社 2006 年版,第 209 页。

② 詹鄞鑫:《心智的误区:巫术与中国巫术文化》,上海教育出版社 2001 年版,第472 页。

③ 王利器:《风俗通义校注》,第 590、591 页。

第四章 博物小说的萌芽期——汉代

两汉时期是博物类小说的萌芽阶段。在这时的地理书中,出现了《河图括地象》、《遁甲开山图》、《括地图》、《玄黄经》、《神异经》、《十洲记》等承袭《山海经》的著作,体现了和《山海经》一脉相承的对自然界的地理、动植以及人世间远国异民的博物倾向;小学著作和子书,也有明显的博物色彩,只不过这种博物知识与地理书中对自然界与未知地域的想象不同,它们更偏重于实际,是对已有知识的规范和考辨。而且这时的史书,如《汉武洞冥记》,在记人的同时,更多是以武帝和东方朔这两个人物为线索,介绍偏国殊方、神物异人,也体现了博物的倾向。这些著作是诸如《博物志》一类博物小说产生的基础,正是这些地理书和小学著作、子书等,影响了后世博物类小说创作的主要内容和创作倾向,故而这一孕育、萌发的过程对博物类小说的研究来说,也是不可忽视的。

第一节 地理书中的博物知识及其变化

作为地理书的《山海经》,涵盖了自然界和人类社会的各种知识,但由于认识水平的局限,其内容在后人看来不免有些虚幻、怪诞的色彩。汉代的地理书承袭了《山海经》以地理知识统帅博物知识的创作方式,但在内容方面却开始了有意识的虚构。

汉代具有博物倾向的地理书有以下几部:《河图括地象》、《遁甲开山图》、《括地图》、《玄黄经》、《神异经》、《十洲记》。①

　　这些地理书，与《山海经》一样，以地理知识为纲，用地理知识来统领异物、仙草、怪兽、异人及神仙等博物知识。这些地理知识既有对四边的把握，如《河图括地象》记："八极之广，南北二亿三万三千五百里，东西二亿三万三千里。""禹所治四海内，地东西二万八千里，南北二万六千里。"②也有对各地物产、异人的叙述，如《河图括地象》中磻嵝山上的骨容草、少室山的白玉膏、昆仑北的龙伯国人、昆仑西的大秦人，《遁甲开山图》中霍山的石芝、独头山的青檀，《括地图》中的结胸国、奇肱国、细民、羽民、君子民等。

　　汉代的地理书在创作时，是以地理知识为主要框架的，如《海内十洲记》记其成书的由来，就是东方朔对汉武帝讲"十洲所在，所有之物名，故书记之"。③　其结构方式，是先对各洲岛的地理位置进行描述，然后记各洲岛的异物。而《神异经》更是承袭《山海经》的模式，按顺时针方向，以东、东南、南、西南、西、西北、北、东北等八个方位及中荒来结构全书，其中有些文字比较像《山海经》，如《南荒经》记："南方有银山焉，长五十里，广四五里，高百余丈，悉是白银，不杂土石，不生草木。"④但相较于《山海经》来说，《神异经》的地理观念非常模糊，八荒的具体位置也不明确，虽然地理知识仍是统领全书的重要线索，但慢慢地淡化了，故鲁迅先生说它"略于山川而详于异物"，体现出了由地理书向博物小说转变的趋势。

　　汉代地理书中对地理、动植物、异人以及神的记录，相较于《山海经》来说，出现了一些新的变化。

---

　　① 关于《神异经》和《十洲记》的作者及时代问题，李剑国先生在《唐前志怪小说史》中，已有详细的考辨，认为旧题东方朔作是伪托，但其产生的时代仍是汉代。参见李剑国《唐前志怪小说史》，第145—147、161—165页。

　　② （清）王谟：《汉唐地理书钞》，第35页。

　　③ 《海内十洲记》，见《汉魏六朝笔记小说大观》，第64页。

　　④ 王国良：《神异经研究》，第74页。

一、地理知识的变化

汉代这些带有博物倾向的地理书,不再像《山海经》那样注重对地理知识的介绍。在《山海经》的《山经》中,往往先选取一座山作为起点,再沿着某一方介绍其他山,各山之间的距离和大致方位,都用数字非常清晰地表述出来。《海经》和《大荒经》部分带有传闻色彩,所以没有具体的数字,但是各国的大致方位、相互之间的位置情况都还是比较清晰的。而在汉代的地理书中,山川洲岛都成了独立的个体,不再是地图上的一部分,不再和其他地域发生对应关系,我们很难从整体上对它们的方位或地界有一个把握。如《河图括地象》中记:"少室山,其上有白玉膏,一服即仙。"《荣氏遁甲开山图》记:"霍山南岳其兽多柴獭。"《括地图》记:"天池之山,有兽如兔,名曰飞兔,以背毛飞。""大极山西有采花之草,服之,通万里之语。"①这些记载仍然以地理知识为中心,是在地域的限制下介绍某地有某物,但是其中突出的是物,地名只是一个背景,是对物的知识的补充,而不是像《山海经》那样,博物知识是附属于地理知识的。

这种对具体地理知识的淡漠,在《神异经》中表现得尤其突出,该书不仅没有具体的数字或各地之间的方位关系,甚至连具体的地名都被抹去了,而代之以"东荒"、"东方"、"东南方"、"西荒中"等字样。在《神异经》中,我们看到的多是这样的记载:

> 东方有树焉,高百丈,敷张自辅。叶长一丈,广六七尺,名曰木梨。其子径三尺,剖之少瓤,白如素,和羹食之为地仙,衣服不败,辟谷,可以入水火。

---

① (清)王谟:《汉唐地理书钞》,第36、48、51、52页。

　　西方荒中有兽焉，其状如虎而大，豪长二尺，人面，虎足，猪口牙，尾长一丈八尺，能斗不退，搅乱荒中，名梼杌。一名傲很，一名难训。此兽食人。

　　西方有人焉，不饮不食，被发东走，已往覆来。其妇恒追击录之，不肯听止；妇头亦被发。名曰狂，一名颠，一名覆，一名风。此人夫妻，与天俱生，狂走东西，没昼夜。①

从这三条引文，我们可以看出《神异经》虽名为地理书，但它对地理知识几乎是没什么兴趣的。虽然全书是按照地理方位编排的，但这种方位不仅没有明确地理位置，反而让人觉得作者其实就是在一个虚幻的空间中建构自己的神异世界，讲述一些怪异的人、物的知识，与实际生活中的地理情况没有任何关联。

《海内十洲记》中倒是有方位，也有具体数字来表述距离，如："祖洲近在东海之中，地方五百里，去西岸七万里。""瀛洲在东海中，地方四千里，大抵是对会稽，去西岸七十万里。""玄洲在北海之中，戌亥之地，方七千二百里，去南岸三十六万里。""炎洲在南海中，地方二千里，去北岸九万里。"②但是从这些数字来看，这样的距离远非一个凡夫俗子所能把握。而在《山海经》中，各山间的距离，远则几百里，近则几十里，那些数字因具体而增加了其记载的准确性与真实性。但是《海内十洲记》中动辄上万的数字，如"七万"、"七十万"、"三十六万"等，就使人感觉这些地方遥不可及、虚无缥缈。而且其中所记的十洲三岛均在海中，大多是仙家所在，故对世俗之人来说，它们都是不可及甚至是不可望的，如凤麟洲："洲四面有弱水绕之，鸿毛不浮，不可越也。"蓬莱山："无风而洪波百

---

① 分别见王国良《神异经研究》，第 50、81、115 页。
② 《海内十洲记》，见《汉魏六朝笔记小说大观》，第 64、65 页。

丈,不可得往来。"①这就很明确地让人们意识到,它们是俗世之外的世界,是我们凡人无法接近、无法把握的另一个所在。我们可以充满兴趣与好奇地谈论它们,但它们不是凡人能到达的现实处所。对这种情况,汉人已有论及,在《类说》卷二一所录《汉武帝故事》中有"罢遣方士"条,其中有田千秋言:"三山灵而难征,鼎湖远而无验。臣请罢诸方士遣之。"②在《史记·封禅书》中,司马迁亦记:"方士之候祠神人,入海求蓬莱,终无有验。……天子益怠厌方士之怪迂语矣,然羁縻不绝,冀遇其真。自此之后,方士言神祠者弥众,然其效可睹矣。"③都指出了方士所言地理知识的虚妄、怪诞,且难以验证。

除了地理知识的淡薄化之外,汉代地理书对《山海经》的一些记载也进行了加工改造。如蓬莱山,在《山海经·海内北经》中仅记"蓬莱山在海中",④就这么简短且平实的一句话,没有任何神异色彩。到了汉代,关于蓬莱的传说就丰富起来了,甚至司马迁在《史记·封禅书》中,都记了关于蓬莱山的传说:"自威、宣、燕昭使人入海求蓬莱、方丈、瀛洲。此三神山者,其传在渤海中,去人不远;患且至,则船风引而去。盖尝有至者,诸仙人及不死之药皆在焉。其物禽兽尽白,而黄金银为宫阙,未至,望之如云;及到,三神山反居水下。临之,风辄引去,终莫能至云。"⑤在这里,司马迁记下了诸神山的地理位置,以及仙人、不死之药、禽兽、宫室等。相对《山海经》的记载,《史记》中的描述就细致多了。在《海内十洲记》

①《海内十洲记》,见《汉魏六朝笔记小说大观》,第 66、69 页。
②(宋)曾慥:《类说》,《北京图书馆古籍珍本丛刊》,据明天启六年岳钟秀刻本影印,第 368 页。今本《汉武故事》有此条,但没有记录田千秋之语,仅有"田千秋奏请罢诸方士,斥遣之",见《汉魏六朝笔记小说大观》,第 176 页。
③(汉)司马迁:《史记》,第 1403 页。
④袁珂:《山海经校注》,第 324 页。
⑤(汉)司马迁:《史记》,第 1369—1370 页。

中也有对蓬莱山更为细致的描述:"蓬丘,蓬莱山是也。对东海之东北岸,周回五千里。外别有圆海绕山,圆海水正黑,而谓之冥海也。无风而洪波百丈,不可得往来。上有九老丈人,九天真王宫,盖太上真人所居。唯飞仙有能到其处耳。"①这里,对蓬莱山地理方位的介绍是比较细致的,不再是以前的"在渤海中",而是成了一个方圆五千里,且被黑色的冥海所围绕的岛屿;同时,这座岛变成了仙人的居所,是俗人所不能够往来的地方。

后世关于蓬莱山的观念,受到了汉人说法的很大影响。郭璞在注《山海经》中的蓬莱山时说:"上有仙人宫室,皆以金玉为之,鸟兽尽白,望之如云,在渤海中也。"②这和《史记》的说法几乎相同。而《太平御览》卷三八引《山海经》此条作:"蓬莱山,海中之仙山,非有道者不至。"③这应该是在关于蓬莱的种种传说的基础上,根据《海内十洲记》等书所衍化出来的。

在将前代齐国传说中的蓬莱等三神山具体化、细致化的同时,汉代的地理书还确认了昆仑山的世界中心的位置。《河图扩地象》记昆仑"其山中应于天,居最中",明言"昆仑者,地之中也"。④据王国良先生的辑本,《神异经》的中荒经,开篇就是关于昆仑的记载。这种昆仑中心说,应该是邹衍大九州的说法所造成的影响,将昆仑作为世界大九州的中心,而作为大九州之一的神州,是处于整个世界的东南方的。如《河图括地象》记:"天有九部八纪,地有九州八柱。东南神州曰晨土……""昆仑东南地方五千里,名曰神州,中有五岳地图,帝王居之。"⑤就是将天下划分为九州,并认为我们所处的神州处于整个世界的东南部。

①《海内十洲记》,见《汉魏六朝笔记小说大观》,第 69 页。
② 袁珂:《山海经校注》,第 325 页。
③(宋)李昉:《太平御览》,第 333 页。
④(清)王谟:《汉唐地理书钞》,第 35 页。
⑤ 同上。

相较于《山海经》中的相关记载，汉代地理书在将昆仑视为世界中心的同时，对昆仑山的描述也发生了变化。首先是昆仑也和蓬莱一样，不再是现实世界中的某一座山，而变成了普通人无法接近的地方了。如《括地图》记："昆仑山之弱水，非乘龙不得至。有三足神鸟为西王母取食。"①据传说，环绕昆仑上的弱水是鸿毛不浮的，所以凡人不论是游泳、乘船，都不可能渡过此水，只有乘龙的仙人，才具有这种本领。同样的，在《神异经》中记昆仑山云："昆仑之山有铜柱焉，其高入天，所谓天柱也。围三千里，圆周如削。"②这里的铜柱，就是昆仑山，是处于世界中心的天柱。这么雄伟宏大的一座山，其外围却是像刀削的一样光滑，令人无法措手足，所以，即使得以靠近，也是难以上去的。故其铭曰："昆仑铜柱，其高入天，员周如削，肤体美焉。"③也是说山表非常光滑，就像人的皮肤一样，没有零散的石头，甚至没有花草树木，凡人没有可以凭籍而上的任何立足点。在《海内十洲记》中，昆仑山位于西海戌地和北海的亥地，"又有弱水周回绕匝"，④也是一个无法接近的世界。

其次，在汉代地理书中，昆仑山成了西王母的治所。而在《山海经》中，昆仑和西王母虽同属于西方，但两者是独立的。昆仑山是"帝之下都"，是上帝在人间的居所。而西王母在《山海经》中有三条记载，《西山经》："又西三百五十里，曰玉山，是西王母所居也。"《海内北经》："西王母梯几而戴胜杖，其南有三青鸟，为西王母取食。在昆仑虚北。"《大荒西经》记昆仑之丘："其外有炎火之山，投物辄然。有人戴胜，虎齿，有豹尾，穴处，名曰西王母。此山万物尽有。"⑤在这些记载中，西王母或居于玉山，或居于昆仑虚北，或

① （清）王谟：《汉唐地理书钞》，第 51 页。

② 王国良：《神异经研究》，第 104 页。

③ 同上。

④ 《海内十洲记》，见《汉魏六朝笔记小说大观》，第 70 页。

⑤ 袁珂：《山海经校注》，第 50、306、407 页。

居于昆仑山外,可能与昆仑距离很近,不过都不是昆仑山。但到了汉代,西王母却成了昆仑山的主人了。如《河图括地象》记:"西王母居昆仑之山。"《括地图》记:"昆仑山之弱水,非乘龙不得至。有三足神乌,为西王母取食。"①一则明言西王母是居于昆仑山之上的,一则说昆仑山上有三足乌,可以为西王母取食,那么西王母也应该居于此山了。《海内十洲记》记昆仑山:"金台玉楼,相鲜如流精之阙光。碧玉之堂,琼华之室,紫翠丹房,锦云烛日,珠霞九光,西王母之所治也,真官仙灵之所宗。"②这么一个金碧辉煌、光辉夺目的仙界,也是西王母的领地。而《神异经·中荒经》记昆仑山:"上有大鸟,名曰希有。南向,张左翼覆东王公,右翼覆西王母。"③所以,在这里西王母也是居于昆仑山的。在汉代,西王母是一个拥有众多信众、影响较大的神仙,她拥有不死之药,在日常生活中能赐福于人,甚至还可以消灾禳祸。所以,昆仑山和西王母的结合,是汉代的神仙之说与不死信仰对古代神话改造的结果。而这种改造,使得本来实有但带有神话色彩的昆仑山,一变而为神话里的神山,从而远离尘世了。

于是,通过对蓬莱仙山的想象加工以及对昆仑山的改造,中国古代宇宙观中的神界就固定地分布在了东方和西方。东方的蓬莱三仙山、西方的昆仑山,成了古人心目中所仰慕的仙境。而这种由实际的处所向仙境的转变,也反映出这些被传统目录学家认定为地理书的作品的荒诞。它们其实是荒诞无稽的神仙家之言,已经不再是对真实的地理情况的介绍,而是方士们宣传其神仙、长生等思想的一个工具。但它们对后世的影响却是深远的,如纪昀在《阅

---

① (清)王谟:《汉唐地理书钞》,第36、51页。

② 《海内十洲记》,见《汉魏六朝笔记小说大观》,第70页。原文标点为:"金台、玉楼,相鲜如流,精之阙光,碧玉之堂,琼华之室,紫翠丹房,锦云烛日,朱霞九光,西王母之所治也,真官仙灵之所宗。"此处有所改动。

③ 王国良:《神异经研究》,第104页。

微草堂笔记》卷二〇中有十洲三岛考,云:"海中三岛十洲,昆仑五城十二楼,词赋家沿用久矣。朝鲜、琉球、日本诸国,皆能读华书。日本余见其五京地志及山川全图,疆界袤延数千里,无所谓仙山灵境也。朝鲜、琉球之贡使,则余尝数数与谈,以是询之,皆曰东洋自日本以外,大小国土凡数十,大小岛屿不知几千百,中朝人所必不能至者,每帆樯万里,商舶往来,均不闻有是说。惟琉球之落漈,似乎三千弱水。然落漈之舟,偶值潮平之岁,时或得还,亦不闻有白银宫阙,可望而不可即也。然则三岛十洲,岂非纯构虚词乎!……而所谓瑶池、悬圃、珠树、芝田,概乎未见,亦概乎未闻。然则五城十二楼,不又荒唐矣乎!……相传回部祖国,以铜为城。近西之回部云,铜城在其东万里。近东之回部云,铜城在其西万里。彼此遥拜,迄无人曾到其地。因是以推,恐南怀仁《坤舆图说》所记五大人洲,珍奇灵怪,均此类焉耳。周编修书昌则曰:'有佛缘者,然后能见佛界;有仙骨者,然后能见仙境。未可以寻常耳目,断其有无。曾见一道士游昆仑归,所言与旧记不殊也。'是则余不知之矣。"[1]直到清代,以纪昀之博学,加上当时和周边国家来往的密切,才发出"然则三岛十洲,岂非纯构虚词乎"、"然则五城十二楼,不又荒唐矣乎"这样的感慨,可见这些充满虚幻与神仙色彩的地理书影响之深远!

二、对物产关注点的变化

汉代地理书中关于动植物的记载,很多都是承袭《山海经》的,比较关注其实用价值,如《神异经》记沛竹"可以为船",其笋"食之可以止疮疠";甘蔗"咋啮其汁,令人润泽,可以节蛀虫";鲋鱼"食之

---

[1] (清)纪昀:《阅微草堂笔记》,上海古籍出版社 1980 年版,第 495—496 页。

宜暑而辟风寒";鼠,"食之已热",其皮"卧之却寒"。① 可见,对这些动植物的关注,还是重在其食用、药用、美容、健体等方面的价值,而且相对《山海经》中很多无从考证的作用来说,这些记载即便从今天看来,也是比较能接受的:竹子很大,可以做船;甘蔗汁可以美容,还可以治虫;鼠的皮毛可以御寒,这些记载应该说与实际都是比较贴近的。而且《神异经》还提到了汗血马:"西南大宛有马,其大二丈,鬣至膝,尾委地,蹄如升,腕可握,日行千里,至日中而汗血。乘者当以絮缠头腰小腹,以辟风病;彼国人不缠也。"②这种记载也是比较符合现实的。据外国学者考证,汗血马为寄生虫所致,我国对汗血马也有类似的看法:"清人德效骞在《班固所修前汉书》一书中认为,所谓'汗血'只不过是马病所致,这种观点现在已成公论。兽医专家认为,夏天到来时,马体内的一种寄生虫会刺穿马皮到体外产卵,流出的血很像淌出的汗珠。这种病对马并无大碍,牧民们即便发现也毫不在意。"③那么《神异记》所记的"以絮缠(腰小腹),以辟风病",是否是当时已经认识到了其汗血的原因在于寄生虫,于是对人体与马匹接触的部位加以保护的呢?如果真是这样的话,那么古人的认识水平确实达到了较高水平了。

但是,地理书中这种平实的,以对动植物的实际特性、功能认识为主的内容并不多。与对实际地理知识的淡漠、对虚幻的神界感兴趣的态度一样,对动植物的关注与描写,更多地表现出一种虚构或神异的色彩。这主要体现在记载动植物时所表现出来的对不死的追求以及动植物的祥瑞化上。

---

① 王国良:《神异经研究》,第70、71、61、100页。

② 同上书,第110页。

③ 《河西走廊天马考:成吉思汗战马只剩百匹》,见 http://tech.sina.com.cn/geo/animals/news/2011-04-28/1017753.shtml.

1. 不死观念的流行

在《山海经》中已经出现了不死观念,如《海外南经》有不死民、《大荒西经》有三面之人、《海外西经》有轩辕之国,"其不寿者八百岁"。① 不死或长寿,在《山海经》中只是被作为一种与众不同的特性来写的。因为对原始人来说,死亡并不是无法避免的必然,而是由于某种偶然原因所导致的,在他们心目中,人类是可以长寿和不死的。所以,在《山海经》中这些不死、长寿的人,和那些形状奇特的人一样,只是不同的人罢了。另外,《山海经》中还有关于不死树和不死药的记载,如《海内西经》:"开明北有视肉、珠树、文玉树、玗琪树、不死树。""开明东有巫彭、巫抵、巫阳、巫履、巫凡、巫相,夹窫窳之尸,皆操不死之药以距之。窫窳者,蛇身人面,贰负臣所杀也。"②郭璞在注《山海经》关于不死树的记载时说:"言长生也。"③而后人给这棵长生之树附会了神异的功效——食之可以长生不老。而不死药亦是神话中用来挽救死于非命的窫窳的,并不带有俗世的色彩,与凡人的生活没有多大关系。而且这一类记载在《山海经》中并不多。

在汉代的地理书中,对动植物的记载更多的是关注其不死的功能。其中所记的动植物多可以帮助人类实现长寿或不死的目的,如《海内十洲记》中所记的动植物几乎全部都和成仙或长生不死有关。如记祖洲:"上有不死之草,草形如菰苗,长三四尺,人已死三日者,以草覆之,皆当时活也,服之令人长生。"瀛洲:"出泉如酒,味甘,名之为玉醴泉,饮之,数升辄醉,令人长生。"炎洲的风生兽不仅仅火烧不死、斫刺不入,即便是用铁锤敲打其头部十余下,令其死去,但只要"张口向风,须臾复活"。而且,如果"取其脑和菊

---

① 袁珂:《山海经校注》,第 221 页。
② 同上书,第 299、301 页。
③ 同上书,第 300 页。

花服之,尽十斤,得寿五百年"。元洲"上有五芝玄涧,涧水如蜜浆,饮之长生,与天地相毕。服此五芝,亦得长生不死,亦多仙家"。聚窟洲有反魂树,"伐其木根心,于玉釜中煮,取汁,更微火煎,如黑饧状,令可丸之。名曰惊精香,或名之为震灵丸,或名之为反生香,或名之为震檀香,或名之为人鸟精,或名之为却死香。一种六名,斯灵物也。香气闻数百里,死者在地,闻香气乃却活,不复亡也。以香薰死人,更加神验"。沧海岛有众多积石,"服之神仙长生"。①另外,玄洲还有很多的金芝玉草,长洲有仙草灵药、甘液玉英,元洲有可使人长生不死的五芝,生洲有仙草众芝,方丈洲有芝草,钟山有玉芝神草,这些芝草都是用以延年益寿以达到长生目的的植物。

《括地图》中亦记:"贯丘之山,上有赤泉,饮之不老。神弓有英泉,饮之眠三百岁乃觉,不知死。"②《神异经》中也有类似的记载,如《西北荒经》有玉馈之酒:"酒泉注焉,广一丈长,深三丈,酒美如玉,清澄如镜。上有玉尊、玉笾。取一尊,复一尊出焉,与天地同休,无干时。饮此酒,人不生死,一名玉遗酒。"③从这些记载来看,汉人对物产的关注,更多的是集中在其使人长生不死的功能上的。

在《神异经》中还有木梨:"和羹食之为地仙,衣服不败,辟谷,可以入水火。"何树:"食之者地仙,不畏水火,不畏白刃。"④此处的地仙,同样指的是长生不老之人。葛洪在《抱朴子·内篇·论仙》中说:"上士举形升虚,谓之天仙;中士游于名山,谓之地仙;下士先死后蜕,谓之尸解仙。"⑤可见,地仙是当时神仙系统中的一类,只不过他们不同于飞升的天仙,也不是死后尸解的尸解仙,而是可以

① 以上所引见《海内十洲记》,《汉魏六朝笔记小说大观》,第 64—67、69 页。
② (清)王谟:《汉唐地理书钞》,第 51 页。
③ 王国良:《神异经研究》,第 91 页。
④ 同上书,第 50、69 页。
⑤ 王明:《抱朴子内篇校释》,第 20 页。

长生于世间的神仙。而地仙在汉代及后世人们的观念中，无疑是人们追求神仙、长生时，所能得到的最好结果。如《神仙传》中的白石先生条、刘安条，均记为天仙之不好，其中关于神仙的记载也以地仙为多。

这样一种对地仙的推崇、对长生不死的追求，是与当时整个社会的思想氛围密切相关的。从先秦时期起，君主们就有了对不死的期盼。如《左传》昭公二十年记齐景公感慨："古而无死，其乐若何！"表达了对不死的艳羡；《韩非子·外储说》记载有人献"不死之药"给楚王；燕王从其门客学"不死之道"；《史记》卷二八记齐威王、齐宣王、燕昭王均派人入海求"不死之药"。在后世，不死又成了神仙家所鼓吹的一种境界，而实现不死的途径就是成为神仙，离开此世，实现在另一世界或另一境界的长生久视，也就是余英时先生所说的："战国末期出现了一种与传统不朽观念相当不同的新的不朽概念。为达到新的不朽就要作为神仙离开此世，而非作为人永存于世。文献中所用与'仙'有关的词语，如'度世'和'遐居'，明确告诉我们要成'仙'就必须离开人世。因此，新的不朽概念性质上基本是强调彼世的。"①到了秦始皇，因为他不愿意抛开自己在人世的成就而去追求彼世的长生，于是，"在秦始皇那里我们首次看到世间不朽与彼世不朽的矛盾"。② 而方士们为了满足帝王的这种既能长生又能享受人间荣华富贵的梦想，就想出了一个鱼和熊掌兼得的办法，创造出了地仙这样一个既长生，又能持续世间种种享受的角色。

在汉代，无论君主还是民间的百姓都热衷于长生、成仙之说。关于武帝对成仙的期盼和追求，在史书中有较多记载。而从出土文物上，我们也可以感受到那个时代对求仙与长生的热情。葛兆

---

① 余英时著，侯旭东等译：《东汉生死观》，上海古籍出版社 2005 年版，第 24 页。
② 同上书，第 28 页。

光先生在分析出土汉代铜镜背后的铭文时指出："铭文的第一类内容,是对人的寿命永恒表示企盼,他们期望在世间延寿,更羡慕仙人的永恒自由……铭文的第二类内容,是对世间的幸福表示羡慕,这当然很符合人的心理,如果生命存在,那么下一个愿望当然是生存得更快乐,所谓'幸福'的标志,其中一个是'富',一个是'贵','富贵'包括'乐无事,常得意,美人会,竽瑟侍',也包括'商市程,万物平,老复丁,复宁生',享受与事业都要顺利……除此而外,所谓'幸福'的内容还有盼望家庭和睦与团圆……"[①]所以,对成仙、长生的期求,与对现世的依恋、享受结合在一起,就出现了对地仙的信仰。这就使得对动植物的关注不再集中于是否能食用,是否可以做器物,而是着重探讨它们是否可以食之不死或食之长生。

2. 动植物的祥瑞化

在第三章已经谈到,《山海经》中对植物的记载,往往偏重其食用、药用及在巫术方面的价值;而且在对动物进行描述时,《山海经》表现出了一种恐惧的心理。于是在相关记载中,我们看到动物的出现往往会给人们带来众多灾难,如战争、旱涝灾害、疫病、恐慌等。但这些能吃、能治病的植物,或者是能带来灾难与不幸的动物,在汉代的地理书中都变成了祥瑞,它们的出现往往都意味着吉兆。

其实,在《山海经》中就已经有这样的祥瑞之物了。如《南山经》丹穴之山"有鸟焉,其状如鸡,五采而文,名曰凤皇,首文曰德,翼文曰义,背文曰礼,膺文曰仁,腹文曰信。是鸟也,饮食自然,自歌自舞,见则天下安宁"。《西山经》的鸾鸟"见则天下安宁"。《西山经》的鸑鸡,"见则天下大穰"。《西山经》中的狡,"见则其国大穰"。《东山经》中的当康,"见则天下大穰"。《海内经》亦有:"有鸾鸟自歌,凤鸟自舞。凤鸟首文曰德,翼文曰顺,膺文曰仁,背文曰

---

① 葛兆光:《中国思想史:七世纪前中国知识、思想与信仰世界》,第224页。

义，见则天下和。"①但在《山海经》中，对这种有吉兆的动物的记载，仅此六次。而且根据《大荒西经》的记载："有五彩鸟三名：一曰皇鸟，一曰鸾鸟，一曰凤鸟。"②可见，《南山经》的凤皇、《西山经》的鸾鸟、《海内经》的凤鸟，甚至《西山经》的鸾鸡都应该是同一种，即五彩鸟。所以在《山海经》中，除了凤皇之外，只有狡和当康两种兽是祥瑞。这与《山海经》中会带来灾害的众多禽兽相比较，其数量是微乎其微的。

　　而在汉代的地理书中，对动物充满恐惧的心理不见了，取而代之的是对既定秩序的维护，于是在既定的时间和地区，如果某物不出现，才会带来种种不好的结果。如《荣氏遁甲开山图》记："梧桐不生则九州异。""赤鸳不见则国无贤，白鸳不降则无后嗣。"③于是，这些动植物一变而为祥瑞，它们的出现往往意味着统治的承平、生活的安康以及种种人们所想要的好事，反之则是灾异之象。

　　史书中也多有记载向朝廷报告出现芝草等灵物的事件，仅王莽时就有七百多种祥瑞，白雉、凤凰、神爵、嘉禾、甘露、醴泉、禾长丈余、一粟三米等，都被作为吉兆上报朝廷。汉代出土的画像砖上，也多绘有此类事物，今人将其称作灵瑞图。

　　而之所以出现这种变化，是因为随着人类对外部世界的了解，各种自然物逐渐为人们所了解和熟悉，并且成了他们所处世界的固定组成部分，他们的存在或出现，意味着一切正常，而且还有可能向着更好的方向发展。而《山海经》所体现出来的心态是人们在对自然还不十分了解的情况下，对外界尤其是陌生事物的恐惧之情。在对外界相对熟悉之后，汉人将身边的万事万物都视为特定秩序和结构中的一员，离开它们，世间就可能会出现一些不好的变

---

　　① 袁珂：《山海经校注》，第16、35、44、50、115、457页。
　　② 同上书，第396页。
　　③ （清）王谟：《汉唐地理书钞》，第50页。

化，于是就成了"不见则如何"，成了祥瑞。这也印证了张光直先生的话："在商周的早期，神奇的动物具有很大的支配性的神力，而对动物而言，人的地位是被动与隶属性的。到了周代的后期，人从动物的神话力量之下解脱出来，常常以挑战者的姿态出现，有时甚至成为胜利的一方面。"①而祥瑞，正是这种胜利的表现，因为动植物的出现，不再是为非作歹、带来厄运，而是带来吉兆，意味着更好的未来。

这种变化，在《神异经》中体现得尤为明显。如《南荒经》记："南方有人，长二三尺，袒身而目在顶上，走行如风，名曰魃。所见之国大旱，赤地千里。一名旱母，一名狢。善行市朝众中，遇之者，投著厕中，乃死，旱灾消也。或曰：生捕得，杀之，祸去福来。"②旱魃，在《山海经·大荒北经》中已经出现过了，在其中，魃是天女，是帮助黄帝战胜蚩尤、对付风伯雨师的，但是取胜之后，"魃不得复上，所居不雨。叔均言之帝，后置之赤水之北。……魃时亡之。所欲逐之者，令曰：'神北行！'先除水道，决通沟渎"。③ 在《山海经》中，魃就已经作为一个旱神出现了，但是人们对于旱魃还是带着敬畏之心的，首先她是天神之女，其次她帮助黄帝战胜了蚩尤。虽则她会给人类带来旱灾，但人们也只是令其离开自己的地方，往北方去。这是人类在对自然灾害无能为力时，只能求助于这些会给自己带来灾害的神，希望他们能听到人类的祈求，不再给人类带来祸害。但在《神异经》中，人对魃的自信心已经大大增强了。旱魃也不再是高于人的神，而是和人一样了，只是外形稍稍有些怪异；对旱魃，人们不再是只能通过言语祈求或命令，而是已经有了种种应对的办法，甚至还能以杀死她的方式来达到"祸去福来"的目的。

---

① 张光直：《中国青铜时代》，三联书店 1983 年版，第 295—296 页。
② 王国良：《神异经研究》，第 65 页。
③ 袁珂：《山海经校注》，第 430 页。

　　再如《西荒经》记："西荒之中有人焉,长短如人,著百结败衣,手足虎爪,名曰獏㹣。伺人独自,辄往就人,欲食人脑。先使捕虱,得卧而舌出,盘地丈余。人先闻其声,烧大石以投其舌,乃低头气绝而死;不然,寤而辄食人脑矣。"①这种食人怪兽在《山海经》中也有很多记载,但《山海经》在描述其外貌之后,往往只是说"是食人"就结束了,告诉人们这种动物的凶残习性,让人躲开。但是,此处对于獏㹣,不仅将其食人的具体细节做了详细的介绍,还告诉人们在遇到它之后应该如何应对。在有的记载中,凶残的角色由野兽变成了人类,如《西北荒经》中记:"西北荒中有小人焉,长一寸,围如长,其君朱衣玄冠,乘辂车,导引,为威仪。人遇其乘车,抓而食之,其味辛楚,终年不为虫豸所咋,并识万物名字,又杀腹中三虫。"②对于异人、异物的恐惧消失无踪了,对于怪异不再是惊讶、害怕,而是了解,甚至有了极其残忍的利用。这些同样都是人类自信心增强的表现。

　　同时,汉代地理书不仅像《山海经》一样对自然界的动物、植物充满了兴趣,还对由人所创制的物品也表现出了极大的兴趣,如《海内十洲记》所记的火浣布、切玉刀、续弦胶、吉光毛裘、夜光长满杯等,都是后世小说所密切关注的对象,在《西京杂记》、《博物志》等书中,都可以看到对这些由人所发明的异物充满好奇的记述,当然它们的神异功能也引发了后人的怀疑,如《搜神记》记昆仑之墟云:"山上有鸟兽草木,皆生育滋长于炎火之中,故有火浣布。非此山草木之皮枲,则其鸟兽之毛也。汉世,西域旧献此布,中间久绝。至魏初时,人疑其无有。文帝以为火性酷裂,无含生之气,著之《典论》,明其不然之事,绝智者之听。及明帝立,诏三公曰:'先帝著《典论》,不朽之格言。其刊石于庙门之外及太学,与石经并,以永

――――――

　　① 王国良:《神异经研究》,第82—83页。
　　② 同上书,第94页。

示来世.'至是西域使人献火浣布袈裟,于是刊灭此论,而天下大笑之."①但这种怀疑毕竟是少数,而且还被证明是错误的,因而导致了人们对它的嘲笑。在小说中,人们更多的是对这些怪异的事物充满好奇地进行关注与讲述,即便他们从来都没有见过。

三、异人的变化

汉代地理书对异人也有较多的记载,相对于《山海经》来说,这些内容也发生了较大的变化。《山海经》中关于远国异人的记载,多是简略的,有很多甚至是模糊不清的,以致于以"一曰"如何来表达这种不确定性。但是汉代地理书,除《海内十洲记》所记之地均为仙家的居所外,其他各书都有关于异人的详细记载。

这些对远国异民的记载,表现出了和《山海经》同样的对周边民族的歧视和丑化,如《神异经》中关于黄父的记载云:"东南方有人焉,周行天下。身长七丈,腹围如其长。头戴鸡父、魋头,朱衣缟带,以赤蛇绕额,尾合于头。不饮不食,朝吞恶鬼三千,暮吞三百。此人以鬼为饭,以露为浆,名曰尺郭,一名食邪,一名黄父。"②此处虽在文中明言其所记为人,但这种形貌实在让人不敢恭维:身材怪异,腹围有身高那么长;头戴似鸡的头饰,头发烦乱,且头上还缠绕着蛇;其习性更是诡异,以鬼为食!所以在小注中,有"道师云吞邪鬼"、"今世有黄父鬼"等字样,可见《神异经》中对黄父的外貌及习性的丑化,使得他在后世人的眼中变成了鬼。这与《山海经》中众多鬼国的出现,其原因是相同的,都是出于喜欢同类、排斥异己的心态而对周边民族产生的歧视。《西荒经》中还有关于山臊的记载:"西方深山中有人焉,其长尺余,袒身,捕虾蟹,性不畏人。见人

---

① （晋）干宝:《搜神记》,第165—166页。
② 王国良:《神异经研究》,第56页。

止宿,喜依其火,以炙虾蟹;伺人不在而盗人盐,以食虾蟹,名曰山臊。其音自叫。人尝以竹著火中烞煏,而山臊皆惊惮。犯之令人寒热。"张华注云:"此虽人形而变化,然亦鬼魅之类,今所在山中皆有之。《玄黄经》曰:'臊体捕虾蟆,虽为鬼例,亦人体貌者也。'"①从此处所记载的山臊来看,他们应该也是人,只不过是未开化的民族,因为他们还不知道用衣服来遮羞、取暖,不懂得取火,但他们也有人类的习性——喜欢吃熟食,所以才会喜欢跑到人们的火边来烤他们的虾蟹;而且他们喜欢偷人的盐吃。但在《玄黄经》和张华的注中,这些人也变成了鬼魅。而在《荆楚岁时记》中,更是将鞭炮的发明与这种让人害怕的恶鬼联系了起来。于是乎,山臊由一未开化民族演变为让人畏惧、害怕的恶鬼了。这是出于一种文化优越感而产生的对异族的歧视与丑化。

汉代地理书不仅承袭了《山海经》对于远国异民的狭隘心态,而且也从《山海经》中照搬照抄了很多异人,有的依原文抄录,有的则进行了加工改造。前人对此多有论述,如僧赞宁云:"东方朔著《神异经》,记周巡天下所见。《山海经》所不载者,列之;虽有而不论者,亦列之。"②王国良先生亦说:"从全部内容来看,撰者在写作过程,虽曾参阅了《尚书》、《左传》、《吕氏春秋》、《淮南子》等古籍,而《山海经》则是叙述远方异物的蓝本,再加上作者的见闻与想象,就形成了目前我们所见的一部《神异经》。"③这些说法主要是针对《神异经》的。但汉代地理书在论及远国异人时,都是这样的情形。李剑国先生在《唐前志怪小说史》中,说《括地图》是模仿《山海经》之作,且多取材于《山海经》,并列出直接采用《山海经》的材料,以及对《山海经》中的材料进行加工附

---

① 王国良:《神异经研究》,第85—86页。
② 同上书,第29页。
③ 同上。

会的情况。① 在言及《神异经》与《山海经》的关系时,李先生亦说:
"异物的记载有些承袭《山海经》而又加以变化或丰富。"②

　　这种变化,一方面正如李剑国先生所说的,是对一些远国异民
作推原性的神话阐释,解释他们出现的原因,介绍那些带有神异色
彩的外形,或对其民族的起源进行追溯。如《括地图》记:"夏桀无
道,汤放之鸣条。三年而死。其子獯粥妻桀之众妾,避居北野,随
畜移徙,中国谓之匈奴。"③这就是对异族的起源进行探讨,相对来
说比较平实。当然,这些推原性的神话阐释大多数都是带有神话
色彩的解说,如关于贯胸国、丈夫国的传说均如此。

　　但另一方面,这些对远国异人的描写,相较于《山海经》来说,
还有一个很大的变化,那就是《山海经》注重对异人形体、外貌的认
真刻画,而汉代地理书更注重对其习性的描述。如奇肱民,《山海
经》对其描述是:"其人一臂三目,有阴有阳,乘文马。有鸟焉,两
头,赤黄色,在其旁。"④重点表现的是他们与常人不同的怪异外
貌,以及图画上所显示出来的乘文马、旁有两鸟的情状。这种描写
是《山海经》在描写远国异民时常用的套式。但在《括地图》中,对
奇肱民的记载却与此截然不同:"奇肱民善为机巧,设百禽为飞车,
从风远行。汤时,西风吹奇肱车至于豫州。汤破其车,不以示民。
十年,四风到,乃命复作车,遣归。去玉门四万里。"⑤这里就没有
了对其外部形态的刻画,也不再是看图说话式对其所处的场景的

---

　　① 参见李剑国《唐前志怪小说史》,第141—143页。其中,李先生指出三足神为西
王母取食,钟山神烛阴、白民、君子民等与《山海经》所记几乎相同;而穿胸国、奇肱国、大
人国、丈夫民等,"都是本《山海经》而出以新意,特点是对远国异民作推原性的神话阐
释。故事性较《山海经》为强,想象非常丰富。所以郭璞据以为注"。
　　② 同上书,第148页。
　　③ (清)王谟:《汉唐地理书钞》,第52页
　　④ 袁珂:《山海经校注》,第212—213页。
　　⑤ (清)王谟:《汉唐地理书钞》,第50—51页。

介绍，而是对活生生的人的习性或能力的描述：他们可以建造飞车，能够从风远行。

　　这种变化在《神异经》中表现得尤为明显，如《南荒经》记："南方荒中有人焉，人面鸟喙而有翼，手足扶翼而行，但食海中鱼。一名鹃兜，一名驩兜。为人很恶奸疏，不畏风雨，不忌禽兽，有所触犯，死乃休耳。"①而在《山海经》中所记的讙头，即是此驩兜，但二者有很明显的差别。《海外南经》记："讙头国在其南，其为人人面有翼，鸟喙，方捕鱼。一曰在毕方东。或曰讙朱国。"②对照起来看，《山海经》很明显地是在描述一幅图画，是对画面上的人物外形、动作进行描绘，而且"一曰"和"或曰"则表明除了画面所传达的这些信息之外，对其地理位置则有不同的说法，可见这些说法是源自传闻的。而《神异经》中对驩兜的记载，对其外形的描述几乎是完全承袭《山海经》的，人面、鸟喙、有翼。但对局部的描述也更为详细了，如对其翅膀的形态与作用也作了说明，它们不是用来飞的，而是像拐杖一样，在行走时可以仗翼而行；尤其是"但食海中鱼"之说，这就不是对画面上动作的描写，而是对其生活习性的描述；至于说驩兜国人凶狠、奸恶、野蛮，不怕风雨，不畏禽兽，而且性格暴烈，不容触犯，这些都是对其性格的详细描写。再如写苗民，《山海经·大荒北经》云："西北海外，黑水之北，有人有翼，名曰苗民。颛顼生驩头，驩头生苗民，苗民釐姓，食肉。"③《神异经·西荒经》则记："西荒中有人焉，面目手足皆人形，而胳下有翼，不能飞。为人饕餮，淫逸无理，名曰苗民。"④和对讙头国的记载一样，《神异经》对苗民外貌的描写完全是承袭《山海经》的，只是添加了对其品

① 王国良：《神异经研究》，第64页。
② 袁珂：《山海经校注》，第189页。
③ 同上书，第436—437页。
④ 王国良：《神异经研究》，第82页。

行的描述。

《山海经》中还有小人国,如《海外南经》的周饶国,《大荒南经》的焦侥之国、菌人,《大荒东经》的小人国等,但所记都较为简略。《神异经·西荒经》中的鹄国可能就是源于《山海经》中关于小人国的记载,但也呈现出了不同的特色,如:"西海之外有鹄国焉,男女皆长七寸。为人自然有礼,好经论拜跪。其人皆寿三百岁。其行如飞,日行千里。百物不敢犯之,唯畏海鹄。鹄遇辄吞之,亦寿三百岁。此人在鹄腹中不死,而鹄一举千里。"[1]这里就不再偏重于写其形体的短小,而是着重对其有礼节、诵经跪拜、长寿、善走、害怕海鹄等习性进行介绍,也是由对外形的刻画转为对内在品性和生活习性的描述。

再如《西南荒经》中记饕餮云:"西南方有人焉,身多毛,头上戴豕,性狠恶,好息积财而不用,善夺人物,强毅者夺老弱者,畏群而击单,名曰饕餮,一名贪惏,一名强夺,一名凌弱。"[2]这里对人外貌的描写相对《山海经》来说就真实多了:身上多毛,头上戴着猪的面具,可能就如后世学者所推测的,是图腾崇拜。但如果是在《山海经》中,恐怕是要写作"猴身,猪头"的。而且后面对其贪婪性格的描述,也是比较具体和真实的。

关注点由外而内的转变,一方面表现为外貌描写直接照抄《山海经》,不作任何改动,或不再像《山海经》那样充满荒诞色彩,而是注重实际的传达;另一方面也表现为对外貌的忽视,或者直接忽略,如在王国良先生所辑的佚文中有:"东方有人焉,人形而身多毛,自解水土,知通塞,为人自用,欲为欲息,皆曰是鯀也。""西荒有人,不读五经而意合,不观天文而心通,不诵礼律而精当。

---

① 王国良:《神异经研究》,第87页。
② 同上书,第77页。

天赐其衣,男朱衣、缟带、委貌冠,女碧衣、戴胜,皆无缝。"①这两则佚文,一是关于治水的鲧的,但并无故事性传说,而只是对鲧的能力、性情的介绍;后一则故事则是"天衣无缝"之传说,但也没有任何故事情节,将对外貌、故事的关注转向了对人物习性的表现。

之所以出现这种变化,也是因为人们对周边世界的认识更具体、深入了。随着汉代的统一及强盛,汉帝国与周边国家的来往日益频繁,人们对周边民族的认识不再像先秦时期那样受到诸多限制,关于异人的知识也不再只是源于传闻。《山海经》中所表现的是在对外界所知不多的情况下,人们看到一些见过世面的人的绘图之后所产生的惊异之词;而到了汉代,人们对图画及传闻所传递的信息,仍抱有猎异的兴趣并加以言说,但由于和这些异人已经有了很多的接触,对他们的生活习性都有所了解,于是,就产生了这种关注点的变化——对其外貌更多地进行平实的描绘,有时候甚至省去外貌描写,直接写内在习性。这其实是人们在认识周边民族时心态的变化在文字中的表现,先是由于无知而产生的对异的关注、夸大及丑化,但随着接触增多,这种排斥异己的心态慢慢有所转变,变为求同,于是就转为对人类共有的天性进行描述,只是有的还带有鄙夷性的丑化。但所记的异人很多已经和当时的中国人一样,是知书懂礼的文明人,也拥有很多文明的成果,如知水土、晓天文等,与汉人无异。

不仅对人的描写是如此,对动物的描写也发生了类似的由外而内的转化:从《山海经》中注重对其外形怪异的描绘、刻意表现其由拼接所造成的怪异性,演变为对其品性的描写。如《神异经·西南荒经》记:"西南荒中出讹兽,其状若菟,人面能言,常欺人。言东而西,言可而否,言恶而善,言疏而密,言远而近,言皆反也。名

_____

① 王国良:《神异经研究》,第114页。

曰诞，一名欺，一名戏。其肉美，食之，言不真矣。"①这里就没有细写讹兽的外形，而是着重写其欺人的特性。这种关注点由外而内的变化的产生，是因为人们对外部世界的认识加深了，不再对自然界充满了无知的敬畏与恐惧。对动物的习性的关注与描写，说明人们对外界已经有了一定的了解和把握，不过因为作者是以一种戏谑的态度来写这些怪兽的，所以这些习性更多的是一种虚构，而非真实的情况。

四、神的变化

作为博物知识一部分的神灵，在汉代地理书中也发生了很大的变化。这种变化表现在两方面：一是怪物的神化，一是神的人格化。

我们可以看到，从《山海经》到汉代的地理书，其中所记的神的队伍明显地扩大了。《山海经》中所记的怪物，很多到了汉代都完成了由怪到神的变化。如毕方鸟，在《山海经·西山经》中记章莪之山云："其状如鹤，一足，赤文青质而白喙，名曰毕方，其鸣自叫也，见则其邑有讹火。"②这里关于毕方鸟的记载，和《山海经》中所记的众多怪兽一样，是会带来灾害和不幸的。在郝注引薛综注《东京赋》云："毕方，老父神，如鸟一足两翼，常衔火在人家作怪灾。"③可见，在三国时，毕方鸟已经完成了由怪兽到神灵的转变，虽然它的出现还与火灾有关。

再如《西山经》记邽山："其上有兽焉，其状如牛，蝟毛，名曰穷奇，音如獋狗，是食人。"郭注云："或云似虎，蝟毛，有翼。铭曰：'穷

---

① 王国良：《神异经研究》，第78页。
② 袁珂：《山海经校注》，第52页。
③ （清）郝懿行：《山海经笺疏·西山经》，第26页。

奇之兽,厥形甚丑,驰逐妖邪,莫不奔走。'是以一名号曰神狗。"郝
懿行注云:"《后汉书·礼仪志》说大傩逐疫使十二神,有云穷奇,腾
根其食蛊是穷奇,又能驱逐凶邪,为人除害,故复号曰神狗也。"①
可见,在《山海经》中,穷奇是一种吃人的野兽。但到了汉代,它具
有了驱逐妖邪的作用,因为史书记载的汉代傩仪中,穷奇为十二神
之一,可以驱逐凶邪。从吃人的野兽变为能为人除害的神,无疑也
表明了人类对外界自信心的增强。

在《山海经》中,我们所见到的神多是禽兽合体、人兽合体或
人禽合体,如《南山经·南次二经》记"其神状皆龙身而鸟首",
《南次三经》中记"其神皆龙身而人面",《西山经·西次二经》记:
"其十神者,皆人面而马身。其七神皆人面牛身,四足而一臂,操
杖以行:是为飞兽之神。"《北山经·北次三经》记:"其神状皆马
身而人面者廿神。……其十四神状皆彘身而载玉。……其十神
状皆彘身而八足蛇尾。"《东山经·东次三经》记:"其神状皆人身
而羊角。"②这些神,都是经过拼装的人、兽、禽的混合体,而且它们
的动物属性要浓厚些。

有些为后世所熟知的神,在《山海经》中也是怪兽的形象。如
混沌,在《西山经》中记天山"有神焉,其状如黄囊,赤如丹火,六足
四翼,浑敦无面目,是识歌舞,实为帝江也"。③ 其外表看上去像一
个黄色的口袋,周身还有红色的精光。在袁珂先生的《山海经校
注》中,有帝江的插图,看上去就是一个猪身、没有头尾、六只蹄子、
四只翅膀的怪兽。再比如说后世民间广为流传的王母娘娘,其原
型即为《山海经》中的西王母。据《山海经》的记载,西王母其实也
是一个兽性比较浓厚的形象,如《西山经》记:"西王母其状如人,豹

① (清)郝懿行:《山海经笺疏·西山经》,第34页。
② 袁珂:《山海经校注》,第15、19、38、99、113页。
③ 同上书,第55页。

尾虎齿而善啸,蓬发戴胜。"《大荒西经》中的西王母"戴胜,虎齿,有豹尾,穴处"。① 前文已经述及西王母其实是处于西方的一个部落,是因为当时人们对女性君主的好奇、猎异发展到丑化,再到神化,是一个极为复杂的过程。在《山海经》中,既有以人为原型对其进行的丑化,也有神化,所以表现出来的西王母就是这样一种人、兽、神的合体。

但是到了汉代,这些异形的、充满了兽性的神,都逐渐转变成了具有人形、人性的神。如《海内十洲记》记述了众多的仙人、仙家,虽然对这些神仙并没有细致的描绘,但我们从一些片段中,可以了解这些仙家除了长生不老之外,应该与人没有什么差异。如记瀛洲:"洲上多仙家,风俗似吴人,山川如中国也。"②可见,这些仙人所居与人同,风俗与人同,与那种穴居、善啸的野蛮状态已经相去甚远了。再如记钟山的天帝:"天帝君总九天之维,贵无比焉。"③可见,此时诸神之间已经有了贵贱之分,与《山海经》中杂处于各地、互不相干的神相比,也已经发生了很大的变化。"贵无比焉"的天帝的出现,体现了人们按照人类社会的等级制度对神界所进行的改造,也是神的人格化的表现之一。

再如《神异经》中对河伯使者的记载:"西海水上有人焉,乘白马,朱鬣,白衣,玄冠,从十二童子,驰马西海水上,如飞,名曰河伯使者。或时上岸。马迹所及,水至其处,所至之国,雨水滂沱。暮则还府。"张华注云:"府,河伯府也;西海之府,洛水深渊也。此虽人形,固是鬼神也。"④原文是说"有人焉",很明显应该是人的样

---

① 袁珂:《山海经校注》,第 50、407 页。

② 《海内十洲记》,见《汉魏六朝笔记小说大观》,第 65 页。

③ 同上书,第 71 页。

④ 王国良:《神异经研究》,第 87 页。

子,其乘马、着白衣、戴玄冠、从童子等行为,也是人类的行为。但他分明又具有超出人类的能力:能驰马水上,而且快速如飞;所到之处,大雨滂沱,分明是与水有关的神,既有后世河伯的形象,又掌有雨师的职责。故张华说:"此虽人形,固是鬼神也。"可见,在《神异经》中,河伯已经成了人形化的鬼神,这也是神人格化的一个重要表现。神在外貌、行为等方面向人类的靠近,使得他们慢慢演变成了人格化的神。这些神不再像《山海经》所记载的那样,只是自然界的一种存在,而是成了有人形、人性的人格神。在《山海经》中,神经常出入于山洞或水面,或发出某种怪叫,或"出入有光",显示一些自己的灵光就消失了。它们与人类很疏远,不仅外形是异类,其品性也不见得与人有什么共同之处,更像是处于人类世界中的神秘莫测的动物。

到了汉代,它们在外形变得像人之后,其性情也开始向人靠近。东王公的出现,就代表了这种转变。东王公是汉人为自己所崇拜的西王母配置的一个神。这个神的产生,是人类从自己的生活状况出发,推己及人,认为神也需要爱情和夫妻生活,于是就创造出了东王公。在《神异经》中,有两处关于东王公的记载,一则为《东荒经》:"东荒中有大石室,东王公居焉。长一丈,头发皓白,鸟面人形而虎尾,载一黑熊,左右顾望。恒与一玉女更投壶,每投千二百矫。设有入不出者,天为之嘘嘘。矫出而脱误不接者,天为之笑。"①这里的东王公,虽然还有些禽兽的色彩,外形是鸟面虎尾,但其人性化的色彩要更为浓厚些。其戴一黑熊,应该就是原始人图腾崇拜的一种表现,将自己民族的图腾戴于头上。他还和玉女一起玩游戏,这种名为投壶的游戏,据《西京杂记》卷六记载:"武帝时,郭舍人善投壶,以竹为矢,不用棘也。古之投壶,取中而不求还,故实小豆,恶其矢跃而出也。郭

---

① 王国良:《神异经研究》,第47页。

舍人则激矢令还，一矢百余反，谓之为骁。言如博之击枭于掌中，为骁杰也。每武帝投壶，辄赐金帛。"①根据这段记载，投壶应该是当时比较流行的游戏，汉代变换古代以小豆投壶的玩法，改用竹矢投壶，且要竹矢从壶中反弹回来，接住再投为佳。东王公热衷于人类的投壶游戏，已经具有人的思想和行为了。而这段记载中的天帝，也带有强烈的人的情感色彩：看别人做游戏玩砸了，就替人唏嘘感慨；对于别人的偶尔失手，也幸灾乐祸以至于大笑，和人类感慨"观棋不语真君子"的那种围观者的心态所差无几。另外，在《中荒经》关于昆仑的记载中，也有关于东王公的内容："上有大鸟，名曰希有。南向，张左翼覆东王公，右翼覆西王母。背上小处无羽，一万九千里，西王母岁登翼上之东王公也。……其鸟铭曰：有鸟希有，喙赤煌煌，不鸣不食；东覆东王公，西覆西王母。王母欲东，登之自通；阴阳相须，唯会益工。"②这段记载有点类似于后世牛郎织女相会的故事，东王公和西王母也是每年相会一次，只是他们不是鹊桥相会，而是在一个大鸟的背上，而且是由西王母主动去找东王公。其铭文中的"阴阳相须，唯会益工"，则是当时阴阳观念的反映，更是神的人格化、世俗化的体现。人类将自身的需求放到了神的身上，从而使得他们具有了和人一样的喜怒哀乐、情感及欲望。

五、虚构与嘲讽

　　汉代地理书在今天看来与地理学已相去甚远。其中地理知识的淡漠化、写物叙事的虚构化和怪诞化，使得我们更倾向于把它们看作小说，而且往往视它们为志怪小说。之所以会有这样的看法，

---

① （晋）葛洪：《西京杂记》，第 37—38 页。
② 王国良：《神异经研究》，第 104 页。

是因为在这些作品中有大量有意虚构的内容。而这些虚构的内容，是作者在创作时为了一定的目的有意为之的，所以这和庄子所说的"饰小说"或是桓谭所谓的"合丛残小语"有很大的不同：它们不是来自街谈巷语、道听途说，更不是对那些繁杂的小道的简单记录整理而已，而是由方士或儒生所创造、虚构出来的。① 所以如果按照"以今律古"的方法来看这些作品的话，它们与我们今天的小说观念非常契合；但是在古人那里，它们却并不符合小说观念，所以一直被放在地理书中。

这种虚构首先表现在地理知识的虚幻化上。《山海经》中对远国异人的记载，固然不能说是准确和严谨的，但大多数都是有根据的，或根据图画，或根据传闻，作者主动进行虚构的情况并不多见。但汉代地理书中有些记载虽是记已有的地名，但是对它们的描写与叙述，几乎是纯属虚构。如《海内十洲记》中的诸洲岛，方士们将它们塑造成为仙境，对它们进行敷夸虚饰，只不过是想增加自己方术的神秘性，是迷惑帝王的虚托之辞。这种可想而不可及的幻境，是方士们极力想获取君主或信众的信任所设想出来的。方士通过种种奇妙的幻境、异物来增加自己说法的真实性和诱惑性。但为了防止其胡诌之说有朝一日被发现，就推脱仙境的不可抵达，使自己的谎言不致于败露。所以，对这些地方的描写体现出一种有意为之的虚构。

在《神异经》中，这种虚构的写法是与其嘲讽的目的结合在一起的，体现了作者创作的主动性。《神异经》中的地理知识只是作者驰骋想象的一个背景，所以对这些地方的描写只是给出一个大

---

① 此处参考了李剑国先生的观点。李先生在考证《神异经》和《海内十洲记》的作者时认为，《神异经》，"是书作者非方士巫祝之辈，而是儒生，或者说是受了方术之士影响的儒生"；《海内十洲记》，"是书当系方士道徒所为"。分别见《唐前志怪小说史》，第151、165 页。

致方位,如东方、南方、西荒中、西北海外等。这些方位不仅与实际的地理知识无关,而且作者也没有将其作为地理知识去介绍,而是将其作为自己虚构的大框架,在这些方位之下,来安排自己所创造出来的种种异人异物。地理知识只是一个虚化的背景,其下所描绘的也多是虚构的人、事、物。而且这些人、事、物,只是作者发泄不满的工具。

如《东荒经》记善人云:"东方有人焉,男皆朱衣缟带玄冠,女皆采衣。男女便转可爱,恒分坐而不相犯,相誉而不相毁。见人有患,投死救之,名曰善,一名敬,一名美。不妄言喋喋然而笑;仓促见之,如痴。"其下注云:"俗云善人如痴,此之谓也。"[1]此处将人的善、美、敬作为一种怪异来写,尤其注中所言的"善人如痴",似有愤愤不平之气,亦或假借这样一个美姿容、守礼节、相敬爱的善良部族,来影射人间对善良之人的欺负与轻视。

再如《西南荒经》中所写的讹兽:"西南荒中出讹兽,其状若菟,人面能言,常欺人。言东而西,言可而否,言恶而善,言疏而密,言远而近,言皆反也。名曰诞,一名欺,一名戏。其肉美,食之,言不真矣。"[2]在我们的现实生活中,没人见过会说话的兽类。鹦鹉虽能言,但只是学舌,仅仅是通过不断的练习,学会几句简单的对话,但也不能随机应变,以言语来骗人。而此处的讹兽,不仅能言,而且常欺人,所说的都是反话。更甚者,人类吃了这种兽的肉后,也会变得会撒谎,甚至可能无法再讲任何真话。所以此处关于讹兽的记载,不管是它的习性,还是其肉的功效,应该都是虚构的。而作者虚构这一异物的目的,应该是为了批判当时社会上撒谎的不良习气的。《西荒经》记浑沌云:"昆仑西有兽焉。其状如犬,长毛,四足,似罴而无爪,有目而不见,有两耳而不闻,有人知性,有腹而

---

[1] 王国良:《神异经研究》,第 48 页。
[2] 同上书,第 78 页。

无五脏,有肠,直而不旋,食物径过。人有德行,而往牴触之;有凶德,则往依凭之。天使其然,名为浑沌。一名无腹,一名无目,一名无耳,一名无心,空居无为,常咋其尾,回转,仰天而笑。"①此处的浑沌,不再是《春秋》和《史记》所记的"帝鸿氏之不才子",不是"掩义隐贼,好行凶慝"之人,②也不再是《庄子》中的中央天帝,而是一种野兽。其形貌按作者的描述是"如犬",而它跟自己的尾巴逗着玩的情态,却颇似猫儿玩乐,完全没有了《山海经》中那种令人害怕和觉得新异的怪模样,而是会使人觉得它和我们身边的小宠物没有什么不同。但其内在构造和品性,却让人大吃一惊:有目不见,有耳不闻;有肚子,却没有五脏;有肠子,却不是正常的弯曲回旋的,而是直直的,所以食物直接就从里面出去了;侵犯有德行的人,依凭凶恶的人。这分明是一个不分黑白、不辨是非、助纣为虐的形象,其"无目"、"无耳"、"无心"等称谓,与我们今天骂人"没长眼睛"、"没长耳朵"、"没有心肝"、"没带脑子"一样,是一种批评与指责。而这种动物,在自然界中是无论如何也找不到的,只是在人类社会中,偶尔会遇见几个具有这种品行的异类。所以作者在写作时,可能既不是根据民间传说的怪兽所加工出来的,也不是照搬街谈巷语的,而是随意找了个名字,然后把自己对那种不辨是非的人的不满,全倾泻在这一形象上了。类似的例子还很多,如《西北荒经》中记穷奇云:"西北有兽焉,其状似虎,有翼能飞,便剿食人。知人言语,闻人斗,辄食直者;闻人忠信,辄食其鼻;闻人恶逆不善,辄杀兽往馈之,名曰穷奇。亦食诸禽兽也。"③穷奇颠倒是非,表现出了一种铲善助恶的倾向,这和后世讲因果报应、知恩必报等关于动物的志怪故事截然不同,是作者出于讽刺目的而

---

① 王国良:《神异经研究》,第 80 页。
② (汉)司马迁:《史记》,第 36 页。
③ 王国良:《神异经研究》,第 90 页。

刻意为之的虚构。

在《西北荒经》中，作者刻画了一个无路之人："西北海外有人焉，长二千里，两脚中间相去千里，腹围一千六百里。但日饮天酒五斗，不食五谷鱼肉，忽有饥时，向天仍饱。好游山海间，不犯百姓，不干万物，与天地同生，名曰无路之人。一名仁，一名信，一名神。"①张华在注中说："言无路者，高大不可为路也。"②将其无路可走解释为是他们的形体过于高大，以致于世上没有路可以给他们走。这种解释非常牵强，在各地的神话中，都有巨人的故事，但从来没有关于他们无路可走之说。在《山海经》中记载的大人国也没有这种说法，《河图括地象》中也有关于大秦国、中秦国、佻人国等形体高大的人的记载，但也没有无路可走之说。而在《括地图》中也提到了大人国，说其国人"生儿长大，能乘云，盖龙类"。③ 这就不仅有路可走，甚至还具有人所没有的优势，可以腾云驾雾。那么，此处无路之人之所以无路，其原因还要从名字上找原因，他的别名分别为"仁"、"信"、"神"，而且他"不犯百姓"、"不干万物"，是一个讲求仁义礼智信、仁爱百姓、善待万物的人，而这样的人在当时应该是活得挺不好的，所以作者将其称为"无路之人"。可见作者对于所信奉的仁义、忠信等节操的怀疑，对世俗的疾愤。

再如对不孝鸟的记载，《中荒经》记："不孝鸟，状如人，身犬毛，有齿，猪牙，额上有文曰不孝，口下有文曰不慈，鼻上有文曰不道，左胁有文曰爱夫，右胁有文曰怜妇。故天立此异鸟以显忠孝也。"④《说文解字》释枭为不孝鸟，而枭是我们后世所说的猫头鹰。

---

① 王国良：《神异经研究》，第96页。
② 同上。
③ （清）王谟：《汉唐地理书钞》，第51页。
④ 王国良：《神异经研究》，第113页。

关于它不孝的表现,有不同的说法,有的说它长大后会吃掉母亲,有的说它翅膀硬了之后会啄瞎母亲的眼睛,都和忘恩负义有关。但我们现在所见的猫头鹰,却不是像作者所描写的那样怪异,没有哪个猫头鹰长得像个人,身上长着狗毛,有猪一样的牙齿,而且头上、口下、鼻子上和身上还有那么些字。所以这个不孝鸟也是作者虚构的,在这种虚构的荒诞背后,有着意味深长的寓意。其不孝、不慈、不道,是作者所要批判的,而作者借助这种荒诞的形式,揭示了之所以会出现这种错误的行为的原因——爱夫或怜妇,指出了男女情爱与孝慈的矛盾性、小家庭与大家族利益的冲突,这也是从生活中得来的经验。

应该说在汉代地理书中,体现出了很浓的嘲讽甚至是批判的色彩。《神异经》还说得比较隐晦,《海内十洲记》就表现为直接的批判了。如在记西胡月氏国使者在献香和猛兽时说汉武帝:"今日仰鉴天姿,亦乃非有道之君也。眼多视则贪色,口多言则犯难,身多动则淫贼,心多饰则奢侈。未有用此四者而成天下之治也。"①这里的言辞应该说还是比较直接和辛辣的,如说武帝是"非有道之君",说其贪色、犯难、淫贼、奢侈,这都是非常直接、刻薄的批判,所以惹得武帝十分不满。如果说这是使臣之言,不一定是作者虚构来进行批判的话,那么从后面的描写中可以明确地看出作者的这种批判态度:"帝登时颠蹶,掩耳震动,不能自止。""帝恨使者言不逊,欲收之。""向使厚待使者,帝崩之时,何缘不得灵香之用耶?自合命殒矣。"②对皇帝窘态、小气的描写,根本没有想到要为尊者讳;而后面对皇帝死亡的叙述,竟然是一种指责的语气,颇有些埋怨其自做自受的意思。

---

① 《海内十洲记》,见《汉魏六朝笔记小说大观》,第68页。
② 同上书,第68、69页。

第二节 小学著作与子书中的博物知识

对中华民族来说,汉代是一个非常重要的时代。在这一时期,汉族作为一个民族共同体,在长期混战、抗争后渐趋融合,并最终形成了汉民族。与此同时,在思想文化层面,汉代也是一个整合成型的阶段,确立了以儒家思想为主、其他各家思想为辅的思想格局。而在具体知识层面,也有一系列对已有知识进行整理、规范和系统化的举措。

据《史记·秦始皇本纪》记载,秦始皇在统一天下之后,"端平法度,万物之纪。以明人事,合同父子。圣智仁义,显白道理。东抚东土,以省卒士。事已大毕,乃临于海。皇帝之功,劝劳本事。上农除末,黔首是富。普天之下,抟心揖志。器械一量,同书文字。日月所照,舟舆所载。皆终其命,莫不得意。应时动事,是维皇帝。匡饬异俗,陵水经地。忧恤黔首,朝夕不懈。除疑定法,咸知所辟。方伯分职,诸治经易。举错必当,莫不如画。皇帝之明,临察四方。尊卑贵贱,不逾次行。奸邪不容,皆务贞良。细大尽力,莫敢怠荒。远迩辟隐,专务肃庄。端直敦忠,事业有常。皇帝之德,存定四极。诛乱除害,兴利致福。节事以时,诸产繁殖。黔首安宁,不用兵革。六亲相保,终无寇贼。欢欣奉教,尽知法式"。① 秦始皇统一六国后,对法令、度量衡、车轮间的宽度、书写的文字等都进行了统一。但秦代持续的时间较短,对各种制度、法令、文字等进行规范统一的工作,是在汉代才完成的。在对文化进行整合的过程当中,出现了一大批博学之士,而对事物的规范、辨析成了一种风尚,出现了辨析名物的小学著作和子书。这些作品都带有博物色彩,对博物类小说的形成也有很大的影响。

---

① (汉)司马迁:《史记》,第245页。

一、小学著作中的博物知识

汉代的小学著作被很多学者视为"名物学"著作。①

"名物"一词在先秦典籍中就出现了,现代学者对这一名词也进行了深入研究。据刘兴均先生考证,"名物"一词在《周礼》中就出现了18次,从"名物"一词出现的具体语境及后人的阐释出发,刘先生提出:"名物是指上古时代某些特定事类品物的名称。这些名称记录了当时人们对特定事类品物的从颜色、形状、形制、等差、功能、质料等诸特征加以辨别的认识。它体现了先民对现实世界的感知以及对事类品物的类别属性的把握。"②华夫先生则在《中国古代名物大典》一书的序言中提出,名物"当指与中华民族繁衍生息相关联的形态纷呈之万物"。③ 王强先生在《中国古代名物学初论》中则认为:"由先代典籍可知,国学传统中所谓'名物',为有

---

① 王强先生在《中国古代名物学初论》中将汉代的小学著作视为名物学著作,他认为《尔雅》标志着我国名物学的建立,《说文》也是一部名物学著作,《释名》推动了名物学的发展。他说:"《尔雅》一书是以语言学方法,为基础的名物学研究的发轫之作,《尔雅》不仅仅对古代名物与名物词作分类研究,而更重要的是研究与探讨物名的由来、异名别称、名实关系、客体渊源流变及其文化涵义,《尔雅》的成书标志着我国古代名物学的建立。""东汉出现根据先秦篆文字解释名物的不朽的文字学兼名物学专著《说文解字》。""《释名》是汉季声训的集大成著作,其使用声训方法形成的一整套术语在中国古代名物学史上具有重大的影响与价值。《释名》从理论和实践方面推动了中国古代名物学在汉代的发展。"见《扬州大学学报》(人文社会科学版)2004年第6期,第54—55页。青木正儿亦认为:"要论名物学出自何处,我们可以这么说,作为训诂学的一部分,在与训诂学保持着密不可分的关系的同时产生了名物学。""名物学发端于名物之训诂,以名物之考证为其终极目的。"分别见青木正儿《中华名物考》,中华书局2005年版,第9—10页。也将《尔雅》、《释名》等小学著作视为名物学著作;将他们的出现,视为名物学的形成。

② 刘兴均:《"名物"的定义与名物词的确定》,《西南师范大学学报》(哲学社会科学版)1998年第5期,第85页。

③ 华夫:《中国古代名物学大典》,济南出版社1993年版,第3页。

客体所指,关涉古代自然与社会生活各个领域的事物,其名称亦皆为我国实有或见诸典籍记载的客体名词,其中包括图腾崇拜乃至历史传说中的客体名词。"①

从《周礼》的相关记载来看,"名物"一词的含义应该比"万物"或"各个领域的事物"更为复杂。如《天官·庖人》记庖人的职责为:"掌共六畜、六兽、六禽,辨其名物。"《天官·兽人》:"掌罟田兽,辨其物名。"《地官·大司徒之职》:"以天下土地之图,周知九州地域广轮之数,辨其山林、川泽、丘陵、坟衍、原隰之名物。"《春官·小宗伯之职》:"毛六牲,辨其名物,而颁之于五官,使共奉之;辨六盎之名物与其用,使六宫之人共奉之;辨六彝之名物,以待果(祼)将;辨六尊之名物,以待祭祀、宾客。"《春官·司几筵》:"掌五几、五席之名物,辨其用,与其位。"《春官·典瑞》:"掌玉瑞玉器之藏,辨其名物,与其用事。"从这些文字可以看到,《周礼》中"名物"的出现都是和"辨"相联系的,刘兴均先生所列出现"名物"的 18 处文句,除 3 例为"名"、"物"分言的变体外,其余全都是以"辨其名物"这样的句式出现的。联系到铸鼎象物以"辨物之神奸"的举措,我们可以推测这些地方所说的"辨其名物",其实包含了两方面的内容:一是对某一事物或物体,进行形体特征的把握,使人们一见到这种物体就可以知道它是什么,其中并不包括对其功用的探究,因为在《周礼》中"辨其用"与"辨其名物"是分开的;二是对其进行名称的界定,以官方的立场确定其名号,并使大家都沿用这一名称,其实也就是让人们知道它是什么的同时,能够用一致的语言来指称它。所以,辨名物其实是人类文明发展到较高层次之后,人类以抽象的语言取代形象的图画,所进行的认识外界事物、描述外界事物,并把这种知识传承下去的活动。故"名物"一词有两层面的意思:一

---

① 王强:《中国古代名物学初论》,《扬州大学学报》(人文社会科学版)2004 年第 6 期,第 54 页。

是物体之名,一是物体之实,但两者都关乎物的知识,属于博物知识的一部分。在《周礼》中,被视为"名物"进行辨析的有:禽兽类、物产类、祭器类、祭牲类、冕服类、几席类、玉器类、卜蓍类、车辇类、旗物类、兵器类、甸邑类、食物类、庙宇类、官爵类、乐舞类、贡赋类、妇功类等18类,①涵盖了与人类生活息息相关的外部自然界和人类社会的方方面面,而对这些事物的名、实进行辨析、界定和阐发,应该是当时博物知识的主要内容。

《礼记·祭法》云:"黄帝正名百物以明民共财。"孙希旦注云:"上古虽有百物而未有名,黄帝为物作名,正名其体也。……教民取百物以自赡也。"②可见在古史的传说时期,就已经有了"名物学"知识,黄帝为了教百姓辨别、使用各种事物,于是开始给各种事物取名字,是名物学的创始人。

到了汉代,在对知识进行规范的同时,对事物的认识、界定、总结与辨析,也成为当时思想界的重要工作。只是这一工作不再像《周礼》中所记载的那样,由国家设立专门的官员来负责,而是由学者来承担。一系列小学著作的出现,代表了名物学的形成。小学著作的出现一方面是出于解经的需要。汉代对儒学的尊奉、对经学的提倡,尤其是将其作为仕进之手段,使很多学者"皓首穷经",将毕生的精力和心血都倾注到了经书的整理、阐释和研究上了。而小学著作,被很多学者视为解经之作或解经的工具,如《尔雅》,扬雄认为它是孔子门徒解释六艺之作,王充认为它是为五经训诂,也认为是解经之作,郭璞的《尔雅序》称其是"六艺之钤键",③邢昺在《尔雅疏叙》中说:"夫《尔雅》者,先儒授教之术,后进索隐之方,

---

① 参见刘兴均《"名物"的定义与名物词的确定》,《西南师范大学学报》(哲学社会科学版)1998年第5期,第86—87页。

② (清)孙希旦著,沈啸寰、王星贤点校:《礼记集解》,中华书局1989年版,第1204、1205页。

③ (晋)郭璞注,(宋)邢昺疏:《尔雅注疏》,第3页。

诚传注之滥觞，为经籍之枢要者也。……虫鱼草木，爰自尔以昭彰；《礼》、《乐》、《诗》、《书》，尽由斯而纷郁。"①章太炎先生也认为《尔雅》的功用就是为了"解释经典"。这样的说法虽然受到了一些质疑，如四库馆臣就认为："然释《五经》者不及十之三四，更非专为《五经》作。今观其文，大抵采诸家书训诂名物之同异，以广见闻，实自为一书，不附经义。"②但从历代学者都重视其与经书的关系来看，在相当长的一段时间之内，《尔雅》是作为解经的工具书而存在的。

日本学者青木正儿认为中国古代名物学的形成有两大系统：一为《尔雅》所形成的系统，一为对《诗经》的名物训诂所形成的系统。但他同时说："但因为《尔雅》也是以《诗经》的训诂为主而产生的学问，所以大概可以说名物学的根源在于《诗经》的名物研究。"③这就将名物学的产生与五经之一的《诗经》联系起来了。虽然这样的说法还有待于商榷，但《诗经》等经书对于小学著作的形成来说，具有非常大的意义。

当然，说字书为解经之作或许是出于后人的主观臆断，但经学对字书的影响确实是无法忽视的。如《说文解字》的作者许慎，据《后汉书·儒林传》记载，他"性淳笃，少博学经籍，马融常推敬之，时人为之语曰'《五经》无双许叔重'"。④可见许慎在经学方面的造诣是很高的。他还著有《五经异义》一书，在当时也比较有影响。而作为一个学者，其创作不可能脱离自己的知识结构。所以，《说文解字》一书和许慎的学养及《五经异义》等书肯定是有极大的关联的。《释名》的作者刘熙也是东汉著名的经学家。这种经学家与

①（晋）郭璞注，（宋）邢昺疏：《尔雅注疏》，第3—4页。
②（清）永瑢等：《四库全书总目》，第339页。
③［日］青木正儿：《中华名物考》，第15页。
④（南朝）范晔：《后汉书》，第2588页。

语言学家相重合的身份,不可避免地导致这些小学著作的创作会有偏重于解释经书中字词的现象,所以有的学者将"名物"一词与已有的典籍联系在一起,如王强先生就认为名物一词,"其名称亦皆为我国实有或见诸典籍记载的客体名词",青木正儿认为"所谓名物学就是对物之名称和物之实体进行对照查考,弄清历史等诸多书籍里所出现的禽兽草木及其他物品的名与实,这种学问还是必要的"。① 两位学者都将"名物学"的研究对象界定为典籍中已有的名词,是将小学著作视为解经之作的余绪。

　　另一方面,在受到解经等知识主义的风气影响的同时,文化界也需要对已有的知识成果进行梳理,于是对这些事物的指称及名实关系,学者们也进行了认真而详审的考证、辨定。小学著作不仅仅只是进行名实之辨,还针对因时间所造成的指称的古今差异及因空间所形成的地域差异都进行了辨析与规范。如《尔雅》,郭璞所提出的《尔雅》的功用,其中就有"总绝代之离词,辨同实而殊号者也",②汇聚古代之异词,辨别同实而殊号。邢昺亦认为《尔雅》创作的背景为:"洎夫醇醨既异,步骤不同,一物多名,系方俗之语;片言殊训,滞今古之情,将使后生若为钻仰?"③认为《尔雅》之所以产生,是因为周公看到语言的地域、古今差异,担心后人无法理解经书而创作的,后又有子夏等人的继作,才形成《尔雅》一书。《四库全书总目》认为其"大抵采诸书训诂名物之同异以广见闻",④也认为《尔雅》的创作以辨别名物或名实之异同为主。从《尔雅》一书的具体内容中,我们也可以发现前文将"名物"一词视为"名实之辨"的证据。如:

---

① [日]青木正儿:《中华名物考》,第8页。
② (晋)郭璞注,(宋)邢昺疏:《尔雅注疏》,第2页。
③ 同上书,第3页。
④ (清)永瑢等:《四库全书总目》,第339页。

室有东西厢曰庙,无东西厢,有室曰寝,无室曰榭,四方而高曰台,狭而修曲曰楼。(《释宫》)

珪大尺二寸谓之玠,璋大八寸谓之琡,璧大六寸谓之宣。肉倍好谓之璧,好倍肉谓之瑗,肉好若一谓之环。(《释器》)

水中可居者曰洲,小洲曰渚,小渚曰沚,小沚曰坻,人所为曰潏。水中,李巡注云:"四方皆有水,中央独可居,但大小异其名耳。若人所作者则名潏。"(《释水》)

花,荂也。花、荂,荣也。木谓之华,草谓之荣。不荣而实者谓之秀,荣而不实者谓之英。李巡注云:"分别异名以晓人也。"(《释草》)

食苗心,螟。食叶,蟘。食节,贼。食根,蟊。(《释虫》)

駵骒马。野马。駮,如马,倨牙,食虎豹。騉蹄,趼,善升甗。騉駼,枝蹄趼,善升甗。小领,盗骊。绝有力,駥。膝上皆白,惟馵。四骹皆白,骹。四蹢皆白,首。前足皆白,騱。后足皆白,翑。前右足白,启。左白,踦。后右足白,骧。左白,馵。骊马白腹,驈。馰马白跨,騧。白州,驠。尾本白,騴。尾白,駺。馰颡,白颠。白达素,县。面颡皆白,惟駹。回毛在膺,宜乘。在肘后,减阳。在干,茀方。在背,阕广。逆毛,居馻。騋牝骊牡。玄驹,襃骖。牡曰骘,牝曰騇。骊白,驳。黄白,騜。駵马黄脊,騝。骊马黄脊,騥。青骊,駽。青骊驎,驒。青骊繁鬣,騥。骊白杂毛,駂。黄白杂毛,駓。阴白杂毛,骃。苍白杂毛,骓。彤白杂毛,騔。白马黄鬣,骆。白马黑唇,駩。黑喙,騩。一目白,瞯。二目白,鱼。(《释畜》)

马八尺为駥。牛七尺为犉。羊六尺为羬。彘五尺为豝。狗四尺为獒。鸡三尺为鶤。(《释畜》)①

---

① 以上分别见《尔雅注疏》,第148、166—167、251、296、326、373—378、384页。

从这些例子可以看出,"辨其名物"的名物学其实就是对指称物体的名词与物之间关系的一个考察和辨别。同样是建筑物,何者为庙,何者为厢,何者为寝,何者为榭,何者为台,何者为楼,因其体制的不同,名称也不同;同样是玉,因为形状、大小、边孔比例等的不同,也有不同的名称;同样是四面环水的陆地,因其面积大小的不同而有不同的名字;同样是植物的花,因为它是树木的花或者草类的花而名称不同,也因为这些花结不结果实而指称不同;同样是虫,因为它们的饮食习性不同,而具有不同的名字;同样是马,因为身体某一部位颜色的不同,如是否四个蹄子都是白的,或者两个前蹄是白的,亦或者前左足白、前右足白、后右足白、后左足白等不同而被以不同的名称指称。这些在今天看来繁琐而且没有必要的知识,对于古人来说,却是他们生活中必须具备的知识,也是今人在阅读古代作品时需要了解的知识。如在《诗经》中,就有大量因为细微区别而产生的不同名称,如《豳风·七月》中有:"言私其豵,献豣于公。"《小雅·无羊》:"谁谓尔无牛? 九十其犉。"《秦风·驷驖》:"辀车鸾镳,载猃歇骄。"这些诗句中的豵、豣、犉、猃、骄等词,我们只有借助于《尔雅》一类的小学著作,才能准确地知道它们的具体所指。今天,我们已经没有能力再像我们的祖先那样对其进行区分了。如一岁野猪为豵,三岁野猪为豣,这是根据动物年龄的不同而对其进行的区别。但对于现代人来说,野猪几岁了,这是我们在动物园观赏野猪时,根本不会去想的问题。但古人郑重其事地对其进行区别,并以不同的名词来指称,《尔雅》的内容很多都是对这种辨别的记载,如"牛七尺为犉","长喙,猃。短喙,歇骄"。①

其他小学著作也有这种"辨其名物"的倾向,如《说文解字》。历来学者都注重其在语言学上的成就,但它也是一部名物学巨著。

---

① 见(晋)郭璞注、(宋)邢昺疏《尔雅注疏》,第 384、383 页。

《说文解字序》所谓的"方以类聚,物以群分",①是其建立部首之说的依据,也是许慎对当时事物进行分类辨析的经验总结。书中有很多辨别名物之说,如:"翡翠,赤羽雀也。""丹,巴越之赤石也。""鼎,三足两耳,和五味之宝器也。""韭,韭菜也。一种而久生者也,故谓之韭。""辒,卧车也。"②书中随处可见这类解释,都是针对名称和具体事物的辨析。

《方言》虽作为一部记载各地方言的著作,也具有这种辨其名物的功用,郭璞在《方言序》中对该书给予了很高的赞誉,说它是"真洽见之奇书,不刊之硕记也",而之所以这么重视它,缘于它的功用:"故可不出户庭而坐照四表,不劳畴咨而物来能名。"③朱质在《跋李刻方言》中说:"凡其辨名物,析度数,研精覃思,毫厘必计。"④可见,后人也非常注重《方言》在名物学方面的成就。从《方言》的具体内容来看,它也确实可以算作一部名物学著作。如:"坟,地大也。青幽之间凡土而高且大者谓之坟。""无缘之衣谓之褴。""野凫,其小而好没水中者,南楚之外,谓之鸊鹈。大者谓之鹘蹄。""蝉,楚谓之蜩,宋卫之间谓之螗蜩,陈郑之间谓之蜋蜩,秦晋之间谓之蝉,海岱之间谓之螇。其大者谓之蟧,或谓之蝒马;其小者谓之麦蚻;有文者谓之蜻蜻,其鸣蜻谓之虰。"⑤这些也都是对名词所指的辨别,所不同的是《方言》更偏重于从地域的角度出发对各地方言进行辨析。

而《释名》一书的书名就已经将其辨析物名的性质表达出来了。作者刘熙在《释名序》中谈到自己的创作动机时说:"熙以为,自古造化制器立象,有物以来,迄于近代,或典礼所制,或出自庶

---

① (清)段玉裁:《说文解字注》,第781页。

② 同上书,第138、215、319、336、720页。

③ 华学诚:《扬雄方言校释汇证》,第1页。

④ 同上书,第7页。

⑤ 同上书,第76、288、570、713页。

民,名号雅俗,各方名殊。圣人于是就而弗改,以成其器,著于既往,哲夫巧士,以为之名。故兴于其用而不易其就,所以崇易简省事功也。夫名之与实,各有义类。百姓日称而不知其所以之意,故撰天地、阴阳、四时、邦国、都鄙、车服、桑纪下及民庶应用之器,论叙指归,谓之《释名》。"①所以,《释名》一书也是刘熙为了辨别名与物以及两者之间的关系而创作的,也就是毕沅所说的"以辨万物之称号"。② 其内容大部分是辨别名物的,如:"山大而高曰嵩。嵩,竦也,亦高称也。""肋,勒也,所以检勒五脏也。""鲊,菹也。以盐米酿鱼以为菹,熟而食之也。""宇,羽也。如鸟翼自覆蔽也。"③这些都属于辨别名物的性质,只是与《说文》注重从字形来辨析字的本义不同,它更多是从字音来辨别物名的由来。相对来说,《释名》较《尔雅》、《方言》及《说文》都更具有辨析的精神,前三书很多时候只是说明一个物体,介绍其名称,或是先说名称,后介绍事物,而《释名》还分析其命名的原因。

二、名物与博物

小学著作中的名物学知识,属于博物知识的一部分,甚至可以说是博物学最基本的部分,因为博物的大前提是对事物的了解、认识,并能够对其进行指称。

所以,同时代及后代学者对这些名物学性质的小学著作,都表现出了对其博物方面的重视和赞赏,如郭璞的《尔雅序》说:"若乃可以博物不惑,多识于鸟兽草木之名者,莫近於《尔雅》。"④唐陆德

---

① (汉)刘熙:《释名序》,见王先谦《释名疏证补》,第1页。

② (清)毕沅:《释名疏证毕序》,见王先谦《释名疏证补》,第3页。

③ (清)王先谦:《释名疏证补》,卷一第19页、卷二第21页、卷四第21页、卷五第12页。

④ (晋)郭璞注,(宋)邢昺疏:《尔雅注疏》,前引书,第4页。

明《经典释文序录》云:"《尔雅》者,所以训释五经,辨章同异,实九流之通路、百氏之指南。多识鸟兽草木之名,博览而不惑者也。"①《唐会要》卷七五记唐代裴肃上奏要求在科考中以《尔雅》代替《道德经》,并说:"《尔雅》博通诂训,纲维六经,为文字之楷范,作诗人之兴咏。备详六亲九族之礼,多识鸟兽草木之名。"②这些对《尔雅》的评价,赞赏的都是它的博闻与博览,认为它可以广见闻,多识鸟兽草木之名,甚至可以"备详六亲九族之礼",对人世间的万事万物,甚至种种礼仪规范都有论及。故《晋书·蔡谟传》记蔡谟见蟛蜞大喜,据"蟹有八足,加以二螯",判断它是蟹并命人烹食之,吃后大吐,几死。后来谢尚说他"读《尔雅》不熟,几为《劝学》死"。③可见那时的人们对于自然界动物的认识,不同于先秦时期《山海经》等所反映的那样是来自于图画,而是源自《尔雅》。《尔雅》不仅是解经之作,还承担着传授博物学知识的任务,读书人不是通过自己的观察与经验来认识自然,而是根据《尔雅》的描述来达到其不出门知天下事物的目的。《尔雅》成了知识分子学习"辨物之神奸"的工具。

同样地,学者对《说文解字》的评价,除了高度赞扬其以形释义明文字之本义之外,也注意到了其博物的倾向。早在汉代,许冲在评价他父亲的书时说:"天地鬼神、山川草木、鸟兽昆虫、杂物奇怪、王制礼仪、世间人事,莫不毕载。"④就已经指出了《说文解字》的博物特征。蒋善国在《〈说文解字〉讲稿》中说:"在植物学方面,仅《说文》艸部的445条说解中,就记载了大量的草本植物知识,表现出许慎对这些植物的特征、习性、分类、产地、用途,都有很详细的观

---

① (唐)陆德明:《经典释文》,《四部丛刊初编》本,第17页。
② (宋)王溥:《唐会要》,中华书局1955年版,第1374页。
③ (唐)房玄龄等:《晋书》,第2041页。
④ 见(清)段玉裁《说文解字注》,第786页。

察。此外,禾部、黍部、米部等说解,都反映了丰富的农业生产科学知识。""就动物说……马、牛、羊等家畜都按年龄、毛色、性别、高度等立了几种几十种名称,特别是年龄,不但按年来分,并且有按月来分的。""有关马的年齿、性别、毛色、大小、高矮、行走姿态、性情都可以在这 114(4 个双音节词)个词中找到专名。""在地理学方面,如邑部记载了 160 余处地名,其中说明位置的,有 140 余处。水部约有 130 条河流名称,并说明发源地,流经方向。如:'河,水出敦煌塞外昆仑山发原,入海。''江,水出蜀湔氐徼外崏山,入海。'等等,不仅比《禹贡》的水道记载有极大进展,并且与《水经》相比,也有 80 余条水名为《水经》所不载,堪称为珍贵的古地理资料。""在其他一些领域里,如手工业、医学、矿物学……《说文》所载,都有一定的科学价值。所有这一切,证明了《说文》是记载这些成就的宝库。"①这些论述无不说明了《说文解字》一书博物知识的丰富。张华在《博物志》有关地理知识的部分,有一段序言:"余视《山海经》及《禹贡》、《尔雅》、《说文》、地志,虽曰悉备,各有所不载者,作略说。"②可见,在张华眼中,《尔雅》、《说文》等小学著作和《山海经》、《禹贡》等一样,都具有博物性质。而且在《博物志》中,我们也可以看到很多这类"辨其名物"的内容,如:"果下马高三尺,乘之可于果树下行,故谓果下。""襁褓,织缕为之,广八寸,长丈二尺。以约小儿于背上,负之而行。""翡身通黑,唯胸前、背上、翼后有赤毛。翠身通青黄,唯六翮上毛长寸余青。其飞则羽鸣翠翡翠翡然,因以为名也。"③这些文字,在内容与风格上,与上述小学类著作非常接近,如果将其放入《尔雅》或其他小学著作也不会显得突兀。

① 蒋善国:《〈说文解字〉讲稿》,语文出版社 1988 年版,第 38、38—40 页。
② 范宁:《博物志校证》,第 7 页。
③ 同上书,第 115、119—120、122 页。

青木正儿在《名物学序说》中引用白井光太郎的《本草学考证论》中的一篇文章——《作为博物学者的见原益轩》中的一段话："今日博物学不同于先生时代的博物学，今日有本草学、名物学、物产学这三个科目。合此三者盖可称博物学。"①可见日本学界也是以名物学为博物学的一部分的。

但也有学者认为名物与博物不同。如王强先生就说："古代名物学与博物考异相关涉。秦汉间唐蒙撰《博物记》、晋张华撰《博物志》、晋崔豹撰《古今注》，记载异物、妙境、奇人、灵怪，以及殊俗、琐闻等，此处'博物'指'博通诸种事物'，并非为名物类的'浩博实物'。"②在这里，博物被视为"博通诸种事物"，而名物被界定为"浩博实物"，而且被判定为是不同的。但王先生并没有论证其不同点在哪里，只是从后文我们可以推知一二。他说："两汉而后，追求现实生活中具体物质世界的综合实用知识、广征博物渐成时尚，亦使名物学至斯注入了新的内涵，而忽略语言学方法、缺少朴学精神也使博物学研究取代名物学研究的成果大为逊色。"③这就是说，相对于名物学来说，博物学忽略了语言学的方法，缺少朴学精神，也就是说缺少求实切理、言而有据、注重考据的精神。据此就可以推断，与名物学不同的博物学，似乎就带有一些不科学、不客观、不注重实际情况而发空言的倾向，而名物学则相对科学、客观、严谨。

作为名物学的著作，小学类著作更注重知识的确定性、合理性与规范性，所以相较于《山海经》或后世的《博物志》一类的博物小说来说，其内容更切合实际的理性，而且其表达方式也相对更为抽

①　[日]青木正儿：《中华名物考》，第8页。
②　王强：《中国古代名物学初论》，《扬州大学学报》（人文社会科学版）2004年第6期，第55页。其中唐蒙《博物记》一书，余嘉锡先生在《四库提要辩证》、范宁先生在《博物志校证》的后记中都认为与《博物志》是一书。
③　同上书，第56页。

象、科学与可靠。如《山海经·西山经》记钱来之山："有兽焉，其状如羊而马尾，名曰羬羊，其脂可以已腊。"郭注云："今大月氏国有大羊如驴而马尾；《尔雅》云，羊六尺为羬，谓此羊也。"①如果我们根据《山海经》和郭璞的注解来想象羬羊的话，显然会根据这些文本创造出一个怪兽：又像羊，又像驴，又像马。但是在《尔雅》中对其论述就不再这么荒诞了："马八尺为駥。牛七尺为犉。羊六尺为羬。""駥""犉""羬"这几个名称，是对六畜中体型庞大者的称呼，羬只不过是一种特别大的羊罢了。郭注中的"大羊如驴而马尾"中的驴和马，只是强调其体型和尾巴的大，而并不是说具有驴或者马的某种特征。再如对昆仑山的记载，《山海经》中的昆仑有着很多的神话因素，但在《尔雅》中却说："丘，一成为敦丘，再成为陶丘，再成锐上为融丘，三成为昆仑丘。"②这就抹去了其神异色彩，更偏重于对其特性进行概括，将高山定义为昆仑，以致于郝懿行在解释《海外南经》时说："毕氏曰：'《尔雅》云："三成为昆仑丘。"是昆仑者，高山皆得名之。'此在东南方，当即方丈山也，《水经河水注》云东海方丈山亦有昆仑之称。"③认为所有高山都可以被视为昆仑。

但在具体的作品中，我们也可以看到，被界定为博物学著作的《博物志》《古今注》等也有很多严谨的、带有名物学性质的内容；而被视为名物学的字书，也会将一些传言不加考证地著录在作品中。

前文已经列举了《博物志》中一些名物学性质的内容，同样地，《古今注》也具有辨名物的性质，它所记载的并不是异物、妙境、奇人、灵怪以及殊俗、琐闻等，而是日常生活中人们所常见的具体事

① 袁珂：《山海经校注》，第21页。
② （晋）郭璞注，（宋）邢昺疏：《尔雅注疏》，第224页。
③ （清）郝懿行：《山海经笺疏》，《海外南经》，第4页。

物,也是对其名与实的辨析。其中有《鸟兽篇》、《鱼虫篇》、《草木篇》等,都并非记异物,如《鸟兽篇》中有雁、鹤、猿、鹧鸪、马、鸳鸯、兔、雀、燕、乌、鸡、狗、羊等动物,《虫鱼篇》有萤火、蝼蛄、蟋蟀、蝙蝠、蝏蜲、莎鸡、蚯蚓、飞蛾、蜻蜓、鲤鱼、蜗牛、蝌蚪、乌贼、鲸鱼等昆虫和鱼类,《草木篇》有白杨、蒲柳、水杨、合欢、杜仲、芙蓉、瓠、稻、谷、蒜等植物,这些都是日常所习见的动植物。

　　而在小学类著作中,我们却也可以发现有很多不合实际、不重考证的内容,如《尔雅》释"蜆"云:"蜆,缢女。"在后人的注释中,或说这种虫"喜自经死",或说它是"小黑虫也。赤头,喜自经死,故又名缢女"。① 但是在自然界的昆虫中,即便是科学很发达的今天,也没有发现哪种虫子是自经而死的。我们从注释中所引《说文》释蜆为"蜕为蝶"的说法可以知道,②这种虫子应该是蚕蛹。而将蚕视为女性,是一种神话思维的表现。如列维·斯特劳斯的神话学著作就认为,在神话思维中很多动物都具有人的性别、品性。如夜莺是嫉妒、懒惰、充满贪欲的女性,树獭是节制、有礼的文明人的形象。③ 而在中国的神话传说中,蚕与女性也是密切相关的。如《山海经·海外北经》记:"欧丝之野在大踵东,一女子跪据树欧丝。"④郭璞注云:"言噉桑而吐丝,盖蚕类也。"⑤所以,《山海经》中所记的蚕就是一个女性的形象。而在《荀子·蚕赋》中,亦有"身女好而头马首"之说。在《搜神记》中也记载了这样一则故事:

　　　　旧说,太古之时,有大人远征,家无余人,唯有一女。牡马

　　① (晋) 郭璞注,(宋) 邢昺疏:《尔雅注疏》,均见第 321 页。
　　② "蜕为蝶"一句,在今本《说文》中没有。据阮元考证:"然《六书故》引《说文》蜀本有此语。"《尔雅注疏》,第 321 页。
　　③ 参见[法] 列维·斯特劳斯《嫉妒的制陶女》。
　　④ 袁珂:《山海经校注》,第 242 页。
　　⑤ 同上书,第 243 页。

一匹,女亲养之。穷居幽处,思念其父,乃戏马曰:"尔能为我迎得父还,吾将嫁汝。"马既承此言,乃绝缰而去,径至父所。父见马惊喜,因取而乘之。马望所自来,悲鸣不已。父曰:"此马无事如此,我家得无有故乎?"亟乘以归。为畜生有非常之情,故厚加刍养。马不肯食。每见女出入,辄喜怒奋击。如此非一。父怪之,密以问女,女具以告父,必为是故。父曰:"勿言,恐辱家门。且莫出入。"于是伏弩射杀之,暴皮于庭。父行,女以邻女于皮所戏,以足蹙之曰:"汝是畜生,而欲取人为妇耶? 招此屠剥,如何自苦?"言未及竟,马皮蹶然而起,卷女以行。邻女忙怕,不敢救之。走告其父。父还,求索,已出失之。后经数日,得于大树枝间,女及马皮,尽化为蚕,而绩于树上。其茧纶理厚大,异于常蚕。邻妇取而养之,其收数倍。因名其树曰桑。桑者,丧也。由斯百姓竞种之,今世所养是也。言桑蚕者,是古蚕之余类也。案《天官》,辰为马星。《蚕书》曰:"月当大火,则浴其种。"是蚕与马同气也。《周礼》校人职掌"禁原蚕者",注云:"物莫能两大。禁原蚕者,为其伤马也。"汉礼,皇后亲采桑,祀蚕神,曰:"菀窳妇人,寓氏公主。"公主者,女之尊称也。菀窳妇人,先蚕者也。故今世或谓蚕为女儿者,是古之遗言也。①

这个故事解释了视蚕为女性的原因。在唐代的《中华古今注》中,有"程雅问蚕"条,其问云:"蚕为天驷星所化,何云女儿?"②后文的解释与《搜神记》所记内容一样。可见直至唐代,以蚕为女性的思维仍存在。袁柯先生认为:"吾国蚕丝发明甚早,妇女又专其职任,

---

① (晋) 干宝:《搜神记》,第172—173页。
② (唐) 马缟:《中华古今注》,《丛书集成初编》本,商务印书馆1939年版,第39页。

宜在人群想象中,以蚕之性态与养蚕妇女之形象相结合。"①这就解释了为什么我们的祖先将蚕视为女性。而根据蚕马神话,我们知道蚕的产生与一个女性的非正常死亡有关,所以,蚕又带有死亡甚至是非正常死亡的色彩。故《尔雅》释蚕蛹为"缲女",就是受神话思维的影响,以民间普遍流行的观念来界定名词和事物,是以讹传讹,根本不具备任何求实、考证的意味。这样的记载在《尔雅》中还有一些,如:"鸟之雌雄不可别者,以翼右掩左,雄;左掩右,雌。""貀,无前足。"②这些也都是不重实际的无稽之说。

这样的解说在《说文》中尤为常见,如:"夷俗仁,仁者寿,有君子不死之国。""廌,解廌兽也。似牛一角。古者决讼,令触不直者。""螟,虫食谷心者,吏冥冥犯法即生螟。""蟘,虫食苗叶者,吏乞贷则生蟘。""蜃,大蛤,雉入水所化。""蝄,山川之精物也。淮南王说:蝄蜽状如三岁小儿,赤黑色,赤目,长耳,美发。"③这些记载与博物小说无异。君子不死之国,在《山海经》中已有记载;廌,在《神异经》中也有类似记载;蜃为雉所化,颇似《博物志》物性篇的内容;而螟、蟘之说,在唐代的《酉阳杂俎》中,还可以看到这种说法。

而在《方言》和《释名》二书中,则没有这一类的内容。这与它们的性质有关,《方言》一书仅是会通各地方言,是对不同地区的俚俗之语进行分别辨析的,所以扬雄在辨别事物、器具、服饰、花草、禽兽、虫鱼时,主要是指出对它们指称的地域性差异,故并无不经之说。《释名》所释为与人类社会与生活关系密切之事物,其中的天地、阴阳、四时、邦国、都鄙、车服、丧纪以及民庶应用之器,都笼罩在人类文明的视野之中,故王先谦在《释名疏证补序》中说:"文

---

① 袁珂:《山海经校注》,第 244 页。

② (晋)郭璞注,(宋)邢昺疏:《尔雅注疏》,第 357、362 页。

③ (清)段玉裁:《说文解字注》,第 147、469、664、670、672 页。

字之兴,声先而义后。动植之物,字多纯声,此名无可释者也。"①
将动植物排除在研究范围之外,仅关注人类所发明和界定的事物,
如阴阳、邦国、车服及器具等,而这些事物一般都没有太多荒诞的
说法。

在这类作品中,还有对事物本源进行探讨的内容。刘兴均先
生在《筚路蓝缕 以启山林——从声训系联中看〈释名〉在名物探源
上的创见》一文中,说《释名》是"中国语言学史上第一部名物探源
性质的专著",②这种对事物本源的好奇和探究,可以说是中国古
代文人的一大兴趣,从《山海经》开始,到《说文》、《释名》,再到后世
的《古今注》、《博物志》等书,都有对事物的起源进行探讨与叙述的
内容。

《山海经》在介绍自然界的地理、矿产、动植物、远国异民的同
时,也记载了一些人类的发明创造物,并对其起源进行了梳理。但
这些追溯多少都还带有些神话色彩,它们的发明者都是一些有奇
异形象或超凡能力的传说人物。《山海经》中对事物来源的记载,
主要集中在《大荒经》和《海内经》中,其内容涉及农耕文明、音乐、
车、弓矢、钟、琴瑟、歌舞等的发明。这些发明都带有神话色彩,如
《大荒西经》记农耕文明的起源云:"有西周之国,姬姓,食谷。有人
方耕,名曰叔均。帝俊生后稷,稷降以百谷。稷之弟曰台玺,生叔
均。叔均是代其父及稷播百谷,始作耕。"《海内经》又云:"后稷是
播百谷。稷之孙曰叔均,始作牛耕。"③此处所记的叔均,从现有的
文献中没有发现关于他的神话,但关于后稷,《诗经·大雅·生民》
记他的出生云:"厥初生民,时维姜嫄。生民如何,克禋克祀,以弗

① (清)王先谦:《释名疏证补序》,见王先谦《释名疏证补》,第3页。
② 刘兴均:《筚路蓝缕 以启山林——从声训系联中看〈释名〉在名物探源上的创见》,载《四川师范大学学报》1997年第5期,第41页。
③ 袁珂:《山海经校注》,第392—393、469页。

无子。履帝武敏歆，攸介攸止。载震载夙，载生载育，时维后稷。"
记载了他不平凡的孕育经历。甚至在司马迁的《史记·周本纪》
中，后稷亦是一个神话人物："周后稷，名弃。其母有邰氏女，曰姜
原。姜原为帝喾元妃。姜原出野，见巨人迹，心忻然说，欲践之，践
之而身动如孕者。居期而生子，以为不祥，弃置之隘巷，马牛过者
皆辟不践；徙置之林中，适会山林多人，迁之；而弃渠中冰上，飞鸟
以其翼覆荐之。姜原以为神，遂收养长之。初欲弃之，因名曰
弃。"① 所以，在《山海经》中，农耕文明的出现与神话人物后稷是紧
密相连的。

　　再如音乐的发明，在《山海经》中也是以神话来进行解释的：
《大荒西经》记："西南海之外，赤水之南，流沙之西，有人珥两青蛇，
乘两龙，名曰夏后开。开上三嫔于天，得《九辩》与《九歌》以下。此
天穆之野，高二千仞，开焉得始歌《九招》。"② 此处的开，即是启。
在神话中，启是他的父亲夏禹劈开石头后从石头中跳出来的孩子，
并且可以乘龙登天。而在这个记载中，他又上天去参加天帝的宴
会，并从天界偷来了《九辩》、《九歌》等音乐。

　　但汉代的小学类著作在论及人类发明创造的器物时，则完全
将其神异色彩抹去了，而代之以一种近于史书的客观描述，如《说
文解字》中，有很多关于事物起源的记载，据臧克和先生的统计，共
有28项，③包括八卦、文字、小篆、禳、耒、笙、簧、巫、井、匋、矢、春、
冕、网、罗、帚、舟、磬、煮盐、琴、瑟、弓、钟、车、酒、医等。对这些事
物的溯源，在《说文》中一般是采取"某人作某物"的方式进行介绍
的，如"古者伯益初作井"，"古者挥作弓"。④ 书中对这些人没有任

　　① （汉）司马迁：《史记》，第111页。

　　② 袁珂：《山海经校注》，第414页。

　　③ 臧克和：《说文解字的文化说解》，湖北人民出版社1995年版，第85页。

　　④ （清）段玉裁：《说文解字注》，第216、639页。

何神化的解说。在《释名》中,更是注重实际,甚至把那些不可考知的人名都忽略了,多是记其产生时代,如:"钩车,以行为阵,钩般曲直有正,夏所制也。""胡奴车,东胡以罪没入官为奴者引之,殷所制也。""元戎车,在军前,启突敌阵,周所制也。"①

如果仔细分析一下就会发现,《尔雅》和《说文》中的无稽之谈,往往都是关乎动植物的。可见,在这些带有博物倾向的著作中,关于物的知识已经产生了分化:对于人所发明创造的事物的记载,已经脱离了神话传说与原始思维,变得真实、严谨;而关于自然界的物的知识,仍然杂有较多的荒诞不经之说。

这种对人文知识的重视与对自然知识的淡漠,是中国传统文化重经世致用思想的体现。人类所发明创造的器物、制度、礼仪,对于百姓的日常生活及整个社会的运作起着至关重要的作用,所以学者对这些知识甚为重视。而动植物等虽是人类赖以生存的物质基础,但它们对于中国人来说,只属于"物用"的范畴,我们对它们的关注不外乎充饥、御寒、治病等实用层面,对它们自身,我们的祖先们丝毫不感兴趣,也不愿深究。中国在进入轴心时期后,人们的理性觉醒更偏重于人事,以孔子等人为代表的思想家所关注的就是人生、社会层面的知识,对自然界相对来说不是那么热情。虽孔子也倡导"多识于草木鸟兽之名",但他所谈论的关乎这些自然界的知识甚少,在《论语》中,我们看不到一条关于自然界动植物的知识的记载。而从流传下来的关于孔子博物的故事来看,或关于商羊,或关于骨节专车,也多是无稽之谈。理性精神之光从来没有投射到这些自然物身上。这与西方截然不同。在大约与孔子同时的古希腊,从亚里士多德开始,就已经开始了对自然的研究。他设立吕克昂学院,一边授徒,一边从事对自然的研究。对于自然界的动物,他不再迷信那些荒诞的或带有神话色彩的传说,而是开始了

---

① (清)王先谦:《释名疏证补序》,见王先谦《释名疏证补》卷七,第19—20页。

对动物生活的野外观察和室内解剖工作,并且根据自己的观察和实验,总结、归纳出了生物学的理论知识。他的同门色乌弗拉斯托(前 371—前 287)则专注于植物研究,现存著作有《植物研究》(亦称《植物志》)和《植物原理》,是古希腊关于植物学的最完整的书籍)。吴寿彭评价他们的作品说:"他们几乎遍及了大地所生一切事物的原因与规律。"①不可否认,这些知识也有一些是不正确的,如亚里士多德认为大动脉中没有血,只有人的心脏搏动,雄性动物的牙齿多于雌性动物等,但相对于我们祖先对动物的以讹传讹来说,这些认识无疑是值得我们致以崇高的敬意的。

　　在读《动物四篇》时,看亚里士多德对动物身体构造的分析,对其骨架、内脏、角牙、皮毛等的分析和介绍,对动物生殖情况的了解,以及对动物运动的生理和心理方面的分析时,不禁会发出感慨:几千年前的古人,他们对自然界生物的了解是多么科学!其态度是何其严谨!而在中国,直到十八世纪的《蠕范》,其中所反映的关于动物的知识,仍是承袭讹传的不经之说,如说鹁鸪"善飞,能风能水,雌雄不交,相视则孕,或雌鸣下风,雄鸣上风而孕,口吐其子"。"龙脊八十一鳞,阳九之数也;鲤脊三十六鳞,阴六之数也"。"猩猩人言,狒狒人言,鹦鸽人言,秦吉了人言,青鸡人言,海多鱼人言"。"龟千岁能语,鼠千岁能卜,蛇千岁能续,虎千岁生角,蚌千岁生珠,鸟千岁化蛤蜊,燕百岁化车螯,雀五百岁化蜃,蝮千岁花睩听"。② 难怪乎周作人在评价该书时说:"中国博物学向来又原是文人的余技,除了《诗经》、《离骚》、《尔雅》、《本草》的注疏以外没有什么动植物的学问,所以这部书仍然跳不出这窠臼,一方面虽然可以称之为生物概说,实在也可以叫作造化奇谈,因为里边满装着变

　　① 吴寿彭:《动物之构造与生殖译序》,见(古希腊)亚里士多德著、吴寿彭译《动物四篇》,商务印书馆 2010 年版,第 2 页。
　　② (清)李元:《蠕范》,第 19、40、53、148 页。

化奇怪的传说和故事。……所缺少的便只是科学的真实。"①

三、子书中的博物知识

在汉代的小学著作中,博物知识出现了分化;而在同时代的子书中,其情况也是如此。

前文已经论及汉代知识界的博物倾向,那个时代的学者、思想家等从不同的需求出发,对博物知识都心向往之,以致于出现一物不知深以为耻的情况。那个时代的知识分子,必须要博览通识,要能够知古今、辨事类、明然否,才能算是合格的。

这样一种风气体现在作品中,就出现了以《风俗通义》、《论衡》为代表的带有博物色彩的子书。范晔评价应劭云:"撰《风俗通》,以辨物类名号,识时俗嫌疑,文虽不典,后世服其洽闻。"这一说法被后世广为接受,晁公武《郡斋读书志》、王铚《读书丛残》等都这样评价该书,赞叹应劭的博识、《风俗通义》的洽闻,但对《风俗通义》一书都有些贬低,均认为是"不典"。清代高似孙《子略》卷四中评价《论衡》时亦说:"其为言皆叙天证,敷人事,析物类,道古今,大略如仲舒《玉杯繁露》,而其文详,详则礼义莫能覆,而精辞莫能肃而括,几于芜且杂矣。……事之鲜纯,言之少择也。刘向《新序》、《说苑》奇矣,亦复少探索之功,阙论定之密,其叙事有与史背者不一。二书尚尔,况他书乎! 袁崧《后汉书云》:'充作《论衡》,中土未有传者,蔡邕入吴始见之,以为谈助。''谈助'之言,可以了此书矣。"②认为汉代学风渐趋"大雅多闻",而在追求博闻多识的同时,忽视了知识的真实性。

很多学者都指出,《风俗通义》和《论衡》与小说的关系较为密

---

① 周作人:《知堂书话》,岳麓书社1986年版,第172页。
② 黄晖:《论衡校释》,中华书局1990年版,第1240—1241页。

切。早在《后汉书》中就有对应劭《风俗通义》的批判,范晔说其"文
虽不典",就表现出了一种不满和批判。又说:"应氏七世才闻,而
奉、劭采章为盛。及撰著篇籍,甄纪异知,虽云小道,亦有可观者
焉。"①此处又将应劭的所有著作视为一个整体,都目为"小道"。
而"小道",在庄子那里,和小说是相同的,甚至到班固都是视其为
小说的代名词的,所以他在论述小说家时,引用子夏的"虽小道,亦
有可观,致远恐泥"的说法来评价小说。可见,对《风俗通义》一书,
范晔是将其与小说等同的。清代学者王鸣盛在《十七史商榷》卷三
六说:"劭,汉俗儒也。《风俗通》,小说家也。蔚宗讥其不典,又云
异知小道,可谓知言。《王充传》云:'著《论衡》八十五篇,释物类同
异,正时俗嫌疑。'此与《风俗通》品题略同,尤为妙解。盖两书正是
一类,皆掇拾謏闻,郢书燕说也。"②这就明确将《风俗通义》划归小
说,并将王充的《论衡》一并"拉下水",全都视为小说家言。稍后的
周中孚在《郑堂读书记》中承袭了王鸣盛的观点,他说:"盖仲远汉
之俗儒,学无师授,其撰是书,颇近小说,蔚宗讥其'不典',又云'异
知小道',可谓知言。《王充传》云:'著《论衡》八十五篇,释物类同
异,正时俗嫌疑。'此与应氏书品题略同,尤为妙解。盖两书正是一
类,皆掇拾謏闻,郢书燕说也。"③相较于王鸣盛之立场鲜明,周说
有点含糊,仅仅认为是"颇近小说",但也说明他认为《风俗通义》一
书是有很多小说因素的。而在刘咸炘的《旧书别录》卷四乙二对
《风俗通义》的论述中,我们也可以看到近似的态度:"昔之评者,大
都视为考证之书,推其博洽,此耳食目论也。古之儒家,不尚繁博,
考证杂记,不成家言。况《皇霸》、《声音》、《山泽》诸篇,但有引据,
罕下己意;《六国》一节及《穷通》一篇,全抄古事,但加总论;《神怪》

① (南朝)范晔:《后汉书》,第 1614、1622 页。
② (清)王鸣盛撰,黄曙辉点校:《十七史商榷》,上海书店 2005 年版,第 257 页。
③ 见王利器《风俗通义校注》,第 644 页。

一篇,记琐事而少质正;考证如此,亦何贵哉! 仲远在当时,盖徒博览而无师法者,故于儒生附会陋说,盲从而不知正,参差异说,又宛转而不敢决,引书多芜冗,造文多晦滞,盖自桓谭、王充以来,俗儒不少,仲远则其著者耳。"①认为前人所称赞的《风俗通义》"辨物类名号,识时俗嫌疑"的辩证色彩,纯属后人臆断,是"耳食目论",妄下断语;并指出《风俗通义》中的内容或"但有引据,罕下己意",或"全抄古事,但加总论",或"记琐事而少质正",都是属于摘抄故书,转引古事,很少有自己个人的见解,更没有分析辩驳之语。

今天的学者对《论衡》的评价很高,视其为研究两汉思想史的重要资料。其中的很多内容,尤其是被王充作为批判的靶子所罗列出来的一些观念或言论,也是不可多得的小说资料。而且即便是《论衡》一书,也被有些学者视为小说,如前面所引的王鸣盛、周中孚的说法。再如王应麟在《困学纪闻》卷一〇《诸子》中说:"吕南公谓:'充饰小辩以惊俗,蔡邕独欲传之,何其谬哉?'"②此处吕南公所说的"饰小辩以惊俗",与庄子所谓的"饰小说以干县令"何其相似! 而且王应麟进而指责蔡邕重视这本书并使其流传下来的做法,为"何其谬哉"。可见,他是将《论衡》一书看作小说而给予轻视的,甚至认为根本没有流传下来的必要。而胡应麟《少室山房笔丛》卷二八《九流绪论》中,根据蔡邕曾经视《论衡》为谈助一事说:"中郎以《论衡》为谈助,盖目为稗官野史之流。"③而"稗官野史"一词,自从班固提出"小说家者,盖出于稗官"之后,也是我们后世对小说的指称;而"谈助"一说,也可以看出对其小说性质的认识,因为"谈助"、"谈资"都是传统文人对小说的一贯态度。臧琳《经义杂

---

① 见王利器《风俗通义校注》,第 649 页。

② (宋)王应麟著,翁元圻注,乐保群、田松青、吕宗力校点:《困学纪闻》,上海古籍出版社 2008 年版,第 1296 页。

③ (明)胡应麟:《少室山房笔丛》,第 275 页。

记》十六亦说其"文似小说"。① 这种种说法,都将《论衡》从杂家的阵营里扫地出门,认为它是小说作品,或者是近于小说的作品。

四川大学古代文学教研室编著的《中国文学》一书中,就将应劭的《风俗通义》放在两汉小说中进行介绍,说:"应劭的《风俗通》对后世志人小说有比较深远之影响,我们在《世说新语》中可以明显地感觉到这种影响的存在。同时,《风俗通》中的许多'怪神'故事,被后人转录在《抱朴子》、《搜神记》、《艺文类聚》、《太平广记》等书中,从而对后世志怪小说也有不可忽视的影响。"②认为《风俗通义》对后世的志人小说和志怪小说都有较大的影响。

《风俗通义》和《论衡》这两本书,虽历来被目录学家著录于杂家之中,但其中的很多内容都可以当作小说来看。由于受到汉代博学思想风气的影响,其中尤多博物的内容。《后汉书·应劭传》记应劭"撰《风俗通》,以辨物类名号"。③ 辨物类名号,与名物学著作十分相似,故以前的学者往往会提到《风俗通》与小学著作的关系,如桂馥《晚学集》卷五《书风俗通后》认为"其书多沿袭《说文》,是汉人之好许学者"。④ 龚自珍《最录汉官仪》云:"邵著书多,自邵以前,未之有也,皆轶不传,传者《风俗通义》,小学之旁支,小说之别祖也,予无所取。"⑤都认为《风俗通义》与《说文解字》等小学类著作的关系较为密切。我认为这种关系不在于语言学方面,而是从名物学也就是辨别事物与名称的这一角度建立起来的。故《风俗通》与小学著作一样,也是一本带有博物色彩的著作。而博物知识在以考辨为主要内容的子书中,仍是体现出两极分化的趋势:对人类所发明的各种器具、礼仪、规范、法令等,逐一进行明辨,其态度

---

① 黄晖:《论衡校释》,第 1251—1252 页。
② 四川大学中文系古代文学教研室编:《中国文学》,第 591 页。
③ (南朝) 范晔:《后汉书》,第 1614 页。
④ 见王利器《风俗通义校注》,第 643 页。
⑤ 同上书,第 647 页。

是严谨的;对自然界的事物,则以讹传讹,不加考辨就信以为真。

在《风俗通义》中,《声音》、《山泽》、《古制》、《释忌》、《宫室》等篇,都是以一种求实、严谨的态度进行"辨物类名号"的。一般都是介绍一种事物的外形,并引经据典以增加自己的可信性,体现了博物知识的规范化。如《声音》篇介绍宫、商、角、徵、羽,及各种乐器;《山泽》篇介绍一些地理名词,如五岳、四渎、林、麓、京、陵、丘、泽等;《古制》篇介绍古代国家行政区域的划分及其名称、作竹简以书写、字、校书等事;《释忌》篇则是对民间各种忌讳的记录与辨析;《宫室》篇是对各种建筑物的辨析,对其产生、体制及相互间的细微差异都有涉及。很多内容都带有名物学性质,如:

> 谨按:《世本》:"随作笙。"长四寸,十二簧,像凰之身,正月之音也,物生故谓之笙。《诗》云:"我有嘉宾,鼓瑟吹笙。"大笙谓之巢,小者谓之和。(《声音》)

> 谨按:《易》称:"鼓之以雷霆,圣人则之。"不知谁所作也。鼓者,郭也,春分之音也,万物郭皮甲而出,故谓之鼓。《周礼》六鼓:雷鼓八面,路鼓四面,𪾔鼓、晋鼓皆二面。《诗》云:"击鼓其镗。"《论语》:"小子鸣鼓攻之,可也。"(《声音》)

> 河出敦煌塞外昆仑山,发源注海。《易》:"河出图,圣人则之。"《禹贡》:"九河既道。"《诗》曰:"河水洋洋。"庙在河南荥阳县。河堤谒者掌四渎,礼祠与五岳同。江出蜀郡湔氏徼外崏山,入海。《诗》云:"江、汉陶陶。"《禹贡》:"江、汉朝宗于海。"庙在广陵江都县。淮出南阳平氏桐柏大复山东南,入海。《禹贡》:"海、岱及淮,淮、沂其乂。"《诗》云:"淮水汤汤。"庙在平氏县。济出常山房子赞皇山,东入泜。《禹贡》:"浮于汶,达于济。"庙在东郡临邑县。

> 谨按:《尚书大传》、《礼三正记》:"江、河、淮、济为四渎。

渎者,通也,所以通中国垢浊,民陵居,殖五谷也。江者,贡也,珍物可贡献也。河者,播也,播为九流,出龙图也。淮者,均,均其务也。济者,齐,齐其度量也。"(《山泽》)①

与小学著作不同的是,《风俗通义》不再是为了解释经典,而是以经典为例证;小学著作只是说明某物是什么,《风俗通义》还进行辨析。如对于宫室,《尔雅》中仅仅说:"宫谓之室,室谓之宫。"②但在《风俗通义》中就对宫和室的差别进行了更为详细的辨析:"《论语》:'夫子宫墙数仞。'《礼记》:'季武子入宫,不敢哭。'由是言之:宫,室,一也。秦、汉已来,尊者以宫为常号,下乃避之云室耳,已前贵贱无别。《弟子职》曰:'室中握手。'《论语》曰:'譬如宫墙。'由此言之:宫其外,室其内也。"③针对宫、室两个词的区别,即一贵一贱、一外一内,进行了说明,而且都有例证。这是一种非常严谨的态度。

而对于自然之物,应劭就没有这么严谨了。如他在分析民间画虎于门的习俗时说:"虎者,阳物,百兽之长也。能执搏挫锐,噬食鬼魅,令人卒得恶悟,烧虎皮饮之,击其爪,亦能辟恶,此其验也。"④对老虎,不再是描画其外貌、区分其类别或论述其特性,而是介绍其在民间巫术方面的功用。再如关于鸡,应劭在罗列了民间的"俗说"、《青史子》的说法、邓平的说法之后,论述了自己的观点:"谨按:《春秋左氏传》:'周大夫宾孟适郊,见雄鸡自断其尾,归以告景王曰:"惮其为牺也。"'《山海经》曰:'祠鬼神皆以雄鸡。'鲁郊祀常以丹鸡,祝曰:'以斯翰音赤羽,去鲁侯之咎。'今人卒得鬼刺

____
① 王利器:《风俗通义校注》,第281、282、457—461页。
② (晋)郭璞注,(宋)邢昺疏:《尔雅注疏》,第137页。
③ 王利器:《风俗通义校注》,第575页。
④ 同上书,第368页。

痹,悟,杀雄鸡以傅其心上,病贼风者,作鸡散,东门鸡头可以治蛊。由此言之:鸡主以御死辟恶也。"①这同样也是将对于鸡的知识引向了原始巫术的领域,而不是科学、客观的。再如应劭还记:"菖蒲放花,人得食之,长年。"②与方士之说相似。

王充著《论衡》一书以"疾虚妄"为主旨,其内容主要是对自然界及人类社会中诸事物的辨析,只不过他是站在比较进步的立场上,对凡夫俗子所信奉、所谈论的事物进行批判。"违诡于俗",就标明了其与街谈巷议对立的性质。但通过对各种具体事物及习性的辨析,王充却为我们保留下了众多可贵的"博物小说"。如关于龙,王充说:"世俗画龙之象,马首蛇尾。""世俗言龙神而升天。"关于虫:"变复之家谓虫食谷者,部吏所致也。贪则侵渔,故虫食谷。身黑头赤,则谓武官;头黑身赤,则谓文官。使加罚于虫所象类之吏,则虫灭息不复见矣。"其他如:"儒者言蓳脯生于庖厨者,言厨中自生肉脯,薄如蓳形,摇鼓生风,寒凉食物,使之不臭。""儒者又言:太平之时,屈轶生于庭之末,若草之状,主指佞人,佞人入朝,屈轶庭末以指之,圣王则知佞人所在。""儒者说云:觟者,一角之羊也,性知有罪。"③这些大都是无稽之谈,尤其是后一条与《神异经》记载的一样,《神异经》记:"东北荒中有兽焉,其状如羊,一角,毛青,四足似熊。性忠而直,见人斗则触不直,闻人论则咋不正,名曰獬豸,一名任法兽。"④

上述例证中,有很多是儒者之言。胡适在《王充的论衡》一文中,论述了王充创作《论衡》的时代背景说:"这个时代有两种特别色彩。第一,那时代是迷信的儒教最盛行的时代。我们看汉代的

---

① 王利器:《风俗通义校注》,第375—376页。
② 同上书,第616页。
③ (汉)王充:《论衡》,第94、95、252、268、269、270页。
④ 王国良:《神异经研究》,第117页。

历史,从汉武帝提倡种种道士迷信以后,直到哀帝、平帝、王莽的时候,简直是一个灾异符瑞的迷信时代。""但是那时代,又是一个天文学发展的时代。"①所以当时的天文学知识特别发达,不仅人们知道了地球是转动不已的,而且知道了关于天体的很多知识,如《风俗通义》中记:"月与星并无光,日照之,乃光耳。如以镜照日光,则影见壁,月初光见西方,月望后光见东北,一照也。"②这与张衡所说一样:"夫日譬犹火,月譬犹水,火则外光,水则含景,故月光生于日之所照,魄生于日之所蔽。当日则光盈,就日则光尽也。"③可见在那个时代,人们关于天文学的知识已经很科学了。但是由于受到风行的"迷信的儒家"思想的浸淫,整个社会呈现出迷信的倾向,灵瑞、灾异之说较多。而作为思想家也免不了会受到影响,即便是进步如王充者也不能例外。

《论衡》中有较多关于动植物的不实之说,而且都是出自王充考证后的结论。如《奇怪》篇,王充在驳斥关于大禹、卨、后稷等人的出生传说时云:"彼《诗》言'不坼不副',言其不感动母体,可也;言其闿母背而出,妄也。夫蝉之生复育也,闿背而出。天之生圣子,与复育同道乎?兔吮毫而怀子,及其子生,从口而出。案禹母吞薏苡,卨母咽燕卵,与兔吮毫同实也。禹、卨之母生,宜皆从口,不当闿背。夫如是,闿背之说,竟虚妄也。"④对于儒家所说的大禹、卨为开母背而出的故事,王充是视为虚妄的。但在辩驳的同时,他亦陷入虚妄之说。他认为蝉才是开背而出的,但圣人之生与蝉是不同的;兔子吮毫而孕,生子之时是从口中吐出来的;而禹、卨二人受孕是由于母亲吞下了薏苡、燕卵,所以根据兔子的情况推

---

① 见黄晖《论衡校释》,第 1267、1271 页。

② 王利器:《风俗通义校注》,第 610—611 页。

③ (清)王谟:《汉唐地理书钞》,第 39 页。

④ (汉)王充:《论衡》,第 50—51 页。

测,他们应该也是由母亲从口中吐出来的。在这里,郑重其事的辨析变为了荒诞怪异之言。但在当时这应该是被大家所普遍接受的观念,以致于像王充这样伟大的思想家都被其迷惑,不能明辨是非。在《博物志》中,张华也记:"兔舐毫望月而孕,口中吐子,旧有此说,余自所见也。"①可见,这些被我们视为荒谬的言论,在那个时代,人们确实是信以为真的,甚至在一些知识分子看来还是偏于"科学"的。《变动》篇在反驳论灾异者所说的"灾异之至,殆人君以政动天,天动气以应之"的说法时,提出只有天能动万物,而没有物动天之理,并论证说:"天气变于上,人物应于下矣。故天且雨,商羊起舞,使天雨也。商羊者,知雨之物也,天且雨,屈其一足起舞矣。故天且雨,蝼蚁徙,丘蚓出,琴弦缓,固疾发,此物为天所动之验也。"②以商羊为据论述"天变于上,人、物应于下"的说法。不过,从《孔子家语·辨政》中关于孔子辨商羊的记载可以看出,商羊应该是比较稀有的鸟,以致于好怪异之谈的齐国人没有一个能认识,只有博学的孔子才知道它。而王充在说天气变化引起的动物变化时,说到了我们非常熟悉的蚂蚁搬家、蚯蚓从泥土里钻出来、琴弦会变松动、人的一些老毛病如风湿等可能也会发作,这都是我们在日常生活中所能见到的,但商羊我们不知是何物。虽然比起《孔子家语》中所记的一足怪鸟来说,王充的说法显得要可靠点,他没说鸟是一足,而是说它"屈其一足起舞",但也同样是无稽之谈。

第三节　以君王为中心的博物知识
——《汉武帝别国洞冥记》

博物知识的产生,最初是为了"辩物之神奸"的需要,是人们对

---

① 范宁:《博物志校证》,第45页。
② (汉)王充:《论衡》,第229页。

外界认识的成果。随着国家政权的出现，博物知识出现了为君主服务的倾向。而在博物类小说中，各种各样的奇珍异宝、远国异民，也多是与国家、君王联系在一起的。普通百姓，甚至是那些记录相关知识的文人，都只是这些故事及知识好奇的听众或观众；只有君主，才是这些奇珍异宝的拥有者、远国异民的征服者。所以博物类小说与君王有着密切的关系，其中所记载的各种贡品，都是从某一个君主或一朝君主衍生出来的。从先秦时期的《四方令》《王会解》《禹本纪》《穆天子传》，到汉代的《汉武帝别国洞冥记》，都是围绕着君王来记载各地物产的知识的。

一、《四方令》与《王会解》

在先秦时期，就已经产生了以君王为线索来记物的作品，如《四方令》《王会解》《禹本纪》《穆天子传》等。《四方令》见《逸周书》，被附在《王会解》一文的后面，且下文注明："不《周书》，录中，以事类来附。"[1]因为它和《王会解》内容类似，故附于其后，本不是《周书》的内容，而是属于更早的《商书》。其文字第二章已引，内容是伊尹为商汤规定各地方的贡物。这是以国家政令的形式，罗列各地的特产。

《王会解》则是如实记载周成王时在东都洛邑会同诸侯的盛况和各方的贡献之物。该文在非常细致地介绍聚会时周成王、周公、大臣等人的位置、服饰，各诸侯的位置、服饰、车马、旗帜以及用来放礼品的礼台等情况后，罗列了各方进献之物：

　　西面者正北方：
　　稷慎大麈。

---

① 黄怀信：《逸周书校补注译》，西北大学出版社1996年版，第360页。

秽人前儿。前儿若弥猴，立行，声似小儿。

良夷在子，在子□身人首，脂其腹炙之霍则鸣曰"在子"。

扬州禺。禺，鱼名。

解隃冠。

发人鹿鹿者，若鹿迅走。

俞人虽马。

青丘狐九尾。

周头辉兹。辉兹，去羊也。

黑齿白鹿、白马。

白民乘黄。乘黄者似骐，背有两角。

东越海蛤。

欧人蝉蛇。蝉蛇顺，食之美。

姑于越纳。

曰姑妹珍。

曰瓯文蜃。

共人玄贝。

海阳大蟹。

自深桂。

会稽以鼍。

皆西向。

正北方：

义渠兹白。兹白者若白马，锯牙，食虎豹。

史林以尊耳。尊耳者身若虎豹，尾长三尺其身，食虎豹。

北唐戎以间。间以隃冠。

渠叟以䶂犬。䶂犬者，露犬也，能飞，食虎豹。

楼烦以星施。星施者珥旄。

卜卢以羊。羊者，牛之小者也。

区阳以鳖封者，若彘，前后有首。

规规以麟者，兽也。

西申以凤鸟。凤鸟者，戴仁、抱义、掖信，归有德。

丘羌鸾鸟。

巴人以比翼鸟。

方扬以皇鸟。

蜀人以文翰。文翰者，若皋鸡。

方人以孔鸟。

卜人以丹沙。

夷用闾采。

康民以秬苡者，其实如李，食之宜子。

州靡费费。其形人身技踵，自笑，笑则上唇翕其目，食人，北方谓之吐喽。

都郭生生；若黄狗，人面，能言。

奇干善芳。善芳者，头若雄鸡，佩之令人不昧。

皆东向。

北方台正东：

高夷嗛羊。嗛羊者，羊而四角。

独鹿邛邛。距虚，善走也。

孤竹距虚。

不令支玄模。

不屠何青能。

东胡黄罴。

山戎菽。

其西：

般吾白虎。

屠州黑豹。

禺氏騊駼。

大夏兹白牛。

犬戎文马而赤鬣，缟身，目若黄金，名古黄之乘。

数楚每牛。每牛者，牛之小者也。

匈戎狡犬。狡犬者，巨身，四尺果。

皆北向。

权扶三目。

白州北间。北间者其革若于，伐其木以为车，终行不败。

禽人菅。

路人大竹。

长沙鳖。

其西：

鱼腹鼓鼓钟钟牛。

蛮杨之翟。

仓吾翡翠。翡翠者，所以取羽。其余皆可知。

自古之政，南人至众。

皆北向。①

相较于《四方献令》，《王会解》中的贡品更为丰富、繁多。而且其中还有一些具体的描述，较《四方献令》更为细致、形象。在这令人眼花缭乱的贡品中，我们看到很多在《山海经》中已经出现的远方殊国与"怪物"，如青丘的九尾狐、黑齿国、白民的乘黄、罴、鳖封、凤鸟、鸾鸟、比翼鸟、奇干国等。胡应麟在《少室山房笔丛·三坟补逸下》中说："《王会》杂以怪诞之文。……《王会》怪鸟奇兽多出入《山海经》。"②也指出了这种重合性。甚至在《尔雅》中出现且显得比

① 黄怀信：《逸周书校补注译》，第347—358页。
② （明）胡应麟：《少室山房笔丛》，第340页。

较突兀的邛邛距虚、能、麟等，在这里也都有介绍。

而《逸周书》在学界被认为是孔子删《书》之余，被看作是可信的史料："是书所记，多确实可信。"①《王会解》一篇，应该是当时真实情况的记录，而不是"小说家"的虚妄之言。有些带有神秘色彩的动物，只是当时原始思维的表现，而不是出于刻意的虚构。这也可以论证我们第三章的观点，《山海经》并不是"语怪"的，而是由于认识水平、表达方式等方面的局限，造成了其怪异的色彩。

与《山海经》教人民识别万物的创作目的不同，《逸周书·王会解》是一篇为周王服务的作品，据《周书序》的记载，该书出现的背景为："周室既宁，八方会同，各以其职来献，欲垂法厥后，作《王会》。"②《王会解》的创作，是在周王朝统治很安定的时期，各方诸侯都汇聚洛邑，带来了他们的贡品，为了让后世的统治者知道各方贡物的情况，以便效法，才有了这样一篇作品。它所记的殊方异物都是在一次聚会上，由诸侯进献给成王的，虽没有《山海经》中所记全面，但应该是更真实的记录。因为《王会解》是对众多贡品的记录，故更为可信。

《四方令》和《王会解》均记录了与中原相对的周边民族及国家，也罗列了各地的物产，但其记叙都非常简略：《四方令》中仅仅是列出地名和物名，《王会解》中虽间有描述，但仍很简单，而且有的或许还是出自后人的注解，而非其书原貌。这两篇文章，都是重要的史料。但它们对博物小说的产生和发展也有着非常重要的影响。这种影响主要体现在两方面：一是两篇作品中均表现出了国家对博物知识的需求与重视。各方的供奉之物，成了进贡者臣服于王室的象征，这会导致君王对这些奇珍异玩的占有欲，因为它们是自己君权的直接体现，也引发了后世君王对异域珍奇事物的好

① 黄怀信：《〈逸周书〉提要》，见《逸周书校补注译》，第 4 页。
② 黄怀信：《逸周书校补注译》，第 448 页。

奇与贪欲;而这必然会影响到知识界和民间对这些知识的狂热,这就为博物小说的产生营造了一个非常有利的文化背景。二是两篇作品在罗列这些殊方异物时,都将这些物与人建立了关系:《四方令》的故事结构是商汤对当时的贡赋制度不满,命令伊尹作《四方献令》,其中所列的各地特产是在这样一个故事框架之下展开的;而《王会解》的内容也是在一个热闹的聚会之中展开的,其中的周成王、周公及各方诸侯等纷纷登场。虽然这些物并没有直接和人物发生关系,还是独立地存在的,但文中出现了人物,有了故事情节,这就使其与现代小说观念更为贴近了。相对于《山海经》的仅仅描述远国异民、殊方异物,并不出现任何人物以引起故事来说,《四方令》和《王会解》在这一点上更符合现代小说观念。

二、《禹本纪》与《穆天子传》

《禹本纪》和《穆天子传》从名称来看,应该是史书。《禹本纪》顾名思义是记载大禹事迹的,而《穆天子传》则是记载周穆王游历之事的。在历代目录学著作中,《禹本纪》不见著录;但《穆天子传》一书,各史志都是将其著录于史部起居注下的,直至《四库全书总目》才将其改属子部小说家类。从《穆天子传》一书和现在所能看到的《禹本纪》佚文来看,两部作品均有博物的特点,所以很多学者在讨论博物小说时,都会论及这两本书,如李剑国先生在《唐前志怪小说史》中就将《穆天子传》视为地理博物著作,他说:"就现存的地理博物著作来看,地理博物学志怪化的轨迹亦清晰可见。这表现在由《禹贡》、《职方氏》以及类似旅行记的杂传小说《穆天子传》到《王会解》、《山海经》的转变中。""书中山川道里、外邦异国、动植物产的记述比较平实",[1]而"《禹本纪》虽用史体,但恐怕也是传闻

---

① 李剑国:《唐前志怪小说史》,第 63 页。

性的地理博物书,从小说角度看,则可视为准志怪小说。不过,从'本纪'的名称来看,其体制也有可能不属于《琐语》那样的志怪体小说文体,而和《穆天子传》相似,属于单篇杂传小说,只是内容为语怪而已"。① 虽然都指出了它们的博物性质,但是却将它们划为杂传小说,而不是博物小说,这可能跟史书的传统有关。史书的叙事特征表现为文本中有人物、有故事,而且是以人物为中心来记载与某个人物有关的一系列事件。所以史书往往以人物为中心,构成了一个完整的故事,有事件的起因、过程、结果,而杂传小说因为是从史书发展而来的,所以就具有这样的特征,所以它们与唐传奇及现在的小说相近,但是与传统小说的那种丛残小语、没有故事,不注重人物的特征不同。《禹本纪》、《穆天子传》和《四方令》、《王会解》一样,将博物知识放在人、事的框架之下进行介绍,只是在《四方令》、《王会解》中,它们是一个故事所要讲述的主要内容,而到了《禹本纪》和《穆天子传》中,它们就成了点缀,或者是一种应景的记录。

《禹本纪》最早见于司马迁的《史记》,在《史记·大宛列传》中有:"《禹本纪》言'河出昆仑。昆仑其高二千五百余里,日月所相避隐为光明也。其上有醴泉、瑶池'。今自张骞使大夏之后也,穷河源,恶睹《本纪》所谓昆仑者乎? 故言九州山川,《尚书》近之矣。至《禹本纪》、《山海经》所有怪物,余不敢言之也。"②但司马迁对《禹本纪》是持批判态度的,认为其中所言为虚,不仅从汉代的实际经验来看其中的地理知识是不符合的,而且其中所记的各种怪物,亦是司马迁所不愿言及的。这也就使得该书在后世不被重视,以致于亡佚。

王谟在《汉唐地理书钞》中,收集了后人在注《离骚》、《山海经》、《水经》等书时所引用的《禹本纪》之文,并考证后人所引的《禹

① 李剑国:《唐前志怪小说史》,第 109 页。
② (汉) 司马迁:《史记》,第 3197 页。

受地记》、《禹大传》等书应为一书,①将各书引文并《山海经》中一部分,辑为《禹受地记》:

> 昆仑东南地方五千里名曰神州。(杜氏《通典》注引《禹受地统书》)
>
> 河出昆仑。昆仑其高二千五百余里,日月所相避隐为光明也。其上有醴泉、瑶池。(《史记·大宛列传》赞引《禹本纪》)
>
> 昆仑去嵩高五万里,盖天地之中也。(《山海经》注引《禹本纪》)
>
> 洧盘之水出崦嵫山。(王逸《离骚》注引《禹大传》)
>
> 禹曰:"天下名山经五千三百七十山,六万四千五十六里,居地也。山居其五臧,盖其余小山甚众,不足记云。天地之东西二万八千里,南北二万六千里,出水之山者八千里,受水者八千里,出铜之山四百六十七,出铁之山三千六百九十。此天地之所分壤树谷也,戈矛之所发也,刀铩之所起也。能者有余,拙者不足。封于太山,禅于梁父,七十二家,得失之数,皆在此内,是谓国用。②

从司马迁将其与《山海经》并列,以及上面几条佚文的内容来看,

---

① 见(清)王谟《汉唐地理书钞》,第88页。原文如下:"按王伯厚《困学纪闻》以《三礼义宗》引《禹受地记》,王逸注《离骚》引《禹大传》,疑即太史公所谓《禹本纪》。今考《史记·大宛列传》赞引《禹本纪》言河出昆仑。自后郭璞注《山海经》、郦道元注《水经》,于‘河出昆仑’并引《本纪》,初不及《禹受地记》。即如《纪闻》言出《三礼义宗》,而《义宗》书既不传,其说亦无可考。维杜氏《通典》注言先儒皆引《禹受地统书》云:‘东南地方五千里,名曰神州。’先儒意即指崔灵恩《三礼义宗》,《受地统书》即《禹受地记》也。而朱氏《经义考》又以《地统书》为《河图括地象》,亦未知得其实。兹故,即以《地统书》合《禹受地记》,而以《禹本纪》、《禹大传》及《山海经》禹自言五臧山数文并著一篇。"李剑国先生也持相同观点,他认为:"《禹受地记》和《禹大传》的书名和佚文内容,皆与《禹本纪》十分相似,王应麟以为一书,近是。"见李剑国《唐前志怪小说史》,第108页。
② (清)王谟:《汉唐地理书钞》,第88页。

《禹本纪》应该是一部和地理知识密切相关的博物著作。但是因为无法看到原文,我们不能妄下定论。不过根据《禹本纪》、《禹受地记》、《禹大传》等名称,我们可以推测,该书是关于大禹的故事,这就使得我们联想到河图洛书,《易经·系辞上》说:"河出图,洛出书,圣人则之。"河图是伏羲时由龙马负出,伏羲据以制作八卦;洛书则是大禹时由神龟背出的书籍,大禹以其为依据治水成功,并划定九州。后人往往将河图洛书之说视为不稽之传说,又由于关于河图洛书的记载最早见于《周易》,所以河图洛书演变成了抽象性的符号。但与大禹有关的洛书可能只是一本地图,大禹根据地图所指示的情况进行治水,并取得了成功。而记载大禹得到这幅图的故事,或者是关于大禹按照地图进行治水工作的记载,可能就是《禹本纪》或者《禹受地记》。而我们现在所能见到的佚文,可能就是当时解释洛书中地图的文字内容,也可能是大禹治水时途经之地的地理知识的记录。但因为《山海经》的成书也是和大禹治水之事相联系的,古人都认为该书是大禹在治水过程中所经历的山水、见到的怪物的记载,如《论衡·别通》云:"禹主治水,益主记异物。"《列子·汤问》:"大禹行而见之,伯益知而名之,夷坚闻而志之。"所以,《禹本纪》可能是介绍大禹得到地图之事,并解释地图的内容,其中可能涉及各地的物产。但这主要是以认识外部世界为目的的,与《四方令》和《王会解》不同。

相对于《禹本纪》来说,《穆天子传》是比较幸运的。它在西晋时被挖掘出来,虽有残缺,但毕竟被保存下来了。王隐在《晋书·束皙传》中提到汲冢竹书中有《穆天子传》云:"《穆天子传》五篇,言周穆王游行四海,见帝台、西王母。"①虽为记帝王事之书,但因为是记帝王游行之事,所以就有了游记的性质,李剑国先生就认为它

----

① (唐)房玄龄等:《晋书》,第1433页。

是"类似旅行记的杂传小说"。①

　　作为一种文体,游记所记的内容从古至今发生了很大的变化。我们今天的游记在记游时,既可以记所见之景、之俗,也可以写所历之事、之人;既可以抒情,也可以说理。而且一篇艺术成就较高的游记,往往都有一定的情感或哲理在其中。但最初的游记,更多的是偏重于记物,记录所见所闻之物,尤其是那些怪异之物。在传统的地理书中,游记类著作就是这样的一类作品。王谟在《汉唐地理书钞》中,将地理书分为十二类,其中的行役征途经涉地理书记便可视为游记。这类作品都是以记物为主的,带有浓厚的博物色彩。最早的行役征途经涉地理书记当属《山海经》,如果它的原始作者真是禹益,也可以算作是经涉过程中所作的了。由于这一类地理书所记多为所经之地的物产,故可以博物小说视之,如汉代陆贾的《南越行记》、张骞的《出关志》等。姚振宗的《汉书艺文志拾补》就将《南越行纪》著录为小说家。可惜两书均已亡佚,我们无法考证其全貌。但从留下来的片段记载,我们可以知道其大概内容。在嵇含的《南方草木状》中,保留有《南越行纪》中的两条内容,分别是记茉莉花及罗浮山的:"南越之境,五谷无味,百花不香。此二花特芳香者,缘自胡国移至,不随水土而变,与夫橘北为枳异矣。""罗浮山顶有胡杨梅,山桃绕其际,海人时登采拾,止得于上饱啖,不得持下。"②对一个地方的关注,更多的是该地的物产,对奇特之物如茉莉、杨梅等比较有兴趣。再如张骞,他出使西域给中土带回来不少异物,据《酉阳杂俎》的记载,葡萄就是他带回来的。这种对物的好奇和热情,也体现在他的作品中。在崔豹的《古今注》中,有引自《出关志》的内容:"酒杯藤,出西域。藤大如臂,叶似葛,花实如梧

---

　　① 李剑国:《唐前志怪小说史》,第63页。
　　② (晋)嵇含著,王根林校点:《南方草木状》,见《汉魏六朝笔记小说大观》,第255、265页。

桐。实花坚,皆可以酌酒,自有文章,映彻可爱。实大如指,味如豆蔻,香美消酒,士人提酒来至藤下,摘花酌酒,仍以实销醒,国人宝之,不传中土。张骞出大宛得之,事在张骞《出关志》。"①也是对一种异物——酒杯藤的记载。

《穆天子传》是记录周穆王游历天下之事的,虽以事件为中心,但这样一部游记性质的作品,也像其他的游记一样,记载了大量的博物知识。其中有对天子的饰品及配备的弓箭、马匹、狗等的介绍,也有对各地物产的记载,还有天子到一个地方之后与当地统治者互赠礼物的记载,这些都是关于物的罗列、说明或描写。如:

> 甲辰,天子猎于渗泽。于是得白狐玄貉焉,以祭于河宗。
> 天子之珤万金,□瑶百金,士之珤五十金,庶人之珤十金。天子之弓射人,步剑牛马,犀□器千金。天子之马走千里,胜人猛兽。天子之狗走百里,执虎豹。柏夭曰:'征鸟使翼':曰□鸟鸢,鹢鸡飞八百里。名兽使足:□走千里,狻猊□野马走五百里,邛邛距虚走百里,麋□二十里。

> 天子之骏:赤骥、盗骊、白义、逾轮、山子、渠黄、华骝、绿耳。狗:重工、彻止、雚猲、□黄、南□、来白。

> 爰有□兽食虎豹,如麋而载骨。盘□始如麕,小头大鼻。爰有赤豹白虎、熊罴豺狼、野马野牛、山羊野豕,爰有白鹇青雕,执犬羊,食豕鹿。

> 辛巳,入于曹奴,曹奴之人戏,觞天子于洋水之上,乃献食马九百,牛羊七千,穄米百车。天子使逢固受之。天子乃赐曹

---

① (晋)崔豹著,王根林校点:《古今注》,见《汉魏六朝笔记小说大观》,第245页。

奴之人戏□黄金之鹿,白银之麘,贝带四十,朱四百裹,戏乃膜
拜而受之。

　　孟秋丁酉,天子北征,□之人潜时觞天子于羽陵之上,乃
献良马牛羊。天子以其邦之攻玉石也,不受其牢。伯夭曰:
"□氏,槛□之后也。"天子乃赐之黄金之婴三六,朱三百裹,潜
时乃膜拜而受。"①

这些内容都带有博物性质,尤其是后一条,也印证了《四方令》和
《王会解》的真实性及它们的作用:国君或者负责相关职责的大臣
对各地的物产非常熟悉,各地的供奉也主要是以自己土地上的特
产为主,不用花费人力、财力从别处购买。但这些物只是作为故事
的一个点缀出现的,毕竟不是其书的主要内容,而只是周穆王游历
的组成部分。

三、《汉武帝别国洞冥记》②

　　将博物知识与人和事结合起来进行叙写的方式,在《汉武帝别
国洞冥记》中得到了很好的继承。该书以汉武帝为中心,串联起一
系列关于宫室楼台、奇珍异玩、远国异民的知识,成了别具一格的
博物类小说。与上述四书不同的是,它不再是以一种客观、严谨、
求实的目的来进行创作的,而是以一种小说家的好奇猎异甚至是
游戏的心态来创作的,借史书的体例来写汉武帝的居住之所、身边

---

　　① 顾实:《新校订本穆天子传》,见《穆天子传西征讲疏》,中国书店1990年版,第
3、4、6—7页。

　　② 关于《洞冥记》的时代及作者问题,此处用李剑国先生的观点,认为它是东汉郭
宪的作品,参见李剑国《唐前志怪小说史》,第152—156页。

的异人、进献给武帝的异物,以及方士们所吹嘘的异物及异人。这种远非实录,更没有实用目的,作者亦明白所言浮诞,从今天的小说观念出发来看的话,可算得上是真正的博物类小说。

郭宪在自序中说:"宪家世述道书,推求先圣往贤之所撰集,不可穷尽,千室不能藏,万乘不能载,犹有漏逸。或言浮诞,非政教所同,经文史官记事,故略而不取,盖偏国殊方,并不在录。愚谓古曩余事,不可得而弃。况汉武帝,明俊特异之主,东方朔因滑稽浮诞,以匡谏洞心于道教,使冥迹之奥,昭然显著。今籍旧史之所不载者,聊以闻见,撰《洞冥记》四卷,成一家之书,庶明博君子该而异焉。武帝以欲穷神仙之事,故绝域遐方,贡其珍异奇物,及道术之人,故于汉世盛于群主也。故编次之云尔。"①从这一段话我们可以知道,《汉武帝洞冥记》原名《洞冥记》,是郭宪从家中藏书中辑录出来的史事,因偏于虚妄而史书不录,主要是和神仙之说有关的异域、异物及异人等内容。

此书在后世有很多不同的名称,如《宋史·艺文志》传记类下著录为《洞冥记》,《隋志》、《郡斋读书志》著录为《汉武洞冥记》,《宋史·艺文志》小说类著录为《汉武帝洞冥记》,《直斋书录解题》著录为《汉武别国洞冥记》,《新唐志》著录为《汉武帝别国洞冥记》。所加的"汉武"、"汉武帝"和"别国"等字样,正表明了这一作品的特点:与人物密切相关,汉武帝是一条核心线索,所有的记叙和描写都是围绕着他展开的;其中的很多奇异之物,都源自外国,因涉及其他国家,故云别国。

1. 别国所献之物

从《四方献令》、《王会解》、《穆天子传》中,我们可以看到,先秦时期周边邦国对中原君主进贡的一些情形。到了汉代,这种向中

————————

① (汉)郭宪著,王根林点校:《汉武帝洞冥记》,见《汉魏六朝笔记小说大观》,第123页。

央政府进贡的习俗仍被保留下来。尤其是汉武帝时期,因武帝好大喜功,且迷信于神仙之说,对于传说中的各种奇珍异宝、灵丹妙药都有强烈的占有欲,不满足于已有的贡品,甚至不惜发动战争来满足自己的贪欲。上有所好,下有所效,在武帝穷奢极欲的影响之下,官吏们多投其所好。《史记·大宛列传》记人们看到张骞因为开拓了与外国交通的道路而获得尊贵之地位后,"从吏卒皆争上书言外国奇怪利害","汉发使十余辈至宛西诸外国,求奇物,因风览以伐宛之威德"。① 而汉代与外国交通、交战的目的主要就是异物,如为了得到汗血宝马,汉武帝竟派李广利等通过战争强夺。史书中对异国的记载,也充斥着这些奇珍异玩。《洞冥记》是一个非常有代表性的例子。

在《汉武帝别国洞冥记》中,"别国"并不是游历所经之国,而是给武帝进献贡品的国家。随着汉代与周边尤其是西域交通的发展,这些国家也不再是像《四方令》等作品中所记的中央政府之下的小邦国,而是距离非常遥远的异域。这些国家有的是实有的,并且和汉朝建立了外交关系,如波斯国、大秦国等,而有的则可能完全是出于武帝所派遣出去的使臣,或者是为了显示自己神通的方术之士的虚构。在文中,很多都是仅仅出现名字,因为关注对象是异物,所以对国家没有详细的介绍。即便有详细描述的国家,也都和那些奇珍异玩一样,充满了奇异色彩。如进献却睡草的末多国,"此国人长四寸,织麟毛为布,以文石为床,人形虽小,而屋宇崇旷,织凤毛锦,以锦为帷幕也"。② 这个国家的人,外形绝小,只有四寸,类似《山海经》中的焦侥之人、小人或菌人,所以用一块小石头就可以作为床了;而且他们织麟毛为布,织凤毛锦为帷幕,麒麟、凤

---

① (汉)司马迁:《史记》,第3171、3179页。

② (汉)郭宪著,王根林点校:《汉武帝洞冥记》,见《汉魏六朝笔记小说大观》,第132页。

凰本来就是传说中的动物,更增加了他们的虚幻色彩。再如进贡
文犀的吠勒国:"此国去长安九千里,在日南。人长七尺,被发至
踵,乘犀象之车。乘象入海底取宝,宿于蛟人之舍,得泪珠。则蛟
所泣之珠也,亦曰泣珠。"①这个国家的人民又是巨人了,而且他们
能够驱象入海底取宝,获取蛟人之珠,也是比较神秘的。而其他
如:"勒毕国,人长三寸,有翼,善言语戏笑,因名善语国。常群飞往
日下自曝,身热乃归。饮丹露为浆。丹露者,日初出有露汁如珠
也。"②这一群善戏谑言笑的人们,体型较小,而且长有翅膀,很像
《山海经》中的羽民国,与《神异经》中的鹄国也比较近似。

　　这样一些带有神异及虚幻色彩的异国,可能多出于虚构。赫
德逊在《欧洲与中国》一书中说到汉代与欧洲的交往时说:"或许并
非所有的使者都到达了他们的目的地,被派遣到当时已知世界极
端的使者们,畏惧旅途的既阻且长,便从某些相当遥远的地区收集
一些珍物,带回一些关于他们未曾到达过的国家的虚构的报告,这
是十分容易的事。他们捏造的故事倒不一定会引起怀疑,因为事
实是那些国家从没有使者回聘长安。"③这些使者的捏造,可能就
是根据《山海经》等书所加工出来的。为了显示异邦的特色,人为
地添加了很多怪异的因素。而《洞冥记》中有的异国可能就是方士
所捏造的。如东方朔所说的支提国:"国人长三丈二尺,三手三足,
各三指,多力,善走,国内小山能移之,有洞泉,饮能尽。结海苔为
衣,其戏笑,取犀象相投掷为乐。"④支提国人是一群大力士,他们

————————

①（汉）郭宪著,王根林点校:《汉武帝洞冥记》,见《汉魏六朝笔记小说大观》,第
128页。

② 同上书,第129页。

③［英］G·F·赫德逊著,王遵仲、李申、张毅译:《欧洲与中国》,中华书局1995
年版,第39页。

④（汉）郭宪著,王根林点校:《汉武帝洞冥记》,见《汉魏六朝笔记小说大观》,第
129—130页。

形貌怪异,长有三只手、三只脚,而且每只手脚上各长有三个指头,力气绝大,可以随便搬动小山,以投掷犀牛和大象为游戏。这样的人,要么是神话故事的遗留,要么就是东方朔的虚构。

"别国"中的一些国家,不可避免地带有人为虚构的因素,故呈现出神秘怪异的色彩。而那些由外国使臣或本国使臣所带回来的各种礼物,也都充满了神秘色彩。人们把这些奇珍异宝献给汉武帝,以充实他的宫殿园囿,装饰他的后妃,满足他的感官享受。

在这些进献给汉武帝的贡品中,有的仅仅是具有一些怪异的外形,以满足君主的玩赏需求,如:"翕韩国献飞骸兽,状如鹿,青色。以寒青之丝为绳系之。及死,帝惜之而不瘗,挂于苑门。皮毛皆烂朽,惟骨色犹青。时人咸知其神异,更以绳系其足。往视之,唯见所系处存,而头尾及骨皆飞去。"①此处所记的飞骸兽,可能是一种鹿,因其颜色的不同,而受到了人们的关注,并被当作贡品进献给武帝,而且也引起了汉武帝的爱怜,以至于死了都不忍心埋葬它。后来皮肉朽烂,剩下青色的骨头又引起了人们的惊异。但这可能是谣传,因为武帝去看时,已经没有踪迹了,可能是造谣者为了掩盖谎言而作的手脚。修弥国所献的驳骡,也是因为其奇异的外形——"高十尺,毛色赤斑,皆有日月之象",而受到武帝的喜爱:"以金琏为锁绊,以宝器盛刍以饲之。"②飞骸兽、驳骡都是作为宠物被豢养起来的,仅仅只是汉武帝的玩物。再如"西域献虎龙,高七尺,映日看之,光如聚炬火",③这也是仅仅具有观赏价值。

但更多的物品是具有实用价值的,而且用途比较广泛,如波祇国进献的香:"波祇国,亦名波弋国。献神精香草,亦名荃蘼,亦名

---

① （汉）郭宪著,王根林点校:《汉武帝洞冥记》,见《汉魏六朝笔记小说大观》,第126页。

② 同上书,第129页。

③ 同上书,第133页。

春芜。一根百条,其间如竹节,柔软。其皮如弦,可为布,所谓春芜布,亦名香荃布,坚密如纨冰也。握一片,满室皆香,妇人带之,弥有芬馥。"①这种香味比较浓烈的香,是供后宫女眷所用的饰品。还有灯,如:"外国所贡青楮之灯。青楮木有膏,如淳漆,削置器中,以蜡和之涂布,燃照数里。"②这是作为照明用具的青楮之灯。另外还有善苑国所贡的蟹胶:煮蟹壳为之,胜于黄胶及凤喙之胶;还有末多国献的却睡草:有五味,初生时味甘,开花时味酸,吃了可以使人不睡觉。而在武帝的饭桌上,"设甜水之冰,以备濯酌。瑶琨碧酒,炮青豹之脯。果则有涂阴紫梨、琳国碧李",③这些都是从外国得来的:甜水,是距虞渊八十里的甜泉所产,味如甜蜜;瑶琨碧酒,是离玉门关九万里的瑶琨所产之酒,当地一种像麦子的青草,可以割来酿酒,味道相当醇厚,饮一合(约十分之一升)则三旬不醒;涂山之背的紫梨,千年一花,梨大如斗;琳国离长安九千里,其地的玉叶李,数十年一熟,色如碧玉。这些美味而神异的食物,也都是别国生产的。

　　由于汉武帝热衷于神仙怪异之说,向往长生不老之仙术,所以,很多贡品都具有延年益寿的功效,甚至有的还有一些极其神异的功能。如:"元鼎五年,郅支国贡马肝石百斤。常以水银养之,内玉柜中,金泥封其上。国人长四尺,惟饵此石而已。半青半白,如今之马肝。春碎以和九转之丹,服之,弥年不饥渴也。以之拂发,白者皆黑。""鸟哀国,有龙爪薤,长九尺,色如玉。煎之有膏,以和紫桂为丸,服一粒,千岁不饥,故语曰:薤和膏,身生毛。"④马肝石和龙爪薤,都可以使人不饥。道家用以修炼成仙的方法中,就有辟谷,又称却谷、绝谷等,其方式就是不食五谷,以达到不死、成仙的

----

　　① (汉)郭宪著,王根林点校:《汉武帝洞冥记》,见《汉魏六朝笔记小说大观》,第126页。

　　② 同上书,第128页。

　　③ 同上。

　　④ 同上书,第127、132页。

目的。但常人是很难忍受这种饥饿的,那么诸如马肝石和龙爪薤等,就成了辅助辟谷的一大良方。再如有祇国所献的金镜,可以"照见魑魅,不获隐形"。① 镜子具有神奇的法力,为后世葛洪等人所附会,成了照妖镜的原型。

当然,这些带有神奇法力的异物,有些可能也只是方士的夸饰之辞,如记能言龟云:"元封三年,鄢过国献能言龟一头,长一尺二寸,盛以青玉匣,广一尺九寸,匣上豁一孔以通气。东方朔曰:'唯承桂露以饮之,置于通风之台上。'欲往卜,命朔而问焉,言无不中。"②这个能说话且能预知吉凶的灵龟,很可能就是东方朔或作者假借东方朔之口虚构的,而不是真实存在的动物。

2. 武帝所有之物和人

汉初所面对的是经济凋敝、人口减少的破败局面,《史记·平准书》记:"汉兴,接秦之弊,丈夫从军旅,老弱转粮饷,作业剧而财匮,自天子不能具钧驷,而将相或乘牛车,齐民无盖藏。"③《汉书·食货志》亦记:"汉兴,接秦之弊,诸侯并起,民失作业,而大饥馑。凡米石五千,人相食,死者过半。高祖乃令民得卖子,就食蜀汉。天下既定,民亡盖藏,自天子不能具醇驷,而将相或乘牛车。上于是约法省禁,轻田租,什五而税一,量吏禄,度官用,以赋于民。"④在饥荒中甚至出现食人、卖子这样残忍的事情,将相们找不到马拉车,只能用牛车。在这样一种物质匮乏的条件之下,帝王所能享受的物质也是十分有限的,甚至连一样毛色的四匹马都没有。所以《史记》记萧何作未央宫云:"营作未央宫,立东阙、北阙、前殿、武库、太仓。高祖还,见宫阙壮甚,怒,谓萧何曰:'天下匈匈苦战数

---

① (汉)郭宪著,王根林点校:《汉武帝洞冥记》,见《汉魏六朝笔记小说大观》,第125页。

② 同上书,第136页。

③ (汉)司马迁:《史记》,第1417页。

④ (汉)班固:《汉书》,第1127页。

岁,成败未可知,是何治宫室过度也?'"①《汉书·贡禹传》上奏云:
"至高祖、孝文、孝景皇帝,循古节俭,宫女不过十余,厩马百余
匹。"②《史记·孝文本纪》记汉文帝"即位二十三年,宫室苑囿狗马
服御无所增益,有不便,辄驰以利民。尝欲作露台,召匠计之,直百
金。上曰:'百金中民十家之产,吾奉先帝宫室,常恐羞之,何以台
为!'常衣绨衣,所幸慎夫人,令衣不得曳地,帏帐不得文绣,以示敦
朴,为天下先。治霸陵皆以瓦器,不得以金银铜锡为饰,不治坟,欲
为省,毋烦民"。③ 从这些史料可见,汉高祖、孝文帝等在宫室、苑
囿、舆服、丧葬、文化娱乐等物质、精神方面的消费,要求极为简朴。

但到了汉武帝时,情况就大不同了。《史记·平准书》记:"至
今上即位数岁,汉兴七十余年之间,国家无事,非遇水旱之灾,民则
人给家足,都鄙廪庾皆满,而府库余货财。京师之钱累巨万,贯朽
而不可校。太仓之粟陈陈相因,充溢露积于外,至腐败不可食。众
庶街巷有马,阡陌之间成群,而乘字牝者傧而不得聚会。……当此
之时,网疏而民富,役财骄溢,……宗室有土公卿大夫以下,争于奢
侈,室庐舆服僭于上,无限度。"④武帝时期,经济发达了,生活富裕
了,老百姓丰衣足食,官府仓库里的钱财和粮食也都十分充足。而
物质的富足也带来了奢侈攀比的风气,人们不仅能够满足基本的
生存需求,还可以享受奢侈品。显贵们不再像开国元勋们那样乘
牛车,而是对各种东西都有了苛刻的要求,以致于骑着母马的人都
不能参加聚会;而达官贵人们争相攀比,竞争豪奢,整个社会处于
一种奢靡的风气之中。《盐铁论·国疾篇》记:"常民文杯画案,机
席缉蹋,婢妾衣纨履丝,匹庶粺饭肉食,里有俗,党有场,康庄驰逐,

---

① (汉)司马迁:《史记》,第 385 页。
② (汉)班固:《汉书》,第 3069 页。
③ (汉)司马迁:《史记》,第 433 页。
④ 同上书,第 1420 页。

穷巷蹋鞠,秉未抱香,躬耕身织者寡,聚要敛容,傅白黛青者众。"①
一般的百姓尚且如此,高层的生活可想而知。汉武帝尤穷奢极欲,
以致于大臣在朝廷上指责他说:"陛下内多欲而外施仁义,奈何欲
效唐虞之治乎!"②批评其欲望过多,无法效法圣王。

　　汉武帝的好大喜功与穷奢极欲也体现在他所有之物的富足
上。汉大赋中有众多对武帝宫室苑囿的铺叙和描写,从中,我们能
感受到武帝生活的豪奢,故汉大赋被后世视为润色伟业、歌功颂德
之作。在司马相如《上林赋》、班固《两都赋》、张衡《二京赋》中,都
有对皇家园囿宫室穷形尽相的描绘甚至是夸饰渲染,其中有大量
的对各种动植物、奇珍异玩、建筑物的描写。袁枚在《随园诗话》中
说:"古无类书,无志书,又无字书。故《三都》、《两京》赋,言木则若
干,言鸟则若干,必待搜辑群书,广采风土,然后成文。果能才藻富
艳,便倾动一时。洛阳所以纸贵者,真是家置一本,当类书、郡志读
耳。"③可见,汉大赋亦是博物知识的一个载体。这些对物的铺陈,
不可否认其歌功颂德的一面,但亦是国家统一、经济发展、民族自
信心加强、人们对外界认识深入的体现。

　　而在小说中,小说家则偏重于对物怪异、神秘一面的描写,不
是像汉大赋那样通过极力铺陈各种事物,来凸显君主的威仪及权
势。小说注重对事物进行夸饰,表现其神秘化的一面。在《汉武帝
别国洞冥记》中,对汉武帝的宫殿、园囿及所有之物的描绘,就体现
了这一特点。如:

　　　　甘泉官南昆明池中,有灵波殿七间。皆以桂为柱,风来自
　　香。帝既耽于灵怪,常得丹豹之髓、白凤之骨,磨青锡为屑,以

　　① 王利器:《盐铁论校注》,中华书局 1992 年版,第 334 页。
　　② (汉) 班固:《汉书》,第 2317 页。
　　③ (清) 袁枚著,顾学颉点校:《随园诗话》,人民文学出版社 1982 年版,第 7 页。

苏油和之,照于神坛,夜暴雨光不灭。有霜蛾,如蜂赴火,侍者
举麟须拂拂之。

　　元光中,帝起寿灵坛。坛上列植垂龙之木,似青梧,高十
丈,有朱露,色如丹汁,洒其叶,落地皆成珠。其枝似龙之倒
垂,亦曰珍枝树。①

写汉武帝的宫殿,并不是像汉大赋中那样极力描写其豪华壮丽、宏
伟阔大,而是将注意力转移到了其中的异物上。写灵波殿,没有写
它的结构,而是写它的柱子,因为柱子都是用桂木制作的,非常香,
风一吹过就传来一阵香气;并附带着介绍了汉武帝所得到的一些神怪
之物:丹豹之髓、白凤之骨、磨青锡,用这些原料加上苏油,就又制成了
一种大风暴雨都不能熄灭的灯火,还有扑火的霜蛾。写灵寿坛,也是
集中写其中的垂龙木,这种树木像梧桐树,但非常高大,尤其是上面的
露水是红色的,从叶子上落下来后,就变成了珍珠。再如写招仙阁:

　　编翠羽麟毫为帘,青琉璃为扇,悬黎火齐为床,其上悬浮
金轻玉之磬。浮金者,色如金,自浮于水上;轻玉者,其质贞明
而轻。有霞光绣,有藻龙绣,有连烟绣,有走龙锦,有云凤锦,
翻鸿锦。阁上烧荃靡香屑,烧粟许,其气三月不绝。进峰嵊细
枣,出峰嵊山,山临碧海上,万年一实,如今之软枣。咋之有
膏,膏可燃灯,西王母握以献帝。燃芳苡灯,光色紫,有白凤、
黑龙、鼻足来,戏于阁边。有青鸟,赤头,道路而下,以迎神女。
神女留玉钗以赠帝,帝以赐赵婕妤。至昭帝元凤中,宫人犹见
此钗。黄谏欲之,明日示之,既发匣,有白燕飞升天。后宫人
学作此钗,因名玉燕钗,言吉祥也。②

————————

　　① (汉)郭宪著,王根林点校:《汉武帝洞冥记》,见《汉魏六朝笔记小说大观》,均见
第125页。
　　② 同上书,第127页。

这段文字的重心不在于建筑物,而在于对建筑物中的各种用具、装饰品的介绍,而这些装饰品或是稀有之物,或是神异之物:翠羽麟毫之帘、青琉璃之扇、悬黎火齐之床、浮金轻玉之磬,都是世间罕见的奢侈品;霞光绣、藻龙绣、连烟绣、走龙锦、云凤锦、翻鸿锦,仅从名字上读来,就使人感到灿烂夺目的鲜亮;嵝嶙枣、白凤、黑龙、舁足、青鸟、玉钗等,则是带有神话色彩的异物。所以,这里对武帝宫室的描写,其实只是一个用来罗列诸种奇珍异宝的背景。同样的,汉武帝的园囿也是一个充斥各种异物之处,如:

> 旦露池西有灵池,方四百步。有连钱荇、浮根菱、倒枝藻。连钱荇,荇如钱文;浮根菱,根出水上,叶沉波下,实细薄,皮甘香,叶半青半白,霜降弥美,因名青冰菱也;倒枝藻者,枝横倒水中,长九尺余,如结网,有野鸭、秋凫及鸥鹭来翔水上,入此草中,皆不得出,如缯网也。亦名水网藻。中有转羽舫、逐龙舫、凌波舫,帝尝游宴于此。
> 影娥池中有游月船、触月船、鸿毛船、远见船,载数百人。或以青桂之枝为棹,或以木兰之心为楫,练实之竹为篙,绉石脉之为绳缆也。石脉出晡东国,细如丝,可缒万斤。生石里,破石而后得。此脉萦绪如麻纻也,名曰石麻,亦可为布也。

> 影娥池中有黿龟,望其群出岸上,如连璧弄于沙岸也。故语曰:夜未央,待龟黄。

> 影娥池北作鸣禽之苑,有生金树,破之,皮间有屑如金,而色青,亦名青金树。

> 有司夜鸡,随鼓节而鸣不息,从夜至晓,一更为一声,五更为五声,亦曰五时鸡。

有喜日鹅,至日出时衔翅而舞,又名曰舞日鹅。

有升蒢鸭,赤色,每止于芙蕖上,不食五谷,唯哑叶上垂露,因名垂露鸭,亦曰丹毛凫。

有女香树,细枝叶,妇人带之,香终年不减。①

灵池、影娥池和鸣禽苑中,都是世间罕见的各种珍异的游船及奇异的植物、动物。

除了这些宫室中的稀世珍宝、园囿中的珍稀动植物,汉武帝还拥有众多灵异的宝物。如照月珠:"太初三年,起甘泉望风台。台上得白珠如花一枝,帝以锦盖覆之,如照月矣。"②这颗珠子的得来是很奇特的,不是由别国进献,也不是在各地搜求得来的,而是自己出现的;其形状亦很独特,像花一样;其光芒夺目,即便以锦覆盖,它仍像月亮一般耀眼。再如鸣鸿之刀:"刀长三尺,朔曰:'此刀黄帝采首山之金铸之,雄已飞去,雌者犹存。'帝临崩,举刀以示朔,恐人得此刀,欲销之。刀于手中化为鹊,赤色,飞去云中。"③鸣鸿之刀的由来亦是十分神奇,是传说中的人物黄帝所铸。有雌有雄,此为雌者。而其化为赤鹊飞走的故事,更是离奇。

当然武帝的身边也有很多异人,这些人除了方士之外,多是武帝宠爱的宫女,也都具有一些奇异的特质。如对丽娟和巨灵的记载:

帝所幸宫人,名丽娟,年十四,玉肤柔软,吹气胜兰。不欲

① (汉)郭宪著,王根林点校:《汉武帝洞冥记》,见《汉魏六朝笔记小说大观》,第126、134页。
② 同上书,第129页。
③ 同上书,第133页。

衣缨拂之,恐体痕也。每歌,李延年和之,于芝生殿唱回风之
曲,庭中花皆翻落。置丽娟於明离之帐,恐尘垢污其体也。帝
常以衣带系丽娟之袂,闭于重幕之中,恐随风而去也。丽娟以
琥珀为佩,置衣裾里,不使人知,乃言骨节自鸣,相与为神
怪也。

　　唯有一女人爱悦于帝,名曰巨灵。帝傍有青珉唾壶,巨灵
乍出入其中,或戏笑帝前。东方朔望见巨灵,乃目之,巨灵因
而飞去。望见化成青雀,因其飞去,帝乃起青雀台,时见青雀
来,则不见巨灵也。①

这两个女性,都很独特。一个玉肤柔软,吹气胜兰,弱不禁风,连武
帝都担心她会被风吹走,衣服碰到她都会损伤其皮肤,但其歌声优
美,每唱歌则使得庭中花落。虽然作者对于她骨节自鸣之谬说,给
予了揭露,但这个女子给人的感觉却仍是一种不食人间烟火、飘逸
若仙的形象。另一个女性则是可以随意出入于唾壶、可以与武帝
相戏谑的活泼形象,但其却因为被东方朔见到而化为青雀飞走了,
是一个类似于后世狐精、花怪的鸟精。

　3. 方士所言之物和人

　《汉武帝别国洞冥记》在《新唐志》中,被著录于丙部道家类中。
之所以会被视为道家作品,是缘于郭宪自序中所说的"宪家世述道
书","况汉武帝,明俊特异之主,东方朔因滑稽浮诞,以匡谏洞心于
道教,使冥迹之奥,昭然显著"等话。故有学者根据序中出现的"道
教"一词,认定此书非郭宪所作。② 但如果换个角度来看的话,也

————————

　①（汉）郭宪著,王根林点校:《汉武帝洞冥记》,见《汉魏六朝笔记小说大观》,第
135、136 页。
　② 王国良先生认为"'道教'一词,必起于东汉末期张陵等创立教派之后,甚至更
晚,郭宪何能预知"。认为序中所说的道书"千室不能藏,万乘不能载"之说,也是道教发
展到一定程度后才能出现的情况。故《汉武帝洞冥记》一书不可能是东汉的郭宪所作。

许不是在作者问题上出错了,而是将其认定为道教之书的说法错了。认为《汉武帝别国洞冥记》一书是道教之书的最重要的依据就是郭宪的自序,不过亦有学者考证此自序是后人所加,[①]所以这个序言的说法是不太可信的。文中汉武帝所沉迷的是仙术,非道教;而另一重要人物东方朔,则是以方士的形象出现的。我们在作品的正文中,根本看不到"道教"的字样。

所以要讨论《汉武帝别国洞冥记》一书是否为道教之书,必须先理清楚道教与仙术、方士与道士的关系。

道教的起源与神仙之说和方术关系十分密切,但两者亦有区别。

"道教"一词,卿希泰先生在《中国道教史》的导言中界定为:"道教是以'道'为最高信仰而得名,相信人们经过一定修炼可以长生不死,得道成仙。道教以这种修道成仙思想为核心,神话老子及其关于'道'的学说,尊老子为教主,奉为神明,并以老子《道德经》为主要经典,对其中的文词作出宗教性的阐释。道家思想便成为它的思想渊源之一。与此同时,它还吸收了阴阳家、墨家、儒家包括谶纬学的一些思想,并在中国古代宗教信仰的基础上,沿着方仙道、黄老道的某些思想和修持方法而逐渐形成。"[②]而仙术,或者说是修炼成仙之术,应该属于方仙道的范畴。方仙道,最早见于司马迁《史记·封禅书》,说齐威王、齐宣王时,燕人宋毋忌等人"为方仙道,形解销化,依于鬼神之事",[③]按照字面理解就是能够灵肉分离,尸解成仙,并能与鬼神沟通。从史书的记载来看,他们多宣扬不死之说,提倡通过服食药方等方式,以修炼成仙。在《中国道教史》修订本前言中,卿希泰说方仙道是道教的前身;在论及道教产

---

① 参见李剑国《唐前志怪小说史》,第 153 页注释 2。
② 卿希泰:《中国道教史》(修订本),四川人民出版社 1996 年版,第 1 页。
③ (汉) 司马迁:《史记》,第 1368—1369 页。

生的思想渊源时说:"方仙道是战国至秦汉间方士所鼓吹的成仙之道,……他们宣扬长生成仙的信仰;声称黄帝是长生成仙的榜样而备加推崇,俨然信奉为祖师;提出了多种修炼成仙的方术,主要是寻仙人和不死之药,以及祠灶祭神等,特别是倡导化丹砂为黄金的炼丹术,是方仙道的突出特点重大贡献。方仙道所具有的这些信仰神仙、崇奉黄帝、主张服食丹药成仙等特征,表明它是道教孕育过程的重要阶段。"①可见,追求成仙的方仙道,并不是道教,而只是其产生的一个思想基础,虽然它对道教的影响非常大,但两者并不是等同的。

　　而方士也不是道士,虽然在汉代方士、道士通用,但两者也存在着本质上的不同。顾颉刚说:"鼓吹神仙说的叫做方士,想是因为他们懂得神奇的方术,或者收集着许多药方,所以有了这个称号。"②而据维基百科的定义:"方仙道或神仙家是在春秋、战国时期形成的一类专门从事方术、方技等道术的人,时称方士。包括天文、医学、神仙、占卜、相术、堪舆等技艺并宣传服食、祭祀可以长生成仙的人。"③可见方士主要宣扬神仙之说,并通过各种方术来鼓吹其神仙说的灵异,通过服食丹药来追求长生不老、羽化成仙。而道士,据《太霄琅书经》的说法是:"身心顺理,唯道是从,从道为事,故称道士。"可见信奉道教、唯道是从的人才是道士。虽然他们是从方术之士而来,但其信仰已经发生了质的变化:方士是方仙道的信奉者,道士则是道教的信奉者。

　　理顺了这些关系之后,我们再来看《汉武帝别国洞冥记》,就会发现它所反映的只是方仙道的思想,而不是道家的。其中所记的异人、异物,都是和方术有关的,而非道教的。

① 卿希泰:《中国道教史》(修订本),第73页。
② 顾颉刚:《秦汉的方士与儒生》,上海古籍出版社2005年版,第10页。
③ http://zh.wikipedia.org/wiki/%E6%96%B9%E4%BB%99%E9%81%93。

　　从原文来看,引发汉武帝对这些异人异物产生兴趣的原因,也仅仅只是成仙的欲望。如与本书题目有关的洞冥草的记载:"天汉二年,帝升苍龙阁,思仙术,召诸方士言远国遐方之事。唯东方朔下席,操笔跪而进,帝曰:'大夫为朕言乎?'朔曰:'臣游北极,至钟火之山,日月所不照,有青龙衔烛火以照。山之四极,亦有园圃池苑,皆植异木异草。有明茎草,夜如金灯,折枝为炬,照见鬼物之形。仙人宁封常服此草,于夜暝时,辄见腹光通外,亦名洞冥草。'帝令锉此草为泥,以涂云明之馆。夜坐此馆,不加灯烛。亦名照魅草。采以藉足,履水不沉。"①关于洞冥草的描述,是因为汉武帝"思仙术"而召集方士们来说关于远国遐方之事时东方朔所说的。再如:"武帝暮年,弥好仙术,与东方朔狎昵,帝曰:'朕所好甚者不老,其可得乎?'朔曰:'臣能使少者不老。'帝曰:'服何药耶?'朔曰:'东北有地日之草,西南有春生之鱼。'"②可见书中许多异物的捏造,都是为了迎合汉武帝求仙的欲望的。

　　在该书中,东方朔是除汉武帝以外的另一个重要人物,而他是以方士的形象出现的,而不是一个道教徒。在汉代,东方朔应该就是一个方士,如王充的《论衡·道虚篇》说:"世或言东方朔亦道人也,姓金氏,字曼倩。变姓易名,游宦汉朝。外有仕宦之名,内乃度世之人。"③"度世"一词,与"遁居"等一样,均是和成仙有关的词语,是战国末期出现的一种不朽观念,即通过成为神仙离开人世。之所以当时人说东方朔是"度世之人",是因为他倡导神仙之说。而王充在批判其得道之言为虚时,是将他与少君、文成、五利等方士放在一起比较的,也是将其作为方士看待的。

---

　　①（汉）郭宪著,王根林点校:《汉武帝洞冥记》,见《汉魏六朝笔记小说大观》,第132页。

　　②同上书,第135页。

　　③（汉）王充:《论衡》,第112页。

　　根据《汉武帝别国洞冥记》中关于东方朔的记载来看,他确实是一个方士。如他为汉武帝讲"精瑞"、"祥应",从西那汉国带回来可以预测人吉凶寿夭的"声风木",虚构出以云气占吉凶的吉云之国、知道各种可以成仙或与仙人有关的异物等等。

　　在《汉武帝别国洞冥记》中,有相当大一部分的内容都是由像东方朔这样的方士们所讲述的,其中的异物、异人也都是与方术尤其是与成仙有关的物、人。如书中所记崇兰阁之事:

　　　　汉武帝未诞之时,景帝梦一赤彪从云中直下,入崇兰阁。帝觉而坐于阁上,果见赤气如烟雾来蔽户牖。望上,有丹霞蓊郁而起,乃改崇兰阁为猗兰殿。后王夫人诞武帝于此殿。①

这个记载就颇有方士之气,占梦、望气等都属于方术的范畴,而这个关于建筑物的故事,不仅有占梦,还有望气的内容,分明出自方士之口。再如关于梦草的记载:"有梦草,似蒲,色红。昼缩入地,夜则出,亦名怀莫。怀其叶,则知梦之吉凶,立验也。帝思李夫人之容,不可得,朔乃献一枝,帝怀之,夜果梦夫人。因改曰怀梦草。"②这个故事让人想起方士李少翁使死去的李夫人见汉武帝的事。只是这里是东方朔利用梦草使汉武帝在睡梦中见到李夫人。而从怀草叶可以知道梦的吉凶的说法可知,梦草也是方士占梦的工具。再如:"有凤葵草,色丹,叶长四寸,味甘,久食令人身轻肌滑。赤松子饵之三岁,乘黄蛇入水,得黄珠一枚,色如真金,或言是黄蛇之卵,故名蛇珠,亦曰销疾珠。语曰:宁失千里驹,不失黄蛇珠。"③此

---

① (汉) 郭宪著,王根林点校:《汉武帝洞冥记》,见《汉魏六朝笔记小说大观》,第124页。

② 同上书,第132页。

③ 同上。

处所记的凤葵草,亦是方士服食的一种具有神奇作用的植物;其中说到的赤松子,亦是秦汉时传说中的神仙。而关于翔鸡菱的记载,更是将这种求仙的欲望表达得非常明确:"有玄都翠水,水中有菱,碧色,状如鸡飞,亦名翔鸡菱。仙人凫伯子常游翠水之涯,采菱而食之,令骨轻,兼身生毛羽也。"①汉人好神仙,梦想长生不死,而其途径则是飞升。如关于淮南王刘安飞升的故事,不仅说刘安举家升天,甚至鸡犬也都升天了。而在现实生活中,我们所能见到的生命形态中,只有有翅膀的鸟类才能在天上高飞。故仙人在古人心目中应该是生有毛羽的。而要成仙,首先就要长出羽毛翅膀来。《楚辞·远游》有"仍羽人于丹丘兮"句,洪兴祖注云:"羽人,飞仙也。"②《意林》引仲长统《昌言》云:"得道者生六翮于臂,长毛羽于腹,飞无阶之苍天,度无穷之世俗。"③将仙人视为有毛羽、翅膀者,都是这一观念的体现。而这种观念在当时应该比较流行,故王充也曾经对这种说法进行过批判。在《论衡》的《道虚》篇中,王充说:"案能飞升之物,生有毛羽之兆;能驰走之物,生有蹄足之形。驰走不能飞,飞升不能驰走。禀性受气,形体殊别也。今人禀驰走之性,故生无毛羽之兆,长大至老,终无奇怪。好道学仙,中生毛羽,终以飞升。……故谓人能生毛羽,毛羽备具,能升天也。"④王充认为人是驰走之物,与生有毛羽的鸟类是不同的,而且不能改变,进而对方士们所说的好道学仙就可身生毛羽之说进行了批判。这也从反面证明了汉代的神仙家们确实是这么想、这么宣传的。《洞冥记》中所记的翔鸡菱,吃了它之后可以让骨头变轻,使得飞升变得

----

① (汉)郭宪著,王根林点校:《汉武帝洞冥记》,见《汉魏六朝笔记小说大观》,第133页。

② (宋)洪兴祖著,白化文等点校:《楚辞补注》,中华书局1983年版,第167页。

③ (唐)马总:《意林》卷五,见《聚学轩丛书》第5集,江苏广陵古籍刻印社1982年版,第6页。

④ (汉)王充:《论衡》,第107页。

容易；还可以令身生毛羽，使得飞升成仙成为可能。

所以，这些方士口中所称的异物，一般都是围绕着成仙的目的出现的，充满了神话和方术的色彩。

而对异人的记载，也多是关于神仙或方士的。与《山海经》及汉代的地理书中所记载的异人不同，《汉武帝别国洞冥记》中的异人多是神仙，或是带有神仙特质的人或方士，而不是远国异民。书名虽有"别国"二字，其实与别国有关的记载很少，有的仅仅只是提到名字，根本不涉及该国的地理知识或人民状况，而且只有22条，占全书63条的三分之一强。即便如此，其中还有很多是方士所言，如西那汉、支提国等，均出自东方朔之口。

书中所热衷谈论的多是仙人、方士，其中"仙人"、"众仙"、"仙众"、"神人"、"神女"共出现9次，与西王母有关的记载有3条，而在汉代，西王母是以掌管不死之药的神仙形象出现的。其中所记的异人，其怪异之处多在于异乎众人的长寿。如关于东方朔的故事中，其父张夷，"年二百岁，颜如童子"；他所遇到的黄眉翁，"已九千余岁"；汉朝的李充，"自言三百岁"；孟歧，"年可七百岁"；黄安，"世人谓黄安万岁"。而这几个人应该也是和东方朔沆瀣一气、狼狈为奸之徒。文中说汉武帝想要得到东方朔所说的吉云露，于是"朔乃东走，至夕而返，得玄露、青露，盛青琉璃，各受五合，跪以献帝。遍赐群臣，群臣得尝者，老者皆少，疾者皆愈。凡五官尝露：董谒、李充、孟歧、郭琼、黄安也"。[①] 可见这些人都是"作伪证"者，是勾结在一起行骗的方士集团。而关于他们的长寿之说，无不是方士们为了迎合汉武帝想长生不老、永享荣华富贵的心思所虚构出来的。

---

① （汉）郭宪著，王根林点校：《汉武帝洞冥记》，见《汉魏六朝笔记小说大观》，第130页。

第五章　博物小说的形成期
——魏晋南北朝

魏晋时代博物知识非常发达,以致于有的学者将其视为经学之后的主要学术思潮。如朱渊清先生在《魏晋博物学》中说:"汉经学时代之后,学术丕变,一种新的流行是讲求广征博物。博物学正是魏晋新知识风气下出现的新的学术内容。博物学是指关于现实生活中具体物质世界的综合实用知识。陆玑、张华、郭璞等许多学者及其大批博物学著作使之成为其时学术十分重要的内容。"①在其论证过程中所举的例子,除陆玑的《毛诗草木鸟兽虫鱼疏》及郭璞的《尔雅注》、《方言注》、《山海经注》、《穆天子注》等注释之书外,就是张华的《博物志》、崔豹的《古今注》,而它们都属于博物类小说。

学者在论及魏晋博物学的发达时,往往会从地理博物知识的发展、方术知识以及作者自身的素养等层面进行分析,也有的从社会的变动,如新地域的开发、民族的迁徙和融合、对外交往的频繁等角度进行论述。②但却忽视了另一个对博物知识有着重大影响

---

① 朱渊清:《魏晋博物学》,见《华东师范大学学报》(哲学社会科学版)2000 年第 5 期,第 43 页。

② 参见罗欣《〈博物志〉成因三论》,见《求索》2007 年第 9 期;王媛:《〈博物志〉的成书、体例与流传》,见《中国典籍与文化》2006 年第 4 期;孙辉:《魏晋博物学兴起原因探析》,见《许昌学院学报》2007 年第 4 期。

的因素——闲谈之风的盛行。

魏晋名士喜欢谈论,有清谈,也有戏谈;既谈玄言,也戏说不经之事,当然也谈论大量的博物知识。闲谈无疑促进了小说的发展,如《搜神记》的出现,就是这种风气的产物。干宝在《进搜神记表》中说:"臣前聊欲记古今怪异非常之事,会聚散逸,使同一贯,博访知者,片纸残行,事事各异。"①对《搜神记》中的怪异之谈,干宝在自序中,已经表达了对其真实性的怀疑;而且这些故事的功用也不在于经世致用。这种虚妄的、无实用价值的神异故事,只是一种谈资或谈助,是人们在聚会、宴饮、闲坐时用来娱乐、消遣的。而名士、文人在谈论时,为了炫博,无疑会征引各种事物,而这也就促成了诸如《古今注》、《博物志》等博物之书的出现。

在谈风盛行的时代风气的影响之下,博物知识获得了较多的关注,成了名士与文人的谈资,但不是一门科学知识。博物学在汉代出现分化之后,到了魏晋南北朝时期,又变成了一个鱼龙混杂之所:正经而严谨的考证有,确定而明晰的知识有,姑妄言之姑妄听之的无稽之谈亦有。相对来说,注释之作要严谨、审慎一点,所著录的知识也相对科学、客观;但是博物类小说却良莠不齐,亦真亦假。作为谈资来说,它们是真实的、科学的固然好;但即便是荒诞之说,只要没人能拆穿,亦可以作为自己博学的资本;即便自己都无法自圆其说的事物,亦会因能引起关注和好奇而被人们津津乐道。但相较于汉代的博物类著作,这一时期的作品中虚构、批判等成分较少,更多的是著录前人作品、收集民间传说,很少有作家个人进行有意虚构的。

这一时期的博物类小说有《玄中记》、《博物志》、《古今注》、《南方草木状》、《竹谱》、《古今刀剑录》、《拾遗记》、《述异记》、《续齐谐记》等书。《博物志》是博物小说形成的标志,也是博物类小说的集

---

① (晋)干宝:《搜神记》,第3页。

大成者。其他著作则可以根据其源流关系及创作特色分为地理体博物小说、名物体博物小说和杂传体博物小说。

第一节　博物小说形成的标志——《博物志》

作为博物类小说形成的标志,《博物志》亦是博物小说的集大成者。它的成书是对前代博物知识的一次汇总和整理,对后世博物类小说亦有深远的影响,不仅出现了《续博物志》、《广博物志》等续书,而且后来的博物类小说,在体例和内容等方面,都深受其影响。

一、博物知识的学者化

关于《博物志》一书的性质,是存有争议的。《隋志》、《宋史·艺文志》、《通志·艺文略》、《补晋书艺文志》等书将其著录为杂家;《旧唐书·经籍志》、《新唐书·艺文志》、《崇文总目》、《郡斋读书志》等将其著录为小说家;在《直斋书录解题》中,卷十杂家类录有《博物志》,卷十一小说家类中仍有《博物志》。可见在《博物志》属于杂家还是小说家这一问题上,学者们是有分歧的。现代学者一般将其视为博物类小说,并且将其归属于志怪小说。但这种看法有待商榷。因为《博物志》的内容,并不是志怪,而是以一种严谨的态度所建构而成的中国古代博物学体系,是作者杂取各种学说和知识,自成“博物”一家。从这个角度来说,将其视为杂家是非常有道理的。而将其视为小说也未尝不可,因为小说是“小道”的载体,而这些博物知识在古代就是小道的一部分。

张华的《博物志》一书体现了一种学者化了的博物知识,在前人博物知识的基础上,第一次以“博物”为名构建起了“具有中国特色”的博物学体系。

1. 博物君子——张华

关于张华，后人往往更关注小说中及《晋书·张华传》中所记载的辨龙鲊、识剑气等带有神怪色彩的故事，并根据这些异闻勾勒出一个方士的形象。如范宁先生在《博物志校证》的前言中就说："但是从许多关于他的遗闻佚事看来，他的生活中更多的是充满了方术的气味。"①李剑国先生亦说从这些传说中，"看得出张华的方术家作派"。②

但仔细读《晋书·张华传》，我们会发现张华是一个有儒者气质的博物君子。《晋书》所记除那些神异的故事之外，还有一些对张华的品评和其他的记述，如："华学业优博，辞藻温丽，朗赡多通，图纬方伎之书莫不详览。少自修谨，造次必以礼度。勇于赴义，笃于周急。器识弘旷，时人罕能测之。""华强记默识，四海之内，若指诸掌。武帝尝问汉宫室制度及建章千门万户，华应对如流，听者忘倦，画地成图，左右属目。帝甚异之，时人比之子产。""贾谧与后共谋，以华庶族，儒雅有筹略，进无逼上之嫌，退为众望所依，欲倚以朝纲，访以政事。""雅爱书籍，身死之日，家无余财，惟有文史溢于机箧。尝徙居，载书三十乘。秘书监挚虞撰定官书，皆资华之本以取正焉。天下奇秘，世所希有者，悉在华所。由是博物洽闻，世无与比。""初，吴之未灭也，斗牛之间常有紫气，道术者皆以吴方强盛，未可图也，惟华以为不然。"③从这些记载我们可以看到一个与方士完全不同的形象：其为人博学多识、谈吐文雅、克己复礼、仁义慈爱、胸怀开阔，对古代的各种制度典章、天下地理知识都十分了解，被时人比为博物的子产；而且在朝廷中，张华为当权者所倚重，亦为百官所归心，而这绝不是方士所能享受的政治待遇，如汉

---

① 范宁：《博物志校证》，第 1 页。
② 李剑国：《唐前志怪小说史》，第 256 页。
③ （唐）房玄龄等：《晋书》，第 1068、1070、1072、1074、1075 页。

代的东方朔就被以"倡优视之";张华家藏书甚丰,以致于国家在修订图书时,都要借张华家的版本来据以订正。所以他所掌握的知识,在那个时代是无与伦比的。而且从最后一条记载来看,张华与道术者根本不是一路的。将这些信息综合起来看,张华更像是一个以天下为己任的儒者,而且是个博物君子。至于辨龙鲊、识剑气、论说蛇化为雉等事,亦是那个时代所普遍流行的知识。在魏晋六朝的小说中,变化之事较常见,至于食龙肉,在《述异记》中亦记有:"汉元和元年,大雨。有一青龙堕于宫中,帝命烹之,赐群臣龙羹各一杯。故李尤《七命》曰'味兼龙羹'。"①皇帝都赐给群臣龙羹,可见吃龙羹虽然是稀罕之事,但并不仅仅是方士所为。况且《晋书》多取材于民间传闻,刘知幾对此已有批判,故这些关于张华的传闻并不一定是靠得住的史实。

　　在《博物志》一书中,有很多关于方士及方术的记载。但这些内容并不能说明张华是方士,与《晋书》记他"图纬方伎之书莫不详览"一样,这些方术知识是他学识的一个组成部分。张华因为博学而对方术知识也很了解,但他本人并不是方士。我们可以从《博物志》中找出很多例证来证明张华不是方士。如《博物志》卷五有"辨方士"的内容,其中多是揭露方士的虚假面目的。如关于淮南王的记载云:"汉淮南王谋反被诛,亦云得道轻举。"②在方士的口中,淮南王是一个得道成仙的典型。如果张华是一个方士,那么他就会维护这一说法,而不会这么揭自己的家底。周日用在注解中都在辩驳说:"得道轻举,非虚事也。……既谈道德,肯图叛逆之事?况恒行阴旨,好书鼓,不善弋猎,《淮南内书》言神仙黄白之术,去反事远矣。"③如果张华也是方士,那么他可能说出和周日用相似的话,

①（梁）任昉:《述异记》,第14页。
②范宁:《博物志校证》,第64页。
③同上。

而不是先介绍淮南王因为谋反被杀,再言后人说他得道成仙。再如钩弋夫人,张华记:"钩弋夫人被杀于云阳,而言尸解柩空。"论及议郎李覃学辟谷食茯苓,饮水中不寒,以致于"泄痢殆至殒命";董芬学呼吸吐纳,结果"为之过差,气闭不通,良久乃苏";寺人严峻学补导之术,张华说"阉竖真无事于斯"。这些或是批判方士之说的虚妄,或揭露方士之行的可笑,没有任何的粉饰与维护,尤其是后一条记载宦官学补导之术,真是充满了讽刺!在后文,张华还征引前人的话,证明没有神仙之说:"扬雄又云:无仙道,桓谭亦同。"①如果张华真的是方士,那么他肯定是要"自神其教"的,而不会这样给方士们抹黑,更不会揭他们短,证明他们的虚伪。

2. 博物学体系的构建——《博物志》

对于《博物志》一书,前人尤多诋毁。胡应麟在《少室山房笔丛·九流绪论》中说:"此书所载疏略浅猥亡复伦次,疑后世类书中录出者。"②姚际恒《古今伪书考》认为"此书浅猥无足观,决非华作"。③之所以有这些讥讽之评、否定之说,与该书在流传过程中曾被大量删减有关,④亦与前人认为其内容多奇闻异事、浮妄难征有关。

从《博物志》一书的具体内容来看,其中确实有很多荒诞之说。但不可否认其中也有大量真实准确的知识,如卷一的地理知识中所介绍的秦、汉、魏、赵、燕、齐等各国的地理情况,是比较符合历史事实的;卷六的人名考、文籍考、地理考、典礼考等带有考辨性质的内容,也远非奇闻异事的范畴。而根据地理略前的序言来看,其态度也决非语怪征异。其序云:"余视《山海经》及《禹贡》、《尔雅》、《说文》、地志,虽曰悉备,各有所不载者,作略说。出所不见,粗言远方,陈山川

---

① 以上所引均见范宁《博物志校证》,第 65 页。

② (明)胡应麟:《少室山房笔丛》,上海书店 2009 年版,第 285 页。

③ (清)姚际恒著,顾颉刚点校:《古今伪书考》,朴社出版 1935 年版,第 50 页。

④ 对这一问题,余嘉锡《辩证》与范宁《博物志校证》后记中有详细论述,兹不赘述。

位象,吉凶有征。诸国境界,犬牙相入。春秋之后,并相侵伐。其土地不可具详,其山川地泽,略而言之,正国十二。博物之士,览而鉴焉。"①从中我们可以看到,张华在描述这些地理知识时,参照了《山海经》《禹贡》《尔雅》《说文》、地志等著作,其态度是十分严谨的,决非传说异闻,而是为了辩证知识。地理略部分对各国疆界的辨析,与序言之说正相符。而书中考辨性质的文字,也说明这种严谨的态度是张华在创作《博物志》时所一贯坚持的。所以,《博物志》一书,是作为学者的张华对前代及当时所流传的博物知识的汇总、整理、辨析,可以看作那个时代博物知识的一次总结。《博物志》一书,是博物类小说成熟的标志,亦是中国古代博物学成型的标志。

通行本《博物志》将其内容分为 38 类,卷一包括地理略、地、山、水、山水总论、五方人民、物产 7 类,主要是地理知识;卷二包括外国、异人、异俗、异产 4 类,可算作是关于异邦的地理知识;卷三有异兽、异鸟、异虫、异鱼、异草木 5 类,是关于动植物的知识;卷四有物性、物理、物类、药物、药论、食忌、药术、戏术 8 类,是关于物的习性、药性以及物理、化学等方面的知识;卷五的方士、服食、辨方士 3 类,主要介绍的是在中国古代与各种自然物关系最为密切的一个群体——方士;卷六是各种考辨性质的内容,有人名考、文籍考、地理考、典礼考、乐考、服饰考、器名考、物名考 8 类,主要是人类社会生活层面上的知识;卷七的异闻,卷八的史补,卷九、卷十的杂说,主要是记录前代典籍中的志怪传说、不经之言,也有一些真实而珍贵的史料、民间信仰和风俗的资料。

这 38 类内容,大致构成了古代博物学的框架。② 在这个框架

① 范宁:《博物志校证》,第 7 页。
② 之所以如此说,是因为《博物志》一书的亡佚较为严重,我们无法知道其原来的面貌,只能说是大概情况。而在后世的博物类小说中,比如李石的《续博物志》,其中还有天文知识等,可见博物知识的范畴较《博物志》所记要广。

中,山川地理、远国异民、各种动植物、人类的发明创造物,甚至是风俗、信仰、史事,都是博物学的一部分。而这个框架,与西方的博物学以及我们今天所说的博物学,都有很大的不同。西方的博物学,更多的是偏向自然物的,主要研究的是自然界的动物、植物;而我们今天的所谓博物学,是指"对大自然宏观层面的观察、记录、分类等,包括天文、地质、动物、植物、气象、农业、医药等学科的一部分'地方性'很强的知识和实践"。① 相对于西方的博物学和当今的博物学,中国古代的博物学其范畴更为博大,这是我们在研究古代博物类小说时,必须要注意的。

《博物志》一书是以物为核心的博物知识的汇总。从这个角度来看,它与《山海经》是不同的,因为《山海经》是以地理知识为中心的,各种物产、人民等知识仅仅是地理知识的附庸;而在《博物志》中,地理知识只是其博物知识整体结构中的一部分,其他博物知识与其并列,而不是附属于它。所以从这个角度来讲,将《博物志》视为山川地理体博物小说是不科学的。曾经有学者认为《博物志》一书是受到《山海经》的影响而产生的,如清代汪士汉在《续博物志·序》中说:"然华所志者仿《山海经》,而以地理为编。"②认为《博物志》模仿《山海经》,以地理知识作为纲领。但这其实是误解了李石的话所造成的,李石在《续博物志》卷一中说:"张华述地理,自以禹所未志,且《天官》所遗多矣,经所不载。以天包地、象纬之学,亦华所甚惜也。虽然,华仿《山海经》而作,故略。"③李石在介绍天文知识的第一卷中提到的《博物志》,指出张华在写作地理知识的时候,是仿效《山海经》的,所以《山海经》只是其产生的一个源头。而其

---

① 刘华杰:《博物学与地方性知识》(据天下讲坛"共享自然沙龙"演讲、首都科学讲堂的讲座、北京市科委—北京大学科普培训班讲座整理而成),第4页。

② (宋)李石著,李之亮点校:《续博物志·序言》,巴蜀书社1991年版,第1页。

③ 同上书,第1页。

他著作如《尔雅》、《说文》等小学类著作,《风俗通义》等子书亦对其有很大的影响。

3.《博物志》中所体现的轻实践的博物学传统

张华在构建其博物学框架时,是要将关于各种事物的知识,在经过整理、辨析之后,完整地呈现出来。而且他在这么做的时候,并不是以方士的身份,而是以一个博学的学者的身份在严谨地做这件事,所以文中的很多文字都源于前代的典籍,而绝不是方术之士的肆意编造。鲁迅先生曾说《博物志》"皆刺取故书,殊乏新异,不能副其名",①说它"刺取故书"是非常准确的,但说其"不能副其名",就是忽视了张华创作此书时的具体情况而妄下论断。首先,张华是一个藏书丰富的大学者,他的博物知识多是源自于书本;其次中国的博物知识主要就是通过典籍和口头传闻来进行传播的,而不是像西方那样从实践中得来的。

中国古代知识分子是比较保守的,对于任何问题,他们都倾向于从前人、从古书那里去寻找解决方案以及依据。在政治上,要法古先圣王;在经济上,要从古书中找榜样;而在关于物的知识上,亦如此。胡秋原先生在《古代中国文化与中国知识分子》一书中说:"秦汉以来,中国学者对于自然问题社会问题固有许多杰出之士,求之于实验博采,然崇古主义禁欲主义之惰性,亦极深重。如宋王应麟研究天文,只求之古书。直到明末方以智,可说是一最有科学思想的人,其《通雅》及《物理小识》二书,还不是完全由实验方法来研究学问的。"②指出古人研究各种问题都倾向于从古书而不是从实践中寻求办法。这种保守主义和崇古主义,使得中国的各种知识尤其是关于自然物的知识受到了极大的限制,以致于千百年来学者们一直在古人的说法中兜圈子,即便有怀疑也不会通过实践

---

① 鲁迅:《中国小说史略》,第 23 页。

② 胡秋原:《古代中国文化与中国知识分子》,中华书局 2010 年版,第 247 页。

等方法加以解决。在《拾遗记》中,萧绮的诸多言辞都证明了这样的倾向,如他说:

> 夫盈虚薄蚀,未详变于圣典;孛慧妖沴,著灾异于图册;麒麟斗,鲸鱼死,靡闻于前经。求诸正诰,殆将昧焉,故巫妄也。

> 夫神迹难求,幽暗罔辨,希夷仿佛之间,闻见以之眩惑。若测诸冥理,先坟有所指明。是以彭生假见于贝丘,赵王示形于苍犬,皆文备鲁册,验表齐、汉。

> 故述作书者,莫不宪章古策,盖以至圣之德列广也。是以尊德崇道,必欲尽其真极。①

萧绮的这些话将古人对待知识的态度表达得很清楚:经典所没有的说法,就是荒诞不经的巫妄之言;经典有的,即便是有疑问的,也都是真实的;而后人作书,就要仿效前人,因为他们所说的是真实的。这样一种崇古、崇拜典籍的态度,必然导致很多错误的知识可以毫无阻碍地流传下去,也导致了学者们轻视实践的治学态度。张华也不能避免这种缺陷,《博物志》的"刺取故书,殊乏新异",就是这种轻视实践、崇拜典籍的态度所造成的。

《博物志》一书所建构起来的博物体系,非常鲜明地体现出了这种轻实践的特征。其中的很多博物知识,或来源于古书,或来源于民间传说,但多没有经过作者或身边人的实验。如张华记:"按北太行山而北去,不知山所限极处。亦如东海不知所穷

---

① (晋)王嘉著,萧绮录,齐治平校注:《拾遗记》,中华书局 1981 年版,第 27、39、72 页。

尽也。"①据史书记载，张华是范阳方城人，也就是现在的河北省固安人。而太行山北边是到北京西山，距离张华的老家并不是太远。如果他稍微有一点探索实践的精神，都不致于感叹不知道其限极处！

再如《博物志》记：

> 《神仙传》云："松柏脂入地千年化为茯苓，茯苓化为琥珀。"琥珀一名江珠。今泰山出茯苓而无琥珀，益州永昌出琥珀而无茯苓。或云烧蜂巢所作。未详此二说。②

松脂入地千年化为茯苓是无法验证，但烧蜂巢之说则是可以很容易进行验证的，而张华也只是很随意地将这两种说法列了出来，并没有寻根究底的求实态度。再如：

> 陈葵子微火炒，令爆咤，散著熟地，遍蹑之，朝种暮生，远不过经宿耳。③

现在稍微有点常识的人都知道，炒熟了的葵花籽不可能再发芽，更不可能朝种暮生。这种传言只要稍稍用心就可以破除，因为即便普通农家都很容易找到葵花籽来验证一下，但作为一个学者，张华却轻率地将其著录下来了。

这种对待博物知识的态度影响到了后人，在周日用等人的注解中，我们依然可以发现这种臆断之说。如《博物志》中记：

---

① 范宁：《博物志校证》，第 10 页。
② 同上书，第 48 页
③ 同上书，第 50 页。

> 江南山谷中水射上虫,甲类也,长一二寸,口中有弩形,气射人影,随所著处发疮,不治则杀人。今鸚鼬虫溺人影。亦随所著处生疮。

其下有注云:

> 卢氏曰:"以鸡肠草捣涂,经日即愈。"周日用曰:"万物皆有所相感,愚闻以霹雳木击鸟影,其鸟应时落地,虽未尝试,以是类知必有之。"

又如:

> 陈葵子秋种,覆盖,令经冬不死,春有子也。

下注云:

> 周日用曰:"愚闻熟地植生菜兰,捣石流黄筛于其上,以盆覆之,即时可待。又以变白牡丹为五色,皆以沃其根,以紫草汁则变之紫,红花汁则变红,并未试,于理可焉。此出《尔雅》。"①

对于《博物志》中这些荒诞的说法,后人不怀疑、不验证,而是根据前人已有的说法,认为"以是类知必有之"、"于理可焉",完全是盲目地相信古人、古书。这种态度,不仅影响到了古代博物知识的发展,也束缚了作家的想象力、创造力,阻碍了博物小说的发展。

---

① 均见范宁《博物志校证》,第37—38、50页。

二、《博物志》一书的主要内容

以往在研究《博物志》时,往往因为其地理博物类志怪小说的定位,而过多地把注意力放在那些与地理知识有关的、充满怪异色彩的或者是有一定故事性的文字上。所以学者们更多论及的是其中关于昆仑山的记载、形形色色的远国异人,以及八月浮槎、猿猴盗妇之事,但这些远非《博物志》的全貌。在《博物志》一书中,有充满神话思维的博物知识,有方术色彩的博物知识,有从偶然经验所得来的博物知识,亦有科学客观的博物知识。而这些正是那个时代关于各种事物的知识的真实面貌。

1. 神话所传达的博物知识

《博物志》中的很多记载是带有原始神话色彩的。如前面已经征引的关于昆仑的说法,就是原始神话中关于世界中心认识的一种遗留。再如其中关于泰山的记载:"《援神契》曰:五岳之神圣,四渎之精仁,河者水之伯,上应天汉。太山,天帝孙也,主召人魂。东方万物始成,故知人生命之长短。"①古代帝王为了维护统治,讹传五岳为群神所居,并予以封禅,加以祭祀。其中"山以岳尊,岳为东最",作为五岳之首的泰山,最受重视。《史记》专门有封禅书,张守节正义云:"此泰山上筑土为坛以祭天,报天之功,故曰封。此泰山下小山上除地,报地之功,故曰禅。言禅者,神之也。《白虎通》云:'或曰封者,金泥银绳,或曰石泥金绳,封之印玺也。'《五经通义》云:'易姓而王,致太平,必封泰山,禅梁父,何?天命以为王,使理群生,告太平于天,报群神之功。'"②《山海经·中山经》记:"封于太山,禅于梁

---

① 范宁:《博物志校证》,第 12 页。
② (汉)司马迁:《史记》,第 1355 页。

父,七十二之家,得失之数,皆在此内,是谓国用。"①而泰山之所以
受到如此重视,是因为它在东方,是太阳升起的方位。在神话思维
中,太阳的西沉意味着死亡,东升则意味着新生。《白虎通德论·
巡狩》云:"东方为岱宗者,言万物更相代于东方也。"②历代君王之
所以到泰山封禅,是因为泰山在东方,是阴阳交替、万物发育生长
的地方。到了汉代,关于泰山就有了更多的神话性质的说法,如
《遁甲开山图》中说:"太山在左,亢父在右。亢父知生,梁甫主
死。"③将泰山与主管人的生死联系在了一起。而在史书中,也可以
看到类似的说法,如《后汉书·方术传》记:"许峻自云尝笃病,三年不
愈。乃谒泰山请命。"《乌桓传》记:"死者神灵归赤山,赤山在辽东西
北数千里。如中国人死者,魂神归泰山也。"《三国志·管辂传》记:
"谓其弟辰曰:'但恐至泰山治鬼,不得治生人,如何?'"可见,在汉代
泰山掌人生死的职能就已经深入人心了。故张华此处对泰山的记
载,一方面是有典籍可作为依据,一方面是记录被社会所普遍接受
的带有神话思维的博物知识,而他本人对此并不觉得怪异或荒诞。

再如关于地的知识:

　　天地初不足,故女娲氏练五色石以补其阙,断鳌足以立四
极。其后共工氏与颛顼争帝,而怒触不周之山,折天柱,绝地维。
故天后倾西北,日月星辰就焉;地不满东南,故百川水注焉。

　　地以名山为之辅佐,石为之骨,川为之脉,草木为之毛,土
为之肉。三尺以上为粪,三尺以下为地。④

① 袁珂:《山海经校注》,第180页。
② (汉)班固:《白虎通德论》,上海古籍出版社1990年版,第45页。
③ (清)王谟:《汉唐地理书钞》,第49页。
④ 均见范宁《博物志校证》,第9、10页。

这是我们非常熟悉的女娲补天、共工怒触不周山和盘古化生的神话故事。古人用这些神话故事来解释他们所看到的种种现象,这些故事在我们看来是不可信的,但是对原始人来说,这就是他们关于天地自然的认识。

《博物志》中关于远国异人的描述,几乎都是承袭《山海经》的,虽然也带有神话思维的特征,但也是那个时代关于外部世界认识的一部分。刘向、郭璞等人对《山海经》的论述,就很明确地告诉我们:他们对于《山海经》并不是像我们今天这样把它当作“语怪”的小说来看的,而是把它作为博学之士的教科书,对其百般维护。再加上古代文人对书籍的尊崇,所以《博物志》所著录的这些内容,也可以看作是当时关于远国异人知识的一部分。

2. 巫术、方术和医药方面的博物知识

在中国古代社会中,对物最为关注的,就是巫师以及由巫师发展而来的方士和医师了。由于职业的关系,他们需要利用自然界的动植物来实现占卜、祈福、辟邪、求仙及医治病人等目的,所以博物知识主要是由他们发现、利用和传播的。而对于知识分子来说,这些关于物的知识都非正经之事,所以在学堂中,没有人会将博物知识作为一门课程来讲授和学习。它们仅仅只是被文人用作炫博的谈资,亦不会有人将其当作一门学问来郑重对待。欧阳修《六一笔记》中有“博物说”条云:“螟蛉是弃物,草木虫鱼,诗家自为一学,博物尤难。然非学者本务,以其多不专意,所通者少。苟有一焉,遂以名世。但汉晋武帝有东方朔、张华,皆博物。”①这就将古代知识分子对博物知识的态度说得很明确:它不是学者们的分内之事,所以没有多少人对它用心,懂得的相对也就很少。而即使是这很少的知识,大部分也都是从巫师、方士及医师那里得来的。所以中国古代的博物知识,就不可避免地带有巫术、方术以及医学的

---

① （宋）欧阳修:《六一笔记》,见《说郛》卷七六,第15页。

色彩。

　　带有巫术色彩的博物知识在《博物志》中有很多,如关于梦的记载有:"人藉带眠者,则梦蛇。""鸟衔人之发,梦飞。"①这两条就很好地体现了巫术思维中的"相似律"和"接触律"。弗雷泽在《金枝》中提出了巫术赖以建立的思想原则——相似律和接触律:"巫师根据第一原则即'相似律'引申出,他能够仅通过模仿就实现任何他想做的事;从第二原则出发,他断定,他能通过一个物体来对一个人施加影响,只要该物体曾被那个人接触过,不论该物体是否为该人身体之一部分。"②《博物志》中的这两条记载,前者体现了相似律,后者体现了接触律。因为带子和蛇的形状相似,所以如果枕着带子睡觉就会梦见蛇。这一观念在民间仍然可以看到,在笔者的家乡,老人会要求孩子在睡觉前检查身边有无各种带子,如果有就要将其拿开,理由就是它们会导致梦见蛇。而后者则是因为人的头发是身体的一部分,在原始思维中,部分可以代表整体,所以原始人对自己的头发、牙齿、名字,甚至和自己接触过的任何东西都很重视,因为这些就代表他们自身。一旦这些和他们有间接或直接关系的事物被敌人得到了,就可以用来伤害他们。所以很多原始部落会将自己掉下的头发泥到墙里面,不愿意将自己的名字告诉别人。从这种原始思维出发,人们认为作为身体一部分的头发一旦被鸟衔走了,人就会梦见自己随着鸟一起高飞了。

　　在中国古代,很多言辞与习惯也都与这一信仰有关,如曾子所说的:"身体发肤,受之父母,不敢损伤。"再如古人对直呼其名的忌讳等,其产生应该都是基于这一巫术思维。再如古人对于胎衣的重视,也是源于此。《医心方》中收有《藏胎衣断理方》、《藏胎衣择日法》、《藏胎衣恶处法》、《藏胎衣吉处法》等,在《本草纲目》卷五二

----

① 范宁:《博物志校证》,第110页。
② [英]弗雷泽:《金枝》,第15页。

引有崔行功的《小儿方》，其中记："凡胎衣宜藏于天德、月德吉方。深埋紧筑，令男长寿；若为猪狗食，令儿癫狂；虫蚁食，令儿疮癣；鸟鹊食，令儿恶死；弃于火中，令儿疮烂；近于社庙污水井灶街巷，皆有所禁。"李时珍则认为这些说法是"自然之理"。① 很多地方现在还仍然有将孩子的胎衣埋葬在一个别人不知道的地方、将掉下的牙齿藏在床下和屋顶上的习俗，这些都是这种巫术思想的遗留。

再如《博物志》记："桃根为印，可以召鬼。"② 这也是带有巫术思维的博物知识。桃枝避鬼的思想在中国很普遍，从《山海经》到《风俗通义》，再到《荆楚岁时记》，都有类似的记载。《论衡·订鬼篇》引《山海经》云：

> 沧海之中，有度朔之山。上有大桃木，其曲蟠三千里，其枝间东北曰鬼门，万鬼所出入也。上有二神人，一曰神荼，一曰郁垒，主阅领万鬼。恶害之鬼，执以苇索而以食虎。于是黄帝乃作礼以时驱之，立大桃人，门户画神荼、郁垒与虎，悬苇索以御凶魅。③

可见，从传说中的黄帝开始，桃人就具有了驱鬼的功能。《风俗通义·祀典篇》记：

> 《黄帝书》："上古之时，有荼与郁垒昆弟二人，性能执鬼，度朔山上立桃树下，简阅百鬼，无道理，妄为人祸害，荼与郁垒缚以苇索，执以食虎。"于是县官常以腊除夕，饰桃人，垂苇茭，

① 张志斌等：《本草纲目校注》，辽海出版社 2001 年版，第 1725 页。
② 范宁：《博物志校证》，第 140 页。
③ （汉）王充：《论衡》，第 344—345 页。今本《山海经》中没有这条记载，可能在流传过程中亡佚了。

画虎于门,皆追效于前事,冀以卫凶也。①

可见,黄帝时的信仰到了汉代已经演变成了一种民间习俗。《困学纪闻》录庄子逸篇有:"插桃枝于户,连灰在下,童子入不畏,而鬼畏之。是鬼智不如童子也。"②《荆楚岁时记》中杜公赡注云:"桃者,五行之精,厌伏泄气,制百鬼也。"③可见从先秦开始,在知识分子及普通百姓中都有以桃枝厌鬼的信仰。现在民间仍然有带婴儿出门前,在婴儿的襁褓外面插上一根桃枝的习俗,亦是这种观念的遗留。

在《博物志》的佚文中,还有几条与妇女月经有关的记载:

> 取妇人月水布,裹蝦蟆,于厕前一尺入地埋之,令妇不妒。
>
> 扶南国有奇术,能令刀斫不入。惟以月水涂刀便死。
>
> 月布在户,妇人留连。注谓:"以月布埋户限下,妇女入户则自淹留不去。"④

这三条记载中,前后两条,体现了巫术思维中的接触律,认为经血是妇人的一部分,将其埋在家里的门限之下或者是厕所前面,就可以使其安心待在家中,即使丈夫对其有不忠的行为,亦不会嫉妒。中间的一条则反映出"污秽辟邪术"的巫术思维。在巫术思维中,妇女月经是一种非常特别的现象。在原始人看来,处在月经期的

---

① 王利器:《风俗通义校注》,第367页。
② (宋)王应麟:《困学纪闻》,第1244页。
③ (梁)宗懔著,杜公赡注,黄益元点校:《荆楚岁时记》,见《汉魏六朝笔记小说大观》,第1051页。
④ 均见范宁《博物志校证》,第141页。

妇女会让酒变酸,花枯萎,明镜变晦暗,剃刀变钝,钢铁生锈;甚至她们不能喝牛奶,如果喝了,那么产奶的奶牛就会死去;她们不能走近水井,如果靠近了,井水就会枯竭;她们不能接触自己丈夫的任何东西,如果这样做了,就会被看成在使用巫术致丈夫于死命。"奥里诺科的圭基里人相信妇女月经期间所踩着的一切东西都将死亡,如果男人踩到她走过的地方,这个男人的腿马上就要肿胀起来。哥斯达黎加的布赖布赖印第安人的已婚妇女月经期间只能用香蕉树叶当盘子,用后立即扔在偏僻的地方,如果牛发现并吃了它,牛就会消瘦死亡。她也只能用专门的杯子喝水,如果别人用她喝过水的杯子喝水,就一定要病弱而亡"。① 而这一切都是源于原始人对月经出血的害怕和恐惧。而这种惧怕则源于认为经血是不洁的、污秽的观念。李时珍在《本草纲目》中,引《博物志》扶南国奇术条,下云:"此是秽液坏人神气,故合药忌触之。此说甚为有据。"② 而在古代小说中,我们看到很多妖术都可以借助经血来破解,所以一个刀枪不入的人,一旦遇到一把被经血涂过的刀,就会丧失法力,一命呜呼了。但这种"污秽"也可以为人们所利用,如《本草纲目》中专有妇人月水条,其下记用妇人月水治疗各种疾病的情况:可以解箭毒,能治热病劳复、女劳黄疸、霍乱困笃、小儿惊痫、痈疽发背等,其中亦有令妇不妒的功能,并引《博物志》为证。可见,这种不洁之物,在中国古代的医学体系中,确实具有积极的医学功用。

　　方术是在巫术的基础上发展而来的,相对于巫师来说,方士们关注更多的是长生不老、羽化成仙。在秦始皇、汉武帝等君王热衷于求仙的影响之下,秦汉间的方士之说非常盛行。神仙家言在经过汉代那样一番轰轰烈烈的宣传之后,在魏晋时也为知

---

① ［英］弗雷泽:《金枝》,第605页。
② 张志斌等:《本草纲目校注》,辽海出版社2001年版,第1719页。

识分子甚至下层百姓所掌握。相应地,各种瑞应、征兆、长生之
说也都深入人心了。在《博物志》中,也有关于征兆瑞应的知识,
有不死泉、不死树、仙人的记载,亦有方士服食的方法的记载。
如卷一记:

> 江河水赤,名曰泣血。道路涉骸,于河以处也。
>
> 五岳视三公,四渎视诸侯,诸侯赏封内名山者,通灵助化,
> 位相亚也。故地动臣叛,名山崩,王道讫,川竭神去,国随已
> 亡。海投九仞之鱼,流水涸,国之大诫也。泽浮舟,川水溢,臣
> 盛君衰,百川沸腾,山冢卒崩,高岸为谷,深谷为陵,小人握命,
> 君子陵迟,白黑不别,大乱之征也。①

这些征兆之说是方士们预测未来的方法。方士们善于根据各种
现象来推测未来情况,此处江河水变成红色、山崩、川竭、洪水、
地震等自然现象,均意味着社会动乱,而这些都属于方术家的
观念。

祥瑞之说也有,如:

> 地性含水土山泉者,引地气也。山有沙者生金,有谷者生
> 玉。名山生神芝,不死之草。上芝为车马,中芝为人形,下芝
> 为六畜。土山多云,铁山多石。……
>
> 和气相感则生朱草,山出象车,泽出神马,陵出黑丹,阜出
> 土怪。江南大贝,海出明珠,仁主寿昌,民延寿命,天下太平。
>
> 名山大川,孔穴相内,和气所出,则生石脂、玉膏,食之不
> 死,神龙灵龟行于穴中矣。②

---

① 均见范宁《博物志校证》,第11—12页。
② 同上书,第13页。

但是对这些瑞应,张华也并不是完全相信的,他说:"汉兴多瑞应,至武帝之世特甚,麟凤数见。王莽时,郡国多称瑞应,岁岁相寻,皆由顺时之欲,承旨求媚,多无实应,乃使人猜疑。"①可见,对汉代所盛行的瑞应之说,他虽著录,但是却持保留或怀疑态度。

在《博物志》中,也有很多与神仙、仙境、长生不死有关的物,如:

> 《史记·封禅书》云:威宣、燕昭遣人乘舟入海,有蓬莱、方丈、瀛州三神山,神人所集。欲采仙药,盖言先有至之者。其鸟兽皆白,金银为宫阙,悉在渤海中,去人不远。

> 神宫在高石沼中,有神人,多麒麟,其芝神草有英泉,饮之,服三百岁乃觉,不死。去琅玡四万五千里。三珠树生赤水之上。
> 员丘山上有不死树,食之乃寿。有赤泉,饮之不老。多大蛇,为人害,不得居也。②

这些也都是从前代书籍中摘录的方士之言。

方士们对于物的认识和利用,在《博物志》中也有著录。其中有专门讲服食的,如:

> 左元放荒年法:择大豆粗细调匀,必生熟按之,令有光,烟气彻豆心内。先不食一日,以冷水顿服讫。其鱼肉菜果不得复经口,渴即饮水,慎不可暖饮。初小困,十数日后,体力壮健,不复思食。③

---

① 均见范宁《博物志校证》,第105页。
② 范宁:《博物志校证》,第11、13页。
③ 同上书,第63—64页。

与方士们服食金玉、芝草等以求长生不老不同，此处所记为应付饥饿的方法，与今天人们对大豆的认识截然不同。另外还有与服食相关的记载：

> 西北荒小人中有长一寸，其君朱衣玄冠，乘辂车马，引为威仪居处，人遇其乘车，抵而食之，其味辛，终年不为物所咋。并识万物名字。又杀腹中三虫。三虫死，便可食仙药也。①

这也是从方士那承袭来的关于服食的知识。

中国古代的医学知识，是源自巫术和方术的，从前面的论述我们就可以看到，在医书中充斥着很多巫术及方术知识。在《博物志》中，有药物、药论、药术等内容，都是与医药有关的知识。其中有很多比较科学的认识，如药物部分，即是关于各种药物的具体知识：

> 乌头、天雄、附子，一物，春秋冬夏采各异也。
> 远志，苗曰小草，根曰远志。
> 芎藭，苗曰江蓠，根曰芎藭。
> 菊有二种，苗花如一，唯味小异，苦者不中食。
> 野葛食之杀人。家葛种之三年，不收，后旅生亦不可食。②

这些记载就带有非常明显的"辨其名物"的性质，区别各种药物的名与实，与小学著作中的名物学知识很接近，而且都是真实的。虽然其中所记的内容有些乍看上去似乎荒诞，但随着经验的积累，在后人的著作中，也逐渐变得客观、科学，也可以看出其合理性，如其中有："《神仙传》云：'松柏脂入地千年化为茯苓，茯苓化为琥珀。'

---

① 范宁：《博物志校证》，第 136 页。
② 同上书，第 47—48 页。

琥珀一名江珠。今泰山出茯苓而无琥珀,益州永昌出琥珀而无茯苓。或云烧蜂巢所作。未详此二说。"①在这段记载中,对于《神仙传》说松脂化为茯苓、茯苓再化为琥珀的说法,张华是持怀疑态度的,他列举泰山有茯苓而无琥珀,益州有琥珀而无茯苓之具体事实来进行反驳。但是对于传统的说法,他还是持保留态度,并没有力证其无稽,而是以"未详此二法"来委婉地表达自己的不信任。而在李时珍的《本草纲目》木部三十四卷松条下有这样的文字:"松叶、松实,服饵所须;松节、松心,耐久不朽。松脂则又树之津液精华也。在土不朽,流脂日久,变为琥珀,宜其可以辟谷延龄。"②这里对于松脂变化为琥珀的论述是比较科学的,而且也解释了为什么将松脂、琥珀列入药物部分,因为它们亦是道家辟谷延年之药方。

再如药论部分,其中关于药性的知识,有很多也是颇有科学道理的,如:

> 《神农经》曰:上药养命,谓五石之练形,六芝之延年也。中药养性,合欢蠲忿,萱草忘忧。下药治病,谓大黄除实,当归止痛。夫命之所以延,性之所以利,痛之所以止,当其药应以痛也。违其药,失其应,即怨天尤人,设鬼神矣。
>
> 《神农经》曰:药物有大毒不可入口鼻耳目者,入即杀人。一曰钩吻。
>
> 《神农经》曰:药种有五物:一曰狼毒,占斯解之;二曰巴豆,藿汁解之;三曰黎卢,汤解之;四曰天雄,乌头大豆解之;五曰班茅,戎盐解之。毒采害,小儿乳汁解,先食饮二升。③

---

① 范宁:《博物志校证》,第48页。
② 张志斌等:《本草纲目校注》,第1168页
③ 范宁:《博物志校证》,第48—49页。

这些引自《神农经》的说法，是古人关于医药药性的认识。虽然其中也有方士们期待成仙不死的影子，但总体上来说是比较科学的。其中上药养命、中药养性、下药治病的说法，在今天的中医理论里也还有，尤其是对一些毒药的毒性认识及解药的探索，是古人在认识外界事物时逐步积累而来的，体现了医药知识的进步。如："秋蟹毒者，无药可疗，目相向者尤甚。""钩吻毒，桂心葱叶沸解之。"①相对于《山海经》中对各种有毒动植物的记载来说，这些说法就显得理性和自信多了。

从后人所辑录的《博物志》佚文的情况来看，其医药内容有很多可能都亡佚了，如《本草纲目》中就引用《博物志》达 10 条之多，可见李时珍对于《博物志》的重视以及《博物志》所记的医药知识之多。当然，李时珍所引用的这一部分知识有些还是带有巫术色彩的，但更多的是关于药物的科学认识，如：

> 九真一种草，似百部，但长大尔。悬火上令干，夜取四五寸切短含咽，汁主暴嗽，甚良。名为嗽药。②

这是对一种可以治咳嗽的药的记载，对药物的形状、制作方法、服用方法、药效等，都有说明且很详细。再如"驼屎烧烟杀蚊虱"这个看上去颇显荒谬的记载，③其实是古人在没有灭蚊剂的情况下避免蚊虫叮咬的一个有效方法。在北部地区的农村，夏天傍晚都会在牲畜棚边上用一些垃圾或树枝等燃火，利用"烧烟"的方法来驱赶蚊虫。

3. 经验得来的博物知识

《博物志》中关于物的各种知识，虽然带有神话色彩，甚至有巫

---

① 范宁：《博物志校证》，第 133、135 页。
② 同上书，第 140 页。
③ 同上书，第 141 页。

术和方术的成分,但这些都是人类在漫长的文明进程中所积累得来的。《博物志》直接摘录前人著述,就表现出对经验的信奉。但这些来自于经验的知识,也因为经验的可靠与否,而造成了它们或真实、或荒谬的不同。

一般来说,那些从长期经验中所得来的知识,相对比较真实可信,如对五方人民外貌特征的分析,对不同地区人们生活习性的论述,都比较接近真实情况,如:"东南之人食水产,西北之人食陆畜。食水产者,龟蛤螺蚌以为珍味,不觉其腥臊也。食陆畜者,狸兔鼠雀以为珍味,不觉其膻也。"①这里是对东南沿海地区人们吃海鲜、西北地区人们吃野兽和家畜的生活习性的介绍。这是各地区人们根据自己的生活环境所选择的饮食习惯,是比较符合实际情况的。再如对物产的介绍,其中有:"五土所宜,黄白宜种禾,黑坟宜麦黍,苍赤宜菽芋,下泉宜稻,得其宜,则利百倍。"②这是在长期的农业实践基础之上所得出的结论:不同颜色的土壤有不同的特性,适宜种植不同的农作物。

《博物志》中不仅对人民、物产等有科学的认识,对天气变化等也有很多科学的总结,如其中有"蚁知将雨"的说法,③这与我们现在还在说的"蚂蚁搬家,必有大雨"等谚语一样,都是人民群众在生活中通过细心观察、认真分析、验证其准确性后得出的科学结论。

《博物志》中,还有众多百姓日用之物的制作方法,这些也都是人们在生活中所积累的经验之谈。其中有制作胡椒酒的方法、制作豆豉的方法、煞姜法等:

> 胡椒酒法:以好春酒五升。干姜一两,胡椒七十枚,皆捣

① 范宁:《博物志校证》,第12页。
② 同上书,第13页。
③ 同上书,第124页。

末。好美安石榴五枚押取汁,皆以姜椒末及安石榴汁悉内着酒中,火暖取温,亦可冷饮,亦可热饮之,温中下气。若病酒苦觉体中不调,饮之。能者四五升,不能者可二三升从意。若欲增姜椒亦可,若嫌多欲减亦可。欲多作者,当以此为率。若饮不尽,可停数日,此胡人所谓荜拨酒也。

外国有豉法:以苦酒溲豆,暴令极燥,以麻油蒸讫,复暴三过乃止。然后细捣椒屑筛下,随多少合投之,中国谓之康伯以,是胡人姓名。传此法者云:下气调和。

伏波将军唐资传蜀人煞姜法:先洒扫,别粗细为三辈,盛著笼中。作沸汤,没笼著汤中。须臾,取一片横截断视其熟否。里既熟讫,便内著瓮中,细捣米末以覆上,令姜不见。讫,以向汤,令复沸,使相淹消。息视瓮中,当自沸,沸便阴干之。①

这些知识正是所谓的"小道",是与经世致用学说漠不相关的具体生活层面上的知识。

当然,《博物志》中也有很多很荒谬的知识,在外国、异人、异俗、异产、异兽、异鸟、异虫、异鱼、异草木等部分,当我们读到其中关于那些"人面鸟口"、"人首鸟身"、"一手两足"、"同颈二头、四足"等怪异之人时,当我们看到"白鹢雌雄相视则孕。或曰雄鸣上风,则雌孕"、"鸟雌雄不可别,翼右掩左,雄;左掩右,雌。二足而翼谓之禽,四足而毛谓之兽"等说法时,②很难接受这是人们的经验之谈。但这些怪异的形象及想法,并不是作者虚构出来的,而是来自于间接经验——书本。这些无不是作者从前代的著作如《山海

---

① 范宁:《博物志校证》,第 117、126、134 页。
② 同上书,第 45 页。

经》、《庄子》甚至《尔雅》等书中抄录来的。

　　还有一些荒谬的说法源自偶然经验得来的知识。人们经常运用逻辑思维来认识世界，其中有一种是因果关系的推理。对于思维还不太发达的人们来说，经常会把前面发生的事情作为后面出现的事情的因。当然，这其中有的因果关系是成立的，而有些则是表面上的，禁不起检验。但有时候人们并不会去检验，而是根据自己的某次经验，就武断地下了结论，并将这种结论作为知识传播出去，这就造成了很多虚假、荒谬的知识。在《博物志》物性、物理、食忌等部分内容中，很多不经之说都源于此。如："麒麟斗而日蚀，鲸鱼死则彗星出，婴儿号妇乳出。""积油满万石，则自然生火。武帝泰始中武库火，积油所致。""人食冬葵为狗所啮，疮不差或致死。"①这些说法都给人亦真亦假的感觉。因为它们中的有些在我们今天看来都是合理的，是可以解释得通的，但是，有的确实又是荒诞的。之所以会如此，是因为它们是通过偶然经验得来的知识，故有的是正确的，而有的却发生了归因上的错误。如第一条中，"婴儿号妇乳出"的说法是有科学根据的，处于哺乳期的母亲，会因为受到婴儿哭声的刺激而分泌乳汁。但是"麒麟斗而日蚀，鲸鱼死则彗星出"的说法却明显是荒诞的，麒麟为传说中的瑞兽尚且不说，鲸鱼死就会有彗星出现的说法目前并没有被证明是真实的。而且天上的天象变化与世间的人、动物等之间的关系，王充在《论衡》中的《感虚篇》、《变动篇》中，早就已经辨别其为"虚妄"了。第二条中记载泰始中武库失火一事，也是虚实参半。失火一事为真，其中油为引发事故的原因也是真的，但是从这一事件就得出"积油满万石，则自然生火"的结论则是虚假的，因为积油并不会自燃，只是由于其易燃，并因疏忽而造成了火灾。最后一条也是类似的，人被狗咬了之后，是有可能危及生命，如果这条狗得了狂犬病的话。

---

　　① 范宁：《博物志校证》，第 46、47、49 页。

但是这跟被咬的人吃了冬葵与否没有任何关系。之所以会有这样的说法,可能就是某个人恰好吃了冬葵,而且被狗咬了,然后发病死掉了,于是根据这一偶然事件,就得出了上述结论。

　　4. 事物考及《异闻》、《史补》、《杂说》

　　前人在研究《博物志》一书时,往往对其中的事物考、史补和杂说部分内容忽略不论。因为这一部分内容,要么完全没有志怪色彩,如对各种事物的考证;要么看似与山川地理、各种动植物无关,与《博物志》一书所从属的地理博物类志怪小说不符。但它们确实是《博物志》一书的组成部分,而且所占比重较大,所以有必要对它们进行分析和研究。

　　此处所说的"事物考",在《博物志》一书中,包括人名考、文藉考、地理考、典礼考、乐考、服饰考、器名考、物名考等八类,占全书总类别 38 类的 21%,也就是五分之一强,这一比例应该说是非常可观的。但其数量却仅有 44 条,可能是在流传过程中大部分都亡佚了。在后人所辑的佚文中,有很多这类内容。如《说郛》卷一〇唐留存《事始》引:"蹴踘黄帝所作,或曰起战国时。""伯益作井。"曾慥《类说》卷二三引:"祝融造市,高辛臣也。蚩尤造兵,炎帝臣也。楎造弧,牟夷造矢,仓颉造书,容成造历,伶伦造律,隶首造数,皆黄帝臣也。仪狄造酒,禹时人。绵驹善歌,齐人。"①这几条应该是属于《人名考》部分的内容。《太平御览》引:

　　　　河东平阳,尧所都。河东太阳,虞所都。
　　　　颍川、阳翟、夏禹国,宏农、陕、虢所都。
　　　　河南偃师尸乡,汤所都。
　　　　鲁国薛,奚仲所都,河南洛阳周公迁殷民曰成周,河南武
　　王迁九鼎,周公营之,以为王城,平王所都。

_____

　　① 范宁:《博物志校证》,第 127、139 页。

河南巩,东周所都。

扶风槐里,周懿王所都。

扶风郇邑齝乡,公刘所封。

左冯翊褮阳,秦献公所封。

扶风雍,秦惠王所都。①

这几条应该是属于《地理考》部分的;而高似孙《纬略》引:"昭华玉者,律琯也,又曰昭华管,秦府库中玉笛也。长二尺三寸,六孔吹之,则见车马山林隐鳞相次。息,并不复见。其上铭曰'昭华之管'。"②这一条则应该是《器名考》部分的内容。

这些考证性质的文字,承袭了小学著作和子书的风格,旨在传播确定性的知识,并对有疑义的问题进行辨析。如《人名考》中的:"殷三仁:微子、箕子、比干。""文王四友:南宫括、散宜生、闳夭、太颠。仲尼四友:颜渊、子贡、子路、子张。""曹参字敬伯。"③对"殷三仁"、"文王四友"、"仲尼四友"等词的具体所指进行说明,曹参的字也是确定性的知识。再如《文籍考》中有:"圣人制作曰经,贤者著述曰传,郑玄注《毛诗》曰笺,不解此意。或云毛公尝为北海郡守,玄是此郡人,故以为敬。"④对经和传的意思进行界定,文辞颇似字书。《地理考》:"周自后稷至于文、武,皆都关中,号为宗周。秦为阿房殿,在长安西南二十里。殿东西千步,南北三百步,上可以坐万人,庭中受十万人。二世为赵高所杀于宜春宫,在杜城南三里,葬于旁。""旧洛阳字作水边各,火行也,忌水,故去水而加佳。又魏于行次为土,水得土而流,土得水而流,

①范宁:《博物志校证》,第129—130页。
②同上书,第139页。
③同上书,第71页。
④同上书,第72页。

故复佳加水,变雒为洛焉。"①对周代的地域、秦阿房宫的规模甚至是地名的变化都做了说明。《典礼考》中记:"三让:一曰礼让,二曰固让,三曰终让。""汉丞秦,群臣上书皆曰昧死言。王莽盗位慕古,去昧死曰稽首,光武因而不改。"②这是对礼法、典制的考辨。《物名考》记:"犬四尺为獒。""徐州人谓尘土为蓬块,吴人谓跋跌。"③这是对物名的考辨,属于名物学的范畴,其文字也与字书非常接近。

《异闻》和《史补》均是取材于史书和传闻的故事,多有志怪色彩。但有些内容也很平实,如《史补》中记:

> 成王冠,周公使祝雍曰:"辞达而勿多也。"祝雍曰:"近于民,远于佞,近于义,啬于时,惠于财,任贤使能,陛下摛显先帝光耀,以奉皇天之嘉禄钦顺,仲壹之言曰:'遵并大道,郊域康阜,万国之休灵,始明元服,推远童稚之幼志,弘积文武之就德,肃勤高祖之清庙,六合之内,靡不蒙德,岁岁与天无极。'"右孝昭用《成王冠辞》。
>
> 《止雨祝》曰:天生五谷,以养人民,今天雨不止,用伤五谷,如何如何,灵而不幸,杀牲以赛神灵,雨则不止,鸣鼓攻之,朱绿绳萦而胁之。
>
> 《请雨》曰:皇皇上天,照临下土,集地之灵,神降甘雨,庶物群生,咸得其所。④

这些都为研究古代民俗信仰提供了很好的材料。

---

① 均见范宁《博物志校证》,第73页。
② 同上书,第74页。
③ 同上书,第76页。
④ 同上书,第94页。

《杂说》部分也多是为史书所著录或在民间广为流传的一些说法,这些说法关乎治国、民间传说以及民间信仰。但在著录这些内容时,张华经常会出面表达一些不同的观点,与《风俗通义》与《论衡》等子书风格相近。如在言及汉代的祥瑞之说时,张华云:"汉兴多瑞应,至武帝之世特甚,麟凤数见。王莽时,郡国多称瑞应,岁岁相寻,皆由顺时之欲,承旨求媚,多无实应,乃使人猜疑。"[1]在记录胎教之法时,也说:"《异说》云:瞽叟夫妇凶顽而生舜。叔梁纥,淫夫也,征在失行也,加又野合而生仲尼焉。其在有胎教也?"[2]对汉代的祥瑞之说和古代的胎教之法都提出了怀疑。

三、《感应类从志》与《博物志》

据《晋书·张华传》记载:"华著《博物志》十篇,及文章并行于世。"[3]这就说明除了一些独立成篇的小文章外,张华的著作中流传于世的就只有《博物志》一书。而现在我们所能看到的张华的作品,除了《博物志》之外,还有《感应类从志》、《博物地名记》两书。其中《博物地名记》见于王谟的《汉唐地理书钞》,并被认为是张华《博物志》的一部分。《感应类从志》分别见于《说郛》卷二四和《四库全书存目丛书》子部杂家类。

1.《博物志》的阙佚及《博物地名记》的出现

因为天灾人祸等原因,古书亡佚较多。同时,古人对于书籍的态度又远没有今人的严谨,所以在传抄、辑录古书的过程中,往往会出现遗漏、删改等情况。比如《说郛》和《类说》在著录前人作品

---

① 范宁:《博物志校证》,第 105 页。
② 同上书,第 109—110 页。
③ (唐)房玄龄等:《晋书》,第 1077 页。

时，很多都是经过一番汰捡的，有些类似今天的读书笔记，仅仅将感兴趣的内容记下来。如《类说》辑录的《穆天子传》、《洞冥记》、《列仙传》，《说郛》所录的《墨子》、《韩非子》等，均是摘录，而且有的即便被摘录了，但是文字与原文差别也很大，如前文所举的《类说》卷二一《汉武帝故事》中的"罢遣方士"条，与今本文字就不同；甚至有的名字都发生了变化，如《赵飞燕外传》，在《类说》中题目为《赵后外传》。这种情况在各类书籍中都很常见，如晋人张勃的地理书《吴录》(其书在流传过程中亡佚了)，后人将佚文收集在一起，重新命名为张勃《吴地记》，于是在《唐志》中就出现了张勃《吴地记》一卷，而王谟的《汉唐地理书钞》又将其著录为张勃《吴地理志》。这种不严谨，给后人的研究带来了很大的困惑。因为增删和随意著录的情况存在，我们无法考证某一部书的原貌究竟如何；而任意改名的情况，往往又使得一部书以不同的名字出现，这些都导致作品在流传过程中的变异与人们对它们的误解。《博物志》一书就是一个典型代表。

　　关于《博物志》一书的阙佚，前人有很多记载和论述。早在王嘉的《拾遗记》中，就记："张华字茂先，挺生聪慧之德，好观秘异图纬之部，捃采天下遗逸，自书契之始，考验神怪，及世间闾里所说，造《博物志》四百卷，奏于武帝。帝诏诘问：'卿才综万代，博识无伦，远冠羲皇，近次夫子，然记事采言，亦多浮妄，宜更删剪，无以冗长成文！昔仲尼删《诗》、《书》，不及鬼神幽昧之事，以言怪力乱神；今卿《博物志》，惊所未闻，异所未见，将恐惑乱于后生，繁芜于耳目，可更芟截浮疑，分为十卷。'"①但后人往往因为《拾遗记》是"杜撰无稽"的小说家言，且与《博物志》中所记的"武帝泰始中武库火"事相冲突，而否定其真实性。但王嘉与张华时代相去不远，此说肯定不是空穴来风，故后世学者多从此说。且从后世的文献记载中，

_____

① （晋）王嘉：《拾遗记》，第210—211页。

也可以看到《博物志》被删改的记载。在《魏书》卷八一、《北史》卷四二有《常景传》，载北魏常景曾经"删正晋司空张华《博物志》"，①故清丁国钧《补晋书艺文志》据此说："考《北史·常景传》有删正《博物志》语，是世所传本，已非张氏之旧，段公路《北户录》及《文选》注所引各条，多出今本之外，疑据景未删之旧笈也。"②可见丁氏认为今十卷本乃常景所删之本，诸书所引而今本脱载者乃常氏所刊落。

在各本《博物志》的序跋中，我们也可以看到对其曾被增删的肯定，甚至后世的编者也在进行增删工作。如唐琳在《刻快阁本博物志序》中说："今读其书，虽多奇闻异事，而简略不成大观，岂书传既久，残缺处多耶？"王谟《刻汉魏丛书本跋》云："是则此十卷即武帝所删定也。自后行世，惟此十卷。其轶犹时时散见他书……殆即本卷所删。"《稗海本广宁郎极序》云："其卷帙不全者，复证之《津逮》本中而补其一二云。"钱熙祚《刻博物志跋》云："予既主叶本，杂采宋以前诸书，补正其脱误，并辑逸文，附箸卷末。"③前两者都肯定《博物志》有残缺或曾遭删减，后两者则明言据前人著作对《博物志》进行了增补。而我们今天通行本所辑录佚文有212条，亦可见出其阙失之多。

对这些阙失部分的内容，后人也有不同的看法，如黄丕烈在《刻连江叶氏本博物志序跋》中说："若夫《通考》所云：'《博物》四百，本非有成书。'而刘昭《郡国志》注、小司马《索隐》、李崇贤《文选》注及《艺文类聚》、《初学记》、《太平御览》所引，多出今本外。《隋志》云：'《博物志》十卷，张华撰。'又云：'《张公杂记》一卷，张华撰，梁有五卷，与《博物志》相似，小小不同。'又云：'《杂记》十一卷，

① （唐）李延寿：《北史》，第1562页。
② （清）丁国钧：《补晋书艺文志》，中华书局1985年版，第90页。
③ 见范宁《博物志校证》，第150、151、152、155页。

张华撰。'然则所引或出二书欤?"①将后人书中所引的《博物志》佚文,视为《张公杂记》或《杂记》两书的内容。

对于这些佚文的归属,后人有较为详细的辨定。如王谟在《汉唐地理书钞》中,收录有《张华博物地名记》一书,其中共收集 60 条文字,据王谟所言,是从《郡国志》注、《后汉书》注、裴骃《史记》注、杜氏《通典》注中收集而来的。王谟将他所收集的资料与《博物志》一书进行比较后,发现其中很多内容都是雷同的,而且又根据《水经注》所引《博物志》文与刘昭注《郡国志》引《博物记》文合,宣称"则此《博物记》之即为张华《博物志》审矣"。② 而在通行本《博物志》的后记中,范宁先生也针对《博物志》与《博物记》进行了辨析,得出了"足证《博物志》、《博物记》实为一书,毫无疑义。分为二书,其说妄矣"的结论。③ 并在佚文中,也收录了刘昭注所引的《博物记》一书,共 25 条,其中 22 条与《汉唐地理书钞》所录的内容相同或相近(只是文字上小小不同),另 3 条则因为与地理知识无关,没有被王谟所辑录。

但王谟在辑录这些内容时,也将其名称改变了。因为他所采集的都是与地理有关的知识,所以在目录中,他将其标题写为《张华博物地名记》。而在正文中该书的标题又被写作《张华博物记》,在文中"永安有吕乡,吕甥邑也"条下,有注云:"《路史·国名纪》引此作《博物古今地名记》。"④这些不同的名称,及上述各书所著录文字的不同,都说明古人在著录前人作品时的随意性。而这种随意性,就导致了对一部作品的任意拆分、组装,甚至通过重新命名而制造出了一本"新书"。《感应类从志》,就是这一情形

---

① 见范宁《博物志校证》,第 153 页。
② (清)王谟:《汉唐地理书钞》,第 119 页。
③ 范宁:《博物志校证》,第 164 页。
④ (清)王谟:《汉唐地理书钞》,第 116 页。

的产物。

2.《感应类从志》与《博物志》关系考

明代陶宗仪《说郛》卷二四著录有晋张华《感应类从志》一书，录有 20 条文字。《四库全书存目丛书》子部杂家类亦著录有《感应类从志》一书，其文字与《说郛》本略有不同。有的是增加了一些编者的校注，如第二条，《四库全书存目丛书》本下面增加了"此疑有阙文"；有的则可能是传抄时的讹误，如第 3 条中将《说郛》本的"榆木化灰"，写作"时木花灰"；第 6 条中将《说郛》本中的"此二句目验也"，改为"此二句自验也"。所以《四库全书存目丛书》子部杂家类的《感应类从志》一书，应该是从《说郛》本来的。

对于《感应类从志》一书，学者对其关注较少，故关于该书的疑问也较多，且都没有一个公允的结论。如作者问题，《四库全书总目》在杂家类存目丛书中著录《感应类从志》一卷，提要云："《感应类从志》一卷(浙江巡抚采进本)：旧本题晋张华撰。隋唐以来经籍、艺文诸志皆所不载，诸家书目亦不著录。书中语多俚陋，且皆妖妄魇制之法，其为依托无疑也。"①这就认为题张华为作者是依托，否定了《感应类从志》与张华的关系。而《四库全书存目丛书》在著录《感应类从志》时所添扉页中，定此书作者为张华，而影印天一阁钞本前有陈星南的题词，亦云："考《存目提要》有不知何人所作，托名张华云云。按《宋史·艺文志》子部杂家有狐刚子《感应类从谱》一卷，盖即此书妄改，题作者为张华，且易谱为志。"②认为《感应类从志》的作者应该是狐刚子，《感应类从志》一书应该为《感应类从谱》。也认为《感应类从志》一书不是张华的作品。日本学

① (清)永瑢等：《四库全书总目》，第 1113 页。
② 四库全书存目丛书编纂委员会编：《四库全书存目丛书》，齐鲁书社 1997 年版，第 707 页。

者山田庆儿在《〈物类相感志〉的产生及其思考方法》一文中,也谈
到了《感应类从志》,他说:"不过在《物类相感志》之前还是要先说
说被视为具有谱系性联系的两部著作。无论是张华(?)写的《感应
类从志》还是李淳风(?)写的《感应经》,其内容都没有什么意思,只
不过是从各种古籍那里抄录了自然的感应现象,并没有像葛洪那
样严格的问题意识和强烈的实践信念,只不过是咒术的现象和物
类相感现象拼凑在一起,简单地用气加以说明。《物类相感志》则
严密地排除了上述两者,彻底地记叙了事物的现象。但据说《感应
类从志》也是赞宁的作品,但是它们出自同一作者之手,实在是不
可思议。"①从其文字表述中,我们能感觉到山田庆儿对于《物类相
感志》作者的迷惑:说是张华,但是打了问号;说是赞宁,却又觉得
不可思议。

那么《感应类从志》是否是张华的作品呢? 作为博物学著作,
它被认为是赞宁《物类相感志》等一系列书的源头,那么,它与《博
物志》又是怎样的关系呢?

从《说郛》所著录的《感应类从志》的内容来看,它应该是张华
的作品,而且很可能是《博物志》的一部分。原文如下:

> 芦灰投地,苍云自灭。   《史记》有苍云围轸,轸楚之分
> 野,是不善之征。楚太史唐勒夜以葭灰遗于地,乃更灭,拂之,
> 其苍云为之半减。人遗灰,乃尽去之。(《四库全书存目丛书》
> 中"围"作"圉","轸轸"为"轸"。)

> 萌芽生,角音振;蚕丝也,商弦绝。绝紧也。(《四库全书存目
> 丛书》"商弦绝,绝紧也"作"商元绝。   绝紧也。此疑有阙文"。)

> 积灰知风,悬炭识雨。   以榆木化灰聚置幽室中,天若大

---

① [日]山田庆儿:《〈物类相感志〉的产生及其思考方法》,见《哲学研究》1990 年
第 4 期,第 77 页。

风则灰皆飞扬也；以秤土、炭二物使轻重等，悬室中，天时雨则炭重，晴则炭轻。孙化侯云："以此验二至不雨之时，夏至一阴生即灰重，冬至一阳生则炭轻，二气变也。"（《四库全书存目丛书》"榆"作"时"，"化"作"花"，"晴则碳轻"作"天晴则碳轻"。）

僵蚕拭唇，马不咬人；狼皮在槽，马不食谷。　以僵蚕拭马唇内外，即不咬人，亦不吃草；取桑作末涂口，即不吃草也。以鼠狼皮挂马槽上，或云置谷上，马不咬谷也。

胡桃之券，令鸡夜鸣；甑瓦之契，投枭自止。　以胡桃树东南枝劈之书券字讫，绕之于鸡栖下，则夜鸣不止；以故甑书契字置于墙上，忽闻枭鸣，取以投之，即不敢更鸣也。（《四库全书存目丛书》"绕"作"还"，"忽闻枭鸣"作"忽闻枭"。）

口诵仪方，登山不见虎；心念仪方，入泽不逢蛇。　此二句目验也。（《四库全书存目丛书》"目"作"自"。）

藉草三垂，魑魅收迹；金乘一振，游光敛色。　夜卧以所眠上抽草一茎出，长三寸许，魑魅不敢来魇人。田野中见游光者，火也。其名曰燐，鬼火也。或人死血久积地为野火、游□。然不常，或出或没，来逼人，夺人精气，以鞍两鞾相叩作声，火即灭也。（《四库全书存目丛书》"三"作"叁"，"或人死血久积地为野火、游"后加一"光"字，"夺人精气"为"夺人气精"。）

货宅之财，不买生口；估乘之物，不以聘妇。　卖宅之财，不买生口、奴婢及生物，并不利于人；卖驴马之财，不聘妇，令家耗毫，妇至不安也。（《四库全书存目丛书》"贷"作"卖"，"妇至不安也"无"至"字。）

牛马度阑，出手即售；衣服运井，入市争酬。　欲卖牛马驴畜，宿以木阑障之，明乃度，过令寡妇击其尾，作十字，则其物易售也。欲出卖衣服，运绕观井三匝，将入市争酬也。（《四

库全书存目丛书》"牛马度阑"作"牛马广栏","十"作"拾","欲
出卖衣服"作"欲出买衣服","遠"作"达","观"作"睹"。)

月布在户，妇人留连；守宫涂臂，自有文章。 取妇人月
水布，烧作灰。妇人来，即取少许置门阑门限，妇人即留连不
能去。五月五日，取蝇虎虫以刺血竭养筐筐中，以朱砂和牛脂
食之，令其腹赤乃止。阴干百日。末少许涂人臂，即有文章，
揩拭不去。男女阴合，归即灭。此东方朔法，汉武帝以验宫
人，故曰守宫也。(《四库全书存目丛书》"月布在户"，作"布在
户"，"守宫涂臂"作"守宫人涂背"，"门阑"作"门间"，"五月五
日"作"伍月伍日"，"竭"作"蝎"，"筐筐"作"箇雨"，"令其腹赤
乃止"另起一行，且无"令"字；"末少许"作"来少许"，"阴合"作
"合阴"。)

高悬大镜，坐见四邻；迴风之草，目睹四户。 以大镜长
竿上悬之向下，便照耀四邻，当镜下以盆水，坐见四邻出入也；
取迴风草插头上，令人顾见四户之事，迴风即从风也。(《四库
全书存目丛书》"目睹四户"作"目睹四石"，"迴风"作"回风"，
"顾见"作"顾风"。)

群毛止风，孤槌息涝。 取黑犬皮并毛、白鹨左翼翮烧
之，扬鹨即风生，扬犬即风止也。三寡妇、七孤儿各令持研米
槌，孤儿仰天号，寡妇向地哭，即雨止。有大验也。(《四库全
书存目丛书》"取黑犬皮"前有"即雨也"，"向地哭"作"向
地泣"。)

井衣独运，逃亡自归；甑缕缝裳，竖奴无去。 取逃人衣
裳井中垂运之，则逃人自思归也。以甑带麻作线，左系之，缝
奴婢衣脊，缝一尺六寸，即无逃走之心也。(《四库全书存目丛
书》"甑缕缝裳"作"甑缕缝衣"，"以甑带麻作线"作"以甑带缕
麻作线"，"衣脊"无"脊"字。)

木瓜翻鱼，秦椒伏雀。 以木瓜灰和麦饭、糠及米投水

中,鱼乃食之,鱼皆翻目矣。或罔罩杀之,其鱼皆不堪食也。秦椒为末,和稻饭,雀食之而伏地也。(《四库全书存目丛书》"投水中"作"投之水中","矣"作"溪","罔"作"网","秦椒为末"无"末"字。)

　　橘见尸实繁,榴得骸叶茂。　橘见死尸即多子;石榴一名茶林,以骸骨埋于树根下绕之,其树滋茂而叶多。(《四库全书存目丛书》"叶多"作"著多"。)

　　刀汤不纰于练,阴水可以延续。　凡练绢帛,以刀画釜中作"白"字或作"十"字,名曰刀汤。其练物不纰疏,既练生作熟讫,即内井中,悬之不至水,经宿然后出之,名曰阴水。故考切尽此为贵也。(《四库全书存目丛书》"为贵"作"道贵"。)

　　龟骸环床,子孙聪明;狗肝泥灶,妇妾孝顺。　取龟左骸骨,环而带之,子孙聪明智慧,以狗肝和净土泥灶,令妇妾载顺也。(《四库全书存目丛书》"床"作"裳","左"作"在","载"作"孝"。)

　　沃穴难盈,虚损门户;勾芒在灶,家常耗耗。　有穴容指,以水沃之不可满者,此名虚耗之穴。宅有此,令人虚损不滋息。灶前或左右有湿如水洗处不干者,若不去之,令人家多耗耗也。(《四库全书存目丛书》"穴"均作"宄","门户"作"门石","勾芒"作"勾亡","湿如水洗"作"温水浇","干"作"讫"。)

　　蛙布在厕,妇不妒;草发在灶,妇安夫。　以妇月水布裹蝦蟇于厕前一尺,入地五寸许,即令妇人不妒忌;又埋妇发于灶前,令妇人常安夫家。又取他人发埋灶前,令人不怒恒喜。(《四库全书存目丛书》"妇安夫"作"妇失夫","以妇月水布"作"以夫妇月水布","蟇"作"蟵","又取"无"又"字。)

　　居三徙,鬼逐人;邻三犬,家必破。　家三移徙,耗鬼逐人。三犬为穴,神也,言此常侵耗人家不安。(《四库全书存目丛书》"家三移徙"作"三家移徙","刽"作"势","常"

作"张"。)①

这些内容涉及的都是物与物之间相互感应、影响的情况。

　　感应之说在中国人的思维领域中,非常重要。《庄子·渔女篇》云:"同类相从,同声相应,固天之理也。"②《吕氏春秋·有始览》明确记:"类固相招,气同则合,声比则应。"③陈奇猷先生注云:"盖事物之同一属性者谓之类,《有始》'以观其类'是也,则类即有同一属性之意。'类固相招'犹言同一属性者固相召致。"④《淮南子·览冥训》记:"夫物类之相应,玄妙深微,知不能论,辨不能解。故东风至而酒湛溢,蚕饵丝而商弦绝,或感之也。画随灰而月运阙,鲸鱼死而彗星出,或动之也。"⑤《春秋繁露·同类相动篇》亦云:"故气同则会,声比则应……美事召美类,恶事召恶类,类之相应而起也。……物故以类相召也。……故阳益阳而阴益阴,阳阴之气,因可以类相益损也。天有阴阳,人亦有阴阳。天地之阴气起,而人之阴气应之而起,人之阴气起,而天地之阴气亦应之而起,其道一也。明于此者,欲致雨则动阴以起阴,欲止雨则动阳以起阳,故致雨非神也。非独阴阳之气可以类进退也,虽不祥祸福所从生,亦由是也。无非己先起之,而物以类应之而动者也。"⑥《春秋元命苞》记:"猛虎啸而谷风起,类相动也。"⑦这种物类相感的理论,在后世也非常流行,王充在《论衡》中有《变虚篇》,辨析天象影

　　① (明)陶宗仪纂:《说郛》卷二四,第18—21页。
　　② (清)郭庆藩:《庄子集释》,第1027页。
　　③ 陈奇猷:《吕氏春秋新校释》,第683页。
　　④ 同上书,第687页。
　　⑤ 何宁:《淮南子集释》,第450—451页。
　　⑥ (清)苏舆著,钟哲点校:《春秋繁露义证》,中华书局1992年版,第358—360页。
　　⑦ [日]安居香山、中村璋八:《纬书集成》,第655页。

响人间之说;有《感虚篇》,辨析人事影响天象之说;有《变动篇》,辨析人君以政动天之说。感应之说,不仅仅限于天人之间,物类之间亦有,后世赞宁的《物类相感志》所讲的就是这种情况。山田庆儿根据赞宁的《物类相感志》推论:"其物类相感现象的大部分可以说是从繁杂的日常观察和即生活智慧或生活的技术等知识出发而获得的。其中也有物理现象(例如夏月热汤入井成冰),而大多属于化学现象。除了中和、发酵外,还有金属(例如'津液可溶水银,末茶可结水银')、肥料(例如'枇杷不宜粪')、药物和毒物(例如'松毛可杀米虫')、烹饪(例如'薄荷去鱼腥')以及其他知识。有关动物的知识也不少,有动物的习性(例如'鹤知子午')、季节与动物的关系(例如'芒种日螳螂一齐出')、朴素的生物发生论(例如'麦得湿气则为蛾'),也有迷信的成分(例如燕子戊日不归家)。要对杂多的内容进行适当的分类和整理是相当困难的。"①可见古人的物类相感,实在是一个非常复杂的现象。现在民间仍有较多这类说法,如小孩子不能吃鱼子,因为"吃鱼子,不识数";中月不能理发,因为"中月剃头,死舅舅";女孩子不能吃猪脚,因为吃猪脚会导致恋爱时第三者插足;吃饭时不能移动位置,否则结婚时会下雨等等。这些说法,在民间广为传播,并被某一区域的人们所接受和遵从。它们都属于古人所说的"物类相感"的范畴,而这些观念被视作科学知识并被一代一代的人所传承时,它们没有受到任何怀疑和检验,而是被作为约定俗成的因果关系被接受。正如欧阳修在《归田录》中说的:"凡物有相感者,出于自然,非人智虑所及,皆因其旧俗而习知之。今唐、邓间多大柿,其初生涩,坚实如石。凡百十柿以一榠樝置其中,榠樝亦可。则红熟烂如泥而可食。土人谓之烘柿者,非用火,乃用此尔。淮南人藏盐酒蟹,凡一器数十蟹,以皂荚半挺

---

① [日]山田庆儿:《〈物类相感志〉的产生及其思考方法》,见《哲学研究》1990 年第 4 期,第 72 页。

置其中,则可藏经岁不沙。至于薄荷醉猫、死猫引竹之类,皆世俗常知,而翡翠屑金,人气粉犀,此二物,则世人未知者。余家有一玉罂,形制甚古而精巧,始得之,梅圣俞以为碧玉。在颍州时,尝以示僚属。坐有兵马钤辖邓保吉者,真宗朝老内臣也,识之曰:'此宝器也,谓之翡翠。'云:'禁中宝物皆藏宜圣库,库中有翡翠盏一只,所以识也。'其后,予偶以金环于罂腹信手磨之,金屑纷纷而落,如砚中磨墨,始知翡翠之能屑金也。诸药中犀最难捣,必先锉屑,乃入众药中捣之,众药筛罗已尽,而犀屑独存。余偶见一医僧元达者,解犀为小块子,方一寸半许,以极薄纸裹置于怀中近肉,以人气蒸之,候气薰蒸浃洽,乘热投臼中急捣,应手如粉。因知人气之能粉犀也,然今医工皆莫有知者。"①所以古人所说的各种事物间的化学变化、物理变化等等相感现象,都是沿袭旧说,并不是人们通过实践和论证所得出的理性结论,即便有些是从实践中来的,其原因也是不明确的。

但感应之说在古代是被当作真实可靠的知识加以遵行的。如关于胎教,在《青史子》中就记有:"古者胎教之道:王后腹之七月而就宴室,太史持铜而御户左,太宰持斗而御户右,太卜持蓍龟而御堂下,诸官皆以其职御于门内。比及三月者,王后所求声音非礼乐,则太史蕴瑟而称'不习'。所求滋味者非正味,则太宰倚斗而不敢煎调,而言曰'不敢以待王太子'。"②之所以非礼乐之声则不奏、非正味之食则不调,是因为古人相信这些都会对腹中的胎儿有影响,也就是所谓的"相感"。这种观念在今天被证明是有科学依据的。而有的感应则充满荒诞的色彩,如《博物志》记:"故古者妇人妊娠,必慎所感,感于善则善,恶则恶矣。妊娠者不可啖兔肉,又不

① (宋)欧阳修撰,李伟国点校:《归田录》,中华书局1981年版,第33—34页。
② 《青史子》,见《鲁迅全集》第八卷,第123页。

可见兔,令儿唇缺。又不可啖生姜,令儿多指。"①感于善则善,感于恶则恶的说法或许还有可能,但是吃兔肉或者见到兔子就会使孩子缺唇,吃生姜会使孩子多长手指头的说法则肯定是荒诞的。再如:"妇人妊娠未满三月,著婿衣冠,平旦左绕井三匝,映详影而去,勿反顾,勿令人知见,必生男。""陈成初生十女,使妻绕井三匝,祝曰:'女为阴,男为阳,女多灾,男多祥。'绕井三日,果生一男。"②这种通过穿丈夫的衣服,一大早在井边绕三圈等方式,来影响腹中胎儿性别的说法,是不可能的。但在古人的观念中,这是确实而可靠的知识,所以在很多医书中,都有类似的求子秘方,如《千金要方》卷二说怀孕"至于三月,名曰始胎,血脉不流,象形而变,未有定仪,见物而化,是时男女未分,故未满三月者,可服药方术转之令生男也"。③并列了许多方法,除服药外,很多都是这些相感之方,如:"取弓弩弦一枚,缝囊盛,带妇人左臂。一法以系腰下,满百日去之。""以斧一柄于产妇卧床下置之,仍系向下,勿令人知。如不信者,待鸡抱卵时依此置于巢下,一巢儿子尽为雄也。""当此之时,未有定仪,见物而化,欲生男者操弓矢,欲生女者弄珠玑,欲子美好数视璧玉,欲子贤良端坐清虚。是谓外象而内感者也。"④而这些或真或假的说法,都属于物类相感的范畴。《博物志》卷四《物理》部分的内容全部属于物类相感之说。

《感应类从志》极有可能是《物理》篇中佚失的内容,其中很多记载和《博物志》所记很相似,有的文字大体相同。如"芦灰投地,苍云自灭"条,⑤与《博物志·物理》篇所记的"凡月晕,随灰画之,

---

① 范宁:《博物志校证》,第 109 页。
② 同上书,第 109、141 页。
③ (唐)孙思邈:《备急千金要方》卷二,清光绪四年影印日本江户医学本,第 7 页
④ 同上书,第 8、12—13 页。
⑤ (明)陶宗仪:《说郛》卷二四,第 18 页。

随所画而阙"的记载是很近似的，①都是记运用灰烬来影响天上的天象；再如《感应类从志》中记："藉草三垂，魑魅收迹；金乘一振，游光敛色。　夜卧以所眠上抽草一茎出，长三寸许，魑魅不敢来魇人。田野中见游光者，火也。其名曰燐，鬼火也。或死人血久积地为野火，游燃不常，或出或没，来逼人，夺人精气，以鞍两鞢相叩作声，火即灭也。"②这一记载和《博物志》中的一些记载也是很相近的，前面在讨论《博物志》中带有巫术色彩的博物知识时，讨论了两则关于梦的记述："人藉带眠者，则梦蛇。""鸟衔人之发，梦飞。"③这与此处的"藉草三垂，魑魅收迹"是一类的，都是关于人睡眠时做梦的问题，只不过前两者是告诉人们做某一种梦的缘由，而此处是防范做恶梦的方法，都具有巫术性质。后面关于游光的记载与《博物志·杂说上》中所记也有相同之处，《杂说上》中云："斗战死亡之处，其人马血积年化为燐。燐著地及草木如露，略不可见。行人或有触者，著人体便有光，拂拭便分散无数，愈甚有细吒声如炒豆，唯静住良久乃灭。后其人忽忽如失魂，经日乃差。"④这两处所记都是关于燐火也就是民间所谓的"鬼火"的，都认为燐火是人死后的血积年所化，时出时没，对人有害。只是表述稍有不容，而且前者给出了对付的办法，后者没有。

　　再如《感应类从志》中云："月布在户，妇人留连；守宫涂臂，自有文章。　取妇人月水布，烧作灰。妇人来，即取少许置门阃门限。妇人即留连不能去。五月五日取蝇虎虫以刺血竭养筐筐中，以朱砂和牛脂食之，令其腹赤乃止。阴干百日。末少许涂人臂，即有文章，揩拭不去，男女阴合，归即灭。此东方朔法，汉武帝以验宫

---

①　范宁：《博物志校证》，第 46 页
②　(明) 陶宗仪：《说郛》卷二四，第 19 页。
③　范宁：《博物志校证》，第 110 页。
④　同上书，第 106 页。

人,故曰守宫也。"①而《博物志》佚文中辑有褚人获《坚瓠集》引:
"月布在户,妇人留连。注谓:'以月布埋户限下,妇女入户则自淹
留不去。'"《博物志》卷四戏术部分有:"蜥蜴或名蝘蜓。以器养之,
以朱砂,体尽赤,所食满七斤,治捣万杵,点女人支体,终年不灭。
唯房室事则灭,故号守宫。《传》云:'东方朔语汉武帝,试之有
验。'"②这些记载文字上稍有不同,但内容是大致相同的。

　　同样是关于妇女月水布的记载,《感应类从志》有:"蛙布在厕,
妇不妒;草发在灶,妇安夫。　　以妇月水布裹蝦蟆于厕前一尺,入
地五寸许,即令妇人不妒忌;又埋妇发于灶前,令妇人常安夫家。
又取他人发埋灶前,令人不怒恒喜。"③前一条与李时珍《本草纲
目》所引《博物志》大致相同。《本草纲目》所引《博物志》佚文为:
"取妇人月水布,裹蝦蟆,于厕前一尺入地埋之,令妇不妒。"④同样
被《本草纲目》所引的一条文字:"以狗肝和土泥灶,令妇女孝
顺。"⑤在《感应类从志》中也有近似的文字:"龟骸环床,子孙聪明;
狗肝泥灶,妇妾孝顺。　　取龟骸骨环而带之,子孙聪明智慧;以狗
肝和净土泥灶,令妇妾载顺也。"⑥这些记述也都是非常接近的。

　　从这些比较我们可以看出来,《物类相感志》与张华的《博物志》
有较多的雷同、近似之处,它被著录为张华的作品是有根据的。再
联系《博物志》一书在流传过程中被删减、被重新编辑,甚至有对其
内容分类摘录并重新命名的情况;以及《说郛》在著录作品时的不
严谨态度,随意著录作品内容甚至改名的情况来看,《物类相感志》
应该是从《博物志》中摘录出来的内容,是《博物志》一书的一部分。

---

① (明)陶宗仪纂:《说郛》卷二四,第 20 页。
② 范宁:《博物志校证》,第 141、51 页。
③ (明)陶宗仪:《说郛》卷二四,第 21 页。
④ 范宁:《博物志校证》,第 141 页。
⑤ 同上。
⑥ (明)陶宗仪纂:《说郛》卷二四,第 21 页。

第二节　地理体博物小说

先秦两汉的地理书,很多在今天都被视为博物小说,如《山海经》《海内十洲记》等,但到了魏晋六朝时期,地理书与博物类小说有了质的区别。地理书更偏重于地理知识的记载,虽还涉及物产、人民、风俗等知识,但更加平实,所记也都可以考知,没有太多的怪诞之说。如阚骃的《十三州志》记载:"古平州县在汾州界休县五十里。""长沙有万里沙祠,西自湘洲至东莱万里,故曰长沙。""大郡曰守,小郡曰尉。""羸浑县有大道,西北出鸡鹿塞。"①更多的是对地理位置、地名的介绍。其中虽有一些怪异、虚假之说,如记荆州,其内容与扬雄的《蜀王本纪》等书相似;记舍卫国云:"在月氏南万里,果大如三斗杅。"②但从整体上来看,这一类内容所占比例非常小。而且对物的记载很少,更多的是对人、风俗的记载,如:"山桑县人俗贪伪,好持马鞭行邑。故语曰:'沛国龙穴至山桑,诈托旅使若奔丧。道遇寇抄遂失资粮。'""冀州之地,盖古京也。人患剽悍,故语曰:'仕宦不遇值冀部,其人刚狠,浅于恩义。无实序之礼,怀居悭啬。'古语云:'幽冀之人钝如槌,亦履山之险为逋逃之薮。'"③而作为从地理书发展而来的博物类小说,它们在将物和人作为主旨、淡化地理知识的同时,也仍然保留有很多地理书的痕迹。即便是张华的《博物志》,其中也有大量的地理知识,并有较多承袭《山海经》的内容,以致于有人说它是承袭《山海经》之作。虽然这一说法不客观,但《山海经》等地理书对魏晋六朝博物类小说的影响还是不可忽视的。这种影响主要体现在地理体博物小说中,主要表现在

----

① (清)王谟:《汉唐地理书钞》,第 142 页。

② 同上书,第 149 页。

③ 同上书,第 148、149 页

两方面：一是内容方面的沿袭旧说，如《博物志》、《玄中记》、《拾遗记》卷十等有关外国、异人、异俗、异产等大多数内容，都是从前代的"地理书"中原封不动地照搬照抄，或据以进行增损；二是体制方面的承袭，在记录异物、异人、异俗时往往以地名作为主要线索，在介绍博物内容时将地理知识作为背景知识，《述异记》就是这一类作品。

一、地理书的遗响——《玄中记》、《名山记》

魏晋时期博物小说的作者，往往都是大学者，如张华和郭璞，一个是"学业优博，辞藻温丽，朗赡多通，图纬方伎之书莫不详览"，"雅爱书籍，身死之日，家无余财，惟有文史溢于机箧。尝徙居，载书三十乘。秘书监挚虞撰定官书，皆资华之本以取正焉。天下奇秘，世所希有者，悉在华所。由是博物洽闻，世无与比"，一个是"注释《尔雅》，别为《音义》、《图谱》。又注《三苍》、《方言》、《穆天子传》、《山海经》及《楚辞》、《子虚》、《上林赋》数十万言，皆传于世"。① 对前代典籍的热爱、收集、注释，成了他们博物知识的源头。所以在《博物志》中，可以考知的引书有四十种左右，其中有《山海经》、《海内十洲记》等地理书，尤以《山海经》为多；郭璞《玄中记》所录也多见于前代的《山海经》、《括地志》、《海内十洲记》等书。

作为博物之祖的《山海经》，对后世的影响极大，其中的异物、远国异民等，很多都成了后世博物小说创作的原型。如《博物志》中所记的比翼鸟、精卫鸟、肥遗蛇、鳄鱼、詹草等，在《山海经》中都有它们，只是相对于《山海经》的记载，《博物志》的相关文字发生了变化：有的大略相近，如肥遗、比翼鸟；有的进行了删减，如精卫；

---

① （唐）房玄龄等：《晋书》，第1910页。

有的名称不同,如詹草,在《山海经》中为蓄草。尤其是关于远国异民的内容,《博物志》中的记载几乎全部源自《山海经》。其中的外国部分,除孟舒国外,其余 11 条全部在《山海经》中出现过;异人部分的 12 条中,有 7 条见于《山海经》。在这些源自《山海经》的记载中,大部分都与《山海经》不同。有的少了一些内容,如白民国,就少了"在龙鱼北,白身披发"两句;①交趾国(《山海经》中为"交胫国")中,少了"其为人交胫"的介绍。② 这些不同的记载可能是源自对《山海经》的误解,或者张华所见版本的讹误,也可能是后人传抄《博物志》时的误录。如结胸国,在《山海经·海外西经》中记:"灭蒙鸟在结匈国北,为鸟青,赤尾。"③毕沅注云:"盖结匈国所有。"郝懿行注云:"《博物志》(外国)云:'结胸国有灭蒙鸟。'本此。"④这都是受了《博物志》的影响,而产生的对《山海经》的误解。在《山海经》中,一般说某地、某物在一地的某个方位的时候,所指的均在这一作为参照物的地方之外的。如同样在《海内西经》中有:"大运山高三百仞,在灭蒙鸟北。""三身国在夏后启北。""奇肱国在其(一臂国)北。""女丑之尸,生而十日炙杀之,在丈夫北。""巫咸国在女丑北。"⑤无一例外,这些大运山、三身国等,均是在参照物之外的,而不是处于其中的某一地方。所以《山海经》中关于灭蒙鸟的记载,也不大可能例外,而应该指的是在结胸国之外的北方。而在《博物志》中记:"结胸国,有灭蒙鸟。"⑥可能就是由于文字的遗漏或讹误,或是由于张华对原文的误解而造成的。再如《博

---

① 袁珂:《山海经校注》,第 225 页。
② 同上书,第 195 页。
③ 同上书,第 207 页。
④ 同上。
⑤ 同上书,第 209、211、212、218、219 页。
⑥ 范宁:《博物志校证》,第 22 页。

物志》记:"子利国,人一手二足,拳反曲。"①而在《山海经·海外北经》中,则为:"柔利国在一目东,为人一手一足,反膝,曲足居上。一云留利之国,人足反折。"②《山海经》中的"一手一足",变成了"一手二足",这应该是《博物志》在传抄过程中的讹误,士礼居刊本作"一手一足"可能才是原貌。《博物志》中的内容既有对《山海经》的删减,也有讹误,但更多的是对其进行附会,给《山海经》中那些简略的记载增加了很多内容,更接近郭璞为《山海经》所作的注解。如关于三苗国、驩兜国、奇肱国、无启民等,所记与《山海经》不同,而是与郭注相近。如《博物志》记:"君子国,人衣冠带剑,使两虎,民衣野丝,好礼让,不争。土千里,多薰华之草,民多疾风气,故人不蕃息,好让,故为君子国。"③但《山海经·海外东经》记:"君子国在其北,衣冠带剑,食兽,使两大虎在旁,其人好让不争。有薰花草,朝生夕死。"④相比较来说,《博物志》的记载要细致些,对其领土面积、人民的体质等情况都作了说明,显得更真实了。而这些添加的内容,多出自汉代的地理书,如关于大人国的记载:"大人国,其人孕三十六年,生白头,其儿则长大能乘云而不能走,盖龙类,去会稽四万六千里。"⑤而在《山海经》中,所记则不同,《海外东经》云:"大人国在其北,为人大,坐而削船。"⑥这里只是对一个巨人国的描述,只是说他们形体比较高大而已,并没有神异色彩,而且这些人还从事劳动,从"削船"这一记载可推断这个国家应该是滨水而居,主要以捕渔为生的。但《博物志》的记载,给大人国增加了很多怪异的成分,如"孕三十六年"、"生白头"、"能乘云而不能走,盖

① 范宁:《博物志校证》,第23页。
② 袁珂:《山海经校注》,第232页。
③ 范宁:《博物志校证》,第21页。
④ 袁珂:《山海经校注》,第254页。
⑤ 范宁:《博物志校证》,第22页。
⑥ 袁珂:《山海经校注》,第252页。

龙类"等,而这些并不是张华所虚构出来的,而是录自汉代的地理书——《河图括地象》:"大人国,其民孕三十六年而生儿。生儿长大,能乘云,盖龙类。去会稽四万六千里。"①再如《博物志》中关于穿胸国的记载:"穿胸国,昔禹平天下,会诸侯会稽之野,防风氏后到,杀之。夏德之盛,二龙降之。禹使范成光御之,行域外。既周而还至南海,经房风,房风之神二臣以涂山之戮,见禹使,怒而射之,迅风雷雨,二龙升去。二臣恐,以刃自贯其心而死。禹哀之,乃拔其刃疗以不死之草,是为穿胸民。"②相对来说,《山海经》的记载就太简略了,《海外南经》记:"贯匈国在其东,其为人匈有窍。"③只是对这个国家人民的形体特征做了介绍。而《博物志》则对这一特征的缘由加以解释,而这也是源自汉代的《括地图》。④另外《博物志》卷一物产部分中关于神宫和员丘山的记载,也是源自《括地图》。《博物志》所记云:"神宫在高石沼中,有神人,多麒麟,其芝神草有英泉,饮之,服三百岁乃觉,不死。去琅玡四万五千里。三珠树生赤水之上。""员丘山上有不死树,食之乃寿。有赤泉,饮之不老。多大蛇,为人害,不得居也。"⑤这些也是在《括地图》的基础之上衍生出来的,《括地图》云:"贯丘之山,上有赤泉,饮之不老。神弓有英泉,饮之眠三百岁乃觉,不知死。"⑥

　　《玄中记》一书,历代史志未见著录,唯《崇文总目》及《通志·艺文略》收录,且均是放在地理类中,可见其与前代地理书的关系

---

①　[日]安居香山、中村璋八:《纬书集成》,第1103页。

②　范宁:《博物志校证》,第22页。

③　袁珂:《山海经校注》,第194页。

④　《括地图》记:"禹平天下,会于会稽之野,诛防风氏。夏后盛德,二神降之。禹使范氏御之以行。经南方,防风之臣见禹怒射之,有迅雷,二龙升去。神惧,以刃自贯其心而死。禹哀之,乃拔刃疗以不死之草,皆生,是为贯胸国。去会稽万五千里。"见王谟《汉唐地理书钞》,第50页。

⑤　范宁:《博物志校证》,第13页。

⑥　(清)王谟:《汉唐地理书钞》,第51页。

尤为密切。从南宋的罗苹开始，就有很多学者论及它与《山海经》、《十洲记》、《括地图》等书的承袭关系。如罗苹在注《路史·发挥》卷二《论槃瓠之妄》时，引《玄中记》中关于"犬封氏"的记载，并说："《玄中》之书，《崇文总目》不知撰人名氏，然书传所引皆云《郭氏玄中记》，而《山海经》注狗封氏事与《记》所言一同，知为景纪。"①侯忠义先生在《中国文言小说史稿》中说："又如《山海经》中'奇肱国'、'丈夫国'等注，与《玄中记》所记亦大体相同。"并说《玄中记》一书，"材料大致来自《山海经》、《括地志》等"。② 李剑国先生在《唐前志怪小说史》中，在上述例证之外又举了《玄中记》中"昆仑弱水"和"北海之蟹"条与《山海经》的注和郭璞《山海经图赞》的相似性。

从现存佚文来看，《玄中记》中大部分文字，都源自前代地理书，如其中所记的关于刑天、钟山神等神话，即源于《山海经》；其中的远国异民之说，如狗封氏、丈夫民、扶伏民、化民、奇肱民、君子国等，均见于前代的《山海经》、《括地图》诸书；其中关于山川动植的记载如沃焦、弱水、北海之蟹、东海之鱼、扶桑、炎火山、火浣布、桃都山、蓬莱、昆仑、员丘等地及物，也都曾见于《山海经》、《神异经》、《括地图》、《海内十洲记》诸书。

但因为《玄中记》一书亡佚较为严重，所以我们很难知道其最初面貌究竟如何。而从现在能见到的辑本来看，说其是地理书可能也是以偏概全。

鲁迅的《古小说钩沉》收录有《玄中记》71 条，从这 71 条文字来看，其中有大量与地理知识没有关系的内容。从 41 条至 63 条，以及第 71 条，均是介绍一些与地理无关的博物知识、精怪变化之说，如：

---

① （宋）罗泌：《路史》，《四库备要》本，第 252 页。
② 侯忠义：《中国文言小说史稿》，第 81、82 页。

> 　　千岁之树,枝中央下,四边高。百岁之树,其汁赤如血。
>
> 　　水狐者,视其形,虫也,其气,乃鬼也。长三四寸,其色黑,广寸许。背上有甲,厚三分许。其头有物,向前如角状。见人则气射人。去二三步即射;人中,十有六七人死。
>
> 　　越燕,斑胸,声小;胡燕,红襟,声大。
>
> 　　松脂沦入地中,千岁为茯苓,伏神。
>
> 　　枫脂沦入地中,千秋为虎珀。①

这些内容有实有虚,有科学有无稽,但都是作为当时的博物知识出现的,其内容和风格都更接近于《博物志》,而且其中关于水狐、茯苓、松脂等记载,与《博物志》相差无几。

其中 48 至 53 条,所涉及的都是百岁、千岁之物,应该是神仙家言。这些长寿的动物具有一些特异功能,如能化为神、能与人语,而在方士的观念中,这种长生的动植物往往可以使人长生不老,如:"百岁伏翼,其色赤,止则倒县;得而服之,使人神仙。""千岁伏翼,色白;得食之,寿万岁。""千岁蟾蜍,头生角;得而食之,寿千岁。"②

由于受到其时"张皇鬼神,称道灵异"的社会风气的影响,《玄中记》中也有很多精怪变化之说,如:"玉精为白虎。金精为车马。铜精为僮奴。铅精为老妇。"③这是万物有灵思想的体现。在这种思想观照之下,万事万物,不管是有生命的动植物,还是无生命的矿物等,都有自己的灵魂,而这种灵魂在中国人的观念中,还可以假借各种形状呈现出来。这里所记的玉石的精魂可以变化为白

---

① (晋)郭璞:《玄中记》,《古小说钩沉本》,见《鲁迅全集》第八卷,第 490、493、494 页。

② 同上书,第 493 页。

③ 同上书,第 494 页

虎,黄金的精魂变化为车马,铜的精魂变为童仆,铅的精魂变为老妇人等说法,在我们看来可能有些怪诞,但在那个时代却被认为是确实可信的。不仅万物是有精魂的,而且其精魂所变化出来的外形是怎样的还是一门学问。如梁代的《地镜图》中,①就有关于黄金、白银、铜器、美玉等各种矿物的精气及变化之说。从中可以知道各种矿物的精气往往会影响周边的环境,如宝藏可以使树木变枯、屋上无霜,玉石之精可以使山川多露、地中常润、草木枝叶下垂。而且各种宝物的精气,亦可以变化为各种有生命的活物,如:"凡有金宝,常变作积蛇,见此便脱只履若衣以掷之,溺之即得。""铜器之属见,其状如望马辉辉然;齐器之象为牛,楚器之象为马,越器之象为蝦蟆,宋器之象为白狗,秦器之象为豚,燕器之象为豕。""相玉,见美女子载烛行坛阴,从其所出入处寻之,石中有玉矣。""青玉之见为女人,黄玉之见为火及白鼠。""黄金百斤以上至三百斤者,精如羊。""金宝化为青蛇。""白银见为雄鸡。""铜器之精见为马。"②这些金银铜玉,可以变化为蛇、蛤蟆、牛、马、猪、狗、鸡、女性等等,而《地镜图》将这些逐一进行介绍,为的是使人们在寻找的过程中易于辨别。

　　而这些成精之后可以变化的物,往往会进入人们的生活,从而引发一系列怪异的故事。《玄中记》:"千岁树精为青羊,万岁树精为青牛,多出游人间。""汉桓帝时,出游河上,忽有一青牛从河中出,直走荡桓帝边,人皆惊走;太尉何公时为殿中将军,为人勇力,走往逆之。牛见公往,乃反走还河。未至河,公及牛,乃以手拔牛左足脱,以右手持斧斫牛头而杀之。此青牛是万年木精也。"③这

①《隋志》五行类有《乾坤镜》二卷,其下注云:"梁《天镜》、《地镜》、《日月镜》、《四规镜》各一卷。《地镜图》六卷亡。"王谟的《汉唐地理书钞》有辑本。
②　均见于王谟《汉唐地理书钞》,第53—54页。
③　(晋)郭璞:《玄中记》,第491页

个故事有人物,有事件,颇似志怪小说。

在这种种变化当中,以动植物幻化为人的故事最为后世所常见。而这种说法,在魏晋时期就已经比较流行了,如葛洪在《抱朴子·内篇·登涉》中说:"又万物之老者,其精悉能假托人形,以炫惑人目而常试人,唯不能于镜中易其真形耳。是以古之入山道士,皆以明镜径九寸已上,悬于背后,则老魅不敢近人。"①这就解释了照妖镜的原理,也说明在那个时代人们认为所有生长周期很长的事物均能变化为人。这一观念同样体现在《玄中记》里:"狐五十岁,能变化为妇人。百岁为美女,为神巫;或为丈夫,与女人交接;能知千里外事,善蛊魅,使人迷惑失智。千岁即与天通,为天狐。"②后世关于狐狸精的各种各样的离奇故事,莫不是由此信仰衍生出来的。而其中姑获鸟的故事,也是这一变化思维的表现,《玄中记》:"姑获鸟夜飞昼藏,盖鬼神类。衣毛为飞鸟,脱毛为女人。一名天帝少女,一名夜行游女,一名钩星,一名隐飞。鸟无子,喜取人子养之,以为子。今时小儿之衣不欲夜露者,为此物爱以血点其衣为志,即取小儿也。故世人名为鬼鸟,荆州为多。昔豫章男子,见田中有六七女人,不知是鸟,匍匐往,先得其毛衣,取藏之,即往就诸鸟。诸鸟各去就毛衣,衣之飞去。一鸟独不得去,男子取以为妇,生三女。其母后使女问父,知衣在积稻下,得之,衣而飞去。后以衣迎三女,三女儿得衣亦飞去。今谓之鬼车。"③这一段文字应该是将两条故事掺杂在一起了,因为说的是两件事:一为姑获鸟之事,以解释为什么晚上不能把小孩的衣服放在外面;一是一个天鹅处女型的神话故事。二者在内容上是相互矛盾,前者记姑获鸟"无子",下文则说她与凡人婚配并生育了三个女儿。而且在

① 王明:《抱朴子内篇校释》,第300页。
② （晋）郭璞:《玄中记》,第492页。
③ 同上。

后人的著述中，往往是将两者分开的，如《搜神记》卷一四"毛衣女"条记："豫章新喻县男子，见田中有六七女，皆衣毛衣。不知是鸟。匍匐往，得其一女所解毛衣，取藏之。即往就诸鸟。诸鸟各飞去，一鸟独不得去，男子取以为妇，生三女。其母后使女问父，知衣在积稻下，得之，衣而飞去。后复以迎三女，女亦得飞去。"①《荆楚岁时记》中有："正月夜多鬼鸟度，家家槌床打户，捩狗耳，灭灯烛以禳之。"其下注云："按：《玄中记》云：'此鸟名姑获。一名天地女，一名隐飞鸟，一名夜行游女，好取人女子养之。有小儿之家，即以血点其衣以为志。故世名为鬼鸟。'"②这两条并无任何共同点，而且《搜神记》、《荆楚岁时记》两书所记、所引均是独立的。而这两则故事之所以在《古小说钩沉》中成为一条，可能因为其中多出的两句话，即"衣毛为飞鸟，脱毛为女人"以及"今谓之鬼车"。前一句话，就使得姑获鸟与毛衣女有了共同之处；而后者，则使得化为妇人的鸟，有了一个近于姑获鸟别名"鬼鸟"的名称。但"毛为飞鸟，脱毛为女人"句，为鲁迅先生据《北户录》所添加的，而"鬼车"本为《太平御览》的注文，且鬼车为九头鸟，并非姑获鸟。

　　另外，今本《拾遗记》第十卷曾以《名山记》之名单独流传。因为前九卷是按照时间顺序以历史人物和事件为线索进行叙事，有史传体的风格；但第十卷所记为昆仑、蓬莱、方丈、瀛洲、员峤、岱舆、昆吾、洞庭七山一洲，没有人物、事件，而仅仅是地理知识，与前九卷不同，更近于《海内十洲记》一类的地理书。这一部分的内容，与《博物志》、《玄中记》中所记的地理知识一样，相较于前代来说更为细致，被增加了很多附会的成分。尤其突出的是，《拾遗记》一书文采艳丽，其镂金铺彩的艺术风格，使得这一部分内容不仅充满了想象力的丰富之美，亦具有形式上的唯美倾向，代表了博物类小说

---

① （晋）干宝：《搜神记》，第 175 页。

② （梁）宗懔：《荆楚岁时记》，第 1054 页。

在这一时期的新发展。

　　从《山海经》、《括地图》、《海内十洲记》，到《博物志》、《玄中记》，博物小说在描述、说明博物知识的方式上，由简趋繁，变得更注重细节描写与环境描摹。这在讨论《博物志》、《玄中记》两书对前代地理书的承袭时，已经有所涉及，而在《拾遗记》一书中，这种倾向尤为明显。卷一〇所记的七山一洲，在前代的地理书中几乎全部出现过，但《拾遗记》所记的内容更繁华富丽、精致细腻，而且还掺杂了佛教的一些说法，受到了佛教的影响。如关于昆仑山的记载：

　　　　昆仑山有昆陵之地，其高出日月之上。山有九层，每层相去万里。有云色，从下望之，如城阙之象。四面有风，群仙常驾龙乘鹤，游戏其间。四面风者，言东南西北一时俱起也。又有祛尘之风，若衣服尘污者，风至吹之，衣则净如浣濯。甘露濛濛似雾，著草木则滴沥如珠。亦有朱露，望之色如丹，著木石赭然，如朱雪洒焉；以瑶器承之，如粨。昆仑山者，西方曰须弥山，对七星之下，出碧海之中。上有九层，第六层有五色玉树，荫翳五百里，夜至水上，其光如烛。第三层有禾穟，一株满车。有瓜如桂，有奈冬生如碧色，以玉井水洗食之，骨轻柔能腾虚也。第五层有神龟，长一尺九寸，有四翼，万岁则升木而居，亦能言。第九层山形渐小狭，下有芝田蕙圃，皆数百顷，群仙种耨焉。傍有瑶台十二，各广千步，皆五色玉为台基。最下层有流精霄阙，直上四十丈。东有风云雨师阙。南有丹密云，望之如丹色，丹云四垂周密。西有螭潭，多龙螭，皆白色，千岁一蜕其五脏。此潭左侧有五色石，皆云是白螭肠化成此石。有琅玕璆琳之玉，煎可以为脂。北有珍林别出，折枝相扣，音声和韵。九河分流。南有赤陂红波，千劫一竭，千劫水乃更生也。①

────────────

① （晋）王嘉：《拾遗记》，第 221—222 页。

这一段记载中所提到的昆仑山高出日月之上，是对前代将昆仑视为天梯、世界中心的承袭；其中的大禾、玉井、田圃、众神美玉、九河分流等，在《山海经》中都已经提到；而露水著草木则滴落如珠、神龟能言、龙千岁则蜕其五脏等说法，则已见于《汉武帝别国洞冥记》；对七星之下之说，则是承袭《海内十洲记》。但其中认为昆仑山是须弥山的说法，则明显是佛教传入中国对本土观念冲击与改造后，所形成的一种折中的说法。而其中对于昆仑山有九层，每层之间相去万里的构想，以及对各层场景的细致描绘，则明显受到了佛经的影响。所以即便是与文字已经很丰富的《十洲记》相比，这一段文字在艺术上也显得更为靡丽繁复。

其他各山、洲的描写，均与昆仑山近似，都是在前代各种地、物知识基础之上的增饰与附会。

二、地理体博物小说的新变——《述异记》

在这一时期的地理体博物小说中，《述异记》与上述的《玄中记》、《拾遗名山记》等书不同，它不再是直接从前代地理博物小说中抄撮资料，所记也不再是前代已见诸典籍的远国异民、奇珍异玩，而是借助地理知识作为统领全书的线索，在实际的、可知的地理知识的框架之下，介绍各种传说、异物、异俗。所以，虽然同是地理体博物小说，《述异记》与《玄中记》等书相比，在内容上呈现出更具有时代性、更贴近生活的特征，而且其中志怪的色彩也较为浓厚。

作为地理体博物小说，《述异记》的各条内容，均是以地理知识作为线索的。在开始正文之前，作者往往都要在前面交代地理背景，所以每条前几乎都有"南海中"、"太原村落间"、"扬州"、"东海"、"会稽山"、"湘水"、"江南"、"淮水"、"汉中"等地名。这些地名与《山海经》中那些无法考证的远国、《十洲记》中方士们所虚构出来的飘渺难求的仙境、《神异经》中愤世嫉俗之士所言的荒诞不稽的荒野相比,其大部分都是真实可考的。而且因为这些地方是人们所熟悉的,所以不需要花费太多的笔墨对其进行介绍,而是直接切入主题,引出要说的物产、风俗等知识。

前代学者在论及《述异记》一书时,多提及其创作过程中辑录前人著作的情况,王谟说:"晁氏云:'昉家藏书三万卷,天监中,采辑前世之事,纂述新异为此记。皆时所未闻,特以资后来属文之用,亦博物之意。'"①《四库全书总目》批评它"颇冗杂,大抵剽掇诸小说而成"。② 这些说法确实反映了《述异记》创作上辑录旧书这一特点。在书中有相当一部分内容都是来自前代著述的,如精卫鸟、轩辕丘、猰貐、迷谷、桃都山、丹鱼、奇肱国、肥遗蛇等记载,均出自《山海经》;炎洲、火浣布、活人草、返魂树等,出自《海内十洲记》;鹄国、横公鱼,出自《神异经》;龙肝瓜、甜水、玉燕钗等,出自《汉武帝别国洞冥记》;果下马,出自《博物志》;海神鞭石事、蒲台,出自殷芸《小说》;历阳沦为湖事,出自《搜神记》;舒姑泉、白水素女,出自《搜神后记》。这些内容,大多数是照搬照抄,没有像《博物志》、《玄中记》、《拾遗名山记》诸书那样的附会与增饰,甚至有的文字较原文更为简略质朴。只有精卫、猰貐两条相对《山海经》所记更为细致,像是解释性文字,如:"昔炎帝女溺死东海中,化为精卫,其名自呼。每衔西山木石填东海。偶海燕而生子,生雌状如精卫,生雄如海燕。今东海精卫誓水处,曾溺于此川,誓不饮其水。一名鸟誓,一名冤禽,又名志鸟,俗呼帝女雀。""猰貐,兽中最大者。龙头,马尾,虎爪,长四百尺,善走,以人为食。遇有道君即隐藏,无道君即出食人。"③这两处虽说较《山海经》更细致,但原来凄美的传奇故

---

① (梁)任昉:《述异记》,第32页。
② (清)永瑢等:《四库全书总目》,第1214页。
③ (梁)任昉:《述异记》,第3、8页。

事已经毫无影踪，只剩下了一些知识性的补充，更像是解释性的文字。

　　前代地理体博物小说中的瑞应征兆之说、变化之说，在《述异记》中也有较多记载。如记尧时一日十瑞、汉章帝时白虎殿前所生的子母笋等，均被认为是祥瑞之象。但《述异记》中尤多灾异之象，如记光武帝时所植女珊瑚至灵帝时死亡，被视为汉室将亡之兆；夏桀时山走石泣，是桀为不道之兆；"殷纣时，六龟生毛而兔生角，是甲兵将兴之兆"。① 这种种瑞应或恶兆，均源自古人的天人感应之说，认为人间的人、事会影响到自然界的各种现象。所以《述异记》还记有："地生毛，京房以为人劳之应。北齐武成河清年中，徐州及长安地生毛，长七尺，时北筑长城，内筑三台，人苦劳役之应也。"② 而对于这些荒诞无稽之说，作者及那个时代的人们是深信不疑的，所以对于各种不平常的现象，人们都要将其与政治、人事挂钩，进行一番附会。《述异记》记："晋末，荆州久雨，粟化为蛊虫害民。《春秋》云'谷之飞为蛊'是也。中郎王义兴表奏曰：'臣闻尧生神禾，而晋有蛊粟。陛下自以为圣德何如?'帝有惭色。"③可见瑞应恶兆之说不仅深入人心，而且已经成为了大臣进谏的一个政治工具。这也可以帮助我们理解为什么汉魏六朝时期的博物小说中会有那么多的瑞应之说。

　　魏晋时期广为流传的变化之说，在《述异记》中也不乏记载。在这些变化之说中，有一类是同一事物的变化，如："鹿千年化为苍，又五百年化为白，又五百年化为玄。汉成帝时，中山人得玄鹿，烹而视之，骨皆黑色。仙者说玄鹿为脯，食之寿二千岁。""梓树之精化为青羊，生百年而红，五百年而黄，又五百年而色苍，又五百年

① （梁）任昉：《述异记》，第15页。
② 同上书，第25页。
③ 同上书，第20页。

而色白。""汉中山有虎生角。道家云：虎千年则牙蜕而角生。"①这些多是神仙家及道家在宣扬服食成仙时，所宣传的知识。还有一类为物与物之间的变化，如："淮水中，黄雀至秋化为蛤，春复为黄雀。五百年化为蜃蛤。""晋太康中，会稽县鼫鼠及羊皆化为鼠。鼫始变者，有毛而无肉，大食新稻。""千年木精为青牛。""江中鱼化为蝗，而食五谷者，百岁为鼠。"②另外还有牛化虎、羊化狼、麦化蛾、粟化虫之说。这一类变化之说，有的是承袭《玄中记》中物精变化之说，有的则是出于对一些动物如黄雀的迁徙等情况不明了所作的错误解释，有的则是出于对于灾异现象的附会。另外，还有一类是人化为物的故事，如："尧使鲧治洪水，不胜其任，遂诛鲧于羽山，化为黄能，入于羽泉。""江南有懒妇鱼。俗云：昔杨氏家妇为姑所溺而死，化为鱼焉。其脂膏可以燃灯烛。以之照鸣琴博弈，则烂然有光；及照纺织，则不复明焉。""汉宣城郡守封邵一旦忽化为虎，食郡民。民呼之曰封使君，因去不复来。故时人语曰：'无作封使君，生不治民死食民。'夫人无德而寿则为虎。虎不食人，人化虎则食人，盖耻其类而恶之。"③这一类则是带有神话色彩的故事，为原始神话的遗留，往往是为了解释某一物种的起源或某一物性的原因。

与前代的地理体博物小说相比，《述异记》在介绍地理知识时，更偏重于人文地理知识，而不是自然地理知识。它不再像《山海经》、《海内十洲记》那样说明某一地的地理位置等情况，而更注重该地的人文景观，如其中所记的尧碑、相思宫、望帝台、阖闾夫人墓、姑苏台、越王台、文种墓、仓颉墓等。

同样地，对于物的介绍，虽也有一些异国之异物、神仙家赖以成仙之物等，但更多的是对各地特产的介绍趋于实录。如："番禺

---

① （梁）任昉：《述异记》，第4、5页。
② 同上书，第5、12、14页。
③ 同上书，第2、4、5页。

有酸柿甜李。尤果赋《生物赋》,偏梅甜柿酸。""越中有王氏之橘园,胡氏之梅山,贺氏之瓜丘;吴中有陆家白莲,顾家班竹;赵有韩氏之酸枣。""巴东有真香茗。其花白色,如蔷薇,煎服令人不眠,能诵无忘。"①这些都是对各地实有且比较有特色的物产的记录,没有虚妄之言。

对于外国或边远民族的记载,《述异记》也呈现出与前代作品不同的特点。地理体博物小说中有很多关于远国异民的内容,从《山海经》开始,它们就不厌其烦地描绘人们对遥远国家的印象或想象,其中多是对形体怪异的人民的描述,也有对异民习性的介绍,对各地特产的罗列。但在《述异记》中,对外国的关注已经发生了很大的变化,对于异人异产,不再是抱着猎异的心情进行描写,而是对各个国家的传说产生了极大的兴趣,所以其中所记的远国,更偏重于记载民族英雄的传说,或是追溯其民族或国家起源的故事。其中,日南国范文本、徐国徐偃王、哀牢夷以及夜郎国的故事,都是这一类内容。如关于夜郎的传说:"夜郎县者,西南远夷国名也。其先有女子浣纱,忽见三节竹流入足间,闻其中有号声,剖竹视之,得一男。归而养之。及长,有武略自立为夜郎侯,以竹为姓。汉武帝元鼎六年征西南夷改为牂牁郡。夜郎侯迎降,天子赐以玉印绶。后卒,夷獠咸以竹王,非血气所生,众为立庙。今夜郎县有竹王神是也。"②

受当时语怪风气的影响,《述异记》中也有很多志怪的内容。其中有许多从《搜神记》、《搜神后记》等书辑录的故事,都为志怪故事。而且其中有一些关于怪异现象的记载,也属于志怪的范畴。如卷下有多条关于雨异物之事的记载:

> 王莽时,未央宫中雨五铢钱,既而至地,悉为龟儿。

---

① (梁)任昉:《述异记》,第6、7、13页。
② 同上书,第31页。

> 汉世,翁仲儒家贫力作,居渭川,一旦天雨金十斛于其家。
> 汉惠帝二年,官中雨黄金黑锡。①

此外还有雨粟、雨麦、雨稻、雨钱、雨苍鹿、雨五色石、雨酸枣,甚至雨小儿的故事,这些不带有任何博物色彩,而纯属于志怪故事。

再如:

> 南海小虞山中,有鬼母。能产天地鬼。一产十鬼,朝产之,暮食之。今苍梧有鬼姑神是也。虎头龙足,蟒目蛟眉。今吴越间防风庙,土木作其形,龙首牛耳,连眉一目。②

产鬼并食鬼的鬼母故事,可能是受前代神话传说中食鬼故事的影响而产生的。但无论其故事情节,还是人物形象,均充满了志怪小说的怪异色彩。同样的:

> 庐陵郡有董氏之宅,前有董家祠。昔有董氏语其乡人曰:"吾当尽室作神。"及死,家人老幼皆卒。乡人往往见之,称:"吾于地下作庐陵侯。"乡人因为立祠,能致风雨。③

这个故事也很难说它具有怎样的博物知识,也是志怪故事。这些志怪故事,是那个时代人们好谈鬼怪灵异之风气的反映,其中所讲的都是不同寻常的人、事、物、鬼、神等,与博物小说出于误解、附会所产生的对于物的怪异认知是不同的。

《述异记》还体现了佛教的因果报应思想。在中国古代的传说

---

① 均见于(梁)任昉《述异记》,第17页。
② 同上书,第1页。
③ 同上书,第7页。

中,报恩故事较常见,如我们所熟知的结草衔环的故事。《述异记》中也有类似的故事,如:"哙参养母至孝,曾有玄鹤为戎人所射,穷而归参。参收养疗治,疮愈放之。后鹤夜到门外,参秉烛视鹤,雌雄双至,各衔明月珠以置参家。"①此处所记虽为鹤报疗伤之恩的故事,但是因为前面加上了"养母至孝"四字,就有点带有果报的思想。而螺亭的故事,其果报思想就更为浓烈了:"螺亭,在南康郡。昔有一女子采螺为业,曾宿此亭。夜闻空中风雨声,乃见众螺张口而至,便乱噉其肉,明日唯有骨存焉。故号此亭为螺亭。"②这些故事是六朝好宣扬佛教果报思想的产物。

第三节　名物体博物小说

名物学,属于博物学范畴。博物小说中也有一部分作品,呈现出名物学的特点。

前文已经论及《博物志》中带有名物学特点的内容,其实在《玄中记》、《述异记》等书中,都有这一类内容。如《玄中记》对水狐的描述,对越燕、胡燕的区分,也属于名物学范畴。《述异记》中也有很多这类内容,如:"猿之为兽,状如虎豹而小,始生还食其母,故曰枭猿。""吐绶鸟,其身大如鹤,五色,出巴东山中,毛色可爱,若天晴淑景,即吐绶,长一尺,须臾还吞之;阴滞即不吐。""杜陵有金李。李大之者谓之夏李,尤小者呼为鼠李。桃之大者谓之木桃,《诗》云'投我以木桃'是也。"③或介绍物的形状、习性,或区别一事物的不同名称,均带有名物学性质。但这一类内容在以上各书中所占比例较小,并不能代表该书的主要创作倾向。

---

① (梁)任昉:《述异记》,第8页。
② 同上书,第10页。
③ 同上书,第5、8、19页。

　　在博物类小说中,有一类作品主要是以"辨其名物"为内容的,我们可以称之为"名物体博物小说"。这一类博物小说是从汉代的名物学著作发展而来的。名物学就是要辨析事物的指称和实物之间的关系,这就使得远国异民等内容被排除出其范围。因为这一类作品不符合地理类博物志怪小说的特性,所以往往被学者们所忽视,在论及博物小说时,一般不会讨论它们。但它们确实是博物小说中的一个类别,而且是比较重要的一类。魏晋六朝时期的《古今注》、《南方草木状》、《竹谱》、《铜剑赞》《古今刀剑录》等作品,①唐代的《中华古今注》、《事始》、《续事始》、《教坊记》、《封氏闻见记》、《苏氏演义》、《资暇集》等作品,均是名物类博物小说,后世的《菊谱》、《海棠谱》、《荔枝谱》等,亦是这一类书的分支。

　　名物体博物小说承袭的是汉代小学著作和子书"辨其名物"的精神,所做的是对各种事物的名与实、指称与物的外形、特性、物用等方面的辨别工作。如嵇含创作《南方草木状》的缘由,是作者看到中土之人对于南越交趾的植物不了解,"或昧其状,乃以所闻诠叙,有裨子弟云尔"。②可见,其创作就是为了辨别、说明南方草木的形状,将汉武帝以来从南方搜集来的珍异植物的名、状、用等知识,进行介绍。而戴凯之的《竹谱》注中则批判《山海经》及《尔雅》以竹为草之误,并说:"年月久远,传写谬误。今日之疑,或非古贤之过也。而此之学者,谓事经前贤,不敢辨正,何异匈奴恶郅都之名,而畏木偶之质耶?"③这里虽委婉地为《山海经》和《尔雅》的谬误做了维护,但其辨证之态度却是非常分明的。所以这些作品以"辨名物"为宗旨,以名物为中心,不同于地理体博物小说,不再以

----

　　① 此外还有托名师旷著、张华注的《禽经》一书,但《四库全书》已考其为宋代伪作,兹不赘述。
　　② (晋)嵇含:《南方草木状》(及其他三种),中华书局1985年版,第1页。
　　③ (晋)戴凯之:《竹谱》,见《南方草木状》(及其他三种),第1页。

地理知识为线索,甚至不再将任何地理知识放在作品的内容框架之中,而纯粹以物为关注中心。如《古今注》中各种车马服饰、音乐、鸟兽、虫鱼等,不再带有任何地方色彩;《南方草木状》所记虽是南越交趾之物产,但也不涉及地理知识;《竹谱》更是以竹子为中心,搜罗了全国范围内从扬州、云梦、巴蜀、福建甚至昆仑等地的竹子,而地名只是以竹子的产地出现的,而不是竹子作为地方的物产而出现的。这一类博物小说也不同于杂传体博物小说,在写作时不注重物与君王或平民之间的关系,最多是在涉及一些典章制度或人类发明的器物时,介绍一下创造者。如《古今注》在舆服和音乐部分,均有对创始者的介绍;《古今刀剑录》亦在各条的开头就对提及宝剑的主人或铸造者,但是这些人均是以物的创造者、拥有者出现的。作品是以物为中心的,而不是以人物为中心进行说明或叙事的。

一、名物体小说的类别化倾向

相较于地理体博物小说和杂传体博物小说,名物体博物小说更注重对物的分类,这是承袭汉代小学著作而来的,如《尔雅》的体例就是按照意义的分类来进行编排的,全书共分为:释诂、释言、释训、释亲、释宫、释器、释乐、释天、释地、释丘、释山、释水、释草、释木、释虫、释鱼、释鸟、释兽、释畜等十九篇,前三篇是解释一般词语的,而后十六篇则是先将事物分成若干大类,然后在类别的范畴之内进行解释。而《说文解字》各篇虽不如《尔雅》分类明确,但其部首的建立,却是在对事物分类的基础之上所产生的。《说文解字序》中所谓的"方以类聚,物以群分",[①]正是其建立部首之说的依据。其中的"凡玉之属皆从玉"、"凡艸之属皆从艸"、"凡鸟之属皆

---

① (清)段玉裁:《说文解字注》,第781页。

从鸟"等表述,①说明许慎正是通过对物的分辨、分类之后,才创制出来的部首。《释名》中将所释之名分为二十七类,分别为:释天、释地、释山、释水、释丘、释道、释州国、释形体、释姿容、释长幼、释亲属、释言语、释饮食、释采帛、释首饰、释衣服、释宫室、释床帐、释书契、释典艺、释用器、释乐器、释兵、释车、释船、释疾病、释丧制,这同样也是在聚类、分群。对物的分类,是人们对外界事物认识达到一定的水平之后,由零散的、具体的物的直观印象发展到对物的理解、辨别、对其习性的把握,是人类抽象归类能力发展的表现,是人们对物的认识的质的飞跃。

名物体博物小说继承了这一特色,在创作时既不是像地理体博物小说那样以地理知识为线索,也不是像杂传体博物小说那样以人物为中心,而是以独立的物为中心,将它们分别归类,逐类进行介绍。如崔豹的《古今注》,该书全部内容共分为八类:舆服、都邑、音乐、鸟兽、鱼虫、草木、杂注、问答释义,除杂注和问答释义部分杂有各种知识,如玩物、妆容、马、人、草、木、笔等,前六类均是按照类别进行划分,同类的单独为一部分。舆服部分,讲的是和车马、配饰、服装有关的知识;都邑部分,讲的是都城、建筑的知识;音乐部分,介绍各种乐曲的名称及由来、内容;鸟兽、鱼虫、草木,亦是分门别类介绍各种动植物。《南方草木状》则分为草类、木类、果类、竹类四大类进行介绍。

随着分类知识的发展,博物知识出现了细化的趋势。在博物小说中,也逐渐出现了专门介绍某一领域知识的作品,它们不同于《博物志》的包罗万象,而是就某一类别事物进行介绍。《南方草木状》已经呈现出这种细化的趋势,仅仅关注植物;但其后的《竹谱》、《铜剑赞》、《古今刀剑录》等书,则仅仅只关注植物当中的竹子、器具之中的剑或刀剑。它们是博物知识向更为细致化、专业化发展的结果。

---

① (清) 段玉裁:《说文解字注》,第 10、22、148 页。

博物知识的分类和细化，导致了人们对物的认识的深入和细致。如《南方草木状》记："蜜香，沉香，鸡骨香，黄熟香，栈香，青桂香，马蹄香，鸡舌香。按此八物，同出于一树也。交趾有蜜香树，干似柜柳，其花白而繁，其叶如橘。欲取香，伐之经年，其根干枝节，各有别色也。木心与节坚黑，沉水者，为沉香；与水面平者，为鸡骨香；其根，为黄熟香；其干，为栈香；细枝紧实未烂者，为青桂香；其根节轻而大者，为马蹄香；其花不香，成实乃香，为鸡舌香。珍异之木也。"①这是对一棵树上所产的八种香料的区分，可见人们对这方面知识的了解已经很多、很具体了。

再比如竹子，在《山海经》中有众多关于竹子、竹箭、竹箈的记载，但所记均非常简单，多以"某地多竹"、"某地多竹箭"等句式出现，如《山海经·西山经》记高山云："其上多银，其下多青碧、雄黄，其木多棕，其草多竹。"《北山经》记虫尾之山："其上多金玉，其下多竹，多青碧。"《中山经》记荆山："其阴多铁，其阳多赤金，其中多犛牛，多豹虎，其木多松柏，其草多竹，多橘櫐。"《西山经》记竹水："其阳多竹箭。"《中山经》记牡山："其上多文石，其下多竹箭竹箈，其兽多牸牛、羬羊，鸟多赤鷩。"②从上述例子中，我们可以看出《山海经》中对于各种竹子的记载，与其他各种矿产、植物、动物等一样，是将其作为一个地方的物产加以介绍的，而且因为在当地较为常见，故对于竹子一物并没有任何细节性的说明。在《博物志》中，也有关于竹子的内容，如《异草木》篇中有："止些山，多竹，长千仞，凤食其实。去九疑万八千里。"《史补》篇记："尧之二女，舜之二妃，曰湘夫人。舜崩，二妃啼，以涕挥竹，竹尽斑。"③前者承袭《山海经》，将竹子作为止些山的特产加以介绍，但相较于《山海经》多出了"长

①　（晋）嵇含著，王根林校点：《南方草木状》，见《汉魏六朝笔记小说大观》，第 261 页。

②　袁珂：《山海经校注》，第 34、90、151、25、131 页。

③　均见范宁《博物志校证》，第 39、93 页。

千仞,凤食其实"的信息;后者则是关于湘夫人的传说,顺带着讲述了斑竹的起源。但不管是《山海经》还是《博物志》,其中关于竹子的知识都是比较简略的,它只是作为一种植物存在于某地,但关于它自身是什么形状,有哪些特性及作用等等,均无论及。

到了《南方草木状》,这一情况就发生了改变,地名成了附属于竹子的产地,而对竹子外形、功用等情况,也有了相对较为详细的说明,如:"云丘竹,一节为船出扶南。然今交广有竹,节长二丈,其围一二丈者,往往有之。""篃簩竹,皮薄而空多,大者径不过二寸。皮粗涩,以镑犀象,利胜于铁。出大秦。"①对竹子的功用、形状、产地等,都有介绍,与《山海经》和《博物志》完全不同。

而在刘宋时期戴凯之的《竹谱》中,关于竹子的知识则呈现出了系统化、科学化的趋势。其中,关于竹子的类属、起源、特性、生长环境、花、实以及不同种类竹子的情况,都有非常细致的说明。如关于竹子的类属问题,《山海经》认为竹子是草;《尔雅·释草》中有莽、粼、篃、仲、签、筱等,它们均是竹类植物,但被放在释草部分,可见《尔雅》亦认为竹子是草;《说文解字》云:"竹,冬生草也。"②亦认为竹子是草类。但在《南方草木状》中,竹子就成了与草类、木类、果类并列的一大类了,不过嵇含并没有对其分类作说明。到了《竹谱》,戴凯之开篇即对竹子的类属问题进行辨析,提出"植类之中,有物曰竹。不刚不柔,非草非木"。并对《山海经》、《尔雅》的说法进行辩驳,提出:"竹是一族之总名,一形之偏称也。植物之中有草木竹,犹动品之中有鱼鸟兽也。"③这是对竹子的类属问题作了更为科学的界定。作为一个类属,它们具有共同的特性,《竹谱》也有详细的论述,书中说其"小异空实,大同节目。或茂沙水,或挺岩

---

① (晋)嵇含著,王根林校点:《南方草木状》,见《汉魏六朝笔记小说大观》,第267页。
② (清)段玉裁:《说文解字注》,第189页。
③ (晋)戴凯之:《竹谱》,见《南方草木状》(及其他三种),第1页。

陆。条畅纷敷,青翠森肃。质虽冬蒨,性忌殊寒。九河鲜育,五岭实繁。萌笋苞箨,夏多春鲜。根干将枯,花箂乃县。菥必六十,复亦六年"。① 文下还有注释,对竹子的中空、结实、长有竹节、生长环境、竹笋、花、繁殖等情况,作了非常细致且大体较为科学的解释。作为一个独立的物种,对其来源问题,《竹谱》中也有介绍:"相繇既戮,厥土维腥。三埋斯沮,寻竹乃生。物尤世远,略状传名。"其下注云:"禹杀共工相繇二臣,膏流为水,其处腥臊,不植五谷。禹三埋皆沮,寻竹生焉。在昆仑之北,有岳之山。见《大荒北经》中。"②禹杀相柳氏的传说,确实见于《山海经·大荒北经》,但其中却没有关于竹子产生的神话。戴氏之说虽无可考证其源出何处,但这样的一个神话性解说,却使得关于竹子的知识体系更为完整了。

　　关于物的知识的系统化,代表着关于某一事物的专门知识的形成,记载这些知识的作品,就成了具有植物志性质的著作,如《南方草木状》就被称为"世界上最早的植物志"。而专门知识的形成,也必然会促进相关知识向更深入、更细致的方向发展。在《竹谱》中,有对各种各样的竹子的介绍,其中对各类竹子的外形、产地、物性、用途,均有详细的说明。相对于《山海经》中竹、竹箭、竹籀的简单物名罗列,《博物志》中随意著录的斑竹等,《竹谱》的记载更繁杂,也更科学。如关于箭竹,与《山海经》仅仅言及其名不同,《竹谱》有详细的介绍及辨析:"会稽之箭,东南之美。古人嘉之,因以命矢。"其下注云:"箭竹,高者不过一丈,节间三尺,坚劲中矢。江南诸山皆有之,会稽所生最精好,故《尔雅》云:'东南之美者,有会稽之竹箭焉。'非总言矣。大抵中矢者虽多,此箭为最。古人美之,以首其目。见《方言》。是以楚俗□□伯细箭五十,跪加庄王之背,明非矢者也。"③

　　① (晋)戴凯之:《竹谱》,见《南方草木状》(及其他三种),第1—2页。
　　② 同上书,第4—5页。
　　③ 同上书,第7页。

这里,对箭竹的大致形状、特性、产地及为何古人称赞会稽竹箭的原因,都有论及,非常细致。再如:"篔筜射筒,簩篍桃枝。长爽纤叶,清肌薄皮。千百相乱,洪细有差。"下注云:"数竹皮叶相似,篔筜最大。大者中甑,笋亦中射筒。薄肌而最长,节中贮箭,因以为名。簩篍叶薄而广,越女试剑竹是也。桃枝是其中最细者,并见《方志赋》。桃枝皮赤,编之滑劲,可以为席。《顾命篇》所谓篾席者也。《尔雅·释草》云:'四寸一节为桃枝。'郭注云:'竹四寸一节,为桃枝。'余之所见,桃枝竹节,短者不兼寸,长者或逾尺,豫章遍有之,其验不远也。恐《尔雅》所载草族,自别有桃枝,不必是竹。郭注加竹字,取之谬也。《山海经》云'其木有桃枝剑端',又《广志·层木篇》云:'桃枝出朱提郡,曹爽所用者也。详察其形,宁近于木也。但未详《尔雅》所云,复是何桃枝耳。'《经》、《雅》所说二族,决非作席者矣。《广志》以藻为竹,是误,后生学者往往有为所误者尔。"①在这段稍长且考证性质很浓的文字中,作者对篔筜、簩篍、桃枝等三种外形非常相近、容易混淆的竹子进行了辨别:篔筜是最大的,其竹节可加工成蒸饭用的器皿,即便是嫩芽,其中也可以装得下箭,而且其竹节长,竹子的肉薄;簩篍的竹叶薄而宽,传说中的越女试剑竹即是此竹;而桃枝则是其中最细的一种竹子,而且其表皮是红色的,比较光滑有韧性,可以用来编席子。这些内容说明不仅对竹子有了作为一个类属的整体认知,而且对其内部的类别等情况,也都有了非常科学和细致的了解。

在为文过程中,《竹谱》的文字表述不仅细致,而且相当严谨。如同样是记载用竹子织作布之事,《南方草木状》筆竹条下云:"彼人取嫩者碪浸纺绩为布,谓之竹疏布。"②《竹谱》则云:"岭南夷人

---

① (晋) 戴凯之:《竹谱》,见《南方草木状》(及其他三种),第4页。
② (晋) 嵇含著,王根林校点:《南方草木状》,见《汉魏六朝笔记小说大观》,第267页。

取其笋未及竹者，灰煮，织以为布，其精者如縠焉。"①一说"嫩者"，一说"笋未及竹者"，明显后者要清楚得多。

再如《古今刀剑录》，该书对传闻中的各种宝剑都有非常详细的记录，从其铸造者、拥有者、铸造时间、上面的铭文、所藏地点等，都有详尽的说明，与前代仅仅只录其名，也有很大的不同。如《古今注》云："吴大皇帝有宝刀三，宝剑六：一曰白虹，二曰紫电，三曰辟邪，四曰流星，五曰青冥，六曰百里。刀一曰百链，二曰青犊，三曰漏景。"②而在《古今刀剑录》中，同样是记孙权的刀剑，则云："吴王孙权，以黄武五年，采武昌铜铁，作千口剑、万口刀，各长三尺九寸。刀头方，皆是南铜越炭作之，文曰大吴，小篆书。"③其中孙权作千口剑、万口刀的说法可能有夸张成分，但黄武五年、采武昌铜铁、剑刀各长三尺九寸、刀头为方形、用南铜越炭炼制、其上用篆书写上"大吴"二字等信息，就使得这一记载显得更为可靠、真实，而且使人读后确实可以对这些剑和刀有一个很具体的印象，而不只是传闻中的名称而已。

二、博物知识的传闻化

名物类小说，所记多为典章制度、发明创造物以及动植物等，其内容多为"小事"、"小道"，符合小说的特质。而"小事"、"小道"的定位，又使得知识分子们对这些知识往往抱以一种轻视的态度，故往往不会有人去认真钻研，更不会有人真的身体力行通过实践去认识它们。所以，在创作过程中，这一类小说，也多是取材于传闻，属于"饰小说"、"合丛残小语"的范畴。

---

① （晋）戴凯之：《竹谱》，见《南方草木状》（及其他三种），第3页。
② （晋）崔豹著，王根林校点：《古今注》，见《汉魏六朝笔记小说大观》，第235页。
③ （南朝）陶弘景：《古今刀剑录》，《文渊阁四库丛书》，台湾商务印书馆1986年影印本，第840—845页。

《古今注》在追溯指南车的起源时说:"大架指南车,起黄帝与蚩尤战于涿鹿之野。蚩尤作大雾,兵士皆迷,于是作指南车,以示四方,遂擒蚩尤,而即帝位。故后常建焉。旧说周公所作也。周公治致太平,越裳氏重译来贡白雉一、黑雉二、象牙一,使者迷其归路,周公锡以文锦二匹,軿车五乘,皆为司南之制,使越裳氏载之以南。缘扶南林邑海际,期年而至其国。"①其中,黄帝战蚩尤是神话故事,"旧说"二字亦表明周公为越裳国使者作指南车一事,也是出于传闻。再如关于宝剑的记载:"剑,汉世传高祖斩白蛇剑,长七尺。汉高祖为泗水亭长,送徒骊山,所提剑理应三尺耳。后富贵,则得七尺宝剑,舍旧剑而服之。后汉之世,唯闻高祖以所佩之剑斩白蛇,而高祖常佩此剑,便谓此剑即斩蛇之剑也。"②此处所记高祖斩白蛇剑长七尺为汉代传说,而作者的辩驳亦属于想当然,不具说服力。其中关于各种动物的无稽之说,更体现出其取材于传闻的特点,如记鸳鸯云:"鸳鸯,水鸟,凫类也。雌雄未尝相离,人得其一,则一思而至死,故曰匹鸟。"③中国人历来视鸳鸯为对爱情忠贞的代表,所以经常将夫妻比喻为鸳鸯,甚至将成双成对的东西也名为鸳鸯,如鸳鸯剑等。但这只是源于传闻,在现实生活中,鸳鸯并非像我们所说的、所相信的那样忠贞。所以,崔豹所说的"人得其一,则一思而至死"的情况,完全是人们根据看到的现象加以附会并以讹传讹的传闻。再如说萤火虫为腐草所化、绀蝶为海中青虾所化,也是取自民间的传说。而说鹤"千岁则变苍,又二千岁变黑,所谓玄鹤也","猿五百岁化为玃",蝙蝠"一名仙鼠,一名飞鼠。五百岁则色白。脑重集则头垂,故谓之倒折,食之神仙"。④ 这些则是神仙家之说的泛

---

① (晋)崔豹:《古今注》,第231页。
② 同上书,第235页。
③ 同上书,第240页。
④ 同上书,第240、241页。

滥。再如说蚊蚋为黍民、蚁为玄驹，则是源于民间的志怪故事。

　　即便是在专业知识色彩比较浓厚的《南方草木状》、《竹谱》、《古今刀剑录》等书中，其源于传闻的色彩也比较明显。《南方草木状》的作者嵇含本人并没有到过南方，其自序云"以所闻诠叙"，所以其中对于各种草木果竹的描述，均是出自传闻。但其中对于各种植物的形状、大小、功用等的介绍，可能都是闻于曾亲眼目睹其物之人，故多真实可信。但因为"传闻多失"，其中也有很多荒诞之说，如："鹤草，蔓生，其花曲尘色，浅紫蒂，叶如柳而短。当夏开花，形如飞鹤，觜翅尾足，无所不备。出南海。云是媚草，上有虫，老蜕为蝶，赤黄色。女子藏之，谓之媚蝶，能致其夫怜爱。"①此处关于鹤草颜色、形状等描述，虽是听闻于人，但无伤其真实性。但后面的"云是媚草"等，则是被当地人广为接受对鹤草的认识，因为充满了巫术色彩而显得荒诞。再如："菖蒲，番禺东有涧，涧中生菖蒲，皆一寸九节，安期生采服仙去，但留玉舄焉。""棹树，干叶俱似椿，以其叶鬵汁渍果，呼为棹汁。若以棹汁杂鼍肉食者，即时为雷震死。棹出高凉郡。""又彼境有杜荆，指病自愈。节不相当者，月晕时刻之，与病人身齐等，置床下，虽危困亦愈。"②这些关于植物神奇作用的记载，也都是出于当地人的传闻。

　　《竹谱》虽相对来说更为科学、严谨，但其中的文字也多录自旧闻。作者在讨论竹子忌寒喜温的习性时，说到自己辨别的依据为："余往交州，行路所见，兼访旧老，考诸古志。"可见个人的经验、乡间老人的传说以及前代典籍中的记载，是书中关于竹子知识的源头。前文所引的关于竹子起源的神话，应该就是出于传闻，再如："鐘龙，竹名。黄帝使伶伦伐之于昆仑之墟，吹以应律声。"③这个

①（晋）嵇含：《南方草木状》，见《汉魏六朝笔记小说大观》，第256页。
②同上书，第256、262页。
③（晋）戴凯之：《竹谱》，见《南方草木状》（及其他三种），第2页。

黄帝使伶伦伐竹的故事,也应该是出自民间传说的。而关于竹子六十年便会易根、开花结果、其果实落在地中过六年又发芽等说法,亦是出于传闻,没有任何科学依据。而且书中往往有"形名未传"、"其形未详"、"余所未知"等字样,这些则说明作者所记载的一些竹子是他所未曾见过的,故而这些知识是源自传闻的,只是有的源自民间的口头传说,有的源自旧书的已有之说。

如筋竹条注云:"筋竹长二丈许,围数寸,至坚利,南土以为矛。其笋未成竹时,堪为弩弦。见徐忠《南中奏》。刘渊材云:'夷人以史叶竹为矛。'余之所闻,即是筋竹。岂非一物而二名者也?""百叶竹,生南垂界。甚有毒,伤人必死。一枝百叶,因以为名。沈志、刘渊材云:'篛竹有毒,夷人以刺虎豹,中之辄死。'或有一物二名,未详其同异。"①这两处都体现了作者对所记内容的不确定,徐忠《南中奏》中所说的筋竹与刘渊材所说的百叶竹,据说都可以为矛,但这二者究竟是怎么样的关系,是一物二名,还是两物一用,作者并不清楚,"余之所闻"表明,这些都是得于传闻的。

相对来说,《竹谱》多取材于已有的典籍,其中明确注出的书就有《山海经》、《尔雅》、《蜀志》、《三仓》、《异物志》、《广志》、《汉书》、《黄图》、《淮南子》、《毛诗》等,还有《笛赋》、《吴郡赋》、《笙赋》、《南郡赋》、《蜀都赋》等文学作品。有的即便没有说明是出自何书,但仔细辨析,亦能找出其原始出处,如:"员丘帝竹,一节为船。巨细已闻,形名未传。"注云:"员丘帝俊竹,一节为船。郭注云:'一节为船。'未详其义。俊即舜字假借也。"②这里的员丘帝竹,未见于前代典籍,但从注中提及的郭璞的注以及所言"俊即舜字假借也"等信息,我们可以知道,这是从《山海经·大荒北经》而来的。《大荒北经》记:"丘方圆三百里,丘南帝俊竹林在焉,大可为舟。"郭璞注:

---

① (晋)戴凯之:《竹谱》,见《南方草木状》(及其他三种),第5页。
② 同上书,第2页。

"言舜林中竹一节则可以为船也。"①所记与《竹谱》所说比较接近。可见《竹谱》中所记的帝俊竹,是出自《山海经》的。

三、"辨其名物"的结构方式

名物类小说是承汉代的小学著作和子书发展而来的,所以其内容具有浓厚的"辨其名物"的色彩,很少荒诞无稽之说。无论在内容上,还是在创作方法上,名物体博物小说均有诸多袭自小学著作和子书的因素,如《古今注》记:

> 舄,以木置履下,干腊不畏泥湿也。天子赤舄,凡舄色皆象于裳。
> 不借者,草履也。以其轻贱易得,故人人自有,不假借于人,故名不借也。又,汉文帝履不借视朝。②

这与《释名》中对"舄"与"不借"的解释几乎相同,《释名·释衣服》篇云:

> 复其下曰舄。舄,腊也。行礼久立地或泥湿,故复其下,使干腊也。
> 或曰不借,言贱易有宜,各自蓄之,不假借人也。③

而另一些内容,则是沿袭字书的释词方法,如:

> 城者,盛也,所以盛受人物也。

---

① 袁珂:《山海经校注》,第419、420页。
② (晋)崔豹:《古今注》,第235页。
③ (清)王先谦:《释名疏证补》卷五,第9页。

庙者,貌也,所以仿佛先人之灵貌也。

……塞者,塞也,所以拥塞戎狄也。徼者,绕也,所以绕遮蛮夷,使不得侵中国也。①

这都是承袭字书的体例对名词进行解释。而其中的《杂注》、《问答》两篇,读来则类似扬雄的《法言》、应劭的《风俗通义》等子书。

"辨其名物"的宗旨,决定了这一类博物小说的内容,更多的是对一事物的名称、形体、用途等进行陈述及辨析。所以,在行文中,名物体博物小说往往是先述其名,然后再介绍该物的外形及特性、用途等。对于人类的发明创造物,往往还有发明者及使用者的介绍。如《古今注》解说"阙"的得名理据云:

阙,观也。古每门树两观于其前,所以标表宫门也。其上可居,登之则可远观,故为之观。人臣将朝,至此则思其所阙多少,故谓之阙。其上皆丹垩,其下皆画云气仙灵奇禽怪兽,以昭示四方焉。苍龙阙画苍龙,白虎阙画白虎,玄武阙画玄武,朱雀阙上有朱雀二枚。②

对于阙的名称、所指的实物、得名的原因及其外形等都有详细的介绍。再如音乐类,其中有:

《薤露》、《蒿里》,并丧歌也。出田横门人。横自杀,门人伤之,为作悲歌。言人命薤上之露,易晞灭也。亦谓人死魂魄归乎蒿里。故有二章,一章曰:"薤上朝露何易晞,露晞明朝还复滋,人

---

① (晋)崔豹:《古今注》,第236页。

② 同上书,第236页。其中"人臣将朝,至此则思其所阙多少"句,原文为"人臣将至此,则思其所阙";"苍龙阙"以下为另一条,此处亦合并。均据《四库全书》本改。

死一去何时归。"其二曰:"蒿里谁家地？聚敛魂魄无贤愚。鬼伯一何相催促,人命不得少踟蹰。"至孝武时,李延年乃分为二曲。《薤露》送王公贵人,《蒿里》送士大夫庶人。使挽柩者歌之,世呼为"挽歌",亦谓之"长短歌",言人寿命长短定分,不可妄求也。①

对于《薤露》、《蒿里》两首乐府诗,作者介绍了其性质、作者、内容及使用者的情况。再如:

> 蝼蛄,一名天蝼,一名螜,一名硕鼠。有五能而不成伎术:一,飞不能过屋;二,缘不能穷木;三,泅不能穷谷;四,掘不能覆身;五,走不能绝人。②

这里是对蝼蛄习性的介绍。其他如:

> 合欢,树似梧桐,枝叶繁互相交结,每风来辄自相解,了不相牵缀。树之阶庭,使人不忿。嵇康种之舍前。

> 狸豆,一名狸沙,一名猎沙。叶似葛,而实大如李核,可啖食也。③

均是这种名、实、形、用的结构。

《南方草木状》一书,虽相对来说更偏重于对形状的介绍,但其中对于物性尤其是物用方面的知识也颇费笔墨。如甘蕉条,就记

---

① （晋）崔豹:《古今注》,第238页。其中"亦谓之'长短歌',言人寿命长短定分,不可妄求也"句,为据《四库全书》本加。

② 同上书,第241页。

③ 同上书,第244、245页。

其子可以食用；其茎在解散后，可以织布。茉莉花条，言其可以为首饰等等。其中对于植物的医用、食用、保鲜、染色、制作工具、巫术等方面的用途均有所论及。如：

> 豆蔻花，其苗如芦，其叶似姜。其花作穗，嫩叶卷之而生。花微红，穗头深色，叶渐舒，花渐出。旧说此花食之破气消痰，进酒增倍。……
>
> 南方冬无积藁，濒海郡邑多马。有草叶类梧桐而厚，取以秣马，谓之肥马草。马颇嗜而食，果肥壮矣。
>
> 冬叶，姜叶也，苞苴物，交广皆用之。南方地热，物易腐败，惟冬叶藏之，乃可持久。
>
> 水葱，花叶皆如鹿葱。花色有红、黄、紫三种。出始兴。妇人怀妊，佩其花生男者，即此花，非鹿葱也。交广人佩之，极有验。然其土多男，不厌女子，故不常佩也。
>
> 桄榔，树似栟榈实，其皮可作绠，得水则柔韧，胡人以此联木为舟。皮中有屑如面，多者至数斛，食之与常面无异。木性如竹，紫黑色，有文理，工人解之，以制奕枰。出九真、交趾。①

《竹谱》中，对各种竹子的说明，也几乎都是这样的方式，如篁竹条注云：

> 篁竹，坚而促节，体圆而质坚。皮白如霜粉，大者宜行船，细者为笛篁。

弓竹条注云：

---

① （晋）嵇含著，王根林校点：《南方草木状》，见《汉魏六朝笔记小说大观》，第256、257、258、261页。

　　弓竹,出东垂诸山中。长数十丈,每节辄曲,既长且软,不能自立。若遇木乃倚。质有文章。然要须膏涂火灼,然后出之。篾卧竹上出也。

浮竹条注云:

　　浮竹,长者六十尺,肉厚而虚软,节阔而亚,生水次。彭蠡以南,大岭以北,遍有之。其笋未出时,掘取,以甜糟藏之,极甘脆,南人所重。旨蓄,谓草莱甘美者,可蓄藏之,以候冬。诗曰:“我有旨蓄,可以御冬。”①

　　“辨其名实”的宗旨,就使得名物体博物小说的内容被限定于名、形、性、用的框架之中,也造成了其鲜明而独特的特征:没有远国异民、山川地理,也没有人物、事件,而是纯粹地关注物、描摹物。

四、《荆楚岁时记》

　　在博物小说中,有一类比较特殊,它们所记非具有实体形态之物,而是记抽象之物——各地的风俗。在魏晋六朝时期,比较有名且影响较大的,就是宗懔的《荆楚岁时记》。

　　古代地理书所记不仅有山川道里、人民物产,还有关于各地风俗的内容,而且这一部分内容,是地理书的重要组成部分。《山海经》中,就有对各地祭祀风俗的介绍。在后世地理书中,这类内容也很常见,如乐资的《九州要记》:“云南郡,山山有祠处召室,称黄石公。祠之必用纸一百张,笔一双,墨一丸。室内有启,必知吉凶。但不见其形。”阚

---

① (晋)戴凯之:《竹谱》,见《南方草木状》(及其他三种),第3、4、9页。

骃《十三州志》记："乌孙国，嫁娶卖马聘，先令媒者与妇宿，徐乃壻近。"①后世的各种地方志往往专设风俗篇，介绍该地的风俗。有些地理书，因为作者对风俗的重视，故往往多记风俗，而少言地理知识。

在《风俗通义》中，应劭在自序中言其创作的缘由为："至于俗间行语，众所共传，积非习贯，莫能原察。今王室大坏，九州幅裂，乱靡有定，生民无几。私惧后进，益以迷昧，聊以不才，举尔所知，方以类聚，凡一十卷，谓之《风俗通义》，言通于流俗之过谬，而事该之于义理也。"②在辨析俗间行语、流俗之谬的同时，应劭可谓开专记风俗之先河，如其中的《祀典篇》，所记就是当时社会普遍流行的祭祀习俗的专门知识。其中不仅介绍了祭祀社神、稷神、灵星、灶神、风伯、雨师等神的习俗及由来，还辨析了各种祭祀仪式中所用的桃枝、苇条、画虎、用鸡及狗等祭祀方式的原因，还对膢、腊、祖、禊、祭祀司命等习俗的时间、方式、方法等进行了说明。

这种对于风俗的关注、辨析，影响到了后世。如周处的《风土记》，从名称上看，像是记各地地理环境、风俗习惯的地理书，但从现存的内容来看，言地理知识的无几，各条几乎都是写风俗的。③

---

① （清）王谟《汉唐地理书钞》，第 136、148 页。

② 王利器：《风俗通义校注》，第 4 页。

③《两汉魏晋南北朝笔记合集》录周处《风土记》凡 5 条，分别记越俗宴饮时鼓盘为乐，七月七食汤饼，九月九插茱萸，蜀俗中的馈岁、守岁，七月七乞寿、乞富、乞子。原文如下："越俗，饮宴即鼓盘以为乐。取太素圆盘广尺六者，抱以着腹，以左手五指更弹之，以为节，舞者应节而舞。""阳羡县东有太湖，中有包山，山下有洞穴，潜行地中，云无所不通，谓之洞庭地脉。""魏时人或问董勋云：'七月七曰为良曰，饮食不同于古，何也？'勋云：'七月黍熟，七曰为阳数，故以糜为珍。今此曰唯设汤饼，无复有糜矣。'""九月九曰，律中无射而数九，俗尚此曰，折茱萸房以插头，言辟除恶气而御初寒。""蜀之风俗，晚岁相与馈问，谓之馈岁。酒食相邀为别岁。至除夕，达旦不眠，谓之守岁。""七月七曰，其夜洒扫于庭，露施几筵，设酒脯时果，散香粉于河鼓、织女，言此二星神当会。守夜者咸怀私愿，或云：见天汉中有奕拊积白气，有耀五色，以此为征应，见者便拜而愿，乞富乞寿，无子乞子，唯得乞一，不得兼求，三年乃得言之，颇有受其祚者。"在《荆楚岁时记》的注中，还有 3 条引文出自周处的《风土记》，也都是关于风俗的："周处《风土记》（转下页）

后世的博物小说对于风俗也比较关注,如《博物志》中有《异俗》篇,对生儿、丧葬、七月七沉童女于海诸习俗,都有介绍。唐代段成式的《酉阳杂俎》中,有《礼异》篇,多记婚俗;《尸穸》篇,多记葬俗。对风俗的关注,使得博物类小说中还出现了一系列专门关注某一风俗或某地风俗的作品,我们比较熟悉的有《荆楚岁时记》,但这只是那个时代这类著作中的一部而已。在《荆楚岁时记》的自序中,宗懔还提到了傅玄的《朝会》、杜笃的《上巳》、安仁的《秋兴》、君道的《娱腊》,可惜这些作品均以亡佚,①今天已经无法考知其文了。现在所能见到的这类作品,只有《荆楚岁时记》一部了。

对于《荆楚岁时记》的归属问题,历来颇有争议。如新旧《唐志》、《宋史·艺文志》均将其归入农家类,《四库全书》将其归入史部地理类,《直斋书录解题》将其归入史部时令类,《通志》将其归入礼类。故今天的学者虽在研究中对此书颇多征引,但多注重其民俗学方面的价值,对其类属问题多搁置不论。研究小说的学者,更是将其排除出小说的范围之外,诸家小说史中都没有提及此书。但据《郡斋读书志》所录宗懔的自序,其中则明言"率为小说,以录荆楚岁时",②可见,作者在创作时,其定位就是小说。而如果从小说的分类角度来看,它即非志怪,亦非志人,应该属于博物类小说。

_____

(接上页)曰:'元日造五辛盘。正元日五熏炼形。'""周处《风土记》曰:'正旦,当生吞鸡子一枚,谓之练形。'""周处《风土记》云:'醇以告蜡,竭恭敬于明祀。乃有藏弧。腊日之后,叟妪各随其侪为藏弧,分二曹以校胜负。'"见(梁)宗懔著、杜公赡注、黄益元校点《荆楚岁时记》,见《汉魏六朝笔记小说大观》,第1051、11052、1060页。

① 今有潘安的《秋兴赋》一篇,但其文没有论及任何风俗之内容,故可推断此处的《秋兴赋》,与宗懔所说的潘安的《秋兴》是不同的。孙猛在《郡斋读书志校正》中认为《上巳》为《祓禊赋序》,《秋兴》为《秋兴赋序》,《娱腊》为《娱腊赋序》,但各序所言也没有什么与风俗相关的内容。

② 孙猛:《郡斋读书志校正》,上海古籍出版社1990年,第530页。今本写作:"某率为小记,以录荆楚岁时。"其下注云:"原本无'某'字,'记'作'说',据袁本补正。"此处应为"说"字更恰当。

虽然其源头应该是《山海经》一类的地理书,但其精神实质更偏重于子书的界定、辨析,所以姑且将之放入名物体博物小说中。

《荆楚岁时记》也体现了其时代知识的细化。傅玄的《朝会》、杜笃的《上巳》、安仁的《秋兴》、君道的《娱腊》等书,所记的应该是一时之俗,而《荆楚岁时记》所记则为一地之俗。与前代地理书中各地习俗均记,《风俗通义》中对各种风俗都辨的博杂已不同,该书体现了知识分化及细化。

同样地,《荆楚岁时记》中的内容都是源自民间的,虽然不一定都是取材于传闻,但都源自底层人民的生活。从这一点来说,《荆楚岁时记》不仅完全符合小说是小道的精神特质,也符合道听途说这一要求。

但因为《荆楚岁时记》所记的内容,与《古今注》、《南方草木状》、《竹谱》、《古今刀剑录》等书中的车马、宫室、动植物等不同,它涉及的是抽象的风俗,所以在写作时,不能像《古今注》等书一样,对事物的名实进行描写;它更偏重于对某一习俗的介绍,其内容偏重于介绍该习俗的时间及一系列过程。如记正月初一的习俗云:"正月一日是三元之日也。《春秋》谓之端月。鸡鸣而起,先于庭前爆竹,以辟山臊恶鬼。长幼悉正衣冠,以次拜贺。进椒柏酒,饮桃汤。进屠苏酒,胶牙饧。下五辛盘。进敷于散,服却鬼丸。各进一鸡子。造桃板著户,谓之仙木。凡饮酒次第,从小起。帖画鸡户上,悬苇索于其上,插桃符其傍,百鬼畏之。又,以钱贯系杖脚,回以投粪扫上,云令如愿。"①这就不是状物,而是对一习俗的具体说明。

另外,《荆楚岁时记》也受到了佛教的影响。如其中记:"七月十五日,僧尼道俗悉营盆供诸佛。"②可见当时佛教的影响已经见诸普通百姓的日常生活。而在王谟所辑佚文中,还记有从佛祖生日演化而来的二月八日的"行城",以及四月八日的浴佛节诸习俗:"释氏

---

① (梁)宗懔:《荆楚岁时记》,第 1051—1052 页。此处引文删去杜公瞻的注文。
② 同上书,第 1058 页。

下生之日,迦文成道之时,信舍之家,建八关斋戒,车轮宝盖,七变八会之灯。平旦,执香花绕城一匝,谓之‘行城’。”“诸寺各设香汤浴佛,共作龙华会,以为弥勒之征;而长沙寺阁下有九子母神。是日,市肆之人无子者供养薄饼以乞子,往往有验。”①对七月十五风俗的介绍,除上文所引的盂兰盆节之外,还“云四月十八日结夏,至七月十五日解,众僧长养之节;在外恐伤草木虫类,故九十日安居”。这些都是对佛教习俗的记载,可见当时荆楚地区佛教的盛行。

　　后世的《岁时广记》、《岁时杂记》、《秦中岁时记》等书,均是承袭此书。

第四节　杂传体博物小说

　　在这一时期的小说中,有两部较为学者所重视,一为《拾遗记》,一为《续齐谐记》。这两部书多被传统目录学家视为史书,如《拾遗记》,在《隋志》、新旧《唐志》中均被著录为史部杂史类,《通志·艺文略》、《崇文总目》、《郡斋读书志》等书将其录入史部传记类;《续齐谐记》,在《隋志》、《旧唐书·经籍志》等书中入史部杂传类,《通志·艺文略》著录为史部传记类。而之所以在传统的目录学分类中被视为史书,是因为这两部著作与人、事密切相关,叙事成分较多。与名物体博物小说纯粹介绍关于各种物的知识不同,它们的叙事成分大于说理,而且往往故事情节完整、内容虚诞怪异、文采富艳。它们与我们现在的小说观念比较契合,而且艺术成就也较高,故较受重视。

　　但一般研究小说的学者,均将这两书视为志怪小说,如侯忠义先生在《中国文言小说史稿》中,将《拾遗记》放在志怪小说中的神仙类进行研究,将《续齐谐记》放在佛教对志怪小说的影响中讨论。

---

① (梁)宗懔:《荆楚岁时记》,第1061页。

李剑国先生在《唐前志怪小说史》中,将《拾遗记》定位为杂史体志怪,将《续齐谐记》与《玄中记》被视为志怪小说。

不可否认,这两部小说确实有浓厚的志怪色彩,但是仔细阅读这两部作品,我们可以发现这两部著作有一个更为突出的特点,那就是对物的浓厚兴趣,以及对物充满热情的关注与摹写。在创作时,它们的重心均在于物,而非某一历史人物或事件。《四库全书总目》评价《拾遗记》云:"嘉书盖仿郭宪《洞冥记》而作,其言荒诞,证以史传皆不合。"①这就道出了《拾遗记》一书的源头为《洞冥记》。但《拾遗记》对《洞冥记》的承袭,远不止是记事荒诞一点。齐治平先生在《拾遗记》的前言中,就曾指出《洞冥记》与《拾遗记》两书有更多的相似点,他说:"我们试拿两书互勘,不但可以发现其文章风格近似,甚至篇章结构、故事情节、事物名称也颇多模拟的痕迹。"②齐先生还从具体内容出发,对两书在结构、文中各种事物的相似性等方面,进行了详细的论证。可见《拾遗记》一书,应该是从《汉武帝别国洞冥记》发展而来的博物小说。而《续齐谐记》一书所记也多为怪异之事物,但它与《洞冥记》、《续齐谐记》一样,都是以物为关注重心的,在人事的框架中写物,所以也是杂传体博物小说。

杂传体博物小说,虽然也是以物为创作重心,但与地理体博物小说和名物体博物小说不同,在创作过程中以人物、事件来建构作品,而且相对于后两者来说,它们不仅偏重叙事,而且在艺术上成就也较高,对后世小说的发展影响较大。

一、以物为中心内容

之所以将《拾遗记》和《续齐谐记》界定为博物类小说,是因为

---

① (清)永瑢等:《四库全书总目》,第 1207 页。
② (晋)王嘉:《拾遗记·前言》,第 6 页。

它们的主旨都是写物,其中有些文字与历史人物和历史事件毫无关联,纯属对方士所鼓吹之物的描写,如:"暗河之北,有紫桂成林,其实如枣,群仙饵焉。韩终采药四言诗曰:'暗河之桂,实大如枣。得而食之,后天而老。'"①这是关于紫桂的知识。而对那些与人、事有关联的物的描写,也不像史书或者杂史、杂传类小说那样以塑造人物形象为中心,也非以记叙历史事件为目的。帝王世系以及他们的丰功伟绩、战争或重大历史事件、王侯将相的荣辱沉浮等等,这些在《拾遗记》和《续齐谐记》中所记都很少,即便有,也是与瑞应等异物的出现联系在一起的。它们更注重对于物的描绘与表现。

如关于帝尧的记载:

> 帝尧在位,圣德光洽。河洛之滨,得玉版方尺,图天地之形。又获金璧之瑞,文字炳列,记天地造化之始。四凶既除,善人来服,分职设官,彝伦攸叙。乃命大禹,疏川潴泽。有吴之乡,有北之地,无有妖灾。沉翔之类,自相驯扰。幽州之墟,羽山之北,有善鸣之禽,人面鸟喙,八翼一足,毛色如雉,行不践地,名曰青鹨,其声似钟磬笙竽也。《世语》曰:"青鹨鸣,时太平。"故盛明之世,翔鸣薮泽,音中律吕,飞而不行。至禹平水土,栖于川岳,所集之地,必有圣人出焉。自上古铸诸鼎器,皆图像其形,铭赞至今不绝。

> 尧登位三十年,有巨查浮于西海,查上有光,夜明昼灭。海人望其光,乍大乍小,若星月之出入矣。查常浮绕四海,十二年一周天,周而复始,名曰贯月查,亦谓挂星查。羽人栖息其上。群仙含露以漱,日月之光则如暝矣。虞、夏之季,不复记其出没。游海之人,犹传其神伟也。西海之西,有浮玉山。

---

① （晋）王嘉:《拾遗记》,第 17 页。

山下有巨穴,穴中有水,其色若火,昼则通昽不明,夜则照耀穴外,虽波涛灌荡,其光不灭,是谓"阴火"。当尧世,其光烂起,化为赤云,丹辉炳映,百川恬澈。游海者铭曰"沉燃",以应火德之运也。

尧在位七十年,有鸾雏岁岁来集,麒麟游于薮泽,枭鸮逃于绝漠。有祇支之国献重明之鸟,一名"双睛",言双睛在目。状如鸡,鸣似凤。时解落毛羽,肉翮而飞。能搏逐猛兽虎狼,使妖灾群恶不能为害。饴以琼膏。或一岁数来,或数岁不至。国人莫不扫洒门户,以望重明之集。其未至之时,国人或刻木,或铸金,为此鸟之状,置于门户之间,则魑魅丑类自然退伏。今人每岁元日,或刻木铸金,或图画为鸡于牖上,此之遗像也。①

从这一段文字中,我们可以很鲜明地感受到其专注于物的特点。关于尧,中国古代有众多的神话传说,他的贤明与伟大,使得他成为后世君王的楷模。但这段文字并没有对这些事迹进行细致的叙写,只是泛泛而论,概括了一下他的伟绩:"圣德光洽"是对其总体评价,对后世附会众多的河图、除四凶、命禹治水等事件,都是简笔勾勒。但是其中对于各种物的描写,就明显是浓墨重彩、细致无遗。对青鹥的描述,不仅介绍其产地,也描述了其奇特的外形:"人面鸟喙,八翼一足,毛色如雉,行不践地。"其善鸣的表现则是"声似钟磬笙竽",像是演奏乐曲,并且一鸣就预示着圣人出、天下平。其他如对贯月查、阴火、重明之鸟的描述,也都比较详细。所以,这一段与尧有关的记载,虽然也有对尧进行歌功颂德的内容,但更像是一篇尧时异物记。

在《拾遗记》中,所记的物是以人物为线索串联起来的,所以,其中

---

① (晋)王嘉:《拾遗记》,第22—24页。

的物就与人事发生了密切的关系,成为互相感应的整体。有的物成了瑞应或恶兆,有的物属于帝王所有或建造,有的物是外国所贡,其中也有一部分是对于异人的描写,这也是承袭《洞冥记》而来的。

　　将物视为人事的感应,或者事情发展及未来情况的征兆的观念,在《山海经》中就已经出现了。到了汉代被方士和统治者们加以利用,几乎成了社会的普遍信仰。在《拾遗记》中,为了表现君王的贤明、政治的治平等情况,作者往往会大肆铺写祥瑞之物,如写炎帝云:"圣德所感,无不著焉。神芝发其异色,灵苗擢其嘉颖。陆地丹蕖,骈生如盖;香露滴沥,下流成池,因为鸷龙之圃。朱草蔓衍于街衢,卿云蔚荟于丛薄。筑圆丘以祀朝日,饰瑶阶以揖夜光。奏九天之和乐,百兽率舞,八音克谐,木石润泽,时有流云洒液,是谓'霞浆',服之得道,后天而老。有石璘之玉,号曰'夜明',以暗投水,浮而不灭。"①这里所写的神芝、灵苗、丹蕖、香露、朱草、卿云、霞浆、夜明等灵异之物,与上述写尧的文字中的青鹳、鸾雏、麒麟、重明等祥瑞之物,都是祥瑞之兆;反之亦然,对于那些昏庸混乱的政治,也有相应的警示之物。如虞舜条记:

　　　　虞舜在位十年,有五老游于国都,舜以师道尊之,言则及造化之始。舜禅于禹,五老去,不知所从。舜乃置五星之祠以祭之。其夜有五长星出,薰风四起,连珠合璧,祥应备焉。万国重译而至。有大频之国,其民来朝,乃问其灾祥之数。对曰:"昔北极之外,有潼海之水,渤潏高隐于日中。有巨鱼大蛟,莫测其形也,吐气则八极皆暗,振鬐则五岳波荡。当尧时,怀山为害,大蛟萦天,萦天则三河俱溢,海渎同流。三河者,天河、地河、中河是也。此三水有时通壅,至圣之治,水色俱澄,无有流沫。及帝之商均,暴乱天下,则巨鱼吸日,蛟绕于天,爰

　　① (晋)王嘉:《拾遗记》,第5页。

及鸟兽昆虫,以应阴阳。至亿万之年,山一轮,海一竭,鱼、蛟陆居,有赤鸟如鹏,以翼覆蛟鱼之上。蛟以尾叩天求雨,鱼吸日之光,冥然则暗如薄蚀矣,众星与雨偕坠。"舜乃祷海岳之灵,万国称圣。德之所洽,群祥咸至矣。①

这里对于巨鱼、大蛟、三河的描写,颇似《庄子·逍遥游》中的文字,具有超然出尘的想象,而夸张手法的运用则将巨鱼和蛟描写得惊天地动鬼神。而且这些事物还能体现人间的治乱:圣人的承平之治,则三河水色清澄,没有流沫;一旦天下大乱,则巨鱼吸日,蛟绕于天,制造出一派混乱、阴暗的景象。

当然祥瑞之物,往往都是因为其稀有才导致人们对它们的珍爱与推崇,所以将它们视为祥瑞,往往有极大的随意性,有时候甚至可能会变为恶兆。如卷八记吴时之事云:

> 黄龙元年,始都武昌。时越巂之南,献背明鸟,形如鹤,止不向明,巢常对北,多肉少毛,声音百变,闻钟磬笙竽之声,则奋翅摇头。时人以为吉祥。是岁迁都建业,殊方多贡珍奇。吴人语讹,呼背明为背亡鸟。国中以为大妖,不及百年,当有丧乱背叛灭亡之事,散逸奔逃,墟无烟火。果如斯言。后此鸟不知所在。②

同一种鸟,在武昌被视为吉祥之征;而到了南京,仅仅是因为当地人发音的问题,就使得这只鸟变成了"大妖",成了丧乱灭亡的征兆了。

《拾遗记》中,不仅写这些作为征兆的事物,帝王日常生活中的亭台楼阁、服饰车马、奇珍异玩等也都是其重要内容。如卷四记秦

---

① (晋)王嘉:《拾遗记》,第25—26页。
② 同上书,第184页。

始皇云：

> 始皇起云明台，穷四方之珍木，搜天下之巧工。南得烟丘碧桂，郦水燃沙，贲都朱泥，云冈素竹；东得葱峦锦柏，漂檖龙松，寒河星柘，岘山云梓；西得漏海浮金，狼渊羽璧，涤嶂霞桑，沉塘员筹；北得冥阜干漆，阴阪文杞，襄流黑魄，暗海香琼，珍异是集。二人腾虚缘木，挥斤斧于空中，子时起工，午时已毕。秦人谓之"子午台"，亦言于子午之地，各起一台，二说疑也。①

这一段文字中所记天下之珍木，颇有汉赋敷衍铺陈的气势，上承《伊尹说》中的伊尹说汤以至味的方式，下启《平泉草木状》等博物小说的创作。

而有些记载则与《洞冥记》风格、内容都极为相近，如卷六所记汉昭帝时事云：

> 昭帝始元元年，穿淋池，广千步。中植分枝荷，一茎四叶，状如骈盖，日照则叶低荫根茎，若葵之卫足，名"低光荷"。实如玄珠，可以饰佩。花叶难萎，芬馥之气，彻十余里。食之令人口气常香，益脉理病。宫人贵之，每游宴出入，必皆含嚼。或剪以为衣，或折以蔽日，以为戏弄。《楚辞》所谓"折芰荷以为衣"，意在斯也。亦有倒生菱，茎如乱丝，一花千叶，根浮水上，实沉泥中，名"紫菱"，食之不老。帝时命水嬉，游宴永日。土人进一巨槽，帝曰："桂楫松舟，其犹重朴；况乎此槽，可得而乘也？"乃命以文梓为船，木兰为柂。刻飞鸾翔鹢，饰于船首，随风轻漾，毕景忘归，乃至通夜。使宫人歌曰："秋素景兮泛洪波，挥纤手兮折芰荷，凉风凄凄扬棹歌，云光开曙月低河，万岁

<hr/>

① （晋）王嘉：《拾遗记》，第102—103页。

为乐岂云多!"帝乃大悦。起商台于池上。及乎末岁,进谏者
多,遂省薄游幸,埋毁池台,鸾舟荷芰,随时废灭。今台无遗
址,沟池已平。①

这与《洞冥记》所记灵池、影娥池均十分相近,只是此处的描写、叙
事更加细致了。

而外国所贡之物,在《拾遗记》中更是十分多见,全书所记共有
三十多个国家所贡之物。这些外国进献之物,往往有奇异的形态
或特性,如其中所记的动物,有的是双睛,有的是双头,有的是善
鸣,有的是善舞;植物,有的是体积超大,有的是味道殊香,有的是
食之可以成仙等等。而且因为这些物与帝王相关,所以它们很多
也带有各种瑞应或恶兆等色彩。如卷二记周成王四年:

> 旃涂国献凤雏,载以瑶华之车,饰以五色之玉,驾以赤象,
> 至于京师。育于灵禽之苑,饮以琼浆,饴以云实,二物皆出上
> 元仙。方凤初至之时,毛色文彩未彪发;及成王封泰山、禅社
> 首之后,文彩炳耀。中国飞走之类,不复喧鸣,咸服神禽之远
> 至也。及成王崩,冲飞而去。孔子相鲁之时,有神凤游集。至
> 哀公之末,不复来翔,故云:"凤鸟不至。"可为悲矣!②

此处凤鸟是作为天下治平的祥瑞出现的,而在卷五中:

> 太初二年,大月氏国贡双头鸡,四足一尾,鸣则俱鸣。武
> 帝置于甘泉故馆,更以余鸡混之,得其种类而不能鸣。谏者曰:
> "《诗》云:'牝鸡无晨。'一云:'牝鸡之晨,惟家之索。'今雄类不

---

① (晋)王嘉:《拾遗记》,第128—129页。
② 同上书,第49页。

鸣,非吉祥也。"帝乃送还西域,行至西关,鸡反顾望汉宫而哀鸣。故谣言曰:"三七末世,鸡不鸣,犬不吠,宫中荆刺乱相系,当有九虎争为帝。"至王莽篡位,将军有九虎之号。其后丧乱弥多,宫掖中生蒿棘,家无鸡鸣犬吠。此鸡未至月氏国,乃飞于天汉,声似鹍鸡,翱翔云里。一名暄鸡,昆、暄之音相类。"①

在这里,由大月氏国进献的双头鸡与其他鸡杂交所生之鸡,又成了西汉覆灭的征兆了。

地理体博物小说中,有专门的关于远国异人的知识。而在杂传体博物小说中,也有一些关于异人的信息,只不过这些人不一定是远国,而是帝王身边有神异色彩或有特殊能力的人。《洞冥记》中有玉肤柔软的丽娟,有能出入于唾壶的巨灵,还有东方朔、董谒、李充、孟岐、郭琼、黄安等方士。在《拾遗记》中,也有很多异人,这些人在某些方面,达到了出神入化的水平,如卷二记师延云:

> 精述阴阳,晓明象纬,莫测其为人。世载辽绝,而或出或隐。在轩辕之世,为司乐之官。及殷时,总修三皇五帝之乐。拊一弦琴则地祇皆升,吹玉律则天神俱降。当轩辕之时,年已数百岁,听众国乐声,以审兴亡之兆。至夏末,抱乐器以奔殷。而纣淫于声色,乃拘师延于阴宫,欲极刑戮。师延既被囚系,奏清商、流徵、涤角之音。司狱者以闻于纣,纣犹嫌曰:"此乃淳古远乐,非余可听说也。"犹不释。师延乃更奏迷魂淫魄之曲,以欢修夜之娱,乃得免炮烙之害。周武王兴师,乃越濮流而逝,或云死于水府。故晋、卫之人,镌石铸金以像其形,立祀不绝矣。②

① （晋）王嘉:《拾遗记》,第122页。
② 同上书,第44—45页。

师延之为人高深莫测：通晓阴阳、象纬，历经黄帝、夏、商、周各代，其技艺可以"拊一弦琴则地祇皆升，吹玉律则天神俱降"，真可谓惊天动地了。因祇之国所献女工，亦是技高之人，书中记她"体貌轻洁，被纤罗杂绣之衣，长袖修裾，风至则结其衿带，恐飘飘不能自止也。其人善织，以五色丝内于口中，手引而结之，则成文锦"。① 对其体态轻盈之描写，很明显是仿效《洞冥记》中对丽娟的描写，但她能够将丝放在口中，用手"引而结之"就可以织成文锦，可见其技艺高超。类似的记载还有夜来的妙于针工、吴国赵夫人的善画善织等。

　　与《洞冥记》专记汉武帝身边的异人异物不同，《拾遗记》在时间段上延续得更长，从三皇五帝直到西晋末年，而且其视野也更为宽阔了，不再仅仅关注帝王，也记录一些与大臣、名士有关的物、人，如卷五记汉武帝之臣董偃云："常卧延清之室，以画石为床，文如锦也。石体甚轻，出郅支国。上设紫琉璃帐，火齐屏风，列灵麻之烛，以紫玉为盘，如屈龙，皆用杂宝饰之。侍者于户外扇偃。偃曰：'玉石岂须扇而后凉耶？'侍者乃却扇，以手摸，方知有屏风。又以玉精为盘，贮冰于膝前。玉精与冰同其洁澈。侍者谓冰之无盘，必融湿席，乃合玉盘拂之，落阶下，冰玉俱碎，偃以为乐。此玉精千涂国所贡也。武帝以此赐偃。哀、平之世，民家犹有此器，而多残破。及王莽之世，不复知其所在。"② 此外还有张华作九酝酒、著《博物志》等事，记石崇爱婢翔风事，及石虎所建之楼等等。

　　这样一种视野的扩展和下移，导致杂传体博物小说中源自民间的事物逐渐增多，其内容也更平民化、日常化。到了《续齐谐记》，这种变化就尤为明显了。《续齐谐记》所存 22 条佚文中，仅有 4 条是与帝王有关的，其他或关于官员，或关于医生，或关于普通百姓。当然其重点也仍然是写物，如：

---

① （晋）王嘉：《拾遗记》，第 50 页。
② 同上书，第 121 页。

汉宣帝以皂盖车一乘,赐大将军霍光,悉以金铰具。至夜,车辖上金凤凰辄亡去,莫知所之,至晓乃还。如此非一。守车人亦尝见。后南郡黄君仲北山罗鸟,得凤凰,入手即化成紫金,毛羽冠翅,宛然具足,可长尺余。守车人列上云:"今月十二日夜,车辖上凤凰俱飞去,晓则俱还。今则不返,恐为人所得。"光甚异之,具以列上。后数日,君仲诣阙上凤凰子,云:"今月十二夜,北山罗鸟所得。"帝闻而疑之,置承露盘上,俄而飞去。帝使寻之,直入光家,止车辖上,乃知信然。帝取其车,每游行,即乘御之。至帝崩,凤凰飞去,莫知所在。嵇康诗云:"翩翩凤辖,逢此网罗。"①

这样一个有因有果、有事件发展过程的离奇故事,其实不过是讲述一个关于能变化的金凤凰的事情,其中的人物对于这一物并没有任何影响,如果将汉宣帝及霍光等人置换成其他人的话,对故事并无任何影响。再如其中所记斑狸化书生见张华事:

张华为司空,于时燕昭王墓前有一斑狸,化为书生,欲诣张公。过问墓前华表曰:"以我才貌,可得见司空耶?"华表曰:"子之妙解,无为不可。但张公制度,恐难笼络。出必遇辱,殆不得返。非但丧子千年之质,亦当深误老表。"狸不从,遂见华。见其容止风流,雅重之。于是论及文章声实,华未尝胜。次复商略三史,探贯百氏,包十圣,洞三才,华无不应声屈滞。乃叹曰:"明公乃尊贤容众,嘉善矜不能,奈何憎人学问? 墨子兼爱,其若是也?"言辛便退。华已使人防门。不得出。既而又问华曰:"公门置兵甲阑锜,当是疑仆也。恐天下之人卷舌

————

① (梁) 吴均著,王根林校点:《续齐谐记》,见《汉魏六朝笔记小说大观》,第1004页。

而不谈,知谋之士望门而不进。深为明公惜之。"华不答,而使人防御甚严。丰城令雷焕,博物士也。谓华曰:"闻魅鬼忌狗所别者,数百年物耳。千年老精,不复能别。惟千年枯木,照之则形见。昭王墓前华表,已当千年,使人伐之。"至,闻华表言曰:"老狸不自知,果误我事。"于华表穴中得青衣小儿,长二尺余。使还,未至洛阳,而变成枯木。遂燃以照之,书生乃是一斑狸。茂先叹曰:"此二物不值我,千年不复可得。"①

这个故事是抄录《搜神记》,只是在抄录时,遗漏和改动了一些文字,致使斑狸在辩论取胜后的感叹毫无缘由,也将博物君子由张华变为雷焕。② 而在宋代刘斧的《青琐高议》中,又将此故事进行了

---

① （梁）吴均:《续齐谐记》,第1005—1006页。

② 《搜神记》卷一八记:"张华字茂先,晋惠帝时为司空。于时燕昭王墓前,有一斑狸,积年能为变幻。乃变作一书生,欲诣张公。过问墓前华表曰:'以我才貌,可得见司空耶?'华表曰:'子之妙解,无为不可。但张公智度,恐难笼络,出必遇辱,殆不得返。非但丧子千年之质,亦当深误老表。'狸不从,乃持刺谒华。华见其总角风流,洁白如玉,举动容止,顾盼生姿,雅重之。于是论及文章,辨校声实,华未尝闻。比复商略三史,探赜百家,谈老、庄之奥区,披风、雅之绝旨,包十圣,贯三才,箴八儒,摘五礼,华无不应声屈滞。乃叹曰:'天下岂有此年少。若非鬼魅,则是狐狸。'乃扫榻延留,留人防护。此生乃曰:'明公当尊贤容众,嘉善而矜不能,奈何憎人学问?墨子兼爱,其若是耶?'言卒,便求退。华已使人防门,不得出。既而又谓华曰:'公门置甲兵栏骑,当是致疑于仆也。将恐天下之人,卷舌而不言;智谋之士,望门而不进。深为明公惜之。'华不应,而使人防御甚严。时丰城令雷焕,字孔章,博物士也,来访华,华以书生白之。孔章曰:'若疑之,何不呼猎犬试之?'乃命犬以试,竟无惮色。狐曰:'我天生才智,反以为妖,以犬试我,遮莫千试万虑,其能为患乎?'华闻益怒曰:'此必真妖也。闻魑魅忌狗,所别者数百年物耳;千年老精,不能复别。惟得千年枯木照之,则形立见。'孔章:'千年神木,何由可得?'华曰:'世传燕昭王墓前华表木,已经千年。'乃遣人伐华表。使人欲至木所,忽空中有一青衣小儿来,问使曰:'君何来也?'使曰:'张司空有一年少来谒,多才巧辞,疑是妖魅。使我取华表照之。'青衣曰:'老狐不智,不听吾言,今日祸已及我,其可逃乎?'乃发声而泣,倏然不见。使乃伐其木,血流,便将木归。燃之以照书生,乃一斑狐。华曰:'此二物不值我,千年不可复得。'乃烹之。"见〔晋〕干宝《搜神记》,第219—220页。

另一番改编：

> 晋时，有客舣御沟岸下。夜将半，有人切切语言。客望之，乃一狐坐于华表柱下。狐云："吾今已百岁矣，所闻所见亦已多矣。"曰："将谒丞相张公。"华表柱忽发声云："张华相公博物，汝慎勿去。"狐云："吾意已决。"柱曰："汝去，他日无累老兄。"狐乃去。客为丞相公乃是表亲，不知相公。
>
> 一日，见有若士人者谒张公。既坐，辩论锋起，往往异语出于义外。公叹服。私念："此乃秀民，若居于中，岂不闻其名乎？此必怪也。"乃呼吏视之，云："汝为吾平人津岸东南角华表枯木。"其人已变色，少选将至，公命视之，其人惶愧下阶，化为老狐窜去。
>
> 客乃谓为公曰："向宿于桥旁，已闻呱呱不□，□□□□入火焚烧柱，而狐何故化去？"公曰："惟怪知怪，惟精知精，兹已百余岁矣。焚其柱，狐□柱之言，其怪乃化去也。"即知狐之为怪，并今日也。
>
> 议曰：妖魅之变化，其详论足以感人。自非博物君子，孰能知之？①

从《搜神记》到《续齐谐记》，再到《青琐高议》，同一个故事，被不断地删减、篡改或增加内容，故事情节和人物形象均发生了变化，而斑狸和华表木两物，却一直保留原样，这也印证了这些传闻均是以物为中心的观点。

---

① （宋）刘斧：《青琐高议》，上海古籍出版社 1983 年版，第 235 页。

二、杂传体博物小说的艺术成就

1. 人物、事件的描述

与地理体、名物体博物小说不同,杂传体博物小说是从史传文学发展而来的,受史传文学的影响较大。古人在进行目录学分类时,往往将其归入史部,因为它们在创作时,不再是仅仅介绍某物的外形、特性、功用,或者异人、异俗的怪异之处,而是承袭《洞冥记》的传统,对与物有关的人和事件也颇为感兴趣,其中有了对人物和事件的描述。

《拾遗记》和《续齐谐记》两书中的很多事物,在前代著作中均已经出现过,将它们放在一起进行比较,可以非常明显地看到这种不同。如比翼鸟,《山海经》中就已经有了关于它的记载,《西山经》崇吾之山记:

> 有鸟焉,其状如凫,而一翼一目,相得乃飞,名曰蛮蛮,见则天下大水。

《海外南经》记:

> 比翼鸟在(结匈国)其东,其为鸟青、赤,两鸟比翼。一曰在南山东。①

《尔雅·释地》云:

> 南方有比翼鸟焉,不比不飞,其名谓之鹣鹣。②

---

① 袁珂:《山海经校注》,第 38—39、186 页。
② (晋)郭璞注,(宋)邢昺疏:《尔雅注疏》(十三经注疏整理本),北京大学出版社1999 年版,第 217 页。

不管是《山海经》,还是《尔雅》,对比翼鸟都是简要地介绍其产地、外形、特性。但在《拾遗记》中,关于比翼鸟的记载则呈现出了不同的特点:

> 燃丘之国献比翼鸟,雌雄各一,以玉为樊。其国使者皆拳头尖鼻,衣云霞之布,如今"朝霞"也。经历百有余国,方至京师。其中路山川不可记。越铁岘,泛沸海、蛇洲、蜂岑。铁岘峭砺,车轮刚金为辋,比至京师,轮皆铫锐几尽。又沸海汹涌如煎,鱼鳖皮骨坚强如石,可以为铠。泛沸海之时,以铜薄舟底,蛟龙不能近也。又经蛇洲,则以豹皮为屋,于屋内推车。又经蜂岑,燃胡苏之木,此木烟能杀百虫。经途五十余年,乃至洛邑。成王封泰山,禅社首。使发其国之并童稚,至京师须皆白。及还至燃丘,容貌还复少壮。比翼鸟多力,状如鹊,衔南海之丹泥,巢昆岑之玄木,遇圣则来集,以表周公辅圣之祥异也。①

在这里,关于比翼鸟的文字介绍远没有介绍使者的文字有吸引力,对使者外貌、经历的叙写,如果铺衍开来,也完全可以形成一部类似《西游记》的小说。

再如关于宝剑的描写,同样是写汉高祖所佩之剑,《古今注》云:

> 剑,汉世传高祖斩白蛇剑,长七尺。汉高祖为泗水亭长,送徒骊山,所提剑理应三尺耳。后富贵,则得七尺宝剑,舍旧剑而服之。后汉之世,唯闻高祖以所佩之剑斩白蛇,而高祖常佩此剑,便谓此剑即斩蛇之剑也。②

---

① (晋)王嘉:《拾遗记》,第51页。
② (晋)崔豹:《古今注》,第235页。

《古今刀剑录》则记：

　　前汉刘季，在位十二年。以始皇三十四年，于南山得一铁剑，长三尺，铭曰赤霄，大篆书。及贵，常服之，此即斩蛇剑也。①

《拾遗记》则记：

　　汉太上皇微时，佩一刀，长三尺，上有铭，其字难识，疑是殷高宗伐鬼方之时所作也。上皇游邦沛山中。寓居穷谷里有人冶铸。上皇息其傍，问曰："此铸何器？"工者笑而答曰："为天子铸剑，慎勿泄言！"上皇谓为戏言而无疑色。工人曰："今所铸铁钢砺难成，若得公腰间佩刀杂而治之，即成神器，可以克定天下，星精为辅佐，以歼三猾。木衰火盛，此为异兆也。"上皇曰："余此物名为匕首，其利难俦，水断虬龙，陆斩虎兕，魑魅罔两，莫能逢之；斫玉镂金，其刃不卷。"工人曰："若不得此匕首以和铸，虽欧冶专精，越砥敛锷，终为鄙器。"上皇则解匕首，投于炉中。俄而烟焰冲天，日为之昼晦。及乎剑成，杀三牲以衅祭之。铸工问上皇何时得此匕首。上皇云："秦昭襄王时，余行逢一野人，于陌上授余，云是殷时灵物，世世相传，上有古字，记其年月。"及成剑，工人视之，其铭尚存，叶前疑也。工人即持剑授上皇。上皇以赐高祖，高祖长佩于身，以歼三猾。及天下已定，吕后藏于宝库。库中守藏者见白气如云，出于户外，状如龙蛇。吕后改库名曰"灵金藏"。及诸吕擅权，白气亦灭。及惠帝即位，以此库贮禁兵器，名曰"灵金内府"也。②

---

① （梁）陶弘景：《古今刀剑录》，840—843 页。
② （晋）王嘉：《拾遗记》，第 110—111 页。

三者都带有极其鲜明的特色：《古今注》所记注重汉高祖斩白蛇之剑究竟所指何物的考辨，《古今刀剑录》所记注重关于剑外形的描述，而《拾遗记》则注重剑背后的故事的叙述，其中对于铸剑工人与太上皇的对话、冶炼过程的记叙等等，都显示出其对于事件的重视。

再如记风俗的内容，在宗懔的《荆楚岁时记》中，所记风俗一般就是记某日的风俗如何，而在《续齐谐记》中，则关注风俗背后的传说故事。如记明眼囊的习俗，《荆楚岁时记》云：

> 八月十四日，民并以朱水点儿头额，名为天灸，以厌疾。又以锦彩为明眼囊，递相饷遗。①

《续齐谐记》则记：

> 弘农邓绍，尝八月旦入华山采药。见一童子，执五彩囊承柏叶上露，皆如珠，满囊。绍问曰："用此何为？"答曰："赤松先生取以明目。"言终，便失所在。今世人八月旦作眼明袋，此遗象也。②

前者仅记相互赠送明眼囊之俗，后者则记录了一个带有神异气息的故事，来解释这一习俗的缘起。再如关于重阳节的记载，《荆楚岁时记》云："九月九日，四民并籍野宴饮。"③《续齐谐记》则云："汝南桓景随费长房游学累年，长房谓曰：'九月九日，汝家中当有灾。宜急去，令家人各作绛囊，盛茱萸，以系臂，登高饮菊花酒，

---

① （梁）宗懔：《荆楚岁时记》，第 1059 页。
② （梁）吴均：《续齐谐记》，第 1008 页。
③ （梁）宗懔：《荆楚岁时记》，第 1059 页。

此祸可除。'景如言,齐家登山。夕还,见鸡犬牛羊一时暴死。长房闻之曰:'此可代也。'今世人九日登高饮酒,妇人带茱萸囊,盖始于此。"①前者记九月九日至野外宴饮之俗,而后者则是介绍这一习俗故事。

同样地,关于精怪变化的知识在杂传体博物小说中也体现出不同的特色。这一类知识在魏晋六朝比较流行,各类博物小说均有论及,如《博物志》云:"水石之怪为龙罔象,木之怪为夔罔两,土之怪为羵羊,火之怪为宋无忌。"②《玄中记》、《述异记》中尤多此类说法。但在地理体和名物体小说中,是将这种物类变化的情况作为一种知识进行介绍的,往往并不太注重那些物精变化之后所发生的故事。而在《续齐谐记》中,则不关注变化的知识,而是关注由精怪变化所引发出来的怪异故事。如关于狐狸变人之说,《玄中记》云:

> 狐五十岁,能变化为妇人。百岁为美女,为神巫;或为丈夫,与女人交接;能知千里外事,善蛊魅,使人迷惑失智。千岁即与天通,为天狐。③

而《续齐谐记》则记了一个斑狸化为书生的故事。这种变化的故事,在《续齐谐记》中有五条,大多都是讲述由物变化的精怪作怪之事,而不是介绍某物成精之后会化为什么。如其中一个关于鼓槌化为小儿的故事:

> 桓玄篡位后来朱雀门中,忽见两小儿,通身如墨,相和作《笼歌》,路边小儿从而和之者数十人。歌云:"芒笼茵,绳缚

---

① (梁)吴均:《续齐谐记》,第 1007 页。
② 范宁:《博物志校证》,第 105 页。
③ (晋)郭璞:《玄中记》,第 492 页。

腹。车无轴,倚孤木。"声甚哀。无归。日既夕,二小儿入建康
县,至阁下,遂成双漆鼓槌。吏列云:"槌积久,比恒失之,而复
得之,不意作人也。"明年春,而桓败。车无轴,倚孤木,桓字
也。荆州送玄首,用败笼茵包之,又芒绳束缚其尸沈诸江中,
悉如所歌焉。"①

其中"不意作人也"之语,暴露了这个精怪的变化是不在当时的物
精变化的知识体系之内的,而《续齐谐记》在这里,只是给人们讲述
了一个志怪故事。

正是这样一种偏离说理而靠近叙事的写作方式,使得杂传体
博物小说在传统目录学者的眼中,更接近于史书,而不是小说。只
是在刘知幾对史书进行清理之后,这些作品才因为内容的荒诞不
稽而被清出史书的阵营,并被小说所收留。但它们所具有的浓厚
的叙事成分、荒诞的故事情节,却使得其和我们今天的小说观念更
为契合。所以,它们是沟通古今小说观念的一个桥梁,也代表着文
言小说向白话小说、现代小说发展的一个阶段。

2. 虚构与文采富艳

除了在叙事层面上有了向现代小说发展的趋向之外,杂传体
博物小说在其叙事过程中的虚构特征,也是其在后世被纳入小说
体系的主要原因。

在以传播物的知识作为宗旨的博物小说中,很少有虚构的内
容。而我们今天去看杂传体博物小说时,却经常会感慨其荒诞。
这主要是由于古人认识水平的落后、表达能力的欠缺所造成的,比
如《山海经》中所记的"怪物",就是这样产生的。但这些内容并非
虚构,或者可以说并非作者有意识的虚构。有意为之的虚构在汉
代才发生,由于方士们鼓吹神仙之实有而又要蔽皇帝之耳目的需

① (梁)吴均:《续齐谐记》,第1006页。

要,于是就出现了众多有意识的虚构,其时的《海内十洲记》《洞冥记》等书都呈现出这样一种有意为之的虚构倾向;而儒生为了批判现实的需要,也往往会借助于一些无稽之谈来委婉表达,如《神异经》便借助于一些超乎想象的怪异事物,来表达作者的种种愤世嫉俗。所以,对于现代小说的一个重要特质——虚构的产生来说,方士和文人的作用至关重要。很多研究古代小说的学者都强调方士的作用,一方面是因为他们所为之事确实属于小道,但还有更为重要的一方面,那就是他们的"谎言"对后世小说虚构的启发。而这也正是方士们所创作的"史书"被清理出史部的重要原因。余嘉锡先生在《古书通例》中论及方士与虚构的关系时说:"方士说鬼,文士好奇,无所用心,聊以快意,乃虚构异闻,造为小说也。……观《洞冥》托之郭宪,《拾遗》造自王嘉,并皆方士之流,宪在《后汉书·方术传》,嘉在《晋书·艺术传》。故多荒唐之论。《史通·杂述篇》曰:'逸事者,皆前史所遗,后人所记,求诸异说,为益实多。及妄者为之,则苟载传闻而无诠择,由是真伪不别,是非相乱,如郭子横之《洞冥》,王子年之《拾遗》,全构虚辞,用惊愚俗,此其为弊之甚者也。'盖此二书,凡所纪述,并杜撰无稽,凭虚臆造。"①所以,《洞冥记》《拾遗记》等书均为方士之荒唐言,皆为妄言杜撰。可见虚构是杂传体博物小说在叙事之外的另一大特征。

在《拾遗记》中,其虚构的内容主要表现在方术之士关于神仙的各种说法之中。如卷二记:

> 昭王即位二十年,王坐祇明之室,昼而假寐。忽梦白云蓊蔚而起,有人衣服并皆毛羽,因名羽人。王梦中与语,问以上仙之术。羽人曰:"大王精智未开,欲求长生久视,不可得也。"王跪而请受绝欲之教。羽人乃以指画王心,应手即裂。王乃

---

① 余嘉锡:《古书通例》,第246—247页。

惊寤，而血湿衿席，因患心疾，即却膳撤乐。移于旬日，忽见所梦者复来，语王曰："先欲易王之心。"乃出方寸绿囊，中有续脉明丸、补血精散，以手摩王之膻，俄而即愈。王即请此药，贮以玉缶，缄以金绳。王以涂足，则飞天地万里之外，如游咫尺之内。有得服之，后天而死。①

羽人，前文已有论及，是神仙之外部形态。此处周昭王梦中见仙人之事，充满了诡异和荒诞。很明显是方士们为了自神其说捏造出来的，没有人真的会因为梦中被人用手指了一下心脏，就真的心脏破裂，血流湿席，还真的患了心病。

　　为了宣扬神仙之说，方士们不仅仅限于对莫须有的事情的虚构，有时候还会不顾客观事实而随意篡改历史。如卷四所记赵高之事云：

　　　　秦王子婴立，凡百日，郎中赵高谋杀之。子婴寝于望夷之宫，夜梦有人身长十丈，须鬓绝青，纳玉舄而乘丹车，驾朱马而至宫门，云欲见秦王子婴，阍者许进焉。子婴乃与言。谓子婴曰："余是天使也，从沙丘来。天下将乱，当有同姓者欲相诛暴。"翌日乃起，子婴则疑赵高，囚高于咸阳狱，悬于井中，七日不死；更以镬汤煮，七日不沸，乃戮之。子婴问狱吏曰："高其神乎？"狱吏曰："初囚高之时，见高怀有一青丸，大如雀卵。"时方士说云："赵高先世受韩终丹法，冬月坐于坚冰，夏日卧于炉上，不觉寒热。"及高死，子婴弃高尸于九达之路。泣送者千家，或见一青雀从高尸中出，直飞入云。九转之验，信于是乎！子婴所梦，即始皇之灵；所着玉舄，则安期先生所遗也。鬼魅之理，万世一时。②

_____

① （晋）王嘉：《拾遗记》，第53—54页。
② 同上书，第105页。

这个传说与史书中所记相差极大,尤其是赵高被悬于井中七日不死,被放在锅中七日不沸之说,更是给赵高平添了很多神异的色彩,与民众为了表示对某人的愤恨便要将其下油锅煎炸的心态很是不协调。而后文的方士之说则解释了之所以如此的原因:赵高是跟随当时的方士韩终学习过不死之仙术的。而子婴所梦的秦始皇则穿着安期生的鞋子。将历史演义成了方士们的斗法。

　　而在《续齐谐记》中,所记更多的是源自民间的传说,所以其虚构的主体则是广大的民众,是下层百姓。如为我们所熟悉的紫荆树的故事:

> 京兆田真兄弟三人,共议分财。生资皆平均,惟堂前一株紫荆树,共议欲破三片。明曰,就截之,其树即枯死,状如火然。真往见之,大惊,谓诸弟曰:"树本同株,闻将分斫,所以憔悴。是人不如木也。"因悲不自胜,不复解树。树应声荣茂,兄弟相感,合财宝,遂为孝门。真仕至太中大夫。陆机诗云:"三荆欢同株。"①

其中宣扬兄弟和睦的主题、紫荆树这一形象、以及其枯而复生的故事情节,均是下层民众所津津乐道的事、物,所以这是普通百姓的附会和讹传。而这一故事的源头,必是某个人出于有意或无意的虚构。因为即便树可能会一夜之间枯死,也可能会因为遭受雷击等,真的"状如火然",但绝无可能在听到三兄弟受到感化后,"应声荣茂"。所以这也是为了宣扬家庭和睦的价值观念而虚构的故事。

　　《续齐谐记》颇受当时好语怪异的影响,其中记录了很多怪异之事,而这些也均是出于虚构。如:

> 钱塘徐秋夫,善治病。宅在湖沟桥东。夜,闻空中呻吟,

---

① (梁) 吴均:《续齐谐记》,第 1004 页。

声甚苦,秋夫起,至呻吟处,问曰:"汝是鬼邪? 何为如此? 饥寒须衣食邪? 抱病须治疗邪?"鬼曰:"我是东阳人,姓斯,名僧平。昔为乐游吏,患腰痛死,今在湖北。虽为鬼,苦亦如生。为君善医,故来相告。"秋夫曰:"但汝无形,何由治?"鬼曰:"但缚茅作人,按穴针之,讫,弃流水中,可也。"秋夫作茅人,为针腰目二处,并复薄祭,遣人送后湖中。及暝,梦鬼曰:"已差。并承惠食,感君厚意。"秋夫宋元嘉六年为奉朝请。①

中国古人对于鬼的态度有些暧昧,但至少在民间普遍认为鬼是实有的。而且上层统治者及知识分子们为了宣扬孝道,对祖先鬼魂之说也往往不置可否,甚至朱熹对此也不轻易断言其有无。于是民间出现了众多的鬼故事,有各种各样可憎或可爱的鬼在民间被广为传播。时至今日,还经常有一些老人会谈及自己所经历的一些不平常经历,并将那些奇异的现象解释为鬼作祟。对于一些科学无法解释的现象,用鬼来解释确实是比较便捷的。但其可靠性则不得不大打折扣。而且关于为鬼治病的说法,我们只能说它是虚构的,而且可能是这个医生为了宣扬自己医术高明所虚构出来的。怎么可能会有一个湖北的鬼,听说钱塘的一个医生医术高明而千里迢迢地跑去找人家给自己治病呢?

除了注重叙事、虚构等艺术特色之外,这一时期的杂传体博物小说,不管是《拾遗记》,还是《续齐谐记》,其文辞之优美富艳,都受到后人的诸多赞赏。而这些艺术上的进步,则直接启发了唐传奇的产生。在杂传体博物小说中,已经有了唐传奇的雏形。如《续齐谐记》所记赵文韶事:

> 会稽赵文韶,为东宫扶侍,坐清溪中桥,与尚书王叔卿家隔

---

① (梁) 吴均:《续齐谐记》,第 1008—1009 页。

一巷,相去二百步许。秋夜嘉月,怅然思归,倚门唱《西夜乌飞》,其声甚哀怨。忽有青衣婢,年十五六,前曰:"王家娘子白扶侍,闻君歌声,有门人逐月游戏,遣相闻耳。"时未息,文韶不之疑,委曲答之,亟邀相过。须臾,女到,年十八九,行步容色可怜,犹将两婢自随。问:"家在何处?"举手指王尚书宅,曰:"是闻君歌声,故来相诣,岂能为一曲邪?"文韶即为歌《草生盘石》,音韵清畅,又深会女心。乃曰:"但令有瓶,何患不得水?"顾谓婢子:"还取箜篌,为扶侍鼓之。"须臾至,女为酌两三弹,泠泠更增楚绝。乃令婢子歌《繁霜》,自解裙带系箜篌腰,叩之以倚歌。歌曰:"日暮风吹,叶落依枝。丹心寸意,愁君未知。歌《繁霜》,侵晓幕。何意空相守,坐待繁霜落。"歌阕,夜已久,遂相忙燕寝,竟四更别去。脱金簪以赠文韶,文韶亦答以银碗白琉璃匕各一枚。既明,文韶出,偶至清溪庙歇,神坐上见碗,甚疑;而委悉之屏风后,则琉璃匕在焉,箜篌带缚如故。祠庙中惟女姑神像,青衣婢立在前,细视之,皆夜所见者,于是遂绝。当宋元嘉五年也。①

虽然神人相恋的故事在六朝小说中不乏其事,但这个故事与《幽明录》所记刘晨阮肇入天台山遇神女等故事不同,以前的故事更多是志怪,写一个非同寻常的经历,而且往往与神仙、与时间的不同维度等联系在一起。一般故事情节都是这样一个框架:一个人在困境中,遇到仙女,相处一段时间后,凡人回到家中发现人间已过几世。而在《续齐谐记》的这个故事中,那种突出仙凡时间不同的意识已经没有了,而将注意力转向了男女欢爱,这与唐传奇中注重写"情事"的取向是相同的。尤其是其语言优美清新,而且以歌辞贯穿其中,与唐传奇爱以诗文入小说的创作方式也非常接近。所以,杂传体博物小说可以说是唐传奇的先声。

----

① (梁) 吴均:《续齐谐记》,第 1009 页。

结　语

本论文的选题与写作，是想厘清心中困惑已久的两个疑问：一是中国古代小说尤其是唐前小说，究竟指的是什么；二是作为志怪下属类别的地理博物类志怪小说，它其中还有大量与地理、志怪不相关的内容，那么它与地理知识、志怪小说是怎样的关系？

在收集、整理、分析了大量的文献资料之后，在前人已有研究成果的基础之上，以具体的小说文本为依据，本文尝试着对上述问题进行解答。

首先是小说概念及小说作品的划分问题。

小说观念从古至今已经发生了较大的变化，再加上西方小说理论的影响，所以古代小说的概念在今天看来显得相当混乱、模糊。以今人的眼光去看古人所认定的小说作品，往往不明就里。但这样一种情形在唐前还没有出现，而是刘知幾、《新唐志》将大量史部作品划归子部的小说以及宋代白话小说的出现等，给小说观念带来的冲击所导致的。所以本文从相对单纯的唐前小说着手，分析这一阶段的小说观念。

不管是从语义学层面上分析，还是从诸子及史学家们对小说的论述来看，唐前"小说"均指的是说理性质的文体，与叙事无关。不过在这一时段内，小说观念发生了一些细微的变化：从先秦时期指与自己学说不同的其他学派，演变为汉代指儒家之外的诸子之说，但都是明理的子部中的某几家或一家。到了班固，他在《汉志》中将小说视为无家法之一流,将无法判定其学术传承的那部分子书视为小说。《隋志》承袭了这一说法,但更强调其"街谈巷语"的民间特征。而刘知幾在《史通》中,将记事不实、为言荒诞的史书,视为"偏记小说",将大量的杂史、杂传类作品排挤到了小说的阵营,从此小说才与史书、叙事发生了密切的关系。而在此之前,小说就是不入流的小道,是那些不被主流所赞赏或重视的知识的载体。

　　其次是志怪小说与博物小说的关系问题。

　　在将小说观念演变情况梳理清楚之后,我们可以发现,大量的志怪小说如《神仙传》、《搜神记》、《幽明录》等,在唐前都属于史部的杂史或杂传类著作。可见其叙事性非常突出。而博物类小说则少有或者可以说没有故事情节。从这个角度来说,志怪小说与博物小说,一者为叙事,一者为说理,两者有本质的不同。而上述志怪小说之所以被逐出史学队伍,就在于其内容"荒诞不经",是谈说鬼神灵异等怪异之事的。但博物小说却并非如此,一方面,它的内容主要是关于各种物的知识,而不是怪异之事;另一方面,它有不实的内容,但其大部分叙述都是趋实的,甚至有的还带有考辨色彩,如《博物志》中的《人名考》、《地理考》、《文籍考》、《器名考》、《物名考》等等,与志怪截然不同。基于上述不同,可以说将博物类小说视为志怪小说下属的一类有些欠妥。所以本文提出应该将博物类小说作为独立的一类,认为它完全可以并且也应该与志怪、志人一起,被看作唐前小说的一大类别。

　　但学界将博物小说划归志怪,亦有一定的道理,因为在博物小说孕育、产生的过程中,相关作品确实含有志怪元素。作为博物小说源头的《山海经》,它是以介绍地理知识为主的,其中有大量关于各地物产的记录。这些博物知识多为实录。但限于那时的认识水平和表达水平,其中的有些内容在后人看来就显得比较怪异,以致于后人称《山海经》为"语怪之祖"。博物知识在汉代发生了分化:

学者讲求博物知识的真实性、确定性,于是当时出现了大量以"辨其名物"为宗旨的小学著作、子书;而方士为了"自神其教"而开始虚构仙境、仙人、异物,在他们所创作的"地理书"、"史书"中,开始对不存在的事物进行虚构。正是这些方士们的无稽之谈,成了古代小说向现代小说发展的桥梁,使得古代小说中出现了现代小说非常注重的一个特质——虚构。而虚构必然带来怪异、神秘,所以,怪也是方士博物知识的一大特征。魏晋六朝时期,《博物志》的出现标志着博物小说的形成。该书不仅内容博杂,涵盖了人类生活中各层面的事物;其博物知识亦体现出"不粹"的特点:学者般的辨析名物者有,方士的虚假之辞亦有。这正体现了古代文人对博物知识的态度:视其为"小道",不愿对它加以试验、研究;而且盲从古人、迷信书本,大量的博物知识都是从前人著作中抄录而来的。这就导致了《博物志》的内容有的平实,有的怪异,既有审慎的辨析,也有姑妄言之的传言。这一时期的地理体博物小说如《玄中记》、《述异记》等作品,内容上多承袭《山海经》及汉代的地理书,所以其中也有很多不经之说;杂传体博物小说如《拾遗记》,更是因为"其言荒诞"而被排除出史书阵营的,所以其中的虚妄之说亦十分多见;但名物体博物小说,则体现出了从名物学传统发展而来的求实、审慎的态度,纯粹是解释、说明性质的文字,没有或少有志怪的内容。故博物小说虽与志怪小说有重合的地方,但两者却不是一类,志怪并不能涵盖博物小说的所有内容。除在叙事和说理上有本质不同外,志怪小说和博物小说在创作时所关注的中心也是不同的:志怪以怪异为中心,它所反映的是怪异之人、怪异之物、怪异之事;而博物则以物为中心,它主要记各种关于物的知识:山川地理、鸟兽草木、典章制度、器物风俗等都是这类作品所关注的对象。

再次是地理与博物的关系问题。

学者在论及博物类小说时,一般称其为"地理博物类志怪小说"或"山川地理类博物志怪小说",以突出它与地理知识的关系。从博物小说的发生来看,它确实是从《山海经》等地理书发展而来的。而且博物类小说的很多作品,如《玄中记》《博物志》等,确实有很多记地理知识的内容,还有很多抄录前代地理书的内容。但这些内容只是全书的一个组成部分,地理知识与其他如植物、动物、风俗、器物、典制等方面知识一样,是博物知识的一部分,也是博物小说内容的一方面。而且随着博物知识的发展,专业知识的出现,博物知识就从地理知识中独立出来,并有了自己的载体——博物小说。在博物小说中,有的作品也记地理知识,但这些内容只是博物体系的一部分;有的就完全不记地理知识了。故地理知识在博物小说尤其是以介绍专门知识为主的博物小说中,就变得无足轻重、可有可无。所以,以"地理"来限定博物小说也是不恰当的。

　　梳理清这些关系之后,可以发现唐前博物类小说有它自己的特点。与这一时期的志怪、志人小说不同,它不以人物或怪异为中心,而以物为关注焦点,旨在传达关于各种事物的知识。从这一角度来看,博物类小说完全符合唐前的小说观:第一,它是小道,其中所记的关于动物、植物、器物、天文、地理、风俗等各层面的知识,在古代文人眼中都是"小道",符合从先秦诸子起就将"小说"界定为"小道"的说法;第二,它是明理性的作品,以解释、说明事物的形状、特性、功用等为主要内容,与后来将小说认定为叙事性的作品完全不同,但却与传统目录学将小说隶属于子部、视小说为明理性作品的做法是相符的。因此可以说博物类小说体现了小说的"文化原我",是最能体现唐前小说观念的作品。对它们的研究,可以帮助我们更好地认识和把握古人的小说观念以及小说观念的演变。

　　当然,如果从今天的小说观出发去评价博物类小说的话,我们不得不承认,相对于《世说新语》《搜神记》等志人、志怪小说来说,博物类小说的文学性要差一点。它们往往没有对人物的刻画,没有对事件的叙述,甚至没有对环境的描写,我们今天所说的小说三要素,在这一类作品中有时候甚至一者都不具备。今天的小说观中的两个核心要素——故事和虚构,在博物类小说中也很少见。但博物小说在发生、发展、演变的过程中,也体现了向后世小说观靠近的倾向,比如汉代地理书中博物知识中的虚构成分、杂传体博物小说中对人物和事件的描写等等,都显示出了非大道的学说——"小道",即"小说",向文学性小说的转变过程。

参 考 文 献

古籍(按作者姓氏音序排列)：

1. (汉) 班固：《汉书》，中华书局 1962 年版
2. (清) 陈立：《白虎通疏证》，中华书局 2007 年版
3. (清) 陈士珂：《孔子家语疏证》，上海书店 1987 年版
4. (晋) 陈寿著，裴松之注：《三国志》，中华书局 1964 年版
5. (宋) 程大昌：《禹贡山川地理图》，中华书局 1985 年版据《指海》本影印
6. (清) 崔述著，顾颉刚编订：《崔东壁遗书》，上海古籍出版社 1983 年版
7. (清) 丁国钧：《补晋书艺文志》(丛书集成初编本)，中华书局 1985 年版
8. (明) 董斯张：《广博物志》，上海古籍出版社 1992 年版
9. (唐) 段成式著，方南生点校：《酉阳杂俎》，中华书局 1981 年版
10. (唐) 段公路：《北户录》，商务印书馆 1936 年版
11. (清) 段玉裁：《说文解字注》，中州古籍出版社 2006 年版
12. (南朝) 范晔著，李贤等注：《后汉书》，中华书局 1965 年版
13. (唐) 房玄龄等：《晋书》，中华书局 1974 年版
14. (晋) 干宝著，汪绍楹校注：《搜神记》，中华书局 1979 年版
15. (晋) 葛洪：《西京杂记》，中华书局 1985 年版
16. (晋) 郭璞注，(宋) 邢昺疏：《尔雅注疏》，李学勤主编：《十三经

注疏》整理本,北京大学出版社 1999 年版

17.（清）郭庆藩:《庄子集释》,中华书局 1961 年版

18.（清）郝懿行:《尔雅义疏》,上海古籍出版社 1983 年影印本

19.（清）郝懿行:《山海经笺疏》,巴蜀书社 1985 年版

20.（宋）洪兴祖著,白化文等点校:《楚辞补注》,中华书局 1983 年版

21.（明）胡应麟:《少室山房笔丛》,上海书店 2009 年版

22.（汉）桓谭:《新论》,上海人民出版社 1977 年版

23.（清）纪昀:《阅微草堂笔记》,上海古籍出版社 1980 年版

24.（宋）黎靖德著,王星贤点校:《朱子语类》,中华书局 1986 年版

25.（宋）李昉:《太平广记》,中华书局 1961 年版

26.（唐）李吉甫著,贺次君点校:《元和郡县图志》,中华书局 1983 年版

27.（宋）李石:《续博物志》,巴蜀书社 1991 年版

28.（唐）李延寿:《北史》,中华书局 1974 年版

29.（唐）李延寿:《南史》,中华书局 1975 年版

30.（清）李元:《蠕范》(丛书集成初编本),中华书局 1985 年版

31.（清）刘宝楠:《论语正义》,中华书局 1990 年版

32.（宋）刘斧:《青琐高议》,上海古籍出版社 1983 年版

33.（唐）刘恂:《岭表录异》,广东人民出版社 1983 年版

34.（宋）罗泌:《路史》(四库备要本)

35.（唐）马缟:《中华古今注》(丛书集成初编本),商务印书馆 1939 年版

36.（唐）马总:《意林》,见《聚学轩丛书》第 5 集,江苏广陵古籍刻印社 1982 年版

37.（宋）欧阳修等:《新唐书》,中华书局 1975 年版

38.（宋）欧阳修著,李伟国点校:《归田录》,中华书局 1981 年版

39.（清）浦起龙:《史通通释》,上海古籍出版社 1978 年版

40.（南朝）任昉:《述异记》,中华书局 1985 年版

41.（南朝）沈约注,洪颐煊校:《竹书纪年》(丛书集成初编本)中华书局 1985 年版

42.（战国）尸佼:《尸子》,汪继培辑,上海古籍出版社 1989 年版

43.（汉）司马迁:《史记》,中华书局 1959 年版

44.（唐）苏鹗:《杜阳杂编》,中华书局 1960 年版

45.（清）苏舆著,钟哲点校:《春秋繁露义证》,中华书局 1992 年版

46.（唐）孙思邈:《备急千金要方》,清光绪四年影印日本江户医学本

47.（清）孙希旦著,沈啸寰、王星贤点校:《礼记集解》,中华书局 1989 年版

48.（清）孙星衍著,陈抗、盛冬铃点校:《尚书今古文注疏》,中华书局 1986 年版

49.（明）陶宗仪:《说郛》,中国书店 1986 年据涵芬楼 1927 年版影印

50.（汉）王充:《论衡》,上海人民出版社 1974 年版

51.（晋）王嘉撰,萧绮录,齐治平校注:《拾遗记》,中华书局 1981 年版

52.（清）王鸣盛撰,黄曙辉点校:《十七史商榷》,上海书店 2005 年版

53.（清）王谟:《汉唐地理书钞》,中华书局 1961 年版

54.（清）王谟:《汉魏遗书钞》,嘉庆三年刻本

55.（清）王先谦:《释名疏证补》,上海古籍出版社 1983 年版

56.（清）王先谦:《荀子集解》,中华书局 1988 年版

57.（清）王先慎:《韩非子集解》,中华书局 1998 年版

58.（宋）王应麟著,翁元圻注 乐保群、田松青、吕宗力校点:《困学纪闻》,上海古籍出版社 2008 年版

59.（唐）魏徵等:《隋书》,中华书局 1973 年版

60.（梁）萧统著,李善注:《文选》,中华书局 1977 年影印本

61.（清）姚际恒著,顾颉刚点校:《古今伪书考》,朴社出版 1935 年版

62.（清）叶德辉:《观古堂所著书》,光绪乙亥春二月长沙叶氏郎园刊本

63.（南朝）殷芸著,周楞伽辑注:《殷芸小说》,上海古籍出版社 1984 年版

64.（清）永瑢等:《四库全书总目》,中华书局 1965 年版

65.（清）臧镛堂著,孙冯翼校订:《尔雅汉注》(丛书集成初编本),中华书局 1985 年版

66.（宋）曾慥:《类说》(北京图书馆古籍珍本丛刊),书目文献出版社据明天启六年岳钟秀刻本影印

67.（清）翟灏:《通俗编》,中华书局 1985 年版

68.（宋）张君房著,李永晟点校:《云笈七签》,中华书局 2003 年版

69.（清）张锳纂修,贵州省安龙县办公室校注:《兴义府志》,贵州人民出版社 2009 年版

70.（宋）郑樵:《通志》,中华书局 1987 年版

71.（宋）朱熹:《四书章句集注》,中华书局 1983 年版

现代著作（按作者姓氏音序排列）:

1. 艾晓明:《小说的智慧》,时代文艺出版社 1992 年版

2. 白寿彝:《中国交通史》,上海书店 1984 年版

3. 蔡铁鹰:《中国古代小说的演变与形态》,中国文史出版社 2003 年版

4. 曹聚仁:《中国平民文学概论》,上海新文化书社 1935 年版

5. 曹文轩:《小说门》,作家出版社 2003 年版

6. 陈洪:《中国古代小说艺术论发微》,南开大学出版社 1987 年版

7. 陈洪:《中国小说理论史》,天津教育出版社 2005 年版
8. 陈平原:《小说史:理论与实践》,北京大学出版社 2010 年版
9. 陈平原:《中国散文小说史》,上海人民出版社 2004 年版
10. 陈平原:《中国小说叙述模式的转变》,北京大学出版社 2010 年版
11. 陈平原、夏晓红等:《二十世纪中国小说理论资料》,北京大学出版社 1997 年版
12. 陈奇猷:《韩非子新校注》,上海古籍出版社 2000 年版
13. 陈奇猷:《吕氏春秋新校释》,上海古籍出版社 2002 年版
14. 陈文新:《传统小说与小说传统》,武汉大学出版社 2007 年版
15. 陈文新:《文言小说审美发展史》,武汉大学出版社 2002 年版
16. 程国赋:《唐代小说嬗变研究》,广东人民出版社 1997 年版
17. 程国赋:《唐五代小说的文化阐释》,人民文学出版社 2002 年版
18. 程毅中:《古小说简目》,中华书局 1981 年版
19. 董乃斌:《中国古典小说的文体独立》,中国社会科学出版社 1994 年版
20. 杜贵辰:《传统文化与古典小说》,河北大学出版社 2001 年版
21. 杜贵辰:《数理批评与小说考论》,齐鲁书社 2006 年版
22. 杜贵辰:《中国古代短篇小说史》,中州古籍出版社 1991 年版
23. 范宁:《博物志校证》,中华书局 1980 年版
24. 范文澜:《文心雕龙注》,人民文学出版社 1958 年版
25. 方正耀:《中国古典小说理论史》,华东师范大学出版社 2005 年版
26. 傅礼军:《中国小说的谱系与历史重构》,东方出版社 2006 年版
27. 高国藩:《中国巫术史》,三联书店 1999 年版
28. 高小康:《中国古代叙事观念与意识形态》,北京大学出版社

2005 年版

29. 葛兆光:《中国思想史》,复旦大学出版社 2001 年版

30. 龚鹏程:《中国小说史论》,北京大学出版社 2008 年版

31. 郭绍虞:《照隅室古典文学论集》,上海古籍出版社 1983 年版

32. 郭箴一:《中国小说史》,上海书店 1984 年版

33. 韩云波:《唐代小说观念与小说兴起研究》,四川民族出版社 2002 年版

34. 何宁:《淮南子集释》,中华书局 1998 年版

35. 何星亮:《中国图腾文化》,中国社会科学出版社 1992 年版

36. 何星亮:《中国自然崇拜》,江苏人民出版社 2008 年版

37. 侯忠义:《汉魏六朝小说史》,春风文艺出版社 1989 年版

38. 侯忠义:《中国文言小说参考资料》,北京大学出版社 1985 年版

39. 侯忠义:《中国文言小说史稿》,北京大学出版社 1990 年版

40. 胡从经:《中国小说史学史长编》,上海文艺出版社 1998 年版

41. 胡怀琛:《中国小说的起源及其演变》,中正书局 1934 年版

42. 胡怀琛:《中国小说研究》,中国书籍出版社 2006 年版

43. 胡秋原:《古代中国文化与中国知识分子》,中华书局 2010 年版

44. 胡胜:《神怪小说简史》,山西人民出版社 2005 年版

45. 胡士莹:《话本小说概论》,中华书局 1980 年版

46. 华夫:《中国古代名物学大典》,济南出版社 1993 年版

47. 华学诚:《扬雄方言校释汇证》,中华书局 2006 年版

48. 黄怀信:《逸周书校补注译》,西北大学出版社 1996 年版

49. 黄晖:《论衡校释》,中华书局 1990 年版

50. 黄霖、韩同文:《历代小说论著选》(修订本),江西人民出版社 2000 年版

51. 黄霖等:《中国小说研究史》,浙江古籍出版社 2002 年版

52. 蒋善国:《〈说文解字〉讲稿》,语文出版社1988年版

53. 孔另境:《中国小说史料》,上海古籍出版社1982年版

54. 黎翔凤:《管子校注》,梁运华整理,中华书局2004年版

55. 李剑国:《唐前志怪小说史》(修订本),天津教育出版社2005年版

56. 李剑国、孟昭连:《中国小说通史》先唐卷,高等教育出版社2007年版

57. 李零:《中国方术概观》,人民中国出版社1993年版

58. 李零:《中国方术正考》,中华书局2006年版

59. 李时人:《全唐五代小说》,陕西人民出版社1998年版

60. 李稚田:《古代小说与民俗》,山西人民出版社2005年版

61. 林辰:《古代小说概论》,春风文艺出版社2006年版

62. 林辰:《神怪小说史》,浙江古籍出版社1998年版

63. 林辰:《中国小说的发展源流》,辽宁教育出版社1992年版

64. 刘季高:《斗室文史杂著》,上海古籍出版社2000年版

65. 刘上生:《中国古代小说艺术史》,湖南师范大学出版社1993年版

66. 刘师培:《刘申叔遗书》,江苏古籍出版社1997年影印本

67. 刘世德:《中国古代小说百科全书》,中国大百科全书出版社2006年版

68. 刘世德等:《中国古代小说研究》第二辑,人民文学出版社2006年版

69. 刘世德等:《中国古代小说研究》第三辑,人民文学出版社2008年版

70. 刘世德等:《中国古代小说研究》第一辑,人民文学出版社2005年版

71. 刘文英:《中国古代时空观念的产生和发展》,上海人民出版社1980年版

72. 刘叶秋:《古典小说笔记论丛》,南开大学出版社 1985 年版

73. 刘叶秋:《历代笔记概述》,中华书局 1980 年版

74. 刘勇强:《中国古代小说史叙论》,北京大学出版社 2007 年版

75. 刘云春:《历史叙事传统语境下的中国古典小说审美研究》,中国社会科学出版社 2010 年版

76. 鲁迅:《古小说钩沉》,见《鲁迅全集》第八卷,人民文学出版社 1974 年版

77. 鲁迅:《中国小说史略》,中华书局 2010 年版

78. 吕大吉:《宗教学通论》,中国社会科学出版社 1989 年版

79. 罗根泽编:《古史辨》第六册,上海古籍出版社 1982 年版

80. 罗宁:《汉唐小说观念论稿》,巴蜀书社 2009 年版

81. 罗书华:《中国小说学主流》,上海世纪出版社 2007 年版

82. 孟瑶:《中国小说史》,台北传记文学出版社 1977 年版

83. 孟昭连、宁宗一:《中国小说艺术史》,浙江古籍出版社 2003 年版

84. 苗壮:《笔记小说史》,浙江古籍出版社 1998 年版

85. 宁稼雨:《中国文言小说总目提要》,齐鲁书社 1996 年版

86. 彭铎:《潜夫论笺校正》,中华书局 1985 年版

87. 彭林、黄朴民:《中国思想史参考资料集》,清华大学出版社 2005 年版

88. 齐裕焜:《中国古代小说演变史》,敦煌文艺出版社 2006 年版

89. 齐裕焜、王子宽:《中国古代小说研究》,福建人民出版社 2005 年版

90. 钱志熙:《唐前生命观和生命文学主题》,东方出版社 1997 年版

91. 钱钟书:《谈艺录》,中华书局 1984 年版

92. 卿希泰:《中国道教史》(修订本),四川人民出版社 1996 年版

93. 上海古籍出版社编,王根林、黄益元、曹光甫点校:《汉魏六朝笔记小说大观》,上海古籍出版社 1999 年版

94. 石昌渝:《中国小说源流论》,三联书店 1994 年版

95. 四川大学中文系古代文学教研室编写:《中国文学》,四川人民出版社 1999 年版

96. 宋兆麟:《巫与巫术》,四川民族出版社 1989 年版

97. 孙猛:《郡斋读书志校正》,上海古籍出版社 1990 年版

98. 孙逊:《中国古代小说与宗教》,复旦大学出版社 2001 年版

99. 谭帆:《中国雅俗文学思想论集》,中华书局 2006 年版

100. 谭正璧:《中国小说发达史》,上海光明书局 1935 年版

101. 万晴川:《巫文化视野中的中国古代小说》,中国社会科学出版社 2003 年版

102. 万晴川:《中国古代小说与方术文化》,中国社会科学出版社 2005 年版

103. 汪荣宝:《法言义疏》,中国书店 1991 年版

104. 王国良:《海内十洲记研究》,台北文史哲出版社 1993 年版

105. 王国良:《汉武洞冥记研究》,台北文史哲出版社 1989 年版

106. 王国良:《六朝志怪小说考论》,台北文史哲出版社 1984 年版

107. 王国良:《神异经研究》,台北文史哲出版社 1985 年版

108. 王国良:《魏晋南北朝志怪小说研究》,台北文史哲出版社 1984 年版

109. 王昊:《从想象到趋实:中国域外题材小说研究》,人民出版社 2010 年版

110. 王恒展:《中国小说发展史概论》,山东教育出版社 1996 年版

111. 王立:《宗教民俗文献与小说母题》,吉林人民出版社 2001 年版

112. 王利器:《风俗通义校注》,中华书局 1981 年版

113. 王利器:《王利器推荐古代文言小说·古代小说拾遗》,广陵书社 2004 年版

114. 王明:《抱朴子内篇校释》,中华书局 1985 年版

115. 王平:《中国古代小说文化研究》,山东教育出版社 1996 年版

116. 王平:《中国古代小说叙事研究》,河北人民出版社 2001 年版

117. 王齐洲:《稗官与才人：中国古代小说考论》,岳麓书社 2010
　　年版

118. 王青:《西域文化影响下的中古小说》,中国社会科学出版社
　　2006 年版

119. 王汝梅、张羽:《中国小说理论史》,浙江古籍出版社 2001
　　年版

120. 王瑶:《王瑶文选》,北京大学出版社 2010 年版

121. 王瑶:《中古文学史论集》,上海古籍出版社 1982 年版

122. 王枝忠:《汉魏六朝小说史》,浙江古籍出版社 1997 年版

123. 吴光正:《中国古代小说的原型与母题》,社会科学文献出版
　　社 2002 年版

124. 吴礼权:《中国笔记小说史》,商务印书馆 1993 年版

125. 吴士余:《中国小说美学论稿》,复旦大学出版社 2006 年版

126. 吴树平:《风俗通义校释》,天津古籍出版社 1980 年版

127. 吴则虞:《晏子春秋集释》,中华书局 1962 年版

128. 吴志达:《中国文言小说史》,齐鲁书社 1994 年版

129. 熊明:《杂传与小说：汉魏六朝杂传研究》,辽海出版社 2004
　　年版

130. 徐岱:《小说形态学》,杭州大学出版社 1992 年版

131. 徐元诰:《国语集解》,王树民、沈长云点校,中华书局 2002
　　年版

132. 徐震堮:《世说新语校笺》,中华书局 1984 年版

133. 徐志啸:《历代赋论辑要》,复旦大学出版社 1991 年版

134. 许建平,黄毅:《二十世纪中国古代小说的研究视角与方法》,
　　复旦大学出版社 2008 年版

135. 许建平:《二十世纪中国古代文学研究史：小说卷》,东方出版社 2006 年版

136. 杨伯峻:《春秋左传注》,中华书局 1990 年版

137. 杨伯峻:《列子集释》,中华书局 1979 年版

138. 杨明照:《抱朴子外篇校笺》,中华书局 1991 年版

139. 杨义:《中国古典小说史论》,中国社会科学出版社 2004 年版

140. 杨义:《中国叙事学》,人民出版社 1997 年版

141. 杨子坚:《新编中国古代小说史》,南京大学出版社 1990 年版

142. 叶朗:《中国小说美学》,北京大学出版社 1982 年版

143. 叶舒宪:《诗经的文化阐释》,陕西人民出版社 2005 年版

144. 叶舒宪:《中国神话哲学》,中国社会科学出版社 1992 年版

145. 叶舒宪、萧兵、郑在书:《山海经的文化寻踪——"想象地理学"与东西文化碰撞》,湖北人民出版社 2004 年版

146. 叶瑛:《文史通义校注》,中华书局 1985 年版

147. 余嘉锡:《四库提要辩证》,中华书局 1980 年版

148. 余嘉锡:《余嘉锡论学杂著》,中华书局 1963 年版

149. 余嘉锡:《余嘉锡文史论集》,岳麓书社 1997 年版

150. 余英时:《东汉生死观》,侯旭东等译,上海古籍出版社 2005 年版

151. 袁珂:《山海经校注》,上海古籍出版社 1980 年版

152. 袁行霈、侯忠义:《中国文言小说书目》,北京大学出版社 1981 年版

153. 袁行霈等:《中国文学史》,高等教育出版社 1999 年版

154. 藏克和:《说文解字的文化说解》,湖北人民出版社 1995 年版

155. 曾常红:《汉语论辩体语篇研究》,湖南师范大学出版社 2007 年版

156. 詹鄞鑫:《心智的误区：巫术与中国巫术文化》,上海教育出版社 2001 年版

157. 张光直：《中国青铜时代》，三联书店 1983 年版

158. 张庆民 :《魏晋南北朝志怪小说通论》，首都师范大学出版社 2000 年版

159. 张少康：《文赋集释》，上海古籍出版社 1984 年版

160. 张振军：《传统小说与中国文化》，广西师范大学出版社 1996 年版

161. 张志斌等：《本草纲目校注》，辽海出版社 2001 年版

162. 章太炎：《国学述闻》，陕西师范大学出版社 2008 年版

163. 赵景深：《中国小说丛考》，齐鲁书社 1980 年版

164. 赵明政：《文言小说：文士的释怀与写心》，广西师范大学出版社 1999 年版

165. 赵兴勤：《古代小说与传统伦理》，山西人民出版社 2005 年版

166. 赵毅衡：《当说者被说的时候》，中国人民大学出版社 1998 年版

167. 赵毅衡：《苦恼的叙述者：中国小说的叙述形式与中国文化》，北京十月文艺出版社 1994 年版

168. 周作人：《知堂书话》，钟叔河编，岳麓书社 1986 年版

169. 朱迪光：《中国古典小说新探索：信仰·母题·叙事》，中国社会科学出版社 2007 年版

译著（按作者姓氏音序排列）：

1. ［英］G·F·赫德逊著，王遵仲、李申、张毅译：《欧洲与中国》，中华书局 1995 年版

2. ［英］爱德华·摩根·福斯特著，苏炳文译：《小说面面观》，花城出版社 1984 年版

3. ［英］爱德华·泰勒著，连树声译：《原始文化》［重译本］，广西师范大学出版社 2005 年版

4. ［日］安居香山、中村璋八：《纬书集成》，河北人民出版社 1994

年版

5.［日］白静川著，何乃英译：《中国古代民俗》，陕西人民美术出版社 1988 年版

6.［英］弗雷泽著，徐育新、汪培基、张泽石译：《金枝》，新世界出版社 2006 年版

7.［法］伏尔泰著，梁守锵译：《风俗论》，商务印书馆 1994 年版

8.［英］凯伦·阿姆斯特朗著，胡亚豳译：《神话简史》，重庆出版社 2005 年版

9.［美］勒内·韦勒克等著，刘象愚等译：《文学理论》，江苏教育出版社 2010 年版

10.［俄］李福清著，李明滨编译：《古典小说与传说》，中华书局 2003 年版

11.［意大利］利玛窦、［比利时］金尼阁著，何高济、王遵仲、李申译：《利玛窦中国札记》，广西师范大学出版社 2001 年版

12.［法］列维·布留尔著，丁由译：《原始思维》，商务印书馆 2010 年版

13.［法］列维·斯特劳斯著，李幼蒸译：《野性的思维》，中国人民大学出版社 2006 年版

14.［法］列维·斯特劳斯著，刘汉全译：《嫉妒的制陶女》，中国人民大学出版社 2006 年版

15.［英］马林诺夫斯基著，高鹏、金爽编译：《野蛮人的性生活》，团结出版社 2005 年版

16.［英］马林诺夫斯基著，李安宅译：《巫术、科学、宗教与神话》，中国民间文艺出版社 1986 年版

17.［捷克］米兰·昆德拉著，余中先译：《被背叛的遗嘱》，上海译文出版社 2003 年版

18.［日］内山之也著，益西拉姆等译：《隋唐小说研究》，复旦大学出版社 2010 年版

19. 〔日〕青木正儿著,范建明译:《中华名物考》,中华书局 2005 年版

20. 〔日〕小南一郎著,孙昌武译:《中国的神话传说与古小说》,中华书局 2006 年版

21. 〔日〕小尾郊一著,邵毅平译:《中国文学中所表现的自然与自然观》,上海古籍出版社 1989 年版

22. 〔古希腊〕亚里士多德著,吴寿彭译:《动物四篇》,商务印书馆 2010 年版

论文(按作者姓氏音序排列):

1. 陈文新:《近百年来唐前志怪小说综合研究评述》,载《学术论坛》2001 年第 2 期

2. 樊伟峻:《魏晋南北朝博物类志怪小说研究》(硕士论文)

3. 方南生:《〈酉阳杂俎〉版本流传的探讨》,《福建师大学报》1978 年第 2 期

4. 傅修延:《叙事学研究与中国叙事传统》,《江西社会科学》2007 年第 10 期

5. 韩晋:《唐前地理博物志怪小说审美研究》(硕士论文)

6. 郝敬:《〈博物志〉与博物空间观研究》(硕士论文)

7. 贺珍:《试析〈四库全书〉小说类的分类问题——以〈博物志〉、〈山海经〉为例》,《呼伦贝尔学报》2008 年第 1 期

8. 李芳:《〈博物志〉研究》(硕士论文)

9. 李剑国:《地理博物体志怪小说的产生和发展》,《南开大学学报》1984 年第 5 期

10. 李剑国:《论先唐古小说的分类》,南开大学文学院编:《文学与文化》第 5 辑,南开大学出版社 2004 年

11. 李剑国:《文言小说的理论研究与基础研究——关于文言小说研究的几点看法》,《文学遗产》1998 年第 2 期

12. 李剑国:《小说的起源与小说独立文体的形成》,《锦州师范学院学报》2001 年第 3 期

13. 李剑国:《早期小说观与小说概念的科学界定》,《武汉大学学报》2001 年第 5 期

14. 李日星:《中国古代小说的概念、范围及其研究分歧》,《中国文学研究》1998 年第 3 期

15. 李霞:《〈博物志〉神话研究》(硕士论文)

16. 廖群:《"说"、"传"、"语":先秦"说体"考索》,《文学遗产》2006 年第 6 期

17. 林辰:《小说究竟始于何时?——综谈小说史著作中关于小说诞生的论述》,《中国图书评论》1995 年第 2 期

18. 刘萍:《张华文学论》(硕士论文)

19. 刘兴均:《"名物"的定义与名物词的确定》,《西南师范大学学报》(哲学社会科学版)1998 年第 5 期

20. 刘兴均:《筚路蓝缕 以启山林——从声训系联中看〈释名〉在名物探源上的创见》,《四川师范大学学报》1997 年第 5 期

21. 龙迪勇:《空间叙事学——叙事学研究的新领域》,《天津师范大学学报》(社会科学版)2008 年第 6 期

22. 陆林:《试论先秦小说观念》,《安徽大学学报》1996 年第 6 期

23. 罗宁:《中国古代的两种小说概念》,《社会科学研究》2003 年第 2 期

24. 罗欣:《〈博物志〉成因三论》,《求索》2007 年第 9 期

25. 罗欣:《浅论〈博物志〉的哲学思想》,《和田师范专科学校学报》2006 年第 4 期

26. 马威:《汉赋虚构与小说虚构的比较——兼谈读汉赋的另一角度》,《西南民族学院学报》(哲学社会科学版)1999 年 10 月专辑

27. 牛利芳:《〈博物志〉的内容分析》,《甘肃农业》2006 年第 9 期

28. 任秀莲:《张华"儒者气象"和"博物君子"人格心路探析》,《青海师范大学学报》(哲学社会科学版)2006 年第 4 期

29. [日] 山田庆儿:《〈物类相感志〉的产生及其思考方法》,《哲学研究》1990 年第 4 期

30. 孙辉:《魏晋博物学兴起原因探析》,《许昌学院学报》2007 年第 4 期

31. 孙致中:《凿齿·中容·雕题·贯胸——《山海经》"远国异人"考之三》,《河北大学学报》(哲学社会科学版)1989 年第 1 期

32. 王齐洲:《中国小说起源探迹》,《文学遗产》1985 年第 1 期

33. 王强:《中国古代名物学初论》,《扬州大学学报》(人文社会科学版)2004 年第 6 期

34. 王青:《西域传说中的特殊国度》,《西域研究》2008 年第 3 期

35. 王守亮:《汉代小说史绪论》(博士论文)

36. 王兴芬:《王嘉与〈拾遗记〉研究》(硕士论文)

37. 王媛:《〈博物志〉的成书、体例与流传》,《中国典籍与文化》2006 年第 4 期

38. 王枝忠:《〈博物志〉的成书、体例与流传》,《海南大学学报》1991 年第 4 期

39. 魏世民:《魏晋南北朝时期小说的嬗变》(博士论文)

40. 吴从祥:《〈海内十洲记〉成书新探》,《广西社会科学》2009 年第 10 期

41. 吴蓉:《〈拾遗记〉研究》(硕士论文)

42. 徐克谦:《论先秦"小说"》,《社会科学研究》1998 年第 5 期

43. 阳清:《历史的唯美神话——〈博物志〉"蒙双民"文化解读》,《乐山师范学院学报》2008 年第 2 期

44. 叶枫宇:《西晋作家的人格与文风》(博士论文)

45. 袁行霈:《〈汉书·艺文志〉小说家考辨》,《文史》第 7 辑

46. 张福信:《段成式及其父子》,《文史知识》1989 年第 3 期

47. 张开焱:《中国古代小说概念流变与定位再思考》,《广东民族学院学报》(社会科学版)1997 年第 3 期

48. 张亚南:《魏晋小说类文献研究》(博士论文)

49. 张元:《中国古代小说探源》,《北京教育学院学报》1998 年第 4 期

50. 赵捷:《论〈博物志〉地理叙述的价值和意义》,《宁夏大学学报》(人文社会科学版)2006 年第 1 期

51. 赵研:《张华论稿》(硕士论文)

52. 郑暋暻:《段成式的〈酉阳杂俎〉研究》(博士论文)

53. 郑希《道教神仙思想与魏晋南北朝自然审美观》(博士论文)

54. 周楞伽:《稗官考》,《古典文学论丛》第 3 辑

55. 朱渊清:《魏晋博物学》,《华东师范大学学报》(哲学社会科学版)2000 年第 5 期

56. [日] 竹田晃:《以中国小说史的眼光读汉赋》,《文学遗产》1995 年第 4 期

57. 祝鸿杰:《博物志校注补校》,《文献》1994 年第 1 期

后　记

　　本书是在我博士论文的基础上修订完成的，虽然有所增删，但大体框架和观点没有太大变化。此次出版，亦可视作对那段读书时光的纪念。

　　回过头来看，这本书还有很多问题没有解决，如唐前博物类小说在中国古代小说史上的价值和地位，它们对后世小说创作的影响，等等。这些问题是此书出版时我内心挥之不去的遗憾，只有留待以后继续研究，慢慢解决了。

　　在这本书的选题、写作、修改过程中，恩师项楚先生给予了我非常多的帮助。所以在出版之际，衷心感谢项先生！能够在项先生门下读书，是一件非常幸运和幸福的事情。项先生宽厚的性格、深厚的学养、敏锐的学术洞察力，使我深受触动，让我在做人、做学问方面都受益匪浅。

　　作为一个文学爱好者，能够进入学术研究领域，我也深深感谢那些曾经给我启发的各位老师：祁和晖先生、王发国先生、杨树帆先生、吴贤哲先生、徐希平先生、周裕锴先生、张勇先生等。尤其感谢陈筱芳先生，自1999年结识先生后，这些年先生在生活、学习各方面给了我慈母般的关心和帮助。我能有今天，先生是倾注了极大的心血的！

　　此书的顺利出版，也得益于身边朋友的敦促，在此感谢汪文学、杨宗红、鲁立志、杨梅、严红彦、王凤杰、明月熙等，他们是我的益友亦是良师,在治学的道路上,给了我诸多帮助和启发。

感谢上海古籍出版社给了我这样一个机会,感谢吕瑞锋老师为本书出版所做的努力!

这是我人生中的第一本学术著作,不免会显得有些稚嫩和青涩,也难免会存在各种不足,恳请各位方家不吝赐教!

张乡里　谨记

2015 年 12 月 10 日

图书在版编目(CIP)数据

唐前博物类小说研究／张乡里著.—上海：上海
古籍出版社，2016.6
（文史哲研究丛书）
ISBN 978-7-5325-8043-9

Ⅰ.①唐…　Ⅱ.①张…　Ⅲ.①古典小说—小说研究—
中国　Ⅳ.①I207.41

中国版本图书馆 CIP 数据核字(2016)第 063768 号

文史哲研究丛书
唐前博物类小说研究
张乡里　著
上海世纪出版股份有限公司
上 海 古 籍 出 版 社 　出版
（上海瑞金二路 272 号　邮政编码 200020）
（1）网址：www.guji.com.cn
（2）E-mail：guji1@guji.com.cn
（3）易文网网址：www.ewen.co
上海世纪出版股份有限公司发行中心发行经销
惠敦印务有限公司印刷

开本 890×1240　1/32　印张 14　插页 2　字数 351,000
2016 年 6 月第 1 版　2016 年 6 月第 1 次印刷
印数：1—1,500
ISBN 978-7-5325-8043-9
I·3039　定价：58.00 元
如有质量问题，请与承印公司联系